Henriette Jacoby

Georg Hermann

Henriette Jacoby

ROMAN

Traduction de l'allemand,
préface et notes de Serge Niémetz

Ouvrage traduit
avec le concours du Centre National du Livre

Albin Michel

« Les Grandes Traductions »

Ouvrage traduit avec le concours
de Inter Nationes.

Édition originale :

JETTCHEN GEBERT
HENRIETTE JACOBY

Traduction française :

22, rue Huyghens, 75014 Paris

www.albin-michel.fr

ISBN 2-226-13304-6
ISSN 0755-1762

À ma femme

Préface

Fort célèbre dans le premier tiers du siècle, Georg Hermann fut pendant soixante ans de ceux que l'histoire littéraire négligeait, voire ignorait tout à fait. Ses livres majeurs avaient été brûlés en 1933 ; il avait disparu à Auschwitz dix ans plus tard ; son œuvre semblait vouée à l'oubli. Tout au plus les encyclopédies mentionnaient-elles ses « romans sur la société juive de Berlin à l'époque Biedermeier » : Jettchen Gebert (1906) et, lui faisant suite, Henriette Jacoby (1908).

Aujourd'hui, ces deux romans paraissent en français. J'espère qu'ils donneront à un large public le même plaisir sans partage que j'ai eu à découvrir et à traduire un très grand écrivain, aussi original qu'attachant, tant par son œuvre que par sa personnalité, auquel la fin des grandes idéologies meurtrières donne une nouvelle jeunesse. Il est rarement accordé à un traducteur de se mettre au service d'un classique inconnu, avec le sentiment de contribuer à cette littérature universelle — Weltliteratur — qu'après Goethe les meilleurs esprits de l'Allemagne ont défendue et illustrée.

Benjamin des six enfants d'une « bonne famille » de négociants juifs anciennement installée à Berlin et alors aisée, Georg Hermann (de son vrai nom Georg Borchardt) naît en 1871 dans le « Vieil Ouest » de la ville. De ses premières années on retiendra deux évènements marquants : sa première visite à la synagogue, qui, si éloigné qu'il fût de la foi traditionnelle, resta pour lui une expérience inoubliable ; à la même époque, la faillite honteuse de son père. La mère déclare à ses fils : « À présent, vous êtes les porteurs du nom, remettez-le en honneur. » Georg Borchardt obéira à sa façon à cette injonction en choisissant comme nom de plume le *prénom du père, comme pour élever par l'art une stèle à celui qui a échoué dans le monde de l'argent. Faut-il voir là l'origine de sa prédilection pour les personnages de perdants, de sa solidarité avec les faibles, les opprimés et les humiliés, de la constance avec laquelle il se rend insupportable, dès l'école, aux esprits conventionnels ? Il n'aime pas les gens assis ; il ne s'aime pas assis.*

Dans une brève esquisse biographique, il se définissait ainsi : « Total : quarante-trois ans. Dilettante en toutes choses. Évolution : aucune. Jusqu'à vingt-huit ans : du point de vue bourgeois, un homme perdu. Jusqu'à trente-cinq ans : soucis et combats mesquins. Jusqu'à quarante-trois ans : extérieurement bourgeois, apparemment réconcilié avec la vie, spirituellement, intellectuellement et physiquement épaissi de graisse. À tous points de vue... légèrement grisonnant, santé moche. Dénuement matériel direct repoussé au profit du dénuement indirect. Masque de plâtre. Effarouché par la grande ville, cheval las du pavé. »

Cet autoportrait à charge mérite d'être corrigé. On est en 1915. Le « dilettante » a su lutter avec conscience et sérieux pour être reconnu comme écrivain tout en vivant difficilement de diverses tâches alimentaires — négociant, puis fonctionnaire ; journaliste, polygraphe, puis critique d'art. Ses premiers livres n'ont guère attiré l'attention, et c'est neuf ans seulement après ses premières publications que Jettchen Gebert *a radicalement modifié sa situation. Le « cheval las du pavé » vient de quitter pour la petite ville tranquille de Neckargemünd, près de Heidelberg, le tumulte du milieu littéraire berlinois dont il exècre le chauvinisme. Il ne renonce pas pour autant à manifester haut et fort ses convictions pacifistes et humanistes : il s'est toujours placé, ainsi qu'il le dit en jouant sur les mots, « du côté gauche de l'humanité » — à l'opposé de la droite et des gens adroits.*

En 1918-1919, ses sympathies vont aux conseils révolutionnaires, et il critique durement la social-démocratie majoritaire.

Sous la république de Weimar, de retour à Berlin, il devient une figure marquante du « Miljö » artistique qui gravite autour du Romanisches Café *et du* Café des Westens, *tout en continuant à édifier une œuvre polymorphe, d'un ton singulier, marquée par cette « beauté douloureuse » que Freud devait admirer en 1936 dans* La Nuit du docteur Herzfeld, *et où s'approfondissent le réalisme et la critique sociale. Il ne dissimule pas ses critiques à la Russie stalinienne tout en rêvant d'« un communisme par degrés et tempéré, mais sans classe privilégiée, sans divinisation du travail trivial et surtout sans culte du prolétaire. Le prolétaire est une étape vers le citoyen, rien de plus. » Loin du puritanisme et de l'ascèse, il défend et pratique un hédonisme éclairé, dans la tradi-*

tion de Heine et du Droit à la paresse *de Paul Lafargue ; son pessimisme lucide, plus proche d'un Leopardi que de Schopenhauer, ne le détourne pas de la recherche d'un ordre social qui permettrait au plus grand nombre d'accéder aux plaisirs nobles et aux beautés de ce monde — passé, présent et à venir.*

En 1933, spécialement haï des nazis, il est parmi les premiers à émigrer, début mars. Ses livres sont brûlés. L'exil en Hollande est d'autant plus dur que sa santé se dégrade.

Arrêté aussitôt après l'invasion de la Hollande par les nazis, il est interné au camp de Westerbork et déporté à Auschwitz par le convoi du 16 novembre 1943. Selon certaines sources, il serait mort le 23. S'il avait survécu au transport, il est vraisemblable cependant qu'il fût gazé aussitôt après la sélection.

Juif assimilé, Georg Hermann était bien, comme son personnage Jason Gebert, une « nature problématique », mais rien ne serait plus faux que de voir en lui un type de citadin déraciné. Il est unique par sa façon de revendiquer tranquillement la diversité et la profondeur de ses attachements et de ses fidélités.

« Il était prussien. Il était berlinois. Il était juif. Pour ainsi dire phrase par phrase et pourtant d'une seule haleine », écrit Peter Härtling.

De même que Goethe se disait « citoyen du monde et de Weimar », Georg Hermann était, consciemment, délibérément, citoyen du monde et de Berlin.

Sa Prusse est un être spirituel qui, contrairement aux représentations courantes que nous en avons en France, a toujours tendu à fondre les peuples divers d'un territoire mouvant dans l'accomplissement de grandes idées universalistes — loin des étroitesses et des folies du nationalisme. C'est la Prusse des Lumières, quelque peu idéalisée sans doute. Elle est une histoire ; elle a produit son univers culturel.

Dans Pro Berlin *(1931), il écrit : « J'aime follement Berlin. À tel point qu'en soixante ans, où que j'aie été, je n'en suis jamais parti... Je l'aime de cet amour-haine qui est habituel entre proches parents ou entre gens qui se connaissent depuis toujours... Je trouve que les Berlinois sont les gens les plus gentils du monde... au moins en Allemagne. » Berlin est comme son milieu naturel, son biotope.*

*Sa judaïté n'est pas une pieuse tradition cachée comme le petit châle de prière du paria sous le costume du bourgeois parvenu, mais une force active et proclamée. Georg Hermann ne prend pas la position défensive du « bon Juif » soucieux de ne pas déranger ; c'est avec une belle assurance qu'il note dans un essai de 1926 (*Der *doppelte* Spiegel*), en réponse au développement de l'antisémitisme, que les Juifs, avec leurs dix-neuf siècles de présence en Allemagne, peuvent se prévaloir d'une certaine ancienneté, et ajoute : « Leurs salons, avec leurs femmes d'intelligence, sont le premier sol nourricier de la culture allemande, et c'est là que même la renommée mondiale d'un Goethe fut créée. » Rappelant la part exceptionnelle des Juifs dans la culture allemande, il conclut : « Ce sont là toutes choses dont le Juif allemand n'a ni à se vanter ni à rougir. »*

Prussien, berlinois, juif. Mais aussi un précurseur du philosophe Leszek Kolakowski, tout à la fois « socialiste, conservateur et libéral ». Est-ce comme Prussien ou comme Juif qu'il est le plus socialiste, comme libéral ou comme conservateur qu'il est le plus berlinois ? Toutes les permutations sont possibles. Trois cases sur trois, c'est le jeu du solitaire. Mais cette conjonction particulière contribue à rendre l'auteur solidaire de ses personnages et de leur univers en trouvant la juste distance du regard et le ton tendrement ironique qui font une grande part du charme de Jettchen Gebert *et* Henriette Jacoby.

Lorsque la Vossische Zeitung *libérale commença à publier* Jettchen Gebert *en feuilleton à partir du 7 juin 1906, l'auteur n'avait rédigé qu'une centaine de feuillets. Il lui fallut travailler d'arrache-pied pour soutenir le rythme rapide des livraisons — soixante-sept jusqu'au 9 septembre — qu'exigeait un public enthousiaste, qui s'était immédiatement épris de l'héroïne. Le roman parut en volume à la fin de l'année chez Egon Fleischel, à Berlin ; les lecteurs durent attendre deux ans, impatiemment, la suite promise. Avant la Première Guerre mondiale, l'histoire de Jettchen connut cinquante éditions.*

Si Georg Hermann avait pu terminer son œuvre aussi vite, c'est que, grand lecteur, critique d'art et collectionneur, il connaissait parfaitement, de façon intime, l'univers où se meuvent ses personnages, le Berlin de cette époque Biedermeier qui correspond non seulement selon la chronologie mais aussi par l'atmosphère et le style de vie à notre Restauration. La reconstitution méticuleuse de ce monde disparu procure déjà un grand plaisir de lecture. Chaque détail, du miroir espion à la lampe sinombre, est juste et parlant. C'est-à-dire que les objets, les lieux, les figures des arts, des lettres, de la pensée ou de la politique qui sont évoqués, autour des deux astres majeurs que sont Goethe et Heine, n'ont pas seulement une fonction réaliste, mais prennent une valeur d'évocation poétique, cependant que les petits rites, les petits faits de la vie sociale, minima moralia d'Adorno, révèlent derrière la façade de confort et d'harmonie un esprit philistin étouffant, hypocrite et agressif. Sans doute le lecteur allemand de 1906 ne savait-il déjà pas très précisément à qui ou à quoi faisait allusion l'auteur en se coulant dans les références familières à ses personnages. Il m'a cependant paru utile de donner en note quelques indications susceptibles d'aider le lecteur d'aujourd'hui à mieux percevoir les arrière-plans et les enjeux du texte, la façon dont le microcosme révèle un macrocosme.

Ce double roman est en effet extrêmement concentré dans l'espace comme dans le temps et tout à la fois ouvert aux quatre vents.

Autour d'une douzaine de personnages principaux présentés dans leur cadre intime, c'est d'abord le milieu de la Königstadt, quartier de commerçants et de fabricants, d'atmosphère un peu villageoise, puis la ville active, ses cafés, comme Stehely, au Gendarmenmarkt, où se retrouvent intellectuels et artistes, ou Kranzler, Unter den Linden, que fréquentent lieutenants de la garde et dandys. Les promenades sont un lieu de brassage social : ainsi au Tiergarten, près de la porte de Brandebourg, où sont les Tentes, guinguettes ouvertes par des huguenots après 1740. Plus loin, près de Charlottenbourg, la Tente turque est une auberge à décor oriental réservée à une clientèle fortunée. On est déjà dans la nature, « au vert », où les familles aisées passent l'été.

Amoureux de Berlin, Georg Hermann l'est aussi de la nature qui entoure la ville et la pénètre — nature humanisée, cultivée, à laquelle il consacre des tableaux impressionnistes dans lesquels les motifs répétés et changeants comme les Nymphéas rendent sensible le passage indifférent du temps : il n'y a pas là de paysages-états d'âme, mais l'univers extérieur, comme l'univers intérieur des personnages, est soumis à un flux permanent, selon des transitions à peine perceptibles, des glissements indistincts.

Le cadre temporel, en revanche, est très clairement délimité : tout se joue d'avril 1839 au début d'octobre 1840 ; période de trouble, d'indécision et de vagues espoirs peu fondés, marquée par le long déclin et la mort de Frédéric-Guillaume III, le 7 juin 1840. À la fin de Henriette Jacoby, on prépare l'hommage à Frédéric-Guillaume IV prévu pour le 15 octobre.

Mais, dans ces étroites limites chronologiques, par le truchement de la famille Gebert et principalement du personnage de Jason, c'est toute une période historique qui vit encore au présent — dans le présent de 1839-1849 qui a bien des choses à nous dire sur notre temps.

Octobre 1806. De sa fenêtre, Hegel voit passer dans la rue l'esprit du monde, à cheval : Napoléon ; le 14, les Français ont remporté contre les Prussiens les deux batailles d'Iéna et d'Auerstedt. La Prusse, entrée inconsidérément en guerre, n'est plus celle de Frédéric le Grand. C'est l'effrondrement. La plupart des places capitulent sans combat. Le gouverneur militaire de Berlin annonce par voie d'affiches : « Der König hat eine Bataille verloren » *: le roi a perdu... une bataille. Le 27, Napoléon fait son entrée à Berlin. Le royaume des Hohenzollern se trouve réduit aux quatre provinces de Brandebourg, Poméranie, Prusse et Silésie ; il perd la moitié de son territoire et de sa population. Il versera d'énormes dommages de guerre, garantis par l'occupation de Berlin. La Prusse se trouve entraînée dans la vaste réorganisation de l'ensemble germanique entreprise par Napoléon, héritier de la Révolution : depuis 1803, il s'est engagé sur la voie de la destruction du vieil ordre impérial, en imposant à la fois des regroupements territoriaux contre le pullulement des États-nains et des mesures sociales et politiques rompant avec la féodalité. En juillet 1806, seize princes vassaux de fait de la France ont constitué la Confédération du Rhin, protectorat napoléonien mais aussi « troisième Allemagne » entre la Prusse et l'Autriche. Le 6 août, le Habsbourg François II dépose la couronne du Saint Empire, mettant ainsi un terme au Reich millénaire. Le libraire Palm, de Nuremberg, est fusillé pour avoir publié une brochure,* Deutschland in seiner tiefesten Erniedrigung *(*L'Allemagne au plus profond de son abaissement*). L'Allemagne est vaincue, soumise ; Napoléon est aussi le premier grand artisan de l'unité allemande et de la liberté des peuples. Mais les libérateurs en armes se rendent vite insupportables quand ils s'installent — indépendamment même du coût ruineux de leur présence (la ville de Berlin ne terminera qu'en 1861 le remboursement des emprunts privés auxquels elle a été contrainte par l'occupation française de 1806).*

Les débuts de la Révolution sont loin, le temps où le comte von Stolberg s'écriait : « Le torrent de la liberté se déverse sur l'Europe, et le bonheur fleurit sur ses bords, comme les fleurs de la source dans la prairie. » Alors, parmi tous les peuples, nombreux étaient ceux qui adhéraient, enthousiastes, aux « principes universels » de 1789. Herder, Hölderlin, Kant, Fichte, tous ont dit leur joie. À Tübingen, Hegel et Schelling ont formé un club à l'image de ceux de Paris, et provoquent en duel les émigrés. En Prusse particulièrement, la Révolution a eu de puissants soutiens dans la jeunesse, la bourgeoisie éclairée, mais aussi dans les milieux dirigeants, où l'on considère parfois les évènements de France d'un peu haut, avec le sentiment que bien des mesures révolutionnaires ont déjà été mises en œuvre par Frédéric II.

La désaffection est venue, sous plusieurs formes. Dans l'aristocratie, d'abord, confrontée aux conséquences fâcheuses pour elle de ce qu'elle avait prôné par souci de la distinction et par gallomanie. Puis parmi les patriotes. « Vive la Nation ! » criaient les soldats de Valmy. Mais quelle nation, quelles nations ? Les idées de la Révolution française exportées par Napoléon se retournent contre lui. On parle de libérer l'« esprit allemand ». « Cette servilité doit cesser », proclame Herder. « C'est ainsi, écrit Albert Sorel, qu'une révolution qui se réclamait de l'humanité, et ne conviait à sa cité idéale que des citoyens du monde, substitua à l'Europe relativement cosmopolite du XVIII*e siècle l'Europe si ardemment nationale [...] du* XIX*e. » On en viendra ainsi d'une part à des alliances paradoxales, d'autre part à des déchirements entre aspirations démocratiques et revendications nationalistes : en 1813, la Russie autocratique sera aux côtés de la Prusse luttant pour sa libération nationale et l'unité de l'Allemagne ; après 1815 et le Congrès de Vienne, deux courants parfois mêlés mais fondamentalement antagonistes s'opposeront à l'équilibre mis en place par le système de Metternich et la Sainte-Alliance.*

Entre-temps, la Prusse s'est régénérée. La défaite a provoqué un sursaut, une véritable révolution d'en haut, organisée par de grands ministres qui ne sont pas eux-mêmes prussiens, mais voient dans la Prusse l'espoir d'une Allemagne libre et unie : Stein est de Nassau, Hardenberg et Scharnhorst de Hanovre, Gneisenau de Moyenne Allemagne. Il est peu d'exemples dans l'histoire d'une telle restructuration politique et militaire accompagnée d'une profonde réforme intellectuelle et morale.

Quand la Grande Armée en haillons se retire vaincue après la campagne de Russie, la Prusse se soulève contre la domination des Français qui de nouveau occupent Berlin depuis un an. En mars 1813, les volontaires affluent : parmi eux les frères Gebert — Jason et le père de Jettchen —, dont on peut penser que, malgré leur enthousiasme pour la guerre de libération, ils ne peuvent souscrire totalement aux appels du poète Körner à une « guerre sainte », à une « croisade ».

Car pour de jeunes Juifs bien conscients que leur assimilation, en tant qu'accession au statut de citoyens à part entière, est liée à la tradition des Lumières et au progrès social et politique, seule mérite d'être défendue la conception démocratique-révolutionnaire de la nation. La Prusse, entité culturelle bien plus qu'ethnique, dont la capitale est pour un bon quart « huguenote », qui est ouverte à tous les courants de la pensée européenne, peut leur sembler vouée à une mission de synthèse cosmopolite de ce qu'ont à offrir de meilleur les divers peuples : elle peut cristalliser autour d'elle la « nation des penseurs et des poètes », selon le mot de Mme de Staël. On ne saurait trop souligner la parenté entre ce qui s'est ébauché au XVIIIe siècle comme unité de conscience culturelle des Allemands dispersés dans toute l'Europe de l'Est et du Sud-Est, vivant, souvent en minorité, dans toutes sortes de structures politiques éclatées, et la conscience culturelle des Juifs en diaspora. Encore faut-il noter que cette conscience culturelle allemande et universaliste dont les Juifs se sont faits les meilleurs défenseurs est limitée à une élite. Au début du XIXe siècle, on estime que seuls 300 000 à 500 000 lecteurs ont accès à la littérature qu'ont illustrée les grandes œuvres du XVIIIe, et le total des tirages des œuvres de Goethe et de Schiller est alors de moins de 100 000 exemplaires. Moins nombreux encore sont ceux qui en utilisent la langue dans la vie quotidienne : il est important de noter que l'unification linguistique, tardive, se fera principalement par la Bühnensprache, la langue du théâtre, et que le Hochdeutsch commun n'éliminera jamais les dialectes (c'est là une cause de désespoir pour le traducteur, car il est impossible de rendre exactement, sans sombrer dans des artifices ridicules, la variété du langage des personnages de Georg Hermann : le Hochdeutsch soigné de Jason, de Kössling et de Jettchen alterne avec le dialecte des tantes Jacoby, qui n'est ni celui des servantes, ni celui de la marchande de poisson, et avec le jargon que retrouve parfois l'ancêtre Eli Gebert, qui n'est pas du tout celui de l'ancêtre Naphtali Jacoby ; nous ne possédons rien de tel en français). Dans un passage du début de Jettchen Gebert que censuraient les éditions d'Allemagne de l'Est, Jason en vient à déclarer que son engagement de 1813 a été une des deux erreurs de sa vie. À la fin de Henriette Jacoby, il envisage d'aller saluer à Paris les cendres de ce Napoléon qu'il a combattu.

Car il a assisté ensuite au développement des courants proprement nationalistes, réactionnaires, qui, en l'absence d'un peuple souverain réel, exaltent la communauté imaginaire du « Volk », la terre et le sang, les brumes d'un Moyen Âge idéalisé, les saines valeurs d'une « culture » organique opposée à la « civilisation » artificielle, cosmopolite et avant tout française — en érigeant en « ennemi héréditaire » le type littéraire du Français superficiel et faux, corrupteur des vertus de l'Allemand « probe, loyal, solide, exact et profond », ébauché au XVIIIe siècle.

Français, nous avons le privilège de vivre dans une république où État, nation et peuple se recouvrent grosso modo, et qui se veut porteuse de valeurs universelles : les cartes de la poste militaire de la Grande Guerre portaient encore en en-tête : Armées de la

République, *et non* Armée française. *Cela ne devrait pas nous aveugler quant à la question nationale, que percevait mieux que beaucoup d'entre nous dans sa complexité le dominicain anglais Guillaume d'Alton, lequel, au* XIIIe *siècle, distinguait les groupes humains selon leur* idiome, *leur* origine, *le* territoire *particulier qu'ils occupaient, leurs* mœurs et coutumes, *catégories qui ne coïncidaient pas nécessairement et ne correspondaient pas non plus à la délimitation d'une nation définie par la volonté ou le consentement d'obéir à une loi commune. Quel est mon peuple ? Quelle est ma nation ? Quel est mon État ? Le simplisme en la matière s'est avéré suffisamment meurtrier, hier et aujourd'hui, pour que l'on revienne sur cette première moitié du* XIXe *siècle et prenne quelques leçons de l'humanisme à la fois universel et ancré dans un milieu très spécifique d'un Georg Hermann.*

Plus largement, si Marx voulait que l'on réservât l'épithète de « tragique » aux figures historiques que hantait le rêve d'un monde à venir, mais qui venaient trop tôt, j'aime à croire que Georg Hermann et ses personnages sont tragiques.

Après la guerre, on réédita parcimonieusement à l'Est les principaux textes de Georg Hermann, assortis de commentaires en béton : progressiste, certes, mais avec toutes les limites d'un démocrate bourgeois, d'un dandy, d'un esthète ; lui-même comme ses personnages témoignaient de la faiblesse, de l'indécision et de l'inconséquence de la bourgeoisie allemande. À l'Ouest, on préféra l'oublier : littérature de distraction, sentimentale et vieillotte. Le nom de Jettchen Gebert, *pourtant, éveillait toujours quelques échos, indissociable de la littérature fondatrice du* mythe de Berlin. *Mais un peu comme, sous le Troisième Reich, la* Lorelei de Heine, *inoubliable, figurait dans les manuels scolaires comme œuvre d'un « poète inconnu », jamais le nom de Georg Hermann n'était évoqué. Il avait eu, vraiment, de trop mauvaises fréquentations.*

Le Mur est tombé. Ce n'est certes pas la fin de l'histoire, mais au moins — on peut l'espérer — celle des grands aveuglements. En 1996, pour le 125e anniversaire *de la naissance de Georg Hermann, une édition des œuvres complètes a été entreprise, sous la direction de Gert et Gundel Mattenklott, aux éditions Das Neue Berlin (de l'ancien Est), avec la collaboration du centre Moïse Mendelssohn de Potsdam et du département d'allemand de l'Université libre de Berlin (ancien Ouest), et avec le soutien des deux filles survivantes de Georg Hermann. C'est sur cette édition que se fonde ma traduction.*

Aujourd'hui, Georg Hermann retrouve sa place dans la littéra-

ture allemande. J'espère que le public français me saura gré de mon rôle de truchement. En entrant dans cette saga pleine d'un humour ironique sans cynisme, d'une humanité sans sentimentalisme, le lecteur pourra découvrir la « bonne Allemagne » qui doit faire partie de l'univers de tout Européen cultivé. Mais je souhaite surtout qu'il soit sensible au ton unique d'un écrivain qui donne avant tout de la joie, augmente notre vie, et qui par le plaisir qu'il nous offre nous rend meilleurs.

Je me dois enfin de remercier Dominique Autrand, éditrice d'Albin Michel et amie de vingt ans, qui m'a soutenu pour que cette traduction soit publiée.

Serge Niémetz

I

JETTCHEN GEBERT

Avant-propos de l'auteur

Qu'il me soit ici permis de raconter une histoire simplement parce que j'en ai envie. Sans autre raison. Je veux m'y perdre tout à fait en bavardages, m'y enfermer dans mes propres fils comme le ver à soie dans son cocon. Prenez cela pour une lubie ! Dites-vous : « C'est un jouet qu'il se construit ! Dieu sait pourquoi ! » Mais écoutez. Car si je ne raconte pas cette histoire, il n'y aura personne pour vous la raconter, et il se pourrait qu'elle se perde, il se pourrait qu'elle devienne non avenue, et ce serait dommage. Ceux en effet qui eurent part aux évènements n'en trahiront plus rien. Vous n'entendrez d'eux pas une syllabe à ce sujet ; car ils sont un peu taciturnes depuis qu'ils se sont, il y a quelques décennies, retirés des affaires de ce monde pour attendre sans être dérangés, dans la paisible et confortable contemplation d'eux-mêmes, le jour où, avec cordeaux et jalons, on tracera chemins et rues à travers l'îlot de solitude entouré de vagues de bruit qu'est leur actuel domicile, et où, à la place de leurs modestes monticules recouverts de lierre, entre lesquels, l'après-midi, les enfants se poursuivent, on entassera les bordures et les dalles de granit destinées à la construction des trottoirs. Elle est devenue légende, la vie de tous ceux dont je vais parler. Plus encore : elle s'est dissoute dans le néant ; ils sont passés, ainsi que dit le Psalmiste, comme s'ils n'avaient jamais été.

Et c'est pourquoi je demande qu'on me laisse parler d'eux ! Car c'est une injustice, une injustice criante, que quelque chose qui a été doive replonger si complètement dans le néant, qu'après nous, qu'après notre temps de présence en ce lieu incertain, cinquante ou soixante ans à peine après que nous avons quitté la scène de la vie, plus une âme ne soit censée s'enquérir de nous, aucune poule caqueter, aucun coq chanter, personne se soucier de nous. Est-ce pour cela que nous vivons ? Est-ce pour cela que nous pleurons et que nous nous réjouissons ? Si nous portons ces chaînes de bonheurs et de peines dont les anneaux de fer et les maillons d'or sont si inextricablement accrochés et rivés les uns aux autres, n'est-ce que pour cela ? Nul ne doit-il savoir ce que nous avons apporté et supporté ? Pourquoi les mots ne rendraient-ils pas témoignage de la vie ? Pourquoi le dernier écho de ce qu'ont été gens et choses ne serait-il pas saisi au vol ? Pourquoi ne pas rouler une dernière fois la pierre, à grand-peine, en haut de la montagne, avant que les profondeurs de l'abîme ne l'engloutissent pour toujours ?

Au cas où vous vous perdriez un jour dans ce coin de Berlin, quel genre de représentations lierez-vous à ce texte si vous en déchiffrez les lettres ornées dont les intempéries ont depuis longtemps délavé la dernière trace de dorure, à ce texte qui dit que « notre chère nièce Henriette Jacoby, née Gebert, vit le jour le 15 mai 1812 et vint prendre ici son repos le 3 octobre 1840 » ? Qu'est-ce que cela vous suggérera, outre le fait qu'elle n'avait pas trente ans et que peut-être il y avait dans son mariage quelque chose qui clochait, puisqu'on évoque son souvenir comme celui d'une nièce, non d'une épouse ? Et que vous dit la dalle, en face, un peu de côté, où on lit que « l'honorable et estimé négociant Salomon Gebert, modèle d'amour du prochain, né à Berlin le 3 mai 1775, y mourut le 10 septembre 1850 » ? Que cet homme vécut soixante-quinze ans et que peut-être il était un parent de cette Henriette Gebert — Quoi d'autre ? Et si vous considérez la dalle, vous découvrez auprès de lui son épouse Friederike Gebert, née Jacoby, parée de mille vertus, et vous vous dites qu'elle a certainement tiré la même corde pendant des décennies ; et si vous continuez à flâner de-ci, de-là dans le cimetière, peut-être assemblez-vous les éléments disjoints et en venez-vous à penser que Jason Gebert, qui a trouvé son modeste domicile cinq rangées en retrait, et Ferdinand Gebert, qui repose ses vieux os goutteux sous un monticule tout à fait abandonné, appartenaient aussi de quelque façon au même édifice. Mais vous n'obtiendrez d'eux aucune autre information.

J'en sais davantage à leur sujet, et je m'en vais à présent vous le raconter. Vous ne voyez pas pourquoi vous devriez vous soucier de choses qui vous sont étrangères, surtout si elles remontent à plus d'un demi-siècle, alors que vous avez suffisamment à faire avec vos propres soucis. Mais je n'en tiendrai nullement compte. Je suis en cela comme une maîtresse de maison qui n'aime ni ne tolère que, dans son ménage, il y ait des restes qui se perdent : qu'il s'agisse de pain ou de vies humaines, ces restes sont un don de Dieu !

GEORG HERMANN

Il se peut bien qu'il ne subsiste guère qu'une personne qui se rappelle encore la façon dont Jettchen Gebert descendait la Königstrasse. Le vent chassait des nuages de poussière de l'Alexanderplatz dans la Königstrasse, car c'était le premier vrai beau jour de printemps tout bleu de l'année. De petits nuages blancs traversaient le ciel juste entre les poupées de la colonnade royale, là-haut sur le toit, entre les figures de pierre aux mouvements précipités. Dans la Neue Friedrichstrasse, dans les jardins derrière le mur, les arbres se teintaient de rouge et de brun ; des chatons se balançaient aux branches des peupliers et les fleurs parsemaient jusqu'aux plus fins rameaux des ormes. Les lilas qui se penchaient par-dessus la clôture avaient même de gros bourgeons verts aux pointes hardies, qui s'ouvriraient dès le lendemain. Autour du clocher de l'église Paroissiale, se poursuivant et titubant comme des papillons noirs enamourés, volaient les choucas ; et tout le long de la Klosterstrasse, jusqu'en bas, étaient garés les chariots bâchés du marché aux oies, gros champignons bruns sous le soleil blanc.

Mais les maisons étroites qui s'abritaient du soleil sous leur toit brun-rouge, peintes de rose et de teintes claires, avec leurs simples poupées de stuc, avec leur buisson d'églantine flanqué d'un banc de pierre, avec leurs innombrables petites vitres étincelantes dans leur châssis blanc, avec les miroirs espions aux fenêtres de chaque étage — les maisons se tenaient là comme deux rangées de grenadiers faisant la haie d'honneur et présentant les armes parce que la beauté s'avance.

Et au milieu de la rue, sur le pavé inégal en têtes-de-chat, entre les profonds caniveaux que franchissent de petits ponts et qui séparent la chaussée des trottoirs, passaient à grand bruit les voiture de poste partant pour le vaste monde, certaines vieilles et poussiéreuses, d'autres propres et brillantes comme des sous neufs, chargées de monceaux de paquets. Et de lourds chariots tirés par de lourds chevaux qui faisaient tinter les grelots tressés dans leur crinière entraient dans la ville.

Sur la Neue Friedrichstrasse, des lunettes de corne sur le nez, un vieux chiffonnier se tenait devant sa charrette et examinait, l'air digne et important, les lambeaux de tissus que lui apportaient des enfants, assiégé par les cris et les piaillements de leurs voix menues, claires et récriminatrices. Et ici et là, les passants devaient même s'aventurer en équilibre tout près du caniveau, tant s'avançaient sur le trottoir, comme des champs bleus et rouges, les jacinthes dans leurs pots de terre blancs que vendaient les fleuristes.

Il se peut bien que plus personne ne se rappelle la façon dont Jettchen Gebert descendait la Königstrasse en ce jour d'avril 1839. Mais les gens s'arrêtaient sur son passage, ce jour-là... Et un magistrat stagiaire qui revenait du tribunal municipal la suivit longemps des yeux puis composa sous le pseudonyme d'« Eginhard » un sonnet « à celle qui passait, gracieuse », lequel, publié dans le numéro suivant de l'*Elegante Welt*[1], donna lieu aux conjectures les plus étranges. Un marchand de blanc de la Fischerstrasse lui répondit par un autre sonnet et accusa — à tort sans doute — la belle âme du jeune homme d'être enténébrée par la folie d'une passion coupable.

Quelle belle jeune fille c'était ! Comme elle marchait lentement dans ses petits souliers à grosse bande, toute vêtue de gris-argent, pareille à une soirée de printemps ! Les trois rangs de volants de sa robe ample glissaient, frissonnaient, froufroutaient. Les larges rubans de soie retenant son grand chapeau relevé sur les côtés — un cabriolet — flottaient comme il convenait, de larges rubans de soie gris-argent semés de boutons de rose ; et les longues franges du châle indien qu'elle portait sur ses épaules pleines, entre les deux amples manches gigot, dansaient légèrement à chacun de ses pas. Elle portait des gants bleu pâle et tenait à la main un filet, une ombrelle et un petit sac décoré d'une lyre brodée en perles noires — une sorte de pompadour.

Elle allait droit devant elle, raide, sans regarder ni à droite ni à gauche, comme tous les Gebert. Elle avait quelque chose de merveilleusement fier dans sa démarche et dans ses mouvements. Elle s'avançait, rapide, dans sa robe de taffetas gris-argent, comme un cinq-mâts toutes voiles dehors. Elle savait que les gens s'arrêtaient et la suivaient des yeux, mais cela faisait partie de son être. Tout

1. Voir « Notes du traducteur » en fin de volume.

en elle était d'une beauté altière : la taille élancée, ce visage allongé et pourtant plein, au front haut et blanc, aux paupières lourdes, à la bouche close, ferme, ombragée d'un soupçon de duvet. Les cheveux étaient disposés en macarons soigneusement nattés, noirs et brillants, trois à droite et trois à gauche sur les tempes et les joues, sous le chapeau au large bord relevé sur les côtés — pareils au cadre de palissandre d'une gravure anglaise. La force, l'énergie vitale et une ombre de mélancolie se mêlaient sur ce visage de brune.

Et elle avait les yeux foncés des Gebert, en amande et au blanc bleuté, qui avaient fait de tous les hommes de la famille, à commencer par le grand-père, des hommes à femmes et des coureurs. Ils trahissaient, ces yeux foncés, des qualités sur lesquelles nous nous cassons la tête comme sur des énigmes sans jamais les pénétrer, parce que la beauté qu'elles servent n'a pas conscience d'elles, et peut-être même ne les possède pas. Il y avait dans cette apparition et dans ce visage un certain tragique. Ils suscitaient la curiosité et devaient être ensuite source de déception, parce qu'un tel charme, une telle grâce, une telle santé, un tel fondant de pêche ne peuvent appartenir qu'à l'âme des êtres que nous embrassons la nuit dans nos rêves.

Elle n'était plus jeune, paraissait plus âgée, plus accomplie, plus mûre qu'elle n'était. Mais elle était belle — oh, qu'elle était belle, Jettchen Gebert !

Mais ce n'est pas seulement sur son passage que se retournaient les gens ; ils se retournaient aussi sur un vieux, très vieux monsieur — au visage glabre ratatiné —, qui se tenait au coin du Hoher Steinweg comme un vestige d'autrefois. Personne ne passait devant lui sans l'observer attentivement et se retourner encore pour voir s'il ne dissimulait pas une natte surannée sous le col de sa redingote. Quelques petites filles, en robe écossaise courte et culotte longue aux blanches dentelles empesées, le considérèrent même un moment, comme un véritable prodige des mers. Non, il ne portait plus la natte, mais, sur sa perruque poudrée de blanc, courte et raide, un haut-de-forme deux fois plus large en haut qu'en bas, au bord retroussé, en feutre brun rugueux, comme on en portait jadis, du temps des Français. Il portait aussi des bottes hautes à revers, jaunes, et un long, très long habit brun à boutons dorés. Sur le gilet croisé pendillaient des breloques massives, des sceaux, de petits chevaux et de petites voitures en argent ; et dans le jabot plissé s'épanouissait une grosse cornaline mouchetée, montée en épingle.

Il restait campé là, le vieux monsieur, s'appuyant des deux mains sur sa canne de jonc à pommeau d'or. Attentif et impassible, il observait quelques chevaux de poste qui passaient au trot, il les suivait du regard, et son visage, la bouche grande ouverte et les yeux protubérants, ressemblait à celui d'un trotteur. Jettchen l'aperçut déjà de loin, rit et lui fit signe avec son filet. Mais lui, sérieux, l'air connaisseur, ne voyait que les chevaux.

« Bonjour, oncle Eli !

— Oh, Jettchen ! Eh bien, eh bien, où tu vas donc, mon enfant ?

— Au marché, mon oncle. Je vais acheter un poisson !

— Un brochet ?

— Oui, mon oncle !

— Pour ce soir ?

— Oui, mon oncle !

— Ah, et qu'est-ce que ça coûte, à présent, un brochet ?

— Oh, il faut bien compter dans les quinze groschen[2].

— Dans les quinze groschen ! De mon temps, Jettchen — il parlait très lentement et précautionneusement, avec force mimiques — de mon temps, un poisson pareil, c'était moins de cinq groschen, tu sais, là-bas aux arcades, à la maison où on lit sur une plaque : “Pour la grâce du pêcheur qui accueillit saint Pierre un jour / Puisse cette maison être bénie à son tour.”

— Dis-moi, oncle Eli, que devient tante Mine ? »

Oncle Eli, pensif, leva une main du pommeau de sa canne et la posa sur l'épaule de Jettchen, qu'il considéra d'un air grave.

« Hélas, mon enfant, qu'est-ce que c'est, la vie humaine ? Hein, qu'est-ce que c'est ? Mon seul trésor, ma mine d'or, eh oui ! — l'oncle montra de sa canne le bas du Hohensteinweg, au-delà du clocher de la Marienkirche —, ma mine d'or, c'est là qu'elle est allongée.

— Seigneur, que lui arrive-t-il, mon oncle ?

— Elle sait même pas si elle pourra venir ce soir chez Salomon.

— Mais qu'a-t-elle ? demanda Jettchen, soulagée, car elle avait cru un instant qu'il fallait appeler les pompes funèbres.

— Figure-toi, figure-toi qu'hier Baumbach a dû venir trois fois lui poser les ventouses, elle était dans un tel état ! Jeudi, elle a rapporté une poule du *Gendarmenmarkt*. Elle a cuit quatre heures — impossible d'en venir à bout ! Je lui ai dit : Ma petite Mine, ne mange pas ça ! Et ta tante, elle en a quand même mangé, et voilà.

— Oncle Eli, crois-tu que ce soir, elle...

— Ma Mine, elle est comme ça. Elle buvait une tasse de chocolat — tu sais, une de ses jolies petites tasses... Elle buvait une tasse de chocolat pendant que Baumbach lui posait les ventouses, comme si c'était rien du tout.

— Alors, elle va déjà mieux ?

— Je ne sais pas, mais je crois bien. Parce que ce matin, elle voulait mettre Minna à la porte.

— Oh, alors la revoilà d'attaque !

— Accompagne-moi donc un peu, mon enfant, je descends à la poste. Aujourd'hui, il y a deux hongres de Prusse-Orientale qui tirent la voiture de Prenzlau. Nagler me connaît ! Il s'est renseigné sur moi, on m'a dit, parce que je viens toujours voir ses chevaux — il devait s'imaginer que j'étais un démagogue[3], Jettchen. »

Il s'arrêta un instant.

« Tu vois, je ne comprends plus rien aux gens d'aujourd'hui. Ils sont trop compliqués pour moi. Mais avec les chevaux, je m'y connais encore. Tout autant que monsieur le maître de poste von Nagler. Là, tu peux croire ton vieil oncle. Tu entends le carillon de l'église Paroissiale ? *Sois toujours fidèle...* »

L'oncle Eli s'interrompit et souleva son haut-de-forme brun si précipitamment qu'un nuage de poussière s'éleva de sa courte perruque.

« *Bonjour**, monsieur le commissaire, *bonjour** et votre serviteur ! »

Le commissaire du quartier salua de la tête et s'en fut d'un pas tranquille.

« Il me connaît, dit fièrement l'oncle Eli. Pourquoi tu ris ? Si tu savais, Jettchen, tu ne rirais pas de ton vieil oncle. Aux jours d'aujourd'hui, crois-moi, aux jours d'aujourd'hui, il faut se mettre bien avec le dernier des gardiens de nuit, parce qu'on ne peut pas savoir quels sont ses rapports avec le commissaire divisionnaire. »

Il s'arrêta de nouveau.

« Tiens, Jettchen, est-ce que ça n'est pas ton oncle Jason qui arrive là comme un vieux crabe boiteux ? Et qu'est-ce que c'est encore que ce traîne-misère qui l'accompagne ? Où est-ce qu'il va les pêcher ? »

Mais oui, c'était l'oncle Jason ! C'était le seul de ses oncles que Jettchen aimât vraiment, le plus jeune, vieux garçon et un peu enfant terrible de la famille, rude noceur, mais plein de tact et cultivé. Il boitait un peu depuis qu'à Grossbeeren les Français d'Oudinot l'avaient désarçonné en lui expédiant une balle dans la cuisse gauche alors qu'il servait d'estafette à Bülow, dont il était le secrétaire en tant que volontaire — jadis, dans sa jeunesse, quand il chantait encore les textes d'Arndt et de Körner[4]. À présent, il chantait ceux de Béranger. Il boitait un peu, mais, quant au reste, il n'avait vraiment pas l'air d'un vieux crabe boiteux. Grand, élancé, légèrement grisonnant, il portait beau ses quarante-huit ans, le

* Les mots en italique suivis de l'astérisque sont en français dans le texte.

visage presque glabre nettement ciselé comme au burin : seule une étroite bande de barbe descendait des oreilles au menton. Il portait un haut-de-forme à bord droit, une redingote vert bouteille cintrée, à revers larges, longue, avec deux rangées de boutons ; et le col de la redingote était si large et si haut qu'il recouvrait à moitié l'arrière de la tête. Et avec cela un pantalon à la dernière mode, très clair, étroit, à sous-pieds. De l'encolure du gilet de soie rouge surgissait un foulard noir, large et bouffant, que retenait une agrafe, une lyre d'or aux cordes d'argent. Et Jason, l'allure ferme et militaire, rentrait le menton dans le haut col dur fortement empesé.

Il traversa la chaussée en diagonale, écartant un peu les jambes, évitant prudemment les flaques, et fit signe à un homme de le suivre. Celui-ci lui emboîta le pas, timide, craintif, gauche, grand et blond. Il n'avait rien d'un dandy comme Jason, il était même un peu négligé, il portait un feutre mou, et un gilet jaune sous sa redingote bleue.

Jason resta planté devant les deux autres, droit comme un *i*, clignant des yeux d'un air amusé. On voyait bien quel pince-sans-rire c'était.

« *Bon jour, ma chère amie, bon jour ma bien aimée** », dit-il en saluant Jettchen d'une courbette. Puis il se tourna vers l'oncle Eli.

« Eh bien, vieux trotteur, cela doit te plaire, non ? Te promener avec une aussi jolie demoiselle, c'est autre chose que tes rossinantes ! Mais je le dirai à tante Mine ! Ce soir, je le dirai à tante Mine !

— Jason, je t'en prie... » L'oncle Eli secoua pensivement la tête. « Tu sais bien comme elle est un peu bizarre, depuis quelque temps. Elle se met dans la tête toutes sortes d'idées à mon sujet, alors que, quand même, Dieu sait, je suis un homme tout ce qu'il y a de sérieux !

— C'est ce qu'il dit maintenant ! » Jason lança un clin d'œil à Jettchen. « Mais je l'ai connu *avant* ! »

L'autre homme se tenait toujours quelques pas à l'écart, hésitant entre attendre et continuer son chemin.

« Allons, Kössling, approchez. *Sans gêne et sans souci !** Docteur Friedrich Kössling — Monsieur Elias Gebert, actuellement doyen des Gebert, le frère de mon père ; il a encore connu le temps du Vieux Fritz[5], tous les mercredis après-midi, il jouait au piquet avec lui. »

L'oncle Eli souleva son haut-de-forme brun, libérant un nuage de poudre, tira de sa poche une petite, toute petite montre émaillée au cadran d'argent gravé et la leva tout près de ses yeux.

« Ils vont me filer sous le nez », dit-il, et il s'en fut sans prendre congé.

« *Adieu**, mon oncle, et à ce soir ! » lui cria Jettchen tandis qu'il s'éloignait. Mais *lui,* il ne se retourna pas. Jason laissa flotter son regard.

« À soixante-dix-neuf ans, nous ne serons pas si vaillants. On se servira déjà de mes os pour faire tomber les pommes des arbres comme s'il en pleuvait.

— Soixante-dix-neuf ans ! Il pourrait en raconter, n'est-ce pas, *Demoiselle** ?

— Mais non, Kössling. Il n'a rien vécu. C'est un vieux palefrenier. De tout temps, les quadrupèdes lui ont dit davantage que les bipèdes. C'est une affaire de goût, et je peux d'ailleurs le comprendre. Il est vrai que l'homme est, selon Hegel, un animal doué de raison, pourtant je préfère moi aussi les chevaux. Mais connaissez-vous déjà ma nièce Jettchen, Kössling ? Henriette Gebert. Voyez-vous, vous avez eu les trois générations réunies. Le vieux trotteur, elle et moi... Docteur Friedrich Kössling. Je t'ai récemment donné la nouvelle de lui qu'a publiée le *Gesellschafter.* »

Jettchen ébaucha une révérence.

« Bien sûr, je vous connais ! Est-ce que vous n'écrivez pas aussi pour l'*Elegante Welt*[6] ?

— De temps à autre, *Demoiselle** !

— Mais nous n'allons quand même pas prendre racine ici ! Jettchen, où vas-tu ?

— Je vais faire encore quelques courses pour ce soir.

— Nous allons t'accompagner.

— Mais peut-être cela ne convient-il pas à la *demoiselle**.

— Pourquoi pas ? Je vais au marché.

— Puis-je porter votre filet, *Demoiselle** ? »

Jettchen le regarda et sourit. Le grand jeune homme blond rougit comme un collégien.

« C'est-à-dire... si cela vous convient. Pourquoi riez-vous de moi, *Demoiselle** ?

— Je ne ris pas du tout de vous. Mais ce gilet... Il vient de chez nous — H.M.B. 17.

— C'est chez votre père que ces gilets sont confectionnés ? »

Jettchen devint grave, pinça les lèvres et se tut.

Kössling, remarquant qu'il avait mis le doigt sur un endroit sensible, rectifia sa cravate, l'air embarrassé.

« Non, Kössling, non », intervint Jason, qui clopinait à côté d'eux. Et sa voix perdit son ton moqueur, se fit calme et amicale. « C'est mon frère Salomon qui confectionne ces gilets. Le père de Jettchen a choisi depuis longtemps un monde meilleur. Dommage, j'aurais volontiers fait cela pour lui, car je n'avais rien à perdre, mais c'est lui qui y est resté, et moi, je suis rentré à la maison. Il était le meilleur de nous quatre. Il suffit de voir sa fille pour s'en rendre compte. Mais, Kössling, je vous le demande : est-ce qu'il n'en va pas toujours ainsi ? Il reste l'écume. Börne meurt, mais les Pückler et les Menzel[7] vivent, croissent et prospèrent. »

En parlant, il s'était échauffé jusqu'à la fureur.

« Nous avons mis inconsidérément notre vie en jeu. Et sans nécessité, qui plus est. Pour mon pauvre frère, l'affaire a plutôt mal tourné. Et cette enfant » — il prit la main de Jettchen — « est avec une vague silhouette tout ce qui me reste de lui. Mais Jettchen lui ressemble davantage que cette silhouette. »

Ils marchèrent un moment côte à côte, chacun plongé dans ses propres pensées.

« Voyez-vous, Kössling, j'ai commis deux grosses bêtises dans ma vie. La première en 1813 — nous étions tous beaucoup mieux avant, soyez sûr que, depuis, le monde a roulé à reculons — et puis en 1825 — là, je me suis mis dans la tête que je n'avais pas assez pour vivre. Bon, ça n'a pas duré longtemps. Lancer mon affaire de tissus et la liquider, ç'a été tout un. Et depuis, il est vrai que j'ai du mal à joindre les deux bouts. Figurez-vous que mon frère aîné, Salomon, est le seul être que j'envie. Il mange, boit, dort, joue au whist et à *l'hombre**, fait des patiences avec sa femme, confectionne des gilets H.B.M. 17 et des cravates en foulard, exporte des châles, tient ses livres de compte en partie double et triple, en italien, en espagnol et en grec moderne, et les seules choses qui puissent l'arracher à sa tranquillité, c'est l'obtention d'une remise de Sommerfeld ou des délais sur les changes avec l'Angleterre.

— Vous habitez chez votre oncle, *Demoiselle** Jettchen ?

— Oui, d'aussi loin que je me souvienne ; c'est là que j'ai grandi.

— Votre oncle et votre tante sont donc comme des parents pour vous ? »

Jason la devança.

« Non, Kössling, non, on ne saurait le prétendre. Ma belle-sœur n'aime qu'un seul être au monde — sa propre personne. Et mon frère... Avec les années, il est devenu la comptabilité en partie double et triple faite homme.

— Mais non, oncle Jason, ce n'est pas vrai !

— Eh bien, *comme vous voudrez, ma belle Henriette**. Mais vous connaissez cela, Kössling, n'est-ce pas ? On se trouve parmi des gens, on prend le thé en société, en famille, et l'on flaire un esprit proche, un frère, une sœur, un cœur sensible parmi les larves. C'est ce qui nous est arrivé à tous les deux, mais de ce fait, justement, on ne peut pas dire que ma nièce ait des parents.

— Nous allons descendre la rue de Spandau, il y a au Molkenmarkt une femme qui vend ses produits à très bon marché.

— Qu'en dites-vous, Docteur ? Vous craignez sans doute d'arriver trop tard chez l'imprimeur ? »

Kössling sursauta, car il était plongé dans la contemplation de Jettchen ; il la regardait à peu près comme on fixe des yeux un beau tableau, en s'absorbant complètement dans cette vision, oubliant tout. Il avait caressé des yeux ses cheveux, effleuré du regard la peau fine des tempes, tout doucement ; ç'avait été comme un contact physique, comme une excitation des nerfs au bout des doigts. Il s'était presque effrayé de ce qu'il éprouvait.

« Passerons-nous chez l'imprimeur, finalement ? Je préférerais lire quelques journaux chez Stehely. On n'est plus au courant de rien.

— Nous pouvons faire l'un et l'autre. Mais allons d'abord acheter ce poisson. Il faut que vous voyiez comment je viens à bout des sorcières, Docteur. »

Une petite fille d'une douzaine d'années, en haillons, les jambes nues, blême, s'approcha de Kössling.

« Ah, M'sieur le comte, achetez-moi donc un petit bouquet de violettes pour mademoiselle votre fiancée. J'ai tellement faim, et je n'ai pas encore gagné un sou, aujourd'hui. »

Jettchen rit. Kössling était devenu tout rouge, il posa la main sur la tête du petit être blême et sale.

« Combien cela coûte-t-il, mon enfant ?

— Cinq pfennigs le bouquet.

— Et qu'est-ce qui te fait penser que cette dame est la fiancée de Monsieur le comte ? » demanda Jason, amusé.

La petite, reconnaissant que les cinq pfennigs pourraient peut-être bien se transformer en dix, n'eut pas à réfléchir longemps.

« Oh, ça se voit tout de suite. Elle est tellement belle, la demoiselle. Et M'sieur le comte, comme il la couve des yeux ! »

Jason se tordit de rire ; Jettchen, légèrement indignée, tiraillait sur les doigts de ses gants bleu mourant, et Kössling était rouge comme une écrevisse. Il glissa dix pfennigs dans la main de la petite et tendit le bouquet de violettes odorantes à Jettchen, en se courbant profondément devant elle. Jason prit lui aussi deux bouquets, il en donna un à Jettchen et lui baisa la main.

« Vous voyez, Kössling, comme je suis son oncle, je puis me le permettre. »

Jason, tournant l'autre bouquet entre ses doigts, reprit son chemin en fredonnant :

« Elle était de violettes bleues,
La couronne qui se mêlait
Aux boucles de la petite Anne
Quand en dansant je la serrai
Si timidement contre moi. »

Il savait déjà à qui il en ferait don. Il le savait toujours, même si la petite Anne n'était pas toujours la même.

« *Demoiselle** Jettchen, avez-vous déjà vu les champs de jacinthes de la Fruchtstrasse ? Et à présent, ils doivent être en fleurs ! Cette semaine ou la suivante, il faut absolument que vous y alliez. Il y a une sorte de tribune en hauteur, d'où l'on voit une mer de couleurs. Toute une palette parfumée. Nous avons beaucoup de verdure et beaucoup de fleurs, à Berlin, dans les parcs et dans les jardins, mais là, il y a quelque chose de hollandais, de tropical.

— Tous les ans, nous nous promettons d'y aller, mais ma tante ne trouve jamais le temps, et puis elle n'aime pas rouler en fiacre, elle craint toujours que la voiture se renverse.

— À *votre* place, *Demoiselle**, je ne m'y risquerais pas non plus. Songez-y, si l'on vous dételait vos chevaux, comme on l'a fait récemment à Vienne à la Taglioni. »

Cela lui avait échappé ; il s'effraya lui-même de son audace.

« Docteur, docteur, gronda Jason, ne rendez pas cette enfant plus présomptueuse qu'elle n'est. Est-ce qu'elle ne va pas déjà comme un trotteur de trois ans tirant un landaulet ?

— Oh non, on ne me détèlera pas mes chevaux, je n'ai rien à craindre.

— Peut-être irez-vous voir les jacinthes, cette année, Monsieur Gebert. Il faut que vous montriez cela à votre nièce.

— Docteur, Docteur, dit Jason en clignant des yeux derrière le lorgnon qu'il venait de tirer de sa poche pour considérer son compagnon, grand, blond et gauche.

— Oh oui, mon oncle, tu m'emmèneras, le pria Jettchen.

— Tu me vois tirer la patte à côté de toi, dans le rôle de gardien du trésor ? Tu sais, Jettchen, il faudra que je parle sérieusement à ta tante, ce soir.

— Si tu penses que ce n'est pas convenable...

— Mais non, Jettchen. Je t'emmènerai, bien sûr, dit l'oncle. Et même avec un fiacre de parade, précédé d'un piqueur en livrée. »

Puis, passant du coq à l'âne :

« Docteur, vous parliez à l'instant de la Taglioni. Avez-vous entendu la Sontag lors de son passage à Berlin, ce petit rossignol ? Que valent auprès d'elle les sautillements de la Taglioni ? Ou Fanny Elssler ? Savez-vous que moi-même, avec ma pauvre patte folle, je me suis attelé à sa voiture, ici, sur l'Alexanderplatz ? C'était une autre époque, docteur — Berlin avait encore un théâtre.

Ils étaient arrivés au Molkenmarkt. Jason montra la prison en tapotant l'épaule de Kössling.

« Nous irons aussi là-bas, voir l'oncle Dambach[8].

— Voici mon amie », s'écria Jettchen, et elle s'approcha d'une marchande, un colosse qui occupait tout un emplacement tenant de l'échoppe et de la caisse de bois. Elle était assise à côté d'un bac à poissons où barbotaient en tous sens des petits gardons, des carpes aux larges écailles couvertes de mucus, des tanches, des perches, tandis que de grands brochets verts, longs et minces, se tenaient immobiles au milieu de cette agitation. Oui, cette femme était un colosse, les bras nus comme un garçon boucher, avec une robe de cotonnade jaune à fleurs, un chapeau de paille à grand bord et un visage large comme une omelette, grêlé comme s'il avait cuit dans un moule à gaufres.

« Eh bien, ma petite demoiselle, qu'est-ce que ça sera pour vous ? Mes beaux brochets, aujourd'hui quinze groschen les gros ! » chantonna-t-elle d'une voix aiguë et monocorde.

Jason avait prestement plongé la main dans le bac, saisi par la queue un brochet, et balançait maintenant l'animal luisant de-ci, de-là, éclaboussant tout.

« Dites-moi donc, brave femme, combien coûte cette ablette ? » demanda-t-il d'un air innocent.

Mais il avait trouvé à qui parler. Car la marchande, une fois remise de son premier étonnement, se campa les mains sur les hanches, les coudes largement écartés, et se mit à glapir.

« Non mais, c'est-il qu'on voudrait me rouler dans la farine ? Voyez-moi ça le vieux garnement bancal avec sa tête d'arrogant sur son collet monté ! Que je l'y prenne, tiens !

— Mais, brave femme, nous voulons juste acheter ce brochet !

— Bon, alors achetez-le. Mais mes brochets, on ne les prend pas par la queue. Qu'est-ce que vous diriez, si on vous en faisait autant ? »

Jason se ravisa, car il voyait bien que, sinon, on risquait d'entendre des propos qui n'auraient rien de délectable pour de chastes oreilles. Jettchen marchanda, proposant douze groschen et demi au lieu de quinze pour un gigantesque animal au museau pointu, un vrai brigand de brochet. On se mit d'accord pour treize groschen et demi après que la marchande eut encore assuré qu'à une si bonne cliente elle livrerait son poisson à domicile, et tout cuit, pour quatorze groschen et demi.

Kössling tendit le filet pour que la marchande y jette le poisson, qui se prit aussitôt aux mailles, frétillant et happant l'air. Aucune puissance au monde, dit-il, ne pourrait le déterminer à souffrir que *Demoiselle** Jettchen portât ce fardeau.

Jettchen lui demanda le filet, mais en vain : il se serait fait tuer plutôt que d'y consentir.

Jason lui dit que porter un filet à poisson conviendrait sans doute mieux à sa nièce qu'à lui. Mais Kössling n'en démordit pas et déclara que, si on le prenait pour un domestique, il ne pourrait que se réjouir de passer pour le serviteur de Jettchen. Jason insista alors pour que Kössling le laissât au moins partager le fardeau, tenir une poignée du filet. Mais Kössling n'en voulut rien entendre non plus.

« Soit, Docteur. Si vous m'aidez à rapporter le poisson à la maison, il faut aussi que vous nous aidiez à le manger.

— Eh oui, Kössling, je vous emmène ce soir chez mon frère. Pris ensemble, pendus ensemble. »

Le grand docteur tout gauche, qui était en société comme un enfant, fut alors saisi de crainte et d'effroi. Non, ce n'était pas ce qu'il avait en tête. Il ne pouvait absolument pas accepter, et d'ailleurs il ne savait pas si cela conviendrait à l'oncle Salomon. Ils ne pouvaient quand même pas l'inviter à la table d'autrui.

Oh, mais si, il le pouvait, dit Jason, car il détenait encore dix pour cent des parts de l'affaire de textiles de son frère, et était donc autorisé à disposer d'un dixième du poisson. C'est pourquoi il avait toujours le droit d'amener avec lui un invité. Celui-ci, naturellement, ne devait pas manger plus d'une part de poisson s'il ne voulait pas entamer ses revenus à lui, Jason.

Jettchen, qui s'amusait du désarroi de Kössling, dit que ce ne serait pas si terrible. Qu'il ne craigne rien, elle lui abandonnerait encore une moitié de son morceau.

« Alors, si vous voulez bien m'abandonner un demi-morceau, je viens », dit Kössling en s'inspectant du regard pour voir s'il était le même qu'avant.

Cet hommage ne déplut pas à Jettchen, car un seul regard lui avait enseigné qu'avec sa gaucherie cet homme était, comparé à tous ceux qui la flattaient, comme une page blanche auprès d'épais registres de péchés.

« Eh bien c'est entendu, Docteur, vous venez ce soir chez mon frère ; je passerai vous chercher. Vous ferez la connaissance de gens nouveaux pour vous ; ils ne sont pas toujours agréables, mais ils ont aussi leurs bons côtés. Pourquoi pas ? Tout le monde n'est pas censé avoir des lettres.

Ils remontèrent en flânant la rue de Spandau ; par endroits, l'oncle Jason devait clopiner derrière eux, car ils ne pouvaient marcher à trois de front sur l'étroit trottoir bosselé. Jason jurait et ratiocinait qu'en fait c'était Kössling qui aurait dû marcher derrière puisque la jeune dame était sa nièce à lui, et que Kössling n'était en rien concerné. Mais Kössling opinait que l'autre avait joui pendant de si longues années du privilège d'accompagner la demoiselle qu'on ne pouvait lui en vouloir s'il souhaitait à présent partager le même avantage. Il proclamait que le droit prussien accordait à tous des droits égaux sur les nièces.

Ils se retrouvèrent à l'angle de la Königstrasse et s'arrêtèrent.

« Il faut maintenant que je traverse, c'est là que nous habitons.

— Je ne me dessaisirai pas de ce brochet avant d'être sûr et certain qu'il finira à la poêle, dit Kössling. Il faut en outre que je voie la maison pour la retrouver. Berlin est si pauvre en monuments qui méritent d'être vus... C'est donc ici que vous habitez. C'est joli, très joli ; c'est un poète qui devrait vivre ici, avec ces couronnes de laurier sous les fenêtres. De quand date cette maison ? Quarante ans, peut-être ? Où est votre fenêtre ?

— Si vous songez à une sérénade, c'est inutile. Jettchen dort sur l'arrière de la maison ! le taquina Jason.

— Ne m'en veuillez pas, aujourd'hui, je suis tout décontenancé. Chacun est heureux à sa façon, et je le suis toujours quand je rencontre quelque chose de joli.

— Décontenancé ou heureux ? demanda Jason de son air innocent.

— Les deux, ami de mon cœur, enfant chéri des muses brandebourgeoises. »

Ils restèrent encore un long moment devant la large porte à deux battants, prirent au moins cinq fois congé l'une des autres sans parvenir à se séparer, jusqu'à ce qu'à une fenêtre du premier étage apparaisse une imposante charlotte de tulle blanc et qu'une voix dolente et traînante crie :

« Jettchen ! Jettchen ! »

Jason agita son haut-de-forme et déclama :

« Et tous dans l'angoisse épiaient
Le moindre de ses gestes,
Chacun de ses regards
Impérieux comme ceux d'un monstre. »

« Savez-vous qui chante cela ? Notre ami le docteur Ludwig Liber, alias Ludwig Lesser. "Tu nous serais resté plus cher, Lesser/Si tu n'avais pas écrit[9]."

— Alors, Docteur, vous venez ce soir ?

— Non, non, je n'ai accepté que par plaisanterie.

— Sois tranquille Jettchen, je te l'amènerai.

— Entendu, je vais dire tout de suite à ma tante que vous nous faites cet honneur. »

Claire et traînante, venant d'en haut, la voix retentit de nouveau : « Jettchen ! Jettchen ! »

Elle tendit la main aux deux hommes — elle avait ôté son gant —, une main fine mais charnue, avec des fossettes à la base des doigts ronds, roses, comme faits au tour.

« Allons, au revoir ! »

Kössling lui tendit le filet et, ce faisant, lui tint la main un peu plus longtemps qu'il n'aurait été nécessaire. Puis il sursauta, rougit, et la salua chapeau bas, dans les formes et maladroitement.

Sifflotant et fredonnant, Jason prit le bras de Kössling ; Jettchen s'engouffra sous le porche.

Dans l'entrée, où le sablon répandu sur le plancher crissait sous les pas, il y avait à gauche et à droite deux reliefs de plâtre enchâssés dans le mur, deux plaques en demi-bosse, aux figures nettement circonscrites et finement ciselées. L'une montrait Amour et Psyché, l'autre Bacchus éduquant le jeune dieu. Depuis des années, Jettchen ne leur prêtait plus attention. Mais aujourd'hui, elle passa très lentement entre elles, leva vers elles un regard à demi fuyant, les salua comme de vieilles connaissances et sourit.

À droite, on entrait directement dans le magasin. Les comptables, la plume d'oie derrière l'oreille, se balançaient d'une jambe sur l'autre devant leurs hauts pupitres comme des chevaux devant leur mangeoire. Jettchen regarda à travers la porte vitrée dont le panneau central, clair, était entouré d'une bordure de verres de couleur — rouges, verts et jaunes — et salua les employés. L'oncle n'avait fait installer ce vitrage que depuis peu. Auparavant, il y avait là une porte en bois laquée de blanc, avec toutes sortes de ciselures et de fioritures. Mais l'oncle avait fait enlever le panneau pour qu'on le remplace par du verre multicolore, parce que cela lui semblait plus élégant.

L'escalier était très obscur ; les marches hautes, creusées et usées. Devant les fenêtres aux amples rideaux de mousseline blanche étaient ménagées des galeries qui prenaient encore à l'escalier le peu de lumière que les rideaux voulaient bien lui laisser. Mais Jettchen connaissait le chemin. Elle trouva dans l'obscurité le cordon de sonnette brodé de perles au nom de S. Gebert, en beaux caractères élancés, mais qu'ici l'on ne pouvait distinguer et lire qu'au toucher. La cloche s'agita longtemps sans pouvoir s'arrêter, recommençant ses appels quand on l'aurait crue calmée.

Tante Rikchen ouvrit. Elle avait toujours sa charlotte et ses pantoufles du matin, et portait une ample robe à plis en soie rayée gris et blanc, étoffe à la mode quatre ans plus tôt. La chose ne lui avait pas coûté cher, car elle avait pris à l'entrepôt le vieux coupon qui devait être bradé et s'était assuré pour une journée les services de la couturière, qui lui avait fabriqué, en y mettant mille petits plis, volants et franfreluches, de quoi envelopper son imposante personne, un vêtement qui était une sorte d'hybride entre une robe de bal et un saut-de-lit.

Tante Rikchen était toute petite, trapue, et enrobée d'une considérable masse graisseuse. Avec cela, son visage était joli, presque enfantin, mais il révélait aussi un caractère infantile, étroit, borné. Deux yeux noirs y semblaient deux raisins de Corinthe sur un petit beurre rond.

« Jettchen, qu'est-ce que tu faisais dehors, tout ce temps ? demanda-t-elle d'un ton indigné. Ton oncle va monter d'un moment à l'autre et il faut que tu jettes encore un coup d'œil au rôti de veau, la domestique n'y entend rien. »

Jettchen s'avança sur le palier, qui recevait de deux côtés la lumière de portes vitrées. Il était badigeonné de blanc et quelques vieilles petites chaises qui venaient du salon du grand-père, avec leur tapisserie usée jusqu'à la corde et leur dorure écaillée, y finissaient leurs jours.

« J'ai rencontré oncle Eli. Savais-tu que tante Mine n'était pas bien ? Il a fallu faire venir Baumbach. Mais elle sera là ce soir, elle ne ratera pas l'occasion.

— Elle aura encore mangé quelque chose qui ne lui convenait pas.

— Oui, c'est aussi ce que pensait oncle Eli. Et puis j'ai rencontré oncle Jason.

— Qu'est-ce qu'il fait, celui-là ?

— Il t'envoie le bonjour, et il amènera ce soir un ami, un certain docteur Kössling.

— C'est inconcevable ! Mais je le dirai aussi à Jason. Depuis quand est-ce que je tiens une auberge ?

— Mais, ma tante, il a déjà assez souvent amené quelqu'un à dîner, et ce docteur Kössling est vraiment très gentil.

— Je n'ai rien contre, mais il pourrait quand même rendre la pareille de temps en temps. »

Elle prit le filet et tâta le brochet, qui donnait encore quelques très faibles signes d'appartenance consciente à cet univers.

« Combien l'as-tu payé ?

— Treize groschen et demi, ma tante.

— Je l'aurais eu pour moins cher. Allons, quand on envoie une dinde faire les courses, les marchands se frottent les mains », ajouta-t-elle d'un ton pointu.

Jettchen n'avait pas le don de répondre à ce genre de propos.

Sa gorge se serrait, les mots ne pouvaient en sortir, et les larmes lui venaient aux yeux.

« Est-ce qu'au moins tu m'as échangé mon livre chez Fernbach ? »

Jettchen tira de son sac pompadour un petit volume usé, recouvert de papier marbré.

« *Ivanhoé* ? Où va-t-il chercher tous ces livres ennuyeux qu'il a maintenant, Fernbach ? Est-ce que tu ne pourrais pas m'apporter quelque chose de Siede ou de Rambach ? Là, ce sont des livres que j'ai toujours plaisir à lire. Ou un nouvel Eugène Sue ! Mais toujours Scott et Dickens et Dickens et Scott et Sternberg et les Schopenhauer[10].

— La prochaine fois, je demanderai s'il a quelque chose de Siede.

— Bien, à présent, Jettchen, va donc voir où en est le repas », dit la tante, et, tenant le livre entre ses gros doigts, elle se glissa vers le salon.

Jettchen passa dans sa chambre, qui donnait directement sur le palier. Elle avait une fenêtre à petits carreaux et une porte ouvrant sur la galerie au-dessus de la cour. C'était une petite pièce silencieuse. Seule la lumière y chantait, et il y flottait une forte odeur de menthe poivrée, car sur le rebord de la fenêtre étaient posées deux balsamines dans des pots de porcelaine blanche, hauts et coniques, ornés de masques dorés. Un lit, avec un ciel de lit en cotonnade à fleurs rouges, occupait un coin de la chambre. La fenêtre était garnie de rideaux de gaze à motifs blancs, et, devant un sofa de cuir aux formes arquées, piqué de longues rangées de boutons blancs, une petite table en bouleau clair, oblongue, était perchée sur ses hautes pattes fines. Sur le jeté de table de reps imprimé était posé le livre d'or de Jettchen, un petit volume relié de cuir brun, avec une dorure qui montrait un cœur brûlant sur l'autel de l'amour ; juste à côté, un globe à poisson rouge au socle de terre cuite couleur bronze, auquel s'appuyait une bergère rococo alanguie par ses peines de cœur. Et le gros poisson rouge nageait tranquillement en rond dans sa boule de verre, tantôt informe, tantôt mince de nouveau, selon que ses mouvements le rapprochaient ou l'éloignaient de la paroi rebondie comme une loupe ; de temps à autre, il considérait de ses yeux stupides et protubérants le petit volume de cuir allongé et la bergère sentimentale. Quelques chaises laquées de blanc, au dossier contourné, montaient la garde en silence, rangées de part et d'autre d'une vitrine en acajou qui abritait toutes sortes de merveilles derrière ses vitres étincelantes.

Jettchen noua un grand tablier et sortit sur la galerie, effleura les branches du vieux noyer qui s'étendait de tous côtés dans la cour étroite, et qui sembla caresser la jeune fille de ses grappes de fleurs noires pendantes et de ses jeunes feuilles collantes, au parfum pénétrant.

À la cuisine, la nouvelle servante ne se sortait pas d'affaire ; Jettchen retourna la viande, la mouilla de jus, augmenta le feu, et quand l'oncle arriva, le rôti était cuit à point.

À la maison, l'oncle Salomon portait une longue redingote où les taches dessinaient les cartes de territoires aux contours compliqués, et en toutes saisons une calotte de soie noire brodée d'une guirlande de feuilles de chêne au point de chaînette. S'il arrivait qu'il l'oubliât, le lendemain il souffrait d'un refroidissement, et bientôt toute la maison était enrhumée.

Salomon ressemblait beaucoup à Jason, mais il était plus vieux, déjà tout gris, avec cela un peu bouffi. Et les mêmes traits, qui chez Jason paraissaient fins, nettement ciselés et pleins d'esprit, étaient avec les années devenus chez lui obtus et grossiers. Les décennies de mesquine existence boutiquière, les tiraillements et disputes de son ménage, l'apathie de cette cohabitation, les années parcourues sur la même voie où rien ne distinguait le lendemain de la veille, tout cela l'avait affaibli, amolli, et rendu quelque peu méfiant. Alors qu'auparavant il avait eu sa part du fameux humour plein de verdeur des Gebert, il ne lui en restait plus à présent que quelques tournures et un certain nombre de plaisanteries que l'on ne pouvait pas raconter dans toutes les sociétés. Il avait aussi à son répertoire quelques farces qui n'étaient pas particulièrement fines. Quand par exemple quelqu'un avait la tête tournée, il tendait le doigt, appelait l'autre par son nom, et se tordait de rire quand le malheureux, en se retournant vers lui, se plantait dans la joue l'index brandi. À chaque fois, la tante Rikchen s'emportait, s'indignait de ce genre de tours. Mais il n'y renonçait pas, c'était là tout ce qu'il se permettait encore. Quant au reste, il s'était depuis longtemps habitué à céder en tout, à sa femme comme aux évènements. Mais ses farces, il les tenait pour ses droits réservés, garantis et scellés.

À une heure très exactement, l'oncle Salomon était assis à sa place, sur sa haute chaise au dossier contourné, à la table ronde en acajou, sa serviette nouée autour du cou et soigneusement fixée à sa vieille redingote par trois épingles. Là, sans mot dire, il se contentait de piquer sa serviette en mesure du bout de sa fourchette pour donner voie à son impatience, car sa vie était si minutée que les voisins avaient l'habitude de régler leur montre en fonction de lui.

La pièce était vaste, claire et peinte de bleu. Autour des chambranles courait une large frise argentée. Des chaises de chêne foncé à haut dossier contourné paradaient tout le long du mur. Sur le buffet, haute caisse brune et lisse, étaient posés des verres rouges en cristal taillé, qui étincelaient et réfractaient sur le plafond de petits rayons de lumière. Ils se miraient joyeusement dans une lampe sinombre[11] — le modèle orientable — et encerclaient les deux candélabres de porcelaine, raides colonnes doriques, avec leurs grosses chandelles jaunes, chacun escorté de sa mouchette d'argent. Sous le sofa recouvert de damas bleu se cachaient encore, bien qu'on fût déjà en avril, des rangées entières de pots pleins de fruits en conserve. Un traversin, orné d'un perroquet bleu en tissu découpé, débordait d'un côté du sofa ; un second, avec de belles lettres élancées, de l'autre. Sur le tabouret, on voyait, dans le même style, un petit chien de soie blanche sur fond bleu, avec des yeux perçants en perles noires ; et les coussins épais et moelleux qui recouvraient les rebords des deux fenêtres arboraient des guirlandes de roses au point de croix : des roses rouges à la fenêtre de l'oncle, d'innocentes roses blanches à celle de la tante. Traversins, tabouret et coussins des fenêtres étaient l'œuvre de Jettchen. Mais devant les fenêtres étaient suspendues à de petites chaînes de minces plaquettes de biscuit blanc sculpté de figurines dont la lumière du jour, en les traversant, soulignait la beauté plastique. L'oncle ne les avait acquises que récemment. La « Prière du soir » et le « Salut à l'aurore » se faisaient pendant, et on pouvait toujours considérer, disait l'oncle, que « Peine perdue » et « Le Guerrier et son Fils » allaient ensemble.

L'oncle Salomon était toujours assis seul à la table, et c'était maintenant la nappe qu'il piquetait de sa fourchette. Puis vint Rikchen, indignée que le repas ne fût pas encore prêt. Mais Jettchen était rentrée si tard ! Enfin arrivèrent Jettchen, toute rouge et les larmes aux yeux — parce que le fourneau avait fumé —, et derrière elle, d'un pas dansant, la nouvelle servante qui apportait le plateau.

Ils étaient à présent à table tous les trois, comme toujours. L'oncle et la tante avaient vieilli — autour de cette table ronde, dans ces pièces. Et il y aurait bientôt un quart de siècle déjà que Jettchen mangeait avec eux à cette table ronde recouverte de toile cirée. Quand elle était arrivée dans cette maison, il fallait que l'on empile des coussins sur sa chaise pour qu'elle ait simplement le nez au-dessus du plateau de la table. À présent, elle n'avait plus besoin de coussins.

Elle aurait pu se marier depuis longtemps, sans doute, si justement elle n'avait pas appartenu à une famille en vue. Il est vrai que son père ne lui avait pas laissé de fortune, il n'était pas allé bien loin, mais c'était une raison de plus pour qu'on veillât à lui trouver une bonne famille. En fait, cela aussi aurait pu se faire souvent déjà, si l'oncle Salomon n'avait pas été si près de son argent et si la tante Rikchen et lui n'avaient pas trouvé plus commode et moins cher d'avoir Jettchen pour aider à la tenue du ménage. De toute façon, elle recevrait un jour en échange assez et plus qu'assez. Pourquoi se mettre à sec ? Elle trouverait bien un homme le moment venu. Et si c'était absolument nécessaire, on lui en chercherait un. Pour l'instant, les choses allaient très bien telles qu'elles étaient. Et Jettchen était encore assez jolie pour en accrocher dix plutôt qu'un à chacun de ses doigts.

L'oncle était de mauvaise humeur, car on lui avait rapporté de source sûre et confidentielle que le roi n'allait pas bien. Non que cela eût affecté son cœur de patriote, mais il se disait que si quelque accident trop humain frappait le roi, en ce moment précisément... Or les rois ne sont pas à l'abri de telles vicissitudes, se disait-il, de même qu'un conseiller intime peut mourir lui aussi — il n'aimait guère parler de cette perspective ultime de notre destin, le seul fait d'y penser lui donnait même le hoquet. Si donc un tel évènement se produisait, il se retrouverait sûrement, lui — Salomon Gebert & Co. —, avec sur les bras la moitié de son entrepôt d'étoffe à gilets fantaisie, sans parler des pièces qui devaient arriver et qui, l'an prochain, seraient passées de mode. Et il tournait la chose dans sa tête, se demandant s'il ne serait pas indiqué, pour au moins se couvrir un peu, de réapprovisionner ses entrepôts en noir et en imprimés à motifs noirs.

La tante était d'avis que pour le roi, ce n'était pas si grave. Il vivrait sûrement quelques années encore. Et d'ailleurs, Dieu soit loué, elle ne se souhaitait pas d'autre souverain. Elle avait en effet l'obscur sentiment de compter en quelque sorte parmi les parents ou alliés de la famille royale de Prusse sous prétexte qu'un jour, lors d'un bal de la Ville, un prince de Prusse avait dansé avec elle — autrefois, quand elle était encore jolie, jeune et moins volumineuse. Son mari n'était pas spécialement fier de ce souvenir, qu'elle lui servait sous un éclairage un peu particulier, comme si seule la résistance de fer de sa féminité native avait empêché que sa beauté devînt un piège fatal à sa vertu. Mais il se disait — en se fondant sur une expérience suffisamment renouvelée et confirmée depuis trente ans — que dans la petite cervelle de son épouse les choses du monde se reflétaient un peu autrement qu'elles n'étaient, et que les évènements restaient inscrits un peu autrement qu'ils ne s'étaient produits en réalité. De même qu'elle mêlait dans ses propos incendiaires les vivants et les morts et disait sur le compte des gens des choses qui ne volaient pas haut, sans doute son imagination luxuriante lui avait-elle là aussi joué un tour.

Jettchen était d'avis que l'information recueillie par l'oncle méritait certes qu'on y réfléchît, mais qu'il ne fallait encore rien entreprendre. Au besoin, il pourrait toujours écouler ses stocks à l'étranger. Et un deuil national n'impliquerait probablement pas un effondrement absolu des gilets fantaisie. Ce matin même, Jason, d'ordinaire au courant de tout, n'avait pas entendu dire que le roi allait mal.

Au nom de Jason, la tante Rikchen s'était débondée comme un batardeau de moulin, laissant se répandre sans retenue des flots de paroles.

Elle se lança dans des digressions sur les raisons d'être de Jason, sur la vie qu'il menait considérée d'un point de vue moral, et ajouta que, comme si cela ne suffisait pas, Jason prétendait encore introduire chez eux, ce soir au dîner, un de ses acolytes. Elle ne comprenait pas à quelles fins, conclut-elle avec un long regard en coin sur Jettchen.

Mais Salomon ne se laissa pas entraîner sur ce terrain, car il aimait son frère et sentait secrètement que chez Jason beaucoup de choses étaient parvenues à maturité qui, chez lui, avaient dépéri. En outre, il ne savait que trop bien que sa femme menait depuis trente ans une guerre permanente contre tout ce qui s'appelait Gebert, parce les Gebert étaient socialement plus élevés, plus distingués spirituellement, plus forts dans la vie que les gens de sa famille, les Jacoby, parés de leur étroitesse mesquine et haineuse. Malgré leurs différences, le harnais des habitudes unissait étroitement cet attelage dissemblable, et ces deux êtres ne voulaient rien d'autre que continuer à marcher côte à côte. Les tempêtes des discussions entre eux ne bouleversaient pas le fond des eaux du port conjugal, elles n'y produisaient que des vaguelettes de surface, et quand bien même l'oncle hurlait et traitait son épouse d'abrutie, ils se retrouvaient aussitôt après pour faire paisiblement la sieste ensemble sur le sofa — ou bien la tête l'un contre l'autre, ou bien chacun de son côté, le visage si bien pressé sur son traversin que, pendant une demi-heure après leur réveil, l'oncle portait sur la joue la trace en creux du perroquet et la tante l'empreinte inversée du mot « douce ». Ils regardaient alors par la fenêtre en s'appuyant sur leurs coussins enguirlandés de roses, pourpres pour lui, du blanc de l'innocence pour elle, jusqu'à ce que ces marques de leur sommeil paisible s'effacent pour refleurir le lendemain.

Autrefois, ils regardaient fort bien côte à côte à la même fenêtre, mais au cours des dernières années, cela leur était devenu impossible pour des raisons physiologiques, de telle sorte qu'à présent, chacun avait sa fenêtre à lui.

Ce jour-là comme les autres, les évènements se déroulèrent selon le même cycle. Au cours de la conversation animée qui suivit ces considérations sur l'oncle Jason, l'oncle Salomon compara la tante Rikchen à une dinde — image qui n'était pas si fausse si l'on considérait la masse de sa cervelle en proportion de sa masse globale — et caractérisa sa famille comme un « nid de vipères insidieuses ». Comme il voulait donner plus de force à ces derniers mots, une vieille assiette à soupe en faïence anglaise décorée de toutes sortes de merveilleux oiseaux bleu foncé — il est vrai qu'elle ne tenait plus, depuis longtemps, que grâce aux rivets du raccommodeur — se trouva séparée en deux parties inégales. Mais, dix minutes plus tard, ils se retrouvèrent pourtant côte à côte sur le sofa, inspirant et expirant par le nez, le souffle silencieux, retirés de l'agitation et des querelles terrestres. Et au bout d'une bonne heure, ils se remirent chacun à sa fenêtre pour regarder dehors le bel après-midi ensoleillé, se lançant leurs remarques sur les passants qu'ils connaissaient ou qui leur étaient étrangers.

L'oncle Salomon était très habile à deviner quelle était la profession de ces gens. Il avait acquis cette dextérité au cours des décennies pendant lesquelles, chaque après-midi à la même heure, il avait observé la rue — en été par la fenêtre ouverte, en hiver de sa place près de la fenêtre close, grâce au miroir espion ; et ses connaissances ne le trompaient que rarement. La tante lui faisait le plaisir de l'interroger sans cesse, et ils jouaient ensemble comme des enfants.

« Tu l'as vu, celui-là ? demandait la voix du côté des roses blanches.

— Il jouerait bien du violon, disait la voix du côté des roses rouges.

— Et pourquoi donc, Salomon ? demandaient les roses blanches.

— Il a le menton qui pend à droite et l'épaule à gauche, expliquaient les roses rouges.

— Et celui-là ?

— Tu le vois bien toi-même ! répliquait-il, à moitié offensé, comme si la question était trop facile. Non ? C'est un cordonnier, ce gars-là. Tu n'as pas remarqué qu'il tient son pouce comme s'il tirait sur le ligneul ? »

Et cependant que les deux vieux s'amusaient à leur manière et s'entretenaient, n'interrompant leur jeu que pour dire du mal d'un voisin qu'ils saluaient d'un aimable signe de tête comme il passait dans la rue, Jettchen était dans sa chambre, assise devant la petite table de bouleau blanche, tenant un petit livre, tout petit, élégant et gracieux. C'est l'oncle Jason qui le lui avait offert. Il y avait peint lui-même une petite couronne de verdure — il s'adonnait volontiers au crayon, à l'encre de Chine et à la peinture — après quoi il y avait inscrit en beaux caractères élancés et garnis de fioritures une dédicace bien choisie. L'oncle Jason aimait ce petit volume, surtout ces quelques pages de Jean Paul [12], parce qu'il était vieux garçon et s'approchait déjà pensivement de ces années où l'on a coutume de ruminer le passé, « l'éternel printemps de nos sentiments ». Mais, aujourd'hui, Jettchen fixait le livre sans savoir vraiment ce qu'elle lisait. Et pour la vingtième fois déjà, son regard s'arrêta sur ce passage : « Et c'est ainsi qu'un trésor reste peu visible, réduit à une toute petite flamme dans la poitrine, jusqu'à ce qu'enfin une parole magique vienne l'attiser et que l'on découvre cette ancienne richesse. » Jettchen se répéta ces mots, et ils exercèrent sur elle un charme qui la fatigua légèrement, sans toutefois que leur sens se révélât tout à fait à elle.

Les battants de la fenêtre étaient maintenant à demi ouverts, les rideaux de gaze se gonflaient doucement au vent, et le parfum amer des jeunes feuilles du noyer de la cour, déjà à moitié plongé dans l'ombre, pénétrait dans la pièce avec la brise. Jettchen était assise dans le calme le plus complet, aucun bruit ne parvenait de l'extérieur, et de temps à autre seulement le poisson rouge glougloutait dans son bocal. Jettchen était maussade. Non pas vraiment de mauvaise humeur, mais elle ne savait pas très bien quel cours donner à ses pensées. Celles-ci surgissaient et disparaissaient sans prendre de forme stable. Elle éprouvait quelque chose comme un sentiment d'abandon, d'insatisfaction, se sentait seule et étrangère à cette maison et aux êtres qui y vivaient, auxquels elle était liée depuis plus de vingt ans. Ou peut-être depuis toujours ? C'est seulement dans ses rêves qu'elle se souvenait qu'un jour il en avait été autrement. Elle regarda autour d'elle. Rien dans la pièce ne lui sembla aimablement disposé à son égard, ni le lit, ni le sofa, ni les chaises le long du mur. Elle eut le sentiment de n'être ici qu'un hôte de passage. Seuls lui appartenaient vraiment, lui étaient familiers et bienvenus la petite vitrine avec les quelques objets qu'elle contenait, les poupées de porcelaine et les tasses, et les deux pots devant la fenêtre et les quelques livres là en bas, petite troupe d'amis que l'oncle Jason lui avait présentés peu à peu au cours des dernières années : comme il ne pouvait veiller à son bien-être matériel, il prenait doublement soin de son développement intellectuel et spirituel. Et sur la vitrine, la délicate petite boîte en carton doré, aux parois artistement ajourées, avec son fond fait d'un miroir et une mignonne peinture sur verre transparente comme couvercle, cette petite boîte qui contenait toutes sortes de souvenirs — le lorgnon et la chevalière de son père, une carte de vœux enjouée de Jason, la boucle de cheveux d'une condisciple, une boîte à aiguilles de sa mère, une plume de son canari défunt, et des centaines d'objets de pacotille disparates qui n'avaient de valeur pour personne d'autre au monde. Et sa beauté lui appartenait, aussi. Son visage, ses cheveux, sa silhouette, tout en elle, jusqu'à la fraîcheur de sa peau. Cela, elle était seule à le posséder. Elle n'était pas fière de sa beauté, mais elle l'aimait comme une bonne amie, une amie si proche que les éloges et les témoignages de satisfaction qu'elle reçoit nous touchent presque autant que s'ils nous étaient adressés en propre.

Soudain, Jettchen se leva comme si une idée lui était brusquement venue, prit les deux bouquets de violettes posés sur la table, les observa, les examina, puis dénoua l'un d'eux, s'approcha de la vitrine, en descendit la petite boîte dorée, la posa devant elle et regarda longuement la peinture du couvercle. On y voyait deux jeunes filles sous un ciel lumineux, l'une vêtue de rose, l'autre de bleu pâle, dans un jardin. La jeune fille en bleu pâle, agenouillée, cueillait de grandes roses à cent feuilles, que sa compagne, à côté d'elle, jetait dans sa petite corbeille. Jettchen regarda l'image un moment encore, puis elle ouvrit le couvercle, que des rubans de soie retinrent en arrière ; elle leva haut le bras, comme la jeune fille en rose, et laissa les violettes ruisseler très lentement entre ses doigts et tomber dans la petite corbeille de carton doré. Elle sentit chacune des fleurs passer entre les bouts de ses doigts. Les violettes se glissaient dans les failles, dans les fissures, restaient suspendues entre lorgnon, boîte à aiguilles, lettres, carte de vœux, plume, boucle de cheveux et petit carnet. Quelques-unes, pourtant, se glissèrent jusqu'au miroir du fond, s'y étendirent, et y contemplèrent leurs propres pétales bleus.

Jettchen referma la petite boîte en silence, avec un léger sourire qui ne fit que passer, une luciole de sourire, puis la reposa lentement et solennellement sur le haut de la vitrine, d'où l'air qui filtrait par les fines découpures du carton doré apporta dans la pièce l'odeur sucrée de chaque pétale détaché, plus forte maintenant que lorsque les fleurs étaient rassemblées en bouquet. Ensuite, Jettchen se pencha et tira de parmi ses livres une petite plaquette fatiguée, recouverte de papier marbré : son livre des oiseaux. Il traitait de l'élevage des canaris et des soins à leur apporter, et comportait en annexe un répertoire de leurs maladies, ainsi que des conseils sur l'aménagement judicieux d'une volière. L'opuscule était rédigé dans un allemand très curieux, plein de fautes. Dans l'existence de Jettchen, il avait cependant une tâche étrange à remplir. Il était pour elle une amulette, il la rendait invulnérable, il lui dispensait apaisement et consolation ; même quand elle était triste, il lui permettait de l'oublier. Elle l'ouvrit donc et lut, peut-être pour la centième fois : « Huit semaines après l'accouplement, la femelle pond dans le nid les œufs à la fine coquille bleu pâle. » Et Jettchen laissa vagabonder ses pensées — qui sait où ?

Puis la tante Rikchen entra et dit que Jettchen devait veiller à tout pour le dîner — il fallait qu'elle s'occupe du brochet ; elle-même devait encore sortir, elle ferait quelques achats, elle prendrait aussi une tarte aux pommes chez Wiese, pour le dessert. « En se demandant quand même pour qui il était nécessaire de se mettre ainsi en frais », ajouta-t-elle afin de quitter les lieux sur une pointe sans écho ni réplique, non plus en peignoir et charlotte, mais toute gréée, en grande toilette.

La tante Rikchen avait jeté sur ses épaules, par-dessus sa robe bleue, un châle d'Orient jaune, et noué autour de sa tête, tressée dans ses cheveux, une pièce du même tissu, dont un bout flottant pendait devant une de ses épaules. Dans ses jeunes années, cette mode lui allait bien, mais, à présent, s'habiller ainsi et se montrer dans la rue de Spandau et dans la Königstrasse coiffée d'un haut turban de Turque au harem comme Mme de Staël, cela avait tout d'une mascarade de sa part.

Jettchen se leva, chercha parmi ses robes suspendues dans l'armoire et en examina une, claire, sous toutes les coutures avant de l'étaler soigneusement sur le lit. Puis elle posa un petit écrin à côté de la robe et traversa le palier pour gagner le salon.

Celui-ci était encore plongé dans l'obscurité, les rideaux tirés ne laissaient qu'un étroit interstice où filtraient de minces rais de lumière, fins comme des mèches de cheveux blonds. Quelques housses blanches apparaissaient, pâles reflets, dans la pénombre verte, et Jettchen sentit lui tomber sur la poitrine le parfum oriental des roses fanées que répandaient les quatre pots pansus en porcelaine de Chine. Elle écarta les rideaux, ouvrit les trois fenêtres dont les battants pivotèrent vers l'extérieur en grinçant, et l'après-midi clair jeta un regard étonné dans la pièce en longueur. Ici, les murs étaient tendus d'une soie légère vert pâle, dont il fallait écarter la lumière car, même ainsi protégée, elle était déjà à demi passée. Sur le pourtour du plafond blanc courait un fin listel doré, et de deux rosaces peintes pendaient deux lustres en bois façon bronze, avec chacun six chandelles de guingois sur leur bobèche, comme des arbres après un ouragan.

En se dressant sur la pointe des pieds, Jettchen les atteignait de justesse, et elle redressa les chandelles l'une après l'autre jusqu'à ce qu'elles soient toutes, conformément à leur essence, droites comme des cierges, et s'élèvent en ordre égal au bout des bras incurvés et dorés du lustre. Ensuite, elle ôta précautionneusement les housses blanches des chaises, des fauteuils, du sofa.

Libérés de leur cocon, les meubles semblèrent s'étirer comme au sortir du sommeil. C'étaient des meubles peints en blanc, dont la laque dure, étincelante, se reflétait en taches claires sur le parquet brun encaustiqué. Toutes leurs formes étaient droites, minces et délicates. Seuls les accoudoirs des fauteuils et des deux petites banquettes étaient en col de cygne — le col arqué blanc, la tête dorée, d'un or mat comme le tissu dont était tendue l'assise plate et dure, d'un or mat comme celui du fin cannage de jonc des dossiers. Jettchen épousseta les meubles, l'un après l'autre, précautionneusement. La servante, en effet, l'aurait fait moins bien. Elle nettoya aussi le contenu de la haute encoignure : toutes les tasses et l'argenterie.

Sur la tablette en console entre deux fenêtres, devant le miroir, une pendule était posée sous son globe en verre, protégée par un Turc de porcelaine bariolée, moustachu, en pantalon bouffant, et flanquée de deux vases chinois. Elle accorda tous ses soins à cette pendule, et mit peut-être plus de zèle encore à nettoyer l'autre, au-delà de la fenêtre du milieu, devant un miroir identique, flanquée de vases identiques, une horloge de bronze doré sur laquelle Amour aiguisait sa flèche. À un endroit, elle frotta pendant cinq minutes le parquet ciré, étincelant, parce qu'à cet endroit-là elle ne le trouvait pas *assez* étincelant — seul un regard acéré pouvait ici percevoir une différence par rapport à la surface environnante, lisse comme un miroir. Elle abreuva les caoutchoucs et les palmiers posés sur la table à fleurs, lustra chaque touche du piano table brun — c'était une joie de la voir s'affairer ainsi et de l'entendre, en faisant tout cela, chanter d'une petite voix agréable :

« Belle enfant, jeune paysanne,
Viens avec moi dans mon château !
Chocolat ou bien limonade
Tu auras tant que tu voudras
Dans mon château ! »

Et à cette invite, elle répondait, mi-furieuse mi-amusée :

« Va, passe ton chemin, beau prince !
Et laisse-moi passer le mien.
Pour moi tu es beaucoup trop bien,
Vieux palefrenier !
C'est du village que je viens.
Ne sais-tu donc pas qui je suis ?
Il faut que je rentre chez moi,
À la maison ! »

Puis elle secoua son chiffon à la fenêtre, regarda dans la rue où des gens se promenaient, rit, et reprit sa chansonnette du début...

L'oncle Eli et la tante Minchen arrivèrent en premier. Il commençait à peine à faire sombre ; Jettchen était encore en plein travail, la tante Rikchen pas encore rentrée, et Salomon toujours en train de signer le courrier au magasin.

Tante Minchen était très petite, très vieille, et portait la tête légèrement enfoncée dans les épaules. Elle avait une robe violet foncé, un châle de dentelle noire, une toque de marabout sur les cheveux, en sus de quoi elle avait généreusement répandu sur toute sa vieille personne les nombreux bijoux composant une abondante parure de malachite. Tante Minchen était ratatinée comme une poire cuite, et sa vieille bouche tremblante, posée un peu de travers sur son visage, ressemblait à une boutonnière déchirée. À part cela, elle se portait dans l'ensemble fort bien pour ses soixante-quinze ans, et sa bouche de guingois travaillait, soit pour manger soit pour parler, avec sûreté et célérité. Cependant, la petite tante Minchen n'avait aucune idée du mal, elle n'avait même aucune raison d'être jalouse de son époux, puisque les intérêts extraconjugaux de celui-ci étaient de nature purement hippologique.

Oncle Eli avait échangé son frac brun du matin pour un autre exemplaire de la même espèce, en meilleur état ; le malheur avait cependant voulu qu'il rencontrât de nouveau quelqu'un à saluer sur son chemin, peut-être un autre commissaire, si bien que la poudre lui recouvrait de nouveau les épaules, en une couche épaisse comme de la farine. Vis-à-vis de tante Minchen, oncle Eli était la prévenance même.

« Minchen, n'enlève pas ton châle, tu risquerais de prendre froid, dit-il. Après, peut-être tu pourras l'ôter, et si plus tard il faisait vraiment froid, Jettchen te prêtera une *enveloppe** à elle. »

Oncle Eli ne songeait pas que dans une « *enveloppe** » appartenant à Jettchen, la petite tante Minchen aurait l'air de participer à une course en sac. Mais je puis déjà dire d'avance qu'il ne fit pas froid et que tante Minchen put, sans danger pour sa santé, rentrer chez elle comme elle était venue, en n'ayant sur sa robe que son châle de dentelle — elle n'habitait d'ailleurs qu'à deux rues de là.

Jettchen conduisit les deux vieilles gens à la salle à manger, et elle allait allumer la lampe sinombre, quand Minchen l'en retint : en quoi était-ce nécessaire ? Pas pour eux, en tout cas, pas pour eux ! Toute leur vie, ils s'étaient éclairés aux chandelles, ils le faisaient encore, et ne voulaient pas qu'on se livre à cause d'eux à un tel gaspillage. Plus tard, quand les autres arriveraient, Jettchen pourrait leur montrer la nouvelle lampe.

Les deux halos rouges des candélabres brillèrent d'une vive lueur dans l'obscurité de la pièce. Dehors, derrière les rideaux de mousseline, le ciel de printemps et les silhouettes des maisons voisines, de l'autre côté de la rue, virèrent au bleu foncé ; et la lumière des chandelles répandit un reflet doré sur ce couple étrange, le vieux trotteur pensif et la tante Minchen, posés là côte à côte comme deux oiseaux sur leur perchoir. Ils ne se parlaient presque pas. Quand on se connaît depuis si longtemps, que l'on a vécu et souffert tant de choses ensemble, vu mourir quatre enfants, vu détruire les maisons voisines, vu arriver et disparaître rois et souverains, Russes et Français, les mots sont devenus très superflus. Mais chacun savait fort bien ce que pensait l'autre. Car si l'un lançait une brève question, l'autre répondait sur-le-champ ; et si au bout d'un moment celui-ci posait à son tour une question, celui-là répondait tout aussitôt, et l'on pouvait remarquer que l'un et l'autre avaient continué à dévider parallèlement le fil de leurs pensées.

Cependant, Jettchen s'affairait dans la pièce. De l'armoire en chêne au fond de l'alcôve — une armoire grande comme une maison, et surmontée d'un vrai pignon — elle tira les lourdes serviettes de damas ; elle mit les allonges à la table, déplia la nappe, y posa les divers genres d'assiettes à motif bleu, les chandeliers étincelants, les coupes de verre rouge taillé soutenues par des dauphins en bosselage d'argent. Elle donna leur place aux salières munies de leur minuscule cuiller en forme de pelle, qui ne saurait manquer dans une bonne famille, ainsi qu'aux corbeilles à pain ajourées.

Du sofa, les deux vieilles gens suivaient des yeux chaque objet dans un silence entendu, mais en échangeant des regards qui auraient pleinement suffi à tout tribunal objectif pour introduire contre l'oncle Salomon une procédure d'interdiction en raison de sa prodigalité. Ces regards, cependant, ne devaient pas empêcher tante Minchen, une heure plus tard, d'ouvrir de véritables brèches dans les montagnes de cynorhodons, de coings et de reines-claudes en conserve que Jettchen, ayant débouché les pots de grès, versait à présent dans les coupes.

Puis arriva tante Rikchen, lourdement chargée et haletante, suivie du livreur de chez Weise, qui portait un carton à gâteaux.

Rikchen salua l'oncle Eli et la tante Mine sans se montrer précisément aimable, mais ils parurent ne pas s'en apercevoir. Mine l'assaillit sans même lui laisser le temps de souffler, car elle se réjouissait au plus haut point d'avoir en elle un déversoir pour ses dernières mésaventures avec sa servante Minna.

« Figure-toi, Rikchen, je lui dis d'apporter la bouilloire pour Eli. Elle n'apporte pas. Je crie, elle n'apporte pas. Alors je vais voir moi-même, et qu'est-ce que je vois ? Je la trouve à moitié nue dans ma cuisine, cette Minna, en train de se laver ! »

Rikchen était à juste droit scandalisée de cet impétueux besoin de propreté, jamais observé auparavant chez la Minna de Minchen, et tout à fait inattendu. Mais elle ne trouva pas le temps de prêter une expression verbale à cette émotion spirituelle, car la sonnette sursauta et se mit à crier à l'assassin. Et comme Jettchen était à la cuisine, ou même déjà dans sa chambre pour se changer, il fallut que tante Rikchen aille ouvrir elle-même. Et, pis encore, tante Minchen dut repousser d'autant la suite de son exposé des perversités de cette créature — qui se promène à moitié nue dans la cuisine et s'y lave ! Pour compenser, elle se promit de revenir quand l'assistance serait au complet sur ce sujet dont elle était depuis la veille pleine à éclater, et de demander en outre à chacun comment, à sa place, il aurait traité cette affaire.

Cinq personnes montèrent l'escalier en ordre dispersé, dans la lumière vacillante de la petite lampe à huile de baleine : Max et Wolfgang d'abord, puis Jenny, l'oncle Ferdinand ensuite, et enfin la tante Hannchen, soufflant comme un carlin asthmatique.

Tante Rikchen se pencha par-dessus la balustrade et plongea son regard vers l'entrée, dans la pénombre. Elle entendit la voix de Salomon qui se mêlait au tintamarre du chariot à bras du roulier venu chercher avec sa lourde voiture les caisses à destination de l'étranger.

« Salomon, Salomon, nous avons déjà du monde, cria-t-elle haut et clair.

— S.G.C. 14.

— Salomon, Salomon, nous avons déjà du monde !

— Qu'est-ce que tu veux que ça me fasse ! hurla Salomon. S.G.C. 15 ! »

Cependant, même tante Hannchen était arrivée en haut. Elle était la sœur de tante Rikchen (deux frères avaient donc épousé deux sœurs), elle avait bien dix ans de moins qu'elle, mais elle était aussi petite et ample que son aînée. On aurait dit que, sous l'effet de quelque marteau-pilon, elle avait gagné en largeur ce qu'elle perdait en hauteur. Et ses yeux semblaient deux raisins secs noirs sur une omelette blonde, et sa bouche minuscule aux lèvres plissées évoquait une bourse à la Pompadour, fermée par deux cordons.

Tante Hannchen portait une robe de taffetas gris argent au bas brodé d'une guirlande d'églantines. Elle laissait découverts le cou gras à lard et le haut du dos rembourré, qui regardaient comme mille yeux légèrement rougis à travers les motifs d'un châle ajouré, à franges, qu'elle avait jeté sur ses épaules. Elle avait ramassé ses cheveux de jais dans une résille pareille à une épuisette.

Elle ressemblait en tout point à sa sœur, si ce n'est qu'elle ne réservait pas exclusivement à sa propre personne la bonté de son cœur, mais permettait aussi à ses trois enfants — Max, Wolfgang et Jenny — d'y avoir part, et quand ils étaient en visite chez Salomon et Rikchen, elle les gavait jusqu'à ce qu'ils puissent à peine encore se lever de leur place, les encourageant sans relâche à se resservir sans se gêner : Rikchen donnait si volontiers ! Dans sa propre maison, ce n'est pas du tout ainsi que tante Hannchen veillait au bien-être physique de ses enfants, et elle les envoyait parfois au lit avec une simple tartine beurrée. Quant à son mari, il lui pesait vraiment sur la conscience. Car si Salomon et Rikchen se disputaient, ils tenaient l'un à l'autre comme deux gratterons, cependant que Hannchen et Ferdinand vivaient véritablement ensemble comme chien et chat et que Ferdinand avait depuis longtemps déjà l'habitude de chercher hors de chez lui tout — absolument tout — ce qui appartient aux agréments du mariage.

Ferdinand occupait en tout une position intermédiaire entre Jason et Salomon : par l'âge, par la taille, par la fortune. Il n'était pas aussi distingué intellectuellement que Jason, ni aussi philistin que Salomon. Il prenait les choses comme elles venaient. Il n'était pas aussi élégant que Jason, mais, chez lui, s'habillait pourtant mieux que Salomon. Il vendait et louait des chariots, des phaétons, des landaulets, des balards, et, comme l'oncle Eli, il avait une fine connaissance des chevaux, bien que chacun se refusât à reconnaître à l'autre cette capacité et que l'oncle comme le neveu fussent réciproquement convaincus que l'autre expert ignorait tout en ce domaine.

Max, entré dans l'affaire de son père, aimait jouer au grand seigneur et futur patron. Il était dans un mauvais âge, dégingandé, blême, la peau grasse et boutonneuse. Il ressemblait à sa mère, aussi, par ses traits mous, estompés, sans rien de cette belle finesse élégante et racée que tous les Gebert avaient dans leur physionomie, leur attitude et leur démarche.

Élève du lycée du Cloître gris, Wolfgang ne voulait pas se mettre dans la tête les rudiments du grec. C'était un petit bonhomme molasson et verdâtre de quatorze ans, à l'air contraint et abattu, comme s'il s'attendait toujours à se faire rouer de coups : il est vrai que tous, son père, sa mère et Max, ses professeurs en classe et ses condisciples sur le chemin de l'école, s'étaient arrogé à son égard le droit de châtiment. Ce garçon n'était pas mauvais de caractère et de tempérament, mais peu doué, timide et intérieurement désespéré. Il avait le sentiment de n'être chez lui ni dans la maison en famille, ni à l'école, ni aux écuries, de n'appartenir, en bref, à rien ni à personne. Nulle part il ne se sentait autochtone ou enraciné.

Seule Jenny était une vraie Gebert. À treize ans, elle en paraissait davantage, tant intellectuellement que physiquement. Elle avait la physionomie caractéristique des Gebert, l'ovale allongé du visage, le nez droit, grand, nettement dessiné, et les grands yeux en amande, aux paupières lourdes. Elle avait aussi les cheveux de jais, épais et satinés. Elle était déjà vêtue tout à fait en dame, d'une robe de guingan rose, mi-longue seulement, il est vrai. Elle demanda aussitôt où était Jettchen, car elle vouait à sa cousine l'attachement passionné que témoignent d'ordinaire les petites filles à une belle enseignante. Elle l'admirait ; Jettchen lui apparaissait comme un être supérieur, et elle conservait petits rubans ou épingles à cheveux dérobés à l'objet de son adoration, et au moyen desquels elle lui vouait un culte secret.

En entrant à la salle à manger, la tante Rikchen sursauta de surprise et d'effroi : pourquoi toutes ces lumières étaient-elles allumées ? Précédemment, elle n'y avait pas prêté attention, il est vrai. Mais qu'est-ce que Jettchen pouvait bien avoir en tête, pour accueillir les invités toutes chandelles allumées ? Qu'est-ce que cela signifiait ? Mais Jettchen n'était pas là pour présenter sa défense, et la tante Minchen se tut sagement.

Les deux garçons se glissèrent vers les fenêtres et pressèrent leur visage contre les vitres. En passant, d'un geste vif et habile, Jenny préleva un cynorhodon sur la montagne rouge brique de fruits en conserve et, après l'avoir gardé un moment dans sa main fermée sans que personne ne remarque rien, l'expédia adroitement dans sa bouche en se frappant le menton. Ferdinand, Hannchen et Max prirent place sur les sièges disposés le long du mur et s'y figèrent comme trois magots de porcelaine dont seule remue la tête oscillante. Ferdinand était indigné qu'il n'y eût encore rien à manger, car c'est quand même bien pour cela qu'il était venu, et pour jouer au whist. Hannchen avait une foule de choses à raconter : la nouvelle servante, ses achats de vêtements, de porcelaine et de verre rouge. Et il lui fallait aussi discuter du choix de Schöneberg ou de Charlottenbourg pour l'été : à Schöneberg, l'air était meilleur, tandis qu'à Charlottenbourg les transports permettaient plus facilement de venir à Berlin à l'occasion et de s'en retourner.

Ensuite apparut Salomon. Il était monté par l'escalier de derrière et avait pris le temps de se changer en hâte. Il avait remonté de la boutique un gilet neuf de velours gris argent et une cravate de satin noir, qu'il portait à présent avec un col dur d'un blanc étincelant. Il avait quelque chose d'un vieil officier en retraite : une amabilité grave et raide, un maintien que l'on n'aurait pas attendu du petit bonhomme qu'il était un instant plus tôt, avec sa culotte de velours et les taches dessinant d'étranges pays sur sa redingote.

Salomon avait en outre invité un de ses amis d'affaires, un acheteur de Stockholm, maigre et blond, qui ne comprenait guère l'allemand, et qui, à tous ceux qui l'interrogeaient ou s'adressaient à lui, se contentait de répondre « *tak* ». Après lui arrivèrent quelques parents de Rikchen et Hannchen, dont une toute petite vieille demoiselle frisottée comme un caniche, avec trois accroche-cœurs de chaque côté, desséchée, tout en angles, inséparable de son tricot, qu'elle portait dans un sac en bandoulière qui lui pendait sur la hanche gauche tandis qu'elle faisait cliqueter ses aiguilles l'une par-dessus l'autre. Pour qui pouvait-elle bien tricoter tous ces bas, toutes ces chaussettes ? Cela restait un mystère insondable. Elle en fournissait à tout son entourage. Et quand les chaussettes qu'elle avait tricotées pour Wolfgang étaient finalement trop petites, il se trouvait toujours parmi ses connaissances quelque paire de jambes à qui elles allaient. Elle aimait par-dessus tout les enfants, les couvrait de baisers partout où elle les rencontrait — ce qui suscitait en eux des émotions pénibles — et n'obtenait en remerciement que les moqueries des jeunes objets de ses tendres attentions : après avoir savouré les bonbons qu'elle leur offrait, les chers petits imaginaient à son intention quelque tour plaisant ou douloureux. Ce soir-là, comme d'habitude, elle se précipita sur Wolfgang et Jenny, qui s'enfuirent dans un coin, épouvantés. Mais ils eurent beau se rebiffer, ils n'échappèrent pas à leur destin.

Ferdinand, qui s'était arrogé les droits du maître de maison, s'indignait grandement : Où donc était passé Jason, et pourquoi Jettchen ne venait-elle toujours pas ? Mais voilà qu'on entendit parler derrière la porte, et Jettchen entra, en robe de linon claire brodée d'épis d'or, dans les cheveux un petit bouquet d'épis séchés, dorés — Jettchen accompagnée de Jason et du Dr Kössling. Ferdinand fit des yeux étonnés à la vue de ce visage inconnu ; mais Salomon se dirigea aussitôt vers le Dr Kössling qui, intimidé par tant de lumières et tant de gens, était presque resté sur le seuil ; et il demanda à Jettchen de le lui présenter.

Il était enchanté, dit-il, de faire la connaissance du Dr Kössling, et il espérait que celui-ci se plairait dans cette maison. On y vivait très simplement ; elle ne pouvait guère lui offrir de jouissances spirituelles, autant le lui dire tout de suite, mais sans doute en trouvait-il suffisamment ailleurs pour y renoncer de temps à autre sans trop de peine. Autrefois, tous les gens de lettres et de théâtre possibles seraient volontiers venus chez lui : Saphir et Glassbrenner, son voisin d'en face, Angeli, les Wolff, et Rellstab, et Liber[13]. Mais à présent, tout était devenu très calme. « Demandez donc à ma belle-sœur qui est là, elle vous dira », ajouta-t-il en clignant de l'œil comme pour faire allusion à un incident très ancien.

Survint tante Rikchen, qui toisa le Dr Kössling de la tête aux pieds d'un regard qui n'appartient qu'aux femmes, et qui les informe de mille choses à la fois, pose mille questions embarrassantes et insidieuses, et y répond.

« Eh bien, Salomon, tu ne veux donc pas me présenter Monsieur le Docteur, à moi ? » demanda-t-elle comme en passant, mais d'un ton qui marquait bien qu'une fois pour toutes, irrévocablement, le Dr Kössling avait été entendu, jugé et condamné avant d'avoir pu dire un mot pour sa défense.

Cependant, Ferdinand s'était avancé vers Jettchen, l'avait prise dans ses bras et lui avait donné deux baisers, un sur chaque joue. Jason ne donnait jamais de baisers à Jettchen, Ferdinand, toujours. Il embrassait Jettchen où qu'il la vît, pour lui dire bonjour et pour lui dire au revoir, en portant un toast et entre les toasts. Il tenait cela pour un droit avunculaire qu'il n'avait pas l'intention de laisser dépérir. Mais qu'un tel droit dût avoir pour contrepartie quelques devoirs, qu'on dût l'acquérir, rien de tel ne lui venait à l'esprit. Certes, il répétait sans cesse à Jettchen combien il avait aimé son père à elle, son frère à lui ; cependant, jamais il ne disait qu'une fois, la seule fois où il aurait pu donner la preuve de cette affection, il avait haussé les épaules et tenu serrés les cordons de sa bourse. Mais l'eût-il raconté à Jettchen qu'il ne lui aurait rien appris de nouveau.

Tante Minchen s'approcha.

« Jettchen, laisse-moi te regarder ! Mon Dieu, qu'est-ce que tu t'es faite belle ! Combien il t'a coûté, le linon ? Et où est-ce que tu l'as acheté ?

— Chez Salomon Gebert & Co., ma tante. Juste en bas, au rez-de-chaussée à gauche.

— Petite coquine ! Mais je crois que ça ne m'irait pas, ça n'est plus de mon âge. Il y a dix ans, je ne dis pas. Mais maintenant, je suis une vieille. Toi, en revanche, tu es bien jolie, comme ça ! Vraiment belle ! C'est une joie de te voir ainsi, toute simple. Tu n'as pas besoin de te pendouiller mille franfreluches comme ta grosse tante Hannchen. Quand on est belle, il suffit d'un rien pour s'habiller. Est-ce que tu es au courant, pour Minna ? Est-ce que je t'ai déjà raconté ? Hier, je la cherchais, et voilà que je trouve cette créature à moitié nue dans ma cuisine, en train de se laver ! »

C'est alors que Jason s'approcha de Jettchen.

« Grand Dieu, ma petite, avec tes épis dorés, tu ressembles à une beauté rustique lors d'une fête des moissons ! »

« La demoiselle citadine
Vous fait la guerre, villageoises,

Et prétend par son charme double
Remporter sur vous la victoire »,

récita-t-il d'un ton joyeusement moqueur.

Tante Hannchen s'approcha d'eux.

« Bonsoir, Jettchen ! C'est ta nouvelle robe ? »

Mais elle ne put pousser plus loin l'entretien, car tante Minchen l'accapara aussitôt :

« Est-ce que je t'ai déjà raconté ce que m'a fait notre Minna ? — Eh bien, hier, je la cherchais, et voilà que je trouve cette fille à moitié nue... »

Et la tante Minchen trouva en elle la première oreille patiente.

Kössling était toujours auprès de Salomon, qui s'efforçait de le persuader. Embarrassé et désorienté, il regarda vers Jettchen, qu'il vit à moitié de dos : ses épaules blanches, son cou élancé, les cheveux frisés et relevés. À peine l'eut-il aperçue ainsi qu'il put saisir en profil perdu une partie du menton, la joue, l'œil, le front, sur lesquels les chandelles jetaient une lueur fugitive qui en soulignait le contour d'une mince ligne dorée. Les deux épaules, belles, larges, chacune portant une bretelle blanche brodée d'or, émergeaient nues de la robe. Kössling, troublé, n'était plus tout à fait présent à son entourage. Il n'entendit qu'à demi Salomon parler de Boucher, que l'on surnommait le Socrate des violonistes[14]. Il lui avait encore été donné de l'entendre, et vraiment c'était divin. Boucher avait même joué du Bach en tenant le violon derrière son dos — comme beaucoup en sont incapables en tenant le violon devant eux. Salomon ne savait pas pourquoi on faisait à présent un tel cas de Liszt, les gens étaient vraiment bizarres. Et surtout les femmes ! Certes, Liszt était doué, mais, pour sa part, Salomon préférait Thalberg[15]. Lui-même était un survivant du temps de Mozart, et, s'il chantait moins bien *Don Juan* que Blume[16], il avait dans sa jeunesse une excellente voix, et c'est seulement à elle qu'il avait dû de connaître sa femme et de la conquérir.

Tout cela ne faisait qu'entrer par une oreille et sortir par l'autre. Kössling ne se sentait pas très bien, car il avait d'emblée reconnu qu'il existait deux mondes, le sien et celui-ci, et que ces deux mondes ne se rencontraient en rien. Les gens qui étaient là s'étaient tout simplement accommodés de la vie telle qu'elle était, où elle se trouvait et sous quelque forme qu'elle se présentât à eux. Tous étaient si satisfaits, de façon si offensante. Mais de fait, qu'est-ce qui leur manquait ? Ils avaient ce qu'il leur fallait, ils n'en demandaient pas davantage. Nourriture, boisson, musique, littérature, tout dans cette maison se trouvait à suffisance. L'insatisfaction, l'angoisse vitale qui le poussaient, bonheur et aiguillon douloureux à la fois, étaient étrangères à ces gens. Pourquoi donc était-il venu là ?

Tante Rikchen vint alors tirer l'oncle Salomon par la manche. Il fallait qu'il vienne. Salomon s'excusa, et Kössling se retrouva seul.

Jenny et Wolfgang, quant à eux, s'étaient jetés sur Jettchen, à qui ils se cramponnaient, chacun de son côté, comme des gratterons ; et la vieille demoiselle toute petite, avec son tricot et ses boucles de caniche, leur barrait le chemin en caquetant.

Jettchen se tenait, souriante, entre ces trois êtres qu'elle dominait largement, et regardait Kössling comme pour le prier de venir la délivrer.

Entre-temps, l'oncle Eli s'était doucement affaissé sur le sofa, la tête pendante, la bouche ouverte, et tante Minchen, silencieuse et fidèle, veillait sur son sommeil.

Le Suédois discutait avec Ferdinand, qui connaissait autant le suédois que le Suédois l'allemand, de telle sorte que ni l'un ni l'autre ne percevait les pointes de finesse dans les propos de son interlocuteur. Mais ils ne le remarquaient pas, tant on a coutume de préférer s'écouter soi-même.

Tante Hannchen retenait Jason, mais il se libéra quand il vit que Kössling restait seul.

« Eh bien, Kössling, comment trouvez-vous l'endroit ? Ces gens sont très gentils, n'est-ce pas ? Ils n'ont qu'un défaut : sérieux, graves, ils se trouvent personnellement et les uns les autres si terriblement importants. Ils prêtent à tout ce qu'ils font une signification hautement politique. Voyez là-bas ma belle-sœur, la femme de mon frère Ferdinand. Ne se tient-elle pas dans son fauteuil comme une excellence peinte par Boucher ? Et pourtant, elle n'a apporté en guise de dot qu'une crampe d'estomac nouée dans son mouchoir. Et encore le mouchoir était-il déjà un peu ravaudé.

Kössling rit.

« Une plaisanterie berlinoise a plus de valeur qu'un beau paysage, disait déjà Hegel.

— Et voyez-vous là-bas mon frère Ferdinand ? Lui, là. Nous nous ressemblons tous ! C'est le type même du philistin, vous direz-vous ! Eh bien, Docteur, aujourd'hui encore, c'est un noceur qui n'a pas son pareil. Figurez-vous, Kössling, que lorsque nous habitions ensemble chez Pinchen, dans la Klosterstrasse, quand il rentrait le soir, il commençait toujours par chercher à tâtons sur son bureau, dans l'obscurité, pour s'assurer qu'il n'y avait pas de nouveau là à l'attendre une de ces longues lettres exigeant une pension alimentaire. Voilà le genre d'homme qu'était mon frère Ferdinand.

— Écoutez, Monsieur Jason Gebert, protecteur des muses et des grâces, je vous apprécie beaucoup quant au reste, mais je crois quand même que l'endroit n'est pas le mieux choisi pour m'initier à tous les détails de votre intimité familiale. Votre nièce Jettchen ne nous quitte pas des yeux.

— Petite, viens donc, ma chérie », cria Jason.

Jettchen s'arracha pour les rejoindre au coin du sofa où l'avaient encerclée les trois autres. Elle vint, deux enfants blottis contre elle chacun de son côté, la tête inclinée au creux de son aisselle.

« Tu vois, Jettchen, il ne voulait pas, mais j'ai quand même réussi à le traîner ici. Ce sont les enfants de Ferdinand, Kössling... Eh bien, mon garçon, est-ce qu'on te nourrit correctement ? Quelle mine tu as ! poursuivit Jason en posant la main sur la tête de Wolfgang. Il faudrait que tu prennes un peu l'air loin d'ici. Tout l'été. Allons, comment va l'école ? ἵστημ ἵστησι ἵστητι.. »

Le visage pâle de Wolfgang se fit plus grave encore d'un degré. Jason changea de sujet :

« Bien, laissons cela. Pourquoi toujours parler travail ? Sais-tu, la prochaine fois que tu viendras me voir, je te donnerai quelques beaux livres. *Gockel, Hinkel et Gackeleia*[17], pour commencer. Passe donc les chercher un de ces jours.

— Quand puis-je venir ? » demanda le petit bonhomme blême, les yeux brillants — car comme tous ceux qui ne peuvent se trouver à leur place en ce monde, il vivait ailleurs, dans un autre univers plus beau, où l'on n'était pas battu, où il n'existait pas de verbes irréguliers en μι, pas même de verbes réguliers ; et les livres qu'il lisait en secret lui apportaient de nouveaux éléments pour édifier ce deuxième monde où il pouvait modifier et déplacer à sa guise coulisses et frises.

« Mademoiselle Jettchen, puis-je vous demander à quoi vous avez jusqu'à présent occupé vos heures ?

— Je me suis occupée de la maison, et j'ai aussi un peu lu.

— Et qu'avez-vous lu, si je puis me permettre ?

— Jean Paul[18]. *L'Éternel printemps de nos sentiments.* Connaissez-vous cela ?

— Bien sûr. Je connais fort bien mon Jean Paul.

— L'aimez-vous ?

— Oh, oui. Il est un des meilleurs de tous. Suranné, prolixe, sans rien de moderne, mais quel esprit ! Il adhère plus au sol que les autres, et pourtant il s'élève plus haut dans les nuages.

— Et le *Wilhelm Meister* ? intervint Jason.

— Non, je préfère Jean Paul. Ce qu'il y a en nous de plus profond, de plus intime, y trouve davantage son compte. Et puis Jean Paul convient à ceux qui disent non, Goethe à ceux qui disent oui. »

Jettchen le regarda avec étonnement.

« Vous dites non ? »

Kössling rit.

« Il m'est impossible de vous répondre pour l'instant. Sans doute n'y a-t-il personne qui dise non à tout. Du seul fait que nous soyons là, consciemment là en ce lieu incertain, nous disons déjà oui. Mais si je disais oui à tout, je n'appartiendrais pas à la bohème littéraire, je serais marin, ou jardinier, ou marchand de soieries. »

Les derniers mots lui avaient échappé.

Jettchen rougit ; Kössling voulut s'excuser, mais ne trouva pas quoi dire.

Tante Rikchen pria les convives de bien vouloir prendre place à table.

Au mouvement soudain qui s'ensuivit dans l'assistance, l'oncle Eli sursauta, arraché à son sommeil, de telle sorte que sa perruque faillit lui tomber de la tête, et qu'il la remit prestement en place d'un bref mouvement de la main.

« Kössling donnera le bras à Jettchen », dit tante Rikchen, et c'est ainsi que tous s'assirent autour de la longue table : Jason, Jettchen, Kössling côte à côte vis-à-vis de Rikchen et Salomon, Ferdinand près du Suédois, et la demoiselle aux boucles de caniche entre les enfants, avec qui elle forgeait déjà un plan de bataille — elle se servirait une énorme assiettée de compote et en redistribuerait discrètement aux enfants, personne ne s'apercevrait de rien.

Ferdinand ne put s'empêcher de supputer ce que le brochet avait bien pu coûter. Il était connaisseur en la matière, il se trompait rarement de deux groschen et demi en plus ou en moins. Il tomba juste et, pour prix de son triomphe, il se servit largement, si largement que tante Rikchen blêmit jusqu'à la racine des cheveux, de crainte qu'il n'y en ait pas assez pour tout le monde.

« Psst ! Ferdinand ! lui dit Jason par-dessus la table. Tu sais bien que ça ne te réussit pas. »

Ferdinand avait toujours plus ou moins lieu de se plaindre de son foie et de sa vésicule.

« Après, tu te retrouveras comme Licinius, appuyé à une colonne de la porte de Brandebourg, et je chanterai :

« Ici au temple de Vesta,
Je t'ai rencontré, Licinius,
Avant que le jour soit levé. »

Et tu me diras :

« Ah, me laisseras-tu ? »

Et moi :

« Non, non, je n'en ferai rien ! »

Pour la plus grande joie de la table des enfants, Jason avait chanté ces derniers mots sur un air du *Don Giovanni*.

« Et demain, demain, tu seras de nouveau frais comme un gardon. »

Ferdinand se sentait mal à l'aise sous ces plaisanteries, mais pour l'instant, éviter les arêtes lui donnait trop à faire pour qu'il puisse s'engager dans un dialogue.

Salomon interrompit les solos chantés de son frère.

« Dis donc, Jason, toi qui es le *Beobachter an der Spree*[19] en personne, aurais-tu entendu parler de la santé de notre roi ?

— Rien de nouveau.

— Mais on raconte qu'il ne va pas bien.

— Il est assez vieux pour y passer, lança Jason d'un ton indifférent. Nous nous retrouverons tous un jour ou l'autre couchés là, la bouche ouverte.

— Je crois que ça n'est pas bon pour nous, prophétisa Ferdinand tout en écartant une arête.

— Pourquoi ? demanda Jason.

— On sait ce qu'on a, on ne sait pas ce qu'on aura !

— Je crois que le prince héritier est encore notre seul espoir, intervint Kössling d'un ton réservé mais ferme. Il sait ce que demande l'époque et ce qui lui fait défaut.

— Mais oui, mais oui », répliqua Ferdinand, moqueur, en levant la main comme pour trinquer.

« Mais que veux-tu donc, Ferdinand ? lança Jason amusé. Si tu avais une cave à vin, tu serais gris dès le matin, quand tu te serais brossé les dents ! »

On rit ; cela mit en joie la petite société.

Mais la tante Rikchen était indignée et déclara qu'elle ne voulait pas en entendre davantage, que c'étaient là des propos de démocrates.

« Ma chère belle-sœur, lança Jason, tu crois sans doute que la monarchie est la forme normale de gouvernement, voulue par Dieu. »

Au bout de la table, les enfants pouffaient, gloussaient, et tourmentaient la demoiselle aux boucles de caniche au point qu'elle faillit tomber de sa chaise. Ils apostrophèrent haut et fort et familièrement Johann, employé comme cocher chez Ferdinand et qui, ce soir, participait au service. Il avait une livrée verte, sentait l'écurie, et tenait en équilibre entre ses deux robustes pattes gantées de blanc un plat gigantesque, avec une adresse si particulière que ses deux gros pouces plongeaient dans la sauce.

« Aujourd'hui, commença Salomon, j'ai entendu une blague grandiose. De ma vie, jamais je ne l'oublierai ! »

Tous se turent pour l'écouter.

Mais l'oncle Salomon lui aussi se tut.

« Eh bien ? » demanda Jason, impatient, car il était toujours preneur de ce genre de marchandise.

Salomon se mordilla la lèvre inférieure.

« Nom de nom, Rikchen, comment était-ce donc, déjà ?

— Mais Salomon, tu ne peux quand même pas raconter ça ici ! s'indigna Rikchen.

— Ah non, mon agneau, je ne pensais pas à celle-là. Mais l'autre, comment était-ce donc ?

— Mais l'autre, tu ne me l'as pas racontée, Salomon ! »

Là, Jenny poussa des cris perçants, de façon tout à fait inconvenante, et son père, Ferdinand, se leva d'un bond pour faire acte de puissance paternelle.

Il n'était pas question que Jenny restât manger à table si elle ne pouvait se comporter correctement. En tout cas, Johann devait immédiatement la faire sortir. Mais les autres s'opposèrent à ce décret et Jenny resta, gloussante et satisfaite, sous le regard réprobateur de ses parents.

Après une brève pause, Ferdinand reprit la conversation comme si de rien n'était.

« Mais on dit que le prince Guillaume est vraiment malade.

— Je crois que Gans[20] serait une plus grande perte, et il le croit sans doute aussi. Ce ne sont pas les princes qui manquent. »

Rikchen réitéra qu'elle ne pouvait souffrir de tels propos dans sa maison. Mais Salomon était d'avis que Jason avait tout à fait raison. Gans était quelqu'un de remarquable — bien qu'il se fût fait baptiser. Et Ferdinand raconta comment leur mère avait dit un jour à Gans, peu après sa conversion : « Eli, Eli, cesse donc de tourner sans arrêt sur ta chaise comme ça, on dirait une girouette[21]. »

Kössling ne connaissait pas cette histoire, et il rit beaucoup. À présent, il se sentait à son aise. Il était tout près de Jettchen, qui veillait maternellement à son bien-être physique. Et Jason, Jettchen et Kössling se parlaient tout bas, juste entre eux. Ils semblaient avoir formé là un pacte à trois secret, et quand ils se regardaient l'un l'autre, leurs yeux suffisaient à dire : nous nous comprenons. Et Kössling regardait beaucoup Jettchen. Ouvertement, librement, mais aussi de côté, secrètement, sans — croyait-il — que personne le remarquât.

« Tu vas à Karlsbad, Salomon ? demanda Ferdinand.

— Oui, peut-être dès la semaine prochaine. Le conseiller intime dit que ce serait nécessaire. Avant, je veux juste trouver une location pour Rikchen à Charlottenbourg.

— Alors là, j'aurais pour toi un très bon landau — il a juste besoin d'une couche de peinture. Je te le laisse pour la saison à vingt-cinq thalers. Normalement, entre frères, il en coûte cinquante. »

Jason s'immisça dans la négociation.

« Ainsi, tu ne reconnais Salomon que pour ton demi-frère.

— Vois-tu, Ferdinand, j'avais bien envie de voyager un peu en chemin de fer.

— Je ne te comprends pas ! s'insurgea Ferdinand. Si encore c'était Jason, qui n'a à se soucier de personne... Mais toi, un homme marié ! Jusqu'à présent, tu voyageais très bien en voiture à cheval, et voilà que sur tes vieux jours tu veux prendre des risques pareils ?

— Oh là, oui, intervint oncle Eli. Cette histoire de chemins de fer, ça mène tout droit à la faillite, je peux te dire !

— Laisse donc, Ferdinand, dit Rikchen avec un geste apaisant, il dit juste ça comme ça ; je sais bien qu'il n'en fera rien, ne serait-ce qu'à cause de moi.

— Et pourquoi donc ? » demanda Salomon d'un ton plutôt brusque.

Mais Rikchen n'eut pas la possibilité de répondre, car Minchen s'élança de tout son corps dans la brèche de la conversation.

« Figure-toi, Rikchen — je voulais te le raconter —, ce qui m'arrive avec ma Minna. Me voilà bien ! L'autre jour, je la cherchais, et je trouve cette fille à moitié nue dans ma cuisine. En train de se laver.

— Ah bon ? s'exclama Ferdinand. Et pourquoi est-ce qu'on ne m'en a rien dit ?

— *On ne parle pas en présence de la servante**, dit Rikchen en clignant des yeux et en faisant appel à ses derniers restes de connaissance du français.

— Oh, depuis quand parles-tu le huguenot ? » lança Jason, amusé.

Et Rikchen lui répondit d'un regard enrobé de sucre comme une pilule amère.

Mais soit que tante Minchen n'eût vraiment pas compris ce français-là, soit qu'à son âge avancé le langage des yeux lui fût déjà inaccessible, elle se mit imperturbablement à relater dans tous ses détails le coup d'éclat de sa Minna, pour la plus grande joie de Wolfgang et de Jenny — qui eurent de ce fait à se partager fraternellement la fureur paternelle.

Ce discours de tante Minchen rappela à tante Rikchen qu'elle aussi avait deux ou trois choses sur le cœur, et elle agit comme un enfant à qui on a détruit son château de sable. À son tour, elle sauta à pieds joints, jubilante, dans la conversation, dès l'instant que *sa* Minna eut libéré la place ; elle se mit alors à exposer en long et en large pourquoi avec cette fille non plus cela ne pouvait guère durer. Elle était si maladroite qu'à coup sûr elle défaisait avec ses pieds ce qu'elle avait fait avec ses mains. Récemment, en courant, elle avait écrasé le beurre contre le mur ; on voyait encore la tache à côté de la porte. En outre, elle n'était rien de moins qu'une canaille. Car récemment, quand elle, tante Rikchen, était entrée inopinément dans *sa* cuisine, elle s'était aperçue que le garçon boucher, d'en bas dans la rue, lançait des petits pois contre les vitres. Et quand elle faisait la lessive ! On aurait cru qu'elle l'avait battue dans le caniveau et fait sécher dans la cheminée. Bien sûr, cette fille n'avait rien à faire dans une maison comme la sienne.

Hannchen n'attendait que le moment où Rikchen devrait reprendre son souffle. Elle bondit à son tour.

« Oh, je suis très satisfaite. J'ai à présent une servante ravissante, et dont il y a vraiment à apprendre. Je regarde toujours comment elle fait ses omelettes. Ferdinand dit qu'il n'a jamais mangé de telles omelettes, même pas au Schwan.

— Excuse-moi, Hannchen, s'écria Ferdinand scandalisé. Celle d'hier était rance ! »

Mais Hannchen ne releva pas cette interruption.

« Et c'est une jeune fille si convenable ! Son oncle est même maître ramonneur à Landsberg-sur-la-Warthe. Et figure-toi, Rikchen, qu'elle n'est encore jamais allée au zoo ! »

Jason, discernant mal le rapport entre la vertu de la demoiselle et le zoo, interrogea son voisin sur ce point.

Mais tante Hannchen ne put se réjouir longtemps de sa victoire. Car Ferdinand demanda si elle n'allait pas laisser les gens souffler un peu, avec ses bavardages, et entreprit quant à lui de raconter la très intéressante histoire de Hanne Böhm, le fils du maître voiturier Böhm, Hanne, donc, qui menait si adroitement ses chevaux que, pour passer sous le long porche obscur et étroit, il prenait les rênes dans sa main gauche et mettait ses bottes de la droite. Il l'avait vu faire ! Après quoi il raconta comment lui-même, quand il était estafette, avait une fois couvert six milles et demi en moins de deux heures.

C'était apporter de l'eau au moulin de l'oncle Eli ; il relata quelques épisodes de sa jeunesse, histoires de pelousard et de cavalier, et il n'en fallut pas davantage pour que lui et Ferdinand prennent le mors aux dents, chacun assurant que l'autre n'entendait rien en matière de chevaux et de manège.

Le vieil oncle Eli glougloutait comme un dindon furieux, pour le plus grand amusement de Jettchen et de Jason.

Mais comme la controverse entre l'oncle et le neveu menaçait de prendre un tour tout à fait personnel et que ces dames y mettaient leur grain de sel, Jason se résolut à infléchir quelque peu le cours de la conversation. De son ton le plus cordial et comme en passant, il demanda à Hannchen :

« Et comment va ma chère belle-sœur ? À vrai dire, je pourrais me dispenser de poser cette question, car vous avez la mine resplendissante comme une brioche au beurre. Mais dites-moi, Hannchen, que donnez-vous donc à manger à ces enfants ? Ils ont un teint de bière brune allongée. »

Il avait lancé cette dernière perfidie avec son sourire le plus engageant. Mais il aurait pu tout aussi bien faire donner la fanfare. Hannchen pria Ferdinand de la protéger de telles incongruités, et en appela à Rikchen, afin qu'elle veuille bien veiller à ce qu'on ne l'insultât pas sous son toit.

Jason, souriant, ravi, dit qu'il n'avait jamais eu l'intention d'insulter quiconque, et qu'il serait le premier à se réjouir si sa question était sans fondement. Mais ces enfants avaient vraiment un aspect pitoyable, comme s'ils ne mangeaient pas à leur faim.

Sur ce, Hannchen assura qu'elle n'avait rien d'une marâtre, qu'elle était bien plutôt un vrai pélican, quoi qu'on pût penser de sa silhouette — elle ne dit pas littéralement cela, mais c'est à peu près à cette formule simple que se résumaient ses trois minutes de plaidoyer.

Comme ce sujet menaçait à son tour de devenir brûlant, Salomon, après une sage mise en garde — « Ne parlez pas tant, les enfants, attention aux arêtes » —, se mit à discourir sur Daguerre et le nouvel art qu'il avait inventé : avait-il quelque avenir, ou bien n'était-ce qu'un jeu, comme le porte-plume universel de Riddle, qui lui aussi avait l'air très séduisant, mais s'était avéré, commercialement, sans aucun intérêt ?

Kössling exprima l'opinion que cette invention, tout à fait admirable en elle-même, aurait sûrement de l'avenir si, moyennant quelques perfectionnements, elle permettait d'obtenir des portraits. Le comte Pückler[22] avait d'ailleurs déjà réussi à photographier une jeune paysanne autrichienne — la pauvre avait dû poser une demi-heure sans ciller, mais le portrait obtenu était d'une fidélité et d'un naturel parfaits. Il était encore impossible de prévoir ce que pourrait apporter cette nouvelle invention ; en tout cas, on pouvait déjà en voir les premiers résultats.

Ferdinand dit qu'il avait vu chez Dörfell un cliché de la rambarde de la Puppenbrücke : on n'y voyait que du bleu, rien de net. Comme tout ce qui venait de France, cette histoire n'était que de la poudre aux yeux.

Jason vint à la rescousse de Kössling :

« Si l'invention de Daguerre vaut quelque chose, c'est l'avenir qui nous le dira, mais je pense que c'est oui et non. Que la possibilité existe de faire produire une image par la lumière elle-même, c'est déjà un beau succès. Mais ce que tu dis là contre la France va certainement contre ta propre conviction. D'où viennent donc les modèles de tes chaises, dis-moi ? Et où Salomon va-t-il chercher ses soies et les motifs de ses gilets ? »

Contre toutes ses habitudes, son visage s'était empourpré.

Qui sait quelle tempête aurait encore soulevé l'avenir de l'invention si importante de Daguerre si l'arrivée du rôti n'avait interrompu bien à propos les discours. Car on pouvait dire ce qu'on voulait contre Rikchen : chez elle, on mangeait bien. Jason lui-même devait en convenir. Ses rôtis jouissaient d'une large renommée, et ses gâteaux moelleux comme ses fruits au sucre ne le leur cédaient en rien. Chez elle, ce n'était pas comme chez Hannchen, où l'on hésitait à se servir de peur que les autres convives n'aient pas de quoi se nourrir. Non, ici, on se demandait dans quel pays les veaux avaient des cuisseaux d'un tel calibre, et les restes qui revenaient aux servantes auraient suffi pour que chacune d'elles nourrît tous ses fiancés réunis.

Jason fut prié de trancher le rôti, mais dit qu'il n'en ferait rien : on n'était pas en Angleterre, où le maître de maison saisissait le gigot par l'os, le brandissait cinq fois autour de sa tête sous les hurlements des convives, puis offrait à chacun d'en arracher une bouchée avec les dents.

Hannchen demanda, tout étonnée :

« Est-ce qu'ils font vraiment ça ? »

Ferdinand ne put s'empêcher de supputer combien le rôti pouvait peser, et Rikchen s'enfla de fierté presque au point de doubler de volume quand il sous-estima encore la chose de deux livres.

Dès lors, l'humeur fut moins belliqueuse, car une belle tranche de rôti a d'ordinaire sur les tempéraments colériques un effet beaucoup plus apaisant qu'une portion de poisson — et le hasard faisait que celle-là suivît celle-ci.

On parla théâtre, et Ferdinand dit à Kössling qu'il retournerait à la salle de Königstadt le jour où on y jouerait autre chose qu'une pièce française, et que du Schauspielhaus non plus il n'y avait rien à attendre : quand on pensait qu'ils allaient présenter *Nathan le sage,* on avait droit à tous les coups à *Réquisition,* de Ludwig Schneider[23]. La seule salle qui lui plût, c'était le théâtre de Steglitz : on pouvait au moins y fumer tranquille. Et l'opéra était à présent un vacarme permanent, on ne pouvait pas s'y passer de grosse caisse, de trompettes et de piétinements d'éléphants. Glück s'en passait bien, pourtant, et *Iphigénie,* c'était de la bonne musique. « Et Mozart, hein, peut-être que c'est mauvais ? »

Au ton de Ferdinand, on aurait pu croire que Kössling lui-même avait composé *Nurmahal* et *Olympia,* ou qu'à tout le moins il les avait inspirés à Spontini. Le docteur assura qu'il était en la matière innocent comme l'enfant qui vient de naître : adulateur de Beethoven, il ne se plaçait pas sur ce terrain-là.

Bien que Ferdinand ne fût pas d'accord sur ce point non plus, il lui fallut refouler pour un temps ses objections, car une divergence d'opinion s'était élevée entre Jenny et Wolfgang, qui se manifestait par-dessus la table par des regards venimeux, par en dessous par des coups de pied. Wolfgang prétendait, pas tout à fait à tort, que Jenny s'était insinuée dans les bonnes grâces de la demoiselle aux boucles de caniche, et l'avait circonvenue pour qu'elle la favorisât en servant la compote. Et ce n'était pas une bagatelle, si l'on considérait qu'au lieu des carottes en conserve de la maison, on pouvait ici se vautrer dans les délices des fraises au sucre, des noix confites et des coings au vinaigre. Mais, ainsi qu'il arrive parfois, l'instance supérieure paternelle donna tort à Wolfgang sans avoir longuement examiné la cause en débat, et voulut chasser le criminel de la table avec une bonne calotte. Seule l'intervention virile de Jason réussit à lui obtenir au moins la remise du reste de sa peine — quant à la calotte, il l'avait déjà reçue, et aucune puissance au monde n'aurait pu faire que cela n'ait pas eu lieu. Mais ce succès suffit à satisfaire Wolfgang.

Pendant le repas, Max s'était montré très réservé et n'avait qu'à peine pris part à la conversation. Dès qu'il était question de littérature, cependant, il souriait d'un air compatissant, car il se considérait comme le grand homme de demain. Ce retrait spirituel n'était tempéré par une certaine participation affective qu'au spectacle des bras nus et roses de la servante qui faisait circuler les plats, et les traits graves de Max douloureusement pénétrés du mal du siècle s'éclairaient à chaque fois qu'elle entrait dans la pièce.

Jason signala qu'il ne pouvait pas rester assis plus longtemps ; que l'on veuille bien, en considération de sa jambe raide et de l'estomac de Ferdinand, abréger un peu la séance. Ferdinand dit qu'il lui fallait en outre passer à la fabrique pour faire envoyer en réparation la commande d'un appareil de levage. Et Salomon dit que Rikchen accepterait sans doute de faire passer la grâce avant le droit strict, et de garder pour la prochaine fois tout ce que sa resserre pouvait encore contenir en matière de gâteaux, fruits et autres trésors gastronomiques variés. On pourrait d'ailleurs tout aussi bien les manger au salon, et l'on s'efforcerait de n'en rien renverser sur le parquet encaustiqué de frais.

Et chacun fit le tour de la pièce pour serrer des mains, souhaiter à autrui une bonne digestion et que tout le reste aille aussi pour le mieux, comme s'ils avaient ensemble réalisé un exploit ; et Ferdinand ne manqua pas l'occasion d'essuyer le plus naturellement du monde la bouche de Jettchen — ce qui était tout à fait superflu puisqu'elle s'en était déjà occupée elle-même avec sa propre serviette. Jettchen se soumit pourtant patiemment à cette procédure, à peu près comme une personne raisonnable se laisse calmement traiter par le dentiste. Mais quand Jenny lui sauta au cou en quête d'un baiser, Jettchen se montra déjà moins raide ; elle pressa l'enfant contre elle, la serrant et l'embrassant de si bon cœur que cela faisait plaisir à voir.

Kössling se tenait à proximité de Jettchen. Jason, qui devait d'abord apaiser sa belle-sœur Hannchen — car il est toujours préférable d'avoir les femmes dans son camp plutôt que comme ennemies —, revint bientôt le rejoindre et le trouva de nouveau seul : Jettchen et Jenny étaient en effet passées au salon pour y faire de la lumière.

« Eh bien, mon ami, comment vous sentez-vous, ici ? Ah, si seulement la compagnie était aussi bonne que le repas ! N'est-ce pas ? Mais ce n'est plus le cas. Grandeur et décadence des Gebert ! Aucun d'entre nous ne peut se comparer à ce qu'était son père. Et aucun ne tient plus le haut du pavé à Berlin. Ils se sont galvaudés, messieurs mes frères — regardez donc leurs gamins. Quelle société est-ce là ? Comme de la bière brune et...

— Je sais, M. Gebert, je sais ! » l'interrompit Kössling, car il commençait à élever sensiblement la voix. Mais il ne se laissa pas arrêter pour autant.

« Plus de race, plus de race du tout ! s'exclama-t-il. Et tout cela rien que pour ces maudites petites pouliches de Lituanie ! »

Tante Rikchen arriva à cet instant et demanda à Kössling s'il avait assez mangé. Il ne restait pas grand-chose. Chez elle, chacun devait se servir lui-même. Elle espérait que Kössling l'avait fait, sinon, cette fois-ci, ce serait tant pis pour lui.

Kössling assura Mme Gebert qu'elle n'avait nul motif de craindre qu'il neût pas fait suffisamment honneur à ces marques de sa virtuosité en matière d'art culinaire. Mais Jettchen ouvrit toute grande la porte du salon, s'avança sur le seuil de telle façon que la claire lumière du lustre et des lampes l'entoura et pénétra dans la salle à manger, et pria les invités de bien vouloir passer au salon.

C'est ce qu'on fit, oncle Eli le premier. Cent reflets brillaient sur le parquet parfaitement lisse où se reflétaient les meubles blancs. La vaste pièce vert pâle avec ses murs tendus de soie était emplie de la lumière dorée des bougies, et tout y semblait beau, net, clair et accueillant. Les pendules — Amour qui aiguisait sa flèche et le Turc sentimental — égrenaient leur tic-tac affairé, et tous les reflets, doux ou éclatants, s'étaient donné rendez-vous sur le brun du piano table. Dans un coin de la pièce était à présent dressée une table de jeu, tandis que sur la table à collations et sur les consoles s'alignaient les porcelaines — les tasses, les fragiles tasses à thé, les corbeilles à fruits ajourées, ornées de couronnes de feuilles — et les coupes d'argent où se dressaient de fières pyramides de petits gâteaux moelleux. L'oncle Eli marcha droit sur les coupes de gâteaux, prit position devant elles et saisit de ses longs doigts fins un petit morceau de pâtisserie jaune brun — que d'autres suivirent à intervalles raisonnables.

« J'aime bien les petits gâteaux », dit-il à Kössling, qui passait à sa portée pour aller bavarder avec Jettchen.

Oncle Eli se sentait en effet tenu d'échanger au moins quelques mots avec l'invité.

« Vraiment, Docteur, j'en mange très volontiers. Premièrement, ils me réussissent ; je peux en manger même tard le soir. Deuxièmement, j'aime leur goût. Pas de tous, bien sûr, mais de ceux-là ! Et, troisièmement, ça n'est pas cher. Ceux-là, par exemple, ils coûtent rien du tout. Prenez-en donc aussi, Docteur ! »

Étonné et amusé, Kössling considéra le mouvement perpétuel de l'oncle Eli.

« Eh bien, Monsieur Gebert — ici, tous s'appelaient Gebert — j'espère que vous vous en trouverez bien.

— Oh, vous savez, cher Docteur, c'est comme les biscuits à la cuiller, on en mangerait encore quand le corbillard est devant la porte. Et si je m'en trouve pas bien, tant pis ! Au moins, j'aurai encore eu l'occasion de manger des petits gâteaux ! »

Kössling était d'accord avec cette philosophie. Pour un peu, il aurait tapé sur l'épaule du vieil homme et lui aurait dit qu'il trouvait dans ses propos la quintessence du bien-être sur cette terre. Mais il réfléchit et n'en fit rien.

La compagnie se divisa bientôt en petits groupes ; dans un coin, Ferdinand, Salomon et le Suédois jouaient au whist, avec un mort car ils n'avaient pas encore réussi à persuader Jason de se joindre à eux. Il n'était pas venu pour cela. Oncle Eli aussi aurait pu jouer, mais Ferdinand le trouvait trop lent. Eli réfléchissait toujours une demi-heure à chaque levée, et cela rendait Ferdinand irritable, si bien qu'on courait le danger de le voir jeter ses cartes contre le mur, comme il l'avait fait assez souvent.

Ferdinand était un génie des cartes, il donnait de la main droite tout en notant les points de la main gauche ; il tirait de ses cartes tout le parti possible et supputait après chaque tour ce qu'il en aurait été si l'autre avait joué petit à cœur et si, en face, on avait été court à carreau. Il n'aimait pas perdre — il pouvait alors devenir désagréable ; mais il n'avouait jamais qu'il aurait gagné pour peu que le jeu ait tourné de telle ou telle façon.

Dans l'autre coin en diagonale, tante Rikchen tenait cercle avec sa sœur, avec tante Minchen, avec la vieille demoiselle aux boucles de caniche, avec Max et Wolfgang qui ne pouvaient tenir en place et s'étiraient comme des personnages de Michel-Ange, et enfin, occasionnellement, avec l'oncle Eli quand il consentait à abandonner à leur sort les petits gâteaux.

Jenny ne quittait pas Jettchen. Elle la gardait embrassée et blottissait sa tête contre elle, tantôt à droite, tantôt à gauche. Elles se tenaient dans la niche d'une fenêtre à côté du miroir, devant le piano. Jason était auprès d'elles, et Kössling brûlait de les rejoindre, car on ne pouvait prévoir quand l'oncle Eli renoncerait à son ouvrage — mais d'autre part, tout à sa tâche et à lui-même, l'oncle ne gratifiait plus Kössling d'un mot et se dérobait aux tentatives de celui-ci pour relancer la conversation.

Kössling laissa donc là Eli et s'approcha des livres rangés dans une petite bibliothèque suspendue au mur. Conformément à son habitude, il étudia les titres des petits volumes reliés de cuir et, à sa grande surprise, y trouva beaucoup de choses à son goût.

Salomon, le voyant ainsi occupé, se leva courtoisement de la table de jeu pour un instant et vint auprès de lui.

« Eh bien, Docteur, vous avez sans doute davantage de livres. Le Mendelssohn [24], là, voyez-vous, il me vient de mon père. » Il tira de sa rangée le volume de cuir clair, montra à Kössling les fines dorures, puis l'ouvrit.

« Regardez comme cela est bien imprimé, et comme les planches gravées sont belles. De nos jours, personne ne fait plus de tels livres. Et voici la première édition de *Nathan le sage*. Comment trouvez-vous le monument de Lessing, à Brunswick ? Vous êtes bien de Brunswick, à ce que m'a dit mon frère, n'est ce pas ? C'cst inouï que le roi interdise la représentation au théâtre ! Bien sûr, Lessing est moins dansant que la Taglioni ; mais il a quand même quelques mérites, on devrait au moins les lui reconnaître. Et connaissez-vous cela ? Lorenz Stark et Thomas Kellerwurm ? Aujourd'hui, plus personne ne les lit, et pourtant je vous assure que c'est délicieux, tout à fait délicieux !

— Vous avez là les œuvres de Saul Ascher, Monsieur Gebert.

— Je ne les ai pas lues, et je ne les lirai pas. Mais il faut quand même soutenir cet homme[25].

— Croyez-vous ? »

Cette réplique avait échappé à Kössling.

« Eh bien, peut-être pas. Je vous *promets,* Docteur, que je ne le lirai pas.

— Salomon ! » cria Ferdinand, qui s'impatientait. « Tu joues, oui ou non ?

— Veillez m'excuser, Docteur, mais le devoir m'appelle. »

Sur ces mots, Salomon prit congé de Kössling. Cependant, il se promit de passer un savon à Ferdinand pour ce manque de tact.

Mais Kössling ne parvint pas pour autant à s'approcher enfin de Jettchen. C'était comme si le diable se mettait en travers de son chemin. Car tante Hannchen s'interposa afin de lui demander s'il était doué pour la musique et si, peut-être, il consentirait dans un moment à jouer quelque chose.

Kössling — mentant effrontément — protesta qu'il n'était absolument pas doué pour la musique, et que, du fait de cette incapacité, il ne jouerait pas. Hannchen l'escorta néanmoins vers Jason et Jettchen, qu'elle pria de poursuivre diligemment son offensive.

« Jettchen, figure-toi que le Docteur ne veut pas jouer ! Essaie de le convaincre, toi !

— Vous ne voulez vraiment pas nous faire ce plaisir ? Oncle Jason me parle si souvent de votre jeu !

— Mon Dieu, je ne joue qu'en amateur, pour moi-même — mais juste un peu, et je n'aime pas jouer en public, je ne suis pas assez bon.

— Eh bien, Jason, alors, tu nous chanteras quelque chose, après », conclut Hannchen, et elle s'en retourna vers son cercle, et vers les questions de domesticité laissées en suspens.

« Enfin, Kössling ! s'exclama Jason. Où étiez-vous passé pendant tout ce temps ? Vous nous avez manqué. Il y a même ici quelqu'un à qui vous manquiez douloureusement. Sans doute fallait-il absolument que vous teniez le compte des petits gâteaux auprès de l'oncle Eli ? »

Jettchen se tenait à côté de lui devant la fenêtre ; grande, droite dans sa robe claire, elle était adossée au panneau blanc, ses bras nus, roses et pleins relevés derrière sa tête, les mains légèrement pressées contre sa nuque. Et son regard, passant devant Kössling, errait dans la salle, mi-grave, mi-amusé.

« Si nous jouions aux gages ? proposa l'oncle Jason.

— Oh, oui, oui, oui », piailla Jenny. Mais Jettchen s'empressa de lui poser la main sur la bouche afin que l'orage de la fureur paternelle qui, Dieu sait pourquoi, planait de nouveau sur la progéniture, ne se déchargeât point.

« Jeu ou non, je t'embrasse », dit Jason en attirant à lui la petite, qui se laissa faire sans déplaisir.

« Tu es une petite Gebert, toi, et *ceux-là* — il montra les garçons tout raides sur leurs chaises —, *ceux-là*, ce sont des Jacoby.

— Non, mon oncle, plutôt que de jouer aux gages, faisons un peu de musique.

— Comme tu veux, Jettchen. Mais pas nécessairement tout de suite, nous ne ferions que gêner la conversation.

— Dites-moi, cher ami, comment avez-vous reçu cette balle ? demanda Kössling.

— Dois-je vous le raconter ? Je n'aime pas en parler, vous savez. Mais si vous voulez, je vais vous le raconter. Nous avions bivouaqué devant Gross-Siethen [26], sur la dure. Aucun d'entre nous n'avait débouclé son ceinturon ni ses cartouchières. Le fusil à la main, nos gens dormaient autour des feux de camp refroidis, car entre nous et le gros de nos forces s'était engagé un régiment de grenadiers français. Comme un coin de fer dans une souche, voyez-vous.

« Toutes nos liaisons étaient interrompues, et ils tiraient nos estafettes comme des lièvres. Depuis le matin, nous en avions envoyé huit — une toutes les deux heures, et, à présent, ces garçons dormaient bravement au bord des champs ou parmi les gerbes piétinées.

« Je m'étais porté volontaire. J'étais le neuvième. Voyez-vous, Kössling, je ne suis pas un poltron, et quand je voyais les camarades tomber à droite ou à gauche de moi, je me disais que cela pouvait m'arriver à moi aussi, tout comme à eux. Mais rester là seul, sans une âme, jeté à bas de son cheval en rase campagne par un gaillard qu'on ne voit même pas, qui vous a tiré dans le dos, rester là peut-être pendant des jours, à moitié mort, sans eau — je ne peux pas dire que cette perspective me mettait de joyeuse humeur.

« J'attendais donc mon tour, je n'avais pas dormi. On me remit un sac à porter en bandoulière, chargé de dépêches. Il faisait encore gris, le jour s'annonçait juste, et j'étais glacé, horriblement glacé. D'abord, j'ai mené mon cheval lentement, puis de plus en plus vite ; j'avais l'impression d'avoir en selle derrière moi quelqu'un qui mc soufflait dans le cou, et j'avais tout le dos couvert de sueur froide. Mon cheval courait sans le moindre bruit sur les chemins sablonneux. Dans la brume, les arbres se dressaient de part et d'autre de la route, et je me rappelle encore l'odeur de pain frais du blé trop mûr dans les champs. Puis le ciel rougit à l'est

— une longue bande rouge dans le ciel gris, sur laquelle les nuages s'empilaient, tous entourés d'une fine bordure rouge. Je le regardai, et j'en eus vraiment les larmes aux yeux.

« Ne regarde pas ces nuages rouges, me dis-je ; demain, tu ne les verras plus. Je me répétai cette phrase, dix fois peut-être. Cela n'avait aucun sens. J'étais tout jeune, à l'époque. Mais voyez-vous, il ne se passa rien, rien du tout. Une fois, j'entendis comme des voix devant moi et j'obliquai dans un chemin de traverse sur la droite. Là, parmi les arbres, il y avait une maison de paysans. J'allai presque jusque-là. La maison semblait occupée et je menai mon cheval dans le plus grand silence le long d'un ruisseau, derrière une rangée de saules, dans une brume encore épaisse.

« Mais le gaillard était toujours en selle derrière moi sur ma rosse et me soufflait dans le cou. J'étais en route depuis une heure trois quarts. Entre-temps, le jour s'était levé tout à fait ; on pouvait sans aucun doute me voir à cinq cents pas ; aussi, je me dissimulais autant que possible derrière les arbres ou dans le blé ; en fait, j'aurais dû être bientôt rendu au village. Il me semblait aussi avoir vu depuis un bon moment déjà de la fumée de ce côté-là, et je me sentis d'un coup d'humeur légère et joyeuse d'être arrivé si loin. — Halte ! Là-bas, un cheval gît dans le champ. Gonflé et les pattes en l'air. Et en regardant bien, je vois sous lui un uniforme. Cet uniforme, je le connaissais, je portais le même. Vous pouvez me croire : en cet instant, je n'avais pas grande envie de tenir compagnie à ce camarade.

« Le cheval couché avait le dos tourné vers moi. Alors, pauvre vieux, ce n'est donc pas de mon côté qu'on t'a canardé. Mais d'où ? Ah oui, peut-être bien de là-bas, de ces collines de sable, si tranquilles, jaunes et rouges dans la lumière du jour qui se levait. Allons, Jason Gebert, il serait plus prudent que tu te tiennes davantage sur la gauche ! C'est d'ailleurs mieux ainsi, car loin là-devant je vois déjà mes troupes qui ont pris position en avant d'un étang dans le clair soleil levant. C'est là qu'il me faut aller ! Ce n'est plus si loin, peut-être un quart d'heure à peu près, à vive allure !

« Mais d'un coup, tiens, c'est curieux, qu'est-ce qui se passe là sur la colline ? On dirait de gros cactus bruns, six à huit boules les unes à côté des autres.

« Je les vois se détacher nettement dans la première clarté indécise, en haut de la colline, à intervalles réguliers. Mais crénom, qu'est-ce qu'il y a comme frelons, dans le coin ! Une vraie grêle ! Vrou ! Voilà un de ces animaux qui me frôle l'oreille. Zon ! En voilà un autre ! Et d'un seul coup, ça se met à crépiter de partout en haut de la colline, et je comprends enfin : c'étaient les bonnets à poils des grenadiers français — *Bonjour Messieurs !** Si vous êtes finauds, tuez-moi donc sans préambule mon cheval sous moi, et j'arriverai à pied chez saint Pierre. Et si à présent je tourne bride, le vent pourra bientôt me passer à travers le corps et je n'ai jamais très bien supporté les courants d'air dans le cou. Et si je me jette en avant sur mon cheval, vous pourrez probablement réussir un beau coup double.

« Est-ce que je me suis dit tout cela en un instant ? Je ne sais plus, mais je ne crois pas. Toujours est-il que j'ai fait ce qu'il fallait. J'ai foncé devant moi en faisant feu des quatre fers, droit comme un *i* sur mon cheval, à l'anglaise et fier comme un hidalgo, comme si toute cette affaire ne me concernait en rien. Et la colline franchie, j'ai continué sur la gauche. Jamais, ni avant ni après, je n'ai entendu les frelons me vrombir aux oreilles comme si j'en avais tout un essaim après moi. Celui qui est passé ne revient pas en arrière, me suis-je dit, et celui qui doit toucher au but, tu ne l'entends pas.

« Et je me sentais pendant ce temps d'humeur tout à fait joyeuse, comme si tout cela n'était qu'une plaisanterie, une niche que l'on voulait faire non pas même à moi, mais à un autre, à quelque vague connaissance.

« À présent, je devrais être bientôt hors de portée. Je regarde autour de moi, très brièvement ; je vois qu'ils ont bondi derrière moi, ils se dressent tout droits, à intervalles réguliers, six grandes silhouettes sombres contre le soleil, comme si on les avait découpées aux ciseaux dans du papier glacé noir. Trois s'agenouillent, trois restent debout et, crénom, un de ces gaillards m'a enfoncé une épingle, une longue épingle dans la jambe, en haut, et sur le dos du cheval est apparue une raie rouge large comme la main, du sang. La douleur rend l'animal farouche, il prend le mors aux dents et s'emballe. Je bascule vers l'avant et j'ai encore assez mes esprits pour me cramponner à son cou, puis j'entends des voix très confuses et je vois quelqu'un qui approche un pistolet de l'oreille de mon cheval. On coupe la courroie de ma sacoche rouge où est le courrier, et deux grands types blonds me prennent sur leurs épaules et me portent jusqu'à une ferme. Ils pensaient d'abord que j'avais pris une balle dans la poitrine, car toute ma tunique était raide de sang. Mais c'était juste le sang du cheval. Ensuite, ils ont voulu me couper la jambe parce que l'os — ici, en haut, vous voyez, Kössling ? — parce que l'os avait pris une drôle de position. Mais je les ai priés de n'en rien faire en leur disant que je n'avais pas envie de me promener dans le monde avec une jambe supplémentaire, et ils ont finalement accepté. »

Jason avait raconté tout cela non comme on vient de le lire, mais de façon plus vive, avec plus d'émotion ; la voix et les gestes y contribuaient, et bien souvent des exclamations et des questions l'interrompaient.

Mais dès avant la moitié du récit, Jenny s'était repliée vers tante Rikchen, où des sujets de conversation moins émouvants, et moins horribles, étaient à l'ordre du jour. On y soupesait les avantages, pour l'été, de la Rosinenstrasse et de la chaussée de Charlottenbourg, trop animée et où surtout venaient trop de Berlinois.

Jettchen était devenue grave et pensive, car en écoutant le récit de Jason, elle pensait à quelqu'un qui lui avait été plus proche encore, et que la balle avait atteint plus haut — entre les côtes flottantes — ; c'était deux ans plus tard, à Ligny[27], Jason le lui avait si souvent raconté.

Kössling n'avait pas remarqué comme le visage de Jettchen avait changé.

« Vous n'avez pas connu la guerre ?

— Je ne me souviens de rien, j'avais alors deux ans. Je crois très obscurément me rappeler qu'un homme en uniforme rouge m'avait prise dans ses bras. Ce devait être mon père. Mais oncle Jason m'a raconté tant de choses que j'ai parfois l'impression d'avoir vraiment vécu tout cela moi aussi.

— Alors sans doute avez-vous appris à considérer la guerre exclusivement du point de vue des Français, car pour monsieur votre oncle, Blücher n'est guère qu'un malotru et un abruti.

— Kössling ! Kössling ! » s'écria Jason, un profond pli de mécontentement lui creusant le front, verticalement au-dessus de la racine du nez. « J'ai raconté la guerre autrement que vous ne l'avez apprise à l'école et que vos enfants l'apprendront jamais. De fait — si vous tenez absolument à l'entendre une fois encore — nous nous sentions mieux ici comme Français. Pour nous Prussiens et pour nous Juifs, il n'y a malheureusement pas encore eu à ce jour de 1790. Mais, Dieu merci, qui vivra verra. »

Kössling ne répondit rien ; on voyait que toute cette conversation avait aussi troublé l'humeur de Jettchen. Car cette guerre avait décidé de son destin bien avant qu'elle-même n'eût son mot à dire. Et elle lui avait payé un tribut trop lourd pour ne pas la haïr, elle et son souvenir, autant que seul l'oncle Jason pouvait le faire, Jason que cette même guerre avait lui aussi expulsé de tout ce qu'il avait entrepris et commencé auparavant. Certes, sa pauvre jambe claudicante l'avait ensuite protégé des prisons de Spandau, Magdebourg ou Wesel, car en 1820, dénoncé comme démagogue, il avait été l'objet d'une longue enquête et avait subi de multiples interrogatoires.

De cette rencontre avec le père Dambach[28], jamais il ne parlait, et Kössling même ignorait tout de ces mois en détention. Mais cette expérience n'avait pas renforcé l'amour d'oncle Jason pour la maison régnante et pour le système politique.

Kössling dit que lui non plus n'avait pas beaucoup de souvenirs de la guerre. Un jour, à Brunswick, un cavalier l'avait pris sur son cheval, il avait crié et pleuré, et le cavalier, un gaillard barbu, avait ri.

Jettchen l'interrompit d'une voix très basse et presque triste.

« Mon oncle, chante quelque chose », dit-elle, et elle se dirigea vers le piano.

C'est seulement alors que l'idée vint à Kössling qu'il eût été plus intelligent de ne pas susciter cette conversation. Il suivit Jettchen des yeux et eut le sentiment qu'il lui fallait s'excuser auprès d'elle d'avoir été assez maladroit pour remuer ces vieilles histoires et faire ainsi de la peine à cette jeune fille qui lui était chère.

Ferdinand, qui levait précisément bien haut le sept de cœur pour abattre à grand bruit le rectangle de carton sur la table, y renonça en voyant que quelque chose se préparait du côté du piano, et posa très doucement sa carte en lui faisant décrire une large courbe. Il avait du savoir-vivre. Il n'aimait pas la musique, mais même si elle lui était désagréable, il ne la redoutait pas, il attendait sans ciller qu'elle se termine. Après quoi, il prenait sa revanche par une critique sans retenue.

Lui-même n'avait pas au clavier un répertoire bien vaste, il ne jouait, par on ne sait quel hasard, que les cinq premières mesures de l'ouverture d'*Iphigénie*, et c'était tout. Mais il savait si adroitement en tirer parti que personne encore n'avait jamais remarqué qu'il ne pouvait aller au-delà. Jason était doué pour la musique mais, au cours des dernières années, sa voix avait eu à souffrir des mauvais vins de chez Drucker, qui lui avaient fait une gorge rugueuse comme une râpe ; en dehors de cela, son savoir et son savoir-faire ne suffisaient à répondre qu'aux besoins privés.

Le cercle de tante Rikchen tempéra lui aussi ses voix claires quand on vit Jason debout près du piano table et Jettchen qui allumait les lumières.

« Le *Jean Grillon* ! » cria Hannchen.

Et Jason s'appuya sur le dessus du piano, un peu déhanché sur sa jambe, se passa la main sur les cheveux et chanta sur un rythme allègre, frais, tandis que Jettchen plaquait quelques accords :

> « *Je suis un Français,* mes dames,
> Comme ça* *avec ma jambe en bois.*
> *Jean Grillon, tel est mon nom ;*
> *Ma fierté, c'est ma jambe en bois.*
> *J'embrase, je caresse et je ris.* »

Ici, Jenny et Wolfgang s'échangèrent des coups de coudes dans les côtes d'un air entendu.

Jason faisait sonner tous les *e.*

« Comme ça* *avec ma jambe en bois,*
Dans mon cœur je reste un Français,
Même en pierre je le resterais. »

Ferdinand n'était pas satisfait du numéro de chant de son frère.

« Jason, dit-il de son ton le plus amical, aujourd'hui, tu glapis comme un carlin enfermé dans une lanterne. »

Mais Kössling fut d'avis que c'était très réussi. On découvrait toujours de nouveaux aspects chez Jason Gebert.

« Chantez-vous du Schubert ?

— Pas ici », dit Jason, qui connaissait son auditoire. « Écoutez-moi ça, c'est plus vif, et c'est en même temps tout à fait délicieux. Connaissez-vous cela ?

« *Nante file tout droit au bureau des recours,*
Il met sa montre au clou, il achète un chapeau
De paille d'Italie, qu'il m'offre incontinent,
Et m'ayant bien coiffée m'emmène promener.
À peine sommes-nous sur la Jungfernbrücke,
Qu'un maudit vent se lève et, mon Dieu, quel malheur !
M'arrachant mon chapeau le jette dans la Spree.
Nante aussitôt bondit, descend de la voiture,
Saute dans un canot et va le repêcher.
Maintenant, dites-moi, qui d'autre aurait fait ça ?" »

Quand Jason avait lancé le dernier vers avec aplomb, les enfants l'avaient accompagné en chœur et même Ferdinand n'avait pu s'empêcher de hocher la tête et de battre la mesure avec le pied.

Mais Kössling n'avait guère écouté ; sans cesse, il n'avait regardé que Jettchen, droite et fière sur sa chaise, la tête très légèrement inclinée sur le côté, à demi perdue dans ses rêves, cependant que ses mains blanches plaquaient doucement quelque accord qui convînt à la chanson, sans y insister. Elle ne jouait pas bien, il le sentait, mais elle était sensible à la tonalité et au rythme parce que tout en elle était musique.

« Eh bien, Kössling ? l'apostropha Jason tout en achevant de s'essuyer le front avec un foulard de soie à pois. Comment trouvez-vous cela ? Mais peut-être faut-il d'abord que nous ouvrions la fenêtre pour laisser s'envoler les derniers accents de mon chant profane ?

— Aimez-vous la musique, *Demoiselle** Jettchen ? Mais c'est une question qu'on ne devrait pas poser après vous avoir entendue jouer. Que souhaiteriez-vous entendre ? Du Beethoven ? Connaissez-vous cette marche de lui ? »

Il donna d'un doigt le rythme vif, allègre, puis commença.

Personne n'aurait cru que cette vieille caisse brune pût receler une telle puissance et un tel flot de sons : jamais cette pièce aux murs tendus de vert n'avait rien entendu de tel. Kössling joua tout ce qu'on lui demanda, le *Barbier* aussi bien que d'autres pièces de Mozart, Haydn ou Gluck. Dans l'*andante* de la Cinquième, les notes jaillirent dans la pièce comme lancées par un orgue, de telle sorte que Ferdinand lui-même posa ses cartes, ferma les yeux, battit la mesure du pied et hocha la tête — puis les notes de l'ouverture de *Figaro,* délicates et argentées comme des anneaux de fumée, jaillirent des cordes de verre devant l'étroit clavier vers tous les coins de la pièce.

Ferdinand se leva, prit position à côté de l'instrument et mit à profit une pause pour donner un échantillon de son savoir.

« Pouvez-vous jouer cela ? demanda-t-il en enchaînant quelques mesures. Je crois que c'est de Gluck.

— Bien sûr, repartit Kössling. C'est l'ouverture d'*Iphigénie*, mais ce n'est pas tout à fait cela ; ici, c'est un *do,* pas un *do* dièse. »

Ferdinand en fut satisfait et se laissa volontiers donner cette leçon. Sa réputation était en tout cas indemne.

Sur ce, c'est Salomon qui s'approcha de Kössling.

« Comme vous jouez, Docteur ! C'est vraiment une joie de vous écouter. Vous savez, vous pourriez en tirer beaucoup d'argent !

— Eh bien, j'y songerai, si un jour je n'ai plus d'autre solution.

— Oh, Docteur, jouez-moi donc la *Dernière valse d'un insensé* ; c'est une musique toute nouvelle, j'ai vu la partition hier chez Challier, à la Spittelbrücke. »

Mais Kössling n'en fit rien.

« Où avez-vous appris à jouer ainsi, Docteur ? » demanda Jettchen, qui considérait Kössling, depuis qu'il était assis devant le clavier, avec peut-être une joie aussi peu dissimulée que celle de Kössling la considérant, elle, auparavant ; car le visage de Kössling, quand il se plongeait dans la vie de ces notes, devenait fin et spirituel. « Où avez-vous appris à jouer ainsi ?

— Chez nous, mademoiselle Jettchen, dit Kössling sans cesser de jouer, il y avait un vieux chantre. Il avait un jour, je ne sais comment, dérivé jusqu'à Brunswick comme Lessing jusqu'à Wolfenbüttel[29], et c'était un génie de la musique. Même quand il n'était pas ivre, ce qui lui arrivait quand même une dizaine de fois peut-être dans l'année. Il m'a donné des cours gratuitement. Il disait toujours que je ferais à coup sûr de grandes choses — ce que lui-même n'avait pas fait. Et jamais, jamais au fil des années il n'a eu un sou pour cela... Nous ne pouvions pas le payer, malheureusement. D'une part pour nous, d'autre part pour lui. Car le vieux chantre avait besoin d'alcool. Jamais il n'était aussi malheureux que les dix jours de l'année où il n'était pas ivre. Mais ces jours-là, ses amis et ses élèves ne le laissaient pas un instant seul, car on craignait toujours qu'il ne se fasse violence.

— Vous êtes de Brunswick ?

— Oui. Connaissez-vous cette ville, Mademoiselle ?

— Non. »

Kössling se leva alors et, tout près d'elle, se mit à raconter :

« C'est une vieille ville aux rues et aux cours très étroites, mademoiselle Jettchen. Mais quand vous la regardez le soir au coucher du soleil du haut de la colline des moulins à vent, elle est rouge comme un champ de pavots. Quand j'étais adolescent, j'ai bien souvent passé l'après-midi là-haut avec mes livres ; la ville rouge en contrebas, avec tous ses pignons et ses tours, comme un champ, tout un champ de tuiles rouges ! Ce n'est pas animé comme Berlin ; la vie y est si calme. La cour, le théâtre, et c'est tout, n'est-ce pas ? Pour moi, c'est trop étroit... Je ne pouvais pas y rester. Sans doute, j'y aurais fait mon chemin, j'y avais des protections. Mais je ne pouvais pas, je ne suis pas homme à cela. Plutôt vivre mal à Berlin que bien à Brunswick ! »

La servante arriva alors, proposant de la bière et des petits pains, et il en résulta une pause dans la conversation.

Ces messieurs jouaient encore, robre après robre, alors que les chandelles étaient presque mortes et ne donnaient plus en crépitant qu'une lueur fuligineuse. Mais Ferdinand perdait, et cela lui déplaisait.

Wolfgang était déjà si fatigué qu'il s'était endormi, la tête dans le giron de la vieille demoiselle aux boucles de caniche, qui de ce fait se tenait toute raide, n'osait pas bouger. Jenny avait à présent de tout petits yeux et même les petits pains aux œufs ne lui faisaient plus envie. Rikchen et Hannchen s'en prirent conjointement à Jettchen : Pourquoi restait-elle avec les messieurs ? C'était vraiment jouer les coquettes. Mais Minchen la prit sous sa protection, elle ne voyait rien à redire à cela. De son temps, avec son Eli, elle en avait fait tout autant. Eli était à présent tout frais et rose et bavardait avec ces dames.

« Ah, les femmes, les femmes ! Toute notre vie, elle nous traitent comme des gamins, que c'en est un scandale. Avant-hier, voilà ma

Mine qui dit qu'elle veut aller chez les Goldmann, ils l'ont invitée pour le thé. "Minchen je lui dis, reste donc là, qu'est-ce que tu irais faire dehors, avec ce temps ? Je te prépare un plein seau de thé, tiens, tu pourras en boire tant que tu voudras." Et qu'est-ce qu'elle fait, ma Minchen ? Elle sort ! D'abord, je me suis fâché, et puis après, j'étais quand même bien content qu'elle revienne sans avoir pris mal. Eh oui, elles font de nous ce qu'elles veulent, les femmes. Déjà quand on est jeune, mais encore plus quand on est vieux ! »

Rikchen et Hannchen n'étaient pas d'accord. Elles estimaient que c'était plutôt l'inverse. Elles, en tout cas, n'avaient pas la moindre influence sur leur époux. Mais oncle Eli rétorqua que chacun pouvait voir de ses yeux que c'était faux. Aussi bien Salomon que Ferdinand — surtout Ferdinand — étaient avant leur mariage à cent pour cent français, et à présent ils étaient devenus de bons bourgeois, des citoyens sérieux. Hannchen eut un sourire compatissant, mais comme cette conversation en présence de son petit Max lui était pénible, elle s'approcha du piano, s'assit sur la petite chaise moelleuse, s'y étala comme un flétan et se mit à chanter le grand air de la *Norma, Casta Diva,* « Chaste Déesse », en tapant sur les touches d'un seul doigt, un peu au hasard.

C'était une méchanceté. Ferdinand se sentit insulté et, à mi-voix, donna à comprendre à sa moitié qu'elle ferait mieux de se taire : ils n'étaient pas entre eux, ici ; qu'en penserait le Dr Kössling ? C'est que Ferdinand continuait à perdre.

Kössling ne pensait absolument rien du jeu de Hannchen, il n'y songeait pas, peut-être même ne l'entendait-il pas chanter. Il se sentait bien en présence de Jettchen, il lui parlait de Brunswick et elle l'écoutait. Il disait qu'ici on n'avait rien d'analogue à l'hôtel de ville de Brunswick et à son marché. Là-bas, on comprenait Wackenroder... [30] C'était un enchantement d'y passer, le soir ; le délicat feuillage des ornements gothiques ressemblait à de la dentelle de Bruxelles. Ici, tout était si neuf, les rues, les gens et les maisons si rectilignes. Alors que tout Brunswick ressemblait à une commode biscornue, et pourtant la ville était belle.

Il parlait, il parlait. Jettchen, vis-à-vis de lui, se tenait près du miroir, elle avait ouvert un pot-pourri qui répandait un parfum douceâtre et pénétrant à la fois ; elle remuait de la main les pétales de rose. Mais, de temps à autre, elle levait le bras et les laissait retomber en pluie dans leur récipient avec un léger froufrou.

Kössling parlait d'amis de jeunesse qu'il n'avait jamais revus, alors qu'ils s'étaient aimés comme Oreste et Pylade, comme le corps et l'âme. Et Jettchen dit qu'elle avait fait la même expérience, et que le papier conservait encore les épanchements d'amour et d'amitié de celles-là justement qui, ensuite, ne s'étaient plus souciées d'elle et lui adressaient à peine la parole quand elles la rencontraient aujourd'hui. Sa meilleure amie avait épousé ici un capitaine de la Garde, de telle sorte qu'il était devenu hors de question de se revoir. Parfois, elle se sentait d'humeur très étrange quand elle feuilletait son livre d'or.

Pourrait-il le voir un jour ? Aurait-elle la bonté de le lui montrer ? Il aimerait tant le voir.

« Bien sûr, je vais le chercher », dit Jettchen, et elle sortit.

Kössling se retrouva seul.

Jason, qui depuis un moment déjà tournait autour de la table de whist comme la martre autour du poulailler, avait enfin consenti à libérer le mort de sa pénible tâche.

Il ne se laissait que de mauvais gré convaincre de s'asseoir à la table de jeu, car il se connaissait que trop bien, il savait qu'une fois qu'il s'était assis pour jouer, il était bien plus difficile encore de le convaincre de quitter la table. Son tempérament s'exprimait pleinement quand il jouait, et les sommes que lui avait coûtées son apprentissage dans ses jeunes années l'avaient convaincu d'éviter les lieux où les cartes tombaient et où l'argent roulait. Mais ici, à ce jeu de whist domestique, entre frères, qu'y avait-il à risquer ?

Kössling était seul.

Il avait le sentiment que soudain les lustres s'étaient éteints. D'un seul coup, lorsque Jettchen avait refermé la porte derrière elle, tout était devenu presque obscur. Tant qu'elle était encore sur le seuil et qu'il voyait sur ses épaules blanches les bretelles dorées de sa robe, tant qu'il voyait au-dessus de son cou les mèches relevées de ses cheveux noirs, tout lui était encore apparu inondé d'une lumière de fête. À présent, tout dans la pièce était assombri et comme embrumé.

Un instant, Kössling fut tenté d'aller rejoindre les dames ou les joueurs de whist, mais il se ravisa et retourna près des livres. Et tout en feignant d'étudier les titres, il lorgnait vers la porte blanche, attendant qu'elle s'ouvre.

Enfin, Jettchen revint. Elle tenait à la main, le plus discrètement du monde, un mince volume de maroquin rouge, et soudain les bougies du lustre brillèrent de nouveau, éclairant la pièce jusque dans ses derniers recoins.

À présent, ils étaient tous deux penchés sur le piano table, leurs têtes toutes proches l'une de l'autre, et Jettchen feuilletait lentement le livre.

Vis-à-vis de chacune des pages qui portaient une inscription finement calligraphiée, il y avait une petite image, un sceau, une silhouette découpée, une minuscule peinture, une boucle de cheveux retenue par un fin ruban, un fleur séchée et collée : « *Vivons nous trois : vous, l'amitié et moi** » — et sur l'autre page, un myosotis.

« Qui est-ce ?

— Un ami de mon oncle. »

Kössling en fut comme transpercé ; il eut envie de pleurer.

« Et voici cette amie. Karoline Ceestow. Vous voyez ce charmant petit temple, et les arbres derrière ? À l'école, elle dessinait joliment.

> *« Ce n'est pas en vain que j'ai supplié*
> *Que me soit donné le plus haut des biens,*
> *Le bonheur de l'amitié partagée,*
> *Car le ciel avec toi me l'a donné. »*

« Ne croirait-on pas que l'on ne se séparera jamais ? En fait, on ne devrait pas écrire ce genre de choses, cela finit toujours par devenir faux.

« Et voici Hannchen Simon. Elle était si pathétique ; et en première année d'école, elle récitait toujours *Laura au piano,* de Schiller, en nasillant...

> *« Filez lentement, Parques, car elle est mon amie.*
> *En souvenir de ton amie éternellement fidèle, Johanna.*
> *Ma date fétiche : le quinze mai. »*

— Ah, vous êtes née le quinze mai ? Le plus beau jour du plus beau mois ! Mais je comprends : tout autre jour aurait été une offense que vous aurait faite la providence. »

Leurs têtes étaient toutes proches et Jettchen devint rouge comme un coquelicot.

Dans leur dos, Hannchen et Rikchen chuchotaient, et même la demoiselle aux boucles de caniche n'était absolument pas d'accord avec ce comportement de Jettchen ; elle en était même si étonnée et effrayée qu'elle laissa échapper une maille, ce qui ne lui était pas arrivé depuis des mois.

« Et là, qui est-ce ? Qui a dessiné ce petit autel, et le dieu Amour à côté ? Le trait est si net qu'on dirait une gravure sur acier.

— Ah, c'est oncle Jason », dit Jettchen, et elle tourna rapidement la page.

« Comme il dessine bien ! Puis-je voir cela encore une fois ?

— Oncle Jason voulait en fait devenir peintre, mais son père n'a pas voulu en entendre parler. Cela étant, il aurait dû reprendre ensuite l'affaire du grand-père ; là, il aurait pu tirer parti de toutes ses capacités. Car le grand-père était joaillier de la cour, et toutes les pièces d'argenterie que vous voyez ici — celles-là aussi, dans le buffet — viennent de chez lui. Mais, à ce moment-là, Jason a été malade pendant des années, avec sa jambe, et pendant ce temps l'affaire a été cédée. Et de toute façon, il ne serait pas resté joaillier de la cour.

— Puis-je revoir ce dessin ? »

Jettchen retourna la page, mais posa la main sur l'inscription.

« Ne pourrais-je pas voir aussi ce qu'il a écrit ? »

Jettchen, lentement, fit un peu glisser sa main vers le haut de la page, de telle sorte que sous son pouce et son long index aux ongles roses et bombés apparut, orné de riches fioritures, le nom de Jason.

« Et il ne m'est pas permis d'en voir davantage ?

— Pourquoi pas ? répondit Jettchen. Cela n'a rien de méchant. Ce n'était qu'une plaisanterie d'oncle Jason. »

Elle fit alors glisser sa main vers le bas, très lentement. Et tous deux lurent à mi-voix, vers après vers :

« Quand le diable priera, quand l'ange jurera,
Quand en parfaits voisins vivront chat et souris,
Quand toute demoiselle chaste et pure sera,
Alors je cesserai d'être un ami pour toi. »

Jettchen referma le volume et tous deux, relevant la tête, se regardèrent en riant.

« Je me souviendrai de ce poème », dit Kössling.

Jettchen posa prudemment le livre sur l'appui de la fenêtre, dans un coin.

« Il faut que nous rejoignions les autres ; ils parlent déjà de nous. »

Et ils traversèrent la pièce côte à côte — ils se seraient presque donné le bras — de bonne humeur, joyeux, en direction de tante Rikchen qui trônait au milieu de sa cour illustre.

Minchen les regarda approcher.

« Regarde, Hannchen, quel beau couple ils font », dit-elle à mi-voix.

Mais Hannchen ne répondit que par un mouvement de tête agacé.

« Jettchen, tu es splendide, aujourd'hui ! Tu tournerais la tête de tous les hommes, comme la Levinia ! »

Jettchen et Kössling s'arrêtèrent devant la petite tante Minchen, qui, assise sur sa petite chaise, ressemblait, avec ses épaules remontées, à une minuscule montagne violette, et abaissèrent les yeux vers elle en riant.

« Et pourquoi donc riez-vous, Docteur ? Ça n'a rien de scandaleux, ce que je dis là. *La Levinia,* c'est le plus beau tableau de Raphaël, quand même[31] !

— Et toi, ma tante, avec ta nouvelle robe, tu ressembles à la modeste violette qui fleurit à l'ombre.

— Petite coquine, je ne suis qu'une vieille femme, à présent », répondit la minuscule personne en minaudant comme une gamine de seize ans. « De mon temps, moi aussi, j'étais très jolie, mais quand même pas si jolie que toi. Je n'avais pas ta silhouette... C'est que tu es une Gebert, toi !

— Docteur, vous jouez divinement ! Vous ne pouvez pas savoir comme la musique m'enthousiasme ! » dit Rikchen en souriant à Kössling, avec un regard en coin qui lui aurait parfaitement convenu trente ans plus tôt.

Cet amour de la musique étonna Jettchen. Car en vingt-cinq ans bientôt de cohabitation, elle n'avait jamais rien perçu de tel chez tante Rikchen.

« Avez-vous eu une bonne conversation, Docteur ? s'enquit Hannchen.

— Excellente !

— Quel dommage que nous n'en ayons pas eu notre part ! repartit Hannchen d'un ton un peu aigre. »

Rikchen l'accompagna dans le même registre.

« Laisse donc, le docteur se sera mieux amusé avec la jeunesse. »

Bien qu'elle se fût attendue à ce genre d'accueil, Jettchen avait les larmes aux yeux. Que lui voulaient-ils donc, toujours ? Ce n'était pourtant pas elle qui l'avait invité ! Tante Minchen vint à son aide, maladroitement — mais cela partait d'un bon sentiment.

« Je trouve que Jettchen a très bien fait de se réserver M. le Docteur.

— Papotages de bonnes femmes ! tonitrua Eli. Vous allez vous asseoir, et vous saurez tout du fiancé de Minna ! Est-ce que je n'ai pas raison, Docteur, quand je dis que les femmes font de nous ce qu'elles veulent ? Allez donc un peu voir le gibet ! Qu'est-ce qui est écrit dessus ? C'est toujours à cause des femmes, toujours ! »

Kössling se défendit comme il put, car il voyait bien que tout retombait sur Jettchen, qui se tenait là toute seule. C'est pourquoi il s'empressa de fournir d'autres aliments à la conversation. Il demanda s'ils quitteraient Berlin pour l'été et, si oui, où ils iraient. Cela suffit à remonter tante Rikchen comme une boîte à musique, et elle se mit à débiter son rouleau. Elle présenta sous le meilleur éclairage à Kössling tous les avantages de la Rosinenstrasse, plus élégante que la Berliner Strasse, après avoir établi de riches parallèles entre Pankow, Schöneberg et Charlottenbourg. Et elle dit que dès cette semaine elle louerait quelque chose — elle n'hésitait plus qu'entre trois logements —, et elle espérait bien que le docteur leur rendrait à l'occasion visite dans leur villégiature.

Kössling accepta.

Sur ce, avec prolixité et sur un ton aussi solennel que s'il tenait un discours à la nation allemande, Eli se répandit sur le sujet des œufs brouillés et des asperges — en mêlant aux détails de la préparation le souvenir des bonnes et mauvaises années pour les asperges, de telle sorte que Kössling ne put s'empêcher de songer à Brillat-Savarin.

Cette manœuvre du vieux trotteur avait entraîné la conversation sur le terrain de la nourriture, et Jettchen fut stupéfaite d'entendre tante Rikchen livrer à sa sœur les finesses et tours de main secrets de son art des conserves. À personne d'autre elle n'aurait confié le fruit de ses expériences. Mais là, elle pouvait être sûre qu'on n'en mésuserait pas. Car Hannchen trouvait à meilleur compte chez sa sœur Rikchen les noix en conserve qui devaient d'abord tremper huit jours dans l'eau sucrée tiède avant d'être transpercées avec une aiguille « propre ».

Enfin, Max se dégela à son tour et infligea à Kössling une conversation littéraire, où il traita Gutzkow d'âne et Eichendorff de radoteur. À l'égard de Heine, il montrait du respect, mais disait qu'à présent il se fourvoyait. En tout cas, Langenschwarz était un plus grand génie. Kössling connaissait-il ses *Chants européens* ?

Kössling serrait les lèvres et pinçait les narines. Il avait entendu jusque-là, dans les milieux littéraires, bien des jugements aberrants, mais aucun d'une impudence aussi imbécile. Comme Max laissait à entendre que lui aussi s'adonnait à la littérature, Kössling lui conseilla de traduire quelque chose de l'anglais, Byron peut-être. Il apprendrait ainsi à connaître ce poète, et serait contraint à se discipliner en matière de forme et de rythme.

« Je l'ai déjà fait, répliqua Max en plissant le front et en ombrageant ses yeux de sa main. Et on m'a dit — on m'a dit — que ma traduction de *Childe Harold* était même meilleure que celle de Freiligrath. »

Il s'abstint de révéler qui avait porté ce jugement.

Immobile sur sa chaise, Kössling songeait en silence. Il se demandait s'il avait jamais été ainsi et pensait aux nuits où il lisait pour la première fois, avec ravissement, *Wilhelm Meister* et *Henri d'Ofterdingen*[32] à la lumière de la chandelle payée de son argent durement gagné — il donnait des cours particuliers de toutes les matières possibles, musique, latin, gymnastique, mathématiques, pour quinze pfennigs de l'heure ; il pensait comme en rêve au jour où il avait pris dans sa main le *Livre des chants,* de Heine, où il l'avait emporté tout en haut de la colline aux moulins et où, en le lisant, il avait porté un regard neuf et enchanté sur tout le monde connu, sur les arbres, sur les toits rouges en contrebas, sur les montagnes bleues au loin. Ce garçon appartenait-il à une autre espèce, ou seulement à une autre génération ?

Mais il se produisit alors quelque chose d'inattendu, qui plongea tout le cercle dans l'étonnement — Hannchen, Minchen, Rikchen, l'oncle Eli — et qui même fit sursauter la demoiselle aux boucles de caniche de telle sorte que la tête de Wolfgang glissa de son giron et que le garçon, croyant qu'il était l'heure de se lever pour aller à l'école, s'éveilla en grognant. Seule Jenny continua à dormir tranquillement, la tête appuyée sur l'épaule replète de Hannchen.

« Écoute, Max, avait soudain dit Jettchen, je ne crois pas que cela intéresse le docteur. »

Non pas « dit Jettchen », mais « *avait* dit Jettchen » — sur un ton qui ne laissait place à aucun malentendu, d'une voix où tremblait une irritation longtemps contenue.

« En parlant ainsi, tu te rends ridicule. »

S'ensuivit un silence pareil à celui qui précède un orage.

Max ne répondit rien d'audible et ne fit que marmonner quelque chose comme « idiots » et « égards pour la famille ».

Mais Hannchen n'en intervint qu'avec plus d'éloquence en faveur de son fils.

« Je crois que la conversation de Max intéresse au moins autant M. le Docteur que la tienne, Jettchen ! » dit-elle. Et elle ajouta intérieurement : Imbécile !

Survint alors le second évènement inouï de la soirée.

« Étant le seul qui puisse avoir un avis fondé sur ce point, chère madame, il me faut, si désolé que j'en sois, vous donner tort », dit Kössling avec un sourire, très courtoisement mais très fermement, en cherchant le regard de Jettchen.

On tomba d'accord en silence pour juger que Kössling manquait tout à fait d'éducation, qu'il ne faudrait plus l'inviter, et l'on décida de faire des reproches à Jason — comment avait-il pu amener ici cet individu ?

D'abord, la paix régna, mais c'était une paix contrainte, et l'on sentait confusément que chacun dans la pièce avait envie de s'en aller.

« Docteur, puis-je vous offrir un cigare ? demanda Eli en tirant son petit étui en cuir.

— Enfin, Eli, tu ne vas quand même pas fumer ici au salon ?

— Et alors, Minchen, tu voudrais peut-être que j'aille exprès pour ça jusqu'au Marché neuf ? — Servez-vous donc, Docteur. Ce petit, là, il doit être bon. Les cigares, voyez-vous, c'est toute une affaire. Ou bien ils ont trop de graisse, et alors ils sont âcres, ou bien la chape ne se consume pas comme la tripe, et alors ils deviennent charbonneux et se fripent comme un vieux trognon. Moi, personnellement, je préfère fumer la pipe ! Autrefois, j'ai aussi beaucoup prisé. — Servez-vous donc, ne vous en faites pas... Voilà. J'ai aussi toujours un briquet dans ma poche. Et vous pourrez finir de le fumer dans la rue, après. Si le commissaire vient vous embêter, dites-lui que c'est moi qui vous l'ai donné, il me connaît. »

Du côté de la table de whist, il y eut des mouvements et des bruits de chaises.

« Il est temps d'y aller, dit Jason en s'étirant. Je n'en peux plus d'être assis. »

Le Suédois s'inclina devant les trois frères et dit « *Takke !* » Il avait lieu de les remercier, car il repartait plus riche de quelques thalers qu'à son arrivée. Mais cela ne faisait rien, car Salomon s'en rembourserait dix fois sur son contrat.

« Ma chère belle-sœur, cria Ferdinand à pleine voix, tu devrais bien faire soulever les lames du parquet, là dans le coin, tu vois ? Je suis sûr qu'il y a un cordonnier enterré dessous. Autrement, je ne vois pas comment il pourrait y avoir une telle quantité de poix qui en ressort.

— Mais oui », dit Rikchen, qui entendait ce soir-là pour la cinquantième fois cette plaisanterie de Ferdinand. « Dès demain, je fais venir le menuisier Dörstling.

— Dis donc, Salomon, est-ce que tu pourrais me donner une lanterne ? lança Jason d'une voix joyeuse. D'après le calendrier, c'est aujourd'hui la pleine lune [33]. À moins que tu ne puisses pas t'en passer ?

— Il vaut probablement mieux que ce ne soit pas *toi* qui éclaires ton chemin, repartit Salomon.

— Alors, qu'est-ce qui se passe encore ? demanda Eli, soudain impatient de s'en aller.

— Est-ce que je peux encore prendre un petit gâteau pour la route ? » chuchota Jenny, enjôleuse, en se pressant contre Jettchen.

Wolfgang, tout à fait embrouillé de sommeil, titubait en direction de la porte.

Max quitta la pièce avec la morgue d'un roi détrôné.

« J'ai même été très content de faire votre connaissance, Docteur », dit oncle Eli, affable.

Kössling sourit.

« *Même* est délicieux, mon oncle !

— Eh bien, ce n'est peut-être pas vrai, Jason ? »

Minchen elle aussi vint dire un mot à Kössling.

« Vous nous ferez peut-être un jour le plaisir d'une visite, Docteur. Nous sommes deux vieilles gens très simples, bien sûr ; chez nous, ça n'est pas si élégant que chez mon neveu Salomon, mais venez donc. Vous n'avez qu'à demander après M. Gebert — sur le Hoher Steinweg, le premier gamin venu vous dira où nous trouver. »

Hannchen passa, froide et raide, devant Kössling, Minchen et Jason et se contenta, très protocolaire, sans sourciller, de les saluer de la tête. Elle ne se souciait guère de ses enfants, soit, mais elle ne supportait pas que d'autres disent du mal d'eux.

« Qu'a-t-elle, cette dinde ? » s'étonna Jason.

Kössling allait répondre, mais Salomon arrivait vers eux et lui serra la main.

« Revenez très vite nous voir, Docteur. Et je dois encore vous remercier mille fois pour ce plaisir musical. C'est qu'autrefois on faisait beaucoup de musique, ici chez nous. Du temps de mon pauvre père, en hiver, tous les jeudis on donnait une soirée avec un quatuor, et il y avait même des musiciens de l'Opéra qui venaient jouer. Mais je ne sais pas comment ça se fait, chez nous, il ne se passe plus rien ! »

Il savait bien comment ça se faisait, mais il ne voyait pas pourquoi il aurait dû en parler avec Kössling.

Dans le vestibule, il y avait presse. Chacun cherchait ses affaires. Tante Hannchen ne retrouvait pas son châle de dentelle ; elle prétendit qu'on avait dû le lui voler jusqu'au moment où quelqu'un lui fit remarquer qu'il était accroché bien en vue au verrou de la porte ; elle rétorqua qu'il n'y était pas une minute avant. Sur ce, Ferdinand, qui, faute d'en connaître les tenants et les aboutissants, ne pouvait comprendre le sens de cette manœuvre, dit que si elle allait cet été à Schöneberg, il ne faudrait pas qu'elle manque de faire une visite à cet établissement qui avait un nom français, où l'on pourrait peut-être soigner son esprit un peu troublé.

Sur l'insistance d'oncle Eli, tante Minchen emprunta à tout hasard un châle à Jettchen, mais elle ne le mit pas sur ses épaules.

La servante arriva avec une lanterne pour éclairer l'escalier. C'était la jolie fille aux bras nus.

Salomon et Rikchen, sur le seuil, serrèrent la main à chacun en disant que c'était à eux de remercier, non l'inverse.

Jettchen était sortie sur le palier.

Kössiling lui prit la main.

« J'espère que nous nous reverrons bientôt, et qu'il ne s'écoulera pas de nouveau trente mille ans jusqu'à notre prochaine rencontre. Car il faut que nous nous soyons déjà rencontrés, un jour, quelque part. Mais je crois que nous avons oublié l'un et l'autre les circonstances précises !

— Oh, non, moi je m'en souviens, dit Jettchen en riant, mais je n'ai pas le droit de le révéler ! Allons, au revoir ! À très bientôt, j'espère !

— Je l'espère aussi. »

Cependant, les autres avaient défilé devant eux et entrepris de descendre le large escalier à la lumière vacillante de la lanterne.

Les enfants allaient devant à pas lourds, descendant toujours deux marches à la fois ; la vieille demoiselle tâtonnait du pied avant de se risquer à faire un pas ; Eli et Minchen se tenaient fermement l'un à l'autre, chacun pensant qu'il devait prendre soin de son conjoint et, pour ce faire, avancer très lentement, si bien qu'ils se tiraient et se poussaient à hue et à dia.

Jason saisit la rampe et se mit à descendre marche à marche en sifflotant le signal du départ. Kössling comprit et s'inclina pour baiser la main douce, chaude et charnue de Jettchen, qu'il tenait toujours dans la sienne. Et grâce à la pénombre bénéfique, il ne put voir que Jettchen rougissait, devenait écarlate.

Puis il s'écarta sans un mot, la tête à demi détournée, de telle sorte que, s'il ne voyait plus Jettchen de face, il percevait encore comme une vague lueur sa silhouette claire, et descendit l'escalier.

Jettchen, sur le palier, près de la rampe, écoutait plus qu'elle ne regardait. Dans la cage d'escalier que noyait la nuit, les lumières vacillantes s'affaiblissaient ; les pas lourds, hésitants, s'éloignaient. Elle entendit le grincement de la porte et les voix claires ou étouffées qui se mêlaient.

« Jettchen, Jettchen ! Rentre donc ! Qu'est-ce que tu fais encore dehors ? » cria tante Rikchen en apparaissant sur le seuil, déjà à moitié déboutonnée.

Jettchen rentra lentement, pensive. Elle avait l'impression que ses jambes ne voulaient pas vraiment la porter et que d'une minute à l'autre elles allaient se dérober sous elle. Elle avança pourtant, et éteignit les lumières.

Salomon arriva avant qu'elle en ait fini pour lui souhaiter une bonne nuit. Il avait déjà ôté son habit, il était en manches de chemise. Il lui déposa un baiser sur le front.

« Je crois que Rikchen est fâchée contre toi. Elle m'a dit quelque chose comme ça. Alors, essaye de rétablir bien vite la paix, ma petite fille. »

Quand la tante était là, il ne lui parlait jamais aussi doucement et gentiment, car il redoutait que ce ne fût mal interprété.

Puis il s'en fut.

Soudain, les lumières éteintes, la lune hanta la pièce et, dehors, fit luire les toits et les faîtages ; la lune regardait par-dessus les maisons et peignait sur le sol de longues flaques de lumière blanche.

Jettchen s'approcha encore de la fenêtre, dans la clarté verdâtre qui tombait en plein sur son visage, et regarda dans la rue. Elle les vit s'éloigner. D'abord Hannchen avec les enfants, puis Ferdinand avec le Suédois — elle les reconnaissait tous très bien à leur silhouette —, Eli et Minchen... et enfin Jason et Kössling. Elle les suivit du regard jusqu'au moment où, s'étant arrêtés au coin de la rue, ils prirent congé les uns des autres et se séparèrent. Alors elle passa dans sa chambre.

La porte donnant sur la galerie était ouverte, et toute la chambre était emplie de l'odeur âpre du noyer, qui répandait son parfum dans la nuit de printemps comme s'il devait y exhaler toute son âme.

Jettchen sortit sur la galerie. Son visage caressait presque les branches ; elle saisit un instant la rambarde et ressentit comme un bienfait le froid de l'acier dans ses mains brûlantes.

Le ciel était très sombre. Pourtant, il semblait receler de discrètes lueurs de phosphore, et deux étoiles solitaires scintillaient sur cette couverture noire qui tremblait. Au-dessus d'elle, les murs, les fenêtres, les toits de l'arrière-corps de la maison étaient aussi clairs qu'en plein jour et comme saupoudrés de paillettes brillantes ; mais en bas, la nuit emplissait la cour, où l'œil ne parvenait que très lentement à distinguer des formes.

Jettchen resta là un moment, puis elle entendit des chuchotements, des petits rires étouffés, des mots dits doucement, des pas très précautionneux. Et en se penchant par-dessus la rambarde, elle aperçut en bas une servante qui tenait une lanterne et un homme en vareuse blanche.

Elle rentra dans sa chambre...

Au coin de la Königstrasse, les groupes se séparèrent ; on se dispersa comme les nations après la construction de la tour de Babel.

Tante Minchen et oncle Eli prirent d'un pas lourd et nonchalant la direction de la Königsbrücke, et la caravane menée par Ferdinand Gebert défila vivement et s'éloigna en avant d'eux, formée en phalange, ou bien plutôt selon l'ordre de bataille des anciens Germains. Le Suédois obliqua à droite et monta vers la Burgstrasse, où il avait pris logis au Roi de Portugal, accompagné de la vieille demoiselle aux boucles de caniche, qui jugea nécessaire de lui faire la conversation et le trouva fier parce qu'il ne répondait pas. Elle même habitait Poststrasse.

Jason et Kössling restèrent seuls tous les deux au coin de la rue dans le clair de lune, et regardèrent les autres s'éloigner.

« Eh bien, cher Docteur, qu'allons-nous faire, à présent ? demanda Jason d'un ton à demi anxieux.

— Il est tard, regagnons notre bivouac », répondit Kössling, qui aspirait à être seul.

— Oui, jeune homme, à présent rentrez chez vous, montez votre escalier à tâtons, mettez-vous au lit, dormez et faites de beaux rêves. Ou bien allumez encore votre chandelle pour un moment, prenez le Novalis[34] — pour moi, il est trop allemand, mais je sais comme vous l'aimez —, prenez le Novalis rangé sur votre étagère, ouvrez la fenêtre, peut-être, afin que le vent frais, soufflant par-dessus les arbres, entre chez vous, et déclamez dans la faible lueur de la lune :

« Le monde est loin
Avec ses jouissances bariolées.
Dans d'autres espaces la lumière a dressé
Les tentes aériennes. »

« Je connais cela d'autrefois. Moi aussi j'ai été ainsi. À ceci près que c'est peut-être justement pourquoi j'ai lu les *Reisebilder* ou le *Titan*[35]. Mais que vais-je faire, maintenant ? Croyez-vous qu'à présent je puisse dormir ? Croyez-vous qu'à présent je puisse lire ? Dans la journée, ça va ; mais la nuit, mon démon s'empare de moi. Quand je vois les enfants de mon frère Ferdinand, je ne peux pas fermer l'œil de toute la nuit. Dites-moi, ne serais-je pas homme à avoir des enfants et à les élever, plutôt que mon frère, qui ne sait absolument rien faire d'eux ? Enfin... Max et Wolfgang sont de braves garçons, après tout, mais j'envie Ferdinand pour la petite Jenny. Avez-vous vu la démarche de cette enfant ? Un jour, elle sera tout à fait comme Jettchen. »

De fait, objecta Kössling, Jenny ressemblait à Jettchen, elle lui ressemblait beaucoup, mais son visage avait quelque chose d'un peu vulgaire et mondain à la fois, comme l'ombre d'un manque de délicatesse spirituelle, et ce n'était quand même pas du tout le cas de Jettchen.

« Oui, dit Jason. Cela ne vient pas de chez nous, c'est un trait des Jacoby. — Et puis cette solitude ! Tant qu'on est jeune, Kössling, on se réjouit de *pouvoir* être seul ; et puis en vieillissant, vers la cinquantaine, on déplore de *devoir* être seul.

« Pour moi, il est peut-être très bien que je ne me sois pas marié ; car une vie de couple comme celle que mènent mes frères m'aurait détruit, — *écrasé, cassé**. Et encore, vous ne savez pas comment ils nous considèrent. Ce soir, vous n'avez été qu'une sorte de bête curieuse, si ce n'est l'ennemi même. Nous sommes des outsiders du derby, nous ne faisons pas partie de ces gens-là. Un Français et un Anglais dont aucun des deux ne parle la langue de l'autre se rencontrent mieux et plus facilement que nous et eux. Pour eux, une seule chose compte : aie une profession — sois quelqu'un — fais de l'argent ! Quand tu gagnes dix louis d'or par jour, tu vaux plus pour eux que tous les Goethe, Schiller et Mozart. À tout le reste, aux imperfections, au refus de faire comme les autres, à toutes les fêlures légitimes, ils n'entendent rien. Pour eux, il n'y a qu'une manière de prouver ce que l'on est : le succès ! Même pour l'oncle Eli, nous sommes toujours le "jeune homme" qu'il toise avec apitoiement, quand bien même nous aurions soixante ans. Autrefois, mes frères n'étaient pas tout à fait ainsi, mais les Jacoby le leur ont inculqué... Et, Kössling, même s'il pourrait sembler que vous ayez trouvé parmi eux un écho à ce qui vous remplit, on vous joue la comédie. Tout entre par une oreille et sort par l'autre. À l'exception de Jettchen, qui est des nôtres, Kössling ! »

Kössling était étonné, car jamais encore il n'avait entendu Jason Gebert parler ainsi. Il avait l'habitude de trouver en lui un jouisseur délicat, un bon vivant intelligent, au goût sûr et à l'esprit plein de tact, qui n'exprimait que fort peu ce qui l'agitait, et toujours en le chamarrant d'un moquerie légère, de telle sorte qu'on ne savait jamais très bien quelle était sa position. Depuis qu'ils avaient fait connaissance par hasard chez Steheli, six mois plus tôt, ils avaient si souvent arpenté les rues ensemble, le soir, bavardant, parlant des vieux favoris du public et réglant leur compte aux poètes du jour ! Rarement, si même c'était arrivé, Jason avait ôté son masque d'homme du monde ou dirigé la conversation vers des questions personnelles. Kössling en était d'autant plus étonné de découvrir soudain chez Jason Gebert cette solitude pareille à un champ de glace. Il était presque effrayé de constater que cet être n'avait aucun avantage sur lui-même et les autres et portait, sans remède, son lot de misères accumulées.

« Monsieur Gebert, si nous rentrions chez nous ? » dit Kössling en s'engageant dans la Königstrasse, de telle sorte que, dans la clarté de la lune, leurs ombres nettement dessinées s'allongèrent devant eux.

Mais Jason Gebert continua à dérouler le fil de ses pensées, et sous les différends avec son entourage se mirent à pointer de plus en plus distinctement ceux qu'il avait avec lui-même.

« Et pourquoi pas, Kössling ? — J'aurais peut-être pu me marier, moi aussi. J'aurais au moins quelqu'un avec qui parler ; je ne serais pas toujours, le soir, comme un vieux chien qui se traîne jusqu'à sa niche. Mais qu'étais-je ? Je n'étais pas négociant, je ne gagne rien ; je n'étais pas homme de lettres, car je n'écris pas ; je n'étais pas un savant, bien que j'entende dire, bon an mal an... J'aurais peut-être dû quand même me... Parfois, je voudrais tant avoir des enfants — comme une vieille demoiselle ! Il y a une vingtaine d'années, j'ai connu une jeune fille, Suzanne Paetow, elle était de très bonne famille, gentille et vaillante. Mais, quoi qu'il en soit, après, elle a mal tourné. Une femme déchue... Je ne peux pas m'empêcher de penser toujours à Suschen Paetow — je me sens tout à fait comme elle. »

Ils marchèrent un moment côte à côte dans la Königstrasse qu'éclairait la lune. L'amie des pensées se tenait juste derrière eux, entourait les toits de ses lignes argentées, tremblait imperceptiblement en longeant les vitrines et enveloppait très délicatement les deux hommes de sa lumière vert pâle. Et seuls les yeux écarquillés des miroirs espions aux fenêtres brillaient à sa vue, comme les boules vertes d'un feu d'artifice par un soir d'été.

Les cloches de l'église Paroissiale lancèrent leur chant clair et grêle par-dessus tous les toits, et quelque part dans une des rues voisines, le veilleur cria l'heure.

Les propos de Jason avaient étrangement troublé Kössling, car ils contenaient beaucoup de ce que lui-même n'osait pas avouer. Certes, sa giberne était encore pleine d'espérances, mais il avait maintenant passé les trente ans, et peut-être une part de tout cela s'appliquerait-elle bientôt à lui.

« Accompagnez-moi. Là-bas, juste avant la Königsbrücke, il y a une *tabagie** où l'on sert une bière de Stettin tout à fait excellente. »

Mais Kössling ne voulut pas.

« À moins que Drucker ne soit encore ouvert ? je vous invite à partager avec moi une bouteille de chambertin. Kössling, docteur de mon cœur, un chambertin de chez Schleichermacher, et du meilleur ! Un thaler — huit "bons groschen" la *bouteille**. »

Mais là encore, Kössling fut impossible à convaincre.

« Allons, vous n'y songez pas ? Est-ce que peut-être je devrais noyer tout seul mon chagrin dans mon verre de vin, juste comme on jette un chaton dans la Spree ? Et si je le fais vraiment, demain matin, il sera de nouveau là ! Je le retrouve assis près de moi au bord du lit, comme un kobold, il laisse pendiller ses pattes et me dit : "Alors, Jason Gebert, qu'est-ce que c'est que ça ? Qu'est-ce que tu as encore fait ? Et qu'est-ce que tu as l'intention de faire, à présent, Jason Gebert ? Alors que, comme dit la chanson, la vieille Faucheuse a peut-être rendez-vous dès demain avec notre ami Jason Gebert, hem ?" Et quand le kobold a dit cela, je suis tout désorienté et ne sais pas quoi répondre. C'est-à-dire que j'ai le sentiment que je pourrais répondre quelque chose, mais j'ai oublié le mot juste. Et le kobold ne se gêne pas. Il vient aussi me voir quand je ne suis pas seul, et j'entends sa voix même quand quelqu'un d'autre me bouche les oreilles de ses bras nus. Car, Kössling, mon vieux — mais ce sont des choses qui sont en nous —, il se trouve que je suis né d'une heureuse graine, je n'y peux rien, et mes derniers pas me porteront encore chez Mamsell Meyer pour... »

Jason Gebert ne termina pas sa phrase.

« Non, Kössling nous sommes sortis du droit chemin ; c'est nous, et non Adam et Ève, qui avons goûté de l'arbre de la connaissance. Vous ne croiriez pas à quel point un oncle Eli ou ma belle-sœur Hannchen sont fermement campés sur le sol et sages par rapport à nous, à quel point il n'y a pas de problèmes pour eux, à quel point ils se suffisent à eux-mêmes dans l'existence dorée qu'ils mènent — en excluant toute rumination cérébrale. Ils se considèrent comme des membres utiles de la société des hommes. J'ai mis mon nez *partout*. Il n'existe sans doute rien que je ne connaisse parmi les choses qui peuvent emplir notre vie, la rehausser de plus d'éclat. J'ai été soldat... Vous savez comme l'enthousiasme peut tourner la tête — la patrie, la liberté, la lutte contre la servitude de l'étranger... J'ai été négociant, j'ai rêvé de richesses et de commerce mondial, moyennant quoi j'ai perdu mon argent en Argentine... J'ai étudié la philosophie en suivant les cours de Hegel... Savez-vous ce que Jean Paul dit de Hegel ? Il l'appelle le vampire dialectique de l'homme intérieur. J'ai étudié l'histoire en suivant les cours de Gervinus ; je me suis frotté au sanscrit avec Bopp en croyant accéder par là au berceau de l'humanité ; c'est Gans — il est malade, gravement malade, en avez-vous entendu parler ? — c'est Gans[36] qui m'a introduit dans le fier édifice du droit ; je connais un peu mes poètes, vous-même devez me l'accorder... Et, Kössling, ce ne sont que des fragments décousus ! Tout n'est que fragments décousus ! Ce sont des vis sans fin, des choses dont le sens ultime nous reste caché . Ce sont des vérités d'apparence, et elles ne nous offrent qu'une brève apparence de bonheur. Et peut-être le véritable sens de la vie réside-t-il tout à fait ailleurs, et peut-être oncle Eli et ma belle-sœur l'ont-ils mieux reconnu, beaucoup mieux ! Eli et Minchen ne sont-ils pas comme deux vieux chevaux attelés à une seule et même carriole, si lourde que l'un d'eux ne pourrait continuer à la tirer s'il était seul ? Et Hannchen ne défend-elle pas ses petits comme une mère poule quand quelqu'un les approche de trop près ? »

Quant à oncle Eli et tante Minchen, Kössling n'était pas si bien renseigné, mais quant à Hannchen, son expérience propre lui permettait de confirmer les propos de Jason.

Ils n'auraient pas pu dire exactement comment ils étaient arrivés là, mais il se tenaient à présent au bout de la Lange Brücke, et la lune, plus proche et plus douce, faisait glisser son reflet scintillant sur la surface des eaux tandis qu'elle-même, là-haut, tout là-haut, sur leur droite, restait posée en l'air, dans le ciel sans nuages, juste au-dessus du pignon de la pharmacie du Château que nimbait, fantastique, un halo argenté. Au-dessus de leurs têtes, au-dessus des silhouettes ondulantes, le *Prince Électeur* continuait sa chevauchée, et là-bas, sur la place du Château, claire et déserte, brûlaient tout à fait inutilement les flammes rouges et tremblantes des becs de gaz. Dans la nuit calme, le murmure du batardeau du moulin montait vers les deux hommes, mêlé de grondements et de gargouillis. Les eaux de la rivière, devant eux, coulaient dans une pâle lueur verte, et les ponts s'élançaient au-dessus d'elles, fins et tremblants, comme des rêves.

« La vie, Kössling, est un fleuve dans lequel il nous faut nager. Nous devons faire usage de nos bras et de nos jambes pour nous y soutenir, pour sentir comme il nous porte en avant. Mais nous n'utilisons que notre cerveau ; et avec la tête seule, on ne peut pas nager. Voilà aussi pourquoi nous sommes éternellement sur le point de couler, et c'est seulement par un miracle que nous avons pu si longtemps nous maintenir à la surface. Et le rêve, le rêve insensé que nous avons de devenir quelque chose, quelque chose qui soit en dehors des chemins ordinaires ; de vouloir émouvoir ou ravir les gens ; de vouloir recueillir aujourd'hui les applaudissements et nous ouvrir un compte sur l'avenir ; de donner à autrui le pouvoir de porter un jugement sur nous au lieu de saisir que tout repose uniquement entre nos propres mains... Ce rêve insensé pour lequel vous vous imposez depuis des années restrictions et privations au lieu d'aller à l'étable où l'on tient déjà prêt pour vous le picotin d'un poste, d'un salaire et de titres. Wolfenbüttel vous attend. Vous savez, je connais quelqu'un qui est allé y faire son trou, qui valait mieux que vous et moi. Berlin est dangereux ! Cette ville est trop bruyante, elle nous heurte trop ! Si vous voulez faire éclore un papillon, il ne faut pas que vous touchiez le cocon tous les jours, sinon, il en sortira estropié, ou n'en sortira pas du tout. »

Kössling, qui avait constamment senti que ce discours avait trait à lui tout autant qu'à Jason Gebert, s'étonnait à peine de cette tournure qu'avait prise la conversation. Et il ne prenait pas en mauvaise part les propos de son aîné. L'heure tardive, le calme de la nuit autour d'eux, la vaste solitude des rues au clair de lune où résonnaient leurs pas, tout cela semblait justifier un entretien grave et important, semblait même inciter à dire des choses que d'ordinaire on tait et conserve en soi.

Kössling dit que non, il ne céderait pas ; il fallait lui reconnaître qu'il était opiniâtre et réussirait à faire son chemin. Les privations ne l'effrayaient pas, il s'était toujours mieux senti loin de chez lui qu'à Brunswick.

« Non, Docteur, vous m'avez mal compris. Je ne songais pas aux privations extérieures — on peut les supporter — mais à la sensation d'être intellectuellement, spirituellement exclu de sa famille, de la cité, de l'État. Avez-vous jamais saisi le sens de la notion d'État ? Et je veux parler du fait d'être coupé de choses humaines toutes simples. Des joies et des peines qui affectent chacun. Nous exerçons sans cesse notre critique sur nous-mêmes. Nous transposons en mots tout ce que nous éprouvons. Nous sommes nos propres spectateurs, et c'est aussi pourquoi nous ne vivons pas, mais usons de la vie comme d'un narcotique ; et nous ne connaissons pas le repos, parce que nous guettons constamment le nouveau, à quoi pourtant nous ne pouvons pas participer, et parce que nous n'avons plus de relation avec l'ancien. Nous sommes comme le grain écrasé entre les deux meules d'hier et de demain.

« Mais peut-être que tout cela ne s'applique pas à vous, car je ne parle que de moi. Personne ne peut se faire juge des expériences d'autrui. Voyez-vous, mon père, lui, savait encore unir les deux. Il avait la force de vivre naturelle et la finesse de la sensibilité. Au milieu de la vie de son temps, il était encore en plein *ancien régime** ; les produits de ses ateliers étaient en tout point semblables à ceux de Paris. Toutes sortes d'officiers et de gens de cour fréquentaient sa maison — il avait chaque semaine sa soirée avec quatuor — ; chez lui, on ne négligeait jamais de lire le dernier Goethe ou le dernier Jean Paul. Et je le vois encore se diriger vers sa chambre, le soir, quand nous, les enfants, nous lui avions souhaité bonne nuit : droit comme un *i*, fier, précédé d'un valet qui tenait dans une main un épais volume de l'*Athenäum*[37] et dans l'autre un chandelier d'argent avec une grande bougie. Une seule personne parmi nous a encore quelque chose de ce vieux monsieur, la même force de vivre et la même finesse de la sensibilité. C'est elle aussi qui lui ressemble le plus. N'avez-vous pas vu aujourd'hui le portrait accroché au salon ? Exactement la même bouche, le long nez droit à l'arête large. Mais ils sont en train de me gâcher cette enfant. Vous ne sauriez pas quel combat se livre entre eux et moi, un tranquille et silencieux combat à mort. Et c'est eux qui sont en train de l'emporter. C'est un tir à la corde comme nous l'avons pratiqué avec Jahn[38]. Entre les Gebert et les Jacoby. Et les Jacoby se sont déjà emparés de mes frères. »

À l'instant où Jason s'était mis à parler de Jettchen, Kössling avait oublié tout ce qui peut-être s'appliquait à lui dans cette conversation, et il n'était plus curieux que d'en entendre davantage sur la jeune fille.

À présent, ils se tenaient devant le parapet de pierre de la Königsbrücke, à l'entrée de la colonnade qui, avec ses putti qu'argentait la lune, se détachait nettement sur le ciel profond de la nuit. À travers le fin tissu des branches dégarnies, de l'autre côté, on voyait luire des étoiles éparses, et les arbres eux-mêmes murmuraient comme s'ils laissaient échapper de vagues paroles dans un demi-sommeil. Un léger souffle d'air apportait un parfum âpre, épicé, amer, un parfum de résine et de vin, le parfum de la sève qui montait dans les ormes et les peupliers, aux deux hommes maintenant silencieux et qui semblaient étonnés, comme s'ils se demandaient pourquoi l'étroit cours d'eau se perdait ainsi sans laisser de traces dans le dédale obscur des maisons.

Là-bas, à l'autre extrémité du pont, passa un jeune couple, un artisan et son amoureuse ; ils marchaient ensemble du même pas paisible dans la demi-clarté de la nuit douce, ils se tenaient par la main et balançaient les bras d'avant en arrière comme des enfants, sans parler et heureux. Jason et Kössling se tournèrent pour les suivre des yeux, comme fascinés, l'un comme l'autre enserré dans les mailles de ses pensées et de ses sensations, frétillant et se débattant — comme un poisson dans son filet.

Il y eut ensuite toute une succession de belles journées. Une chaîne, un cortège. C'étaient comme des sœurs se tenant par la main : de grandes belles filles, le rire aux lèvres et le soleil sur leurs cheveux blonds. On ne pouvait dire laquelle des sœurs était la plus gracieuse, à laquelle on aurait aimé donner le prix. Celle-ci semblait plus âgée, plus mûre, plus épanouie, plus nonchalante que les autres, et celle-là si jeune et fraîche, si taquine et joyeuse avec son rire effronté, que l'on aurait voulu rivaliser avec elle de sauts et de gambades. Celle-ci se contentait de sourire pour elle-même, et tous ses mouvements étaient doux et modérés comme l'air argenté et langoureux du printemps, et celle-là se parait pour le soir d'une branche d'églantine dont elle se ceignait le front. On ne savait vraiment pas à laquelle des sœurs on devait donner sa préférence.

Et il advint ce qui devait advenir, et les mêmes miracles que toutes les années précédentes se produisirent dans le même ordre. Les bourgeons du lilas s'ouvrirent et déployèrent leurs feuilles vertes, encore toutes pâles et sans ressort, comme des enfants que fatigue leur croissance, et au bord du Königsgraben, sur un bout du rivage caché sous quelques buissons, s'étendit un parterre de violettes dont les humbles feuilles vertes étaient toutes semées de fleurs. Et en franchissant le pont, on reniflait et on se disait, tout pensif : là-bas dans le jardin, il doit y avoir des violettes. Les peupliers rejetèrent les chatons bruns qui pendillaient à leurs branches, et qui s'accrochèrent partout dans les buissons, tombèrent dans l'eau, ou se tortillèrent comme des chenilles brunes et hirsutes au bord des chemins ou devant les pieds des passants. Les inflorescences brunes des ormes devinrent de petites boules de fruits verts qui recouvrirent les branches comme d'un rembourrage, de telle sorte qu'elles ressemblaient à des coraux vert pâle ; et quelque part, sur un espalier, un pêcher fit folâtrer ses fleurs roses, et par-dessus un haut mur jaune, une branche isolée, toute chargée de fleurs blanches, étendit son bras scintillant. Le jour finissant s'enhardit au point de lutter pendant des heures contre la nuit pour savoir qui des deux régnerait sur le monde plongé dans ses rêves. Et les gens restaient assis à leur porte sur les bancs de pierre pour assister au combat. Mais le jour avait de bons alliés dans les petits nuages roses qui, brillant dans le ciel et baignant toutes choses de leur lueur colorée, tenaient soir après soir leur position jusqu'à ce que le dernier reste de lumière se soit éteint.

Un beau jour, les tilleuls commencèrent à leur tour à dépouiller leurs bourgeons de leur enveloppe brune et leurs feuilles, d'un vert jaune et lumineux, s'étalèrent avec toute leur vivacité juvénile dans le soleil du matin. Mais tous les tilleuls n'étaient pas si avancés, et parmi les longues rangées de ceux qui avaient déjà revêtu leur tenue de printemps, il y en avait encore qui restaient là, figés, immobiles, comme si l'ordre ne leur était pas parvenu d'avoir à sortir de leur torpeur, et ils attendaient trois mises en demeure et une nuit de bonne pluie chaude pour consentir enfin à s'éveiller et à se secouer. Mais bientôt, une double chaîne ininterrompue de maillons verts descendit *Unter den Linden*, continua de part et d'autre de la porte de Brandebourg, puis vers le bas de la chaussée de Charlottenbourg, et, au-delà du poste de l'octroi, s'enfonça loin en direction de Mützow, et jusqu'au parc du Château, presque jusqu'au-dessous de la girouette dorée du toit du Château — une longue chaîne de cimes d'un vert lumineux. Et tôt, beaucoup plus tôt qu'on ne s'y attendait, il y eut quelques journées de vraie chaleur, qui firent tout s'épanouir et fleurir en hâte, l'épine rouge, le lilas et le cytise — des journées qui firent que sur les pelouses, dans le parc du Château et dans le Tiergarten, à droite et à gauche de la Chaussée, les grands draps d'argent des anémones devinrent largement invisibles sous les buissons impénétrables, que les pétales blancs se fanèrent très vite et prématurément, que le lierre terrestre foisonnant et le géranium engloutirent les feuilles délicatement pennées.

Et le monde suivit son cours nécessaire.

Le lendemain du dîner, Ferdinand eut une petite colique hépatique. À vrai dire, elle avait déjà commencé la nuit même. La contrariété d'avoir perdu au jeu pouvait y avoir contribué, et pendant quarante-huit heures il dut une fois de plus rester au lit, comme un gardon le ventre en l'air, ainsi que l'avait dit Jason. Mais cela ne l'empêcha pas d'être au bout de quelques jours le même qu'avant en tous points.

Ensuite, Salomon partit pour Karlsbad avec le landau qu'il avait fallu repeindre en hâte à cette fin. Il avait trouvé un compagnon de voyage, un diabétique, auditeur à la Cour des comptes, si bien que le voyage dans sa voiture personnelle lui coûta moins cher que s'il l'avait fait dans une diligence de la poste de Nagler ; et Ferdinand les accompagna jusqu'au Marché neuf et dit à Johann qu'il lui fallait prendre un soin particulier du véhicule qu'il lui confiait là.

Tante Rikchen loua à Charlottenbourg même, chez Frau Könnecke, au coin de la Rosinenstrasse et de la Berliner Strasse, trois pièces et la cuisine, avec en outre la jouissance d'une partie du jardin fleuri devant la maison et d'une tonnelle dans le vaste parc, derrière.

Jason vint passer chaque jour plusieurs heures au magasin de Salomon, détournant de leur travail tous les employés, du comptable jusqu'au garçon de courses en passant par les correspondanciers et par le magasinier. Ils le considéraient comme un toqué inoffensif dont seule la libéralité en boissons de toutes sortes pouvait compenser et effacer le peu de valeur. Selon leur opinion, Jason et un des correspondanciers, qui depuis quinze ans qu'il travaillait chez Salomon Gebert & Co. ne faisait guère qu'emballer la marchandise, étaient deux incapables, deux niais qui n'entendaient rien au métier.

Oncle Eli était très occupé, car il se rendait quotidiennement à la poste entre midi et une heure pour regarder les chevaux et les voitures qui y entraient ou en sortaient. Et les journées de tante Minchen étaient tout aussi suffisamment emplies, car il lui fallait remettre les choses en ordre avec sa Minna. Bien que, comme chacun le lui confirmait en se rangeant à son avis, il eût été tout à fait inconvenant de la part de Minna de s'être mise à moitié nue dans la cuisine et de s'y être lavée, tante Minchen n'avait aucun moyen de savoir quels défauts ou quels vices pourraient se révéler chez la servante qui succéderait éventuellement à Minna, et en tout cas Minna était fidèle, honnête, travailleuse, toutes choses qui, étant donné ce qu'il en était à présent des servantes, suffisaient à faire d'elle une élue entre mille : du temps de tante Minchen, naturellement, on pouvait confier les yeux fermés le soin de toute la maison à la première servante venue.

Le Suédois rentra à Göteborg en profitant d'une bonne occasion ; et cinq grandes caisses cerclées de fer, destinées aux envois par mer et marquées S.G.C. 13-17, surent l'y retrouver.

La demoiselle aux boucles de caniche continua à partager son existence entre l'amour des enfants et le tricotage des bas. Et la rumeur d'une maladie du roi ne se confirma pas ; sa santé se maintint au même niveau, si bien que l'on continua à porter gilets de soie fantaisie et cravates de couleur, comme par le passé.

Tante Hannchen se décida pour Schöneberg parce que, disait-elle, l'air y était meilleur, et que, de là, les enfants pourraient aller à Wilmersdorf boire du lait de brebis : il n'y avait rien de meilleur pour la santé que le lait de brebis. Hannchen ne disait pas que si ces avantages s'étaient imposés à elle, c'était parce qu'à Schöneberg, on louait à bon marché. Si, comme sa riche sœur Rikchen, elle avait eu les moyens de s'offrir Charlottenbourg, elle aurait raconté à tout le monde qu'elle ne comprenait pas comment certaines gens pouvaient bien choisir d'aller passer l'été à Schöneberg, mais les choses étant ce qu'elles étaient, l'air était meilleur à Schöneberg, il n'était pas étouffant et confiné comme à Charlottenbourg.

Wolfgang vécut désormais dans une tension permanente vis-à-vis de son entourage et de tout ce qui parlait une langue étrangère. Max lut tous les soirs avec le même plaisir sa traduction de *Childe Harold*, qui était meilleure que celle de Freiligrath. Jenny ne s'inquiétait de rien. Ainsi, tout était parfaitement en ordre, les choses ne s'écartaient pas d'un pouce des voies familières, calmes et sûres.

Tout ou presque aurait continué de la même façon si le hasard n'avait pas, justement, joué son jeu singulier.

On dit que le hasard est aveugle, et les Anciens, déjà, plaçaient un bandeau sur les yeux de la déesse du hasard. Eh bien, ce hasard-là louchait un peu par-dessus le bandeau, il louchait comme le fait en jouant à colin-maillard l'amoureux qui assure à tous et à lui-même qu'il n'y voit goutte et qui pourtant, en secret, fait tout son possible pour saisir celle qu'il faut, afin de raconter ensuite aux gens sa fable sur la secrète sympathie des âmes qui l'aura mené, les yeux bandés, à la bonne adresse.

Ce destin qui louchait voulut que le jeudi suivant, à quatre heures et quart de l'après-midi, par un temps magnifique, Jettchen et Kössling se rencontrent dans la Königstrasse sous la lumière d'un ciel de printemps bleu pâle. Entre-temps, il était passé un nombre étonnant de fois par la Königstrasse. Il habitait presque la Königstrasse et considérait la Spandauer Strasse comme une dépendance de son logement. Il lui fallait sans cesse passer par la Königstrasse, tous les prétextes qu'il invoquait pour lui-même lui étaient bons.

Chaque jour, il allait rapporter un livre à la bibliothèque et retournait en emprunter un autre — ce qu'il aurait très bien pu faire en une seule fois.

Il se gardait bien d'arpenter la Königstrasse du pas lent de celui qui attend quelque chose ou quelqu'un ; il marchait vite, au contraire, préoccupé au plus haut point et plongé dans ses pensées, et sans même, croyait-il, regarder ni à gauche ni à droite.

Kössling avait souvent remarqué le vieil oncle Eli sur son chemin, et il n'avait pas manqué de le saluer. Mais la malchance avait voulu qu'à chaque fois une diligence ou une fière chaise de poste passait, si bien que tout le reste du monde mourait et disparaissait pour le vieil oncle Eli. Et si Abd el-Kader en personne l'avait salué, oncle Eli se serait contenté de signifier d'un hochement de tête muet qu'il ne voulait être dérangé sous aucun prétexte, si même il avait consenti à une telle marque d'attention. De ce fait, Kössling n'avait aucune possibilité de tirer de lui quoi que ce fût au sujet de Jettchen.

Dans le même temps, il n'avait pas non plus croisé la route de Jason Gebert, introuvable même chez Steheli. Le garçon dit à Kössling que Jason ne s'était pas montré depuis plusieurs jours. Mais c'était une des singularités de Jason de disparaître soudain pendant des jours, voire des semaines, aux yeux de tous, y compris de ses proches. On ne le trouvait même pas chez lui. Ce qu'il faisait alors, sur quelles voies et par quels moyens il cherchait alors son bonheur, Jason Gebert n'en disait jamais mot. Il se contentait de réapparaître dans le cercle de ses amis et de ses parents comme si jamais il ne s'était éloigné d'eux, et ils se gardaient de lui demander où il avait bien pu passer tout ce temps.

Au lieu des autres, qu'il aurait pu interroger au sujet de la jeune fille, c'est donc Jettchen elle-même qui survint, à la rencontre de Kössling, du même côté de la rue. Il n'eut même pas à traverser la chaussée, ce que d'ailleurs il n'aurait pas aimé faire. Kössling la vit venir vers lui de très loin, à deux rues transversales de distance. Il la reconnut à sa démarche et à son maintien longtemps avant de pouvoir distinguer nettement ses traits. Une telle allure n'appartenait qu'à elle. Elle portait un petit panier à son bras, comme pour faire des courses. Kössling pressa le pas pour traverser la Klosterstrasse afin que Jettchen ne lui échappe pas en s'engageant dans cette rue transversale l'obligeant ainsi à la suivre, ce qui aurait ôté à leur rencontre son caractère de hasard merveilleux.

Déjà, Jettchen se tenait devant Kössling, radieuse et souriante, et lui tendait la main ; les doigts blancs dépassaient des hautes mitaines de soie ajourée le regardèrent. Ses yeux, sa bouche, tout en elle souriait sous l'arrondi de son chapeau cabriolet garni de dentelles, et Kössling était éperdu de joie. Comme une princesse, se dit-il, comme une princesse ! Car dans sa robe blanche toute simple, avec sa bordure *à la grecque** d'où émergeaient ses épaules blanches et rondes qui soutenaient les fines bretelles dorées, elle semblait encore plus grande et plus fière. On comprendra que Kössling aurait voulu étaler son manteau devant elle afin que son pied n'eût pas à fouler la poussière de la rue.

« Je suis heureuse de vous rencontrer, Docteur. Ainsi j'ai quand même l'occasion de vous voir encore une fois.

— Pourquoi “encore une fois”, mademoiselle Jettchen ?

— Parce que nous partons pour Charlottenbourg demain ou après-demain. Je m'en réjouis d'avance ; c'est si magnifique, à présent, hors de la ville, et nous avons un si beau jardin ! Mon oncle est déjà parti pour Karlsbad, ce matin de bonne heure ; et moi, cn tout cas, je ne reviendrai pas de longtemps à Berlin. Ma tante ne peut pas se passer huit jours de cette ville ; mais quand on y est né — comme moi — on est content de ne plus la voir pendant un moment. Mais on est aussi content de la retrouver. Je ne voudrais vivre nulle part ailleurs qu'à Berlin — surtout pas dans une petite ville. »

Elle allait partir, et il resterait peut-être longtemps sans la revoir — tel fut son premier et unique sentiment. Il en oublia presque de lui demander comment elle avait trouvé cette soirée, ce qu'elle avait fait depuis, si elle avait des nouvelles de son oncle Jason, que la terre semblait avoir englouti comme autrefois *Mademoiselle** Proserpine, cependant que lui-même, Kössling, nouvelle *Madame** Déméter, hantait la nuit la Königstrasse en chantant ses lamentations dans la lumière argentée de la lune.

Jettchen haussa les épaules.

« Non, je ne sais pas ce qu'il devient. Il a complètement disparu ! Mais j'espère qu'il ne va pas rester vivre sous terre pendant six mois. Demain ou après-demain, il sortira de sa retraite et, toujours égal à lui-même, retrouvera son monde habituel. J'aimerais qu'il me prête de quoi lire avant mon départ. En été, il me donne toujours des livres qu'il faut lire à loisir, et en hiver des livres qu'on doit lire vite.

— Et comment allez-vous, depuis cette soirée ? » demanda Kössling tout timidement, la voix tremblante de tendresse, presque comme s'il caressait Jettchen avec ses mots.

Jettchen le regarda de côté, à demi étonnée.

« Oh très bien, merci. Il ne s'est rien passé de particulier. »

Jettchen ne dit pas qu'elle avait connu des heures difficiles et que sa tante ne lui avait pas épargné les piques. Pendant deux jours, elle avait fait brûler du papier d'Arménie dans toute la maison, secouant comme un encensoir les étroites feuilles de papier incandescentes et grondant contre ces hommes qui avaient si peu d'éducation qu'ils osaient fumer dans le salon de gens convenables.

« Vraiment rien, Mademoiselle Jettchen ?

— Que pourrait-il bien se passer chez moi ? Que se passe-t-il dans ma vie ? Chaque jour, je dois de nouveau affronter le monstre des soins du ménage, avec sa gueule béante. Il faut que je tienne compte de la saison et du fait que mon oncle ne peut pas manger de tout ; il faut aussi que je réfléchisse à tout ce qui pourrait bien faire défaut dans la maison. Parfois vient la couturière, Mme Lewin, et mon oncle monte du magasin des échantillons parmi lesquels nous nous choisissons quelque chose. Ensuite, j'ai en ce moment quelques ouvrages de dame en cours, car il y aura bientôt des anniversaires. Pour tante Minchen, je prépare un tirant de sonnette en perles — l'ancien est dans un tel état qu'elle dit toujours qu'elle devrait en avoir honte — et pour tante Hannchen une bourse à la Pompadour en passementerie. Ensuite, ce sera le tour de mon oncle, mais j'ai déjà confectionné pour lui tout ce qu'on peut imaginer. Et puis il faut encore que je prépare mes bagages pour Charlottenbourg. De toute sa vie, vraiment, on n'arrive pas à s'occuper de soi. Voilà des jours que c'est à peine si j'ai ouvert un livre. Mais pourtant, oui, dimanche, je suis allée à l'académie de chant pour y entendre *Judas Macchabée.* Grell [39] a dirigé magnifiquement. Comme il tient l'ensemble des voix, *lui* !

— Oh oui, Grell ; ça, c'est une joie ! Voilà un musicien sérieux. Ce n'est pas un génie, mais il fait paroli contre la course au génie et la virtuosité à la mode, et c'est de quelqu'un comme lui que nous avons besoin à Berlin. »

Ils se tenaient au coin de la Königstrasse et de la Klosterstrasse. Jettchen paraissait indécise quant au chemin qu'elle allait prendre.

« Vers où poursuivez-vous votre voyage ? demanda Kössling.

— Je descends au Marché neuf, je vais faire le tour des boucheries à la recherche de quelque chose pour ce soir.

— Puis-je superviser vos achats ? »

Jettchen hésita.

« Oui, venez donc. À moins que plutôt... Non, accompagnez-moi au bas de la rue, Docteur.

— Si cette rue ne vous convient pas tout à fait, Mademoiselle Jettchen, bien des chemins mènent au Marché neuf, autant qu'à Rome ; et pour être sincère, je préférerais ceux qui passent par Potsdam, pourvu qu'il me soit permis de les suivre avec vous. »

Jettchen rit.

« Aujourd'hui, justement, je n'ai pas le temps de faire le détour par Potsdam ; allons, venez !

— Puis-je prendre votre panier ?

— Pas maintenant. Après. »

Jettchen savait déjà pourquoi elle avait dit « après », et pourquoi elle s'en tint à cet « après » bien que Kössling eût attiré son attention sur le proche cousinage entre un panier et un filet à provisions destiné au transport d'un brochet.

Jettchen avait vu tout à fait juste. Car un peu plus loin, de l'autre côté de la rue, tante Hannchen était assise sur le banc de pierre à côté de la porte de la maison — pour prendre l'air, disait-elle —, assise sur le petit banc comme les bouledogues devant la vitrine du boucher. Les pieds posés sur un coussin brodé, elle observait les passants, attentive et silencieuse, et jetait des regards venimeux au bel après-midi de printemps. Car quelque chose dans ce meilleur des mondes l'avait de nouveau fâchée. Son mari, ou Wolfgang, ou le fait que sa sœur avait plus d'argent qu'elle, mais pas d'enfants — quelque chose en tout cas l'avait fâchée. Et voilà qu'arrivait Jettchen, Jettchen avec un homme. Les gros boutons de jais qu'étaient les yeux de tante Hannchen doublèrent encore de taille.

Qu'est-ce que cela signifiait ? *Sa* nièce Jettchen s'affichait dans la rue avec un homme comme la première servante venue ! Naturellement, à peine Salomon avait-il le dos tourné... Mais elle s'était toujours attendue à cela de la part de cette petite.

Jettchen la salua au passage et Kössling, désemparé, mit chapeau bas. Il y avait à présent une raison de plus pour préférer le chemin de Potsdam.

« Jettchen ! » cria tante Hannchen par-dessus la rue, d'une voix sucrée comme miel. « Alors, Salomon est parti ce matin ! »

Et comme Jettchen n'avait nulle envie de converser avec un porte-voix, elle traversa la chaussée en tâtant précautionneusement chaque pavé du bout du pied. Kössling la suivit à distance convenable en regrettant que tante Hannchen et toute son engeance ne fussent pas au diable, et en grommelant que la « plus belle des heures » allait lui être gâchée par « cette » vipère desséchée — comparaison qui pourtant ne pouvait convenir tout à fait à tante Hannchen. Il salua la tante et dit qu'il venait de rencontrer Mlle Jettchen.

Mais il pouvait bien dire ce qu'il voulait. Aucun Démosthène, aucun Cicéron n'aurait pu tirer son chariot du bourbier. C'est ce que lui enseigna un regard de tante Hannchen cependant qu'elle débordait d'amabilités comme un baquet à la fontaine municipale et ne trouvait pas de mots suffisants pour louer son jeu divin au piano. Du heurt entre eux lors de la soirée, elle semblait avoit tout oublié.

Jettchen dit qu'elle était contente de voir sa tante. Ainsi, elle n'aurait pas à revenir exprès pour lui dire au revoir avant de partir. Elle avait de la chance. Elle venait aussi de rencontrer le Dr Kössling.

Hannchen ne put se retenir de lancer une remarque acérée au sujet de cette chance de Jettchen, ce qui poussa celle-ci à ne pas poursuivre ce dialogue et à prendre congé car elle avait encore beaucoup de courses à faire et vraiment, vraiment — si désolée qu'elle en fût — plus une minute pour elle.

Jettchen et Kössling s'en furent donc. Mais Hannchen les suivit des yeux — figée, sans voix. Jamais une telle chose ne lui était arrivée ! Et dès qu'ils eurent disparu au-delà d'un tournant de la rue, tante Hannchen se leva, coinça le coussin sous son bras et se mit en quête de son mari à l'atelier de peinture et dans les remises afin de lui livrer tout frais et orné de riches fioritures le récit de ce qu'elle venait de vivre. Et elle fut profondément ulcérée quand il lui fallut s'entendre dire que M. Gebert avait prévenu qu'en raison d'affaires importantes qu'il avait à traiter à l'extérieur il serait absent jusqu'au soir. Mais personne ne put lui dire de quelle nature étaient ces affaires importantes.

Le fait que Ferdinand Gebert fût de nouveau absent pour affaires cet après-midi-là, malheureusement, et que par conséquent tante Hannchen se trouvât livrée seule à elle-même avec son secret, cela n'était pas à l'avantage de Kössling et de Jettchen. Car quoi qu'on pût dire de mal de tante Hannchen, nul n'aurait pu la traiter de témoin ordinaire. Non, tout évènement se transformait, par le jeu de sa fantaisie, proportionnellement au carré de sa distance dans le temps. Et alors que sur le moment elle aurait rapporté les choses à peu près véridiquement, on pouvait présumer que cinq minutes après, elle raconterait que Jettchen et Kössling étaient venus la voir bras dessus, bras dessous ; au bout d'un temps double, ils se seraient embrassés et auraient échangé des serments d'amour ; cinq nouvelles minutes plus tard, elle en serait elle-même persuadée et pourrait le jurer par les serments les plus saints et sacrés.

Et il en fut ainsi. Quand elle arriva chez sa sœur Rikchen, elle en était au point de tenir à moitié pour vrai ce qu'elle avait l'intention de lui raconter. Car entre la décision et l'exécution, il s'était écoulé à peu près, mais pas tout à fait, un quart d'heure de temps.

« Eh bien, Docteur, avait dit Jettchen en reprenant leur conversation, à présent, vous savez ce que j'ai fait de mes journées. Puis-je apprendre ce que vous avez fait, vous, et comment vous vous êtes rapproché d'une bonne largeur de main de ce que vous souhaitez et espérez ? car vous avez bien des souhaits et des espoirs ? Pour vous, les jours ne s'écoulent pas insensiblement, toujours identiques, comme pour nous, les femmes. Racontez-moi ! À quoi travaillez-vous ? Que faites-vous ? Confectionnez-vous aussi des ouvrages de passementerie pour mesdames vos tantes ? Êtez-vous rentré aussitôt chez vous, l'autre soir ?

— Non, pas aussitôt ; nous avons marché un bon moment dans les rues, votre oncle et moi. La nuit était belle, douce, et le clair de lune très lumineux. Je ne sais pas du tout quand nous nous sommes séparés, et nous avons beaucoup parlé, de choses graves, Mademoiselle Jettchen, dont on ne discute pas tous les jours de la semaine.

— Et ces choses, conviendraient-elles aussi à mes oreilles ?

— Oui et non, Mademoiselle Jettchen. Mais en fait, je crois et j'espère que vous ne pouvez pas les saisir. Voyez-vous, nous avons parlé de notre position étrange vis-à-vis de la société, de l'État, de la famille, du fait que nous n'avons pas notre part à ce qui meut les autres. Que nous ne nageons pas dans le courant. Voilà de quoi nous avons parlé et nous sommes tombés d'accord que, les choses étant ce qu'elles sont, il est ici-bas meilleur, plus propre et plus simple de rester à ne rien faire au coin de la rue, ou d'être commissionnaire, plutôt que souverain du Parnasse ou prince héréditaire — sans parler de tous les princes des branches colatérales qui, comme nous, ne monteront jamais sur le trône.

« Peut-être aurais-je parlé de choses toutes différentes, dont mon cœur, justement, était plein — de choses toutes différentes, plus belles et meilleures, de celles, Mademoiselle Jettchen, qui sont aussi plus agréables à entendre. Car ce soir-là, je n'étais pas d'humeur à me plonger dans des pensées graves. Ç'aurait été mal m'acquitter, aussi, de toutes les amabilités que vous m'aviez témoignées. Mais votre oncle était dans un de ses jours de sérieux ; et, pour la première fois, j'ai vu qu'en fait, tout au fond, il n'est pas plus avancé que les autres ; lui aussi est un homme déchiré. Et, curieusement, je l'avais toujours envié parce qu'il n'a pas de soucis d'argent, parce qu'il est plus âgé, plus mûr que moi, parce qu'il peut se targuer de solides connaissances et d'une intelligence subtile, et surtout parce que la vie lui est légère, parce que je pensais qu'il jouissait vraiment de ce que lui offrait la table de la vie, telle qu'il l'avait trouvée mise. Il n'aurait pas dû dire tout cela, en fait, car il y a perdu auprès de moi — non en affection, car de telles conversations nouent des liens secrets, mais son aura a disparu. Mais peut-être ai-je tort de vous en parler. D'ailleurs, je ne crois pas que je puisse jamais dire un seul mot de nos discussions nocturnes à quiconque d'autre que vous. Mais, à présent, laissez-moi porter votre panier, car qui risquerions-nous encore de rencontrer ? »

Jettchen lui tendit le panier ajouré après l'avoir longuement balancé, et il aurait presque baisé la main qu'elle lui donnait.

« Mais ne vouliez-vous pas me dire ce que vous avez fait d'autre ?

À quoi travaillez-vous ? Quelles sont vos perspectives et vos espérances ? À moins qu'il ne soit pas permis d'en savoir quoi que ce soit ?

— Pourquoi me demandez-vous cela, Mademoiselle Jettchen ? Je me réjouis de vous avoir rencontrée ; je remercie le hasard qui pour une fois se montre bien intentionné à mon égard, et *vous* faites de mon dimanche un jour ordinaire.

— Eh bien ! Si c'est tellement grave... commença Jettchen.

— Pourquoi discuter de ce genre de sujets ? Parlons de quelque chose de bien — de vous, de votre jolie robe neuve, de Mme Könnecke, du château de Charlottenbourg, de petits enfants, de Wolfgang et de Jenny, ce garçon me plaît. Mais pourquoi de moi, Mademoiselle Jettchen ? Que peut-on bien dire de *moi* ? Je fais ce que nous autres écrivains faisons pour vivre. Je tiens ma comptabilité en partie double ; j'écris mes comptes rendus de livres, mes critiques musicales, et puis mes nouvelles. Je collabore à la *Biographie.* Je monte mes quelques chevaux de bataille littéraires. On trouve assez à faire. Et d'un autre côté, mais rarement, j'écris ce qui me fait plaisir, ce que je veux, ce que j'ai en moi. Il ne m'importe même pas de mener ces choses-là à leur terme, je ne les fais vraiment que pour moi. Mais cela ne se produit pas très souvent, car notre travail est mal payé, et nous ne pouvons pas gagner cent thalers d'un trait de plume, par une transaction, comme le fait un négociant. Pour moi, je compte en groschen, et un frédéric d'or est un objet jaune et rond que je dois faire durer tant et tant de jours. Mais c'est justement la joie interdite du travail personnel qui rend ce que je m'extorque plus riche de secret, plus fort, plus intime, peut-être plus rêveur, aussi, Mademoiselle Jettchen. Oui, à vrai dire, je ne souhaite rien d'autre, je suis très bien ainsi, car du fait justement qu'il me reste peu de temps pour moi, je ne connais pas le découragment et le vide, et je suis protégé du risque d'être éternellement à la chasse de mes sentiments. Je ne veux rien d'autre. Ne croyez-vous pas que je pourrais me faire engager par quelque rédaction, ici ? J'aurais alors une position, de quoi vivre, et je serais en friche. Ou bien je pourrais peut-être obtenir un poste de bibliothécaire ou de professeur à Brunswick. Voyez-vous, si *tel* était mon objectif ultime, si je prenais *vraiment* cela au sérieux, je ferais mon chemin, je trouverais des portes ouvertes. Mais je n'y attache pas d'importance. Je trouve cela subalterne. Je trouve que nos devoirs vis-à-vis de nous-mêmes nous obligent davantage. Si je gagne vraiment trente thalers de plus par mois et me berce de ma dignité de personnage utile à l'État, qu'est-ce que cela me donnera ? Je suis très bien ainsi. Jusqu'à présent, j'ai toujours payé ma chambre, ma nourriture aussi — et mon tailleur à peu près. »

Kössling n'avait proféré tout cela que lentement et par saccade, en marquant entre ses phrases des pauses embarrassées.

« Vous êtes un homme singulier. Je crois qu'il faut du courage pour vouloir vivre ainsi.

— Peut-être, Mademoiselle. Oui, certainement ! Car aujourd'hui, tout est si dépourvu de perspectives. Nous n'y pouvons rien. Nous ne sommes pas plus mauvais que nos prédécesseurs ; mais regardez nos écrivains : aucun n'arrivera à rien ; peut-être y en a-t-il un qui indique la voie de l'avenir, et il lui faut vivre à Paris, car l'Allemagne n'est pas un sol qui lui convienne.

« Mais qui saura encore dans cinquante ans qui étaient Gutzkow, ou Laube, ou Halm, ou le comte Pückler[40], et qui les lira ? Personne, tout au plus quelques vieilles taupes de critiques. Aujourd'hui, en fait, on ne devrait rien écrire. Pour le moment, nous devrions vivre, nous contenter de vivre. Aucun Goethe ne sortira de nos rangs, aucun gracieux Wieland, aucun Novalis avec sa naïveté de jeune fille. Nous sommes trop déchirés, trop inquiets. Nous sommes entre deux portes ; l'ancien ne nous appartient plus et le nouveau pas encore. Pour nous, seul existe l'avenir, et il ne nous en aura nulle gratitude.

— Travaillez-vous donc aussi pour des journaux politiques, Docteur ? » demanda Jettchen, car elle sentait vaguement qu'elle devait guider Kössling vers le bon chenal.

« Des journaux politiques ? Mais nous n'en avons pas, Mademoiselle Jettchen. En tant que nièce de Jason Gebert, vous devriez le savoir. La politique même existe-t-elle chez nous ? Je crois que vous appelez ainsi ces stupides va-et-vient, ces cachotteries, cet art de tourner éternellement autour du pot. Que n'importe qui dise aujourd'hui tout haut ce qu'il pense, et demain il déjeunera à la maison d'arrêt. Il sera bientôt interdit d'imprimer rien d'autre que le Journal officiel. Regardez donc les meilleurs que nous ayons, qui pourraient nous être utiles : ils sont tous en exil. Börne, cette tête chaude, a dû fuir à l'étranger et y mourir sous le harnais. Être aujourd'hui à Berlin un écrivain, cela signifie être un funambule ou un cracheur de feu, ou vouloir se suicider. Et à quoi bon verser son sang pour une cause à laquelle on ne croit pas ? Car — même si cela semble dit de façon brutale — mon bien-être, mon bien-être spirituel, a plus de valeur pour moi que celui de la foule. Je crois que dans un État constitutionnel comme l'Angleterre, je me sentirais tout aussi heureux et tout aussi malheureux qu'ici.

« Et pourtant, peut-être y aurait-il là quelque chose à espérer. Peut-être la liberté de mouvement agirait-elle sur nous et deviendrions-nous différents. Car l'Allemand, voyez-vous, n'est jamais lui-même. D'abord, il est écolier, puis étudiant, puis soldat, puis fonctionnaire, calculateur, auscultateur, professeur, laquais ou commis — il est tout sauf lui-même ! Aucun chez nous n'échappe aux limites de sa position. C'est pourquoi il est préférable de n'en avoir aucune. Vous pensez que c'est sacrilège, qu'on doit penser à plus tard. Dieu sait où nous serons alors, Mademoiselle Jettchen. Je me suis déshabitué de penser au-delà de la semaine qui vient. Je veux ne vivre que le jour présent, et les cadeaux qu'il me fait me suffisent. Aujourd'hui, par exemple, il m'a conduit à votre rencontre. »

Jettchen le regarda presque avec gratitude, car elle trouvait agréable de savoir qu'elle lui avait procuré une joie, une joie innocente, par sa simple présence.

« Je comprends très bien, cher Docteur, mais, en même temps, cela m'est si étranger et si curieux. Voyez-vous, chez *nous,* il en va autrement. Chez *nous, personne* ne parvient à se dégager de la famille. Non, pas chez *nous.* »

Elle rougit d'excitation.

« Personne ne peut agir comme il l'entend. Chacun est poussé et tiré par tous les autres pour le meilleur et pour le pire. Pensez à l'oncle Jason. Si avec tous ses dons oncle Jason n'est parvenu à *rien* dans sa vie, la faute en est à son père, à ses frères, à son oncle Eli, à leurs femmes, à tous, à tous. Mais si oncle Jason est quand même resté en haut de l'échelle, s'il ne s'est pas perdu, c'est *également* leur œuvre. Je ne sais comment vous l'expliquer. Il est certain que la famille aurait aujourd'hui cinquante mille thalers pour payer des dettes de jeu d'oncle Jason, mais qu'elle n'aurait pas deux groschen d'argent et demi s'il voulait s'acheter un livre. Et c'est pareil dans *mon* cas. »

Jettchen se mordit les lèvres comme si elle en avait trop dit, et se tut.

« Allons, à présent, parlons vraiment d'autre chose. Racontez-moi Charlottenbourg. J'aimerais retourner voir un jour le parc du château. Comme il doit être beau, maintenant, avec les vieux arbres et l'étang aux carpes, quand tout sent que c'est le printemps qui vient ! Êtes-vous allée au château ? Il est joli, n'est-ce pas — tout le site, la fière coupole avec son lanterneau doré et sa poupée dorée tout en haut ?

— Oui, quand elle entend sonner douze coups, elle se tourne, mais seulement quand elle les entend, Docteur.

— Avez-vous vu tous ces vases en porcelaine de Chine, les assiettes, les tasses, les petits bols, et les figurines et les monstres de porcelaine qui montrent les dents ? Mais bien sûr, une femme voit ce genre de choses avant nous. Vous souvenez-vous aussi des salles avec leurs hauts lambris de chêne, leurs fenêtres dans les murs épais et leurs voûtes blanches comme un ciel d'hiver ? Chaque fois que j'y suis allé, j'ai rêvé d'y vivre un jour, mais le concierge m'a dit que cette villégiature n'était pas à louer. Je logerais tout aussi volontiers derrière le château, dans le petit temple de l'amitié, aux écuries, parmi les ifs. Au bord de l'eau, dans le bâtiment rond au crépi jaune, dans le petit château de plaisance, vous voyez ?

« Mais alors que dans le château lui-même *toute* présence étrangère me gênerait, alors qu'il faudrait que j'y sois *seul*, là, je ne voudrais pour rien au monde être seul ; là, il faudrait que quelqu'un soit auprès de moi qui m'aiderait à supporter la solitude. Quelqu'un qui me serait cher, avec qui jour et nuit je pourrais parler, chanter, faire de la musique et aller me promener, et si je me sentais tout à fait bien ainsi, je ne poserais plus de questions sur le reste du monde, et je logerais là tout l'hiver aussi. Je ne désirerais jamais vivre autrement. Mais là non plus, il n'y a rien à louer, m'a dit le concierge, et puis je n'ai encore trouvé personne qui partagerait la maison avec moi. »

Jettchen rit, embarrassée.

« Pour commencer, le plus important serait que l'on vous loue le petit temple et que ce ne soit pas trop cher pour vous, car à Charlottenbourg, ils ne savent plus juqu'à quel point ils peuvent augmenter leurs tarifs pour les quelques mois d'été. L'autre question serait à envisager ensuite, et je suis sûre que vous trouverez quelqu'un.

— Non, je crois que cette question doit venir en *premier*, car au bout d'une heure dans cette délicieuse solitude, je dépérirais déjà. Mais mieux vaut que nous ne disputions pas de la chape de l'évêque. »

Cependant, ils étaient arrivés à la Marienplatz. De l'autre côté, autour des étals des bouchers, autour des petites échoppes de bois collées au mur de l'église comme un assemblage de boîtes, se pressaient ménagères et servantes. Le flot bruyant s'écoulait dans l'ombre d'étal en étal pendant qu'au-dessus de lui, au-dessus de ses petits flux et reflux, le clocher vert de l'église, immobile et éternellement silencieux, montrait du doigt le ciel de printemps bleu mourant et appuyait son casque que dorait le soleil sur un nuage blanc solitaire.

« C'est là-bas que je fais mes achats. Mais à présent, rendez-moi le panier. Je pourrais rencontrer des gens qui me connaissent, et ils se demanderaient pourquoi mon serviteur n'est pas en livrée. »

Kössling lui tendit la petite corbeille ; ils traversèrent la place, se mêlèrent à la foule et se laissèrent porter d'étal en étal. D'épaisses silhouettes blanches, leurs gros bras nus, occupaient presque tout l'espace libre dans les échoppes étroites. Il leur restait tout juste assez de place pour s'affairer de leurs deux bras, décrocher un demi-veau de sa barre, le soulever par-dessus leur tête, puis le laisser retomber lourdement et claquer sur l'étal. Il ne leur restait pas plus d'espace que cela, car aux cloisons des échoppes pendaient à des crocs des rangées de quartiers de bœuf sanguinolants et de veaux entiers à la tête coupée, d'agneaux et de moutons à la gorge tranchée, d'où le sang dégouttait lentement. Et des têtes d'animaux, en couches superposées, formaient de vraies montagnes qui atteignaient presque les saucisses brunes et rouges suspendues au plafond bas.

C'était une sauvage orgie de rouge, qui se perdait dans l'obscurité à l'intérieur des échoppes sans éclairage. Sans relâche, les couperets crissaient et s'abattaient sur les billots de bois, guidés par des bras aux muscles vigoureux, si bien que l'on aurait cru que la lame allait rester fichée profondément dans le bois ou que les cercles de laiton qui ceignaient le billot allaient se rompre. Chargés de morceaux de viande rouge, les plateaux de laiton des balances, étincelants s'élevaient et s'abaissaient ; ici, quelqu'un tenait à l'écart de ses vêtements un cuisseau de veau accroché à un peson ; là, quelqu'un cherchait de la fressure de veau parmi les abats amoncelés. Et partout le bruit — le bruit, le tohu-bohu de voix de femmes — et la poussière soulevée par toutes ces chaussures, par toutes ces robes.

Jettchen savait déjà où elle ferait ses achats. *Celui-là* n'avait pas de bonne marchandise ; *celui-là* était trop cher, *celui-là* trop disgracieux ; *celui-là* pesait trop juste. Enfin elle trouva son homme, eut pour quelques groschen tout ce qu'il lui fallait, et en supplément un bel os à moelle que le galant boucher déposa dans le panier.

« Voilà, mes achats sont faits. Quand l'oncle n'est pas là, on économise, à la maison. »

Et ils s'arrachèrent à la presse, nagèrent encore un moment à contre-courant du flot humain, au mécontentement de ceux qui arrivaient en masse, et trébuchèrent presque sur les gamins des rues qui, en quête de déchets à récupérer, se glissaient partout entre les pieds des acheteurs. Enfin, ayant échappé à ces odeurs de sang, au cliquetis des balances et des poids, aux tintements des pièces de monnaie, aux va-et-vient de l'offre et de la demande, à toutes les plaisanteries et tournures populaires qui s'envolaient des échoppes, ils furent heureux de se retrouver sur la partie dégagée de la place, où tout ce tumulte ne leur parvenait plus que comme un bourdonnement lointain.

Kössling se retourna encore une fois.

« Et cela aussi est beau, parce que c'est vrai. Regardez, Mademoiselle Jettchen, regardez ces échoppes qui se pressent contre le mur de l'église comme des champignons surgis du sol autour d'un vieux tronc d'arbre, en automne. Riez, Mademoiselle, cela aussi est beau. Ce n'est pas seulement drôle — comme le pense Glassbrenner[41] —, c'est véritablement *beau*, parce que c'est la vie, ardente et palpitante.

— C'est possible, mais je n'y ai encore jamais réfléchi. Je me suis toujours contentée de penser à l'endroit où je trouverais la meilleure viande. »

Le fait que Jettchen rejetât ainsi d'un mot quelque chose qui l'occupait, lui, — qui l'occupait depuis longtemps déjà, et profondément — mit Kössling de mauvaise humeur car il ne savait évidemment pas que ce froid « c'est possible » entraînerait à sa suite, chez Jettchen, toute une chaîne de pensées et de considérations.

Le réseau serré des petites rues de la vieille ville les reprit. Les trottoirs étroits et inégaux leur permettaient à peine de marcher tous deux côte à côte. Et surtout, trop souvent à son gré, les fendeurs de bois qui, installés sur la chaussée avec leurs chevalets, faisaient éclater sur leurs billots les bûches déjà sciées, le contraignaient à suivre Jettchen comme un lointain satellite.

Les pères de famille étaient assis à côté de leur porte avec femme et enfants, et, par-dessus l'obscurité des ruelles étroites, au-delà des toits des maisons d'en face, ils regardaient le ciel de printemps, blanc et radieux. De chaque entrée de maison émanaient des odeurs différentes : ici, celle du cuir fraîchement tanné, là celle des balles de coton ; ici, cela sentait le café et le muscat, ici l'étable ou l'écurie. Et beaucoup de gens qui prenaient là leur repos saluaient Jettchen et la suivaient des yeux avec son compagnon, étonnés comme d'une vision.

Le laitier se leva même de son petit banc, ôta son bonnet et salua bien bas, plein de déférence, en souhaitant d'une voix sonore une bonne soirée à *Mademoiselle** Jettchen — c'était une bonne cliente. Ce faisant, bien que telle n'eût pas été son intention, il contraignit Jettchen à quitter la mince bande de pavés du trottoir et à se réfugier avec ses fins souliers vernis au milieu de la chaussée insondable.

Kössling voulait reprendre leur conversation interrompue car, à marcher ainsi derrière elle, à trébucher à côté d'elle, à éviter les obstacles et à se détourner, il n'avait guère pu songer à un échange de propos un peu suivi. Comme il allait commencer, une voix appela Jettchen, et celle-ci s'arrêta devant la fenêtre ouverte d'un rez-de-chaussée, où elle plongea le regard. C'était tante Minchen. Juchée sur une haute chaise dans l'embrasure de la fenêtre et vêtue d'un peignoir gris argent, elle considérait le monde extérieur d'un regard aimable et bienveillant dans son visage fripé. Une grande corbeille de linge blanc était posée à côté d'elle, et elle était justement en train de ravauder une grande pièce de drap posée dans son giron. Qu'elle parle ou qu'elle observe le voisinage, son aiguille ne se reposait pas.

À l'autre fenêtre, également juché sur une haute chaise dans l'embrasure, le vieil oncle Eli était vêtu, comme pour sortir dans la rue, de son habit bleu. Très raide, des lunettes de corne sur le nez, il lisait son journal, le *Beobachter an der Spree*, qu'il tenait loin devant lui, les deux bras tendus — et quand il lisait, tout le reste du monde était pour lui comme englouti, il ne voyait ni n'entendait rien. Que Jettchen et Kössling ou qui que ce fût d'autre vinssent, il ne s'en apercevait aucunement.

« Bonjour, ma tante ! » lança Jettchen en se plaçant entre les deux battants de la fenêtre ouverte, tandis que Kössling restait légèrement de côté.

« Ah, Jettchen, comment vas-tu ? Entre donc un moment ! As-tu du nouveau ? Quand partez-vous pour Charlottenbourg ? »

Jettchen n'avait pas de nouveau, si ce n'est qu'elles comptaient s'installer à Charlottenbourg dès le lendemain.

« Allons, entre Jettchen. Et le docteur aussi. De toute façon, il nous avait promis de nous faire cet honneur. »

Kössling déclina l'invitation, mais Jettchen dit qu'il pouvait l'accompagner sans se faire de soucis.

Oncle Eli et tante Minchen habitaient une vieille maison. Elle n'avait pas une large porte cochère comme celles d'oncle Salomon ou d'oncle Ferdinand, on n'y accédait que par une jolie petite porte de chêne sculpté, au panneau décoré de joyeuses arabesques, avec une plaque de serrure ciselée et un heurtoir, tous deux en laiton, tous deux étincelants. Au-dessus de la porte, l'imposte présentait un motif composé de nombreuses petites vitres, et de part et d'autre de la porte retombaient de l'urne qui la couronnait deux draperies grises, des draperies de stuc, aux extrémités flottantes, aux plis nombreux et profonds. Jettchen ouvrit, passa la première, et Kössling la suivit, hésitant et oppressé.

Ils pénétrèrent dans un étroit couloir plongé dans la pénombre au bout duquel un escalier aux marches raides montait presque tout droit vers l'étage supérieur.

Comment ces deux vieillards arrivent-ils à monter et descendre par là ? se demanda Kössling. Mais déjà Jettchen ouvrait la porte, et ils entrèrent.

La pièce était claire ; elle était badigeonnée de blanc et le milieu en était occupé par une table aux pieds tors, aux garnitures de bronze, décorée d'une profusion de fleurs en marqueterie. Deux commodes ventrues, où étaient fichées de grandes clefs, arboraient elles aussi sur chacun de leurs tiroirs des bouquets entiers de fleurs en bois de couleur. Et sur d'autres commodes alignées le long des murs paradaient des figurines de porcelaine, grandes et petites : scènes de chasse, bergères, une dame en robe à paniers avec un carlin dans son giron, une scène d'amour tempêtueuse et les adieux de Calas à sa famille, des oiseaux bariolés et de petits vases à décor brun-rouge — le tout dans un pêle-mêle aussi étincelant que tout à fait arbitraire —, et plus loin une vache de porcelaine, une grande vache tachetée avec une mouche sur le nez, si bien qu'elle semblait sur le point d'éternuer. Le long des murs également s'ennuyaient des rangées de chaises dorées à hauts dossiers — dont tout, vraiment, était doré, y compris le cannage du siège et du dossier. Et, dominant le tout, prenant ses aises et content de lui, un vieux lustre, avec ses larges cercles de bronze jaune d'où pendaient de délicats prismes de cristal, s'accaparait toute la lumière qui émanait des murs blancs. Les deux vieux étaient assis aux deux fenêtres sur leurs chaises dorées, au dossier haut et large, posées sur une espèce de haute estrade — et la pensée vint à Kössling qu'ils trônaient.

Jettchen lança à Kössling un regard qui semblait dire : Est-ce que cela vous ennuie ?

Oncle Eli ne remarquait toujours rien, ou ne voulait rien remarquer. Soudain, il leva les yeux.

« Bonjour, Jettchen ! Eh bien, quoi de neuf ? — Ah, Docteur, je me réjouis que vous ayez trouvé votre chemin jusqu'ici... Dis donc, Minchen, connaissais-tu Rosalie Zimmermann ?

— Et d'où est-ce que j'aurais connu Rosalie Zimmermann ? répondit tante Minchen, assez indignée, comme si elle venait d'avoir quelque friction avec son vieil ami et mari.

— Eh bien, Minchen, si tu ne la connaissais pas, dit l'oncle — et l'on remarquait le pince-sans-rire en lui —, tu ne pourras pas mesurer l'affliction de ceux qu'elle laisse derrière elle, je crois bien. Elle est morte hier soir à cinq heures et demie, c'est écrit là. »

Jettchen rit. Mais, aujourd'hui, tante Minchen n'était pas d'humeur à plaisanter.

« Allons, Docteur, reprit oncle Eli, prenez donc place. Écoutez voir, il faut que vous m'expliquiez. Je viens de lire comme ça dans le *Beobachter* qu'au Mexique les jeunes, enfin, les gamins de là-bas, ils attachent un serpent à sonnette sur une planche, et ils lui tapent dessus jusqu'à ce qu'il se morde lui-même la queue, et en meurre. Vous y croyez, vous ? En tout cas, c'est quand même dangereux, comme petit jeu. Et *pourquoi* est-ce qu'on laisse un gamin tripoter un serpent à sonnette, Docteur ? Pourquoi ? »

Kössling non plus n'en savait rien.

« Qu'es-tu en train de faire, ma tante ? demanda Jettchen, embarrassée de voir que Minchen ne laissait pas son travail de côté.

— Je ravaude les chemises de ton oncle, tu vois bien, mon petit agneau, dit Minchen d'un ton venimeux. C'est incroyable, ce qu'il peut me déchirer comme chemises, cet homme-là. Je vais te dire : une par jour.

— Mais, ma chère Mine, dit oncle Eli sans se laisser déconcerter, laisse-moi te dire une bonne chose : tu n'as qu'à tendre le bras ; si ça ne te plaît pas, tu les flanques par la fenêtre ces chemises !

— Tu m'entends ça, Jettchen ? Flanquer ses chemises par la fenêtre ? Ses belles chemises de fil. Vraiment, ton oncle... Il devient de plus en plus bizarre de jour en jour. Je vais te dire, Jettchen, il est intenable ! Et il y a des jours, il est tellement sourd qu'on pourrait aussi bien se retourner les sangs à lui crier dessus ! »

Jettchen l'apaisa. Oncle Eli, d'ailleurs, ne s'engagea pas dans la querelle, mais se tourna vers Kössling.

« Docteur, avez-vous entendu les dernières nouvelles ? Il va sans doute y avoir la guerre ! »

Jettchen tressaillit. Pour elle, le mot « guerre » avait le tranchant d'une lame de couteau.

« Allons, Jettchen », dit l'oncle, qui était ce jour-là d'humeur joyeuse. « On n'en est pas encore sûr — mais on craint quand même que la Russie et la France se déclarent la guerre à cause de la Taglioni [42]. C'est que la Taglioni doit se produire en même temps à Paris et à Pétersbourg — et elle ne sait pas encore comment elle va pouvoir faire ça ! »

Kössling et Jettchen rirent, et tante Minchen hocha la tête de bonne grâce, car elle était quand même fière d'être mariée à un homme dont les bons mots avaient du succès.

« Dis-moi, mon oncle, tu as l'air tout réjoui, aujourd'hui.

— Et pourquoi non, Jettchen ? On ne peut pas savoir combien de temps ça durera. Parce qu'il faut bien que je te dise que j'aurais déjà du mal à danser le ballet et que, pour la gymnastique, il ne faut plus y compter ! »

Cependant, Kössling examinait les meubles d'un œil intéressé.

« Est-ce qu'ils vous plaisent, ces meubles, Docteur ? Je ne sais pas, c'est quand même autre chose que les petites chaises toutes raides d'aujourd'hui ! Regardez-moi celles-ci, la qualité du travail ! Elles ont toutes plus de cinquante ans, et pourtant, la dorure n'a pas perdu la moindre écaille. Au château, ils ont les mêmes ! À l'époque, elles ont coûté beaucoup d'argent — quinze thalers la chaise, je crois, ou peut-être même plus. Il faudrait que je regarde. J'ai encore ça d'écrit quelque part. Aujourd'hui, je ne pourrais plus me les acheter. Combien croyez-vous que j'aie possédé, Docteur ?

À trois cent mille thalers, vous seriez loin du compte ! J'ai perdu beaucoup d'argent pendant les guerres — énormément, et ce sont les Français qui me l'ont pris. Eh bien, là-dessus, je n'ai pas récupéré une pièce de huit groschen. Et je me dis que si vraiment j'avais encore tout cet argent, eh bien, qu'est-ce que j'en ferais ? Et à qui irait-il ? On ne peut pas manger plus qu'à sa faim, et à midi, nous avons même très bien déjeuné — il faudrait que vous connaissiez ma femme... Naturellement, je n'ai pas eu la chance de mon neveu Salomon. Lui, il suffit qu'il prenne dans sa main une pièce de huit groschen pour en faire un thaler. En fait, quand j'y songe à présent, je me dis que je suis toujours arrivé avec une diligence de retard. »

Minchen secoua avec irritation sa vieille tête, faisant voleter de droite et de gauche sa volumineuse charlotte de tulle.

« Qu'est-ce que tu as à secouer la tête comme ça, Minchen ? Ça n'a pourtant rien de scandaleux d'avoir eu de l'argent !

— Dis-moi, Jettchen, obliqua Minchen, qui craignait que l'oncle Eli ne se laissât aller à d'autres bavardages intempestifs, et dites-moi, Docteur. Qu'est-ce que je peux vous servir ? Il me reste de très bons gâteaux secs... »

À ces mots de « gâteaux secs », l'oncle Eli dressa l'oreille.

« Eh bien, sers-les donc, dit-il.

— ... Et de l'excellent cynorhodon, et une liqueur de fruits verts, on croirait de l'eau de roses ! Pas la moindre trace d'acidité ! »

Mais Jettchen dit qu'il se faisait tard, que, si près du dîner, elle ne voulait rien manger, moins encore boire de la liqueur de fruits verts, et Kössling se rangea à son avis.

Oncle Eli était indigné.

« On ne demande pas aux gens — on les sert ! »

Mais tante Minchen ne tint pas compte de son intervention. Le refus de Jettchen et de Kössling lui suffisait.

« Eh bien, Jettchen, puisque tu ne prends rien, passe donc dans la pièce de derrière : ton oncle m'a fait cadeau d'un nouveau fauteuil, essaie-le, je crois qu'on y dort comme une déesse. »

Jettchen dit qu'elle craignait, en dormant, de ne pas voir le temps passer, et remit à plus tard l'essai du nouveau fauteuil — quand elle serait de retour à Berlin. À moins qu'elle ne revienne de Charlottenbourg pour la journée, comme elle le ferait sans aucun doute une fois ou l'autre, et c'est très volontiers qu'elle passerait alors une heure paisible avec elle-même à rêvasser dans le nouveau fauteuil.

La conversation semblait devoir s'enliser, et Kössling attendait avec impatience que Jettchen se décide à prendre congé. Alors, avec une mine pleine d'importance, comme si la perte ou le salut dépendaient de sa question, oncle Eli demanda :

« Dites-moi donc, Monsieur le docteur — qu'est-ce que vous êtes exactement, comme docteur ? Parce que vous n'êtes pas au tribunal, n'est-ce pas ? Et vous ne soignez pas non plus les gens, hein ? Alors qu'est-ce que vous êtes, comme docteur, exactement ? »

Kössling rit.

« Comment vous expliquer ! Au terme de mes études, ici à Berlin, j'ai passé un examen qui me permet de porter le titre de docteur — *doctor phil. — doctor philosophiae.*

— Ah bien ! dit l'oncle Eli. Mais dites — excusez-moi si je vous pose la question —, dites-moi : est-ce que ça vous rapporte quelque chose ? Je vous demande ça juste comme ça ; c'est que je ne connais rien à ces affaires de savants, ajouta-t-il avec une mine innocente.

— Oui et non. Dans ma profession, c'est une bonne recommandation, et cela me laisse toujours une position de repli. Ainsi, j'ai une porte de sortie. Au cas où je voudrais obtenir chez moi un poste de professeur au lycée ou de bibliothécaire, ou bien si je voulais un jour reprendre un journal — pour cela, il faut être docteur. »

À présent, Jettchen était sur des charbons ardents. Mais l'oncle Eli n'en remarquait rien, ou n'en voulait rien remarquer.

« Excusez-moi, Docteur, c'est que je ne connais rien à ces affaires de savants, mais telles que je vois les choses, j'ai l'impression que, pour vous, c'est plutôt une porte d'entrée qu'une porte de sortie.

— On peut aussi voir les choses ainsi, Monsieur Gebert. »

Jettchen s'était levée.

« Mon cher oncle Eli, dit-elle de façon un peu cérémonieuse, je dois rentrer, à présent. Il faut encore que je prépare tout pour demain, et tante Rikchen vous salue elle aussi. Elle reviendra bientôt pour la journée, et elle passera vous voir. À moins que vous ne veniez nous rendre visite ? Nous habiterons au coin de la Berliner Strasse et de la Rosinenstrasse, chez Mme Könnecke. N'oubliez pas : Könnecke. »

Kössling prit également congé et serra la main des deux vieilles gens. Eli ne se laissa pas dissuader de les raccompagner jusqu'à la porte. Tandis qu'il s'éloignaient, Minchen leur fit signe de sa fenêtre et cria encore à Jettchen des dizaines de messages à transmettre, jusqu'à ce qu'elle se fût persuadée qu'ils étaient hors de portée de voix. Alors, elle tomba sur l'oncle Eli, qui avait tranquillement repris son journal et s'était remis à le lire à l'endroit exact où il s'était interrompu.

« Je ne te comprends pas, Eli ! » dit-elle le plus fort possible, afin qu'il ne pût pas se retrancher derrière sa dureté d'oreille. « Comment est-ce que tu as pu mettre cet homme dans un tel embarras ? »

Mais Eli subit calmement cet orage comme tout le reste.

« Je sais très bien pourquoi je l'ai fait, dit-il ensuite avec la mine d'un rusé compère qui machine une combinaison particulièrement raffinée.

— J'aimerais bien le savoir », rétorqua Minchen, qui avait tout de suite compris ce qu'il avait en tête.

« Eh bien, je me suis dit : c'est qu'il est bel homme. Je voulais savoir qui il est, en fait.

— Ça, c'est vrai, qu'il est bel homme, confirma tante Minchen.

— Et qu'est-ce que ça peut te faire ? » s'emporta l'oncle Eli. Car avec ses soixante-dix-neuf ans et demi, il était encore jaloux comme un Turc, et la tante Minchen le payait de même monnaie.

« On a quand même bien le droit de le dire, je pense, se défendit la tante Minchen.

— Eh bien, c'est justement pour ça que je voulais voir ce qu'il en était. On ne peut pas savoir, ce serait peut-être un garçon pour Jettchen ? Qu'est-ce que tu as à secouer la tête, Minchen ? Tu secoues toujours la tête ! Pourquoi ça ne serait pas un garçon pour Jettchen ?

— Eli, je ne te comprends pas », dit Minchen, à présent de la voix lente d'un oracle. « Comment est-ce que tu peux avoir une telle idée ? Jettchen devra en attendre un autre. Qu'est-ce qu'il fait, celui-là ? Il écrit ! Est-ce que tu t'imagines que Salomon va lui donner Jettchen ? À lui ? Il y en a eu bien d'autres qui l'auraient voulue. Et tu crois peut-être que Salomon va donner Jettchen à un chrétien ? Tu crois qu'il ferait ça ?

— Oh, je n'y verrais rien à redire ; en ce qui me concerne, il pourrait », dit l'oncle Eli en reprenant son journal — signe que dès lors il n'était plus possible de lui parler.

Jettchen et Kössling marchèrent un moment côte à côte comme deux amis qui réfléchissent à une seule et même chose.

Il commençait à faire sombre, et les façades des maisons, de l'autre côté de l'Alexanderplatz, s'embrasèrent soudain d'une vive lumière argentée.

Jettchen n'avait pas apprécié les questions du vieil oncle Eli, elle y voyait un manque de tact et de discrétion ; et pourtant, elle était assez femme pour sentir dans quelle intention le vieux matois avait posé ses pièges.

Et Kössling lui aussi, qui ne connaissait ni fausseté ni dissimulation, et à qui les voies détournées étaient étrangères, avait senti qu'il s'était passé là quelque chose, et malgré toute l'amabilité qu'on lui avait témoignée, il était reparti avec un léger sentiment de malaise. Mais il ne voulait plus y penser. Il voulait à présent penser à un tout autre sujet. En parlant de choses indifférentes, il regardait sans cesse Jettchen de côté. Il observait son front d'opale, la racine du nez et l'arc lourd des sourcils sur lesquels jouaient les ombres que projetait la bordure de dentelle de la coiffe. En secret, il abaissait son regard vers ses pieds, qui, dans les bottines grises à talons hauts, savaient se poser de façon si légère et si ferme. Tandis qu'elle marchait à côté de lui, il sentait le rythme de ses mouvements.

Tout cela, toute cette beauté vivante qui réjouissait le regard, il aurait voulu le boire à longs traits assoiffés ; car qui pouvait savoir quant il pourrait de nouveau se désaltérer à cette source de beauté ? Qui pouvait savoir combien de temps il lui faudrait errer dans le désert gris de sa vie quotidienne avant de rencontrer de nouveau cette beauté vivante ? Non, il voulait emporter d'elle tout ce que l'œil, les sens pouvaient en saisir. Ensuite, quand il serait seul, là-haut dans sa chambre, quand son regard, par-dessus son livre, se porterait vers le coin où son imagination avait coutume de la lui présenter, la provision qu'il se serait faite d'elle s'avérerait beaucoup trop réduite. Et pourtant, l'image de Jettchen serait animée de ce souffle de vie qu'il sentait palpiter, presque lourd et tangible, et qui lui coupait la respiration.

Demain, elle quitterait Berlin, pendant des mois elle habiterait à l'extérieur, au calme, et il n'aurait même plus la possibilité de la rencontrer dans la rue. Il se dit soudain cela, il en fut saisi et oppressé, il se sentit fatigué et étrangement triste — fatigué et étrangement triste comme le ciel rose pâle du soir, là-haut, avec ses minuscules nuages gris qui prenaient maintenant position, se rangeaient et s'alignaient. Fatigué et étrangement triste comme maintenant, sur la place, ce groupe de maisons baigné d'une bizarre lumière rouge, falaise magique qui barrait le regard. Fatigué et étrangement triste. Et pourquoi ?

Car Kössling ne savait pas s'il avait de l'attachement pour Jettchen, un attachement sérieux. Il avait cherché cent fois à se persuader du contraire, ces dernières nuits, quand il ne pouvait pas dormir ; il ne savait pas non plus si elle était intelligente et agréable ou aimable — il n'avait pas encore gâché une heure à y réfléchir —, il avait simplement besoin de voir Jettchen, de sentir près de lui toute ses beautés. Il ne pouvait pas respirer sans elle, et il ne saisissait pas comment sans elle la vie avait jamais été possible. Mais il ne l'aimait pas. C'est ce qu'il s'était dit. Il ne recherchait pas de marques de faveur, de perspectives, d'espérances ; il se tenait devant elle comme un mendiant, demandant qu'elle lui fît de sa beauté une aumône qui le rendrait infiniment riche sans la rendre plus pauvre.

Pendant tous ces jours, il n'avait jamais réfléchi à ce qu'il en adviendrait à présent. Mais rien n'était censé en advenir — il ne voulait que voir Jettchen. Et si là-haut dans son ciel le Bon Dieu lui avait ménagé une lucarne d'où il aurait pu la regarder, elle seule, il y serait resté jour et nuit sans bouger d'un pouce, et il en aurait oublié de manger, de boire et de dormir. Et demain, elle quitterait Berlin pour des mois...

Mais Jettchen, qui marchait à côté de Kössling, l'air grave depuis un moment, se mit soudain à parler, et il sursauta. N'aurait-on pas dit qu'elle avait entendu sa conversation silencieuse avec lui-même ?

« Eh bien, Docteur, dit-elle en inclinant si bas la tête que Kössling ne pouvait plus voir son visage, je dois partir demain, et il faut que je prenne congé de vous. Nous ne ferons plus nos achats ensemble. Avez-vous déjà pensé à quelque chose pour l'été ? »

Non. À quoi aurait-il dû penser ? Tous ces jours, il n'avait pensé à rien qui le concernât.

« Je me demandais si vous alliez partir, vous aussi. »

En un instant se fit en Kössling un travail pareil au martèlement d'une forge. Il établit cent bilans, passa de colonne en colonne le moindre groschen d'argent qu'il avait, aurait ou peut-être gagnerait, pour se confirmer ce qu'il savait : cela ne pouvait pas se faire, il n'avait pas les moyens d'aller à Charlottenbourg, il en était réduit à rester à Berlin. C'est là qu'étaient ses sources de revenus. Même s'il lui fallait donner des cours de latin ou de musique, il lui fallait rester à Berlin. Mon Dieu, mon Dieu, pour quelques misérables frédérics d'or !

« Non, je n'ai encore rien décidé pour mon été ; c'est lui qui décidera de moi. Mais comme Charlottenbourg est si près d'ici qu'on peut s'y rendre en une heure et demie, je me garderai de quitter Berlin.

— Alors je vous reverrai bientôt.

— Et si vous n'êtes pas là, si je ne vous trouve pas ? » objecta Kössling, et sa voix laissait percer sa crainte à l'idée que peut-être une telle éventualité se présentât.

« Pourquoi ne me trouveriez-vous pas ? dit Jettchen en riant. Je ne reviendrai guère à Berlin ; mais ma tante ne se supporte pas là-bas plus de trois jours. L'endroit est trop isolé pour elle ; elle n'aime pas cela. Quand elle n'a pas les chariots qui s'arrêtent sous ses fenêtres, quand elle ne peut pas lire les signatures sur les caisses, quand elle ne peut pas voir si Jonas Stern expédie plus ou moins que Salomon Gebert & Co., la vie est pour elle sans attraits ni triomphes.

— Alors, si vous me le permettez, j'irai vous voir. Et peut-être nous verrons-nous assez souvent. Car il est si joli de sortir de la ville par un bel après-midi de printemps en ayant un but, en sachant que là où l'on va, on fera plaisir à quelqu'un. » Il avait failli dire : « À quelqu'un qu'on aime », et il était très heureux de s'être mordu la langue à temps.

Ils s'étaient arrêtés de nouveau au coin de la Spandauer Strasse et de la Königstrasse. Il était déjà assez tard, il n'y avait plus beaucoup de passants et seules trois ou quatre voitures venaient à pleine vitesse de l'Alexanderplatz dans un bruit de ferraille, en soulevant de gros tourbillons de poussière.

« À présent, il faut que je rentre. Je crois qu'oncle Jason sera là. Deux fois déjà je m'étais dit qu'il viendrait et je l'ai raté, alors il sera certainement là. Ce genre de pressentiment ne trompe jamais.

— Oh si. Ces derniers temps, j'ai bien cru vingt fois que j'allais rencontrer une certaine personne, et cela ne s'est pas fait.

— Jamais ?

— Si, finalement, reconnut Kössling en hésitant.

— Ah oui ? » dit Jettchen d'un ton légèrement taquin en le regardant, si bien que Kössling se sentit bouillir et eut l'impression que des centaines de pointes d'aiguilles jaillissaient de la peau de son front.

Et ils furent de nouveau devant la maison de Jettchen. La large porte cochère était ouverte sur l'entrée obscure comme une gueule de fauve, car on n'avait pas encore allumé les lanternes. Et en haut, au-dessus des médaillons flous et de leurs couronnes de feuillage, se succédaient comme une rangée de spectres les châssis blancs des fenêtres hautes et larges, où étaient enchâssés les yeux à l'éclat mat des vitres bombées.

Des gens sortaient des bureaux, l'un après l'autre, car chez Salomon Gebert & Co., c'était l'heure de la fermeture. Et Jettchen saluait chacun avec une égale amabilité. Enfin parut le vieux comptable qui figurait dans l'inventaire de fin d'année depuis deux décennies déjà ; le vieux bougon, contrefait et d'aspect misérable, grincheux comme un castor chassé de sa digue, s'avança en trottinant et s'affaira avec de grosses clés sur la porte qui menait à la boutique, avant de sortir dans la rue, de lever le nez, de renifler à droite et à gauche et de s'éloigner en se dandinant vers le faubourg de Schönhaus, où il possédait une belle petite maison avec un jardin. Il s'en fut sans même avoir pris garde à la présence de Jettchen.

« Qu'est-ce qui lui arrive encore, au vieux Demcke ? Qu'est-ce qui lui arrive ? Il aura sûrement eu des mots avec oncle Jason, une fois de plus. Dieu merci, c'est la même chose tous les ans. »

Jettchen s'avança un peu sous la porte cochère, et Kössling vit sa silhouette claire se détacher sur le fond pourpre de l'entrée sombre.

« À présent, il faut que je monte, dit-elle. À la fin de la semaine prochaine, je pense que nous serons à peu près installées, là-bas. »

Et elle tendit à Kössling sa main souple et détendue, sa belle main fine et pourtant charnue, dont les doigts ronds, comme faits au tour, sortaient de la mitaine ajourée. Et Kössling la prit, très précautionneusement, comme s'il craignait de lui faire mal ; il la leva très lentement, et le bras de Jettchen suivit le mouvement sans réagir. Et il passa juste les lèvres sur le bout des doigts ; il eut la sensation de caresser un pétale de rose, tant cette main lui parut douce. Il se réjouit seulement d'avoir le visage tourné vers l'obscurité, car les yeux lui brûlaient curieusement, ils le picotaient, et les larmes en humectaient le coin.

« *Adieu, ma belle**, dit-il très lentement et sans intonation. *Adieu, ma chère**... Ou bien me permettriez-vous de dire : *ma belle chérie** ?

— Au revoir ! répondit Jettchen.

— À samedi, donc.

— Peut-être.

— Peut-être. »

Arrivée à mi-étage, elle l'entendit encore dire tout bas :

« *Adieu, ma belle chérie**. »

Mais elle n'en était pas sûre. Peut-être cela n'était-il qu'un écho des paroles de Kössling, peut-être celui-ci était-il déjà parti ? Mais peut-être aussi était-il encore en bas, dans l'entrée, répétant ces mots pour lui-même ? Et elle se hâta de monter l'escalier.

En haut sur le palier, elle songea soudain qu'entre-temps, très certainement, tante Hannchen était venue et avait fait son rapport sur elle et son chevalier servant. Et elle se promit aussitôt de briser toutes les piques en disant d'emblée, du ton le plus tranquille, qu'elle avait rencontré par hasard le Dr Kössling et passé une heure à bavarder avec lui, cet après-midi. Si elle avait pu penser qu'il y eût là quelque chose d'inconvenant, elle n'aurait certainement pas emmené Kössling chez l'oncle Eli. Elle dirait en outre à sa tante qu'elle était à présent en âge de faire ou non ce qu'elle voulait, et qu'elle savait très bien ce qui était convenable et ce qui ne l'était pas.

Jettchen sonna, la cloche lança son tintement fort et clair et, sans pouvoir se calmer, continua indéfiniment à glousser et à faire des roulades ; cependant, excitée et le visage brûlant dans l'obscurité chaude, Jettchen entendit que l'on parlait à l'intérieur. Oui, c'était oncle Jason, puis Rikchen, le ton aigu et le débit lent. Et entre les deux, une voix qu'elle ne connaissait pas : fluette, grasse et gutturale, une voix qui fit naître en Jettchen l'image désagréable d'une vieille couverture de laine foncée, brun-rouge. Et elle entendit qu'on disait son nom, puis celui de Kössling, mais sans pouvoir comprendre dans quel contexte.

Au bout d'un moment, sa tante vint ouvrir. Jettchen s'étonna de la voir porter sa nouvelle robe à col dégagé, un léger foulard gris à petits points noirs, et elle se dit qu'il fallait des circonstances bien exceptionnelles pour que Rikchen se livre à cette mascarade sans attendre la fin de l'après-midi.

Elle allait commencer à raconter sa rencontre avec Kössling aussitôt après avoir salué sa tante, mais celle-ci parla la première.

« Devine un peu qui est là, Jettchen. »

Jettchen ne devina pas. Oui, Jason était là, mais ce n'était pas tout.

« Julius ! Tu t'imagines ? Julius ! » s'exclama enfin tant Rikchen sur un rythme haletant que Jettchen ne lui connaissait pas habituellement.

Si sa tante avait déclaré que Huitchipotchli venait de descendre parmi les mortels et lui avait rendu visite en personne Spandauer Strasse, cela en aurait dit tout autant à Jettchen. Ou davantage. Car elle savait au moins que Huitchipotchli était une divinité que les anciens Mexicains honoraient par des sacrifices sanglants. Mais qui était Julius ? Elle n'en avait pas la moindre idée. Elle avait beau compulser le livre de ses souvenirs, elle n'y trouvait sur l'instant aucun Julius dont la présence pût provoquer chez tante Rikchen un tel ravissement, une telle excitation, au point qu'elle en oubliât tout à fait ses piques au sujet du Dr Kössling.

Tante Rikchen, remarquant sans doute que ce Julius était pour Jettchen une grandeur quelque peu imaginaire, reprit le ton traînant qui lui était coutumier.

« Allons, Jettchen, tu sais bien, Julius, le deuxième fils de ma belle-sœur Täubchen, de Bentschen ! Tu sais bien, un des fils de mon pauvre frère Nero ! Il est déjà venu. Ça, tu seras étonnée de voir comme il a changé. Tu ne vas pas le reconnaître ! »

Jettchen la crut volontiers, car il y avait dix-huit ou vingt ans que Julius ne s'était pas montré à Berlin, et elle ne se rappelait pas le moins du monde à quoi il ressemblait. Elle ne savait même pas s'il avait le nez droit ou de travers, elle se souvenait seulement qu'à l'époque — il était aussi venu à Charlottenbourg — il s'était d'une façon ou d'une autre montré tout à fait désagréable, si bien qu'on l'avait réexpédié chez lui plus vite qu'il n'était arrivé : un beau matin, l'oncle avait pris le gamin d'une main et sa petite valise de l'autre. Et quand à midi on s'enquit de Julius, l'oncle répondit qu'il était depuis dix heures et demie dans la malle expresse qui roulait vers Posen et que donc, avec l'aide de Dieu, il devait à présent se trouver au moins du côté de Strausberg. Ce Julius avait alors douze ans, et sa mystérieuse disparition avait fait plus d'impression sur Jettchen que sa personne même.

« Jettchen, reprit sa tante tandis qu'elle allait poser ses affaires dans sa chambre, je pense qu'il te plaira. Un gentleman de la tête aux pieds. Allons, viens vite. »

Jettchen se débarrassa de son châle de dentelle en parcourant sa chambre d'un œil impatient. Les fenêtres étaient ouvertes, les rideaux de mousseline voletaient dans la pièce, tout était calme et solennel. Dehors, devant la galerie, le noyer avait déjà déployé, maintenant, ses jeunes feuilles noirâtres et, filtrant à travers sa couronne, Jettchen voyait brûler sur le toit brun et pentu de l'arrière-corps de la maison une dernière lueur du soleil, quelques rayons en retard pour s'être trompés de route, tandis que le soleil lui-même avait pris congé de la terre depuis une demi-heure déjà mais n'arrivait pas à se séparer d'elle par ce soir de printemps et, comme un amoureux qui s'éloigne, se retournait sans cesse pour lui envoyer un baiser du bout des doigts. Et le reflet de cette lueur sur le toit de tuiles emplissait toute la pièce d'une mystérieuse lumière rougeâtre.

Jettchen serait bien restée un moment seule avec elle-même ; mais ce Julius, fils de tante Täubchen, était justement arrivé de Bentschen — Dieu savait pourquoi ; il lui fallut se ressaisir et se rendre à la salle à manger, car le salon était maintenant silencieux.

Tante Rikchen avait allumé la lampe. D'ordinaire, quand ils étaient seuls, on ne s'éclairait qu'avec les chandeliers.

Jason resta assis dans le fauteuil. Le nouveau cousin se leva et s'avança vers Jettchen, conduit et couvé par les tendres regards de tante Rikchen.

Jettchen ne put guère remarquer le gentleman en lui. Le cousin — mais peut-être n'était-il pas du tout son cousin — était petit et gras, il avait la tête comme enfoncée à coups de marteau-pilon entre les épaules, le visage très plein et rouge, et des cheveux épais et raides qui ne voulaient pas tenir à plat sur ses tempes et sur son crâne, mais se dressaient de tous côtés comme les piquants d'un hérisson sur la défensive. Il avait cependant de jolis traits et de petits yeux joyeux où l'astuce se tenait aux aguets. Il tendit une main petite et large à Jettchen, et quand celle-ci l'eut un instant dans la sienne, elle eut l'impression que les dernières phalanges en avaient été tranchées, tant les doigts étaient courts. Vraiment, Jettchen ne put remarquer grand-chose en lui d'un gentleman.

La couleur vert bouteille, la coupe, tout dans son costume lui parut désuet et paysan. Cette étoffe de gilet avait depuis longtemps disparu des rayons de l'entrepôt, en bas, et cette chaîne de montre, avec ses gros maillons d'argent auxquels étaient suspendus des thalers, était du genre de celles que portaient toujours les paysans quand ils venaient en ville, au marché. Auprès de l'oncle Jason, qui allait presque toujours mis comme un gandin, il avait l'air bien pitoyablement provincial. Mais, au bout du compte, qu'avait-elle à faire de ce cousin Julius Jacoby, de Bentschen, qui n'était même pas vraiment son cousin ?

« Eh bien, *Mademoiselle** Jettchen, vous ne me reconnaissez sans doute pas ? dit Julius Jacoby d'une petite voix grasse en parfait accord avec son apparence.

— Oh, mais si, bien sûr ; vous n'avez pas beaucoup changé, mentit Jettchen bien qu'il n'éveillât pas en elle le moindre reste d'un souvenir.

— Et vous non plus, chère cousine. Vous êtes toujours aussi belle. »

Mais je ne suis pas du tout sa cousine ! pensa Jettchen. Que raconte-t-il là ? Et soudain, elle eut le sentiment désagréable d'avoir touché impromptu quelque créature moite et froide, une grenouille ou une chenille.

« C'est dommage, vraiment dommage, que votre oncle ne soit pas là », dit le nouveau cousin — mais il était bien clair que s'il disait cela, c'était pour dire quelque chose.

« Oui, il nous manque », opina Jettchen en rapprochant une chaise de la table pour s'y asseoir, et le nouveau cousin qui n'était pas du tout un cousin essaya en vain de l'y aider.

Et à cet instant, il apparut à Jettchen qu'il existait quelque mystérieuse relation entre l'absence de l'oncle et l'arrivée du nouveau cousin — quelque intrigue, quelque chose qu'elle ignorait, dont elle n'avait pas idée et qui pourtant s'annonçait comme désagréable, comme dangereux pour elle. Et l'étrange impression de toucher une créature moite et froide s'empara de nouveau d'elle et la fit bel et bien frissonner.

« Eh bien, oncle Jason ? Il y a si longtemps que je ne t'ai pas vu, et tu as l'air si mécontent ! Est-ce qu'il y a quelque chose qui ne va pas ?

— Ah ! dit Jason en frappant le dessus de la table du plat de la main, je n'en peux plus de ces *éternels* ennuis avec le magasin ! »

Jettchen s'en étonna quelque peu. Les ennuis de Jason ne pouvaient guère être d'une telle durée, car c'était cet après-midi seulement qu'il avait fait sa première apparition au magasin depuis un an. Mais Jettchen était intelligente et ne dit rien, bien que peut-être Jason eût été accessible à cette objection.

« Mais je vais écrire à Salomon. Il *faut* qu'il renvoie Demcke. C'est lui ou moi ! Il est impossible que nous collaborions durablement. Je ne me laisserai pas mettre en tutelle par ce viel âne. Car c'est vraiment un vieil âne, expliqua-t-il en se tournant vers Julius Jacoby. Un boutiquier de la vieille école, un pédant vétilleux. Tous les ans, je me heurte avec lui !

— Oui, dit Julius Jacoby en se penchant bien en avant au-dessus de la table pour souligner ses propos en agitant les mains. Voyez-vous, il m'est arrivé exactement la même chose avec mon chef, à Posen. Tout à fait comme vous dites, monsieur Gebert — un boutiquier, un pédant vétilleux. Aujourd'hui, ce n'est plus possible. Et même si son père et son grand-père ont toujours agi comme ça, eh bien... aujourd'hui, ça ne peut plus fonctionner de cette façon. C'est bien ce que je lui ai dit. Aujourd'hui, le négociant doit connaître le monde ; il doit suivre la politique ; il doit avoir les yeux ouverts, et ne pas aller se pendre pour un quart d'aune de guingan en plus ou en moins. Nous autres, les négociants modernes, nous ne pouvons plus faire ça. Est-ce que je n'ai pas raison, monsieur Gebert ? »

Jason le regarda de ses grands yeux gris, très calme et très étonné, et seule Jettchen remarqua la moquerie et l'amertume qui se mêlaient à son ton quand il répondit, très lentement, comme s'il devait encore tourner chaque mot dans sa bouche avant de le prononcer.

« C'est certain : nous autres, les négociants modernes, nous ne pouvons plus nous pendre pour un quart d'aune de guingan, vous avez tout à fait raison, monsieur Jacoby.

— Écoute, Jason, l'interrompit tante Rikchen d'une voix anxieuse. Tu ne vas quand même pas écrire à Salomon à cause de Demcke ? Tu sais bien qu'il ne lui faut pas d'énervement, c'est ce qu'a dit le conseiller intime. Et il y a si longtemps que Demcke est dans la maison. Laisse-le donc tranquille, et il te laissera tranquille *aussi.*

— C'est bien le problème, chère tante Rikchen, intervint Julius Jacoby d'un ton sentencieux. Dans ces cas-là, ils en prennent à leur aise. Chez nous, à Posen, il y avait aussi un comptable qui était entré dans la maison du temps du vieux Rosenstein, et après, il a été chez les fils Rosenstein. Tu crois que le chef pouvait lui dire quoi que ce soit ? »

Jason regarda Jettchen, et Jettchen lut très clairement dans son regard : Tu vois, à présent, il veut me prendre à ses filets, Monsieur notre jeune cousin de Bentschen, mais je vais lui montrer les dents.

« Dites-moi, commença-t-il, qu'avez-vous l'intention de faire maintenant, monsieur Jacoby ? Séjournez-vous ici *seulement* pour votre agrément ? »

Le nouveau cousin fut un peu embarrassé, mais il jugea vite que découvrir ici son jeu ne nuirait en rien.

« Non, pas du tout, monsieur Gebert. Mais, vous savez, un homme comme moi ne *peut* vivre et avancer que dans une grande ville, c'est ainsi. Il me faut du mouvement. Même à Posen, tout était trop petit pour moi. Ici, je prévois de me rendre indépendant. J'ai aussi un associé en vue, nous avons fait notre apprentissage ensemble, à Posen : cuirs *en gros**. J'ai de très bonnes relations en Russie. Je peux vous dire qu'aujourd'hui il y a beaucoup d'argent à gagner avec le cuir. Le cuir, c'est encore un bon secteur — pas si mal en point que les produits manufacturés et les soieries !

— Ah bon ? » dit oncle Jason en secouant la tête comme s'il déplorait le plus profondément du monde l'inéluctable déclin du secteur des produits manufacturés. « Vous autres, à Posen, vous êtes sans doute mieux informés que nous ne le sommes ici. Car ici, on pense que, du fait du recul des importations d'Angleterre, tous les produits manufacturés ont justement connu ces dernières années un essor tout particulier.

— Les grosses affaires, oui, les grosses affaires, je ne dirais pas le contraire. Elles gagnent toujours bien, quoi qu'il arrive. Mais écoutez donc un peu les petits fabricants, comme ils se plaignent. Et l'an dernier, est-ce que les chaussures et bas Selke & Seligman — et Selke & Seligman, ils étaient bons, ils étaient même excellents — est-ce qu'ils n'ont pas fait faillite ? »

En pensée, Jettchen était bien loin de tout cela, elle en était encore aux bagages à préparer, elle était déjà à Charlottenbourg, et ne voyait plus rien que de très loin et comme à travers un voile. Ce cousin Julius l'ennuyait, qui en fait n'était pas du tout son cousin — ce petit hérisson joyeux et fanfaron qui louait le secteur du cuir et ses avantages. Elle dissimula un bâillement en se tournant vers la fenêtre et en regardant, à l'extérieur, le crépuscule bleu. Et elle se réjouit quand elle put quitter la pièce pour préparer le repas du soir.

Cependant, Julius continuait à parler, tout d'un jet. Sa bouche aux lèvres pleines et rouges ne restait pas un instant en repos. Il raconta son voyage en malle-poste, décrivit ses compagnons de voyage. Il avait failli en venir aux mains avec un officier — mais en tout cas, celui-là en avait pris pour son grade. Il parla de son premier chef à Bentschen et de son dernier chef à Posen, qui tous deux auraient été riches à présent si seulement ils avaient suivi ses conseils. Il parla de sa sœur Rosalie et de sa sœur Blümchen, qui malheureusement était un peu contrefaite. Il parla de son défunt père, Nero, qui avait eu un érésipèle où toute la chaleur du lit s'était mise, et qui de façon générale souffrait aussi d'un dérèglement des humeurs. Il parla de sa tante Goldine qui, sans avoir jamais appris, brodait encore, sans lunettes, les plus fins motifs au point de croix. Il parla du théâtre et de l'opéra à Posen où, l'hiver précédent, il avait vu *L'Italienne à Alger* ; une fois, aussi, il était allé entendre l'improvisateur Langenschwarz[43]. Il ne fallait pas s'imaginer qu'à Posen on était en retard sur Berlin.

Assis vis-à-vis de lui, Jason hochait de temps à autre la tête d'un air pensif et approbateur, et, apparemment intéressé, regardait de ses yeux gris la bouche du nouveau cousin.

Ce Julius l'amusait, avec son caquetage de provincial infatué de lui-même, avec ce mélange d'impudence, de rouerie et de bonhomie. Il se plongeait dans ce flot de bavardage comme dans un bain tiède où l'on se détend agréablement, sans penser. À vrai dire, il entendait à peine ce que disait l'autre. Cela ne le concernait en rien. Il ne connaissait ni ces gens ni ces choses, et son monde n'avait rien à voir avec celui de ce personnage.

Tante Rikchen écoutait, mais presque sans un mot ; sa participation à la conversation se réduisait à une question de temps à autre. Enfin, enfin elle se sentait de nouveau dans son élément. C'était quand même autre chose que ces éternels Gebert dont on ne savait jamais s'ils pensaient vraiment ce qu'ils disaient ou se moquaient juste des gens, et qui pouvaient se mettre en colère à propos de choses dont on n'avait rien à faire : la politique, les livres, le théâtre, les journaux, des choses qui vraiment n'intéressaient personne. Rikchen devint toute rouge et ses petits yeux noirs en boutons de jais se mirent véritablement à briller de joie. Sa chair et son sang, cela signifiait quelque chose pour elle, et enfin elle retrouvait en Julius un des siens, tout à fait pareil à son défunt frère Nero. Elle se réjouissait de voir quel bel homme était devenu son neveu Julius, bien mieux qu'elle ne s'y serait attendu. Et comme il savait se tenir ! Un vrai gentleman !

Quand Jettchen revint, le cousin Julius, qui en fait n'était pas du tout son cousin, avait toujours la parole, et il la garda. Jason, lui, était tout interdit et se contentait de secouer la tête, de temps à autre.

« Tu sais, s'il y a quelqu'un que j'envie, chuchota-t-il à Jettchen, c'est ce chevalier d'industrie. Un joyeux garçon ! Ni les scrupules ni les doutes ne le tourmentent. »

Jettchen hocha la tête. Elle comparait cette importune célébration de soi-même — car à quoi d'autre tendait tout cela ? — avec la modestie d'un autre qui en une seule phrase en disait plus que ce petit hérisson pendant toute la soirée.

« Mais en fait, dit Jason tout bas au bout d'un moment, un individu pareil, on devrait l'assommer. »

Puis soudain, très haut et très fort, il ajouta :

« Vraiment, on devrait le faire !

— Qu'est-ce qu'on devrait faire, Jason ? demanda Rikchen, étonnée et effrayée.

— Écrire à Salomon au sujet de Demcke, gronda Jason.

— S'il te plaît, Jason, tu ne vas pas recommencer ! N'y pense plus. Sinon, Salomon ne fera que s'énerver, et sa cure, il pourra la recommencer. »

Le nouveau cousin ne remarquait absolument pas que, peut-être, il parlait un peu trop. Il était ravi de s'écouter, et il ne lui venait pas à l'idée que les menus détails de la vie de la maison où il travaillait en dernier lieu à Posen pussent ne pas passionner les autres. Chaque fois que quelqu'un tentait très discrètement d'amener la conversation sur un terrain neutre, Julius revenait aussitôt aux histoires de son chef à Posen et y restait accroché comme le goujon à l'hameçon. Il ne percevait rien de ce qui se passait autour de lui. Il ne s'émerveilla pas de la jolie porcelaine et de l'argenterie ancienne qui arrivèrent sur la table, ni des nouvelles gravures sur acier de Mandel que l'oncle avait achetées et que la tante lui montra. Il ne dit pas non plus si Berlin lui avait fait quelque impression, ni comment il trouvait la ville : tout ce qu'il en avait vu, tout ce qu'il y avait entendu depuis son arrivée avait disparu sans laisser de traces. Il ne parlait que de *son chef* à Posen qui, s'il avait suivi ses conseils, serait vraiment aujourd'hui riche à millions.

Mais Jettchen ne parvenait pas à saisir pourquoi le nouveau cousin n'avait pas suivi lui-même ses propres conseils au lieu de les prodiguer par pure bonté d'âme à un parfait étranger.

À présent, Jason était sur des charbons ardents, il suffisait de le regarder pour s'en apercevoir. Et qui sait ce qu'il en serait résulté — car il n'était pas homme à souffrir la plaisanterie — si la bonne cuisine de tante Rikchen ne lui avait inspiré la tolérance et le pardon de toutes les imperfections et de toutes les fautes de ses congénères humains.

Tante Rikchen avait extrait des plus secrètes réserves de l'office tout ce qu'elle avait pu y trouver, et l'on aurait pu parler de miracle de la nature à voir comme, fin avril, la poitrine d'oie qu'elle apportait sur la table était encore aussi fraîche et délicate qu'on aurait pu le souhaiter le premier novembre. Et le saumon fumé lui aussi était frais comme un gardon, sans le moindre arrière-goût de rance.

Jason, tout occupé à sonder cet étrange phénomène, en oublia complètement sa fureur contre le nouveau cousin Julius, qui en fait n'était pas du tout un cousin.

« Dis-moi, Jettchen, qu'est-ce que tu me donneras, si je te fais un petit plaisir ?

— Ce que je te donnerai, mon oncle ? Eh bien, que voudrais-tu ? Encore un peu de mon amour ? Est-ce que cela te suffira ?

— Parfait, Jettchen. Cela me convient. Regarde donc sur l'appui de la fenêtre, dans le coin. Ce paquet, ce sont quelques livres pour toi. Pour les après-midi tranquilles sous la tonnelle, à Charlottenbourg. J'ai mis autant de soin à les choisir pour toi que tante Rikchen à composer le dîner de ce soir pour Monsieur notre nouveau cousin Julius. »

Rikchen rougit et tira sur les plis de sa robe. Encore une de ces piques bien dans le goût des Gebert. Comme si, chez elle, on ne mangeait pas tous les jours ainsi ! Mais elle se ressaisit vite et ne permit pas qu'on remarquât son mécontentement.

« Oh, Jason ! Est-ce que tu n'as pas apprécié le repas, toi aussi ? » demanda-t-elle sur un ton d'exquise amabilité. Car tante Rikchen avait coutume de se montrer d'autant plus amicale qu'elle bouillait de rage et se rongeait intérieurement.

Jason dut convenir en riant que lui aussi avait apprécié le repas — et reconnaître ainsi sa défaite.

« Qu'est-ce que c'est, mon oncle ? » demanda Jettchen.

Elle n'osait pas apporter les livres sur la table du dîner, car l'oncle Jason se montrait aussi singulièrement méticuleux quant à ses livres que quant à sa mise, et s'il trouvait dans l'un d'entre eux une petite tache, ou si la couverture en était un peu cornée, il ne voulait pas l'avoir sous les yeux une heure de plus et le donnait au premier venu, qui que ce fût. Avec le temps, il en était d'ailleurs venu à ne presque plus jamais prêter un livre, il ne faisait une exception que pour Jettchen — faveur dont celle-ci, à n'en pas douter, savait reconnaître le prix et dont elle s'efforçait de se montrer digne.

« En fait, je devrais t'en laisser la surprise, mon enfant. Mais comme c'est toi, je vais sortir de mon silence. Écoute :

« Laisse-moi, monde, laisse-moi,
Ne me prodigue pas tes mille séductions ;
Permets donc à ce cœur de trouver en lui-même
La source de ses joies, la source de ses peines. »

« Sais-tu de qui c'est ? Je crois que tu n'as même jamais entendu son nom, bien que le livre date déjà de deux ans. Ces poésies ont été écrites pour ta tonnelle ; il ne serait guère permis de les lire enfermée dans une chambre. Et puis il y a un petit volume qui a déjà plus de deux ans, lui aussi. Le contenu ne t'intéressera peut-être pas du tout, mais il est bon que tu le lises une fois — c'est un livre qui renforce l'échine ; et c'est, à mon avis, la plus belle langue allemande qu'on ait écrite ces derniers temps. En voici le début : "Mes amis se plaignent que je prenne si rarement la parole pour la patrie sourde-muette. Oh, ils pensent que j'écris avec une plume et de l'encre, comme eux. Mais moi, j'écris avec mon sang et avec la sève de mes nerfs, et je n'ai pas toujours le courage de m'imposer ce tourment, pas toujours la force de le supporter." »

Jettchen regarda un instant dans le vide.

« Börne, n'est-ce pas ? C'est de Börne !

— Bien sûr, Jettchen. De qui d'autre, sinon ? Et puis j'ai ajouté au paquet les deux dernières années de l'*Almanach des muses rhénan*, où il y a quelques poèmes d'Eichendorff, de Prutz et de Freiligrath[44]. Mais ce ne sont là que les hors-d'œuvre, légers et délicats. Ensuite, tu trouveras des nourritures plus consistantes : les larges poitrines d'oie — il montra la table —, les grandes tranches de rôti bien épaisses — il montra un autre plat —, *Vanity fair* de Thackeray et *La Maison du Chat-qui-pelote* de Balzac. Et, de nouveau, légers et délicats, en guise de dessert, pour la digestion, comme on dit, je te recommande les *Nouvelles vénitiennes* de Gaudy et *Le Château Durande* d'Eichendorff[45]. »

Ce fut le plus long discours que tint l'oncle Jason de toute la soirée.

« Je ne te comprends pas », commença tante Rikchen après une petite pause. C'est par ces mots qu'elle introduisait ses propos chaque fois qu'elle s'adressait à Jason car, de fait, elle ne comprenait jamais ce qu'il disait ou faisait. « Allons, est-ce que tu t'imagines vraiment que Jettchen va lire tout ça ? À Charlottenbourg, elle aura bien d'autres choses à faire. Et tu finiras par la rendre tout à fait bête, avec tous tes livres !

— Oh non, ma chère tante, intervint le nouveau cousin Julius. On ne doit pas dire cela. Pourquoi pas ? Moi aussi, j'aime lire ; j'aime même beaucoup cela. Autrefois, j'ai beaucoup lu. À présent, bien sûr, je n'ai plus tellement le temps, mais j'ai quand même apporté des livres de la grande bibliothèque de prêt de chez nous, sur le Marché neuf. Je connais le patron, je les ai eus pour un très bon prix. Vous savez, *Mademoiselle** Jettchen, des livres que les gens ne lisent plus. J'en ai la moitié d'une valise dans ma chambre à l'auberge. Parce qu'ici je suis descendu au Daim d'or. De très bons livres de Leibrock et de Ritter, ou encore de Lafontaine, rien que des bons livres. Et toute une collection de petits livres de poche "Ne-m'oubliez-pas"[46].

— Ah, ceux de chez Clauren ?

— Je ne sais pas, monsieur Gebert, mais cet homme me les a très vivement recommandés. Il a dit que leur lecture serait à coup sûr pleine d'enseignements et très stimulante pour moi. Et il doit s'y connaître, parce que c'est son métier.

— C'est certain. Cet homme vous a très bien conseillé.

— Peut-être me permettrez-vous de vous en apporter quelques-uns à Charlottenbourg, Mademoiselle ? Je choisirai les meilleurs. Et qu'est-ce que j'aurai en échange, Mademoiselle ?

— Ne vous donnez pas cette peine, répondit Jettchen en s'efforçant de ne pas laisser paraître son mécontentement. Vous voyez que j'ai assez et plus qu'assez de lecture pour commencer. Si j'en viens à manquer de livres, je ferai appel à vous, mais je ne veux pas non plus vous piller.

— Mais, Mademoiselle Jettchen, ça ne me fait absolument rien, *à moi*. Vous ne me pilleriez pas. Et puis je ne sais pas si je trouverai maintenant le temps de lire. Je vais avoir beaucoup à faire, et même s'il aime ça, un négociant ne peut pas lire des livres comme il voudrait, vous savez. »

Oncle Jason consacra de nouveau toute son attention au dîner, car cela lui semblait la seule façon de canaliser son énergie vers un autre domaine.

« Pardonne-moi, chère tante, dit au bout d'un moment le nouveau cousin Julius, pardonne-moi si je vous quitte bientôt. Mais j'aimerais encore voir diverses choses. À Posen, on m'a tellement parlé de la vie nocturne berlinoise ! Il ne faut pas manquer ça, à ce qu'on m'a dit. Ce n'est pas que ça m'intéresse tellement, d'habitude, mais, en tant qu'étranger, j'aimerais quand même bien voir ce que c'est. Où faut-il plutôt aller, monsieur Gebert ? À l'Orpheum ? L'Orpheum, ça ne serait pas aussi votre choix ? — Si je vous demande ça, c'est juste pour savoir. »

La tante ne leva pas les yeux de son assiette, mais Jettchen rit sans se retenir.

« Eh bien, oncle Jason ? demanda-t-elle.

— Malheureusement, monsieur Jacoby », répondit Jason, l'air pensif, en s'arrachant à ses occupations, « je ne saurais vraiment rien vous en dire, car la vie nocturne berlinoise n'existe que pour les étrangers qui viennent de Posen. Mais — excusez-moi, Mesdames — le portier du Daim d'or, Karl, a pour autant que je sache une liste imprimée de *tous* les endroits que l'on doit visiter ici pour pouvoir en parler à Posen. Ne vous l'a-t-il pas encore apportée dans votre chambre ? Non ? Regardez bien, Monsieur Jacoby, vous la trouverez à côté de votre chandelle. Sinon, vous n'aurez qu'à la lui demander, il vous la donnera sans aucun doute.

— Vraiment ? demanda tante Rikchen, incrédule.

— Mais bien sûr, Rikchen ! Tu ne le savais pas ? Et voilà bientôt trente ans que tu es à Berlin !

— Mais Jason, où veux-tu que j'aie entendu parler de *telles choses* ?

— Oh, mais moi, j'en ai entendu parler », commenta Jettchen, légèrement moqueuse, en vraie Gebert.

— Je ne comprends pas où, Jettchen. En tout cas, ce n'est pas ici, à la maison, que l'on parle de *telles choses.* »

Sur ce, le nouveau cousin Julius, qui en fait n'était pas du tout un cousin, se leva pour aller se faire donner la fameuse liste par Karl, le portier du Daim d'or. Et Jason lui exprima son regret de le voir déjà partir. Mais tante Rikchen dit qu'elle ne voulait pas le retenir, car un jeune homme pouvait sans doute trouver à Berlin — elle se sentait à présent une vraie citoyenne de la capitale — une compagnie plus amusante et plus stimulante que la leur.

La tante le pressa aussi de venir très bientôt et très souvent leur rendre visite à Charlottenbourg, et après qu'on se fut assuré de toute part combien on était heureux et satisfait de ces retrouvailles, le nouveau cousin s'en fut, et tante Rikchen lui fit escorte.

« Tu sais, Rikchen, si tu ne reviens pas tout de suite, lança Jason d'un ton grave, je me verrai contraint d'informer Salomon de cette affaire. »

Mais Rikchen, qui en était toujours au chapitre de Demcke, répliqua :

« Ah, laisse donc, Jason. Tu sais que Salomon va se fâcher, et sa cure sera à recommencer. »

Au bout d'un moment, la tête inclinée, la joue posée sur ses bras nus, scrutant Jason assis vis-à-vis d'elle, Jettchen dit :

« Tu sais, mon oncle, tu nous as beaucoup manqué, ici.

— À toi ? »

Et, intérieurement, il se demanda : Pourquoi cette enfant est-elle si belle, aujourd'hui ? D'une beauté vraiment si étrange, aujourd'hui ?

« Oui, mon oncle, à moi.

— Seulement à toi ? À toi seule ?

— Non, à quelqu'un d'autre encore, mon oncle.

— Je peux bien me l'imaginer... Tante Hannchen est déjà passée, Jettchen.

— Nous nous sommes rencontrés *par hasard.* Tout à fait par hasard. C'est vrai, mon oncle ! Mais j'ai aussi été heureuse de pouvoir prendre congé du Dr Kössling. Car il est sûr qu'il nous aurait rendu visite dans les jours qui viennent, et il n'aurait plus trouvé personne. Ensuite, nous sommes même restés un moment chez l'oncle Eli. Il nous a invités à entrer comme nous passions. »

Ils étaient allés ensemble chez l'oncle Eli ? Jason ne savait pas très bien comment se comporter en l'occurrence. Il ne souhaitait pas gonfler l'évènement et lui prêter peut-être ainsi aux yeux de Jettchen une importance que celle-ci ne lui accordait pas : il voyait que cela pourrait être dangereux ; mais il souhaitait tout aussi peu reconnaître que tout était dans l'ordre des choses. Et il sentait qu'il ne lui serait pas permis d'être en accord avec sa conscience s'il soutenait une chose dont il pensait qu'elle ne pouvait mener à rien de bon. Et enfin, il estimait trop Kössling pour dire quoi que ce fût contre lui. Tout cela pesait sur lui, et tous ces scrupules l'échauffaient tant qu'il ne savait vraiment pas quoi répondre.

« Oui, dit-il finalement, c'est exact. Il y a quelque temps que je n'ai pas vu Kössling.

— Il est beaucoup plus jeune que toi, n'est-ce pas ?

— Au moins de quinze ans, Jettchen, sinon plus.

— Je suis heureuse que, malgré cela, vous vous entendiez si bien, vois-tu ? Je trouve que cela jette sur vous deux un bon éclairage.

— Oui, Jettchen. Je ne pourrais pas très bien te l'expliquer. Mais je crois qu'il deviendra quelqu'un. Quelqu'un de très particulier. Il a les qualités nécessaires. Et même s'il ne devient pas quelqu'un — est-ce d'ailleurs notre devoir de devenir quelqu'un ? — je l'aime bien, parce que je vois et retrouve en lui beaucoup de choses que j'avais autrefois, parce qu'en fait il y a plus en lui qu'il n'y a jamais eu en moi. Et parce que son âme est d'une grande pureté devant toutes les impressions, comprends-tu ? Parce qu'il est resté un véritable enfant. Parce que tout a coulé sur lui, n'a fait qu'humecter sa peau sans y pénétrer. Vois-tu, c'était un garçon très pauvre, le fils d'un fondeur de laiton de Brunswick, très pauvre, et il a toujours fréquenté des milieux plus élevés que le sien. Il s'est toujours trouvé assis devant des assiettes pleines sans avoir lui-même à manger, et cela non plus ne l'a pas affecté. Je crois que maintenant, par rapport à ce qu'il a connu, les choses vont bien pour lui. Et pourtant, je sais que parfois, pendant des semaines, il vit plus mal qu'un portefaix — simplement, peut-être, pour s'acheter un livre dont il croit qu'il devrait l'avoir. »

Pendant que Jason parlait, Jettchen s'était penchée vers lui au-dessus de la table, et elle l'écoutait aussi attentivement que si elle avait dû répéter chaque phrase en s'exposant à être punie au cas où le moindre verbe, la moindre conjonction lui aurait échappé.

Remarquant au visage de Jettchen qu'il n'avait sans doute pas été particulièrement intelligent de sa part d'emboucher les trompettes de la renommée en faveur de Kössling, Jason — en pensée du moins, pour commencer — passa au second sujet de la soirée, et demanda :

« Eh bien, Jettchen, comment le trouves-tu ? Te plaît-il ? Dis-moi. »

Toute désorientée, Jettchen considéra le plateau de la table et s'efforça de formuler son jugement de façon simple et neutre.

« Je le trouve très modeste et très aimable, dit-elle au bout d'un moment.

— Modeste et aimable ? Un âne arrogant, voilà ce qu'il est.

— Mais, mon oncle, après ce que tu disais à l'instant, comment peux-tu parler *ainsi* de lui ? »

Jettchen était hors d'elle, vraiment, et sa fureur l'embellissait encore.

Charlotte Corday, se dit Jason.

« Mon Dieu, ma petite, de qui parles-tu donc ? De Kössling, naturellement ? Kössling ! Toujours Kössling ! C'est de ton nouveau cousin, que je parle. Comment le trouves-tu ?

— Très bonne denrée de qualité moyenne, mon oncle. Je crois qu'ici il fera son chemin comme négociant.

— Bien sûr, que ce garçon fera son chemin. C'est bien ce qui fait qu'on ait de quoi être furieux : qu'un gaillard pareil arrive à quelque chose et se prenne ensuite pour une merveille du monde ! Voilà des gens qui arrivent ici avec huit groschen en poche et qui, à quarante ans, roulent calèche. D'ordinaire, ils s'établissent, font un riche mariage, et chez eux l'argent est prolifique comme les chats en mai. Fais-y attention : si quelqu'un demande à ton nouveau cousin...

— Pourquoi *mon* cousin ?

— J'en suis désolé, mais c'est *ton* cousin ! Je n'ai absolument rien à voir avec lui. Donc, si aujourd'hui quelqu'un demande à ton nouveau cousin d'où il vient, il dit : de Posen. N'est-ce pas ? C'est ce qu'il dit. Je connais ça. Et dans cinq ans, si quelqu'un lui pose la même question, il dira que oui, il est de Posen, mais qu'il est arrivé tout petit à Berlin, et qu'il ne se rappelle que très vaguement de sa ville natale. Et dans dix ans, au lieu de répondre, il demandera si on ne voit pas, rien qu'à le regarder, qu'il est berlinois. Il ne comprendra même plus comment on peut être né ailleurs qu'à Berlin. »

Jettchen rit.

« Il se peut bien que tu aies raison, mon oncle.

— Et sais-tu d'où il vient, en fait ? De Bentschen ! Connais-tu Bentschen ? Eh bien moi, oui. Il faut que tu te le représentes à peu près ainsi : toute la ville consiste en *une* rue, et à peine y es-tu entrée que tu en ressors déjà. Tu n'as qu'une chose à craindre, là-bas : quand tu traverses Bentschen, dans la grande rue, tu dois serrer les paupières très très fort, sinon, c'est certain, ils te voleront le blanc des yeux. À côté de ceux de Bentschen, les gens de Löwenberg sont des amateurs ! Ce petit gaillard de Bentschen fera son chemin ici, naturellement. Cette engeance se jette sur Berlin comme les mouches sur un pot de sirop. »

Jettchen n'était pas tout à fait de cet avis ou, du moins, ne voulait pas se l'avouer. Elle prit la défense du nouveau cousin : il pouvait encore changer. Mais Jason lui coupa bel et bien la parole : il ne pouvait lui expliquer les choses dans tous leurs détails, et il n'avait d'ailleurs pas l'intention de le faire, mais il voyait cette affaire d'un autre œil.

Tante Rikchen revint au milieu de cette dispute animée.

« Tu as tout à fait raison, Jason ! dit-elle sur le seuil de la porte, les mains campées sur les hanches. Tu as tout à fait raison de gronder Jettchen, elle ne doit pas faire ce genre de choses ! Une jeune fille convenable ne se comporte pas ainsi, Jettchen. »

Sur ce, elle entra dans la pièce, mais avant qu'elle n'arrive à la table, Jettchen se leva et — ce à quoi personne ne se serait attendu — passa devant elle et sortit sans un mot, sans même prendre garde aux objections de Jason ni aux paroles d'apaisement de Rikchen. Elle ferma derrière elle la porte de sa chambre, retira la clé et, dans l'obscurité, s'assit sur le bord de son lit. Elle ne voulait surtout pas pleurer, mais les larmes, de grosses larmes isolées, se mirent à tomber de ses yeux et lui mouillèrent les mains comme de lourdes gouttes de pluie chaudes. Les fenêtres étaient restées ouvertes, et elle était enveloppée par l'air sombre et bouillonnant de la nuit, par le lourd parfum qui s'exhalait du noyer. Tout cela, cette nuit, la conversation, l'après-midi avec Kössling, fit qu'elle se sentit soudain étrangement épuisée et malheureuse. Et elle eut l'impression que ses membres ne voulaient plus tenir à son corps, qu'elle n'était plus qu'une masse privée de volonté, et elle pleura, pleura, et s'apitoya sur elle-même, sans savoir pourquoi. Finalement, elle se leva et s'approcha de la fenêtre. Dehors, une obscurité profonde et bleue était maintenant tombée, et c'est seulement peu à peu que ses yeux discernèrent, sur le fond bleu, les toits et la ramure de l'arbre. Et peu à peu aussi émergèrent de l'épais bouillonnement des étoiles isolées, éparses, fines comme des piqûres d'épingle, scintillant et tremblant tantôt ici, tantôt là.

Dans la maison, personne encore n'était venu chercher Jettchen. Elle entendait seulement que son oncle et sa tante continuaient à se parler, fort et sur un ton d'énervement, mais ne pouvait comprendre leurs paroles mêmes. Et elle pressait son front contre les vitres en rêvant tout un univers conforme à ses vœux et à ses désirs, cet univers sur lequel elle avait de tout temps régné. Et lorsque quelque chose allait de travers, elle s'en dédommageait dans cet univers imaginaire et idéal où tout se déroulait comme elle le trouvait bon et agréable — et mieux encore.

Finalement, son oncle vint frapper à la porte. Pourquoi restait-elle là dans le noir ? Il voulait lui souhaiter bonne nuit. Et sa tante aussi était là, elle s'excusait, ce n'était pas ce qu'elle avait voulu dire.

Mais Jettchen ne voulait pas se montrer ainsi, tout en larmes, et n'ouvrit pas. Il fallait encore, dit-elle, qu'elle fasse ses bagages, et elle se donna toutes les peines du monde pour que sa voix paraisse sereine et naturelle. Pour ranger ses affaires, elle s'était déjà mise en tenue de nuit, si bien qu'elle ne pouvait plus se montrer.

Ensuite, elle entendit l'oncle Jason descendre l'escalier d'un pas lourd et la tante mettre la sûreté à la porte.

« Jettchen, lui demanda de nouveau sa tante, ouvre donc. »

Jettchen se hâta d'attiser le feu, alluma une bougie et ouvrit.

La tante entra lentement, s'assit sur une chaise et regarda d'un air indécis Jettchen, qui était retournée s'asseoir au bord du lit. Elle parut ne pas vouloir remarquer que Jettchen était encore bien loin de prendre l'incident à la légère.

« Tu veux bien que je m'asseye un peu, Jettchen ? commença-t-elle. Tu vois, tu te fâches tout de suite pour un rien, c'est toujours pareil. Je ne voulais pas te faire de peine. Je sais bien que tu n'y vois pas de mal, mais ça ne se fait pas. Les gens le voient, pas vrai, et ça te fait du tort. Tu penses que ça ne te fait pas du tort ? Écoute-moi quand je te dis que ça te fait du tort. Qu'est-ce que ça a comme résultat ? Des commérages, voilà ! Et dis-moi, à quoi est-ce que ça sert ? Quel bien est-ce qu'on peut en attendre ? Et comment est-ce que ça peut finir ? »

Tante Rikchen parlait plus lentement encore que d'habitude, et la désolante mélodie de ses paroles berçait Jettchen qui, comme sous l'effet d'un charme, fixait sans un mot la flamme vacillante de la bougie.

« Je sais bien que tu ne pensais pas à mal, ni maintenant. Mais à quoi est-ce que ça mène ? L'autre soir, tu as trouvé cet homme agréable — bien. C'est une chose. Mais sois donc raisonnable, aussi. »

Comme Jettchen ne répondait pas — car en pensée elle était bien loin —, tante Rikchen prit cela pour de l'approbation. Elle se leva, s'approcha de Jettchen et lui caressa les joues.

« Tu vois ? Je sais bien que tu es raisonnable. »

Jettchen, qui n'était pas habituée à de telles faveurs de la part de Rikchen, en fut si étonnée et si heureuse qu'elle prit la main de sa tante dans les siennes, la caressa à son tour et la tapota. Cela lui fit du bien. Mon Dieu, elle se sentait soudain si petite et désemparée, comme une enfant !

« Allons, Jettchen, prépare tes bagages. Est-ce que tu veux vraiment emporter tous les livres de Jason ? Je vais encore jeter un coup d'œil à mes affaires. Bonne nuit. »

En sortant, elle se retourna.

« Depuis que tu es ici, tu vois, tu nous as apporté tant de joie que nous voudrions que cela continue sans nuages juqu'au moment où, si Dieu le veut, tu nous quitteras pour te marier. »

Jettchen resta seule. Ces derniers mots lui avaient appris que la tendresse de sa tante n'était pas l'effet irraisonné d'un élan du cœur, mais le résultat opportunément appliqué d'un intelligent calcul.

À présent, Jettchen se sentait libre de toute oppression, de toute préoccupation, comme si le vent les avait emportées. Et d'un seul coup, elle se sentit joyeuse et se mit à faire des trilles, comme un oiseau sur sa branche, cependant qu'elle ouvrait et fermait les tiroirs et étalait avec un soin méticuleux sur la table sa résille, ses peignes, ses épingles, ses bandeaux, ses châles à franges, son réticule brodé de perles, son canif, ses gants à crispin, ses bottines grises à talons hauts, la petite boîte de papier à lettres, l'écritoire de voyage en argent d'oncle Jason, ses bijoux d'agate et Dieu sait encore quoi. Et elle se mit à chanter des chansons qu'une demoiselle comme elle n'aurait pas dû chanter, à commencer par l'histoire de Nante qui porte sa montre au mont-de-piété et par *Combien je regrette**, qu'elle tenait de Jason — le tout si fort que tante Rikchen finit par frapper à sa porte pour lui signifier que le veilleur de nuit allait monter si elle ne cessait pas bientôt.

Et longtemps, longtemps, Jettchen ne put s'endormir ; elle était heureuse comme si quelque chose de merveilleux s'était produit ; sans cesse elle envoyait au loin ses pensées et les rappelait à elle chargées d'un riche butin.

Dehors, une nuit chaude et moite faisait germer et pousser toutes plantes, ouvrait les derniers bourgeons encore clos des arbres, rendait les hommes fiévreux et courait, quelque part au loin, dans l'obscurité, à la suite des robes qui papillonnaient au vent. Une nuit qui paraissait pleine de chuchotements et d'aventures, et où les becs de gaz de la Königstrasse ne projetaient qu'une lueur hésitante, comme s'ils lui reconnaissaient le droit, aujourd'hui, aujourd'hui seulement, de régner en souveraine absolue.

Jason n'avait pas envie de rentrer aussitôt chez lui. Il habitait dans le haut de la Klosterstrasse ; il avait là un bel appartement clair dont une gouvernante, une petite vieille, prenait soin. Il ne voulait pas encore y rentrer. Mais il ne voulait pas davantage passer les heures suivantes entre les quatre murs de quelque taverne ou de quelque pâtisserie. C'est pourquoi il arpenta à plusieurs reprises la Königstrasse, à pas lents, en flânant, sans but, seul et tout à son aise, ou suivant un moment un couple d'amoureux en écoutant ce qu'il pouvait percevoir de leur bavardage, ou emboîtant le pas à une robe froufroutante sans la moindre intention de faire connaissance, uniquement attiré par le parfum de cette femme et par l'enchantement de ces allées et venues silencieuses, enchantement plus subtil, plus délicat que ne sauraient jamais l'être les mots balourds d'une rencontre réelle. Et cependant le moulin de ses pensées tournait, sans interrompre son tic-tac.

Tantôt il était chez lui, tantôt à l'Orpheum avec Julius ; tantôt il parlait avec Jettchen ou Kössling, tantôt il revivait quelque fragment des derniers épisodes de sa vie, mais le plus souvent il menait avec Kössling une conversation muette.

Et lorsqu'il vit apparaître au loin, sous un lampadaire, un homme qui battait l'air à coups furieux et désordonnés d'une petite canne très mince qu'il tenait entre ses doigts, comme s'il voulait ainsi cingler le monde entier au visage, Jason sut que ce ne pouvait être que Kössling.

Pourtant, Kössling était rentré directement chez lui — il n'aurait su dire s'il avait fait le trajet à pied, en voiture ou en volant. Chez lui, il était d'abord resté une demi-heure assis devant sa table recouverte d'une nappe blanche pour son dîner, considérant le jambon, le pâté, le pain et le beurre dans son petit pot avec une attention étonnée comme si c'était aujourd'hui la première fois qu'il voyait ce genre de choses.

Quand ensuite sa logeuse était venue pour débarrasser la table et lui avait demandé si peut-être il ne se sentait pas bien, il l'avait assurée que le temps était divin et lui convenait à merveille, et s'était beaucoup étonné que l'imposante vieille dame quittât alors la pièce à si grand bruit. Puis il avait tiré de sa bibliothèque les poésies de Goethe et s'était demandé dans quel dessein le vieil homme avait bien pu écrire toutes ces choses incohérentes et vides de sens alors qu'il aurait vraiment pu emplir sa longue existence d'occupations plus utiles. Et il avait entamé une partie d'échecs contre lui-même — moyen de se vider la tête qu'il avait jusqu'alors trouvé infaillible —, mais aussitôt après avoir joué e2-e4, e7-e5, il avait jeté les pièces, qui avaient roulé avec un bruit de claquettes aux quatre coins de la chambre. Enfin, il s'était posté à sa fenêtre pour tourner le dos à la pièce plongée dans l'obscurité et regarder le ciel encore clair au-delà des peupliers, blanc et vert pâle, tandis que descendait lentement du zénith une nuit lourde, chaude et bleue, qui libérerait, délivrerait de leurs chaînes toutes les pensées réprimées, toutes les idées refoulées, tous les désirs secrets. Et à présent, Kössling courait les rues depuis une heure et demie, comme aveugle et frénétique, agitant sa badine, et c'est dans cet état qu'il buta sur Jason Gebert.

« Hé ! Holà ! lui cria joyeusement celui-ci. Que vous arrive-t-il, Docteur ? Auriez-vous l'intention de devenir dès aujourd'hui maître d'armes à l'université ? Réfrénez donc un peu votre élan pareil à celui des dieux.

— Maître Jason Gebert, quelle surprise ! Est-ce lui que je vois ici ? Il est si rarement chez lui, et plus jamais chez Stehely ! »

Jason Gebert rit.

« Dites-moi, Docteur, que vous est-il arrivé ? Vous ne semblez pas précisément décidé à laisser moisir vos bottes, aujourd'hui, ni d'humeur mélancolique. Allons, qu'y a-t-il ? Votre drame en iambes, *Clotilde von Helfenstein*, destiné à faire époque, a-t-il été accepté ? Ou bien vous a-t-on doublé votre allocation mensuelle ? Ou bien — quoi d'autre ?

— Oh non, Monsieur Gebert, dit Kössling en se campant devant Jason. La brave Clotilde von Helfenstein dort encore profondément dans les limbes. Quant à l'allocation mensuelle, vous n'avez pas absolument tort, seulement elle consiste en une somme tout à fait remarquable qui, comptée en pfennigs, en groschen, en thalers ou en frédérics d'or, doublée, triplée ou centuplée, reste toujours égale à elle-même. Non, je suis heureux de *vous* rencontrer, car j'étais sur le point de me répandre des cendres sur la tête et de me frapper la poitrine à l'idée que vous vous étiez embarqué *sans adieux* pour l'île de Cythère.

— Oh, vous savez, dit Jason en souriant, l'ennui est qu'on finit toujours par se réveiller dans ce monde-ci. Mais serait-ce vraiment là l'unique cause de vos quartes et de vos tierces, de vos feintes et de vos esquives ? »

Kössling fut un peu troublé.

« À peu près », dit-il. Puis, comme s'il se souvenait d'une chose très ancienne : « Ah, oui, je dois aussi vous saluer de la part de quelqu'un.

— Je n'userais pas d'une expression si commune. Disons donc tranquillement : de la part de quelqu'une.

— D'où le savez-vous ?

— D'où voulez-vous que je le sache, Kössling ?

— De votre oncle Eli.

— Non.

— Alors sans doute de votre belle-sœur ?

— Non plus.

— Alors peut-être d'elle-même ?

— Voyez, voyez comme *vous* devinez bien. Vous avez rencontré aujourd'hui ma nièce Jettchen, Kössling. Par hasard, tout à fait par hasard. Elle me l'a raconté.

— Oui, figurez-vous quelle chance j'ai eue ! » s'écria Kössling, si fort qu'on aurait certainement pu l'entendre de l'autre côté de la rue. Et, malgré l'obscurité, Jason vit ses yeux briller de joie.

Bien. Ils s'étaient vraiment rencontrés par hasard, tout à fait par hasard. C'est tout ce que Jason voulait savoir, et il était satisfait. Qu'aurait-il pu dire là contre ? S'il était heureux qu'il en fût ainsi, c'est que jouer un autre rôle lui eût été pénible.

« Et à présent, Kössling, qu'allez-vous encore faire de votre soirée ? Allez-vous rentrer chez vous et terminer votre poème, *Célestine* ?

« Ma belle amie Célestine
À la mine si coquine.
Écoute, ton Edgar t'appelle. »

— Ai-je l'air d'humeur à cela ?

— Alors, allons chez Drucker, chez Louis Drucker, Docteur.

— Trop bruyant pour moi aujourd'hui, cher monsieur Gebert. J'ai envie de calme. N'y aurait-il pas un endroit hors de la ville où nous pourrions massacrer le Bon Dieu et la littérature allemande ?

— Oui, je sais, je sais. »

Jason Gebert prit Kössling par le bras et l'entraîna dans la chaude et sombre nuit de printemps ; il se mit à chanter le texte révisé par lui d'une aria de *Don Juan*, tandis que Kössling trottait après lui, silencieux et ravi.

Quand ils furent au coin de la Klosterstrasse, un grand fiacre Rosenberg passa, bondé d'une joyeuse foule d'hommes et de femmes.

Il était impossible de savoir combien de gens s'entassaient dans la voiture et sur elle, gloussant, piaillant et grognant à qui mieux mieux. Jason répondit aux moqueries qu'on lui lançait, et avec la même verdeur, car il se flattait de savoir comment il fallait se comporter avec les sorcières, et là où l'on était détendu, il était dans son élément. Mais quand il leva les yeux, il aperçut, assis sur la banquette du cocher, coincé entre celui-ci et une créature rousse, de haute taille, en robe de linon bleu mourant — il aperçut à son grand étonnement et à sa grande joie le nouveau cousin Julius, qui en fait n'était pas du tout un cousin, et qui avait enfilé au bout de sa canne une bouteille de vin qu'il agitait de droite et de gauche en beuglant.

« Kössling, Kössling ! Jettchen a raison ! Elle a absolument raison, il fera son chemin ! Et la liste, il se l'est bel et bien fait donner par le portier ! »

Kössling, qui de nouveau avait l'esprit tout à fait ailleurs, sursauta.

« Qu'y a-t-il ? Que disiez-vous au sujet de Jettchen ?

— Ah, venez, laissons cela, ce sont des *affaires de famille** ! »

Et sur ce, il l'entraîna plus loin. Entre-temps, il avait avancé dans son répertoire. À présent, il en était déjà à *Armide*[47].

La maison de Mme Könnecke n'avait que six fenêtres en façade, sur un seul niveau. Les deux œils-de-bœuf noirs des pièces en mansarde, sous l'ample arrondi de leurs sourcils, perçaient le toit brun à forte pente. La maison se cachait sous les arbres. Il y avait d'abord quatre rangées de vieux tilleuls dont à présent les larges éventails de feuilles en papier de soie vert et mou permettaient encore au soleil de filtrer et d'étendre son tissu doré sur l'allée de sable. Au-delà de ces colosses au tronc noir vêtus d'un vert jaune et qui toisaient d'un regard infiniment compatissant la petite maison, une clôture de bois verdie par la moisissure et dont la porte grinçait contenait dans ses étroites limites un petit jardin sauvage et luxuriant.

Des buissons de lilas et de cytise s'appuyaient au mur de la maison comme s'ils voulaient le repousser de leurs épaules ; l'aubépine s'étirait comme pour regarder par les fenêtres, et rien de ce qui se passait à l'intérieur, probablement, ne lui échappait. Et même quand on gravissait les quelques marches conduisant au petit perron de bois, devant la porte, où l'on pouvait attendre d'entrer ou se reposer, on devait dégager ses pieds des branches de troène qui les enserraient. Les petites taches de pelouse, la petite plate-bande noire des jacinthes et la boule pansue couverte d'une mosaïque de miroirs qui, à quelque endroit qu'on se trouvât, reflétait une jungle en miniature sous un ciel bleu — toutes étaient cernées, pressées par les buissons qui semblaient ne les tolérer que jusqu'à nouvel ordre.

À gauche habitait Mme Könnecke, avec sa troupe d'enfants. Il y avait longtemps que son mari n'avait plus ici qu'une existence légendaire. Était-il mort la veille ou dix ans auparavant ? Reviendrait-il ce soir ? On n'avait aucune nouvelle de lui.

À droite du vestibule, les Gebert avaient loué les deux pièces de devant et celle qui donnait sur la cour, ainsi que la cuisine et la mansarde pour la servante. La fenêtre de Jettchen était juste en face de la plate-bande des jacinthes et de la boule en mosaïque de miroirs. Sa chambre était peinte en bleu mourant avec une fine bande argentée en haut des murs. Les fenêtres blanches étaient tendues de rideaux de mousseline à plis serrés. Et dans un coin, il y avait un poêle rond, blanc. On ne pouvait pourtant pas croire que quelqu'un habitât jamais là en hiver, tant cette petite chambre, avec ses quelques meubles de bouleau clair et poli, semblait faite pour le printemps. Au printemps, les trilles et les gazouillis des oiseaux du jardin retentissaient jusque dans le coin où dormait le poêle, et un peu de la lumière bleu pâle du ciel semblait s'être déposée sur les murs.

En été, quand le feuillage était plus foncé, plus dense et plus luxuriant, la pièce se prêtait idéalement à une agréable retraite pensive, et une fraîche tranquillité émanait des murs bleus. En automne, quand les feuilles se clairsemaient de nouveau, quand elles restaient suspendues, jaune d'or, brunes et pourpres dans l'air bleu pâle, quelques rêves oubliés de chants d'oiseaux paraissaient encore s'y être laissé enfermer. Mais en hiver, quand la neige faisait un bonnet blanc aux piquets de la clôture, quand les buissons retenaient de mille griffes acérées les touffes d'ouate qui s'étaient prises aux branches et aux enfourchures, et quand la couverture blanche et le ciel blanc se fondaient en une étreinte permanente, on aurait pu frissonner de froid et de tristesse à la pensée — à la seule pensée — de cette chambre bleu pâle avec sa fine bande argentée et ses meubles de bouleau d'un jaune éteint.

Il n'en allait pas de même de la chambre adjacente, à deux fenêtres, qu'occupait la tante. C'était un vrai séjour d'hiver, avec ses meubles profonds en acajou et ses murs peints d'un épais rouge pompéien, avec des cartouches de couleurs vives au-dessus des deux lits — des bacchantes jouant avec des panthères, dont la symbolique, à vrai dire, paraissait quelque peu en désaccord avec cet endroit.

Et au-delà du vestibule, il y avait encore la pièce qui donnait sur l'arrière, blanche, très sobre, avec quelques sièges à hauts dossiers, une table, une desserte et quelques porcelaines dans l'encoignure. C'est là que Jettchen et sa tante prenaient leurs repas. La lumière n'y entrait jamais à plein. Tout le printemps, tout l'été, la pièce était plongée dans une légère pénombre verte car les marronniers de la cour étalaient devant la fenêtre leurs frondaisons aux larges feuilles. C'est seulement en automne, quand les locataires de l'été étaient partis, que ce voile vert à la trame dense consentait à quitter le plancher, les murs et le plafond, et qu'une lumière frissonnante se glissait entre les branches noires. Alors, le soir, le soleil rouge regardait dans la pièce silencieuse à travers le réseau finement dessiné des ramures.

Mais ce n'est pas pour ces quelques pièces que l'on se rendait chez Mme Könnecke, à Charlottenbourg — pourquoi, d'ailleurs, se serait-on rendu justement chez Mme Könnecke ? Ce n'était là qu'un supplément, un refuge offert aux humains pour la nuit ou pour les jours de pluie. La maison, en outre, n'affichait pas du tout la prétention de celles de Berlin qui, si petites fussent-elles, disaient toujours : je suis là. Non. Elle était si perdue, rêveuse et silencieuse, avec ses jalousies blanches, dans tout ce vert qui refermait son cercle sur elle. Les branches des tilleuls devant la porte et celles des marronniers de la cour tendaient leurs bras pour se serrer la main par-dessus son toit.

La cour, le jardin en façade et celui, étroit et profond, qui faisait suite à la cour derrière la maison, c'était pour eux que l'on venait ici. À vrai dire, il suffisait de descendre les quelques marches de bois derrière la maison pour se retrouver dans le jardin, car la cour au pavé inégal était elle-même toute plantée de marronniers aux troncs épais, noirs et lisses, qui à peu de hauteur déjà étalaient largement leurs branches. Quand Jettchen arriva de Berlin, leurs bourgeons ne s'étaient débarrassés de leur enveloppe poisseuse que quelque jours plus tôt, mais *déjà* ils levaient vers le soleil leurs épais doigts verts, et les jeunes pousses dressées étaient *déjà* garnies de minuscules boules blanches qui, demain peut-être, s'ouvriraient pour libérer de petites bougies blanches qui ensuite, pendant les longues soirées de printemps, longtemps après que l'obscurité serait tombée, brûleraient d'une étrange lueur songeuse parmi le vert des feuilles.

Et c'est par une transition tout à fait insensible que l'on passait de la cour au jardin. Une haie basse, et l'on se retrouvait en pleine verdure. Il y avait même une petite colline, et les allées se croisaient, formaient des boucles et des angles. Il y avait dans le jardin trois, quatre tonnelles, tout entourées de vraies murailles d'aubépine et de bourdaine. Sur l'élévation du terrain, acacias et ormes, frênes et érables mêlaient leurs branches. Et des rossignols exerçaient leur gorge dans les épais fourrés qui foisonnaient du côté de la propriété voisine.

Quand Jettchen s'asseyait sous la tonnelle, les moineaux venaient jusque auprès d'elle et picoraient entre les lames du plancher ; et dès qu'elle se levait, elle était sûre de rencontrer sur son chemin quelque grive noire tenant dans son bec un long ver de terre qui se tournait et se tordait. Mais la grive n'en avait cure, elle restait là avec son air pensif de vieux philosophe. Quel jardin c'était !

Mais il y avait plus encore. Derrière les hautes cimes, au-delà de l'ombre fraîche mouchetée de quelques rares taches claires, s'ouvrait le verger, avec ses allées étroites, bordées de framboisiers qui regardaient Jettchen dans les yeux, de groseilliers à maquereau qui s'accrochaient à sa robe, de plates-bandes où les fraisiers recouvraient le sol de leurs feuilles pleines de sève ; là se dressaient, avec leur écorce crevassée où perlaient les gouttes de résine, les vieux troncs noueux des arbres fruitiers courtauds, trapus, courbés, aux branches rameuses, toujours inondés de soleil.

À présent, ils étaient en fleurs, le pêcher commençait déjà à perdre ses délicats pétales, qui s'éparpillaient en petits nuages roses, puis se déposaient en rubans roses le long des allées. Le cerisier levait ses grands bras forts et blancs et les tendait largement en un geste de bénédiction ; ses rameaux étaient d'un blanc éblouissant, argenté et pur, gainés de fleurs. Et le pommier, le pommier et le poirier ne faisaient que commencer ; en petits points blancs, bleu tendre, rose pâle, les bourgeons délicats et hésitants se risquaient à apparaître sur les branches noires, parmi les feuilles vertes clairsemées.

On pouvait trouver dans ce verger des endroits écartés d'où tout le reste de l'univers paraissait englouti, où l'on n'avait plus la moindre idée qu'il existât à l'extérieur des maisons ou d'autres arbres verts, ou des rues ; des endroits où l'on ne voyait que le ciel bleu, strié, cloisonné par des branchages couverts de fleurs, et où, parmi tous les sons de cette terre, seuls subsistaient le bourdonnement des abeilles, le battement d'ailes d'un papillon et le gazouillement d'un couple de mésanges dans le vieux poirier.

Quel verger c'était !

Mais quand les pas de Jettchen la menaient au fond de ce verger, elle arrivait à une haie doublée d'une clôture de bois au-delà de laquelle était un chemin sablonneux, où le passage des roues avait creusé de profondes ornières ; et au-delà commençait un autre monde : les prairies jaunes, détrempées, et les champs noirs, à la terre grasse. Ils s'étendaient jusqu'à la Spree, qui s'écoulait paresseusement, en larges méandres, entre les rangées de peupliers et les bouquets de saules, entre les basses terres marécageuses et les petites buttes boisées, puis se dérobait au regard derrière la mer de feuillage du parc du château et les vieux peupliers massifs de l'autre rive.

Là, dans ce jardin, Jettchen régnait en autocrate. Elle pouvait pendant des heures se promener par les allées ou rester assise sous la tonnelle de bois, lire, tricoter, ne rien faire et fredonner des chansons ; et c'est seulement quand le soleil reflété par son livre l'éblouissait qu'elle se déplaçait un peu sur le côté. Jettchen n'évitait pas les autres, mais elle n'avait pas besoin d'eux et se trouvait fort bien sans eux. Là, nul ne la gênait, elle était même à l'abri de tous les bruits du monde. Les enfants jouaient dans la cour, mais les buissons étouffaient et absorbaient leurs cris. Mme Könnecke elle-même ne venait là que tôt le matin et en fin d'après-midi pour sarcler, ratisser et arroser ; en fait, elle haïssait le jardin parce qu'il lui donnait du travail, et, pour elle, un cerisier en fleur n'avait rien d'une révélation de la beauté omniprésente du monde, il n'était que perspective de récolte et espérance d'un groschen d'argent.

Car si la brave grosse Mme Könnecke était, à l'entendre, une bonne pâte et la crème des femmes, elle regardait en fait à chaque pfennig, telle une poule grattant le sol à la recherche du moindre grain à picorer.

La tante non plus ne gênait pas Jettchen dans sa solitude librement choisie. Pour commencer, elle ne venait jamais au jardin, bien qu'elle en chantât les merveilles à tout un chacun. Le plus souvent possible, elle prenait l'omnibus dans la matinée pour se rendre à Berlin, car elle voulait depuis longtemps s'acheter un manteau neuf, il y avait déjà des semaines qu'elle était à la recherche de ce mouton à cinq pattes. Mais comme le nombre des boutiques de Berlin où elle pouvait encore se montrer sans s'exposer à des propos désobligeants se restreignait de jour en jour, il fallait bien prévoir que ces excursions matinales à Berlin auraient une fin. En revanche, il était impossible de supputer quand elle cesserait de s'y rendre l'après-midi. Elle allait tantôt au jardin du café Muskow, tantôt à la Tente turque, tantôt chez Madame Pauli, tantôt même aux brasseries des tentes du Tiergarten ou au Hofjäger, à seule fin d'écouter de la musique en tricotant des bas et en buvant un café, et de voir des gens. Il lui *fallait* voir des gens, beaucoup de gens, connus et inconnus. Elle ne tenait pas un jour sans que son oreille ait perçu une fois au moins le murmure du flot humain, elle en avait besoin.

Et quand Jettchen l'accompagnait, il lui fallait aussi critiquer dans son dos chacun des passants, sa démarche, sa mise, la vie qu'il avait menée et l'état de ses finances. Elle s'y exerçait avec une perspicacité prolixe qui pouvait avoir d'abord quelque chose d'amusant, mais qui, à la longue, car elle n'en finissait jamais, était d'un ennui mortel. Mais lorsque Jettchen restait à la maison et que tante Rikchen n'avait personne d'autre à qui faire part de ses jugements, elle les conservait fidèlement dans sa mémoire et, rentrée à Charlottenbourg, toute remplie de nouvelles et de petites choses vécues, elle ne pouvait se reposer et aller se coucher avant d'avoir déversé sur Jettchen tout ce qu'elle avait à dire de la nouvelle robe en droguet de soie fraise écrasée, avec trois larges volants vert épinard, que portait Hannchen Simon, laquelle, il est vrai, pouvait aussi mieux faire.

Les premiers temps, amis et connaissances ne causaient guère de dérangement, car il ne venait guère de visiteurs de Berlin, et il était encore trop tôt dans l'année pour les locations d'été.

Jason ne se montra pas, il écrivit seulement de temps à autre, quelques lignes, où il l'assurait du zèle illimité qu'il déployait au magasin et laissait entendre qu'il aurait bien aimé venir si ses moments de loisir n'étaient pas si occupés, eux aussi, par de nouvelles études. Mais il ne mettait pas sa nièce Jettchen dans le secret de ce qu'étaient ces nouvelles études.

De Karlsbad, l'oncle Salomon écrivait de longues lettres très drôles, de sa main de vieux négociant experte à l'écriture, avec ces beaux *s* élancés dont il était si fier. Il était de ces gens qui se livrent tout à fait quand ils écrivent des lettres. Son vieux naturel y perçait, il était plein d'humour, et presque même d'esprit — traits de caractère qui s'étaient éclipsés au cours de ses longues années de mariage, ou qui peut-être n'osaient jamais se manifester dès lors que son épouse était à moins de trente pas.

À Charlottenbourg, le jour du courrier était pour Jettchen et sa tante jour de joie, et, l'après-midi, Rikchen ne manquait jamais d'emporter la lettre pour pouvoir la lire à quelque connaissance qu'elle rencontrerait éventuellement. Car elle était ainsi faite que ce qui suscitait dans l'intimité domestique sa réprobation et ses récriminations, elle en disait monts et merveilles au-dehors ; et peut-être en était-elle véritablement fière.

De la tante Minchen et de l'oncle Eli, on sut simplement que Minchen avait encore dû se faire poser des sangsues, et qu'Eli devenait de plus en plus sourd, mais menait comme à l'ordinaire son difficile commerce, toujours tranquille et content.

Chez Hannchen, tout était calme, à ceci près que Wolfgang était bien pâle et toussait, de telle sorte qu'il faudrait peut-être qu'il vienne passer déjà les samedis et les dimanches chez elles, à Charlottenbourg. On attendrait encore une semaine. Pour Ferdinand, c'était la pleine saison, et elle s'annonçait bien.

Julius, le nouveau cousin, n'avait pas tardé à quitter l'auberge du Daim pour s'installer Klosterstrasse, chez des gens très convenables ; il cherchait un local approprié pour son futur commerce mais, dans ce misérable Berlin, n'arrivait pas à en trouver un. Pour l'instant, il se rendait en outre un peu utile à la firme Salomon Gebert & Co., et Jason avait souligné dans une lettre en forme de certificat ses qualités de promptitude et de circonspection, ce qui, certes, était tout à fait flatteur pour le nouveau cousin mais ne prouvait en fait rigoureusement rien quant à ses capacités de négociant.

Mais de Kössling, Jettchen n'avait aucune nouvelle.

Et, à Charlottenbourg, le printemps arriva. À Berlin, on ne voyait que ses avant-postes, ses avant-coureurs égarés ; mais à Charlottenbourg, on l'avait tout entier, avec tous ses pétales et tous ses sourires. Et chaque fois que Jettchen se disait qu'il ne pourrait pas se faire plus opulent, qu'il y avait assez de fleurs partout, il préparait pour le matin suivant un plein tablier de nouvelles surprises, comme un amoureux attentif et jamais las. Au début, il y avait encore de petites fleurs bleues parmi les feuilles mortes dans l'ombre des buissons, mais elles avaient soudainement disparu, remplacées par une foisonnante toison d'herbe vert clair. Et les quelques îlots d'anémones blanches qui déjà se teintaient de rose comme si le soleil était trop chaud pour elles se fanèrent, mais dans le même temps les feuilles du muguet dressèrent leur gaine, un peu plus hautes de jour en jour.

Et à peine les groseilliers à maquereau eurent-ils perdu leurs petites inflorescences que d'autres pendirent aux branches des cassis. Puis vinrent les petites fleurs du chèvrefeuille rouge, et le lilas qui s'appuyait au mur de façade mit sa robe violette. Et quelques jours plus tard, attirés par la chaude humidité d'un soir, se déployèrent sur les tiges raides du cytise les fragiles petits drapeaux jaunes qui se soulevaient au vent, et auxquels la lumière suspendait des franges dorées. Et comme si ce n'était pas encore assez de couleurs, les marronniers s'illuminèrent dans la cour et au-dessus de la maison, par-dessus le toit pentu de tuiles brunes, leurs chandelles brillaient d'une lueur blanche jusque tard dans la nuit ; et l'aubépine du jardin, ainsi que les vieux troncs tordus du verger, dérobaient au ciel du soir ses nuages les plus flamboyants pour s'en draper.

Chaque jour survenait du nouveau, chaque jour s'en allait de l'ancien. Il disparaissait sans se faire remarquer le moins du monde, comme un hôte se dérobe à une société nombreuse de telle sorte que c'est seulement après des heures que l'on s'en rend compte en s'exclamant : mon Dieu, il est déjà parti ! Un jour, on aurait pu croire que les lilas qui poussaient leurs nuages de parfum dans la chambre de Jettchen avaient ouvert leurs dernières grappes de fleurs ; mais le lendemain matin, on découvrait que c'était seulement à présent qu'ils en étaient tout recouverts et que, la veille, ils ne portaient encore qu'une robe légère, parsemée de bleu. Et quand ensuite ils jetaient à pleines mains leurs petites étoiles bleues sur l'allée, sur le perron, sur les marches de bois, il ne semblait pas que l'opulence de leur floraison en fût amoindrie ; la couleur des buissons passait seulement, peu à peu, du bleu profond des violettes au bleu-rose pâle, à demi passé, des myosotis.

Et aux calmes journées bleues succédaient les longs soirs ardents. C'est de mauvais gré que le soleil allait se coucher, et pendant des heures encore le ciel restait clair, et animé d'étranges jeux de couleurs. Parfois, de longs nuages roses y jetaient un pont, parfois il était strié de très minces rubans qui restaient immobiles dans les airs d'un vert marin avant de s'y dissoudre et de disparaître aussi mystérieusement qu'ils étaient venus. Et à aucune heure de la nuit les cimes des arbres ne se perdaient là-haut dans l'obscurité, ne se fondaient insensiblement dans les ténèbres épaisses, comme elles le faisaient après les lourdes journées d'été. Non. Si tard que Jettchen allât à sa fenêtre, une curieuse lueur indécise couronnait encore les arbres. Et c'est seulement au-dessus d'elle que s'étendait la voûte du ciel, avec ses étoiles lasses, pâlissantes.

Et très tôt, avec la première lueur blanche, longtemps encore avant que le soleil lui-même se montrât, les oiseaux des arbres et des haies, frais et dispos, réveillaient Jettchen de leurs vocalises variées, chacun dans son registre. Les pinsons du tilleul et la grive qui avait élu domicile dans le jardin des voisins, tout en haut d'un thuya tout noir, le loriot qui vagabondait d'un jardin à l'autre derrière la maison, la linotte et les moineaux sur le toit, les sansonnets sur la pelouse, tous, dans les premières semaines, chassaient le sommeil des yeux de Jettchen longtemps avant l'aurore par leur concert insolite. Les premiers jours, même, ils la faisaient se lever et se poster à sa fenêtre, en charlotte et peignoir blancs, frissonnant légèrement mais agréablement dans l'air humide et frais du matin qui fouettait le sang de son corps encore engourdi par la chaleur du lit ; et elle les écoutait longuement s'appeler et se répondre dans toutes leurs langues et sur tous les tons, en haut, en bas, à gauche, à droite, du sommet des tilleuls et du creux des marronniers, de la cour, des jardins, du verger, des buissons. Mais ensuite, elle ne perçut plus leurs strophes qu'à moitié en rêve, dans un léger sommeil blanc sous sa couverture blanche. Et finalement, elle s'en étonna : pourquoi les oiseaux ne voulaient-ils plus chanter, le matin, aussi fort que naguère, et réveiller son cœur ? Mais on était déjà dans d'autres temps...

Deux, trois dimanches vinrent et s'en furent. Ils *vinrent* par des matins calmes et paisibles qui l'emportaient sur les autres sans qu'on sût en quoi — mais même les pigeons qui, perchés sur le toit, lissaient leurs plumes, semblaient chaque fois pressentir que ce jour-là serait autre que la veille et que le lendemain. Et ils *s'en furent* dans le tumulte de la poussière d'une foule de promeneurs et d'excursionnistes qui, des guinguettes, des cafés, du parc du château et de la lande, refluaient vers la porte de Brandebourg. Cabriolets et landaulets, victorias et tilburys, omnibus et voitures de location de chez Kreser avançaient lentement sur la Chaussée, maillons d'une chaîne lâche, dans l'air poudreux. Et à côté d'eux, presque à la même allure, s'écoulaient des troupes bariolées de piétons. On allait à hue et à dia, on criait et on riait, et plus d'un riche qui roulait en voiture devait essuyer les interpellations mordantes ou effrontées de ces gens à pied, et faire en outre bonne figure. Des groupes entiers reprenaient en chœur les dernières rengaines des rues, comme la chanson de la marmite aux haricots et de la marmite à soupe. Des hommes fumaient de longs virginies. Des soldats passaient en troupe avec leurs cantinières qui, coiffées d'un cabriolet et drapées d'un châle, imitaient les dames ; des mères poussaient des voitures d'enfants tandis que les pères s'efforçaient de maintenir l'ordre parmi leur progéniture — petites filles en amples robes plissées à volants qui tenaient d'une main précautionneuse des lanternes au bout d'une perche et garçons brandissant des drapeaux de papier.

Et cela semblait ne jamais vouloir finir. Tard dans la soirée, pourtant, le flot commençait à faiblir de plus en plus, puis se tarissait lentement, jusqu'à ce qu'enfin le monde entier fût retourné à son état premier paradisiaque et que l'humanité se réduisît à des centaines de couples d'amoureux qui, chacun pour soi, allaient sous la protection des tilleuls.

De sa fenêtre, Jettchen les suivait alors des yeux, elle les voyait éviter autant que possible la faible lumière des réverbères et se hâter de replonger dans l'obscurité pourprée où ils s'imaginaient que leurs tendres enlacements échappaient aux regards curieux.

Puis quand enfin, le calme revenu, ces dimanches, Jettchen se couchait dans son lit, elle était rompue de fatigue et triste à pleurer sans pouvoir dire quelle en était la raison.

Elle avait l'intention d'aller un jour en ville, au magasin, pour voir Jason, et elle espérait obtenir de lui quelques nouvelles du Dr Kössling. Mais elle avait peur d'interroger Jason, et elle ne savait pas s'il en viendrait de lui-même à lui parler du docteur. Et puis ici, à Charlottenbourg, en ces jours florissants, une si étrange pesanteur s'était emparée de Jettchen que toute décision s'en trouvait inhibée. Elle n'avait pas non plus la nostalgie de Berlin ; tout au plus allait-elle de temps à autre jusqu'aux tentes, d'où elle apercevait au loin, entre les arbres, la porte de Brandebourg. Sinon, elle se contentait de se rendre avec un livre dans le parc du château et, plongée dans de curieuses pensées, elle allait voir, derrière le château, les petites écuries nichées, dorées et silencieuses, parmi les chênes sombres. Ou bien elle se promenait lentement autour de l'étang, à droite, à gauche, dans l'ombre des allées étroites, entre les buissons qui bordent le rivage. Et finalement elle s'asseyait, près de la petite cloche qui ne tinte que pour les poissons, sur le banc dont le dossier est tout recouvert de cœurs, d'initiales et de noms.

Et quel que fût le livre qu'elle avait emporté, jamais ses pensées ne s'y attachaient bien longtemps ; elles se remettaient à vagabonder au loin, elles erraient de-ci, de-là, chancelaient et voletaient comme les papillons blancs égarés au-dessus du miroir obscur des eaux, devant elle, dans le soleil, et qui, avant d'être emportés plus loin, se contentaient de voltiger un moment autour d'une renoncule blanche, scintillante au milieu de la surface noire ensoleillée.

Quels beaux jours calmes, sous ce soleil ! Et pourtant, ils étaient tout remplis d'une palpitante excitation intérieure.

Jettchen ne se rappelait pas en avoir jamais vécu de tels. Tout était différent de l'ordinaire. Elle cherchait souvent à comparer ces journées à celles qu'elle avait passées ici auparavant, car ce n'était pas la première fois qu'elle séjournait à Charlottenbourg, mais elle ne s'en rappelait plus rien, elle n'en avait plus la moindre idée. Elles semblaient avoir été effacées de sa mémoire. Et seul restait dans son esprit le jour et le moment présents, dans leur devenir silencieux, avec leur palpitante excitation contenue...

Un matin, il avait plu un peu, à lourdes gouttes parcimonieuses tombant dans un air chaud et moite. Et toutes les plantes et toutes les herbes, dans les jardins et par les chemins, se dressèrent et s'étirèrent sous cette humidité revigorante.

La tante, qui, quand il pleuvait, ne se supportait pas à Charlottenbourg, était allée en ville rendre visite à sa sœur Hannchen. Elle s'était assuré les services d'un cocher qui lui demandait moins cher que les autres, puisqu'il la voiturait si souvent et l'assurait qu'il tenait à la conserver comme cliente. Et logement et jardin appartinrent exclusivement à Jettchen pour la journée. Assise à sa fenêtre au-dessus des lilas qui l'enveloppaient de leur parfum, elle regardait de temps à autre les tilleuls d'où l'eau dégouttait, où de petites boules d'eau, mues par leur seul poids, roulaient de branche en branche, sautaient de feuille en feuille, puis tombaient sur le sable où elles éclataient avec un bruit d'applaudissement étouffé.

Jettchen travaillait à une broderie de perles pour le devant d'un petit sac à main. Elle en avait presque fini. Dans un cadre, on voyait, assise sur un banc, une bergère en robe jaune ; à côté d'elle se tenait un berger en bleu, et, derrière elle, se dressait un bel arbre vert, taillé en cône. Tout cela était à peu près terminé — jusqu'au fond gris du ciel. Jettchen, pourtant, n'arrivait pas à trouver les perles de la bonne grosseur, roses pour la bouche, noires pour les yeux. Et, depuis une demi-heure déjà, elle fouillait du bout d'une petite aiguille dans la boîte de carton posée devant elle sur l'appui de la fenêtre ; elle levait à la lumière l'une ou l'autre de ces perles, rose ou noire, puis, la jugeant indigne de son ouvrage, la laissait glisser de nouveau dans la boîte, parmi ses sœurs. Et quand elle eut examiné la dixième petite perle et l'eut *elle aussi* trouvée trop grosse — car une bergère ne saurait avoir une bouche de camelot ou de harengère — elle regarda par hasard au-delà de la petite boule rose et vit quelqu'un qui s'approchait en remontant le chemin. Il était encore tout en bas sous les arbres.

Par un mouvement maladroit de la main, elle renversa la boîte, et les perles tombèrent, constellèrent le sol, bondirent dans tous les coins de la pièce. Beaucoup, incapables de se calmer, couraient de-ci, de-là, comme folles, sur les rainures du plancher. Et quand Jettchen se pencha pour les ramasser, elle eut encore plus chaud, elle remarqua que le sang affluait à ses joues, et comme elle ne voulait pas rougir, elle laissa les perles à leur vie de perles et se posta devant la fenêtre ouverte. Kössling était à présent à la porte du jardin ; il regardait la maisonnette d'un air très indécis ; il ne savait pas s'il devait ou non sonner. Tout baigné de soleil, il avait le visage rouge d'avoir marché, et il fallut que Jettchen l'appelle. Ayant retrouvé toute son assurance et toute sa gaieté, elle lui cria :

« Oui, Docteur ! C'est vraiment ici que vous vouliez venir, si je ne me trompe. »

Mon Dieu ! Kössling sursauta.

« Oh, vous êtes là, Mademoiselle. Tout le long du chemin, je craignais que vous ne soyez pas à la maison, que peut-être vous soyez justement allée à Berlin ; et pourtant, je ne suis guère chanceux, d'habitude.

— Avez-vous l'intention de rester dehors, Docteur ?

— Il y a peu de temps, quelques semaines seulement, je voulais... Allons, je vous raconterai cela plus tard. Madame votre tante est-elle là, elle aussi ?

— Elle est à Berlin.

— Oh, comme c'est dommage, dit-il du fond du cœur. Mais ne voudriez-vous pas sortir ? Allons ensemble dans le parc du château.

— Pourquoi ne voulez-vous pas entrer ?

— Eh bien, pensez-vous que ce soit permis ?

— Je vais délibérer avec moi-même et examiner la question. Cette pièce est mon royaume exclusif et vous n'y pénétrerez pas ; la salle à manger peut être considérée comme un territoire neutre autorisant un court séjour ; et le jardin doit être placé sur le même plan que le parc du château. Si vous voulez quand même visiter le parc, je vous servirai de guide, car, à présent, je le connais par cœur et dans ses moindres détails. »

Tandis qu'elle parlait, Kössling était entré dans le jardin et, toujours timide et indécis, il se tenait sur le petit escalier de bois conduisant à la porte. De l'autre côté de la maison, l'ample personne de Mme Könnecke était apparue derrière la fenêtre, et la dame, curieuse, pressait son nez contre la vitre.

Il y eut un double tintement — car sous la planche du seuil se dissimulait un mécanisme sournois qui mettait en mouvement une cloche, et le ding-ding aigu d'une autre cloche retentissait quand on ouvrait la porte — et Jettchen et Kössling se trouvèrent vis-à-vis dans la pénombre de l'entrée, que seuls perçaient les rais multicolores de la lumière traversant les vitres. En un instant, toute la chaleur lourde et moite de cet après-midi de printemps imbibé de pluie s'était insinuée, par la porte ouverte, dans la maison silencieuse et fraîche.

Jettchen tendit la main à Kössling ; ni l'un ni l'autre ne savait très bien par quoi commencer. Et un léger bruit derrière le judas de la porte blanche qui menait au royaume de Mme Könnecke les fit sursauter.

« Je pensais que vous viendriez plus tôt.

— Oh, vous le pensiez ? Eh bien, oui, j'en avais l'intention, n'est-ce pas, mais je me suis dit que si je venais tout de suite, je gênerais. Ensuite, j'ai fait un voyage impromptu chez moi, précipitamment. Je voulais vous écrire ; je l'ai même fait plusieurs fois, d'ailleurs, mais finalement je n'ai pas envoyé mes lettres, parce que je ne savais pas si cela vous conviendrait.

— Et pourquoi cela ne m'aurait-il pas convenu ? » demanda Jettchen.

Son visage s'était légèrement coloré, elle avait un sourire très doux, et Kössling, comme captif, la contemplait sans pouvoir détourner son regard.

Mon Dieu, qu'elle était belle ! Aussi gracieuse qu'un jour d'été. Son épaisse chevelure était coiffée en trois larges masses, ses épaules nues sous un châle ajouré, garni d'une légère bande de plumes de cygne ; sa robe était très simple avec son corsage ajusté et son ample jupe ballon, en linon clair, bordée de minces galons violets qui couraient sur le sol en tremblant au moindre mouvement.

« Alors, Docteur, demanda Jettchen, voulez-vous entrer dans notre résidence d'été, ou allons-nous tout de suite au jardin ?

— Comme vous préférez, Mademoiselle Jettchen. Pour ma part, j'aimerais bien que nous allions au jardin.

— Bien, je vais chercher mon chapeau », dit Jettchen.

Elle le laissa seul un instant. Quand elle revint, elle tenait à la main une pochette, et son chapeau cabriolet en paille était suspendu à son bras par ses larges rubans violets.

« Avez-vous vu comme mon lilas fleurit, devant la maison ? Dans toute la rue, il n'y en a plus un qui ait encore de telles fleurs. La nuit, même avec les fenêtres fermées, il y a de quoi en avoir de vrais maux de tête. »

Quand ils sortirent dans la cour, des gouttes isolées tombaient encore des larges feuilles des marronniers, et tambourinaient sur le sol, chacune pour soi, comme des commères qui bavardent sans s'écouter les unes les autres ; et le soleil, qui perçait juste la couverture nuageuse, séchait en riant le bord humide des feuilles brillantes.

« Le jardin commence ici, voyez-vous, et il s'étend très loin sur l'arrière. Voici ma tonnelle. Voulez-vous que nous nous asseyions un moment ? Ou plus tard ? Mais il faut que vous me racontiez, Docteur. »

Qu'était-il censé raconter ? En venant, il savait tout ce qu'il voulait dire ; tout le long du chemin, il avait parlé avec Jettchen, et au Tiergarten, il avait même failli, distrait, renverser un vieux monsieur. Depuis des semaines, elle était la première personne avec qui il parlât, et voilà qu'à présent il ne parvenait pas à desserrer les dents.

Il n'avait absolument pas eu l'intention de venir la voir. En fait, il ne voulait plus la revoir du tout ; il était juste sorti se promener, et maintenant il se retrouvait à côté d'elle au jardin, ils étaient seuls, à l'exception des oiseaux qui discutaient autour d'eux dans les buissons mouillés, étincelants.

Il ne voulait plus la revoir. Il avait déjà fait ce voyage, il était retourné dans sa ville natale afin de sonder la possibilité de s'y faire une place, et il avait l'intention d'y retourner pour y commencer une tout autre vie. Mais cela n'avait pas abouti. Il avait évité tout ce qui pouvait la lui rappeler, il n'avait même pas revu Jason, qui pourtant lui avait adressé deux fois, par coursier, des petits mots capricieux et sentimentaux. Pourtant, à toute heure du jour, c'est elle, elle seule qui l'avait accompagné. Et à présent, de nouveau, il marchait vraiment à côté d'elle.

« Non, racontez d'abord, vous — et puis moi. Que devient votre oncle ?

— Il était à Karlsbad, et il va de nouveau tout à fait bien. Aujourd'hui, il est déjà à Leipzig, où il avait à faire. Il rentre la semaine prochaine. Je me réjouis de son retour. Je ne peux pas dire que je ne m'entende pas avec ma tante, mais je me sens plus proche de mon oncle. En fait, les femmes ont toujours trop de défauts.

— Je ne constate rien de tel !

— Si, si, elles ont trop de défauts. Au fond, je crois qu'elles ont plus mauvais caractère que les hommes.

— Mais vous, non ! dit Kössling du ton qu'il aurait pris s'il lui avait fallu jurer sur la Bible.

— Pourquoi donc serais-je différente des autres, Docteur ?

— Je ne sais pas, Mademoiselle Jettchen. Je n'y ai d'ailleurs absolument pas réfléchi ; je sais seulement que c'est ainsi. Toute merveille perd de son intensité quand on y réfléchit ; il faut se contenter de l'accepter. »

Le sérieux avec lequel Kössling avait proféré ces mots eut pour effet d'égayer Jettchen.

« Riez, riez ; mais, voyez-vous, si je n'étais pas fermement convaincu que vous... »

Il s'interrompit.

« Eh bien ? »

Mais il était impossible d'amener Kössling à exprimer tout haut la suite de ses pensées, si bien que pendant un petit moment ils marchèrent en rond côte à côte sous les arbres d'où l'eau dégouttait et qui accrochaient à leurs branches de grands lambeaux de soleil brillant et chaud. L'après-midi avançait et les oiseaux redevenaient bruyants. Sur les petits bouts de pelouse et dans les feuilles mortes détrempées, sous les buissons, les grives grattaient à la recherche des vers de terre qui, en grand nombre, se risquaient à sortir du sol mouillé, et les gros oiseaux noirs n'interrompaient leur activité que pour suivre d'un œil mi-méfiant mi-fâché ces deux intrus : pourquoi venaient-ils les déranger ? La pluie avait fait tomber comme en un tourbillon quantité de fleurs d'acacia d'un blanc de neige et les avait balayées en larges bordures d'écume le long des chemins ; à présent, alors que la terre assoiffée avait absorbé l'eau, elles restaient là, retenant encore des gouttes dans leurs calices. Et il en arrivait sans cesse une poussière d'autres, dans les buissons, sur les pelouses, le long du chemin, comme des étincelles d'argent que le vent aurait apportées d'un lointain feu d'artifice.

En levant les yeux, on voyait, pareilles à des nuages blancs au milieu du vert des tilleuls et des ormes, les couronnes lourdes de fleurs des acacias flotter dans un ciel bleu extraordinairement clair et lumineux, de ce bleu pur et transparent que l'on ne peut voir que vers la fin d'un après-midi de printemps après que la pluie a lavé le ciel et la terre.

Au-delà des grands arbres sous lesquels ils avaient marché, Jettchen et Kössling débouchèrent dans le verger dont les branches naguère blanches et roses disparaissaient à présent sous le vert brillant du feuillage — seul un vieux poirier avait encore dans sa frondaison quelques boules d'argent attardées. En revanche, le sol était à présent tout constellé de blanc par les fleurs des fraisiers, qui regardaient en l'air de leurs grands yeux — elles étaient exactement du même blanc que les quelques rares nuages qui traversaient le ciel, beaux et insouciants, étranges flocons d'ouate, compacts et cependant illuminés de part en part.

Entre les plates-bandes, les allées étaient étroites ; Jettchen et Kössling durent marcher l'un derrière l'autre. Comme les groseilliers à maquereau et les framboisiers qui balançaient leurs longues branches souples s'accrochaient à sa jupe, Jettchen la tint serrée contre ses jambes. Kössling marchait derrière elle, tout près, et à travers les jours du châle, il voyait, image cloisonnée en petites touches roses, les épaules larges, royales, et la naissance du cou de Jettchen ; il ne pouvait détacher ses yeux de ces motifs clairs, et cette chair fraîche comme la nacre, mais qui respirait, lui parut apparentée aux fiers pétales sur les branches incurvées du poirier.

Plus que jamais, dans ce jardin, par ce jour de printemps, cette beauté alerte et élancée lui sembla tout à fait elle-mêmc. Chaque arbre, chaque buisson, la grille, le mur capitonné de lierre séparant du jardin des voisins, les profondeurs du feuillage obscur et les lointains avec leurs rangées d'arbres au-delà des champs jaunes, tout n'avait été créé que pour servir de cadre à Jettchen, qui y évoluait d'une démarche si fière, si légère, si libre, dans sa robe claire — la tête droite, le menton un peu rentré, comme tous les Gebert. Tout en marchant, une fois déjà, Kössling lui avait saisi la main — lui-même ne savait pas comment cela s'était fait — mais elle la lui avait reprise.

De quoi parlaient-ils donc ? De rien du tout ? Des fraises et des groseilles à maquereau : seraient-elles bientôt mûres ? Ils étaient heureux de se montrer l'un à l'autre les insectes jaune et noir qui bourdonnaient, immobiles dans l'air au-dessus des framboisiers. Jettchen disait que là, au fond du jardin, en été, fleuriraient des roses trémières, des amarantes, des dahlias, des jalaps et des lobélies : elle s'était renseignée ; que ces fins fils blancs qui voletaient à présent tout tranquillement dans les airs venaient du grand peuplier dont une branche avait été foudroyée, là-bas ; et que le soir, tout ici était plein d'odeurs et de lueurs très étranges, elle ne savait absolument pas de quoi il s'agissait.

Puis, Kössling se mit à parler — lentement, et avec chaleur. Et peu à peu, Jettchen fut de plus en plus silencieuse.

Il parla d'abord de son voyage, dit combien, chez lui, il avait tout trouvé changé. Ses sœurs avaient grandi, s'étaient engagées comme servantes ou mariées. Ses frères, artisans, l'avaient regardé de haut parce qu'il ne gagnait pas autant qu'eux. L'un d'eux, en particulier, faisait d'excellentes affaires. La ville était belle, ancienne et rêveuse dans la journée, il s'en était rendu compte, cette fois : une vraie retraite de poète. Tout était si tranquille ; on s'y reposait sur le passé. Mais il ne pouvait pas encore aller vivre là-bas ; à présent, il voulait se rendre à Paris, il avait besoin de sentir la voiture rouler, il avait besoin du mouvement et des heurts de toutes sortes de gens, de toutes sortes d'opinions.

Mais plus tard, il irait vivre là-bas. Quand il pourrait se contenter des intérêts de son capital. Aujourd'hui, il lui fallait vivre sur son capital. Chez lui, il s'appauvrirait — naturellement, il ne parlait pas d'argent. Pour commencer, il fallait qu'il aille à l'étranger se plonger un peu dans la vie bouillonnante. Il voulait avant tout savoir ce qu'il était censé faire dans ce pays car, pour dire les choses clairement, il ne savait plus où il en était. Mais peut-être était-ce toujours ainsi, ici ; peut-être personne n'avait-il jamais su pourquoi, en fait, il participait à ce carnaval.

Parfois, il croyait que s'il était au monde, c'était pour *cela* : regarder un peu autour de soi, écrire quelques vers, raconter quelques histoires. Mais aussitôt, tout lui paraissait de nouveau si vain ! Il lui semblait que toute son existence se déroulerait dans la banalité. Puis il se disait que c'était lutter contre des moulins à vent et qu'il avait été élu pour servir la beauté et la chercher partout où il pourrait la rencontrer.

À présent, il était si seul, si terriblement seul. Du matin au soir, sans autre compagnie que lui-même. Il croyait qu'il se parlait toujours tout haut. Et il ne se sentait pas malheureux pour autant. Toute la journée, il rêvait à toutes sortes d'histoires, et peut-être aussi en écrirait-il bientôt quelques-unes. Certaines étaient très belles, et certaines très horribles. C'est ainsi qu'elles surgissaient dans la solitude de sa chambre silencieuse. On pouvait presque songer à Hoffmann. Il y avait par exemple l'histoire d'un homme qui rentre chez lui, allume la lumière parce qu'il lui semble percevoir quelque chose de bizarre ; quand il s'approche de son lit, il a l'impression qu'il y est déjà couché. Et quand il l'éclaire, il voit sa tête sur l'oreiller. Mais toute seule, sans son corps. Juste sa tête. Et ses propres yeux le regardent en cillant de façon très étrange sous la lumière crue. Et il a une peur abominable, il se demande s'il pourrait se faire qu'il se soit tranché la tête ; et il prend sa propre tête par les cheveux et la porte dans un coin de son armoire. Et le lendemain matin...

« Mais je veux vous raconter une autre histoire que j'ai l'intention d'écrire, quelque chose d'une beauté inouïe. Une histoire d'amour qui doit avoir pour cadre un grand jardin ; c'est l'histoire de deux êtres qui passent tout un été à rêver sans se rendre compte le moins du monde qu'ils vieillissent, que cet été représentait en fait toute leur vie. Toute cette histoire doit avoir quelque chose de suave, et une odeur de tilleul en fleur. Et on doit y entendre chanter des vers pareils au murmure des arbres ici. Il faut que ce soit un vieux jardin, avec des figures de pierre nichées dans l'ombre des hêtres, et une petite maison, avec une coupole dorée qui disparaît presque dans le vert des arbres postés en sentinelles autour d'elle. Et là, il faut que les tulipes fleurissent d'un bout à l'autre de l'année.

« Et puis je veux écrire un roman — un grand roman. Il se déroulerait chez Borsig[48], parmi les ouvriers de la fonderie. Et d'un bout à l'autre du livre, il faut que l'on entende retentir le choc du marteau-pilon sur les gigantesques plaques de fer laminées.

« Ce sont des projets, voilà tout, Mademoiselle Jettchen. Qu'en adviendra-t-il ? Peut-être n'est-ce que sottise, peut-être devrait-on se saisir de la vie tout autrement. Mais je ne sais pas comment je serais censé m'y prendre. J'ai pourtant enseigné, j'ai même préparé de jeunes messieurs au doctorat, mais cela ne me plaît plus. Je le fais à contrecœur. Je pourrais aussi retourner enseigner chez moi, ils m'y ont invité à deux reprises. Et de nouveau maintenant. Ils ne veulent pas se laisser priver de mes capacités, écrivent-ils ; ils m'offrent des perspectives de carrière, ils veulent me mettre le pied à l'étrier. Mais je ne saurais pas quoi raconter aux gamins. Je considère tellement que tout cela va de soi et, à vrai dire, mérite si peu d'être su. Il se peut qu'ils aient raison, chez moi, quand ils disent que je suis déraciné ; car ils mesurent toutes choses à l'aune du succès. Et les gens sont ainsi faits qu'ils se sentent offensés quand vous n'accomplissez pas ce qu'ils attendent de vous. De même qu'ils pensent que tout ce que nous faisons est exclusivement leur œuvre. Si je n'avais pas eu que des besoins réduits et si je n'avais pas réussi à toujours grappiller le peu qu'il me fallait, il y a longtemps que j'aurais baissé pavillon et serais retourné faire mon trou là-bas. Mais un homme qui, pendant toute sa jeunesse, en a été réduit à déjeuner chichement ici ou là, dans quelque pension gratuite — trois ou quatre fois par semaine, et à ne rien manger à midi le reste du temps —, un tel homme a perdu l'habitude de se laisser tenter par la perspective du rôti de bœuf quotidien.

« Naturellement, si j'étais issu d'une maison riche, je ne pourrais pas supporter, à la longue, la vie que j'ai menée jusqu'à présent. Et pourtant, je ne puis m'empêcher de penser parfois avec angoisse qu'on n'est pas toujours jeune et que, l'âge venant, on aimerait avoir une chambre bien chauffée.

« Le monde entier est encore plein de beautés, et il n'est pas un matin qui ne m'en apporte de nouvelles, qu'il m'offre gratuitement. Mais pour peu que l'on souhaite un jour, comme Lessing, que les arbres, au printemps, deviennent rouges et non pas verts parce que c'est ennuyeux, parce qu'on connaît déjà cela pour l'avoir vu des douzaines de fois au long des années précédentes —

et qu'alors on se mette à courir de porte en porte comme un chien sans maître, sans savoir où l'on va ni à qui on appartient... »

Ayant dit tout cela, Kössling s'interrompit soudain. Tandis qu'il parlait vite, en longues phrases circonstanciées, le rouge lui était monté au visage.

Ils s'étaient arrêtés vis-à-vis l'un de l'autre au fond du jardin, devant la clôture. Jettchen portait toujours son chapeau cabriolet accroché à son bras par ses rubans, comme un corbillon, et à présent, assez déconcertés, ils laissèrent tous deux errer leur regard sur les vastes prés constellés du jaune des renoncules et du rouge de l'oseille. Les saules alignés devant eux, avec leurs troncs goitreux et calcinés, ressemblaient à un cortège de vieux mendiants ratatinés. Mais, plus loin, une large allée se déployait fièrement à l'ombre de grands arbres. Autour d'eux, on ne voyait personne sous le ciel bleu où s'empilaient des nuages blancs aplatis ; tout au fond, seulement, sur un chemin de campagne, une voiture passait dans un bruit de ferraille, en soulevant un tourbillon de poussière rougeâtre. Et au-delà encore, à l'endroit où devait couler la Spree, on distinguait le haut de quelques mâts, fins et droits. Sinon, tout était silencieux, sans personne en vue...

Ils restèrent un long moment côte à côte, s'appuyant à la clôture, silencieux, chacun plongé dans ses pensées.

« Je ne sais pas comment j'en viens à vous raconter tout cela, Jettchen. Je crains presque de vous être importun.

— Non, Docteur, pas du tout ! Mais... — ses lèvres tressaillirent — vous me rendez triste, car j'aimerais que vous soyez heureux ; vraiment, je vous le souhaite !

— Pourquoi ? Je ne suis pas malheureux tant qu'il y a dans le monde tant de beauté unie à tant de grâce. Mais je crois qu'il faut être bête, savez-vous, sans idées, pour pouvoir être vraiment heureux. Nous devons nous faire une fois pour toutes à ceci : la vie de quiconque ne veut pas suivre le troupeau est une tragédie. Je crois que la condition d'artiste est une couronne d'épines enveloppée de fleurs, et tandis que le vent nous en apporte le parfum, le sang nous coule dans les yeux... Mais parlons d'autre chose, c'est tellement stupide, je ne fais que me tourmenter moi-même, et à vous aussi je fais du mal. Mademoiselle Jettchen, il faut que vous me parliez de vous, à présent, dit-il en lui saisissant la main. Excusez-moi, j'ai l'impression d'être comme le coucou, qui ne sait crier que son propre nom. Écoutez, le voilà justement qui appelle... Parlez-moi de vous. Dites-moi n'importe quoi. Que lisez-vous ? Faites-vous des ouvrages de dame ? Parlez-moi de votre oncle. À quelle heure allez-vous dormir ici ? Sortez-vous avec votre tante ? Vous promenez-vous encore au jardin, le soir, après le dîner ? Je m'imagine vous voir dans une allée, sortant de l'obscurité, et votre haute silhouette claire apparaît lentement, et devient peu à peu de plus en plus nette. »

Jettchen le regarda en ouvrant grands les yeux, sourit, presque avec gratitude ; mais elle reprit le fil des propos de Kössling.

« Non, je crois que l'on peut être heureux dès lors qu'on cesse de se tourmenter. Je crois que le bonheur est une petite herbe sauvage qui passe inaperçue, comme le mouron des oiseaux qui pousse partout au bord des chemins, et que chacun peut cueillir pour peu qu'il se penche. Je crois, Docteur, que bonheur ou malheur ne sont pas des destins, mais des types de caractères. »

Kössling, sans savoir lui-même pourquoi, était plus près de pleurer que de rire.

« En disant cela, je ne parle que de moi. Bien sûr, il y a aussi des jours où je suis triste et où, le soir, je reste assise à pleurer. Parfois, j'ai peur d'étouffer et, en fait, je suis déjà aussi vieille que mon oncle et ma tante. Et puis, pendant des jours, des semaines, je suis de nouveau apaisée, gaie, je ne désire rien d'autre. Quelles belles semaines je viens de passer dans ce petit jardin solitaire ! Je ne me rappelle pas avoir jamais rien vécu de tel. Parfois, dans le silence du matin, je pouvais croire que le reste du monde, à l'extérieur, avait depuis longtemps cessé d'exister, et qu'il ne restait plus que cette maison, ce jardin, ces champs derrière et la route bordée de tilleuls devant. Je m'en étais fermement persuadée. Si vous viviez un certain temps ici, loin de la ville, vous aussi, vous changeriez, et tout ce qui vous semble à présent si important se dessécherait et se détacherait de vous. À vrai dire, il me manquait encore quelque chose : il n'est pas bon de devoir ainsi penser pour soi seule ; parfois, j'aurais voulu avoir quelqu'un... Vous riez ? Bien sûr, que puis-je vous dire ? Qu'est-ce que je connais de la vie ? Mon Dieu, oui, toute jeune, j'étais déjà plus grave que d'autres, mais je vous comprends, je ne vous comprends que trop bien, car ce que signifient les soucis, ce que signifie le fait de ne pas savoir si l'on aura encore de quoi manger le lendemain, et de se demander, quand on a un thaler : combien de temps me fera-t-il ? — cela, non, je ne l'ai pas connu. J'avoue qu'avec mon oncle et ma tante je me montre souvent ingrate, car je n'ai jamais eu à manquer de ce que je ne possède pas moi-même. Et pourtant, chez eux, j'ai le sentiment de ne pas être à ma place. Parfois, j'aimerais donner la main au mendiant et partir avec lui par les chemins. »

Jettchen avait dit tout cela très simplement et sans élever la voix, plutôt pour elle-même que pour Kössling.

Kössling avait arraché une feuille à un troène et la froissait entre ses doigts.

« Pourquoi me dites-vous cela ? » demanda-t-il.

Et Jettchen sentit qu'en parlant ainsi elle lui avait fait mal.

« Voyez-vous, Mademoiselle, les soucis, le malheur, les souffrances, qu'est-ce que tout cela a à faire avec vous ? Rien de tel n'a le droit de vous affecter. Le droit, comprenez-vous ? Partout où vous allez, il faut qu'il y ait des fleurs, comme ici à vos pieds. Et il faut que les herbes se redressent aussitôt que vous êtes passée. C'est ainsi que doit être votre vie. Comment pouvez-vous la comparer à la mienne ? Voyez-vous, tout ce temps, j'ai pensé à vous, je n'ai pensé qu'à vous. »

Jettchen s'empourpra, tout embarrassée.

« Oui, c'est ainsi. À toute heure, jour et nuit, je n'ai pensé à rien d'autre. De même qu'en hiver, lorsqu'on pense à l'été et qu'on ne vit plus, dès lors, qu'un long jour bleu, sans nuit, sans pluie, sans vent. Et c'est ainsi que je veux continuer à penser à vous : comme à un bel été paisible et comblé. Et ce qui est mon unique lumière ne doit pas se voiler de nuages. Ni de mon fait ni — cent fois moins encore — du vôtre. »

Kössling avait encore un demi-sourire, mais le désespoir contenu que Jettchen perçut dans sa voix l'émut presque aux larmes. Et pourtant, elle ne put s'empêcher de rire, d'un rire non pas moqueur, mais heureux ; et, par ce rire, elle retrouva toute sa souveraineté.

« Il n'est probablement pas en notre pouvoir, Docteur, dit-elle en écoutant sa voix, de donner forme à notre propre vie. Mais je veux vous promettre, pour ce qui dépend de moi, de ne vous procurer aucun motif d'inquiétude, même au cas où notre chemin ne serait pas semé que de fleurs. Aimez-vous manger sans sel ? Ce soir, il n'y aura pas de salière sur la table, et je verrai bien si vous ne demandez pas qu'on en apporte une ! »

Kössling hocha très pensivement la tête en regardant fixement devant lui. Puis il sourit, car cette comparaison avait ému l'écrivain en lui. À présent, il avait honte de ses derniers propos et de l'atmosphère déprimée qui en émanait ; et — était-ce le calme et la fraîcheur de ce cadre de verdure, était-ce la présence de sa belle interlocutrice ? — en un instant, une douce brise dispersa tous les nuages qui voilaient son ciel, le bleu plein d'espoir de la jeunesse et de la santé lui sourit de toutes parts entre les nuées qui se dissipaient, et il se sentit un corps souple comme le cuir et solide comme l'acier.

Il prit la main de Jettchen.

« Il faut que vous me pardonniez, dit-il d'un ton joyeux et naturel, mais à la fontaine, le seau déborde facilement.

— Oh, répondit Jettchen avec un rire argentin, qu'aurais-je

donc à vous pardonner ? Vous ne m'avez rien dit qui ait pu me froisser. »

Kössling eut soudain l'impression que la clôture à laquelle il s'appuyait penchait vers l'avant, très lentement, et que le chemin, là-bas, s'inclinait lui aussi, oblique, très oblique, devenait pentu. Mais cela ne dura qu'un instant. Puis tout redevint clair et il se sentit de nouveau libre, libre comme, aussi loin qu'il pût remonter dans ses souvenirs, il ne l'avait jamais été. Car lui aussi, pendant toute sa vie, avait eu à porter un fardeau qui jamais ne lui laissait de trêve, qui, certes, se soulevait parfois un peu de ses épaules, un tout petit peu, mais seulement pour peser d'autant plus lourdement sur elles l'instant d'après.

« Voulez-vous que nous allions voir si nous obtiendrions notre petite maison ? Peut-être est-elle à louer, cette année ? » dit Kössling en riant. À présent, il ne parlait plus, à vrai dire, il se contentait de rire, d'un rire qui emportait l'essentiel de ses propos. Car malgré ses trente ans, sa minceur et son visage rouge et joyeux lui donnaient un air magnifiquement juvénile.

Jettchen ne dit pas non. Elle déclara qu'elle avait rempli son devoir puisqu'elle lui avait montré le jardin ; il avait pu s'assurer que la récolte de fraises s'annonçait bien ; dès lors, rien ne s'opposait à d'autres excursions. Elle avait déjà ses bottes et ses éperons, de telle sorte qu'elle n'avait même pas besoin de repasser à la maison, ou, juste un instant, pour parler à la servante. Car elle avait encore quelque chose à régler pour le soir. Il était possible que la tante ne rentre pas, mais il fallait lui préparer une assiette pour que, le cas échéant, elle trouve quelque chose à manger.

Et ils tournèrent le dos au vaste ciel et à sa clarté, ils marchèrent quelques pas l'un derrière l'autre sur les allées étroites, le temps de traverser le verger, puis coururent ensemble, vite, dans l'ombre des ormes et des frênes et le long des tonnelles, sans parler, et quand leurs mains se rencontraient par hasard — car si le hasard a un bandeau sur les yeux, il regarde un peu par en dessous — ils riaient, se trouvaient l'un et l'autre très sots de rire ainsi, mais ne pouvaient s'empêcher de rire.

Dans la cour, sous les châtaigniers, ils trouvèrent la brave Mme Könnecke qui, d'une main énergique, dans la langue aisément déchiffrable des gifles, enseignait à un de ses enfants — un gamin de douze ans à la tête grosse comme une pomme et au teint blanchâtre — les règles de comportement essentielles à son avenir.

Et Mme Könnecke interrompit sa leçon pour les saluer tous les deux le plus aimablement du monde et demander si, peut-être, ce monsieur était le fiancé de Mademoiselle. Car il y avait longtemps qu'elle présumait en silence qu'un tel être devait bien exister, puisque jamais elle n'avait vu autour d'elle une demoiselle qui, à l'âge de Jettchen, n'eût pas encore de fiancé.

Kössling prit sur lui de répondre et dit que, pour l'heure, ni l'un ni l'autre ne l'avaient encore entendu dire, mais que pour sa part il se sentait très flatté et serait heureux de se voir attribuer le rôle que Mme Könnecke avait conçu pour lui. Il espérait en revanche que, cette année, les groseilliers de Mme Könnecke lui donneraient une grosse récolte, car les fruits venaient déjà bien.

Mais Mme Könnecke manifesta son désaccord et exposa son point de vue sur la conjoncture et l'état des affaires en matière de groseilles et autres baies.

« Eh oui ! Avec ces carnes-là, c'est comme ça que ça se passe : quand on pourrait en faire quelque chose, il n'en vient pas ; et quand il en vient, il y en a tant qu'on ferait mieux de les jeter à pleins tombereaux. Avec ces carnes-là, je peux vous dire, c'est toujours pareil ! »

Mme Könnecke avait dit cela d'un ton très posé, très digne, et, selon son opinion, en usant d'une langue très belle, cultivée et choisie, puisque la demoiselle était là.

Mais quand Jettchen rentra dans la maison pour prendre quelque chose et parler à la servante, Mme Könnecke se lâcha un peu, si bien que, lorsque Jettchen revint, Kössling avait appris que pour son Karl, il avait fallu un médecin, alors que d'habitude, pour les autres, jamais... Elle n'avait même pas eu besoin de la sage-femme. Et qu'elle répétait tous les jours à sa fille Emilie, qui allait à présent sur ses dix-sept ans : « Emilie, j'ai un seul conseil à te donner : ne va pas t'embarquer avec les hommes... À peine que tu les regardes, te voilà déjà avec un gamin ! » Est-ce qu'elle n'avait pas raison ? Avec les filles, on ne faisait jamais assez attention.

Mais Kössling n'eut pas le temps d'approuver Mme Könnecke et de développer *son* opinion sur cette question délicate — puisque Jettchen était de retour. Et comme ils voulaient aller se promener dans le parc du château, ils prirent congé, le cœur lourd, de Mme Könnecke, à qui cette conversation n'avait pas fait oublier sa mission. Car Jettchen et Kössling n'étaient pas encore dans le vestibule que Mme Könnecke se consacrait de nouveau d'une main énergique à l'éducation du gamin à la petite tête dure, qui n'avait même pas profité de l'occasion pour mettre un peu plus d'espace entre lui et sa joviale génitrice, ce qui permettait quand même de conclure que les capacités intellectuelles du garçon étaient fort peu développées.

Et ils étaient encore dans le jardin de devant quand ils entendirent les retentissantes expressions du mécontentement de la brave Mme Könnecke.

Quand la petite barrière de bois se referma, ils restèrent un instant assez embarrassés. Kössling ne savait pas s'il pouvait offrir son bras à Jettchen. Il hésitait, car ils risquaient de rencontrer quelqu'un. Mais il se promit de le faire plus tard.

Il était toujours comme sous l'effet d'un enchantement et, tout en descendant le long chemin rectiligne, il se répétait ce que, pensait-il, Jettchen lui avait répondu peu auparavant.

Ils marchaient à l'ombre, mais à gauche, au-dessus d'eux, le soleil luisait sur la cime verte des tilleuls ; et jusqu'au bas du chemin qui s'allongeait devant eux comme un ruban d'or vert en se rétrécissant peu à peu, dans le silence de cet après-midi de printemps, il n'y avait personne en vue.

Soudain, Jettchen se mit à chanter, ou plus exactement à gazouiller, plutôt pour elle-même, de ces petites chansons très simples que tous les enfants connaissent. Et Kössling se joignit à elle, chantant la seconde voix, et, en un clin d'œil, ils se prirent la main comme des enfants et marchèrent côte à côte d'un pas libre et dégagé, au rythme de leurs chansons, en battant la mesure de leurs mains, la tête haute et droite, sans se cacher.

Il était tout à fait impossible de dire lequel avait pris l'initiative. Chacun pensait que c'était l'autre, mais il pensait aussi qu'il pouvait se tromper.

Et quand Jettchen cessa de chanter, ils ne se lâchèrent pas la main, ils continuèrent à marcher en cadence. Il leur semblait que leurs mains s'étaient soudées et qu'il leur serait douloureux de les séparer l'une de l'autre. Pendant tout ce temps, Kössling n'avait pas regardé Jettchen, ni Jettchen Kössling. Tous deux regardaient droit devant eux vers le bas du long chemin rectiligne, comme si, venant de là, le bonheur devait s'avancer vers eux.

De temps à autre, Kössling parlait en quelques mots de choses qu'il avait vues ou qui s'étaient produites, car Jettchen avait dit qu'elle ne savait plus rien de ce qui se passait dans le monde. Il parla du modèle en argile de l'Amazone qu'il avait vu chez Kiss[49], dans son entrepôt : il avait été subjugué par la vie qui émanait de ces formes. Mais le roi avait dit qu'il aimerait connaître celui qui serait assez fou pour payer la fonte. Et quoi qu'il dît, le seul sentiment qu'il éprouvait était une tendresse inouïe pour Jettchen, une tendresse qui, par sa douceur, lui faisait presque monter les larmes aux yeux. Il avait l'impression de la caresser toute, de doigts si légers que leur contact était imperceptible, l'impression d'une vénération si infinie que son propre moi s'y exhalait complètement, comme brume au soleil. Il ne se percevait plus lui-même que dans son admiration pour cet être beau et droit de corps et d'âme, et l'idée ne lui venait pas à l'esprit que, peut-être, il contribuait en quelque façon à donner vie à cette beauté.

Et ils arrivèrent ainsi peu à peu au bout du long chemin. Déjà, un espace clair s'ouvrait au-delà du dernier couple d'arbres. Leur marche était si bien accordée que le sol résonnait en mesure. Ils allaient d'un pas de plus en plus rapide, de plus en plus allègre, tout en parlant, mais sans se lâcher la main.

Jettchen parla d'abord de Jason, qu'elle n'avait pas vu depuis longtemps, et Kössling dit que lui aussi se sentait presque devenu étranger à Jason. Non que son jugement sur lui eût changé, mais, ces derniers temps, il ne l'avait presque pas vu. Quel était donc ce jugement ? Pour être honnête et franc, il devait ne pas penser au fait qu'elle était sa nièce.

« Eh bien, je pense que Jason Gebert appartient à cette vaste catégorie d'hommes qui déçoivent toujours. Avec eux, on attend, on attend ; on attend toute sa vie — et d'un coup, c'est fini, et il ne s'est rien passé. Mais j'apprécie son amitié, car c'est un homme de goût dans tous les domaines ; dans ses lectures et dans tout ce qui sait exciter son sens de la beauté. En cela aussi, il entre sûrement un peu d'artifice. »

Jettchen acquiesça d'un signe de tête.

« Mais quelle importance cela a-t-il, Mademoiselle Jettchen ? Quelle importance ? Qui ne déçoit pas ? N'ai-je pas moi aussi, jusqu'à présent, déçu tous ceux qui ont misé sur moi ? Plus la vie nous fait rencontrer de gens, et plus fréquentes sont nos déceptions. J'ai connu de jeunes étudiants dont j'étais fermement convaincu que leurs noms éclipseraient ceux de Hegel et de Fichte, de jeunes poètes dont je croyais qu'on les rangerait un jour parmi les plus grands, et ils ont disparu, la vie les a emportés dans quelque coin obscur. Et ce sont justement ceux dont on n'attendait rien de tel, que l'on n'a jamais remarqués particulièrement, dont on lit les œuvres, dont on parle, qu'on écoute en se disant : “Encore un ! Je n'aurais jamais cru ça de lui.” Mais je nommerai votre oncle parmi mes commensaux quand je réunirai ici ma table ronde. »

Jettchen le regarda d'un air incrédule.

« Ne vous ai-je pas déjà dit, expliqua Kössling en riant, que j'allais louer le château et y vivre avec quelques jeunes gens, un peu autrement que mes nobles prédécesseurs dans les lieux : ce sera un lycée, un gymnase et une école d'éloquence tout à la fois ; comme Byron, nous lirons tous les romans du monde, et nous aurons un ours apprivoisé, et nous tirerons à l'arc. Et en tête de ma liste, j'inscris le nom de Jason Gebert.

— Et moi ? demanda Jettchen avec une moue boudeuse.

— Oh, je ne crois pas que ce sera un endroit qui vous convienne, dit Kössling d'un ton sérieux. En fait, on y vivra exclusivement entre hommes, du choc des esprits jailliront des étincelles, comme de la pierre que frappe l'acier. M'en voulez-vous ? Bien, alors soyez mon hôtesse. Présidez à notre table et tenez dans vos mains les fils de la conversation. Et quand le repas sera terminé, je vous offrirai mon bras et vous reconduirai jusqu'à la porte ; fière et tranquille, vous me donnerez votre main à baiser et vous vous retirerez dans vos appartements ; je m'en retournerai auprès de mes amis, les domestiques distribueront les longues pipes de faïence et rapporteront du vin, et la conversation étincellera, fusera, profonde et capricieuse, sentimentale et cynique. Et c'est Jason Gebert que je nommerai maréchal de cette table ronde. Telle est mon intention.

— Fou que vous êtes ! Mais je comprends. Je crois qu'il y a quelque chose de très beau dans l'amitié entre hommes, parce qu'elle n'a rien de mesquin et parce qu'elle est exempte de jalousie. »

Au bout du chemin, ils s'engagèrent dans une large allée bordée de platanes argentés et, de nouveau silencieux, longèrent un court moment les troncs lisses et tachetés. Et bientôt surgit, à gauche au-dessus des cimes, l'emblème du château, la figure dorée, scintillante, de la girouette, qui dansait tout là-haut sur son lanterneau ; elle surgit aussi soudainement qu'une vision, nimbée d'une étrange gloire étincelante par le soleil de cette fin d'après-midi. Et quelques pas plus loin, le bâtiment leur apparut dans toute son ampleur, avec ses longues ailes basses et sa haute coupole. En bas, le château regardait dans le parc, entre les troncs noirs, par ses hautes fenêtres encadrées de blanc qui se détachaient sur le jaune doré des murs ; en haut, il enveloppait les lourdes coiffes de ses toits dans la masse encore vert clair des frondaisons, tandis que les cimes se teintaient à présent d'un rouge profond.

Là-bas, des soldats à l'exercice soulevaient la poussière autour d'eux et projetaient sur le sable de longues ombres grotesques. Et un serviteur du château, les cheveux blancs, traversait la cour déserte d'un pas ennuyé. Tout était calme et paisible sous les rayons obliques du soleil déclinant.

Kössling et Jettchen s'arrêtèrent un instant devant la porte, indécis et reprenant leur souffle ; au-dessus de leurs têtes, les deux guetteurs de pierre à la pose figée, face à face, se menaçaient de leur épée.

« C'est étrange, dit Kössling. Ces vieux châteaux de plaisance ne me font jamais penser aux souverains, à l'État, à la guerre et aux généraux ; je pense seulement que ces longs corridors et ces pièces en enfilade ont vu les rendez-vous secrets de dames de la cour et de pages amoureux, les petits billets cachés dans l'angle d'une cheminée, les Amours aux aguets sur les consoles, au-dessus des fenêtres. Partout, quelque chose est resté en suspens dans l'air, comme le parfum d'anciennes histoires d'amour. Peut-être cela tient-il à l'isolement, à l'abandon, à la beauté des pièces ; on se dit toujours que l'amour doit rechercher de tels endroits où il peut être laissé tout à lui-même, où tout se fait miroir et écho pour lui seul, où chaque regard, l'ombre de chaque arbre devant les fenêtres, la large allée entre les tilleuls et les chemins secrets parmi les bosquets sont faits pour lui. »

Jettchen le regarda avec quelque chose comme un rire, un rire espiègle tout au fond de ses yeux qui brillaient d'un éclat velouté comme les pétales d'une pensée noire.

« Nous allons quand même nous promener plutôt dans le parc, Monsieur le docteur, dit-elle avec une gaieté contenue en se pendant soudain au bras de Kössling. Et puis vous avez bien dit que vous ne vouliez pas de moi dans le château, que vous me raccompagneriez à mes appartements et resteriez boire avec vos amis — nous allons donc dans le parc.

— Non, protesta Kössling, ce n'est pas ce que je voulais dire. Voudriez-vous donc partager le château avec moi seul ? Qu'aurions-nous à faire d'un château, tous les deux — de tout un château pour nous seuls ? Où tout nous appartiendrait ? Je crois que nous nous épuiserions à y voleter comme un couple d'oiseaux égarés. »

En disant ces mots, Kössling attira tout près de lui le bras de Jettchen, dont il sentit parfaitement la fraîcheur à travers le tissu de la robe, et pour la première fois chacun plongea son regard dans celui de l'autre. Et le jeu leur plut tant qu'ils le répétèrent souvent, à intervalles de plus en plus brefs et en s'y adonnant de plus en plus longtemps, à des moments appropriés ou non, à l'occasion de propos indifférents ou lourds de sens.

« Allons donc dans le parc du château », dit Jettchen en se suspendant de tout son poids au bras de Kössling, comme un enfant mal élevé, quand ils franchirent la grille noire du portail, constellée de décorations dorées.

« Par là-bas ? » demanda Kössling en montrant la longue allée de tilleuls qui descendait devant eux, et au-dessus de laquelle les rayons rouges du soleil tissaient leur toile où chaque mouche, chaque insecte bourdonnant brillait comme une étincelle d'or.

« Par là-bas ? » et il montra l'allée de tilleuls qui descendait devant eux et au-dessus de laquelle, çà et là, voletaient des grives aux cris perçants.

« Non, dit Jettchen, je n'aime pas ce chemin. Venez, je vais vous guider par là. »

Et, sans s'écarter du château, ils longèrent, entre de grands hêtres verts taillés en boule, pareils à de grosses pierres vertes, des parterres de pensées qui dessinaient des motifs bariolés et que circonscrivaient les étroites bordures de petits buissons, qui semblaient tracées à la règle et au compas. Puis, ayant traversé l'orangerie, ils se retrouvèrent en terrain dégagé, et le parc tout entier, avec ses longues allées rectilignes de tilleuls, ses pelouses entourées de hauts arbres groupés en rond et ses bosquets de lilas, s'offrit à leurs yeux comme un livre ouvert qu'ils pouvaient feuilleter à leur gré. Derrière eux, les troncs courts et épais des orangers se dressaient dans leurs caisses entre les bancs de pierre bas, parmi les bustes des empereurs romains au crâne massif, aux traits égoïstes. Et devant le château lui-même, un grand parterre multicolore en forme d'aigle était garni de lourdes tulipes aux teintes les plus variées.

« Connaissez-vous cela ? demanda Jettchen :

« Dans l'éclat des tulipes
Vont les allées tranquilles
Où, entre les ifs noirs,
Les statues blanches rêvent. »

— Non, je ne le connais pas, dit Kössling en souriant.

— Je l'ai trouvé dans un des almanachs qu'oncle Jason m'a prêtés.

— Ne connaîtriez-vous pas la suite, Jettchen ?

— Non, en fait, non », dit Jettchen, très embarrassée.

« Ah, je vous en prie, pourquoi ne me la dites-vous pas ? »

Jettchen ne put résister à cette demande et déclama avec une gaieté burlesque et à si haute voix que deux vieux messieurs qui flânaient en menant une discussion animée s'arrêtèrent soudain, frappés d'étonnement :

« Aujourd'hui, la belle Chloé
Se promène dans ce jardin
Un courtois chevalier servant
L'accompagne et veille sur elle.
Derrière eux, Cupidon, sans bruit,
Se cache dans les frondaisons
Pour mieux les viser de son arc. »

Tous deux considérèrent que c'était là une occasion appropriée pour s'assurer de façon exacte et scrupuleuse, par un long regard joyeux, de leur existence réciproque dans ce bel univers printanier.

« Alors Cupidon tire, et il atteint sa cible », dit Kössling, tout heureux, après un long silence.

Et de fait, comme la Chloé du poème d'Eichendorff, Jettchen, qui avait déjà lâché son bras, lui avait donné une vigoureuse tape sur la main en le traitant d'hypocrite et de menteur. Puis elle se mit à courir très vite, dans sa robe claire, en trottinant dans ses petits souliers ; elle s'éloigna un peu de lui sur le petit chemin bordé d'un épais feuillage vert, en croyant qu'il ne subirait pas cet affront sans réagir.

Mais il resta immobile, tout tranquille au soleil, et la suivit des yeux. L'idée qu'il contribuait en quelque façon à donner vie à cette beauté exubérante l'emplit brusquement d'un bonheur qui le désorienta tout à fait. Et dans le même instant, pourtant, tout son destin se dressa devant lui, et les larmes lui vinrent aux yeux.

Ce ne fut qu'un instant, et il s'essuya les yeux d'un geste de la main. Puis il courut à la poursuite de Jettchen, qui avait à présent une belle avance sur lui. Et quand il l'eut rejointe, il mit un moment à reprendre son souffle, respirant profondément.

Jettchen vit qu'il n'avait pas de mauvaises intentions à son égard, qu'il avait accepté tout calmement sa tape sur la main comme bien méritée, et qu'il ne faisait que se réjouir de pouvoir être de nouveau près d'elle. Rassurée, elle se suspendit derechef à son bras. Et, ensemble, ils longèrent l'étang par des petits chemins abrités sous les bosquets dont les arcs de verdure tantôt descendaient jusqu'au sol et dérobaient au regard l'eau dont les yeux d'argent ne suivaient les promeneurs qu'à travers les mailles et les trous du feuillage, tantôt, pour quelques pas, laissait la vue dégagée sur des groupes de grands arbres, sur l'autre rive, au-delà de l'étendue liquide.

Où qu'ils fussent, le château leur apparaissait, rouge et doré dans le soleil du soir, avec la figurine d'or brillant qui dansait sur sa coupole. Chaque fois qu'ils regardaient autour d'eux, il était là : de l'autre côté de l'eau, au bout des longues allées rectilignes, entre les beaux groupes d'arbres, au-delà des petits ruisseaux qui serpentaient doucement entre leurs rives herbeuses, toutes couvertes des fleurs blanches du cresson amer et, çà et là, des fleurs purpurines du géum. Et plus loin, il ressurgissait, au bout de vastes perspectives où prairies, ruisseaux et allées traçaient tout un réseau ; et sous le pont aux arches tendues ; et au-delà du miroir rougi de l'étang. Partout, et toujours différent, il s'offrait au regard.

Jettchen et Kössling allaient de-ci, de-là, bras dessus, bras dessous par les chemins étroits, et séparés, chacun pour soi, dans les larges allées de tilleuls. Ils s'assirent un petit moment sur un banc, au bord de l'étang, et regardèrent les hirondelles qui se poursuivaient, frôlaient la surface des eaux, et brillaient d'un éclat blanc et argenté quand leur vol changeait brusquement de direction. Ils étaient tous deux très tranquilles, ne parlaient que très peu et se sentaient très heureux. Kössling se sentit plongé dans une atmosphère rêveuse qui faisait s'engloutir tout ce qu'il y avait eu jusque-là dans sa vie, tout ce qui lui était arrivé. Et Jettchen se sentait aimée, honorée d'un chaste dévouement, et cela lui faisait du bien, et elle sentait aussi qu'elle aimait bien Kössling, et même en fait un peu plus. Et elle ne pensait pas le moins du monde que cette inclination pût entraîner de quelconques conséquences, ni les lier de quelque façon. Elle avait simplement une impression de liberté et était heureuse qu'il y ait eu entre eux cette espèce d'explication muette.

Ils parlèrent de choses et d'autres, Kössling parla de nouveau de Brunswick, où les rues avaient des noms si bizarres et où il existait une Bolkerstrasse[50], comme à Düsseldorf. Il parla de sa jeunesse, dure et fière, car il était pauvre, extrêmement pauvre. Et il était fier parce que, avec ses vêtements déchirés, il était toujours mieux placé que les fils des gens riches, et qu'il aurait pu inscrire leurs noms au tableau quand ils faisaient du bruit. Mais il n'en avait été ainsi que pendant ses premières années d'école. Ensuite, la contrainte des classes lui avait été très pénible, car l'école ne lui suffisait pas ; et qui sait comment les choses auraient tourné s'il n'était pas venu si aisément à bout de ce pensum. Alors qu'il avait d'abord méprisé ceux des derniers bancs, ensuite, il n'avait plus fréquenté qu'eux. Et ses meilleurs souvenirs étaient liés à ses amis de jeunesse de ces derniers temps, dont beaucoup, que leurs maîtres méconnaissaient et dont leurs condisciples se moquaient, avaient une riche et belle vie intérieure. Et depuis lors, il n'avait jamais pu s'insérer nulle part, toujours il faisait de l'exception sa règle.

Tout en parlant, ils s'étaient peu à peu perdus aux confins du parc, où il se transforme en prairies marécageuses et en friches, au-delà desquelles la rivière se traîne en larges méandres paresseux, bordée au loin par le mince ruban de la forêt embrumée — car déjà le soleil était bas sur l'horizon. Et ils rebroussèrent chemin, empruntèrent une passerelle couverte d'un rideau de saules et qui surplombait un étroit ruisseau, suivirent un petit moment un sentier muletier caché dans la verdure, si étroit qu'ils durent marcher l'un derrière l'autre — et, comme ils se tenaient toujours par le bras, chacun sentait presque plus nettement qu'auparavant l'autre contre lui. Et puis ils se retrouvèrent devant le petit bâtiment circulaire autour duquel, sous le toit de peupliers géants, de vieux ifs sombres montaient la garde. En haut, de part et d'autre des jalousies toujours closes, des caryatides ensommeillées clignaient des yeux face au soleil d'un rouge profond qui les regardait à travers le feuillage, et les putti de pierre chargés de corbeilles de fruits dansaient en rond sur la petite maison jaune.

« À présent, nous allons voir si l'on veut bien nous la louer, dit Kössling. Pour l'été, ou pour toute l'année ?

— Pour toute l'année, trancha Jettchen. »

Mais il n'y avait personne en vue, personne à qui parler, pas une âme. Quelque part sur l'arrière, pourtant, dans un coin près d'une remise, du linge séchait sur son fil. Mais seules les fleurs se pressaient en minces rangées silencieuses autour de la maison : narcisses et pensées, muguet et céréales multicolores. Et elles brillaient d'une lueur déjà crue et qui semblait ne pas appartenir à notre terre dans le soir qui, descendant, étalait ici sous les arbres ses premières ombres.

« Nous n'avons pas de chance », dit Kössling d'un ton sérieux.

Alors, une sorte de tristesse gagna Jettchen. C'était comme un accord plaqué sur les cordes graves, et son écho la suivit quand, s'éloignant, ils arrivèrent au bord de l'eau qui s'écoulait, si large et si paresseuse, dont la surface ne se ridait que çà et là sous un vent du soir qui caressait aussi d'une main douce les cimes des grands arbres pour retourner vers la lumière leur face inférieure argentée. Cette brise légère suffit à faire frissonner Jettchen.

Kössling le sentit.

« Moi aussi, récemment, j'ai trouvé un poème dans un almanach, ma douce amie, dit-il en posant sa main sur l'épaule de Jettchen pour la réchauffer :

"Je ne suis encor qu'un mendiant
Au bord du chemin de ta vie
Et si je tends pourtant la main,
C'est en vain, c'est toujours en vain

Mais quand je reviendrai vers toi,
Je te conduirai sur mon cheval blanc.
Ô mon épouse, ô mon bonheur,
Dans un château blanc et secret." »

Jettchen, silencieuse, s'appuyait contre lui, tremblante et embarrassée. Et soudain, comme poussés, tirés l'un vers l'autre, comme s'il fallait qu'ils fussent tout proches, tout serrés, ils s'embrassèrent. Et leurs lèvres se rencontrèrent, se séparèrent, se retrouvèrent, et leurs bouches reposèrent l'une sur l'autre comme si elles ne voulaient plus jamais quitter cette place. Et Kössling vit venir aux yeux de velours noir de Jettchen quelques larmes qui se rassemblèrent et débordèrent très lentement ; il les vit couler très lentement sur les joues ; de ses lèvres, il chercha son visage, les joues, les yeux, le front, les cheveux sur les tempes ; ses baisers n'en négligèrent aucun endroit, des baisers qui eurent leur écho, un écho proche et rouge.

Soudain, Jettchen se reprit et dit :

« Viens, mon cher, mon bon. Nous allons être raisonnables, il faut que je rentre. »

Puis elle se pencha de nouveau et lui donna un baiser si long, si long, que Kössling en perdit presque ses esprits.

« C'est le dernier », dit-elle, et elle fit demi-tour.

Alors, ils ne se poursuivirent pas, ils marchèrent très lentement côte à côte, d'un pas hésitant, par les chemins que gagnait l'ombre, longeant les petits ruisseaux, la surface brillante des eaux, miroir profond où se reflétait le ciel clair et rose.

Ils parlèrent de choses extérieures, mais en évitant tout à fait de s'adresser l'un à l'autre, car le « vous » les paralysait, et le « tu » ne voulait pas franchir leurs lèvres.

Dans les bouquets d'arbres, les ombres s'amassaient, et le ciel se dressait au-dessus, flamboyant. Les grives s'étaient cherché une place d'où lancer dans le soir leur chant effréné, tandis que tout le reste s'était déjà tu — seul un rossignol, très loin au bord de l'eau, s'essayait à quelques premiers trilles et roulades mélancoliques.

L'humeur de Kössling était aussi changeante qu'un jour d'avril où alternent soleil, pluie, grêle et neige. Un instant avant ruisselant et couvert de blanc, tout se mettait soudain à briller, à scintiller de mille éclats.

Il avait le sentiment d'avoir à présent conquis quelque chose qui le rendait invulnérable à tout péril et que, quoi qu'il advînt, il ne retomberait jamais plus dans son ancienne misère. Tout ce qui jusqu'alors avait occupé et empli son existence lui semblait infiniment mesquin, insignifiant et indifférent en regard de ce bonheur immérité qui lui était soudain échu.

Nous sommes plongés dans la politique, la vie publique, la littérature, les questions sur nos tâches vitales et le sens de notre existence, la satisfaction de nos besoins élémentaires, les soucis, les luttes, et un vent brusque s'abat sur nous en tourbillon, qui emporte et dissipe tout cela comme si ces choses n'avaient jamais existé, ne nous avaient jamais oppressés, ne nous avaient jamais emplis.

Jettchen marchait à côté de Kössling, droite, le pas ferme, et s'efforçait de dompter les craintes et les doutes qui s'élevaient en elle quant à leur avenir — car elle sentait maintenant que son avenir et celui de Kössling n'en faisaient qu'un. Non, elle ne voulait pas se laisser gâter par tout cela ne fût-ce qu'une seconde de ce rare et beau présent où tout lui parlait, la berçait et la cajolait : le parfum du feuillage encore légèrement humide de pluie et la proximité de cet homme qu'elle aimait, le rougeoiement lumineux du soir, et jusqu'aux figures de pierre muettes dans les fourrés.

Quand ils se trouvèrent de nouveau devant la grille aux pointes dorées, décorée d'étoiles dorées, ils restèrent un moment immobiles pour jeter encore un dernier regard en arrière, vers l'allée de tilleuls crépusculaire et les larges masses de feuillage du parc, qui se dressaient comme un mur sombre au-delà du bâtiment bas de l'orangerie. Mais la sentinelle, un robuste rustaud taillé à coups de hache qui, le fusil au bras, allait et venait d'un pas lourd et sonore, leur signifia que, maintenant, ils devaient quitter le parc, qu'ils étaient déjà les derniers, et qu'il lui fallait fermer la grille.

Kössling, indigné, fut sur le point de lui répondre vertement, mais Jettchen le tira craintivement par le bras, se réfugia tout contre lui et le conjura en chuchotant de rester tranquille.

Puis ils revirent la poupée dorée de la girouette, qui à présent, dans le soir, se détachait, noire comme une silhouette découpée, en haut de la coupole, sur le fond lumineux du ciel rouge, flamboyant. Elle passa devant leurs regards, s'éloigna, et la pénombre du long chemin les enveloppa étroitement, intimement, comme se referme familièrement sur nous notre chambre tranquille et silencieuse après une belle journée pleine d'images changeantes et colorées.

Plus ils se rapprochaient de la maison de Mme Könnecke, plus ils marchèrent lentement, à petits pas hésitants ; ils s'arrêtaient pour quelques minutes, se parlant ou partageant un beau silence, tout près des arbres, loin des petits cercles de lumière jaune, tout comme ces autres couples que Jettchen voyait de sa fenêtre les dimanches soir.

Ils ne parlaient pas de la façon dont les choses évolueraient entre eux, de projets, d'espoirs et de perspectives, d'obstacles et de difficultés, comme s'ils étaient convenus de n'en rien dire et de ne rien laisser surgir entre eux qui pût mêler d'amertume le bonheur et la joie calme du présent. Car Jettchen, la belle et fière Jettchen Gebert, s'était depuis longtemps lassée de sa décision que leur dernier baiser restât le dernier, et leurs lèvres se trouvaient de plus en plus aisément, se séparaient de plus en plus difficilement. C'était tout à fait comme si les flots d'un fleuve qui se jettent dans la mer et les vagues de la mer qui montent vers la terre se heurtaient et se dressaient les uns contre les autres.

Et ils marchèrent lentement, lentement, ils s'avancèrent encore de quelques petits pas dans une rue latérale à peine éclairée, bordée de petites maisons, puis regagnèrent le long chemin. Et le crépuscule se transforma peu à peu en une obscurité hésitante, et l'obscurité peu à peu en une nuit chaude où la terre humide exhalait ses vapeurs et ses brumes, de telle sorte que le ciel descendait très bas et que, tout là-haut, quelques étoiles isolées clignaient de leurs yeux rouges comme d'avoir trop pleuré.

Dix fois il se promirent à eux-mêmes et l'un à l'autre, par des serments saints et sacrés, qu'ils seraient désormais raisonnables et conscients de leur dignité, et dix fois ils rompirent leur promesse en riant. Et à de courts moments d'humeur joyeuse et de rires enfantins succédaient des périodes de méditation rêveuse ; des propos graves et réfléchis succédaient à des plaisanteries et à des bavardages futiles, à des riens qui n'avaient de sens que pour eux — ils avaient d'un seul coup l'un et l'autre tant et tant de choses à se raconter, qui remontaient à loin : de petites particularités, des expériences de jeunesse, des souvenirs d'école.

« Sais-tu, mon amour, dit Kössling, que ces dernières semaines — ne va pas croire que c'est seulement depuis aujourd'hui que tu es auprès de moi ! — il n'y a rien dont je me sois plus émerveillé que de t'avoir finalement rencontrée. Car je suis convaincu que, toujours, il n'y a au monde que deux êtres qui soient destinés l'un à l'autre, qu'ils sont renvoyés sur terre et y errent sans trêve jusqu'à ce qu'ils se soient trouvés. Je suis certainement né dix fois, trente fois déjà, et je suis reparti, et je suis revenu, toujours, pour te chercher. Te souviens-tu de ce que je t'ai dit — que j'espérais qu'il ne s'écoulerait pas de nouveau trente mille ans avant que je te revoie ? »

Jettchen s'en souvenait.

Et puis Kössling dit combien c'était étrange, et que depuis des jours, des semaines, il voyait tout sous un autre éclairage. Bien sûr, il cherchait toujours à se convaincre qu'il appartenait à la vie extérieure, que sa place était aux avant-postes, où le feu est le plus vif, où les choses adviennent et se développent, mais sans cesse il se demandait avec étonnement en quoi tout cela le concernait, ce qu'il en avait à faire, et si peut-être c'étaient là *ses* riches et ses pauvres, et *ses* rois et ses Constitutions, et *ses* lubies et ses livres. Et il avait à présent le sentiment que cela ne le regardait plus en rien, il ne savait plus qu'en faire, il lui semblait qu'il n'avait plus besoin que de repos pour devenir lui-même, d'un minuscule coin qui lui appartînt, où il pourrait être plus heureux que dans le vaste palais ; il ne voulait rien, il ne demandait rien d'autre à la vie que l'aumône de ce bonheur qui était aujoud'hui tombé dans son giron. Et si en échange il devait, avec les autres, charrier des cailloux tout le reste de sa vie, il n'hésiterait pas un instant, et jamais il ne le regretterait.

Jettchen dit que s'il parlait ainsi maintenant, il n'y avait peut-être pas vraiment réfléchi.

Cependant, ils étaient quand même presque arrivés à la maison de Mme Könnecke, et le parfum du lilas et du cytise qui appuyaient leur masse floue et estompée à la clôture leur parvenait déjà, couvert par l'odeur d'orange des acacias blancs qui, du jardin derrière la maison, exhalaient leur souffle dans la brume nocturne. Et leurs cœurs battirent lourdement, de façon si oppressante qu'ils durent s'écarter l'un de l'autre. Et alors qu'ils se tenaient encore en silence dans l'ombre du tilleul, la chambre de la tante s'éclaira et une large boule de lumière se déversa hors de la pièce sur les buissons et les fleurs, de telle sorte qu'on voyait très distinctement chaque feuille du lilas ; elle se déversa hors de la pièce dans l'obscurité profonde de cette nuit de printemps où ses contours se fondirent ; elle ne parvint pas même jusqu'au tilleul qui abritait Jettchen et Kössling.

Puis la tante se mit à sa fenêtre et regarda à l'extérieur. Mais comme elle se tenait dans la clarté, tout, dehors, s'enveloppait pour elle d'une obscurité deux fois plus épaisse, et elle ne pouvait se douter qu'à quelques pas d'elle sa nièce Jettchen et Kössling, sous l'arbre, retenaient leur souffle. Et une fois que la tante eut baissé les jalousies, Jettchen et Kössling se jetèrent une dernière fois dans les bras l'un de l'autre, et Jettchen, la fière Jettchen Gebert, fut secouée d'un sanglot, et Kössling lui caressa les cheveux, les tempes, les joues, la berça sur son cœur et lui flatta le dos, lui baisa le visage et lui dit doucement des mots câlins, comme on apaise un enfant fatigué, malheureux.

Puis ils prirent congé l'un de l'autre et se tendirent les mains, les serrèrent, échangèrent un baiser, se prirent de nouveau les mains, échangèrent encore un baiser, puis s'arrachèrent l'un à l'autre, brutalement, douloureusement. Et alors que depuis longtemps déjà Jettchen ne pouvait plus voir Kössling, elle crut encore le distinguer dans l'obscurité et entendre le bruit de ses pas. Et enfin, tout doucement, elle se glissa dans le jardin en veillant à ne pas faire grincer la barrière, et gravit l'escalier en frôlant les feuilles froides du troène, qui bruissèrent à ce contact. Elle craignait que la porte fût fermée à clé, mais il n'en était rien, et Mme Könnecke avait laissé la clé sur la serrure afin que Jettchen pût fermer de l'intérieur.

Mme Könnecke, quant à elle, n'allumait pas la lumière de tout l'été et allait se coucher comme les poules — ou une heure, deux heures après tout au plus.

Jettchen ayant frappé doucement, elle entendit du bruit dans la chambre de sa tante, mais celle-ci ne se montra pas. Puis, après un bon moment, la servante apparut dans le corridor, claquant le sol de ses pieds nus, car elle aussi était déjà prête à se mettre au lit. Elle dit qu'elle avait gardé quelque chose à manger pour Mademoiselle. Peut-être que Mlle Jettchen aimerait dîner dans sa chambre ? Mais non, Jettchen n'avait pas envie de manger. Elle se rendit aussitôt dans sa chambre, ouvrit toutes grandes les fenêtres, qui n'étaient fermées qu'à l'espagnolette, et plongea son regard dans la nuit humide et dans le ciel suspendu là-haut, au-dessus des arbres, bordé d'une légère bande de lumière ; elle se demanda où Kössling en était déjà de sa route, et s'il ne serait pas plus sûr qu'il rentrât en voiture, et s'il n'était pas assez intelligent pour y penser tout seul et prendre l'omnibus.

Puis Jettchen, doucement, tout doucement, commença à se déshabiller dans l'obscurité, car, dans sa chambre sombre, personne ne pouvait la voir de l'extérieur. Et elle se promit de dormir, d'un sommeil suave et profond. Mais son sang bouillait, et quand elle tirait les draps sur elle et fermait les yeux, tout devenait rouge foncé autour d'elle. Et quand elle cherchait à penser à quelque chose, quoi que ce fût, qui les concernât tous les deux, cela s'enfuyait, lui échappait, comme des feuilles et des fleurs qu'un coup de vent a jetés dans le ruisseau. Le courant les emporte, où sont-elles à présent ?

Et soudain, il sembla à Jettchen que ce qui l'entourait devenait vivant. Mais peut-être n'était-ce que l'haleine de la nuit qui, venant des arbres, entrait dans la chambre ? Et il lui sembla que tous les murmures qui s'étaient échangés entre ces murs, que toutes les amours qui s'étaient reposées sur ces oreillers, soudain réveillés, rappelés à l'existence, l'étourdissaient de leur tendresse inouïe.

Jettchen resta un moment allongée, brûlante, tremblante, apeurée ; elle n'osait pas bouger un membre, et une telle nostalgie s'empara d'elle qu'elle aurait voulu crier, et elle sentit de nouveau toute cette pluie de baisers qui s'était répandue sur ses cheveux, sa bouche et ses joues.

Jettchen ne supporta pas plus longtemps cette faiblesse contre laquelle elle ne pouvait se défendre. Et sans bruit, comme elle s'était couchée, elle se releva, passa quelques vêtements posés sur une chaise et qui, blancs, se détachaient nettement dans l'obscurité, trouva dans un coin un châle dont elle se couvrit les épaules, glissa ses pieds nus dans ses pantoufles légères ; puis, retenant son souffle et emplie de crainte comme une voleuse, tendant l'oreille après chaque pas, fémissant avant chaque pas à l'idée que peut-être le plancher allait craquer et grincer, elle se faufila hors de sa chambre, longea le corridor et descendit le petit escalier.

Alors seulement elle se remit à respirer ; elle resta un instant immobile sous l'épais toit de feuillage des marronniers, qui retenait comme une serre un air chaud et humide. Mais lorsque, dans la cour des voisins, un chien se mit à aboyer et, en hurlant, vint frapper de son crâne épais la clôture de bois, Jettchen se hâta de pousser plus loin dans l'obscurité du jardin sur les allées familières.

Là, il faisait plus frais que sous les marronniers, et elle dut resserrer son châle autour de ses épaules, car la fraîcheur de la nuit de printemps traversait partout ses légers vêtements, pénétrait jusqu'à sa peau et la faisait frissonner. Jettchen marcha sans trêve dans le jardin tout empli de l'odeur des acacias et où, de-ci, de-là, des étoiles étincelaient parmi les feuilles ; elle marcha sans trêve dans le verger, suivit les petites allées entre les buissons de framboisiers couverts de rosée, où elle voyait tout le ciel au-dessus d'elle comme une cloche sombre et constellée. Et elle pensa aux paroles de Kössling, qui se la représentait sortant, claire silhouette, d'un chemin obscur ; et elle pensa à Kössling, à son propre bonheur et à sa propre absence d'espoir. Et elle revécut chaque mot de l'après-midi et chaque baiser de la soirée... Il y avait un tel silence, dans le jardin, qu'elle entendait sonner des clochers lointains. Elle ne savait pas d'où venaient ces sons, mais elle les entendait très distinctement, tous les quarts d'heure, toutes les demi-heures et, de loin en loin, toutes les heures. Pourtant, elle n'avait pas la moindre idée de l'heure qu'il était car, si elle entendait bien sonner les cloches, elle ne comptait pas leurs coups. Et le ciel commençait déjà à s'éclaircir quand enfin, fatiguée, oh, si fatiguée, elle remonta vers la maison... Et quand elle fut de nouveau dans sa chambre, Jettchen put à peine encore fermer les fenêtres avant de s'abattre sur son lit, sans volonté et lourde comme une pierre ; puis elle dormit d'un sommeil profond et sans rêves tandis que s'avançait un clair matin.

Jettchen se leva très tard. D'abord, elle ne sut pas très bien où elle était, puis tout lui revint lentement, tout de la veille au soir et de la nuit.

Mais à peine se fut-elle frotté les yeux pour en chasser le sommeil, et à peine eut-elle tout rappelé très exactement à sa mémoire, que déjà tout fut anéanti, passé, emporté, et le fleuve opiniâtre conduit à regagner son lit habituel.

La tante rentrait déjà de Berlin sous une pluie battante. Car vers le matin, le ciel s'était couvert de nuages venant de Spandau, puis une petite pluie fine s'était mise à tomber, et à présent on aurait dit que l'eau, qui se déversait des toits pentus en larges jets clapotants, ne voulait plus s'arrêter de tomber et qu'elle continuerait jusqu'au Jugement dernier. Malgré la capote de cuir de l'omnibus, la tante était trempée et, tout à fait contre son habitude, fort accablée et silencieuse. D'ordinaire, elle débitait ses litanies comme une horloge à répétition, mais, aujourd'hui, elle ne desserrait pas les dents. À vrai dire, elle n'était quand même pas absolument muette ; si elle parlait peu, elle revenait sans cesse à cette histoire de prédicateur mennonite, vous savez bien... Mais on sentait que si elle parlait, ce n'était pas, comme d'habitude, par besoin de discourir, mais plutôt pour rendre son silence moins sensible. Mais elle n'eut pas un mot pour évoquer la veille au soir.

Et Jettchen, assise vis-à-vis d'elle au fond de la salle à manger nue dont la pénombre verte ne lui avait jamais paru aussi angoissante, tout en faisant questions et réponses du ton le plus naturel possible, sentait qu'entre-temps il s'était produit quelque chose de funeste pour elle, quelque chose d'inéluctable qui, pour toujours, la jetterait loin du chemin de son existence. Et tout l'après-midi, tante Rikchen écrivit une longue lettre à l'oncle Salomon, à Leipzig, tandis que Jettchen, occupée à un ouvrage de dame, restait assise auprès d'elle en silence. Ensuite, quand Jettchen voulut ajouter quelques lignes de sa main, la tante dit que, malheureusement, il n'y avait plus la place et que la lettre devait partir très vite. Et, malgré la pluie, elle sortit elle-même pour la porter à la poste la plus proche.

Jettchen n'aurait que trop volontiers parlé de Kössling à sa tante. Elle aurait aimé avoir quelqu'un auprès de qui épancher son cœur, mais alors qu'elles étaient assises vis-à-vis l'une de l'autre, elle ne trouva ni le courage ni la façon de commencer. Plus d'une fois elle eut les mots sur les lèvres, mais ils y restèrent, figés, glacés ; et quand elle regardait le visage de sa tante, si bizarre avec sa gravité soucieuse et ses petits yeux en grains de raisin sec, elle se disait tristement que, pour le moment, il fallait qu'elle se taise, qu'il serait mieux qu'elle attende jusqu'au retour de son oncle pour tout raconter. Son oncle, lui, prendrait leur parti, Jettchen le savait.

Car la veille, comme on pouvait s'y attendre, la bonne Mme Könnecke avait accueilli la tante en lui disant tout de go que Mlle Jettchen était partie avec un monsieur et que sans doute elle ne reviendrait pas de si tôt. Si elle avait l'intention de rentrer pour le soir, ça n'en avait pas l'air. Mais Mme Könnecke avait aussi ajouté qu'elle était presque toujours à la maison et que ce monsieur — un homme blond, bien aimable, elle avait parlé avec lui —, que ce monsieur, donc, elle ne l'avait jamais vu par ici. Mais si Mlle Jettchen, le matin, quand elle allait toujours se promener dans le parc, n'y retrouvait pas ce monsieur, elle n'en savait naturellement rien.

La tante s'était presque mise à pleurer de devoir entendre une étrangère lui rapporter de telles choses sur Jettchen, et la moitié de la nuit, le souci l'avait empêchée de dormir, et cent fois elle aurait voulu que son Salomon fût là pour ramener Jettchen à la raison comme il convenait. Car on ne pouvait pas tolérer que Jettchen s'affiche ainsi avec un inconnu. À quoi pensait-elle donc ? Cela ne pouvait mener à rien. Il ne pouvait en être question. Et dès l'aurore, la tante s'était levée et, sans rien absorber — elle pourrait tout aussi bien prendre un café chez Bolzani —, elle était aussitôt allée trouver Jason au magasin. Puisque c'était lui qui avait introduit chez eux ce personnage, il pouvait aussi s'occuper de la façon de les en débarrasser.

Mais la patience de tante Rikchen fut alors mise à rude épreuve, car, lui dit Gustav, le domestique de la maison, M. Jason avait coutume de ne jamais se montrer au magasin avant dix heures et demie. Elle dut donc attendre une heure. Pendant ce temps, ce qu'elle avait sur le cœur contre Jason et au sujet de Jettchen et de Kössling bouillonna, écuma et se décanta si bien que la conversation entre elle et Jason se déroula beaucoup plus calmement et sur un ton beaucoup plus bas qu'on aurait pu s'y attendre.

Car lorsque Jason arriva enfin — un quart d'heure plus tard encore que d'habitude, tiré à quatre épingles, les vêtements repassés de frais, joyeux et sifflotant —, Rikchen, trop impatiente pour rester assise et qui roulait comme une boule de vif-argent d'un coin à l'autre du bureau privé de son mari, était à bout de forces et, de ce fait, d'humeur déjà plus douce et charitable.

« Bonjour, Rikchen, quel bon vent t'amène ? » demanda Jason, entre surprise et crainte.

Mais tante Rikchen ne lui laissa pas le temps de se remettre de son étonnement.

« Jason, commença-t-elle en happant l'air, Jason, figure-toi que l'homme que tu nous as amené, eh bien, hier, il est venu à Charlottenbourg.

— Ah oui ? dit Jason en se mettant à son tour à arpenter la pièce. Tiens, dit-il entre deux trilles de l'ouverture de *Zampa*, je ne savais pas que les Gebert avaient pris Charlottenbourg à bail. D'après le droit prussien, on ne peut interdire à personne d'aller à Charlottenbourg ; *même pas* à un homme que *j*'ai amené chez toi.

— Oh, dit tante Rikchen d'une voix triste et lente, si ça n'était que de *moi*, il pourrait bien venir à Charlottenbourg tant qu'il voudrait ; mais cet homme s'est promené avec Jettchen tout l'après-midi, et jusque tard dans la nuit. Je n'ai même pas entendu rentrer Jettchen. »

Tante Rikchen avait cru devoir ajouter cette petite inexactitude pour donner plus de poids à ses paroles.

Jason s'arrêta, son visage prit une expression très pensive, et il ne siffla plus que tout bas, entre ses dents, en hachant les notes, l'air qu'il modulait auparavant à pleines lèvres.

« Ah ! dit-il. Aah ! Était-ce donc la première fois que le Dr Kössling venait vous voir à Charlottenbourg ?

— Mais je n'en sais rien, *moi.*

— Mais que t'en a dit Jettchen ?

— Enfin, Jason, je ne vais quand même pas en parler avec Jettchen ! Crois-tu peut-être qu'elle me dirait quoi que ce soit ? Il faudrait qu'elle soit bien bête.

— Hum ! fit Jason en tiraillant sa mince lèvre supérieure. Ma chère belle-sœur, parles-en quand même d'abord avec Jettchen. Que voudrais-tu que j'y fasse, *moi* ?

— Imagine-toi, quand Salomon va rentrer... Tu sais bien comme il tient à Jettchen. Qu'est-ce que je vais pouvoir lui dire ? » geignit Rikchen, toute désorientée, avec une telle mine qu'on aurait pu croire qu'elle allait dès le lendemain se retrouver grand-tante du fait de Jettchen.

Cela déconcerta Jason.

« Crois-tu qu'il y ait vraiment là... je veux dire... qu'il y ait là des raisons de s'alarmer ? Écoute, je connais Jettchen, et je connais le Dr Kössling, si bien que j'en doute fort. Il est certes *possible* qu'ils aient plaisir à être ensemble. Mais qu'il y ait *plus,* je n'y crois...

— Possible ! Il dit possible, l'interrompit Rikchen du ton qu'elle aurait pris en présence d'un aliéné. Tu crois peut-être, Jason, que je suis aveugle ? Tu crois peut-être que je n'ai pas vu venir ça depuis longtemps ?

— Mais il peut aussi t'arriver de te tromper, chère belle-sœur ! »

Tante Rikchen bondit.

« Me tromper, moi ? Est-ce que je me suis jamais trompée, dans ce genre d'affaires ? Je ne vois vraiment pas ce qui te permet de dire ça de moi, Jason ! »

Par ces mots, elle rendit son humour à Jason, qui commençait à trouver la situation gênante, car il se disait qu'il s'était mis, pour ainsi dire, dans de beaux draps. Il retrouva aussitôt sa manière habituelle de ne pas se laisser atteindre, de considérer les choses de haut.

L'air guilleret, les mains dans les poches, il se campa devant la petite tante Rikchen, qui respirait à grand bruit.

« Tu sais, épouse de mon frère Salomon Gebert, tu sais que depuis toujours je révère ta perspicacité féminine qui, précisément dans les affaires délicates du genre de celle qui t'amène, s'est même manifestée comme un merveilleux don de divination, car elle te faisait voir ce qui n'existait pas encore mais était quand même susceptible de se produire. Et maintenant, chère amie, que crois-tu que l'on doive faire afin que, cette fois, tes prophéties ne s'accomplissent pas ?

— Il parle toujours de prophéties ! Pour moi, malheureusement, c'est sérieux, terriblement sérieux. Et Monsieur, voilà, il fait comme si ça n'était *rien du tout*. D'abord, il m'amène cet homme chez moi, et après, quand le malheur est arrivé, il reste là les mains dans les poches ! »

Quand tante Rikchen s'énervait, les accents et les tournures propres à son pays natal, que d'ordinaire elle savait si bien désavouer, ressurgissaient dans son langage.

Jason rit, car la petite et replète tante Rikchen, dans son désespoir si peu en accord avec son visage rond comme une crêpe, présentait vraiment un aspect très comique.

« Soit. Et que suis-je donc censé faire, *moi*, ma belle amie ?

— Il le demande ! Il faut que tu ailles voir cet homme, et tu vas lui dire de ne plus venir. À présent, c'est ton devoir saint et sacré, Jason. Tu nous le dois.

— Bon. Mais si pourtant tu te...

— Bien, mon cher Jason. Si tu ne veux pas y aller, *toi*, je vais y aller, *moi !* » dit tante Rikchen avec une telle détermination qu'on aurait pu croire qu'elle entreprenait tous les jours ce genre de démarches et savait depuis longtemps où trouver le délinquant dans le vaste filet des rues de Berlin.

« Écoute, Rikchen, je crois que le Dr Kössling, pour autant que je le connaisse, ne reçoit pas de visites féminines qui pourraient le compromettre. Mais laisse-moi donc parler...

— Non, s'il te plaît, laisse-*moi* parler.

— Écoute, ma chère Rikchen, si tu ne veux pas respecter la liste des orateurs inscrits, je vais demander la clôture des débats et passer à l'ordre du jour. »

Mais tante Rikchen était trop en colère pour respecter les formes parlementaires, la grammaire, le bon allemand ou quoi que ce fût d'autre au monde. Et elle s'était aussi trop bien remise de son attente épuisante pour se laisser dire n'importe quoi en silence ; quoi que pût lui objecter Jason, elle continuait sur sa lancée sans y prêter attention.

« Bien, dit finalement Jason. Je suis d'avis que c'est superflu, mais si *tu* le veux absolument, je vais — juste pour te rassurer — aller voir Kössling et tâter tout doucement le terrain. Je te ferai ce plaisir. Mais à présent, excuse-moi, il faut vraiment que je lise le courrier. »

Et sur ces mots il escorta tante Rikchen jusqu'à la porte sans poursuivre plus avant les négociations, et le flot de paroles de tante Rikchen continua à se déverser alors qu'elle était déjà à moitié dans la rue et que Jason s'était depuis longtemps déjà attaqué à la correspondance relative à un laissé-pour-compte de Banke & Tulpenthal, de Francfort, qui prétendait avoir commandé une serge à pois rouges et non un satin vert mousse à petites croix jaunes.

Et tandis que la tante était encore chez Bolzani, où elle prenait sa collation matinale bien méritée, et de nouveau d'excellente humeur, car elle était soulagée, Jason, oppressé et mécontent, se mit en route pour rendre visite au Dr Kössling. Il ne croyait pas qu'il se fût noué quelque chose entre Jettchen et Kössling, mais il reconnaissait quand même que c'était du domaine des possibilités, car à vrai dire ces deux êtres, chacun étant ce qu'il était, n'allaient pas mal du tout ensemble. En effet, la nature calme, rêveuse, légèrement passive de Jettchen, qui la distinguait des autres Gebert avec leur façon de manifester sans cesse leur tempérament, et qui représentait un des apports du sang maternel, devait la rendre plus proche intérieurement de Kössling qu'il pensait l'avoir jamais été lui-même.

S'étant dit cela, Jason, tout en marchant, réfléchit à la façon dont il pourrait déjouer toute rencontre ultérieure entre Jettchen et Kössling sans être maladroit ou franchement discourtois. Car s'il y avait *vraiment* quelque chose entre eux, mon Dieu, à quoi cela aboutirait-il ? À cette pensée, il eut une bouffée de chaleur. Et avec ses guêtres flambant neuves, et malgré la pluie, et malgré les flaques partout entre les pavés, et malgré l'eau qui dévalait les caniveaux transformés en torrents que l'on pouvait à peine encore franchir d'une enjambée, Jason arpenta trois ou quatre fois le trottoir devant la maison de Kössling sans oser y entrer, comme un gamin qui s'attend à se faire réprimander. Et il aurait donné bien des choses pour que Kössling ne fût pas chez lui. Mais finalement, il lui fallut bien monter.

Kössling habitait dans la Neue Friedrichstrasse, à l'arrière d'une maisonnette qui donnait sur le Königsgraben. Non loin de sa fenêtre se dressaient des ormes et des peupliers sous lesquels coulait paresseusement l'étroit cours d'eau noir, et par-dessus lesquels regardaient les petites poupées de pierre grise des colonnades. Mais il y avait d'abord un curieux petit jardin coincé entre les cours et les maisons, avec quelques allées envahies par l'herbe, quelques buissons qui verdissaient tardivement et perdaient leurs feuilles plus tôt que tous les autres aux environs, et, à la place de la pelouse d'autrefois, les larges feuilles de la bardane et du tussilage. La grille rouillée était toujours fermée. Une seule fois, Kössling avait vu en bas une vieille femme assise dans un fauteuil, elle était si malade qu'elle ne pouvait plus marcher — mais cela remontait déjà à longtemps, et comme Kössling ne l'avait pas revue, et comme le petit jardin abandonné restait toujours aussi désert et silencieux, il supposait que la vieille femme était partie pour un monde meilleur.

Ce que la chambre de Kössling avait de mieux à offrir, c'était bien la vue sur la verdure ou, en hiver, sur le réseau des branches. C'est d'ailleurs pour la vue qu'il l'avait louée. À l'intérieur, elle ne présentait aucun avantage. C'était un long rectangle aux murs peints d'un badigeon clair et dont le plancher était si vieux et moisi que les lames bâillaient. Elle n'avait que quelques meubles d'une lourdeur surannée : dans un coin, un lit à baldaquin aux rideaux épais, où l'on aurait pu cacher une section de grenadiers ; au milieu, un fauteuil inébranlable comme un bloc de rocher, en cuir noir avec des rangées de boutons blancs, trône et couche propice à la sieste tout à la fois ; devant la fenêtre, une table pareille à une place forte, sur laquelle des piles de livres formaient des bastions dans l'esprit du système de Vauban, et qui était disposée de façon que la main qui écrivait ne projetât pas d'ombre gênante sur le papier.

C'est à cette table que Kössling travaillait, le regard dans la verdure, à cette table aussi qu'il absorbait ses repas silencieux et sans joie, en suivant d'un œil avide les lignes du livre qu'il avait repoussé loin au milieu du plateau et appuyé à son encrier.

Les quelques chaises de bois, avec leurs longues et fines pattes de chèvre et les délicats barreaux de leurs dossiers, ne pouvaient rivaliser avec les monstres antédiluviens. On les avait mises au coin comme des enfants punis ; et, même les lithographies accrochées au mur dans leurs minces cadres de bouleau veiné — Blume dans le rôle de Don Juan et la Sontag de Dondorf dans celui de la Selika d'*Obéron*[51] — n'osaient pas plus souffler mot que les quatre petits portraits en silhouette découpée d'amis d'études de Kössling qui leur faisaient face, entourés d'une fine baguette dorée.

Le lit, le fauteuil et la table se partageaient seuls une souveraineté absolue sur la chambre blanche au plancher vermoulu et aux légers rideaux flottants de mousseline.

Kössling n'aimait pas ces quelques meubles, car ils avaient des manières désagréables. Ils se comportaient comme s'ils ne le remarquaient pas du tout, ou le traitaient avec une extrême condescendance. Et s'il n'y avait pas eu dehors les arbres verts et, en bas, le petit jardin abandonné, Kössling aurait déménagé depuis longtemps, mais les arbres et le jardin le réconciliaient toujours avec ces lieux quand il avait eu une divergence d'opinion avec la table, le lit ou le fauteuil.

Jason Gebert trouva Kössling chez lui. Car lorsqu'il s'était mis à pleuvoir, Kössling avait bien dû, bon gré mal gré, se résoudre à regagner enfin son logis. Jusque-là, toute la nuit il avait erré Dieu sait où ; il avait couru, s'était heurté aux arbres, les avait embrassés, leur avait parlé ; puis il avait suivi pendant une bonne demi-heure un inconnu, jusqu'à ce que celui-ci prenne peur ; longtemps, longtemps après, Unter den Linden, il s'était arrêté devant chez Jagor et avait ri, méprisant, au spectacle des gens qui, à cette heure tardive, entraient encore dans l'établissement ou en sortaient — fier, car aucun de ceux qui passaient devant lui d'un pas titubant et en chantant, et qui dissipaient là, en une nuit, plus de frédérics d'or que lui-même n'en dépensait en un mois, ne savait que vis-à-vis d'eux tous il était un roi. Et toute la tendresse dont son âme était capable s'était épanchée en paroles, qui toutes s'étaient déversées autour du nom de Jettchen. Sans cesse, il cherchait à se représenter Jettchen — contre la haie dans le verger ; traversant la cour devant lui ; s'échappant en courant dans le parc ; près, tout près de lui quand ils marchaient l'un derrière l'autre sur le chemin, sous les saules ; inclinant la tête, au bord de l'eau ; et, finalement, montant vivement le petit escalier tandis que dehors, dans l'obscurité, il pressait sa tête contre un arbre.

Parfois, il avait l'impression de sentir encore nettement sur sa joue le souffle de Jettchen, et il tournait la tête pour voir si elle ne marchait pas à côté de lui.

Et puis il se mettait à rêver longuement à l'avenir, il se peignait une vie commune toute de familiarité, avec, le matin, le café servi sur une table à nappe blanche et, en face de lui, Jettchen en peignoir clair. Et il voyait très distinctement, sur la table devant lui, une coupe de cristal taillé emplie d'un miel jaune doré. Du miel avec le café, c'était depuis toujours le comble et l'apogée de ses désirs inaccomplis. Et à présent, il se moquait de lui-même en y songeant, comme s'il s'était pris lui-même en flagrant délit.

Puis il se sentait pris de crainte et d'oppression et se creusait sans fin la tête à imaginer tout ce qu'il pourrait faire pour conquérir Jettchen : il l'emmènerait chez lui, à Brunswick, du jour au lendemain, telle qu'elle était ; il reviendrait, riche et célèbre, et briserait toutes les résistances ; il écrirait des comédies, de petites choses que l'on jouerait bien sûr partout — cela rapportait de l'argent. Et, en pensée, il voyait déjà se concrétiser d'infimes détails. Et puis, soudain, il se disait que Jettchen ne voudrait jamais le revoir — et tout, alors, lui confirmait qu'il en serait ainsi, mais cette pensée ne suscitait en lui aucun dépit, il n'éprouvait que de la gratitude pour le don qu'elle lui avait fait brièvement de sa beauté.

Finalement, de même qu'il s'était engagé en errant dans les rues de plus en plus reculées et inconnues, il s'enfonça dans les profondeurs confuses de son esprit. Et ici comme là, dans le monde extérieur comme dans le monde intérieur, il ne sut bientôt plus du tout où il se trouvait.

Quand il commença à pleuvoir, Kössling se mit pourtant à chercher son chemin pour rentrer chez lui. Mais quand il eut enfin monté l'escalier à tâtons, d'un pas lourd, une aube grise pénétrait déjà dans la chambre, et Kössling n'eut plus envie de se coucher. Il se contenta de se mettre un peu à son aise, s'assit dans le fauteuil, pressa sa joue contre le cuir noir et froid et s'endormit pour quelques courtes heures transparentes et presque sans rêves. Et quand il se fut frotté les yeux pour en chasser le sommeil, il se sentit tout à fait alerte ; la nuit blanche qu'il avait passée à marcher et à ruminer était loin.

Car Kössling était de ces gens qui ne sont jamais fatigués. Chez lui, tout ce qui avait trait au corps allait par deux : ou bien il avait de l'or dans sa poche ou bien pas même une monnaie de billon ; ou bien il mangeait à satiété, ou bien il avait faim — mais rien de cela n'affectait son être, ne le touchait.

Il lui aurait fallu exercer quelque dure besogne, rester du matin au soir derrière une charrue, devant une enclume ou sur le dos d'un cheval, cela lui aurait convenu, c'est *pour cela* qu'il était fait. Mais avec la vie qu'il menait, il ne pouvait se comparer qu'à une épée dans son fourreau. En tout ce qu'il voulait et faisait, il se déchargeait de son énergie inemployée. Et cela le rendait souvent maussade et chagrin ; perplexe, il s'enfermait alors dans ses ruminations.

Ce matin-là, un double fardeau pesait sur lui. Car tant qu'il avait été seul en cause, jamais il n'avait eu de comptes à rendre à quiconque. Que lui importait, d'ailleurs ? Mais, soudain, tout avait changé de face et à présent, pour la *première* fois, il sentait la lourde responsabilité des années perdues ; c'était comme une ombre mauvaise et dure que projetait son jeune bonheur dans le soleil matinal.

C'est dans ces dispositions que le surprit Jason Gebert.

Quand ils se trouvèrent vis-à-vis, ils furent tout aussi embarrassés l'un que l'autre. Car, jusqu'alors, Kössling et Jason ne s'étaient jamais rencontrés qu'en terrain neutre, et Kössling avait quelque idée des raisons de cette visite.

Kössling se leva lentement de devant la table sur laquelle était encore posée sa collation du matin, à laquelle il avait à peine touché ; il la poussa un peu de côté, de même que les livres et le papier, comme s'il devait mettre de l'ordre pour son hôte, et alla au-devant de Jason Gebert.

« C'est gentil de votre part, M. Gebert, de venir enfin me voir chez moi. Voulez-vous vous asseoir dans le fauteuil ? Oui, cela me fait vraiment plaisir...

— Non, je vais m'asseoir un peu auprès de vous, mon ami. Continuez tranquillement à travailler, je voulais seulement voir ce que vous deveniez. Vous aviez tout à fait disparu... Mais vous êtes très joliment logé, ici. On travaille bien, quand on voit de la verdure. On dirait que les pensées viennent des arbres, ou qu'elles descendent du ciel. Je connais cela. »

Et tout en disant cela, sans que Kössling pût l'empêcher, Jason était allé prendre dans son coin une des chaises aux pattes de chèvre, l'avait soulevée d'une main et l'avait apportée près de la table, devant le papier, les livres et la collation du matin.

« Voilà, dit-il en s'asseyant avec ce petit coup de reins qu'ont tous les boiteux pour s'installer sur un siège. Voilà pour moi. Et voilà pour vous, poursuivit-il en repoussant vers Kössling le plateau de la collation. Mais à présent, parlez-moi donc un peu de vous. Pourquoi m'avez-vous été infidèle ?

— J'étais chez moi, à Brunswick », dit Kössling en regardant la pluie d'un air pensif et en observant très attentivement un vieux moineau misérable, piteux, l'eau dégouttant de ses plumes, perché sur une saillie du mur d'en face. « J'y suis resté quelques semaines.

— Oui. Et ? demanda Jason en étirant sa question comme le confiseur un sucre d'orge.

— Non, dit Kössling. Je crois que non. À quoi bon ? Chaque fois, j'y suis plus étranger ; je ne peux plus retourner là-bas. Je ne crois pas que cela donnerait quoi que ce soit — et puis je serai bientôt trop vieux. »

Jason regardait devant lui dans le vide, l'air grave.

« Peut-être avez-vous raison, quelles que soient vos perspectives », dit-il en prenant un des livres, qu'il feuilleta. « Et qu'avez-vous fait d'autre ?... Mais je ne veux pas vous poser de questions. Nous voguons toujours sous vent contraire, n'est-ce pas ? Et nous ne pouvons que louvoyer en hissant les petites voiles de notre cinq-mâts tant que le vent n'est pas suffisant pour notre vaste et belle grand-voile, que *nous seuls* connaissons.

— Non, dit Kössling. À présent, le vent est déjà assez fort. »

Il s'interrompit et rougit.

Jason comprit, mais ne se dirigea pas encore vers son but, car sa mission lui pesait et l'oppressait, il ne trouvait pas le courage de la remplir et repoussait intentionnellement le moment où il lui faudrait se mettre à parler de Jettchen. Il prit, l'un après l'autre, les livres posés sur la table, parla des journaux et des ministres, du roi, des tableaux exposés à l'Académie des beaux-arts, de Hengstenberg et de Eichhorn[52].

Mais Kössling restait laconique et contraint. Il savait fort bien que si Jason était venu le trouver, c'était à cause de Jettchen, et l'envie le pressait de parler d'elle. À tout ce que disait Jason, de si loin que cela pût la toucher, son nom lui venait aux lèvres, mais chaque fois il se retenait de le prononcer.

Et quand enfin la conversation se réduisit à des gouttes éparses, à l'instar de la pluie dont la musique délicate et légère comme le vol d'une mouche n'était plus interrompue que de temps à autre par le brusque glouglou de l'eau descendant de la gouttière, et quand ils se retrouvèrent soudain assis face à face comme deux étrangers, Kössling ne *put* plus faire autrement, il fallut qu'il se mît à parler de Jettchen, d'abord en hésitant, honteux et achoppant sur les mots, puis, sur un ton de plus en plus assuré et victorieux. Tout ce qu'il avait en lui de joie s'exprimait, illuminait ses paroles. Et ce que celles-ci ne disaient pas, son excitation et le timbre de sa voix le trahissaient. Et quand enfin il se tut, il ne resta plus de question que Jason eût à lui poser.

Jason ne l'avait pas interrompu. Muet, raide sur sa chaise, il n'avait eu qu'un curieux tressaillement aux commissures des lèvres, que Kössling ne savait comment interpréter : moquerie ou mécontentement, compassion ou satisfaction ?

Et si l'on avait posé la question à Jason, lui-même n'aurait pu y répondre. Sans doute y avait-il un peu de tout cela. Compassion parce que Kössling était voué à l'échec ; mécontentement parce qu'il ne remarquait pas le gouffre qui les séparait ; moquerie, une trace de cette moquerie que suscitent toujours les rêveurs chez les esprits calmes et sobres ; émotion et satisfaction aussi, pourtant, au spectacle de cette jeune passion que Kössling lui avait offert. Car Jason avait eu l'impression que les paroles de Kössling faisaient surgir à ses yeux la personne même de Jettchen.

Kössling observait anxieusement la bouche de Jason Gebert, comme s'il attendait qu'elle prononçât un verdict. Mais Jason Gebert gardait les lèvres princées, comme si jamais un mot ne devait plus les franchir. Puis il se leva et arpenta la pièce en boitant, toujours longeant une rainure du plancher qui bâillait, de la porte à la fenêtre, de la fenêtre à la porte. Appuyé à la table et s'agrippant fermement au bord pour ne pas vaciller, car il se sentait soudain tout à fait privé de courage, Kössling regarda le ciel gris encore chargé de pluie.

Si seulement l'autre avait *parlé*. Oui ou non — il lui aurait répliqué ou lui aurait donné raison, intérieurement. Mais ce silence, ce silence et ce claquement des pieds allant et venant sur le plancher, cela le démoralisait, le brisait, le privait de la capacité de répondre. Et Jason Gebert continuait à arpenter la pièce en boitant de la porte à la fenêtre, de la fenêtre à la porte, longeant la rainure du plancher qui bâillait.

Debout, lui tournant le dos, Kössling regarda fixement le mur de nuages gris qui montait dans le ciel encore chargé de pluie, par-dessus les cimes des arbres, par-delà les figurines de pierre, et il sentit deux grosses larmes brûlantes couler sur ses joues.

Enfin, Jason Gebert s'arrêta de marcher et se tint immobile à côté de lui. Pourtant, Kössling continua à regarder devant lui, droit devant lui, jusqu'à ce que Jason Gebert eût fini de parler — et il parla longtemps.

Il dit qu'il ne pouvait pas lui serrer tout simplement la main en lui présentant ses vœux de bonheur ; il était quand même plus vieux que lui et voyait les choses différemment. Il se réjouissait avec Kössling ; oui, il se réjouissait avec lui, sincèrement, de tout cœur ; et il était en mesure de comprendre qu'il soit tout empli de cette découverte qu'il avait faite de l'étoile qui guiderait sa vie, et dont l'éclat ne pourrait plus jamais se perdre. Il percevait déjà là un bonheur d'une telle *surabondance* que rien n'existait qui fût susceptible de l'affecter, et que tout ce qui pouvait advenir s'y engloutirait comme une pierre tombant dans la mer. Il n'était pas barbare au point de ne pas comprendre et respecter cela, et de ne pas en être ému.

Mais il fallait que pour un moment il parle avec lui différemment. Ce qu'il allait dire paraîtrait dur et froid à Kössling, et pourtant cela devait être dit. Il était convaincu que Kössling avait pour sa nièce un attachement profond et sincère, et qu'il la vénérait autant qu'il la *respectait,* en discuter serait perdre son temps. Et *de ce fait,* justement, il espérait qu'il lui donnerait raison...

« Jettchen Gebert n'est pas une demoiselle avec qui on puisse avoir une amourette ! Vous me l'accorderez, n'est-ce pas ? Et chez nous, cher Docteur, on ne connaît d'ailleurs pas ce genre de choses. Vous nous récompenseriez tout à fait mal, mon frère et moi. Si bien que vous n'avez sans doute jamais pu avoir une telle intention.

« Personnellement, vous ne m'êtes pas moins cher désormais et, pour tout vous avouer, je vous verrais très volontiers épouser Jettchen ; et ce n'est pas peu dire, car je ne connais personne d'autre à qui je ne la disputerais pas. Mais la décision ne m'appartient pas.

« Considérons donc les choses telles qu'elles sont, cher Docteur, de façon tout à fait triviale. Appelons un chat un chat. Vous êtes un jeune homme de lettres au talent prometteur — n'est-ce pas ? — qui mène une vie simple et sans besoins. Très éloigné du monde que vous dépeignez et jugez, et très étranger à lui, à vrai dire. Vous êtes venu dans la maison de mon frère ; vous avez fait la connaissance de ma nièce ; et vous vous êtes plu l'un à l'autre. Tels sont les faits, réduits à leur plus simple expression. Et pourtant, en dernière analyse, ma nièce et vous, vous *n'allez pas* ensemble. Votre place n'est pas au sein de la bourgeoisie, et on ne peut y arracher Jettchen, elle y a toutes ses racines.

« Vous étiez hier encore dans le parc de Charlottenbourg ! Peut-être avez-vous vu, près du château, le beau vieil hortensia avec ses grosses boules de fleurs violettes ? Oui ? »

Kössling regardait toujours fixement au-dehors, et c'est seulement en inclinant légèrement la tête qu'il répondit à la question de Jason.

Il éprouvait une honte à laquelle il pensait ne pouvoir échapper ; vis-à-vis de Jason Gebert, il avait l'impression d'être un criminel, ou un homme pareil à celui dont il avait récemment lu l'histoire, qui demande un abri pour la nuit et disparaît au matin en emportant la montre et la bourse de celui qui l'a hébergé ; oui, il se sentait aussi misérable.

« Eh bien, l'hortensia lui aussi vous a frappé par sa beauté tout à fait inhabituelle, n'est-ce pas ? Est-ce que vous le transplanteriez en pleine forêt, lui qu'on doit remporter dans la serre dès que le vent se met à souffler ? Et croyez-vous qu'il y survivrait longtemps ? »

Kössling secoua la tête.

« Voyez-vous, il en va de Jettchen à peu près comme de cet hortensia, et ce que vous pouvez lui offrir n'est qu'un sol de forêt, dur et pierreux. Vous êtes entré dans la maison de mon frère. Vous avez vu. Vous en avez peut-être vu assez pour en tirer une nouvelle. Et pourtant, vous n'avez rien vu ; croyez-moi : chaque année — sans qu'il en soit dit un mot, tout cela allant de soi — Jettchen dépense plus d'argent en vêtements et en gants que vous n'en gagnez pour vous-même à grand-peine. Cela fait partie de ce qu'elle est, tout simplement, et tout ce qui à présent vous charme en elle se fanerait si elle devait se trouver plongée dans la pauvreté et les soucis. Je crois que vous ne vous êtes pas dit cela — si toutefois vous vous êtes dit quoi que ce soit.

« Si — je vous crois sur parole — vous aimez vraiment ma nièce, pour cette raison même vous ne pouvez pas prendre une telle responsabilité. »

Jason se tut comme s'il attendait une réplique, et il sembla que Kössling allait se mettre à parler, s'y préparait, mais il n'émit pas un son.

« Et si, aussitôt que mon frère sera de retour, vous allez le voir pour lui parler, je peux malheureusement vous avertir dès à présent qu'à toutes les autres raisons s'ajoutera celle-ci : vous êtes chrétien. »

Kössling tressaillit.

« Vous pensez que nous sommes assez tolérants pour négliger ces contingences extérieures. Peut-être ! Mais vous oubliez un certain orgueil propre à notre famille, notre fierté d'être ici considérés et respectés en tant que Juifs. Si mon père avait voulu se faire baptiser, et nous avec lui, comme on le lui a suggéré plus d'une fois, peut-être nous appellerions-nous aujourd'hui *von* Gebert, et serions-nous officiers et conseillers du gouvernement. Mais nous ne l'avons pas fait, nous n'avons pas rampé vers la croix, nous n'avons rien vendu ni de nos sentiments ni de nos convictions, et c'est *là* notre orgueil ; et à l'avenir aussi, nous ne verrions pas volontiers quelqu'un de notre famille y renoncer. Vous le comprenez, n'est-ce pas ? »

Kössling hocha la tête, très lentement, avec beaucoup de gravité.

« Et, Kössling, quoique je puisse si peu vous encourager, soyez assuré que je vous veux du bien et que je ferai ce que je pourrai, *moi*, pour vous aider, Jettchen et vous. Car vous n'êtes pas seul en cause. Vous pouvez me croire : je connais mes gens mieux que vous, et s'il existe quelqu'un qui puisse vous être utile, c'est *moi*.

« Mais il faut d'abord que vous me promettiez une chose, Kössling, les yeux dans les yeux, en me donnant votre parole d'homme. Tant qu'une décision n'aura pas été prise en votre faveur, vous ne devez plus vous risquer à approcher Jettchen, à la voir, à lui parler, à lui écrire. Promettez-le-moi et je vous promettrai de parler pour vous et de faire tout ce qui sera en mon pouvoir.

« Si nous réussissons, la douleur provoquée par cette courte séparation sera bientôt oubliée ; si nous échouons, cela rendra les choses plus faciles pour Jettchen et pour vous ; car chaque mot de plus que vous lui diriez, chaque heure de plus que vous passeriez ensemble serait un péché à l'égard de Jettchen.

« Quel regard vous me lancez, Kössling ! Mais quand vous y réfléchirez de sang-froid, il vous faudra me donner raison.

« Dans quelques jours, au plus tard dans une semaine, mon frère sera de retour. Et à la première occasion que nous aurons de nous entretenir tranquillement, je lui parlerai pour vous et Jettchen. »

Jason avait dit tout cela très lentement, d'un ton très calme, réfléchi et paternel ; il avait pris garde à donner à chacun de ses mots sa juste place, et à les choisir de façon à ne pas blesser Kössling.

En fait, il ne s'attendait pas à cela ; du moins, il ne croyait pas que Kössling et Jettchen en fussent déjà venus aux paroles ; et à présent, si calme et posé qu'il pût se forcer à paraître, il se trouvait intérieurement tout à fait perplexe et déconcerté devant cette situation. Et il se berçait beaucoup moins d'espérances qu'il ne le disait à Kössling, il refusait simplement de s'avouer que s'il formait les meilleurs vœux du monde en faveur de Jettchen et Kössing, cet amour entre eux l'attristait infiniment.

Il s'étonnait d'avoir parlé si dignement, en oncle incarnant l'esprit de la famille, car, tout au fond de lui, une voix tenait un tout autre langage, beaucoup moins circonstancié et beaucoup moins raisonnable, une voix qui répétait sans cesse : « Puisque vous vous aimez, puisque vous vous aimez... »

Kössling ne répondait toujours pas.

« J'emporte votre promesse, Docteur, dit Jason.

— Le ferez-vous vraiment, Monsieur Gebert ? Vraiment ? Et pensez-vous... Pensez-vous que... » proféra Kössling.

Jason haussa les épaules.

« Vous avez ma parole, Kössling ; tout ce qui dépend de moi, je le ferai. Mais qui peut prévoir, cher ami ! Et maintenant, songez aussi à ce que vous m'avez promis. »

Kössling le regarda d'un air implorant.

« Cher Monsieur Gebert, faut-il vraiment qu'il en soit ainsi ?

— Je le pense, si vous ne voulez pas gâcher toutes les chances que vous avez peut-être. Ce serait déjà une simple affaire d'intelligence, si ce n'était pas aussi une nécessité tactique. »

Il tendit la main à Kössling, qui hésita, puis topa.

Mon Dieu ! Il était dans un tel état d'esprit qu'il se serait volontiers suspendu au cou de Jason et mis à pleurer. Alors que pendant des semaines et des mois il n'avait fait que songer à Jettchen, il se rendait compte d'un seul coup qu'il n'avait en fait *pensé* à rien, que tout ce que Jason lui avait dit était neuf et étranger à ses yeux, que jamais il n'avait vu les choses sous cet éclairage.

Et Jason lui parla encore un moment pour le persuader. Tout à fait contre ses habitudes, il se montra même presque familier vis-à-vis de Kössling en se disant qu'il était peut-être possible, après tout, que tout finît bien. Mais l'instant d'après, il redevenait froid et cérémonieux, l'opinion opposée reprenant le dessus en lui.

Il dit que Kössling ne devait plus se dérober à lui, qu'il fallait qu'ils se voient plus souvent, et il proposa une heure fixe à laquelle ils pourraient toujours se rencontrer : chez Kranzler, chez Steheli, chez Bolzani, chez Drucker — où Kössling le voudrait. À présent, il aurait de nouveau plus de temps à lui, et il était dommage que deux êtres qui s'accordaient si bien se vissent aussi rarement. La rapidité et l'enjouement de son discours montraient que Jason voulait détourner les pensées de Kössling vers d'autres voies ; mais celui-ci revenait toujours droit au même point : Jettchen. Il voulait apprendre de Jason cent choses à son sujet, mais Jason évitait de répondre, esquivait sans cesse, car il se disait qu'il ne pouvait concilier avec sa position d'oncle le fait d'apporter de nouveaux aliments à une passion qui n'eût pas reçu préalablement l'agrément de la famille.

Enfin il prit congé en donnant à entendre que lorsqu'il s'absentait, tout allait sens dessus dessous chez Salomon Gebert & Co., et qu'il était grand temps que, comme Ulysse avait fait face aux prétendants, il retournât, l'arc brandi, affronter les présomptueux.

Et alors qu'il descendait l'escalier étroit et sombre, les paroles du grand-prêtre Aron lui surgirent soudain à l'esprit : « *Li onaouchi ki adabaïr* — Qui suis-je, pour devoir parler ? » Et c'est le cœur bien lourd, car la conversation l'avait durement affecté, qu'il se rendit en boitant chez Louis Drucker, longeant les maisons, sans siffloter ni faire de trilles comme le matin, mais profondément plongé dans ses pensées, le regard sur le pavé.

Chez Drucker, dans le bruit et les rires de l'assistance — car Drucker, dans un de ses bons jours, s'était lancé dans un long discours au sujet de la dernière course de chiens qu'il avait organisée dans son jardin du Tornow, près de Potsdam, pour laquelle il avait accroché au cou du favori les œuvres complètes de Joel Jakobi[53], reliées en porc —, dans le bruit, donc, Jason, tout en sirotant une bouteille de chambertin, griffonna de son crayon d'argent un billet à Rikchen pour l'informer que, cette fois, ses dons de prophétesse l'avaient fourvoyée et que, par conséquent, il ne la laisserait plus désormais lui tirer les cartes. Car Jason se disait que, de toute façon, Rikchen arriverait avant lui à obtenir de Salomon, son époux, une assez longue conversation entre quatre yeux, et il tenait à ce que Salomon ne fût pas prévenu d'emblée contre ce qu'il voulait lui dire.

Là-haut, chez lui, cependant, Kössling s'était assis, les coudes appuyés sur la table, les poings pressés contre les tempes, et regardait fixement les quelques feuillets de la lettre qu'à présent il n'enverrait pas à Jettchen. Il avait pourtant tellement de choses à lui dire dont il avait oublié de lui parler, et dont il se disait qu'il n'avait pas trouvé le temps de le faire la veille.

Espoir et désespoir alternaient en lui comme le chaud et le froid chez un malade qui a la fièvre. Il lui semblait que d'un seul coup tout était devenu différent, que ce qui avait été son bien le plus personnel passait soudain de main en main comme un ballon, était profané et sali par des gens que cela ne concernait en rien et qui lui étaient indifférents sinon désagréables. Et le pire était qu'il sentait que, du fait de cette intrusion, l'image même de Jettchen se dégradait, que Jettchen lui échappait et retournait vers eux. Mais cela ne durait que quelques minutes, après quoi il lui semblait qu'il lui fallait implorer à genoux le pardon de ce blasphème, et il s'adonnait à nouveau à son culte en répétant ce seul mot : Jettchen.

Vers le soir, il se mit en route vers la Spandauer Strasse, où il attendit Jason devant chez Salomon Gebert & Co. pour lui demander si son frère n'avait *pas encore* parlé avec lui et, en même temps, s'il n'était *pas encore* rentré de son voyage ; et il voulait prier Jason de le délier de sa promesse. Mais c'est en vain qu'il attendit, attendit : comptables, apprentis, commis et domestiques sortirent, mais non Jason Gebert. Et l'un d'eux, que Kössling interrogea, dit que M. Jason ne venait jamais au magasin l'après-midi : oh, tout serait de nouveau bien différent quand le vieux serait de retour, à la fin de la semaine suivante.

Mais — nul ne sut pourquoi — Salomon Gebert revint plus tôt qu'on ne l'attendait : dès le dimanche matin, alors que l'on pensait ne le revoir qu'au milieu de la semaine. Il fit arrêter sa voiture juste devant le magasin, tendit à Jason une broche décorée d'une mosaïque de petites pierres brunes, grises et blanches où l'on pouvait, selon son humeur, deviner une tête de chien, un paysage ou une corbeille de fleurs. Et puis il lui offrit un beau gobelet de curiste en verre de Bohême rouge, gravé. Sur des médaillons ronds, on pouvait y admirer, outre les thermes, les principales sources — Luisenquelle, Franzensquelle, Salz-und Wiesenquelle — minuscules temples à coupole, avec des colonnes minces comme des cure-dents et quantité de petites fenêtres. Et sur le fond, on pouvait même lire, en cursives nettes et gravées profond : Jason Gebert, et, en dessous : à Karlsbad aussi j'ai pensé à toi ! En fait de gobelet de curiste, c'était vraiment un exemplaire splendide ; il pesait bien deux livres et, soit dit entre frères, valait au moins trois thalers et huit groschen !

Quiconque fréquentait Karlsbad aurait dû être ravi du cadeau. Mais pour Jason, qui jamais n'avait éprouvé le besoin ni l'envie de se rendre à Karlsbad, ni à Marienbad, Franzensbad, Schlangenbad ou Elster, il était plutôt mal choisi. Jason dit quand même qu'il trouvait ce gobelet magnifique — qu'il aimait le verre rouge —, qu'il rêvait depuis longtemps d'en posséder un pareil, qu'il le poserait sur son bureau pour y ranger diverses babioles, qu'ainsi il l'aurait toujours sous les yeux.

Salomon sauta immédiatement à pieds joints dans la vie du magagin. Il voulait savoir cent choses dont Jason n'avait pas la moindre idée ; il avait toute une série de critiques et de plaintes à formuler quant aux livraisons pour Leipzig. Dans ces conditions, Jason ne voulut pas l'entreprendre au sujet de Kössling, il se dit qu'il serait préférable et plus judicieux de choisir une heure plus calme. Salomon avait-il déjà eu vent de l'affaire ? Jason ne put en avoir la certitude, mais il eut l'impression que c'était plutôt oui que non. Bien que Salomon n'en dît pas un mot, Jason eut le sentiment très net qu'il était au courant.

Et c'est seulement à ce moment, face à Salomon, que Jason prit conscience du poids de la mission dont il s'était chargé. Car si les deux frères ne connaissaient pas de conflit, la différence d'âge entre eux et les décennies d'attelage conjugal de Salomon avaient trop d'importance pour qu'ils ne fussent pas devenus étrangers l'un à l'autre. Et *là*, Jason ne pouvait compter que sur la bienveillance de Salomon s'il voulait être compris *tout à fait*. Mais en revoyant la gravité des traits de Salomon tandis que celui-ci compulsait les livres de commande et les bulletins d'expédition comme si Dieu avait d'abord créé la firme Salomon Gebert & Co., puis tout le reste de l'univers, Jason jugea extrêmement douteux qu'il eût la moindre chance s'il plaidait en faveur de Jettchen et Kössling.

En tout état de cause, il décida d'attendre une heure plus propice.

Vers midi, Jettchen était assise à sa fenêtre ; devant elle, en bas dans le jardin de devant, deux papillons blancs s'ébattaient autour des bouquets d'aconit bleu qui dressaient leurs tiges couvertes de fleurs vers le soleil. Mais soudain, l'un d'eux s'écarta, vola en chancelant vers le tilleul vert-jaune, s'éleva de branche en branche, lentement, indécis, attiré par le suave parfum de l'arbre, et finalement monta en spirale dans le ciel qui s'étendait, aveuglant comme un bouclier de métal poli, au-dessus des frondaisons. Mais l'autre, en bas, voleta encore un moment au-dessus du bouquet bleu comme s'il cherchait quelque chose, pour se poser finalement sur la première fleur venue, s'y suspendre fermement et en boire le nectar.

Jettchen les observa avec un sentiment étrange, qu'elle n'aurait su elle-même interpréter. Et, par le plus grand hasard, comme elle relevait les yeux, elle vit l'oncle Salomon qui refermait derrière lui le portillon du jardin tandis que la voiture qui l'avait amené faisait déjà demi-tour.

L'oncle Salomon portait un léger manteau de voyage anglais, une casquette à visière grise. Le visage tanné, il avait un air très frais et juvénile, et il sourit de toutes ses dents en levant les yeux vers Jettchen. Et, de joie, Jettchen cria son nom, si fort que tante Rickchen, qui faisait sa sieste en ronflant dans la chambre rouge, bondit hors de son lit tout effrayée et se montra à la fenêtre, dans le clair soleil, le visage bouffi et brouillé, coiffée d'une charlotte blanche et en chemise de nuit. Et, comme elle ne voyait pas Salomon, tout près d'elle sur le perron de bois, elle ne sut pas sur l'instant si elle était éveillée ou si elle rêvait encore.

Ensuite, il y eut dans l'entrée tout un remue-ménage, tout un échange d'embrassades et de questions entre tante Rikchen dans ses légers vêtements clairs, Jettchen et le monsieur qui avait l'air d'un lord anglais, sous l'œil de Mme Könnecke, qui observait la scène par le judas de sa porte. Et Salomon dut presque forcer le passage pour franchir la porte, tante Rikchen l'encombrait en mouvant lentement autour de lui sa masse opulente, indomptée et débordante de paroles.

Jettchen alerta la servante et accompagna celle-ci vers la cuisine pour préparer du café et y ajouter une pincée de levure amère. En effet, l'oncle revenait de Karlsbad, où naturellement il avait été un peu gâté en matière de café, et s'il n'avait pas entre-temps séjourné à Leipzig, il aurait été tout à fait impossible de le satisfaire sur ce point. La tradition s'était donc établie que Jettchen, chaque année, intervînt pour réhabituer l'oncle, lentement et par degré, au breuvage familier.

Et comme Jettchen, songeant à cela, se dirigeait aussitôt vers la cuisine et allait y disparaître, l'oncle lui cria de bien vouloir ne pas lui faire attendre son café trop longtemps, car il fallait qu'il retourne au magasin, « et *tout de suite* ».

Tante Rikchen se répandit en objections, mais Salomon déclara qu'avec toutes ces affaires qui étaient restées en plan pendant son absence, il craignait de perdre ses meilleurs clients si tout n'était pas expédié le jour même ou le lundi. Et tante Rikchen se soumit à cet argument.

Quand Jettchen revint, la tante avait jeté autour de ses épaules un nouveau châle à franges. Sur la chaise de Jettchen était posée une boîte recouverte de papier satiné rose, décoré de papillons, de pampres, d'amours et d'oiseaux délicatement estampés ; et quand elle l'ouvrit, elle y trouva une douzaine de feuilles de papier à lettres dont chacune portait, dans un cadre de fleurs rond, une petite gravure sur acier, très fine : une corbeille de fruits ; un fiancé qui, genou à terre, tend un bouquet à sa belle ; une jeune fille à l'air doux qui rêve devant la lettre de son bien-aimé ou, la plume à la main, pense à lui ; deux enfants qui tiennent des fleurs dans leurs mains et un chien qui court devant eux en portant un panier dans sa gueule — des gravures sur acier très nettes et très délicates, ceintes de leur couronne de fleurs blanches, en relief.

Jettchen remercia et dit qu'elle garderait ce papier, qu'il serait vraiment trop dommage de le gâcher en y écrivant. Mais Salomon déclara qu'il ne fallait jurer de rien, qu'il serait heureux si l'occasion s'offrait très bientôt pour elle d'envoyer des lettres écrites sur de si belles feuilles si bien gravées.

Tante Rikchen resta muette, mais ses yeux dirent : Dieu le veuille !

Jettchen fut déconcertée par ce propos de son oncle, où elle puisa de l'espoir. Si l'oncle n'avait pas eu tant de choses à raconter sur les connaissances anciennes ou nouvelles, sur la vie sociale des curistes et sur le Théâtre d'été qui était presque aussi bon que celui de Königstadt, elle aurait dit immédiatement tout ce qu'elle avait sur le cœur, sans se soucier que la tante fût là ou non. Mais l'occasion qui s'était présentée ne se retrouva pas. Et avant même qu'on se fût vraiment échauffé et que la grande cafetière en porcelaine de Saxe eût délivré ses dernières gouttes, oncle Salomon tira sa montre et demanda à Jettchen d'aller voir si sa voiture ne l'attendait pas déjà devant la porte.

Lorsque Jettchen revint et dit que oui, la voiture était déjà là, l'oncle Salomon se leva aussitôt, malgré la tante Rikchen, qui trouvait qu'il se comportait là de façon extrêmement désagréable. Et Jettchen reconduisit l'oncle jusqu'à la portière de son fiacre, car tante Rikchen, qui était un peu lente pour tout ce qui touchait à la toilette, n'avait pas encore trouvé le temps de se rendre visible, elle ne pouvait se montrer ainsi dans la rue. C'est pourquoi elle se contenta de superviser de sa fenêtre le départ de l'oncle.

Et en montant en voiture, l'oncle tapota paternellement les joues de Jettchen et dit qu'il essaierait de ne pas trop tarder à revenir, qu'en attendant elle devrait faire une bonne promenade. Car, à la voir, on n'aurait vraiment pas cru qu'elle était depuis sept bonnes semaines en villégiature à Charlottenbourg, mais plutôt qu'elle ne sortait jamais de sa cave de la Münzstrasse.

Jettchen rit et dit qu'elle ne devait quand même pas avoir l'air d'aller tellement mal ; mais elle dormait si peu, ces temps-ci, peut-être parce qu'il faisait tellement chaud la nuit.

Toute la fin de l'après-midi, et jusqu'au soir, Jettchen, assise à sa fenêtre, regarda attentivement en direction de Berlin, comme un petit chien qui attend son maître. Dès qu'une voiture apparaissait entre les arbres de la chaussée, Jettchen se disait que, cette fois, c'était certainement la même qu'à midi. Mais toujours la voiture passait sans s'arrêter. Enfin, oncle Salomon, qui avait pris l'omnibus, apparut dans le jardin sans qu'elle l'ait vu arriver.

Pendant le dîner, l'oncle reprit le récit de son séjour à Karlsbad, et la tante profita des maigres pauses pour rendre compte des dernières nouvelles de Berlin. Jettchen n'aurait jamais cru qu'en l'espace de sept semaines, une telle foule de gens qui lui étaient indifférents aient pu se fiancer, se marier, hériter et mourir, en trouvant en outre le temps de commettre tous les forfaits imaginables, depuis la falsification de traites au détriment de leurs parents, l'adultère et le séjour suspect de la fille de la maison à la campagne jusqu'aux péchés mortels les plus simples et les plus quotidiens.

Cette conversation n'offrait donc pas la moindre prise à Jettchen, pas le moindre point d'appui à partir duquel elle aurait pu pousser de l'avant. Et avant qu'elle ait vraiment saisi ce qui se passait, l'oncle et la tante se levèrent et lui souhaitèrent une bonne nuit. Car, dit l'oncle, il avait eu une dure journée et il remarquait bien qu'à présent il se fatiguait plus vite qu'autrefois.

Pourtant, l'oncle Salomon ne devait pas être si fatigué que cela, car, assise à la fenêtre de sa chambre où s'attardait un dernier rayon de la lumière du jour et regardant les buissons argentés, puis contemplant les cimes sombres des arbres et le ciel vert clair de ce soir d'été éclairé par la lune, Jettchen, toute rêveuse et préoccupée, entendit encore l'oncle et la tante parler pendant des heures dans la chambre voisine. Et il semblait s'agir non d'une simple conversation, non d'un exposé des faits, mais de délibérations, d'échanges animés. Car aucun des deux ne parlait longtemps, et toujours ils s'interrompaient l'un l'autre. Jettchen aurait peut-être pu entendre de quoi il s'agissait si elle avait voulu tendre l'oreille, mais cela lui répugnait, si bien qu'elle ne saisissait que de temps à autre un mot ou une bribe de phrase. Elle entendit le nom de Jason et celui de Julius et le sien et celui de Kössling — elle ne s'était pas trompée : Kössling. Mais ensuite on ne parla plus, dans la chambre voisine, que tout bas, en chuchotant ; l'oncle eut un long bâillement sonore ; les pauses de la conversation se prolongèrent, celle-ci se réduisit à quelques paroles lasses et, finalement, seuls le silence et le clair de lune régnèrent sur la nuit d'été autour de Jettchen.

Alors elle se leva de sa chaise près de la fenêtre et, tandis qu'elle se déshabillait, prit la ferme résolution de parler de Kössling à son oncle le lendemain et se réjouit de la ruse de guerre qu'elle avait imaginée. De bon matin, elle irait avec lui au parc, ou seulement dans le jardin, et en marchant auprès de lui — alors, elle n'aurait pas besoin de le regarder — elle lui dirait tout, très calmement. Et l'oncle ne pourrait qu'être de son côté. Un dimanche matin, elle en était certaine, il irait volontiers se promener avec elle, de bonne heure — il l'avait toujours fait ! Et pour la première fois depuis de longs jours, Jettchen eut un sommeil tranquille et profond.

Oncle Salomon et tante Rikchen rejoignirent plus tard que d'habitude à la table du petit déjeuner une Jettchen qui les attendait comme sur des charbons ardents pour inviter l'oncle à l'emmener se promener. Mais tante Rikchen se mit à expliquer que Jettchen devait veiller à tous les préparatifs, car ils auraient à déjeuner des invités qui resteraient pour l'après-midi et peut-être aussi pour la soirée. Ferdinand viendrait, c'était sûr, peut-être aussi Jason et l'oncle Eli, et il n'était pas impossible que Julius vienne également. Qu'allait-elle leur servir ? Des pigeons ? Personne n'aurait assez à manger. Des oies, cela n'aurait rien de bien extraordinaire. Elle était plutôt pour de la selle d'agneau et des canards : on n'en mangeait pas tous les jours. Mme Könnecke mettrait peut-être son four à leur disposition. Et Jettchen devait s'assurer aussi que l'on ait de très beaux fruits, puis commander un clafoutis et de la crème fouettée chez Weise, et des fonds de tartelettes pour les fruits en conserve. Et il n'y avait plus assez de bière blanche dans la maison.

Jettchen déclara qu'elle s'occuperait de tout cela, mais qu'elle aimerait bien aller d'abord se promener un peu dans le parc, et qu'elle serait heureuse si son oncle l'accompagnait : il le faisait toujours, et elle avait été privée de lui.

Mais tante Rikchen demanda d'un ton mordant si c'était elle ou Jettchen que son mari avait épousée.

« Non, ma tante, dit Jettchen, je ne veux pas te disputer mon oncle, mais je m'en faisais une fête.

— Une autre fois, Jettchen, intervint l'oncle. Allons, je suis encore là pour un bon moment.

— Oh, mon oncle ! implora Jettchen.

— Mais enfin, Jettchen ! s'écria la tante de sa voix la plus aiguë. À quoi songes-tu ? À quelle heure crois-tu qu'ils vont arriver ? À midi au plus tard, Ferdinand sera là. Et tu sais bien qu'il n'y a rien à tirer de lui de toute la journée s'il n'a pas son déjeuner à midi et demi.

— Mais j'aurais tellement aimé... hasarda encore Jettchen tout timidement.

— Enfin, Jettchen, qu'est-ce qui t'arrive ? » demanda Rikchen, de façon rhétorique plutôt que dans l'attente d'une réponse, en secouant sa charlotte de mousseline d'un air mécontent.

L'oncle joignit sa voix à celle de son épouse :

« Mon enfant, tu ne voudrais quand même pas que ta tante se débrouille pour tout faire seule ?

— Bien, bien. Je reste », dit Jettchen, plus près de pleurer que de rire.

« Ma chère Jettchen, est-ce que tu ne veux pas boire ton café ? »

Sans répondre à sa tante, Jettchen sortit de la pièce. Salomon et Rikchen se regardèrent. Salomon se contenta de hocher la tête. Les yeux de Rikchen disaient : « Alors, Salomon, est-ce que j'avais tellement tort ? »

Et tante Rikchen devait avoir raison en tout, car ce n'est pas à midi, mais sur le coup de onze heures et demie, que l'on vit s'arrêter au coin de la Rosinenstrasse non pas une, mais deux voitures : un grand landau et un petit phaéton délicat, tiré par un seul cheval.

Dans le landau jaune, tiré par les deux alezans, Ferdinand et Hannchen occupaient la banquette avant, qu'ils emplissaient de leur belle ampleur. Pour fêter le retour de Salomon, Ferdinand, plein d'initiative et d'allant, avait mis un pantalon de nankin blanc et posé sur ses cheveux coupés ras pour l'été un chapeau de paille anglais tout neuf. Hannchen elle aussi était en blanc, en robe de crêpe blanc largement décolletée, semée de petites fleurs bleues. Et elle portait un chapeau cabriolet de paille jaune, retenu par des rubans du même bleu clair. Depuis toujours, disait tante Hannchen, c'était le bleu qui lui allait le mieux ; mais tante Minchen objectait toujours que, pour porter du bleu, sa nièce Hannchen devrait être d'au moins vingt ans plus jeune. Et puis, ces derniers temps, elle n'avait pas précisément maigri.

Max et Wolfgang se partageaient la banquette arrière. Max arborait l'orgueilleuse impassibilité d'un prince victorieux faisant son entrée dans la ville conquise ; Wolfgang avait le visage blême et brouillé de larmes, car il y avait eu entre lui et Jenny une querelle de préséances pour savoir lequel des deux accéderait au trône à côté de Johann, et Jenny l'avait emporté grâce à l'intervention du père, puisque les pères privilégient toujours leurs filles par rapport à leurs fils. Wolfgang avait donc subi une défaite, pris une gifle, au propre comme au figuré.

Et dans la seconde voiture, le phaéton délicat tiré par l'aubère, qui suivait à une longueur, étaient installés Eli et Minchen. Eli tenait à la main un grand parapluie bleu à manche de rotin et dont chaque baleine était ornée de gros boutons jaunes ; le vieux monsieur grognait et maugréait : qu'est-ce que c'était que ce cheval tiqueur et qui avait un éparvin que Ferdinand avait fait atteler au phaéton ? Une rosse pareille pouvait peut-être tirer un chargement de patates, mais pas des gens convenables. Pendant tout le trajet, sa voisine lui avait donné des coups de coude dans les côtes : qu'il se tienne donc un peu tranquille ; dans la voiture de devant, on pouvait entendre tout ce qu'il disait. Mais Eli ne se laissait pas détourner de son propos : c'était un scandale, et une marque de mépris.

En face d'eux, sur l'étroit siège rabattable, était assis Jason, étrangement silencieux et si absorbé dans ses pensées qu'il s'était même surpris à parler tout seul à mi-voix. Et pour couronner le tout, le nouveau cousin Julius était perché de guingois sur un petit siège en coin à côté du cocher, une jambe presque à l'extérieur, sur le marchepied. Et il expliquait au cocher comment il devait mener son cheval ; à Berlin, on n'y entendait rien, tandis que chez lui, là, il faudrait qu'il voie un peu comment on conduisait les voitures, il n'en reviendrait pas.

Quand les voitures s'arrêtèrent au signal de l'oncle Ferdinand, tous en sortirent ou en descendirent, selon la place qu'ils occupaient, leur âge ou leur tempérament, vite et prestement sur leurs jeunes jambes ou lentement, précautionneusement, en tâtonnant du pied, et tous s'étirèrent et s'ébrouèrent pour se dégourdir les membres. Ferdinand informa les cochers de l'endroit où ils devaient dételer et les sermonna pour qu'ils prennent bien soin des chevaux. Quand Jettchen entendit dehors le tumulte de leurs voix, elle s'empressa de dénouer son tablier et courut à leur rencontre. Lorsqu'elle ouvrit la porte, tous se pressaient déjà sur le petit escalier de bois : en tête l'oncle Eli, son grand parapluie bleu au poing, puis la tante Minchen en robe de soie noire, Ferdinand et sa tribu, et pour finir Jason et le nouveau cousin.

Jettchen fut légèrement effrayée quand elle les vit tous réunis, mais se dit ensuite qu'il y aurait sans doute assez à manger pour tout le monde.

« Bonjour, mesdames et messieurs ! lança-t-elle d'un ton allègre, car veiller à tous les préparatifs lui avait fait du bien.

— Bien le bonjour, Jettchen, bienvenue au vert ! claironna Ferdinand en claquant des mains son pantalon de nankin blanc.

— Eh bien, oncle Eli, quel grand parapluie tu as ! dit Jettchen d'un ton gentiment taquin.

— C'est qu'il va pleuvoir, mon enfant, repartit Eli avec un parfait sérieux.

— Non ? s'exclama Jettchen, incrédule, en levant les yeux vers le ciel clair, bleu pâle, d'où le vent avait chassé tous les nuages.

— Si je te le dis, tu peux me croire. Parce que, primo, j'ai eu mon rhumatisme ; secundo, je regarde toujours le baromètre chez Petitpierre, et quand il est sur "beau temps", je sais qu'il va pleuvoir ; et tertio, mon enfant — tu as bien dû lire ça, toi aussi —, le pyrotechnicien Böhme, il veut donner ce soir, aux Tentes, un feu d'artifice énorme ! Est-ce que tu as jamais vu ça, qu'on annonce un feu d'artifice et qu'il ne pleuve pas ? Alors ? »

Mais Jettchen n'eut pas le temps de répondre, car les autres se pressaient autour d'elle.

Jenny voulait l'embrasser et se lova aussitôt contre elle ; elle lui arrivait déjà presque à l'épaule. Ferdinand exerça immédiatement ses prérogatives d'oncle. Tante Minchen était trop emplie d'elle-même pour saluer Jettchen *dans les formes**.

« Je t'avertis, Jettchen, je t'avertis, cria-t-elle. Cet homme-là est impossible à vivre ! »

De sa part, cela équivalait à un bonjour.

Tante Hannchen déclara que Jettchen avait une mine resplendissante. Mais c'est qu'elle n'avait pas pris en considération la chaleur du fourneau. Max et Jettchen s'évitèrent d'abord en raison du souvenir qu'ils avaient de leur dernière rencontre. Wolfgang s'approcha à son tour, et Jettchen s'effraya de le voir si blême et vert.

« Veux-tu le garder, celui-là ? cria Ferdinand en croyant ajouter par cette fine plaisanterie à la punition du gamin, et ce à bon droit, puisque Wolfgang avait revendiqué de s'asseoir à côté du cocher.

— Bien sûr, il peut rester avec moi dès maintenant, répondit Jettchen en le tirant à elle. Veux-tu ?

— Eh bien, je n'ai rien contre, déclara Hannchen comme si elle faisait ainsi une grande faveur à Jettchen.

— Alors, c'est entendu, dit Jettchen. Désormais, tu restes avec moi, je trouverai bien où te loger. Mais à présent, je dois prier la noble compagnie de passer d'abord au jardin. L'oncle et la tante sont sous la tonnelle.

— Voyez notre Jettchen ! lança Jason. Elle a les manières d'une épouse de conseiller aulique.

— Oh, bonjour, mon oncle.

— Eh bien, comment vas-tu, ma chère amie ? demanda Jason en lui tapotant les joues.

— Bien, merci », répondit-elle lentement tout en regardant Jason d'un air interrogateur.

Mais Jason évita son regard, et elle en fut effrayée.

« Jettchen, ma belle cousine, peut-être me permettrez-vous de vous saluer moi aussi. Je m'étais promis depuis toujours de venir vous voir ici, mais vous savez, quand on est négociant, on n'est pas maître de son temps », dit le nouveau cousin Julius en s'inclinant profondément devant Jettchen qui, à la porte, faisait entrer les invités.

Julius s'était donné un air très anglais ; il portait un gilet blanc, une veste vert bouteille assez courte, une épaisse cravate de lin à pois rouges et un haut-de-forme gris. Berlin lui réussissait : il était encore plus petit, plus gras et plus large.

« Oh, je sais, dit Jettchen. Vous n'avez pas à vous en excuser. »

Jason était resté auprès d'elle, comme s'il attendait quelque chose.

« Après vous, Monsieur Gebert, dit Julius avec une petite courbette en lui faisant signe de le précéder.

— Je vous en prie, après vous », répondit Jason d'un ton caustique, car pendant tout le trajet, Julius Jacoby n'avait fait qu'accroître son irritation. « J'espère quand même qu'ici je suis encore plus chez moi que vous ne l'êtes. »

Le nouveau cousin Julius eut un sourire engageant, comme si

Jason lui avait dit la plus fine des flatteries. Il avait en effet le don appréciable de ne rien entendre de ce qui pouvait lui être désagréable en quelque façon — et il s'en était jusque-là fort bien trouvé.

Jettchen conduisit la petite caravane jusqu'à la cour, et elle entendit de nouveau Ferdinand claquer des mains son pantalon de nankin en criant à Salomon et Rikchen : « Bienvenue au vert ! »

Puis elle rentra dans la maison, renoua son tablier, veilla à la cuisson et sortit tout le nécessaire pour la fille engagée en extra qui devait aider à mettre la table et à servir — depuis les petites corbeilles de porcelaine blanche ajourée jusqu'aux cuillers de métal anglais, car l'argenterie était au magasin, enfermée dans l'armoire forte.

Et quand Jettchen eut une dernière fois piqué les rôtis et dit qu'il fallait encore les arroser copieusement, quand elle eut encore une fois goûté la soupe épaisse où baignaient les boulettes à la moelle — elle avait la vue brouillée tant il y en avait —, quand elle eut rajouté encore un peu de sel et une prise de poivre dans la salade car elle n'était pas assez relevée, quand elle se fut convaincue que la crème fouettée était bien froide — car c'était une journée franchement chaude —, elle ressortit pour appeler tout le monde. Mais auparavant, elle demanda à Mme Könnecke si elle voudrait bien, avec Emilie, installer des tables sur la pelouse, devant les acacias, et improviser des bancs avec des tabourets et des planches, car, après le déjeuner, ils souhaiteraient prendre le café dehors.

Jenny et Wolfgang étaient introuvables ; on finit par les découvrir tout au bout des buissons de groseilliers, parmi les groseilliers à maquereau. Ferdinand leur remontra en quelques mots retentissants qu'on ne cueillait pas des fruits dans le jardin d'autrui, surtout quand ils n'étaient pas mûrs. Car s'il était certes possible de voler des fruits sans se faire prendre, manger des fruits verts avait toujours des conséquences désagréables. Jason lui aussi s'était perdu dans quelque coin écarté, et à l'appel de Jettchen, il revint avec à la main plusieurs carottes à longues fanes qu'il venait d'arracher. Jettchen allait l'interroger au sujet de Kössling, mais avant qu'elle ait pu le faire, le nouveau cousin Julius surgit à son tour pour lui demander la permission de l'accompagner à table.

Ils remontèrent tous vers la maison, l'oncle Eli en tête, son parapluie au poing, et la tante Hannchen fermant la marche avec Salomon et Minchen. Tante Hannchen, tout en sueur, dit que, dehors, elle n'avait pas eu l'impression qu'il faisait si chaud, mais c'était sans doute grâce au jardin. Dans la voiture, il y avait même une fraîcheur agréable, une petite brise. Mais ici, l'air était tellement lourd qu'on ne pouvait pas respirer. Pour elle, en tout cas, ce n'était pas l'endroit qui convenait. Elle avait toujours préféré Schöneberg.

Mais Minchen intervint et dit qu'elle trouvait Charlottenbourg cent fois plus élégant que Schöneberg avec ses paysans et ses champs de patates — ce que, jusque dans la tombe inclusivement, Hannchen devait ne jamais lui pardonner — et qu'elle ne remarquait pas non plus qu'il fît particulièrement chaud. Cela n'avait rien d'étonnant, car la bonne tante Minchen n'avait guère de chair sur les os et était vraiment aussi petite, desséchée et ratatinée qu'un grillon.

Salomon opina que les uns trouvaient *ceci* plus joli et les autres *cela*, qu'il était impossible de trancher.

Dans la salle à manger fraîche, plongée dans une pénombre où jouaient des ombres d'un vert doré, où l'on entendait caqueter les poules, dehors, par les fenêtres grandes ouvertes, une longue table était mise. Et pour qu'il fît encore plus frais, Jettchen avait ouvert les portes donnant sur l'entrée et, au-delà, sur sa chambre, si bien que les épaisses frondaisons des marronniers de la cour et les tilleuls de la façade pouvaient se faire signe d'un bout à l'autre de la maison. Elle avait aussi apporté de la verdure du jardin, de longs rameaux qu'elle avait alignés au mitan de la nappe de Damas, et de gros bouquets d'aconit bleu qu'elle avait disposés dans les hauts verres de cristal taillé ordinairement rangés en haut de l'armoire d'angle.

L'oncle Eli entra le premier — il avait laissé son parapluie dehors — et il fut tout à fait enthousiasmé de la façon dont Jettchen avait tout réglé : chez le roi lui-même, la table ne pouvait être plus belle. Puis vint Julius, qui demanda où Jettchen s'asseyait. Mais elle répondit qu'elle ne le savait pas encore.

Jason était resté à la cuisine plus longtemps qu'il n'eût été strictement nécessaire pour nettoyer les carottes que, Dieu sait pourquoi, il voulait rapporter chez lui. Car si, aujourd'hui, des affaires graves occupaient son esprit, ce n'était cependant pas une raison pour être aveugle à la beauté. Et, en la matière, Jason n'était pas fier : il réjouissait ses yeux de la beauté partout où il la trouvait, fût-ce chez une simple servante. Lentement, par deux ou par trois, les autres arrivèrent ; les premiers à s'asseoir furent Jenny et Wolfgang, qui, de s'être fait conjointement sermonner à propos des groseilles, avaient oublié l'hostilité qu'avait laissée entre eux leur querelle de préséance pour la place à côté du cocher.

Hannchen n'avait pas encore franchi la porte qu'elle cria qu'il fallait fermer la fenêtre de la chambre de Jettchen. Car on risquait d'avoir un coup de sang si on s'exposait à un courant d'air après avoir pris chaud comme maintenant en remontant du jardin. Ou, mieux encore, qu'on devrait fermer les fenêtres donnant sur la cour, pour qu'on n'ait pas une telle odeur dans les narines en mangeant.

À ces mots, Jason se fâcha : un petit peu d'air ne ferait de mal à personne, et sinon, ce serait à n'y pas tenir. Eli demanda si peut-être, à Bentschen, on arrosait les basses-cours à l'eau de Cologne ; quant à lui, il ne remarquait pas d'odeur particulière. Ferdinand s'immisça à son tour, de telle sorte qu'on pût presque croire que la question des fenêtres allait être le prétexte d'une guerre familiale. Mais les deux servantes entrèrent, apportant des terrines qu'elles voulaient faire circuler autour de la table, et tous s'assirent en hâte, et plus personne ne pensa aux fenêtres à fermer.

Jason avait offert son bras à tante Minchen, mais elle ne lui permit de s'asseoir qu'à sa gauche car, à table, dit-elle, il fallait qu'elle surveille son époux. Salomon s'avança avec Hannchen, Ferdinand avec Rikchen, Julius et Jettchen s'assirent à un bout de la table tandis que les enfants étaient relégués à l'autre bout.

Aujourd'hui, on était tout à fait entre soi, puisque Julius faisait partie de la famille ; il n'y avait pas de visage étranger auquel quiconque eût dû avoir égard en quoi que ce fût.

Eli ne voulut pas prendre de soupe.

« Par ce temps, on ne sert pas de la soupe chaude, dit-il d'un air offensé.

— Est-ce que tu as jamais entendu une chose pareille, Jason ? demanda tante Minchen. Ton oncle devient de plus en plus bizarre de jour en jour. Et tu as vu ce qu'il a à la tête, cette grosseur, là ? Ça m'inquiète vraiment.

— Oh, ça va passer, répondit Jason en observant la petite protubérance sur le front d'Eli.

— Mon fils », intervint Eli, qui aujourd'hui n'était pas du tout aussi sourd que le croyait Minchen et à qui l'air de la campagne semblait même avoir rendu toutes ses oreilles, « mon fils, je peux te dire une chose : quand tu deviens vieux, il ne faut pas t'étonner qu'un jour un bel oranger te pousse sur la tête. C'est comme ça. »

Tous rirent, même le nouveau cousin Julius, par politesse, bien qu'il n'eût aucun sens de l'humour.

« Eh bien, dit Salomon — et qui le connaissait pouvait percevoir à sa voix que son discours était à double sens —, à ce qu'on m'a dit, vous vous êtes rendu très utile chez nous. C'est bien aimable de votre part.

— Oui, Monsieur Gebert, répondit Julius d'un ton engageant. On apprend où on peut apprendre, et je tenais à connaître un peu le commerce de la soie. C'est que chez nous, à Posen, nous faisions beaucoup les indiennes et le velours de coton, et là, j'aimerais bien voir celui qui pourrait m'en remontrer ; mais pour la soie... »

Tante Rikchen l'interrompit, délibérément et d'une voix assez forte :

« Tu ne trouves pas, Ferdinand, que Salomon est vraiment magnifique ? Comme je dis toujours, il a l'air d'un vrai lord anglais.

— Alors ce serait le *deuxième* lord anglais de la famille.

— Comment ça ? s'exclama Rikchen, tout étonnée, et qui espérait apprendre un intéressant morceau d'histoire familiale. Qui est le premier ?

— Tu ne sais pas ?

— Mais non !

— Enfin, Rikchen !

— Moi non plus, dit Salomon.

— Eh bien, *Jason*, naturellement !

— Jason ? Pourquoi Jason ? demanda très fort Minchen.

— Vous ne voyez vraiment pas ? dit Ferdinand après un long silence. C'est un vrai lord Byron : il boite, et toutes les femmes lui courent après. »

Ce ne fut qu'un éclat de rire. Surtout au bout de la table qu'occupaient les enfants. Jenny en trépignait de joie.

« Un peu de calme, leur cria Ferdinand, ou vous allez en prendre une pour votre éducation. »

Mais on n'arrivait pas à se calmer, tous trouvaient la plaisanterie excellente, sauf Jason. Car si l'évocation de ses succès ne lui était pas désagréable — qui ne se réjouit d'entendre chanter ses exploits ? — celle de sa boiterie ne lui plaisait guère.

« Tu sais, Ferdinand », lança Salomon quand la tempête se fut un peu apaisée et en gloussant une dernière fois en silence, pour son propre compte, « tu peux aller au lit, tu ne nous en diras plus d'aussi bonne aujourd'hui.

— Est-ce que vous connaissez la nouvelle ? demanda Eli avec un sourire béat. Voilà que ma Minchen nous a engagé une servante sourde.

— Tu dis des bêtises, l'interrompit Minchen. Elle est juste un peu dure d'oreille. Ce sont des choses qui arrivent.

— Je trouve ça très bien, poursuivit Eli. Minchen peut lui crier dessus tant qu'elle veut, elle n'entend rien. Les autres, c'est toujours à cause de ça qu'elles s'en allaient. Celle-là, elle va rester. »

Minchen en resta toute raide sur sa chaise. Elle ne s'était pas attendue à une attaque aussi perfide de la part de son Eli.

« Eh bien, si elle ne te plaît pas, articula-t-elle enfin, elle peut repartir.

— Au contraire, Minchen. Nous nous entendons très bien, tous les deux. Il nous suffit de cligner de l'œil pour que chacun sache ce que veut l'autre. »

Cela suffit à renforcer Minchen dans sa conviction que la sourde Augusta ne pouvait convenir, et qu'il fallait que cette créature quitte la maison puisque, comme Eli l'avouait tout tranquillement, elle le poursuivait de ses assiduités.

Mais comme on entendait déjà dans l'entrée les servantes qui apportaient l'entremets, la conversation obliqua de la domesticité vers Wolfgang.

Rikchen dit qu'on pourrait certainement s'arranger pour qu'il reste à Charlottenbourg, rien ne le forçait à rentrer, il n'avait qu'à rester dès ce soir, on pourrait bien lui envoyer ses affaires le lendemain. Et Ferdinand dit à Wolfgang qu'il avait sa permission, qu'il devait lui en être reconnaissant, et que lui, son père, espérait que Wolfgang ne donnerait à ses hôtes aucune raison de se plaindre, ce qui serait fort mal le récompenser de sa bienveillance paternelle. Mais Jenny, offensée, dit qu'elle s'était fait une telle joie de rester, elle, à Charlottenbourg.

« L'un après l'autre ! » dit pour l'apaiser Ferdinand, qui était toujours généreux quand il s'agissait de l'argent des autres.

Julius cherchait à converser avec Jettchen, mais elle devait veiller à tant de choses tout en faisant signe aux servantes qu'elle ne répondait guère. Et puis, par hasard, au moment de la soupe, ses yeux s'étaient posés sur les gros doigts courts, et toute la répugnance naturelle qu'elle éprouvait à l'égard du nouveau cousin Julius était soudain retombée sur elle et étranglait presque les mots dans sa gorge.

« Comment trouvez-vous cela, chère cousine ? demanda le nouveau cousin Julius en tirant de sa poche une grosse montre en argent, avec la lunette et le cadran en or. Vous voyez le bouquet de roses, là ? C'est la plus belle que j'aie trouvée. »

Par tradition, Jettchen se connaissait en ce genre de choses et avait du goût pour elles. Elle-même, Eli, Salomon, Ferdinand et Jason portaient encore des montres qui venaient du magasin du grand-père, de petites montres émaillées, garnies de perles, avec de délicates miniatures en médaillon, des montres que l'on admirait beaucoup. D'un seul coup d'œil, elle vit que la montre de Julius était une de ces camelotes du pays de Bade qu'on déversait à présent par milliers sur le marché.

« Oh, elle est très jolie, dit-elle poliment.

— Et qu'est-ce que vous pensez que ça coûte ? »

Jettchen n'avait pas l'habitude qu'on lui pose de telles questions, et elle se contenta de secouer la tête, avec un mécontentement dont Julius ne remarqua rien ; il était trop imbu de lui-même pour envisager simplement qu'on pût critiquer sa personne.

« Vous savez, poursuivit-il, je n'irais pas m'acheter quelque chose comme ça au pied levé, mais c'est que ces derniers temps, j'ai fait de très bonnes affaires. Écoutez un peu, Jettchen : il y avait une liquidation, Königstrasse. L'affaire de M. Zacharia. Il a dû boire le bouillon juste au moment où vous êtes partie, cet homme. Alors comme je descendais la Königstrasse, je vois l'affiche, et je me dis : entre donc. Je sais très exactement de quoi on peut avoir l'usage chez nous autres à Posen, alors je me fais montrer tout ce qu'il y a en magasin, je me fais donner des échantillons d'indiennes et aussi de toile cirée et je demande qu'on me réserve les coupons pour huit jours. Comme je disais, je sais très exactement de quoi on peut avoir l'usage chez nous à Posen, j'envoie les échantillons à mon ancien chef et — pas la peine d'entrer dans les détails, mais il y a des coupons sur lesquels j'ai gagné des cinq, des sept thalers nets au comptant. »

Jason avait suivi la conversation. Par-dessus la table, il lança :

« Te souviens-tu de notre conversation de l'autre soir, Jettchen ?

— Oh oui, parfaitement. Mais, dis-moi, mon oncle, que devient donc ton ami ? »

Et, en disant ces mots, Jettchen sentit son cœur cogner jusque dans sa gorge.

« Je ne l'ai guère qu'aperçu, déclara Jason d'un ton indifférent. Mais j'*espère* que bientôt nous le verrons plus souvent. »

En prononçant les derniers mots, il regarda Jettchen bien en face, de ses grands yeux gris. Elle perçut dans ce regard une caresse affectueuse et sourit avec gratitude.

À l'autre bout de la table, cependant, une dispute littéraire s'était enflammée. C'était surtout Max qui parlait. Il s'agissait de savoir lequel était le plus grand de Goethe ou de Schiller.

Goethe, déclarait Max, n'avait pas été un grand homme et, de ce fait, ne pouvait être non plus un grand poète. Sa conduite et ses mœurs, avant tout...

« Tu as vu le gamin, Hannchen ? l'interrompit Ferdinand. Il cause comme s'il y connaissait vraiment quelque chose. Ça, pour causer, il cause ! »

Mais on percevait à sa voix qu'il était quand même fier de Max.

« Tandis que la vie de Schiller serait un exemple de pureté immaculée, poursuivit celui-ci d'un ton professoral.

— Tiens, dit l'oncle Eli, qui tendait la tête de côté par-dessus la table pour mieux entendre. Et d'où est-ce que tu sais ça ? Qui est-ce qui l'a contrôlé ?

— Mais c'est écrit partout », rétorqua Max, très condescendant, au vieux monsieur.

« Écoute, Max, je vais te dire ! »

Et l'oncle Eli replia son doigt en forme de crochet.

« Schiller s'y prenait très bien avec les femmes. Et même, il leur parlait de telle façon qu'elles ne comprenaient pas ce qu'il disait. Tu n'as qu'à demander à Jason ! »

Jason s'esclaffa, et Jettchen elle aussi ne put se retenir de rire, pour la première fois de la journée. Jason déclama, d'une voix pathétique et sensuelle :

« Les convives repus chantent
Force harmonies pleines d'âme,
De fougue et de volupté,
Comme, descendant des cieux,
Des séraphins nouveau-nés. »

Eh bien, Max, comment cela s'accorde-t-il avec ton M. von Schiller ?

— Il sait, il sait », intervint Ferdinand, qui, en tant que père, n'aimait pas voir son Max couvert de honte. « Mais qu'allons-nous faire à présent, mes enfants ?

— Mais nous n'avons pas fini, s'écria Rikchen.

— Moi, avec cette chaleur, je ne peux rien manger », dit Ferdinand en se taillant trois tranches de selle d'agneau.

Auparavant, il avait déjà fait copieusement honneur au canard.

« Eh bien, dit Eli, au moins, on voit que tu te forces pour pas être impoli.

— Permettez, Mademoiselle, que j'en reprenne un morceau », dit Julius en faisant signe à la servante qui, de toute façon, allait le lui proposer.

« C'est que depuis ce matin, Mademoiselle Jettchen, je n'ai pris qu'un petit morceau de pain et un petit verre de *Grüner Jäger.* »

Mais Jettchen ne répondit pas, elle parlait avec Jason des livres qu'il lui avait prêtés. Elle voulait lui en rendre certains — pourrait-elle en avoir d'autres ?

Vraiment, ce nouveau cousin Julius l'importunait au plus haut point. Qu'avait-elle à faire de lui, à vrai dire ? Si seulement elle avait pu se débarrasser du sentiment de se trouver face à une créature humide et froide, quelque chose comme une grenouille ou une chenille verte ! Le nouveau cousin Julius s'immisça dans la conversation :

« Ah, oui ! Moi aussi, je voulais vous apporter des livres, je les avais déjà mis de côté, chère Jettchen. »

Mais la chère Jettchen ne lui répondit pas et continua à converser avec Jason.

« Ce clafoutis aux cerises, dit tante Hannchen en en faisant glisser une grosse part dans l'assiette de Wolfgang, on ne dirait vraiment pas qu'il est de Charlottenbourg. »

Salomon parlait de nouveau d'élégants Anglais dont il avait fait la connaissance à Karlsbad, et Eli pestait contre les « pitistes » ; dans sa jeunesse, on ne connaissait pas ça, et le Vieux Fritz aurait depuis longtemps envoyé au diable un Hengstenberg[54] — c'était d'ailleurs là sa place. Autrefois, il croyait que le monde allait de l'avant ; à présent, il trouvait qu'il ne faisait que reculer.

Ferdinand et Max lui opposèrent que tout était en plein développement : on avait maintenant le gaz comme les Anglais, et l'eau minérale artificielle, et la lampe sinombre — Ferdinand n'évoqua pas le chemin de fer — et les trottoirs, et le service militaire obligatoire.

« Oui, dit Eli, mais vous voyez, c'est comme les plumes d'acier anglaises. Elles sont peut-être moins chères que les plumes d'oie, et peut-être aussi plus durables mais on ne peut plus écrire avec. »

Eli pouvait se permettre de dire cela, car avec ses quatre-vingts ans, il avait encore une écriture si élancée et si joliment ornée que c'était un plaisir de la voir.

Julius raconta qu'il s'était acheté deux ou trois choses de Glassbrenner — *Le cabinet de curiosités de 1838*, *Le plus beau jour de M. Buffey*, et aussi *La Partie de campagne à la hêtraie des Français* — parce que tout le monde en faisait grand cas, mais que cela ne l'avait pas fait rire du tout.

Jason déclara qu'il y avait dans ces livres une certaine jovialité populaire, très rude, peut-être, mais aussi très efficace, et que si Glassbrenner était plus subtilement organisé et plus artiste, ses dispositions naturelles lui permettraient de devenir un humoriste de premier plan. Mais, quant à lui, ce qu'il appréciait avant tout dans ces albums, c'étaient leur couverture et les gravures sur cuivre de Hosemann, beaucoup plus élégantes et précieuses que tout ce que faisait Glassbrenner.

Jettchen déclara qu'elle avait toujours trouvé Brennglas[55] amusant, que l'*Oracle des fleurs de Berlin* lui avait particulièrement plu : *F* comme fenouil...

« Doux tailleur, plus de flatteries,
Sinon, je te dirai nenni. »

Jason et Ferdinand rirent, puis reprirent en duo :

> *« Doux tailleur, plus de flatteries,*
> *Sinon, je te dirai nenni. »*

Mais Jettchen surprit un regard réprobateur de tante Rikchen, adressé non pas à elle mais au nouveau cousin Julius, et elle comprit plus qu'il ne lui aurait été agréable.

« Bien, dit Salomon. Excusez-moi, mais est-ce qu'il y a encore quelque chose ?

— Non, dit Jettchen, pas ici. Nous prendrons sans doute le café au jardin.

— Oh ! se récria Hannchen, avec ces chenilles dégoûtantes qui tombent dans les tasses... Et puis ici, il fait bien plus frais.

— Nous n'avons pas de chenilles, au jardin, dit Jettchen. Et j'ai déjà fait préparer la table sur la pelouse.

— Tu sais, Hannchen, tu veux toujours autre chose que ce qu'on t'offre ! » dit Ferdinand d'un ton réprobateur, en se levant.

Minchen était en colère.

« La drôlesse, chuchota-t-elle à Jason. Ici, rien n'est assez bon et élégant pour elle, et quand on va chez elle, on peut encore s'estimer heureux si elle vous sert une carotte en conserve. »

Minchen ne pouvait pardonner les carottes en conserve qu'on lui avait servies un jour chez Hannchen.

« Bon, dit Ferdinand. Qu'est-ce que nous allons faire, cet après-midi ?

— Je pense que nous allons faire un petit robre sous la tonnelle, répondit Salomon.

— Je vais d'abord dormir un peu, dit Eli. Où est-ce qu'on peut faire la sieste, ici, Jettchen ?

— Oh, après, tu viendras avec nous au parc ? implora Jenny.

— Pourrai-je alors me joindre à vous, Mademoiselle Jettchen ? intervint Julius. Je ne connais pas encore le parc du château.

— Je crois que vous serez plus utile ici pour jouer au whist.

— Par principe, je ne joue pas aux cartes. Je m'assiérais pour perdre mon temps et mon argent ? Est-ce que vous avez jamais vu un joueur qui soit arrivé à quelque chose ? Moi non. Chez nous, à Posen, il y en avait un, un jeune, j'étais avec lui en apprentissage... »

Jason survint.

« Mon oncle, dit Jettchen, dis m'en un peu plus. Que devient ton ami ? »

Jason la regarda et rit.

« Est-ce que tu ne pourrais pas me le dire, *toi* ? repartit-il en lui tapotant la joue. Jettchen, Jettchen, pourvu que cela tourne bien. »

Jettchen devint écarlate et regarda le plancher.

« Nous verrons, nous verrons cela plus tard », ajouta Jason d'un ton apaisant.

Jettchen releva la tête, les yeux humides. Mais Hannchen, revenant des pièces du devant, s'approchait d'eux.

« Vous êtes très gentiment logés, ici, dit-elle en haletant. Mais c'est quand même bien étriqué. »

Oncle Eli revint à la charge.

« Dis-moi donc, Jettchen, où c'est que je pourrais dormir, ici. »

Jettchen le conduisit dans la chambre de l'oncle et de la tante, où il eut le choix entre un canapé et une chaise longue. Eli ôta précautionneusement sa perruque blanche, l'accrocha au dossier de la chaise longue, tira de sa poche de veste une calotte qu'il enfonça sur son crâne chauve. Et avant même que Jettchen l'ai couvert d'un plaid, il s'endormit la bouche ouverte. « Juste quelques minutes », avait-il dit, déjà à moitié somnolant.

Au jardin, tout vert et or dans le soleil sous le ciel bleu clair de l'après-midi, les convives s'égaillèrent à leur gré. Les enfants retournèrent au verger et eurent vite fait de disparaître dans l'épais dédale des groseilliers ; seuls leurs cris joyeux et la robe claire de Jenny qui resplendissait parmi les buissons permettaient de déceler leur présence.

Hannchen, Rikchen et Minchen s'étaient assises sous la tonnelle au calme et tout à leur aise, Salomon était auprès d'elles ; Ferdinand allait et venait avec Julius ; Max s'accrochait à Jason et lui disait qu'il lui donnerait prochainement à lire quelque chose d'important qu'il avait écrit. Jettchen avait suffisamment à faire pour disposer la table comme il fallait pour le café. Car Mme Könnecke l'avait installée au beau milieu de la pelouse, en plein soleil, et Jettchen devait la faire transporter à l'ombre, près des buissons. Elle alla aussi couper avec un sécateur des branches d'églantine pour en garnir la nappe. Car depuis quelques jours les églantines étaient en fleur, et les buissons ronds étaient couverts de délicates coupelles roses qui se pressaient les unes contre les autres.

Elle dut en outre veiller à ce qu'on mette assez de bière blanche au frais dans le baquet d'eau sous la tonnelle, à ce qu'on apporte les cartes, les marques, les cigares et les liqueurs — de l'anisette pour les dames, de la bénédictine, du curaçao et du cognac, afin de pouvoir proposer à chacun la boisson qui lui conviendrait. Et pour finir, elle dut envelopper la glace dans une serviette et disposer de grands verres et les citrons pour la limonade.

Elle avait suffisamment à faire. Il fallut aussi qu'elle répartisse le gâteau dans les assiettes, car elle ne voulait pas le présenter sur la table tel que l'avait envoyé Weise. Et il fallait transvaser la crème fouettée dans les coupes de cristal de la maison, car les gobelets de verre du pâtissier paraissaient trop pauvres et ordinaires à Jettchen.

Quand Jettchen en eut terminé avec tout cela, elle fit le tour de la maison pour rassembler toutes les affaires éparses et, quand elle se fut assurée que les autres étaient près de la table, elle remonta réveiller Eli, qui sursauta, tout ébahi, et, dans le même temps, elle donna aux servantes l'ordre de descendre en emportant la grosse cafetière en porcelaine de Saxe.

Hannchen dit qu'elle ne pouvait pas s'asseoir ainsi — on lui apporta de la tonnelle un fauteuil profond, en rotin tressé — et que le jardin était plein de moustiques et une de ces bêtes l'avait piquée au fond de la gorge.

Les enfants s'attaquèrent au gâteau avec une telle ardeur que Jettchen put craindre qu'il n'y en ait pas assez, et chacun d'eux dressa dans sa soucoupe une couronne de crème fouettée. Jettchen était assise entre le nouveau cousin Julius et Jason. Minchen trouva que les églantines qui décoraient la table étaient une idée ravissante — seule Jettchen pouvait en avoir de pareilles —, mais Hannchen, qui avait posé ses bras nus sur la table en s'étalant largement, s'écria que ces fleurs l'avaient piquée, et que jamais auparavant une telle chose ne lui était arrivée. Eli évoquait sa jeunesse et racontait ses exploits de cavalier. Tante Rikchen dit qu'elle était vraiment heureuse que Salomon soit de retour, que jamais Charlottenbourg n'avait été aussi agréable, et qu'ils devaient tous revenir très souvent, au moins un dimanche sur deux.

« Ne parle pas de malheur ! » lança Salomon.

Jettchen était à présent devenue tout à fait silencieuse, et inquiète, car elle sentait ce qui l'attendait. Ferdinand dit qu'elle avait changé ; avant, elle était aussi belle qu'intéressante, à présent, elle était encore plus intéressante que belle.

Julius parla de ses perspectives commerciales. Dans le cuir brut, la conjoncture était bonne, en ce moment, et si les négociations pour le magasin de l'Alte Leipziger Strasse aboutissaient — on ne discutait plus que sur quatre-vingts thalers —, il espérait se faire inscrire au registe du commerce dès le 15 août.

Jason restait très calme et silencieux, on voyait qu'il réfléchissait à quelque chose. Hannchen, Minchen et Rikchen parlaient toilettes et gens de maison, et attendaient uniquement de se retrouver seules avec les hommes pour les attirer en tiers dans le cercle de leur conversation.

Jenny pressait déjà Jettchen de les accompagner au parc du château, et Ferdinand cria :

« Allons, Salomon, ne nous empêche pas de jouer ! »

Puis, comme cela restait sans effet, il chanta :

« Pourquoi cela ne va-t-il pas, ne va-t-il pas ?
Pourquoi cela ne va-t-il pas du tout ? »

Et comme, lorsque Ferdinand chantait, il était irrésistible, Salomon se leva et lança :

« Je crois que nous allons faire un petit rob. »

Ce fut le signal : l'heure du dessert était terminée.

Max, Jenny, Wolfgang et Julius s'attroupèrent autour de la bannière de Jettchen pour que celle-ci les guidât — tels les Bourguignons autour de Jeanne d'Arc[56]. Mais avant de pouvoir lever le camp avec son armée, Jettchen dut encore veiller à ceci et cela, donner ses instructions pour que même en son absence rien ne soit négligé, faire porter la table de jeu sous la tonnelle, s'assurer que les joueurs aient sous la main bière blanche, liqueurs et cigares, et que dans deux heures on serve des tartines. Elle était très heureuse que les enfants l'entraînent loin de là, car l'inquiétude insupportable, l'oppression et l'angoisse qui s'étaient emparées d'elle lui transperçaient la peau de mille coups d'épingle.

Les femmes gagnèrent, de l'autre côté du jardin, une gloriette d'où les servantes durent balayer les feuilles mortes et les fleurs d'acacia séchées qui s'étaient accumulées sur le plancher moisi, sur les chaises et les bancs. Cependant, Eli, Salomon, Ferdinand et Jason prenaient leurs aises sous le large toit et l'opulent feuillage vert clair semé de fleurs jaunes des aristoloches ; l'air était frais, d'une fraîcheur si agréable qu'on aurait cru toucher les feuilles elles-mêmes.

Ferdinand brassa les cartes de la main gauche tout en rangeant ses jetons de la droite.

« Dis-moi donc, Salomon, demanda Eli. Qui c'est, ce jeune homme, exactement ? »

— Quel jeune homme ? demanda Jason en sursautant.

— Mais c'est un neveu à moi, dit Salomon.

— Je sais bien, Salomon. Mais il est dans quel genre d'affaires ?

— Il veut s'établir dans le cuir.

— Ah bon ? Le cuir. Le cuir, c'est une bonne branche, ça ! opina Eli en pensant selles et harnais.

— Et comment le trouves-tu ? demanda Ferdinand non sans dessein.

— Qu'est-ce que tu me demandes ? Pour moi, il ne vaut rien. Ce garçon, c'est un sournois, laisse-moi te dire.

— Oh ! s'exclama Salomon, incrédule.

— Vous verrez, vous verrez !

— J'ai joué, mon oncle, fournissez ! glissa Ferdinand.

— Je me suis rarement trompé sur les gens.

— Allons, une carte ou un bout de bois ! » s'impatienta Ferdinand.

Eli chercha parmi ses cartes et finit par jouer. Jason coupa avec un petit atout.

« Les petits font tomber les gros », dit-il, car Salomon était le partenaire d'Eli.

« Je me demande... dit lentement Eli quand il eut perdu. Si j'avais joué la dame de cœur au lieu du huit de carreau ?

— Inutile de parler des morts ! cria Ferdinand en marquant les points.

— Voilà Blücher à Rossbach[57] », déclara Salomon, puis il annonça un singleton et jeta un gros atout sur la table.

Mais le jeu tourna aussitôt, parce que Jason coupa adroitement.

« Sale coup pour vous », dit Ferdinand.

Mais lui-même n'avait rien à annoncer, et il était de mauvaise humeur.

« On n'aura pas de jeu de l'après-midi, répétait-il sans cesse.

— Eh oui, Ferdinand, dit Salomon. Cette année, tous les joueurs de whist se plaignent. »

Eli perdit de nouveau malgré le jeu à l'épreuve des bombes qu'il avait en main, que Ferdinand volatilisa avec une toute petite carte.

« Pires que des corbeaux, vous êtes ! Pires que des corbeaux ! »

Jason déboucha la cruche de bière blanche et en emplit avec art les grands verres bas — il s'y entendait.

« Écoutez, dit-il. Écoute, Salomon. J'aimerais parler un peu de quelque chose avec vous.

— Tu auras bien le temps après, répondit Ferdinand en brassant les cartes.

— Non, insista Jason. C'est que l'affaire est assez importante.

— Et tu penses que notre partie, là, ça n'est pas important, peut-être ? demanda Ferdinand, ulcéré, en rangeant ses atouts.

— Écoute, Salomon, le Dr Kössling, tu sais, celui qui est venu chez toi, un soir...

— Ah, celui-là, dit Ferdinand.

— Eh bien, il s'intéresse à Jettchen.

— Et alors ? répliqua Salomon d'un ton grave.

— Et alors, pour commencer, le plus important, c'est que Jettchen aussi s'intéresse à lui, et qu'elle fait même plus que s'y intéresser. »

Salomon plissa le front et pressa ses cartes contre son menton.

« Je ne vois pas où tu veux en venir, Jason.

— Je crois, Salomon, qu'on aurait tort de s'opposer à une telle inclination, parfaitement honnête et sincère de part et d'autre. »

Salomon se cabra.

« Non Jason. Tu vois, je crois bien qu'on aurait tort, plutôt, de parler en faveur d'une telle inclination.

— Je ne comprends pas, Salomon. Tu veux pourtant tout autant que moi ce qu'il y a de mieux pour Jettchen, non ?

— C'est justement pour ça que je ne peux admettre ce genre de chose.

— Laisse-moi parler, intervint Eli. Jason, est-ce que tu penses vraiment que Jettchen l'aime ?

— Je le sais, mon oncle.

— Bon. Et qu'est-ce qu'il est, ce jeune homme ?

— En tout cas, c'est un homme très capable et bon.

— Un homme capable doit occuper la place qui lui convient », dit Ferdinand, qui semblait ne pas s'intéresser à la question, et dont le visage disait clairement : Comment peut-on discuter de ça ?

« Laisse-moi parler, Ferdinand. Je veux dire : *qu'est-ce* qu'il est, ce jeune homme ?

— Que veux-tu qu'il soit ? Docteur en philosophie.

— Bon, il a un titre, c'est déjà ça. Mais qu'est-ce qu'il est d'autre ?

— Il écrit pour des journaux. Tu vois, c'est certainement ainsi qu'il s'imposera.

— Alors, il n'est *rien.* Bon, Jason, mais qu'est-ce qu'il a ?

— Rien du tout. Que veux-tu qu'il ait ? Il est de Brunswick, il vient d'un milieu très modeste, dit Jason indigné.

— Ridicule ! s'exclama Salomon — ce qui était toujours l'expression de son plus grand déplaisir.

— Laisse-moi parler, l'interrompit l'oncle Eli d'un ton abrupt qui lui était tout à fait inhabituel. Alors, il n'est rien et il n'a rien. Mais pour le reste, Jason, tu penses que c'est quelqu'un de bien.

— Je le *sais.* Si je ne le savais pas, je n'interviendrais pas en sa faveur.

— C'est vrai, dit Eli. À moi aussi, il m'a même bien plu, quand il est venu chez moi. Un homme modeste et solide, pas un fanfaron comme ce M. Jacoby.

— Oui, mais...

— Laisse-moi parler, Salomon. Tu as tout à fait raison, il n'est rien et il n'a rien. Mais qu'est-ce que ça peut faire, Salomon ? Toi, tu as de quoi, n'est-ce pas, et puis tu es quelqu'un, non ? Moi, à ta place je lui donnerais Jettchen sans faire des histoires. Dans notre famille, on a toujours tenu compte de l'amour. Est-ce que tu voudrais rendre la petite malheureuse ? Ça aussi, il faudrait que tu y réfléchisses, Salomon — une petite aussi magnifique que notre Jettchen. »

Salomon pinçait les lèvres sans répondre. On ne savait si c'était d'indignation ou parce qu'il balançait intérieurement.

« Et le fait qu'il soit chrétien ? demanda Ferdinand. Hein, le fait qu'il soit chrétien ?

— Qu'est-ce qu'il y peut, Ferdinand ? Ces histoires-là, c'était bon pour le siècle dernier. Aujourd'hui, on ne doit plus se soucier de choses aussi ridicules, quand même ! Je vous le dis très sérieusement », tonna Eli en se fâchant tout rouge, car les idées révolutionnaires de sa jeunesse s'étaient faites en lui chair et sang.

« Tiens, tu ne voudrais pas faire un article là-dessus pour L'abeille missionnaire [58] ? dit Ferdinand, moqueur.

— Non, Eli a parfaitement raison », intervint Jason, bien qu'il fût en fait d'un tout autre avis sur cette question.

— Écoute, Jason ! dit alors Salomon, très grave, et du ton de supériorité de l'homme riche et du grand commerçant habitué à mener des négociations où il s'agit d'affaires d'importance, d'argent et de valeurs. Écoute, Eli ! Nous n'allons pas nous échauffer. Nous allons discuter de la chose très calmement. Mais ne va pas croire que tu m'aies surpris, Jason.

— Ah bon ? s'étonna Ferdinand.

— J'étais déjà au courant. Seulement je ne pensais pas que toi, justement, tu serais pour.

— Vraiment, je ne le comprends pas non plus, commenta Ferdinand.

— La réponse que je te donne maintenant, Jason, j'aurais pu te la donner plus tôt. Que ce jeune homme s'intéresse à Jettchen, cela l'honore, mais il faut en rester là. Et c'est la *seule* chose que je comprenne dans cette affaire. Pour *tout le reste,* je suis trop peu moderne. Car qui est-il, ce Dr Kössling ? Si au moins il avait *quoi que ce soit* à poser dans le plateau de la balance ! Mais il vient tout simplement me dire : Donne-moi ta nièce Jettchen. Il est écrivain. Bon, qu'est-ce que ça veut dire ? Si encore il avait une profession sûre. Mais un homme qui gagne un jour quelques groschen et le lendemain rien ! Et c'est à un tel homme que je devrais donner...

— Cher Salomon, l'interrompit Jason, tu as beau connaître parfaitement la profession de négociant, tu ne comprends absolument rien à la situation actuelle de l'écrivain, ce que tu dis le montre bien. Il ne peut pas créer de trésors, de richesses ; mais un écrivain qui a de l'argent derrière lui gagnera *toujours* assez et aura *toujours* largement de quoi vivre. »

Eli donna sa bénédiction à ces propos :

« C'est vrai, dit-il.

— Tandis qu'un négociant peut perdre toute sa fortune et celle de sa femme en deux spéculations.

— Il doit bien le savoir avant », dit Ferdinand avec sa brusquerie habituelle.

Cela mit Jason en fureur, mais il se contint encore.

« Oui, parce qu'il trouve toujours de plus grands filous que lui ! se contenta-t-il de répondre. C'est une grande erreur de supposer qu'on est le plus grand. »

Salomon, qui était diplomate, se leva.

« Nous ferions sans doute mieux d'arrêter ici cette conversation.

— Non, dit Jason en pensant à Kössling. C'est justement avec un écrivain qu'il y a le moins de risque, car son activité n'entraîne pas de frais, il n'a pas besoin d'investir de l'argent ; il ne travaille qu'avec sa santé, son cerveau et la force de ses nerfs ; et il ne se retrouve pas avec des coupons de soie sur les bras, qu'il doit ensuite liquider à moitié prix.

— C'est vrai, Salomon ! Jason a *raison,* cria Eli.

— Chaque bon groschen qu'il encaisse est un gain net, tandis que le négociant peut bien faire dix mille thalers de vente sans avoir encore gagné un groschen.

— Oui », dit Salomon, qui s'était rassis. « Mais peut-être que de ses dix mille thalers, il en restera quatre au négociant, tandis que l'écrivain ne gagnera jamais que son bon groschen.

— C'est sûr ! lança Ferdinand.

— Écoute donc, Salomon, dit Eli, *toi,* tu n'as vraiment pas besoin d'être rapiat. Un homme comme toi, qui ne sait même plus combien il possède exactement !

— Non, répondit Salomon. Mais je ne serais certainement pas comme ça si le reste me convenait.

— Joue, Eli, joue, cria Ferdinand. Cessons enfin de parler de ça.

— Mais qui est-il donc, ce Dr Kössling ? Un homme qui arrive de je ne sais où. Je ne veux rien dire de mal à son sujet, mais demande un peu dans Berlin qui nous sommes. S'il te plaît, demande un peu. Je ne sais pas quelle idée tu t'en fais.

— Non, Salomon. Je trouve qu'en fait ce qu'est *Kössling* est suffisant. Car ce que nous sommes, nous l'avons reçu en cadeau sur notre chemin, tandis que c'est par ses seules forces que cet homme est ce qu'il est et ce qu'il deviendra. C'est plus.

— Parfaitement, Salomon ! dit Eli en soulevant des deux mains son verre de bière blanche.

— Non. Ça ne fait pas tout. La famille est *quand même* plus que tu ne crois. Le fils de dinandier qui allait pieds nus finit toujours par ressortir, même s'il devient plus tard professeur et conseiller aulique. »

Jason hésita, interloqué.

« Pas chez Kössling, répondit-il.

— Et même si au fond de mon cœur je suis tout à fait de l'avis d'Eli en matière de religion, Jettchen n'épousera pas un chrétien avec *notre* consentement. Pas avec *notre* consentement, comprends-tu ?

— Je ne saisis pas comment tu peux t'énerver à ce point pour ce genre d'histoires saugrenues, dit Ferdinand. Je joue cœur.

— Tu voudrais peut-être la marier à un de ces tapeurs impudents de Posen ? » cria Eli en reposant si violemment son verre que la table en trembla.

Mais Salomon s'abstint de répondre sur le même ton.

« Je n'ai pas besoin de t'expliquer ça pour le moment, Jason. Il ne s'agit pas de quelques coutumes, ni du fait de savoir si finalement on se fait enterrer Chausseestrasse et non Hamburger Strasse — il ne s'agit pas de ça, mais tu sais aussi bien que moi *pourquoi* nous sommes attachés au judaïsme et nous hérissons à l'idée qu'il s'éteigne dans notre famille.

— Écoute, Jason, je préférerais encore que ma Jenny reste vieille fille plutôt qu'elle prenne un chrétien, intervint Ferdinand. Je ne comprends pas que *toi,* tu puisses même parler en faveur d'un tel mariage. Et crois-tu peut-être que notre pauvre Moritz aurait été de ton avis ?

— Non, répondit Jason, mais ce que je crois, c'est qu'il aurait été d'avis que tout soit fait pour rendre heureuse son unique enfant — et c'est ainsi que nous pouvons honorer sa mémoire bien mieux que par de la fausse sentimentalité et de l'étroitesse de cœur.

— C'est exactement ce que j'allais dire ! Je l'ai quand même connu quand il n'était encore qu'un gamin. Je me rappelle comme si c'était hier qu'il venait toujours me trouver quand il avait besoin d'argent, dit Eli en hochant la tête.

— Oui, reprit Salomon. Et puis je ne vois pas non plus pourquoi on aurait travaillé toute sa vie au profit d'un homme qui arrive de je ne sais où.

— Ne va pas t'imaginer qu'avec les soixante ou soixante-dix mille thalers, peut-être, que tu donneras à Jettchen, tu fasses à Kössling...

— Ça pourrait bien être cent mille, pas vrai, Salomon ? l'interrompit Eli en fouillant parmi les cigares.

— Qu'avec cela tu lui fasses un cadeau. Ne va pas t'imaginer cela, Salomon ! Cet homme n'a pas besoin de ton argent, il ne lui a jamais manqué, jusqu'à maintenant. Il ne veut que Jettchen — et si Jettchen n'avait pas justement grandi dans ta *maison,* où l'on a tout à profusion et où l'argent ne joue aucun rôle, si je pensais qu'elle puisse sans en souffrir extérieurement et intérieurement s'engager dans une toute petite vie incertaine et pauvre, je lui conseillerais, *moi-même*, de partir de chez toi. »

Jason et Salomon s'étaient levés d'un bond et se regardaient, les yeux dans les yeux, le visage rouge de fureur.

« Mon Dieu, les bouchons sont bien courts, à Charlottenbourg ! » dit Ferdinand, embarrassé, en jouant avec celui d'une cruche de bière blanche.

Cependant, la vague de mauvaise humeur exacerbée qui avait fait se dresser les deux frères l'un contre l'autre, les yeux étincelants et les mains tremblantes, était déjà retombée.

« Tu n'as pas à t'angoisser, Salomon, dit Jason doucement et comme pour s'excuser. Je ne le ferai pas. Je pense seulement que tu en viendras bien à changer d'avis sur ce point.

— Je ne crois *pas*, Jason.

— Même si tu ne pensais *pas du tout* au Dr Kössling mais *seulement à Jettchen* ?

— Mon cher Jason, dit Salomon d'un ton presque attendri, sois assuré que je ne pense jamais qu'à elle. J'avais déjà discuté de cette affaire en long et en large avec ma femme.

— Toujours ces bonnes femmes ! Il faut qu'il discute avec les bonnes femmes ! tonna Eli en frappant la table du plat de la main.

— Et je tiendrais pour *irresponsable* de soutenir un tel projet. Je ne crois d'ailleurs pas que du côté de Jettchen ce soit sérieux... »

Jason haussa les épaules.

« Bien. Mais tu ne viendras pas dire ensuite que je ne t'avais pas mis en garde.

— Et *même* si c'était le cas, cela ne pourrait pas me déterminer à accepter ce dont je suis persuadé que ce serait mauvais pour elle. Notre Jettchen est bien trop raisonnable pour ne pas surmonter cela. »

Salomon était redevenu dans toute sa personne l'homme riche et le négociant supérieur qui discute avec les fabricants et leur explique pourquoi l'aune de foulard doit être pour lui à huit pfennigs de moins.

« Jettchen est *beaucoup trop raisonnable* ! Je la connais quand même mieux que personne, moi qui suis quotidiennement avec elle depuis vingt ans. Mais nous ferons tous nos efforts, n'est-ce pas, pour lui trouver très bientôt un homme capable et solide, et tu verras, Jason, comme Jettchen ne pensera plus au Dr Kössling.

— Dis-moi, Salomon, le Dr Kössling doit-il te parler personnellement ? demanda Jason, très cérémonieux.

— Pourquoi se donnerait-il cette peine ?

— C'est donc ton dernier mot.

— Jason, je pourrais te *dire* : Nous en reparlerons ! Mais je n'aime pas cela. Quand un représentant vient me voir, j'achète ou je n'achète pas. Je ne lui demande jamais de *repasser* — c'est un de mes principes en affaires. »

Jason s'était de nouveau levé, difficilement, d'une secousse des reins. Il avait à présent le visage si pâle que Salomon s'en effraya.

« Alors, adieu.

— Allons, qu'est-ce que ça veut dire, Jason ? Est-ce que nous n'allons même pas finir la partie ? cria Ferdinand, offensé.

— Tu vois le résultat, Salomon ? Il s'en va, dit Eli.

— Mais Jason, glissa Salomon, cette affaire n'est quand même pas d'une *telle* importance, vraiment.

— Je la trouve *suffisamment* grave, Salomon.

— Allons, rassieds-toi donc, suggéra Ferdinand.

— Je ne comprends pas Salomon, moi non plus, lança Eli. Alors que le docteur est quelqu'un de si sérieux, dont on ne dit que du bien, et bel homme, en plus. Ils sont venus chez moi, et à les voir là tous les deux, vraiment, on aurait dit des princes.

— Non, Jason. Tu crois peut-être que j'ai le cœur dur et que je suis brutal, alors que je vois simplement *plus loin* que toi. Plus tard, tu me donneras raison.

— Nous ne pourrons pas nous mettre d'accord, Salomon. Adieu.

— Écoute, Jason, je suis désolé que tu veuilles déjà partir, mais je le serais deux fois plus de t'avoir fait de la peine *personnellement.* Je n'en avais *pas* l'intention.

— Mais il ne t'en voudra pas ; entre frères, ça ne se fait pas », intervint Ferdinand, conciliateur.

« Non, dit Jason d'une voix basse et lasse. Tu ne m'as pas offensé, mais c'est que nous ne parlons pas le même langage, et nous ne nous comprendrons jamais, comme nous ne nous sommes en fait jamais compris. Mais, qui sait ? Si j'étais le riche négociant en soieries Salomon Gebert, peut-être penserais-je et agirais-je comme tu fais... Mais, s'il vous plaît, ne me retenez pas davantage.

— Est-ce que tu ne veux pas dire au revoir à Rikchen ? » lui cria Salomon comme il s'éloignait.

Mais Jason Gebert s'en fut en boitant, il descendit vers la maison par l'allée ombragée, aussi vite que le lui permettaient ses jambes engourdies, car il craignait, s'il restait plus longtemps, de se trouver face à Jettchen, qui à présent ne tarderait pas à rentrer. Et cela le faisait frémir.

« Dommage ! dit Ferdinand, pensif. Eh bien, nous allons jouer avec un mort. »

Mais les deux autres n'avaient plus guère envie de jouer.

Salomon, tirant sur son cigare et le mordillant, jouait toujours la mauvaise couleur, reprenait sa carte et en jouait une autre pire encore. Quant à Eli, sa façon de jouer était un peu plus insensée que d'habitude, il parlait plus encore qu'à l'accoutumée, surtout après chaque pli, si bien que Ferdinand, furieux, finit par jeter ses cartes sur la table en disant que jamais il n'avait vu une telle partie — et il y avait pourtant dans les quarante ans qu'il jouait au whist. Il n'avait pas envie de jouer avec des apprentis, des bleus pareils. Sur ce, il empocha ses gains d'un air maussade et posa ses pieds sur le fauteuil libéré par Jason.

Sous la tonnelle, il s'était mis à faire chaud et lourd ; la bière blanche n'avait rendu la chaleur que plus insupportable aux joueurs, et chacun d'eux avait pris ses aises en s'étalant confortablement dans son fauteuil, dans la pénombre vert pâle — car le soleil, qui d'abord n'avait fait que filtrer à travers les feuilles vertes de la tonnelle, s'était déjà élevé bien haut dans les frondaisons des arbres —, et ils fumaient, silencieux et pensifs. Aucun d'eux n'était d'humeur spécialement joyeuse.

« Mais, Eli, tu as entendu comme il parlait, mon frère Salomon ? Un vrai Mirabeau, dit finalement Ferdinand en se rappelant la scène qui venait de se dérouler. On reconnaît tout de suite qu'il a été à bonne école. »

Eli n'eut pas l'occasion de répondre, car telles les trois Parques, Rikchen, Hannchen et Minchen avaient soudain surgi devant la tonnelle : les deux sœurs, opulentes, en robes claires, flanquaient tante Minchen, toute petite et ramassée dans sa robe de soie noire.

« Eh bien, dit Hannchen, c'est comme ça qu'on joue ? Il fait sans doute trop chaud ?

— Oui », dit Salomon, maussade.

« Qu'est-ce qui se passe donc ? » demanda Rikchen.

Elle regarda autour d'elle et flaira de droite et de gauche en secouant la tête.

« Pourquoi est-ce que ça sent tellement le brûlé, ici ? Et où est donc Jason ?

— Jason avait un rendez-vous dans l'après-midi, se hâta de répondre Ferdinand. Il vous salue. Mais il ne voulait pas déranger.

— Ah tiens, dit Rikchen en cherchant son mari des yeux.

— Jason ! Naturellement. Jason ! C'est bien de lui ! s'exclama Hannchen.

— Tu sais, il pensait *vraiment* très bien faire, dit Salomon.

— Quoi ? Qu'est-ce qui se passe ? » demanda Minchen, toute curieuse, en parlant très fort.

Mais on entendit alors les cris de Jenny et de Wolfgang, et Jettchen descendit l'allée, suivie de Max et de Julius.

« Ah, elle ne peut jamais se taire, celle-là ! Tu n'apprendras donc jamais, Minchen ? » tonna Eli.

Et la pauvre Minchen ne sut pas ce qui lui arrivait. Elle n'était même plus censée poser de questions ! C'était le comble !

« Est-ce que tu as vu nos poires, au fond du jardin ? » chuchota Rikchen.

Et, prenant par le bras la pauvre Minchen tout ébahie, elle l'entraîna à l'écart. Car Rikchen n'avait aucune envie de se retrouver *maintenant* face à Jettchen.

Jettchen tenait à la main un bouquet de roses rouges, et une rose rouge que Jenny lui avait fixée dans les cheveux ornait sa tempe ; Max et le nouveau cousin Julius avaient eux aussi des roses rouges — à la boutonnière. Jenny portait sur ses nattes noires flottantes une mince couronne de délicats œillets de poète, et l'on ne peut pas dire qu'elle ignorait combien cela lui seyait. Et Wolfgang aussi était en parure d'été. Il arborait une fière bandoulière verte confectionnée avec des feuilles de tilleul que Jettchen avait artistement assemblées en chaîne au moyen d'aiguilles de pin et d'épines ; et ce vert faisait paraître son petit visage encore plus pâle et maladif au-dessus du large col rabattu de linge blanc. Avec sa beauté altière, dans la robe de linon blanc semé d'épis dorés qu'elle portait à présent, Jettchen paraissait une reine accompagnée de sa suite, car elle dépassait d'une bonne tête même le nouveau cousin Julius.

« Regarde-moi un peu l'allure qu'elle a ! dit Eli en se levant.

— Mais qui t'a donné ces roses magnifiques, Jettchen ? s'écria Hannchen tandis que la petite troupe s'approchait.

— C'est notre Julius », répondit Jenny sans y être invitée, en gloussant et en donnant une bourrade à Wolfgang.

— Ah oui ? N'est-ce pas un homme délicieux, Jettchen ? Un gentleman accompli, tout comme feu mon frère Nero », dit Hannchen.

Julius Jacoby sourit, flatté.

« Ces quelques roses, dit-il, étaient le moins que je puisse faire pour Mlle Jettchen. Mais ici, elles sont chères, c'est inouï... »

Jettchen perçut immédiatement qu'il s'était passé quelque chose en son absence. Elle le vit à l'indifférence factice de Ferdinand et aux rides de mécontentement qui marquaient le visage de Salomon, et elle le lut dans le regard affectueux et compatissant du vieil oncle Eli.

« Eh bien, demanda-t-elle, pourquoi ne jouez-vous plus ? Puis-je vous faire apporter quelque chose ?

— Non, dit Eli. D'ailleurs, tu t'es déjà si gentiment occupée de tout. Mais si tu avais encore quelques petits sablés...

— Je vais voir, je crois qu'il en reste, dit Jettchen. Mais où est donc Jason ?

— Jason ! Tu connais Jason ! Tu t'imagines qu'il allait faire attendre la demoiselle ? répondit Ferdinand.

— Où est-ce qu'elle est serveuse, exactement ? demanda Eli, amusé.

— Jason est déjà parti ? »

Jettchen avait la voix qui tremblait, et elle avala sa salive pour ne pas se mettre à pleurer.

« Oui, dit Salomon d'un ton tranquille et indifférent. Il devait avoir un rendez-vous en ville.

— Il m'avait dit tout de suite qu'il ne resterait pas ce soir, intervint Hannchen. Il ne t'en avait pas parlé ?

— Non », répondit Jettchen qui était devenue toute blême, de telle sorte que la rose rouge fichée dans ses cheveux brillait d'un éclat plus flamboyant encore. « Non, je pensais qu'il resterait. »

Sur ces mots, Jettchen tourna les talons et, sans se soucier des appels, courut plutôt qu'elle ne marcha vers la maison.

« Tu devrais aller voir comment va Jettchen », dit Ferdinand à Rikchen, qui revenait juste d'admirer les merveilleuses poires avec Minchen. « Je crois qu'elle est remontée à la maison.

— Tu vois ce que tu as fait, Salomon ? Voilà le résultat, commenta Eli.

— Monsieur Jacoby, jouez-vous au whist ? s'enquit Ferdinand, espérant remettre un peu d'animation dans la partie. Alors, installez-vous vite !

— En fait, j'ai pour principe de ne jamais jouer, dit Julius en s'asseyant dans le fauteuil que Jason avait laissé libre. Un négociant... »

Mais il se ravisa, et aussitôt les cartes volèrent sur la table, distribuées comme par un vent tourbillonnant par la main agile de Ferdinand. Klatsch, klatsch, klatsch, elles tombaient par trois, toujours par trois, Ferdinand ne se trompait jamais en donnant.

Pendant la première manche — Julius ramassait pli sur pli, car il s'était vite aperçu que les connaissances d'Eli en matière de jeu n'allaient pas bien loin —, la servante vint apporter des petits sablés pour le vieux M. Gebert.

« Tu vois, Salomon, Jettchen est comme ça. Elle a beau avoir plein de choses en tête, elle pense quand même encore à mes pauvres petits sablés.

— Ne t'arrête pas de jouer, dit Ferdinand en martelant les mots.

— Que fait donc Mlle Jettchen ? demanda Salomon à la servante.

— Elle est allée tout de suite dans sa chambre, monsieur Gebert. »

Mais Julius rangea tranquillement ses cartes, l'air affairé. Il avait pour principe de ne pas remarquer ce qu'il ne voulait pas voir.

Et pendant que le nouveau cousin Julius, ses petits yeux étincelants acérés comme une lame de couteau, plumait au whist, selon toutes les règles de l'art — en digne successeur de Jason — le vieil Eli aujourd'hui plus inattentif que jamais, Jason, lui, tout à fait retiré en lui-même, était assis dans l'omnibus qui, tiré par ses chevaux massifs, descendait en se dandinant pesamment la chaussée de Charlottenbourg dans la poussière, le bruit et la cohue, en direction de la porte de Brandebourg que l'on apercevait tout en bas, dans un lointain gris, entre les rangées d'arbres.

Au-dessus des arbres s'étendait un ciel incandescent, et toutes leurs feuilles pendaient mollement, immobiles. Sur les pelouses, le long de la Chaussée, les gais excursionnistes avaient pris leurs aises comme une troupe au bivouac en Silésie. Mais Jason, que cette agitation aurait d'ordinaire fasciné, ne voyait même pas ce joyeux désordre ; aujourd'hui, il ne faisait que regarder droit devant lui en essuyant sans cesse avec un mouchoir de soie rouge la sueur qui perlait sur son front.

Si Jason était parti précipitamment, c'était dans l'intention de rendre visite à Kössling sur-le-champ, tel qu'il était, pour tout lui raconter, pour lui dire que tout se présentait très mal, que c'était sans espoir. Mais dès qu'il fut monté dans l'omnibus, il lui était venu des doutes. Pourquoi gâcherait-il son dimanche à ce malheureux ? Cela pouvait bien être remis au lendemain. Et le précipiter du haut de son ciel au milieu d'une réalité sans cœur aurait été si brutal ! Puis Jason, en un nouveau revirement, se dit qu'il en allait peut-être tout autrement ; que tout bonheur ne réside que dans nos pensées et nos sentiments, non dans la possession ou dans l'avenir, et que, de ce fait, Kössling, dans sa vénération et son inclination pour Jettchen, possédait quelque chose d'indestructible — un bien durable. La triste réalité s'éparpillerait sur le sol sans affecter la beauté des images, la douceur des souvenirs et la joie des rêves. Et puis l'être humain était ainsi fait qu'il ne croyait jamais à un « non » ou ne le concevait jamais tout à fait.

Et comme Jason repassait une fois encore en hâte dans son esprit tous les degrés et tous les détours de la conversation, il lui sembla même que ce « non » n'avait pas été si abrupt, et il se cramponna à quelques mots de son frère qui suggéraient que si telle ou telle chose était différente, il y aurait quand même une possibilité. Alors Jason se creusa la tête et rumina, rappela à sa mémoire divers moments de la conversation, jusqu'à ce qu'enfin le cocher vienne lui demander si M. le baron voulait retourner à Charlottenbourg par la même voiture. Et quand il releva les yeux, il constata que tous ceux qui l'entouraient un instant plus tôt étaient déjà descendus et qu'il était là tout seul dans l'omnibus vide, arrivé à la Porte de

Brandebourg. Le cocher cria dans la foule, de toute sa voix : « En route, en route, il ne manque plus qu'un passager ! » Mais les promeneurs du dimanche préféraient aller à pied.

Jason, tout troublé, descendit de l'omnibus, franchit la porte en passant devant les postes de garde, et entra dans la ville. D'abord, il marcha aussi rapidement qu'il pouvait, pour arriver bien vite chez Kössling. Car il lui semblait à présent que c'était ce qu'il y avait de mieux à faire.

Mais l'après-midi n'avait pas apporté de fraîcheur. Et les feuilles des arbres, vertes sous un ciel sans nuages en dehors de la ville, pendaient ici immobiles et comme mortes, en amas empoussiérés. Jason allait à contre-courant d'une cohue bruyante de voitures et de gens. La large chaussée du milieu était envahie à perte de vue par une foule bariolée de promeneurs qui se glissaient les uns parmi les autres, en grandes masses, ou par deux, ou par trois. Tout cela allait à grand bruit, dans un mouvement incoercible. En rangs entiers, leur amie riant à leur bras, soldats et commerçants, ouvriers et artisans défilaient lentement devant la Porte. Bientôt, Jason ralentit son pas, parce qu'il faisait chaud, et se mit à observer les passants. Et comme les femmes ont cette particularité de paraître plus attirantes le dimanche, soigneusement vêtues de robes claires, que les jours de semaine gris, Jason Gebert en vint bien vite à de tout autres pensées, et descendit l'avenue sans but, en prenant son temps, à l'ombre des tilleuls. Et quand il arriva devant chez Kranzler, au coin de la Friedrichstrasse, Charlottenbourg et tout ce qui s'y était passé étant restés à presque un mille derrière lui, Jason Gebert était fermement décidé à ne *pas* se rendre chez Kössling.

On aurait tort de vouloir le lui reprocher. Car nous sommes ainsi faits que nous ne pouvons jamais rester longtemps prisonniers de la même humeur et cherchons toujours à repousser loin de nous ce qui nous trouble et nous gêne pour tourner nos regards vers ce qui peut les réjouir de sa grâce.

Mais comme chez Kranzler la moindre petite place en terrasse était occupée, comme par une telle journée on ne souhaite guère s'enfermer dans sa chambre, et comme Jason, tout particulièrement, n'avait pas envie de rester seul mais se sentait poussé par une aspiration confuse vers quelque cœur sensible et vertueux, il poursuivit son chemin d'excellente humeur, avec l'esprit aventureux et conquérant d'un Viking. Il ne savait pas très bien ce qu'il ferait de son après-midi et de sa soirée, ni où la fortune le conduirait. Plus d'une fois déjà, il avait envisagé de faire demi-tour et nager avec le courant, peu importait vers où — peut-être vers Moabit, ou vers les Tentes pour le feu d'artifice... Mais dans l'agréable nonchalance de flâneur qui s'était emparée de lui, une telle décision eût été trop brutale. Et puis Jason était dans un de ses jours blonds — non dans un de ses jours noirs ou bruns — et ces jours-là, il se laissait complètement porter par le hasard ; que celui-ci l'entraînât vers tel ou tel côté lui était égal, il avait pour habitude de ne s'y opposer en rien.

Il en allait autrement les jours noirs ou les jours bruns, où Jason forgeait toujours son destin lui-même, d'une main énergique.

Un bon moment, le hasard porta Jason à la suite d'une étoile dorée, dorée comme les épis de blé mûr. Et déjà de brefs regards favorables et prometteurs l'avaient attaché comme un satellite à la trajectoire de cet astre et attiré de plus en plus près. En une curieuse succession de zigzags et de courbes, l'étoile franchit le pont du Château, longea les vieilles maisons, passa devant le Château et traversa en diagonale la place animée ; elle laissa sur sa droite la salle d'armes, puis obliqua brusquement à gauche sous le monument du Prince Électeur en direction de la Burgstrasse silencieuse, où elle ralentit son allure, si bien que, dans le calme après-midi de printemps qui régnait là, la trajectoire de Jason aurait fort bien pu s'unir à la sienne.

Mais le hasard joue des tours si étranges — s'il était prévisible, c'est à tort qu'il porterait ce nom — qu'à l'instant où Jason Gebert allait lui aussi obliquer à gauche, il se trouva face à quelqu'un à qui il n'avait plus pensé depuis un bon quart d'heure, qu'il avait repoussé tout au fond de son cerveau, et qui à présent ressurgissait soudain non seulement dans sa mémoire mais devant lui, en chair et en os.

« Ah, Monsieur Gebert, j'ai passé mon temps à vous chercher ! » dit Kössling, embarrassé et rougissant. On remarquait à son ton une agitation qui ne lui avait pas laissé de trêve depuis des jours et des nuits.

« Oui ? dit Jason en hésitant, mécontent que l'autre ne comprenne pas le sérieux et l'importance de la situation présente. Que faites-vous ce soir ? »

Il n'avait pas accordé un regard à Kössling, il suivait des yeux, comme ensorcelé, sa belle étoile dorée, qui à présent s'éloignait en biais sur la chaussée ; puis elle lui lança encore deux œillades avant que sa lumière ne se dissimule derrière la porte d'une maison qui se referma lourdement.

Pendant ce temps, Kössling était resté là devant Jason, silencieux et tremblant d'excitation, car il ne pressentait que trop bien comment il lui fallait interpréter le changement d'attitude de l'autre.

« Eh bien », dit finalement Jason, soulagé, en gravant dans sa mémoire avec un poinçon d'acier le numéro de la maison. « Eh bien, *à présent,* dites-moi, cher ami. Que faites-vous ce soir ? dit-il à Kössling en le prenant par le bras.

— Je n'ai rien de prévu. Ces jours-ci, je ne trouve pas le calme nécessaire pour lire ou pour écrire.

— Mais pourquoi, cher Docteur ? »

À cet instant, Jason était fermement résolu à ne *rien* lui dire.

« Avez-vous déjà parlé de moi à votre frère ? » demanda Kössling en hésitant ; il n'avait pu s'en empêcher, il ne pouvait y aller par quatre chemins.

Jason, d'une brève secousse, dégagea son bras de celui de Kössling, puis il s'arrêta, l'air surpris.

« Mais écoutez, cher Docteur ! Il vient d'arriver. Je ne peux quand même pas l'assiéger aussitôt avec cette question. Ce serait extrêmement maladroit de ma part. »

Jason s'étonna lui-même du calme avec lequel il avait proféré cela.

« Je croyais que vous iriez à Charlottenbourg aujourd'hui », dit Kössling, déçu. « C'est pourquoi...

— Non, dit Jason, on ne peut pas agir ainsi ; et puis je crois que ma belle-sœur Rikchen a la migraine. Cet après-midi, je suis allé aux Tentes, j'ai écouté un peu de musique, et à présent je vais rentrer chez moi.

— Quand pensez-vous, Monsieur Gebert, que vous... insista Kössling.

— Oh sans doute dès cette semaine », dit Jason en reprenant le bras de Kössling. Il avait maintenant retrouvé toute son assurance. « Mais accompagnez-moi donc chez moi. Vous me devez d'ailleurs une visite. »

Kössling commença par regimber, mais en fait il était pourtant heureux que Jason l'invitât, car après ces derniers jours d'agitation, il aspirait à un peu de sociabilité et avait envie de se plonger dans une conversation, de se rafraîchir, après toutes ces ruminations, tous ces espoirs, tous ces plans et toutes ces images, dans des paroles humaines qui, au-delà du personnel et du sensible, atteignent aux questions ultimes et fondamentales et aux relations entre elles.

Et quand Kössling eut accepté, ils marchèrent un moment côte à côte en silence, précédés de leurs deux longues ombres qui se mouvaient lentement sur le pavé, projetées par le soleil rougeâtre qui descendait exactement derrière leur dos.

Puis Jason parla de l'exposition à l'Académie. Il ne pouvait rien trouver d'intéressant au Dr Lessing. Krüger, d'habitude excellent, était un peu trop sobre avec sa *Parade au jardin de plaisance* ; mais les elfes de Steinrück lui paraissaient d'une poésie douce et délicate comme un lied de Schubert. Pourtant, c'était avant tout une scène de tribunal qui l'avait fasciné ; elle évoquait un Ostade, mais les couleurs étaient d'un goût tout à fait nouveau ; et la façon dont était peinte la barre, une sorte de grille en fer forgé contourné, l'avait intéressé : de petites touches capricieuses du pinceau. Jusqu'à présent, il n'avait remarqué cet artiste que comme dessinateur, mais en tant que peintre il avait quelque chose d'original et de remarquable ; il fallait se souvenir de lui. C'était un tout petit bonhomme avec une grosse tête, comme un kobold ; on le lui avait montré dans la rue. Il s'appelait Menzel et fréquentait aussi le marchand de papier peint Arnold ; mais lui, Jason, ne l'y avait jamais encore rencontré. À vrai dire, cela ne le chagrinait pas ; car, la plupart du temps, de tels gens ont tout à faire avec *eux-mêmes* et vivent à ce point plongés en eux-mêmes que leur fréquentation est fort ennuyeuse et prosaïque, quand encore ils ne sont pas complètement incapables de dire une parole sensée, comme c'était le cas, à ce qu'on lui avait raconté, du célèbre Thorvaldsen[59].

Kössling négligeait un peu la conversation, car en pensée il était tout à fait ailleurs ; et puis, à vrai dire, il ne s'intéressait pas beaucoup à la peinture et la considérait uniquement du point de vue de l'homme de lettres, comme l'expression d'idées et de sentiments, tandis que Jason, qui pour lui-même et en secret s'y adonnait en dilettante, l'abordait de façon plus sensible. Jason tenait également de son père l'amour des belles couleurs originales et des choses minutieuses, et cela était devenu chez lui un tel besoin que bien souvent il dépensait en estampes, en argenterie, en porcelaines ou en almanachs et éditions originales d'une belle typographie davantage que n'aurait pu lui accorder raisonnablement son ministre des Finances.

Kössling voulait ramener la conversation vers Jettchen, mais Jason Gebert s'y dérobait sans cesse, et Kössling avait l'impression de chercher à s'agripper à un mur de brouillard.

Pourtant, il sentait très nettement que l'autre lui cachait quelque chose et que, par son bavardage, il ne cherchait qu'à l'endormir. Car Jason Gebert était à présent *très* prolixe et multipliait les digressions, sautant d'un sujet à l'autre comme un feu follet, de telle sorte que l'excitation contenue de Kössling croissait de moment en moment et qu'il devait craindre à chaque instant qu'elle ne se déchargeât d'une façon ou d'une autre.

C'est pourquoi, quand ils s'engagèrent dans la Klosterstrasse, Kössling était sur le point de revenir, en imaginant quelque prétexte, sur la promesse qu'il venait de faire à Jason de l'accompagner chez lui. Mais déjà Jason l'attirait sous le large porche d'une vieille maison élégante, aimable et accueillante avec son crépi clair dans la lumière rougeâtre du soir.

« Voilà, nous y sommes, cher Docteur ! Je vous précède. »

Et Jason ouvrit avec une grosse clé ouvragée qu'il avait prise en haut sur le rebord du chambranle de la porte de bois ajourée, aux scuptures grossières et surabondantes, à hauteur d'homme, qui séparait du porche la vaste cage d'escalier.

« Ainsi, je n'ai pas besoin de sonner », dit-il.

Kössling, qui ne se serait jamais attendu à trouver là une telle maison, avec ces belles rampes et balustrades de bois et ces colonnes grotesques, était ravi et dit que cela lui rappelait tout à fait Brunswick, les vieilles maisons autour du marché.

« Oui, dit Jason tandis qu'ils gravissaient sans effort les larges marches peu élevées vers le premier palier spacieux. C'est là que j'ai grandi, c'est là qu'habitait mon père. Ensuite, la maison a été vendue, et je n'y suis plus jamais revenu. Mais il y a huit ans, quand un appartement s'est libéré, je l'ai loué, et à présent je pense parfois que je n'ai jamais quitté cet endroit. Vous voyez, c'est là que j'habite. Attendez, le vestibule est sombre. »

Jason ouvrit la porte, et la gouvernante, une vieille demoiselle vêtue d'une robe à motifs fleuris tout à fait incroyables, prit la fuite devant eux comme un petit hibou et disparut dans une des pièces du fond.

Jason conduisit d'abord Kössling vers le devant de l'appartement.

« Pardonnez-moi, dit-il. Ce sont ici mes quartiers nocturnes. Mais sur l'arrière, il faut d'abord que Mlle Hörtel s'assure que tout est en ordre. »

Tout exprimait tant de goût et d'élégance que Kössling ne savait où donner des yeux. Les fenêtres étaient très larges et descendaient bas, si bien qu'une lumière égale pénétrait jusqu'aux moindres recoins de la vaste chambre vert clair. Le lit se dissimulait derrière une tenture verte, et il n'y avait que fort peu d'autres meubles, très délicats et précieux. Autour de la table d'acajou incrustée d'ivoire, au plateau étincelant comme un miroir, des chaises basses au mince capiton vert, et, en biais, une bergère également en acajou, richement ciselée, avec de grosses rosettes de bronze ; elle était recouverte, de même que ses coussins peu épais, d'un damas vert à grands motifs. Les murs étaient tout tendus d'une soie vert pâle, et accrochés à la corniche par des cordons de soie vert foncé, à hauteur d'œil, de fins cadres de palissandre, tous semblables, entouraient de vieilles gravures parisiennes : une belle en crinoline, des dames en tenue d'Ève, et des caricatures de muscadins au temps du Premier Consul, mais, parmi ces choses grossières, rêvaient quelques grisettes de Gavarni aux traits enfantins et quelques petits visages de femmes infiniment gracieux et délicats, tels que Kössling en avait vu dans *Le Charivari*.

Mais le plus surprenant pour Kössling, c'étaient ces deux vitrines d'acajou rigoureusement identiques, aux colonnes surmontées de chapiteaux de bronze, contre le mur de l'autre côté de la pièce, l'une *ici* et l'autre *là*, toutes pleines de porcelaines anciennes : groupes, figures, vaisselle, blanches ou colorées, soigneusements disposées pour que leur alternance produise le plus bel effet. C'est à cause d'elles, d'ailleurs, que Kössling n'avait pas encore remarqué la grande armoire brun-rouge vers laquelle Jason se dirigeait à présent.

Kössling pensait au vieux bric-à-brac qui meublait son logement, et qui ne lui appartenait même pas ; il avait de nouveau le sentiment désagréable d'être un intrus. Il aurait préféré repartir sur-le-champ et ne plus jamais revoir Jason Gebert ni rien qui rappelât les Gebert.

Jason remarqua cette humeur maussade de Kössling.

« Je ne suis pour rien dans la soie verte, dit-il en riant. Ce sont juste quelques coupons mal teints qui devaient être bazardés au magasin, et j'ai préféré me dépêcher d'en faire tapisser les murs. »

Sur ces mots, il prit dans l'armoire sa veste en camelot et suspendit soigneusement sa redingote verte, non sans l'avoir considérée amoureusement, puis flattée et tapotée tendrement comme pour l'encourager, cependant que Kössling, le dos tourné, considérait en silence les porcelaines.

Bien qu'il ne fût pas connaisseur, Kössling sentait bien que ces pièces avaient été rassemblées par un collectionneur plein de goût. *Une* figurine le séduisait particulièrement, avec ses sourcils obliques et son sourire distingué ; elle lui rappelait Jettchen, elle imposa brusquement à son âme la représentation de Jettchen. Il aurait voulu tirer le petit personnage de la vitrine et le couvrir de baisers en pensant à elle. Kössling était tout perdu, tout plongé dans sa contemplation.

« Oh oui, dit Jason en s'approchant derrière lui, je passe bien des heures assis devant elles à les contempler, moi aussi. Je trouve toujours que l'on pourrait composer un poème sur chacune de ces porcelaines. Regardez, là au fond, ce groupe de la manufacture de Frankenthal — Apollon et Vénus. Dans un instant, Vulcain va jeter son filet sur eux. C'est un sonnet. Et la figurine de Saxe, là, poursuivit-il en montrant le petit personnage qui fascinait Kössling. N'est-ce pas une vraie Sicilienne espiègle ? Et cela, c'est ma fierté, Docteur, cette petite demoiselle en biscuit de Sèvres, on dit qu'elle est de Houdon. Voyez comme ce jeune corps est tendre et délicat, et comme cette masse inerte semble pourtant charnue. C'est tout à fait dans le ton d'un chant populaire. Oui, mon cher ami, ces quelques porcelaines sont vraiment ma seule joie. Vous savez, avant que je m'achète une nouvelle pièce — quand d'abord je lui tourne autour pendant des jours et des semaines —, c'est chaque fois comme si j'allais me lancer dans une nouvelle relation amoureuse. »

Kössling ne réagit pas, il était tout à son sentiment de plus en plus torturant que, si aimable que Jason Gebert pût être à son égard, il y avait entre eux un gouffre. Kössling inspecta ses vêtements et, bien qu'il n'y découvrît aucune tache, il se fit pourtant, dans ce cadre, l'impression d'être un vagabond. Et il lui semblait, d'un autre côté, qu'ici entre ses quatre murs, Jason était un tout autre homme que dans la rue, au restaurant, ou chez son frère, le fameux soir.

Toutes les lignes molles et estompées de son être devenaient ici fermes et déterminées. Et Kössling regretta le jugement qu'il avait prononcé à son sujet devant Jettchen.

« Vous vous étonnez certainement que je n'aie pas fait de cette pièce mon bureau, dit Jason. Mais dans la journée, celle du fond est plus calme, comme celle-ci l'est la nuit, et un seul chariot qui fait trembler les vitres a toujours suffi pour me rendre incapable de toute activité pendant deux heures. »

Bavardant ainsi, Jason parcourut la pièce en expliquant à Kössling les gravures sur acier et sur cuivre, et pourquoi il avait choisi celles-ci plutôt que d'autres. À vrai dire, il avait de nouveau complètement oublié Kössling et son sort. Il avait la visite d'un amateur d'art, il était heureux de pouvoir lui montrer ses trésors, et c'était tout.

Mais Kössling revenait toujours à la vitrine, comme attiré par le petit personnage, qui semblait véritablement, où qu'il allât ou s'arrêtât dans la pièce, lui faire signe de ses minuscules yeux noirs.

« Puis-je regarder de plus près cette figurine ? demanda-t-il.

— Est-ce indispensable ? s'inquiéta Jason.

— Soyez certain que je ne la laisserai pas tomber », insista Kössling.

En hésitant, Jason ouvrit la vitrine, saisit entre deux doigts la taille fine du petit personnage, d'une main ferme et sûre, le souleva calmement au-dessus des autres pièces, le sortit de la vitrine et le tendit précautionneusement à Kössling. Celui-ci prit la figurine dans sa main et la tourna de droite et de gauche, faisant jouer des lumières changeantes sur tous ses reliefs. Et avant même que Jason comprenne ce qui se passait, Kösslig déposa un baiser sur la petite tête froide et espiègle.

« Mais, Docteur, que vous arrive-t-il ? s'écria Jason.

— Elle m'a rappelé quelqu'un », finit par répondre Kössling, très embarrassé.

« Donnez-la-moi », dit Jason. Et il la replaça dans la vitrine avec autant de précautions qu'il en avait pris pour l'en extraire. « La voilà partie », dit-il en souriant.

Au même instant, tous les évènements de l'après-midi ressurgirent devant lui, le troublèrent, l'arrachèrent à sa tranquillité. Ce pauvre homme lui faisait de la peine. Car si dans sa vie Jason avait bien connu des passions, mais jamais *une* passion, il pouvait pourtant entrer dans les sentiments de Kössling.

« Voulez-vous que nous allions de l'autre côté ? » demanda-t-il en ouvrant la porte, comme s'il pensait que tout cela resterait derrière eux, auprès de la figurine de porcelaine enfermée dans sa vitrine.

Dans le vestibule, la vieille Mlle Hörtel, avec sa robe à fleurs, s'enfuit de nouveau devant eux en toute hâte, sans un bruit, comme un petit hibou.

Au premier regard, la pièce de derrière suscita en Kössling des impressions toutes différentes. La porte et la fenêtre étaient ouvertes sur la large galerie qui, avec son garde-corps de bois ciselé, courait sur toute la longueur de la façade, et donnait vue sur de vieux toits imbriqués, rouges ou bruns, et sur les cimes des arbres qui, jaillissant de courettes ou de vieux jardins étriqués, se dressaient vers la lumière ; plus loin, le clocher aigu de l'église Saint-Nicolas se détachait dans le soleil sur le fond clair, banchâtre, du ciel vespéral tendu d'un très léger voile de poussière et de fumée. La pièce elle-même, emplie d'une lumière rougeâtre, semblait vaste et presque vide. Car Mlle Hörtel avait mis le couvert dehors, sur la galerie, où sans doute elle avait aussi transporté la table et les chaises.

« Des livres, des livres, des livres ! » dit Jason en montrant les étagères hautes et larges qui occupaient les murs de droite et de gauche et l'espace entre la porte et la fenêtre, laissant à peine la place pour quelques chaises à haut dossier et quelques gravures et tableaux.

À côté des grossiers volumes brochés s'alignaient en file élégante les petits volumes aux reliures délicates, et un dernier reflet du soleil rougeâtre parcourait les lettres dorées sur fond de cuir vert et s'attardait sur les petites fleurs dorées qui décoraient les dos.

Kössling se plongea aussitôt dans l'examen des titres. Car quoi qu'il lui pesât sur le cœur, jamais il n'y aurait manqué. Chaque titre lui apportait quelque chose, une idée très précise du contenu ; c'était pour Kössling comme le nom d'un mets auquel il n'avait jamais goûté, mais dont il croyait cependant connaître la saveur.

Jason ne se laissa pas priver de son rôle de guide.

« C'est ici mon laboratoire, dit-il. J'y ai appris à m'accommoder des choses, j'y ai enterré bien des espérances, et j'y ai trouvé des compensations à bien d'autres espoirs qu'avait détruits le monde extérieur. Un véritable amoureux des livres — notez cela, cher Docteur — ne doit avoir ni femme ni enfant ni famille. Les livres doivent être tout pour lui. Voyez-vous, cher ami, je dis toujours que ceux-là sont mes frères. Ceux-ci, poursuivit-il en montrant une des bibiothèques, ce sont mes pères. Et ceux-ci, enfin, dit-il en montrant une troisième bibliothèque, ce sont nos ancêtres. À vrai dire, ce sont mes préférés, car leurs auteurs vivaient encore à l'époque dont Lichtenberg a dit un jour qu'écrire était alors synonyme de bien écrire. Vous intéressez-vous aux belles éditions ? Regardez donc le Voltaire, de Genève, en 1751, et la traduction de Montaigne par Bode. des années quatre-vingt-dix. Ou bien, ici, la première édition londonienne de Diderot. Connaissez-vous ses *Bijoux indiscrets* ? »

Kössling réfléchit.

« Non, dit Jason en riant. Et vous pouvez vous en passer. Mais ce côté de la vie existe aussi, et lui aussi a ses droits. »

Mais Kössling l'écoutait à peine. Il était impossible de le détourner des livres ; il tendait le cou pour identifier ceux de la rangée du haut et s'agenouillait pour déchiffrer les titres de ceux du bas.

Kössling avait immédiatement perçu que, pas plus que les porcelaines, les livres n'avaient été rassemblés par le hasard, mais selon un plan concerté et par la prédilection très personnelle du collectionneur. Il y avait peu d'ouvrages historiques, mais beaucoup de philosophes et de prosateurs antiques. Une bonne cinquantaine de livres traitaient de l'Inde, et les romanciers français du dix-huitième siècle occupaient des rayons entiers de leurs petits volumes élégants, illustrés d'eaux-fortes. Outre les œuvres complètes de Heinse, Hamann, E. T. A. Hoffmann, Jean Paul ou Goethe, il y avait là presque au complet leurs éditions originales [60] ; et Kössling ne se lassait pas de regarder, car rarement il avait vu une bibliothèque qui témoignât *à ce point* du goût de son possesseur et dont tout ouvrage quelconque ou de moindre valeur eût été écarté avec autant de rigueur et de perspicacité.

« Laissez donc ces livres », finit par dire Jason qui, pendant ce temps, s'était mis à ranger son bureau, irrité, parce qu'il y avait remarqué quelque chose qui n'était pas à sa place. « On n'y voit d'ailleurs plus assez clair. »

« Vous savez, reprit-il après un instant, je me demande souvent si les livres, en fait, nous font du bien ou du mal. Parfois, ils me paraissent n'être qu'une mauvaise eau-forte, une mauvaise copie estompée de la vie, tout à fait pittoresque, mais que l'on ne prend, finalement, que faute d'en avoir trouvé une meilleure. Puis il me semble que seuls les livres approfondissent la vie et métamorphosent son non-sens en sens, et que la vie change lentement de forme pour ressembler aux livres. Mais laissons les livres, Docteur. Venez, je veux vous montrer des gravures. Voici les œuvres de Chodowiecki [61]. À moins que peut-être vous ne préfériez voir des papillons. J'en ai encore quelques boîtes dans la petite armoire. Dans ma jeunesse, je les ai collectionnés avec passion, mais, comme il arrive, cette passion s'est ensuite tout à fait assoupie. Et maintenant, avec ma mauvaise jambe, ce serait trop fatigant pour moi. »

Kössling voulut voir les papillons.

Et Jason sortit l'une après l'autre les boîtes vitrées dans lesquelles les papillons étaient soigneusement fixés par de longues épingles sur des bandes de liège, avec une belle étiquette à l'écriture élégante devant chacun d'eux. Beaucoup étaient déjà un peu pâlis et défraîchis, mais d'autres resplendissaient de couleurs comme si le matin encore ils avaient voleté au-dessus des prairies.

« C'est étrange, dit Jason, j'ai oublié la plupart des noms, mais presque chacun de ces papillons se rattache pour moi à un souvenir très précis. Je me rappelle exactement comment je l'ai trouvé, et si aujourd'hui je ne vois plus du tout en lui, à vrai dire, la petite chose multicolore qui bat l'air de ses quatre ailes, par lui, je retrouve devant moi le long chemin forestier flanqué de bûches de hêtre empilées qui brillaient sous le soleil. Ou bien, avec celui-ci, je me replonge dans un début de printemps, je traverse les terres marécageuses et de petites pousses blanches de bouleaux aux branches rouges dénudées se dressent parmi les roseaux jaunes. Et celui-ci n'est plus pour moi aujourd'hui qu'une prairie grasse parsemée de très hauts pois de senteur bleus. »

Kössling se penchait très bas au-dessus des boîtes.

« Avez-vous jamais été collectionneur, Docteur ?

— Non, dit Kössling, mais j'aime beaucoup voir des papillons.

— Mais venez donc, s'il vous plaît », dit Jason.

Ils sortit sur la galerie et s'approcha de la table mise.

À présent, le soleil avait disparu et ne manifestait plus sa présence que par une large frange écarlate sous la brume violette et deux bandes de pourpre toutes droites, nettement découpées, qui s'écartaient obliquement au-dessus de l'horizon, au-dessus des toits qui plongeaient dans la pénombre, et sur lesquelles seul se profilait le triangle noir et pointu du clocher. Tout en haut d'un toit se dressait la silhouette sombre d'un homme, grand, qui agitait une longue perche pour faire rentrer au logis une troupe de pigeons volant en rond. Et de toutes les cheminées, la fumée du soir montait droit dans le ciel, lentement, en tournant sur elle-même.

« Comme c'est beau, ici, dit Kössling en s'appuyant au garde-corps.

— Cher ami, vous y verrez aussi bien de la table, répondit Jason.

— Peut-être », convint Kössling en riant. Et il s'assit vis-à-vis de Jason qui lui tendit le plat de rôti froid et lui servit du vin.

Kössling ne but que du bout des lèvres et mangea peu. Les jours de chaleur, dit-il, il ne pouvait rien manger, tandis que Jason assura que ces facteurs extérieurs n'avaient aucun effet sur lui.

« Il est dommage que vous n'ayez jamais collectionné les papillons », reprit Jason d'une voix lente en considérant pensivement son vis-à-vis.

Il ne savait pas bien ce qui l'attirait tant chez ce jeune homme. Et pourtant, il éprouvait quelque chose pour lui. Peut-être parce qu'il n'avait rien de mou ni de sensuel, et parce que s'exprimait en chacun de ses traits un puissant et ferme orgueil de l'esprit — les joues un peu creuses, le front proéminent, même le petit champ de taches de rousseur au-dessus du nez aquilin et la lumière des yeux clairs, gris-bleu, qui se saisissaient en quelque sorte des choses, qui parlaient d'elles, et qui toujours se coloraient d'un flot changeant et secret de pensées et de sentiments.

« Monsieur Gebert, quand, dans ma vie, aurais-je bien pu collectionner les papillons ? demanda Kössling, amer, en comparant les chances de développement données à Jason et son propre manque de liberté.

— C'est dommage, répondit Jason en ouvrant de grands yeux. On y apprend beaucoup. Cet après-midi, je ne pouvais m'empêcher de penser sans cesse à une chenille que j'avais, enfant. Une grosse chenille verte à bandes bleu clair. Une belle et rare bestiole. Et je me réjouissais d'avance du merveilleux papillon qu'elle donnerait. Mais un jour, ma chenille a dépéri, et soudain, en un instant, elle s'est ratatinée comme une baudruche vide. Connaissez-vous ce phénomène ? Les collectionneurs disent que la chenille a été piquée. C'est une sorte de guêpe, l'ichneumon, qui pond ses œufs dans la chenille. Et au fur et à mesure qu'elle grandit, la vermine se développe en elle sans qu'on en remarque rien extérieurement, et la chenille n'en semble pas affectée non plus, mais de façon très soudaine elle se ratatine, les vers blancs percent sa peau affaissée et se mettent en cocon sur elle. Et cet après-midi, je ne pouvais m'empêcher de penser à cette chenille.

— Cet après-midi ? demanda Kössling en reposant sa fourchette et en regardant Jason d'un air anxieux.

— Oui, cet après-midi, chez mon frère, à Charlottenbourg, dit Jason.

— Vous étiez donc à Charlottenbourg ! s'écria Kössling en se levant d'un bond.

— Oui, dit Jason d'un ton très calme. Mais rasseyez-vous, cher Docteur, si vous voulez que nous en parlions. »

Kössling se cramponna d'une main au garde-corps, puis se laissa retomber dans son large fauteuil.

« Nous autres, les Gebert », dit Jason, de nouveau très pensif, « nous autres, les Gebert, nous ressemblons beaucoup à ma chenille verte, qui ne devait pas devenir papillon. Combien de temps durerons-nous encore ? Ensuite, la vermine finira pas nous vider de toute notre substance.

— Avez-vous parlé de moi comme vous en aviez l'intention ? » demanda Kössling.

Et malgré le crépuscule qui tombait, Jason vit que son convive était blanc comme craie jusqu'à la racine des cheveux, et que ses yeux étincelaient. Mais Jason se contraignit à rester calme.

« Bien sûr, dit-il. Je vous l'avais promis. »

Puis il se tut.

« Et ? » demanda Kössling, à qui ce petit mot resta presque en travers de le gorge.

Jason jouait avec son couteau.

« Eh bien, dit-il en haussant les épaules, je suis parti juste après. »

Kössling s'était levé, avait de nouveau saisi des deux mains le garde-corps, et sa silhouette grande et sombre se dressait devant Jason, découpée sur le ciel clair du soir. Mais, bien qu'il lui tournât le dos, Jason vit qu'un sanglot le secouait, et lui aussi perdit son calme.

Kössling ne ressentait qu'une douleur sourde au front, au-dessus des yeux, analogue à celle qu'il avait éprouvée une fois, étant enfant, après une bataille avec les élèves de la petite école, où une bille de plomb l'avait atteint. Sur le moment, il ne pouvait se souvenir de rien, ni comprendre ce que signifiaient les propos de Jason, ni saisir ce qu'il perdait ainsi ; il n'avait conscience que de cette douleur à la tête, de sa gorge serrée et des larmes qui lui coulaient sur les joues.

« Oui, dit Jason après un long moment. Vraiment, cher ami, je n'ai rien entendu de très favorable. Et à bien y réfléchir, ce n'est peut-être même pas si grave qu'il peut vous paraître à présent. Oui, c'est peut-être le mieux pour vous. Des hommes tels que vous doivent être seuls. Vos racines plongent dans la solitude et dans l'insatisfaction. Vous vous trompez, Docteur, les hommes de votre sorte ne sont pas faits pour le mariage. »

Comme tout cela pesait à Kössling ! Si encore il avait *pensé* au mariage, si encore quoi que ce fût de ce qui l'emplissait avait pu se traduire en pensées. Et comme ce que disait Jason lui était égal ! Il l'écoutait à peine.

« Il ne faut pas qu'un chien de chasse soit rassasié, il ne faut pas qu'il fasse de graisse, sinon c'en est fini de son flair. Et vous, Kössling, vous êtes un de ces chiens de chasse qui doivent courir après le gibier trop rapide pour les autres. »

Kössling tendit l'oreille ; cette comparaison avait quelque chose de piquant. Mais en quoi cela le concernait-il ? Jason perçut l'humeur qui s'était emparée de Kössling, sans même que celui-ci se retournât et lui fît face.

« Il a beau parler, pensez-vous à présent, que sait-il donc de ce qui m'habite ? Cher Docteur, croyez-moi : jamais le monde n'a compris un homme qui aime — et plus tard, c'est à peine si vous vous comprendrez encore. »

Kössling voulut répondre, mais les mots lui manquèrent. Qu'aurait-il pu ajouter ?

« Cher Docteur, je sais ce que vous voulez dire. Combien de fois ai-je eu envie de briser les murs à coups de tête, et failli m'y briser la tête ! Et pourtant, le monde a toujours fini par avoir raison. »

Jason se tut comme s'il attendait une réponse. Mais comme Kössling gardait le silence, il reprit :

« Quand je suis revenu, cet après-midi, j'ai pensé à part moi qu'un "oui" ou un "non" n'aurait en fait pas d'importance pour vous. »

Kössling se retourna brusquement, comme s'il ne comprenait pas Jason.

« Oui, car je me disais que seule votre vie extérieure en serait atteinte, non votre vie intérieure.

— Comment cela ? » demanda Kössling d'une voix lente.

On aurait dit qu'il parlait en dormant.

« Je me disais que votre vénération n'en serait pas diminuée, et que vos rêves et vos souvenirs resteraient intacts, et je songeais que la meilleure part de la vie — de votre vie, au moins — est constituée de rêves et de souvenirs. Et je crois aussi que les choses sont bien telles qu'elles sont. Car tout cela ne ferait que vous imposer des responsabilités que vous n'êtes pas en mesure d'affronter. »

Kössling l'écoutait, pensif. Sur l'instant, cela lui sembla si doux, attirant et consolant que, malgré mille objections qui vivaient en lui, il s'y abandonna tout à fait par une sorte de couardise de l'âme.

« Oui, dit Jason. N'allez pas croire que je me sois si facilement satisfait d'un refus, j'ai lutté pas à pas en votre faveur. Et vous avez dans notre famille un autre partisan que moi, qui a pris votre parti avec beaucoup d'énergie. »

Et Jason se mit à raconter l'après-midi, passa de nouveau en revue toutes les phases de la conversation sous la tonnelle, expliqua que pendant la partie de whist, il avait cru à plusieurs reprises qu'il était sur le point de convaincre son frère Salomon, mais que celuici avait toujours trouvé de nouvelles raisons à lui opposer, et s'était toujours tiré d'embarras.

Kössling se tenait debout vis-à-vis de lui. Il s'appuyait au gardecorps, qu'il tenait de ses deux mains derrière son dos, la tête inclinée si bas que Jason ne pouvait voir son visage. Lentement, l'obscurité qui tombait, lourde et trouble, s'étendait sur les toits et effaçait les lointains. Et à côté de la silhouette noire de Kössling apparaissaient dans le ciel, fines comme des piqûres d'épingle, quelques étoiles qui brillaient d'un éclat discret et furtif dans la nuit chaude, pareille à un feu qui couve. Pas un souffle ne passait sur la ville ; la fumée et la brume flottaient si bas que l'on aurait cru pouvoir saisir le ciel pour peu que l'on se dressât convenablement sur la pointe des pieds.

Jason se plongea toujours plus avant dans son récit, tournant et retournant tout ce qui s'était dit, au point qu'il lui sembla finalement — et que Kössling, qui l'écoutait avec une attention tendue, eut cette même impression — que *tout* espoir n'était peut-être pas perdu, de telle sorte que Kössling se reprit presque à respirer, parce qu'après tout les choses s'étaient finalement plutôt bien passées.

Jason se cramponnait surtout au fait que son frère se fût offusqué de ce que Kössling n'était rien, n'avait pas de position sociale, et ne pouvait de ce fait compter sur des revenus assurés. Si cela changeait, tout pourrait dès lors se présenter sous un autre aspect, on pourrait peut-être reconsidérer la question, il en était, *lui*, sûr et certain.

À présent, il était d'excellente humeur et tout à fait confiant. Sans doute le dernier mot n'avait-il pas été dit, et si Kössling arrivait avec de grands succès à présenter ou pouvait dire : « Voyez ce que je suis et ce que je vais devenir », on lui ferait sans doute un autre accueil. Si son frère faisait mine de ne considérer que l'argent et les revenus, il apprécierait pourtant tout autant un titre et une position. Car dans son milieu, on ne concevait tout simplement pas que l'on pût être docteur sans en tirer profit. C'était un préjugé contre lequel il était impossible de lutter.

Certes, lui-même, d'emblée, n'avait pas cru qu'il fût à présent possible de parvenir à quoi que ce fût, mais peut-être ne devait-on pas abandonner tout espoir.

« Et Jettchen ? » demanda Kössling impromptu. Sans doute ses pensées avaient-elles suivi d'autres voies.

Jason tressaillit. Il n'entendait pas volontiers de la bouche d'autrui ce diminutif réservé à la famille.

« Ma nièce... dit-il en accentuant les mots. Je n'ai pas parlé à ma nièce, et je ne souhaite pas le faire. Vous me comprenez sans doute ? Je peux vous soutenir ouvertement, parler ouvertement en votre faveur, et je l'ai fait. En secret, cela m'est impossible, et je ne le ferai pas. Je vous en prie, laissons ma nièce tout à fait en dehors de cela. »

Mais à l'instant même, Jason eut de la peine pour Kössling, et il reprit sur un ton amical.

« Comprenez-moi bien, Docteur, je ne voudrais pas que ma nièce soit bercée d'espérances qui plus tard ne se réaliseraient pas. S'il y a là peut-être quelque chose de dur et de difficile à supporter, il faut pourtant que vous le supportiez seul. Si vous revenez, il sera toujours temps. Vous devez vous contenter de savoir que votre inclination est partagée. Mais si vous n'obtenez pas ce que vous voulez — et c'est quand même une possibilité avec laquelle il faut compter — ou si malgré tout vous essuyez un second refus, toute parole supplémentaire ne serait pas seulement de trop et mal venue, ce serait un péché. »

Kössling ne comprit pas ; il n'était d'ailleurs pas en état de suivre une pensée un peu contournée.

« Il ne faut rien précipiter. Vous avez le temps, mais vous devez d'abord donner l'impression que vous vous accommodez une fois pour toutes de ce refus. C'est ce que vous pouvez faire de plus intelligent.

— Et votre nièce Jettchen ? demanda Kössling.

— Ma nièce ! rectifia Jason. Je pense que si elle a de l'attachement pour vous, elle attendra, même sans que je lui parle et sans que vous rompiez la promesse que vous m'avez faite. Et si ce n'est pas le cas, c'est que vous n'êtes pas faits pour vivre ensemble. »

Kössling secoua la tête.

« Mais ne me comprenez-vous donc pas, Docteur ? Vous ne pouvez quand même pas demander cela de moi tant que vous ne savez pas comment les choses vont tourner. Sinon, cela ressemblera à ce tour que nous jouions toujours quand nous étions enfant. Un de nous devait passer dans la pièce d'à côté, et nous lui disions : Quand nous t'appellerons, tu rentreras en traversant le mur — oui, en traversant le mur, et non par la porte. Et il attendait, il attendait, il attendait — mais jamais il n'entrait en traversant le mur. Et savez-vous pourquoi Docteur ? Parce que nous ne l'appelions jamais. Les enfants peuvent s'amuser à ce genre de tours, parce qu'ils sont des enfants ; mais pas les adultes, cher ami.

— Oui, oui », répondit Kössling, qui avait peine à suivre ce que disait Jason.

« Voyez-vous, je suis heureux que vous vous montriez raisonnable et saisissiez ce qu'il en est. C'est ce qu'il y a de mieux à faire, croyez-moi. Je suis désolé de devoir vous parler ainsi. Je vous aime bien. Mais, comme je vous le disais à l'instant, s'il y a là quelque chose de difficile à supporter, il faut que vous le supportiez seul. Vous devez éviter que ma nièce n'ait le cœur plus lourd encore qu'il ne l'est déjà. Car toute minute de trouble que vous lui infligeriez serait une faute de votre part. »

Cela, Kössling le comprit, et la mortification des reproches fut pour lui comme une joie secrète et excitante au milieu de la souffrance sourde qui paralysait toute décision.

À présent, Jason parlait de ce qui devait suivre, et il interrogea Kössling sur les perspectives qui s'offraient à lui.

Il avait trois fers au feu, répondit Kössling, dont deux à Brunswick. Mais comme il n'avait pas envie de retourner à Brunswick, il avait aussi déposé sa candidature ici, à la bibliothèque, comme auxiliaire, pour commencer — ce serait très bien, si cela aboutissait. Il ne serait occupé que jusqu'à trois heures, après quoi il serait maître de son temps, et son travail lui procurerait certainement beaucoup de stimulations. Il aimerait cela, car il s'intéressait à tout ce qui touchait au livre. Ces flots gigantesques d'imprimés qui se succédaient sans cesse, cette immensité dont une vie d'homme ne pouvait embrasser qu'un recoin avaient toujours suscité en lui effroi et respect.

« Oui, dit Jason. Mais il vous serait pourtant très facile de vous trouver quelque chose chez vous, à Brunswick. »

Et ils continuèrent à parler de-ci, de-là.

Kössling dit qu'il s'était rendu à Brunswick peu de temps auparavant, et qu'il ne pouvait y retourner aussitôt, ne serait-ce que parce qu'il n'avait pas gagné assez d'argent. Jason proposa de l'aider de quelques frédérics d'or.

Kössling ne voulait pas accepter. Jason lui représenta qu'il ne le faisait pas à cause de lui, mais en pensant aussi un peu à sa nièce, et qu'il ne devait donc pas hésiter à prendre cet argent. Quant au remboursement, qu'il ne se fasse pas de soucis. Cela ne pressait pas. Kössling devait voir que Jason lui voulait vraiment du bien, même s'il n'en avait pas eu tout à fait le sentiment un peu plus tôt.

Et après une longue discussion, Jason vainquit la résistance de Kössling. Mais Jettchen — c'était une condition — ne devait rien en savoir. Kössling ne devait plus jamais l'approcher, ni lui faire part de ses projets. C'était tout ce qu'il demandait et, à juste titre, exigeait de Kössling. Lui, Jason, devait se montrer ferme sur ce point, parce qu'il ne voulait pas jouer double jeu vis-à-vis de son frère, et parce qu'il ne pouvait prendre la responsabilité de susciter en Jettchen des espérances qui peut-être ne se réaliseraient pas. Si

Jettchen et Kössling devaient vraiment être arrachés l'un à l'autre — éventualité qu'il fallait quand même prendre en compte étant donné l'incertitude de l'avenir de Kössling —, le mieux était que cela se fît dès maintenant. Renouer les fils ne serait plus tard que l'affaire d'un instant, et tout ce qui se serait produit entre-temps serait oublié. Lui, Jason, s'étonnait de devoir en parler si longuement. Il lui semblait presque que l'inclination de Kössling n'était pas si profondément enracinée, puisqu'il fallait le prier de ne pas causer de désagréments à Jettchen.

Kössling ne se ferma pas à cette conclusion un peu brutale, et il assura plusieurs fois de suite Jason qu'il ne se trompait pas sur son compte, et qu'il ferait tout pour épargner à Jettchen — il disait « Jettchen » — la moindre minute de trouble. Mais, pour l'instant, c'était dur pour lui, terriblement dur, et Jason devait se montrer compréhensif.

Jason faillit lui dire ce qu'il avait depuis longtemps déjà sur le bout de la langue, au point qu'il avait craint plus d'une fois de ne pouvoir le retenir : que tout ce que lui, Jason, était en train de proférer pouvait bien sembler très raisonnable, mais n'était que pure folie, et que, par Dieu, Kössling devrait régler la chose directement avec Jettchen, avec elle seule. Et que si elle acceptait, ce serait plus que suffisant. Qu'il l'aiderait du mieux qu'il pourrait, et peut-être Eli aussi. Pourvu que Kössling et Jettchen en aient le courage. Car depuis le début, il attendait seulement que Kössling le contredise, et il serait passé à l'ennemi drapeau déployé. Mais Kössling ne s'en doutait aucunement.

Et pour ne pas devoir lâcher ce qu'il retenait — car il était las de cette longue et subtile escrime et aspirait à des mots nets et durs —, Jason rentra très vite et se mit à fouiller dans un des tiroirs de son secrétaire. Resté dehors dans l'obscurité, Kössling entendit le métal tinter et cliqueter. Puis Jason revint, dit que cela devrait suffire, mais qu'il serait toujours à la disposition de Kössling pour lui fournir une fois encore la même somme.

Kössling était toujours adossé au garde-corps, la tête baissée, silhouette obscure sur le fond du ciel nocturne trouble et bas où scintillaient quelques étoiles rougeâtres. Tout cela était si humiliant pour lui ! Et l'argent que lui donnait Jason, et qu'il lui fallait pourtant bien accepter, lui faisait ressentir de façon plus brûlante encore son manque de liberté et la profondeur du gouffre qui le séparait de tous les Gebert.

La douleur sourde avait disparu ; il ne lui en restait plus que de l'engourdissement et un tendre apitoiement sur lui-même. Il se demandait sans cesse ce qui s'était vraiment passé et ce que cela changeait exactement pour lui. Il tâta son corps et trouva qu'il était encore tout à fait le même qu'auparavant.

Jason, quant à lui, se disait que Kössling avait au moins gagné du temps pour surmonter l'épreuve, et que d'ici à huit ou douze semaines, tout revêtirait déjà un autre aspect. Et, qui sait, peut-être tout cela finirait-il quand même bien.

À cette même heure, tandis que Jason et Kössling, dans la nuit grise, chaude et voilée de brume qui pesait lourdement sur la ville, regardaient sans un mot les cours obscures en contrebas au-dessus desquelles, çà et là, se soulevait le large dos de géant d'un toit où brillait la lumière mystérieuse d'une mansarde écartée, chacun plongé dans ses propres pensées, comme naguère, quand ils s'appuyaient à la rambarde du pont, à cette même heure, à Charlottenbourg, à moins d'un mille d'eux, Jettchen était assise à sa fenêtre, le menton entre ses mains, et regardait le ciel qui, ici, se dressait comme une tente bleu foncé au-dessus des cimes sombres des arbres.

Et la tente de soie était semée et piquée de centaines de saphirs étincelants, de saphirs qui formaient des séries de points et des lignes, des triangles, des carrés et de bizarres diagrammes, et de saphirs en amas serrés, comme si l'on avait fixé là-haut une poignée de petits grains brillants... et une partie de cette tente était décorée de pierres isolées, précieuses, lumineuses, plus distinguées que les autres et qui occupaient dans une solitude réservée leur coin de lourde soie bleu foncé. Le ciel pur était constellé comme celui d'une nuit d'hiver.

La chaleur lourde du jour avait cédé, les tilleuls exhalaient leur parfum et leur fraîcheur, si bien que dans sa toilette légère, à sa fenêtre, Jettchen frissonnait presque. Dehors, tout était singulièrement silencieux pour un dimanche soir, et Jettchen entendait distinctement derrière elle, au fond de la pièce, la respiration de Wolfgang endormi sur le divan.

Jettchen était allée droit à sa chambre et s'était laissée tomber sur son lit, sans volonté, lourde comme une pierre. Elle s'était enfouie dans les coussins et était restée longtemps allongée, les yeux ouverts, regardant le plafond, la nuque nouée, les poings serrés et tremblants. Puis elle s'était mise à pleurer, les sanglots avaient secoué tout son corps. Elle ne savait pas exactement pourquoi elle pleurait, elle éprouvait simplement une indicible tristesse et une lassitude amère comme la bile. Elle ne pensait pas du tout au fait qu'elle allait perdre Kössling, car elle n'avait jamais vraiment cru qu'elle le possèderait ; elle sentait qu'elle serait un obstacle sur sa route. Mais que cela dût finir si vite — pour lui, bien sûr, c'était le mieux, car quelle place pourrait-elle jamais prendre dans son existence ? Mais pour elle, qui n'avait rien d'autre dans sa vie ? Et entre les phrases que Jettchen prononçait à mi-voix, entre ses rêves et ses plaintes, entre ses affirmations assurées et les questions qui revenaient sans cesse — pourquoi cela la frappait-il *elle*, elle justement qui n'avait jamais fait de mal à personne ? — les sanglots brûlants et irrépressibles étouffaient toute plainte et toute réflexion.

Enfin les pleurs se réduisirent à quelques lourdes larmes isolées pareilles aux gouttes qui tombent des arbres quand l'averse est passée et n'est plus qu'un mur gris, loin à l'horizon, qu'éclaire le soleil ; et les sanglots ne secouèrent plus Jettchen que comme les brefs coups de vent qui absorbent l'humidité des toits. Et, s'étant abandonnée à sa douleur, elle sentit une douce désolation s'emparer d'elle. Jettchen ne songeait pas, ne pensait pas, ne réfléchissait pas à ce qui s'était passé dans l'après-midi ni à la façon dont cela s'était passé — elle sentait seulement que tous ses espoirs avaient volé en éclats. Elle ne faisait que répéter — dix fois, vingt fois — quelques phrases pour elle-même : qu'elle avait vraiment toujours été bonne et aimable avec tout le monde, qu'elle n'avait jamais voulu de mal à quiconque ni été méchante, et que depuis toujours elle avait été seule, sans père ni mère.

Puis la tante était venue tout doucement à sa porte, avait frappé tout doucement, et avait demandé tout doucement à Jettchen de venir quand même dîner. Et puis il fallait installer Wolfgang. Jettchen s'était levée, toute rompue et courbaturée ; elle avait lissé les plis de sa robe et s'était rafraîchi les yeux, car personne n'avait besoin de voir qu'elle avait pleuré.

L'atmosphère était morose. Jenny était fatiguée ; Ferdinand et Hannchen avaient failli, un instant plus tôt, se dire des grossièretés. Le nouveau cousin Julius s'était attaché à Salomon, et ils parlaient de la solvabilité de divers clients de Posen et Breslau. Le fait d'avoir perdu au jeu avait rendu Eli irritable, et il s'en remboursait sur Minchen. Rikchen houspillait les domestiques pour qu'elles servent vite, afin que les chevaux ne restent pas debout si longtemps, et Ferdinand lui-même sortit en courant pour voir s'ils étaient bien couverts ; mais Eli dit qu'il ne comprenait pas Ferdinand ; de toute façon, ses vieilles haridelles tiqueuses de Prusse-Orientale ne pouvaient vraiment pas devenir plus raides qu'elles ne l'étaient.

Jettchen resta assise, droite, grande, blême, la lumière lui faisait mal aux yeux, chaque son lui transperçait le cerveau ; elle était dominée par une seule pensée ; se retrouver de nouveau seule.

Ferdinand se leva le premier, avant même d'avoir avalé la dernière bouchée, et, mâchant à grand bruit, assura que la journée avait été charmante. Mais Eli prit tout son temps et dit à Jettchen :

« Ils ne partiront pas sans moi. Et sinon, je resterai pour la nuit. Je peux te garantir, mon enfant, que même sur le Hoher Steinweg, l'air n'est pas meilleur qu'ici. »

Et les autres, dehors, commencèrent à faire du tapage, il se leva enfin et sortit très lentement avec Jettchen, la dernière qui lui fût restée fidèle. Et comme il faisait sombre, et comme, disait-il, il n'avait quand même plus les yeux aussi bons qu'autrefois, il demanda à Jettchen de lui donner le bras. Quand ils furent sur le petit perron, ils virent tout le monde s'affairer autour des voitures dans la lumière vacillante des lanternes que l'on venait d'allumer ; Ferdinand flattait le col et le garrot des chevaux et vérifiait les harnais ; le nouveau cousin Julius occupait déjà, l'air crâne, l'ancienne place de Jason sur la banquette arrière. Eli s'arrêta un instant avec Jettchen comme s'il lui fallait reprendre haleine.

« Écoute-moi bien, ma chère Jettchen », dit-il lentement, en insistant sur ses mots. « Ne te marie pas dans cette famille, là — en bas. C'est tout ce que je voulais te dire. »

Et sur ce, il lâcha le bras de Jettchen et descendit les marches de bois en les faisant craquer sous le pas allègre de ses jambes de quatre-vingts ans.

« Eli ! Eli, qu'est-ce que tu fabriques ? cria Ferdinand.

— Tu peux bien attendre un peu ! » répliqua Eli d'un ton brusque.

Les chevaux tirèrent sur leurs rênes, Wolfgang remonta l'escalier à grands bonds, embrassa Jettchen, se frotta la tête contre son bras et dit à quel point il était heureux de pouvoir rester. Surtout parce que le lendemain il n'aurait pas à aller suivre ses cours d'été au « Cloître » mais pourrait dormir tard.

Salomon et Rikchen suivirent encore un moment des yeux la compagnie qui s'éloignait, jusqu'à ce que d'autres voitures soient venues s'interposer, puis rentrèrent lentement, bras dessus bras dessous. Ils dirent qu'avoir ainsi des invités toute la journée c'était quand même bien de la fatigue, qu'ils en restaient là et allaient se coucher. Wolfgang pourrait peut-être dormir sur le divan dans la chambre de Jettchen — au moins pour cette nuit — puisque ce n'était qu'un gamin. Sinon, on pourrait toujours lui dresser un lit dans la salle à manger.

Et sur ce ils repartirent bras dessus bras dessous comme ils étaient venus, en disant qu'il fallait prendre soin de bien éteindre les lampes pour qu'il n'arrive pas de malheur, comme à présent on l'entendait si souvent raconter et comme on le lisait dans les journaux.

Jettchen était restée seule avec Wolfgang, soudain très fatigué et qui la regardait avec de petits yeux voilés, en cillant.

« Eh bien, Wolfgang, nous allons tâcher de nous entendre », dit-elle.

Elle emprunta à son propre lit et à un des lits de la chambre de service qui était inoccupé de quoi installer sur la bergère dure et mal rembourrée une couche si molle et agréable que le garçon s'y étira voluptueusement, dit qu'il n'avait pas un si bon lit chez lui, se retourna vers le mur et s'endormit aussitôt.

À présent, Jettchen était de nouveau toute seule avec elle-même. Dans la pénombre de la chambre, elle ôta sa robe et jeta un châle léger sur ses épaules. Comme elle ne pouvait pas dormir, elle s'assit en silence à la fenêtre et regarda la nuit. L'oncle et la tante avaient encore parlé un court moment, puis même ce bruit s'était tu, et elle n'entendait plus que la respiration de Wolfgang au fond de la chambre sombre et tranquille, derrière elle.

Toutes les pensées d'avant le dîner reprirent leur essor, aucune ne manquait. Jettchen se dit cent fois que c'était une bonne chose pour Kössling, qu'il surmonterait vite l'épreuve et qu'il fallait qu'il poursuive, mais que jamais pourtant son amour pour lui ne faiblirait. Elle se remit à pleurer et, quand elle inclina la tête, les larmes fraîches ruisselèrent sur ses bras nus et brûlants. Et entre ses larmes et ses sanglots étouffés, elle se répéta de nouveau à mi-voix, inutilement, les mêmes mots, les mêmes phrases, dix fois, vingt fois. Elle appelait Kössling par son nom, elle voulait le revoir pour lui dire adieu, juste une dernière fois. Elle avait toujours été seule au monde, et qu'y faisait-elle, et c'était si injuste. Elle avait toujours été aimable avec tout le monde, et n'avait jamais fait ou souhaité de mal à quiconque.

Puis elle releva la tête qu'elle avait posée sur ses bras et regarda en ouvrant grands les yeux le scintillement des saphirs sur leur fond de soie bleu foncé. Y avait-il là-haut des êtres aussi malheureux et inconsolables qu'elle ? Puis, comme tout se brouillait et se dissolvait devant ses yeux emplis de larmes, elle enfouit de nouveau sa tête un long moment dans la chaude obscurité de ses bras nus croisés.

Plus la nuit était calme, plus rares se faisaient à l'extérieur les bruits des gens, le roulement des voitures ou le murmure des arbres, et plus Jettchen avait le cœur triste et désespéré, plus la solitude qui lui brûlait l'âme se faisait ardente. Et plus confuses devenaient ses plaintes et ses protestations.

Que voulait-elle encore ? Et à qui manquerait-elle si elle s'en allait ? La tante ne veillerait même pas pour autant avec moins de vigilance à la qualité de la cuisine, et l'oncle ne s'absenterait guère plus d'une matinée du magasin. Le lendemain, l'oncle Ferdinand irait faire sa partie de whist ; et trois jours plus tard l'oncle Jason serait de nouveau au café pour voir s'il pourrait mettre la main sur les derniers journaux de Paris.

Jettchen se persuadait toujours plus profondément de sa misère. Elle était inutile ; personne au monde ne l'aimait. Si elle s'était répété en un moment plus calme ce qu'elle disait à mi-voix dans la nuit étoilée froide et silencieuse, elle aurait perçu qu'elle était injuste à l'égard de tous ceux qui, à leur façon, lui étaient à n'en pas douter sincèrement attachés. Mais ce n'était justement pas un moment de calme. Non. Jettchen tremblait de tout son corps ; ses membres étaient parcourus tantôt d'une chaleur qui la picotait, tantôt d'un froid humide et pénétrant. Elle avait la sensation que de part en part de son corps étaient tendus des fils, ou des cordes d'instrument de musique qui sans trêve vibraient et bourdonnaient.

Mais lui ? Que dirait-il en apprenant qu'elle était morte ? Que c'était à cause de lui ? Il sentirait nécessairement qu'il est beau d'être aimé ainsi. Cette pensée ne le quitterait plus de toute son existence, elle l'entourerait toujours, elle consacrerait tout ce qu'il vivrait et créerait. La souffrance lui ceindrait éternellement la tête de sa beauté, comme d'un diadème. Jettchen songea à Charlotte Stieglitz, à qui tout le monde avait rendu gloire pour son acte[62]. Elle aussi en aurait le courage. Si seulement elle était sûre que ce serait le mieux pour lui. Elle prendrait sa longue épingle, l'épingle ancienne en argent que lui avait offerte l'oncle Jason, et enfoncerait très lentement la pointe fine, acérée — là, très lentement, très profondément, dans sa chair blanche, sous le sein gauche.

Jettchen sentit la douleur, longue, fine, aiguë, une douleur pointue, acérée, et vit l'argent gris de l'épingle s'enfoncer lentement dans la chair blanche, la transpercer, y disparaître comme dans un coussin de duvet. Elle se remit à pleurer, sa tête retomba sur ses bras croisés nus et chauds, lourde et sans volonté, telle une tulipe sombre aux pétales charnus qui s'incline vers le sol.

Il sembla alors à Jettchen qu'elle entendait des pas et, de fait, un clapotis de pieds nus s'approcha sur le plancher. Mais elle ne releva pas la tête.

« Jettchen, dit Wolfgang très timidement en lui posant sur la nuque sa main chaude d'enfant, il ne faut pas pleurer sans cesse comme ça.

— Ah, qu'est-ce que tu en sais ? » demanda-t-elle, pleurant toujours, oppressée.

Mais Wolfgang se contenta de hocher la tête avec un air de grande personne.

« Ce n'est pas bien de ta part, de pleurer sans cesse comme ça. Tu vois pourtant bien que je t'aime, moi aussi.

— Oh, toi oui ! » dit Jettchen dans un sanglot.

Mais déjà Wolfgang avait jeté ses deux bras autour de son cou et répétait :

« Tu ne dois pas pleurer ! Je ne peux pas entendre ça. »

Et Jettchen attira à elle le garçon qui tremblait et frissonnait dans sa longue chemise blanche, elle le fit s'asseoir sur ses genoux, l'entoura de ses bras et lui déposa des baisers sur le front et sur la bouche. Et les baisers de l'autre soir se pressèrent de nouveau sur ses lèvres avec leur puissance dévorante, leur flamme, leur tendresse. Mais le petit en chemise, sans savoir ce qui lui arrivait, répondit lèvres ouvertes à ces caresses destinées à un autre. Toute tristesse s'était retirée de Jettchen, elle était tombée, elle s'était enfuie en un instant, et un nouveau courage de vivre courait, chaud, dans ses veines. Puis elle souleva le garçon et le porta dans son lit, à l'autre bout de la chambre sombre.

« Eh bien Wolfgang, à présent, on se rendort », dit-elle, et elle s'étonna d'avoir ri.

Sur ce, Jettchen gagna son lit, se dévêtit tout doucement et se glissa sous les draps. Et tandis qu'elle dormait d'un sommeil profond et sans rêves — car elle avait beaucoup travaillé, toute cette journée —, tandis que déjà elle dormait d'un sommeil profond et sans rêves, Wolfgang resta les yeux ouverts, enfiévré, revivant en esprit ces baisers et ces caresses. Et quand ses lèvres effleuraient les draps, un frisson le parcourait, et il croyait caresser de nouveau de sa bouche les joues de Jettchen, ses tempes froides et blanches et les mèches de ses cheveux...

Et il advint ce qui devait advenir. Tout, comme cela devait advenir. Le lilas, le jeune et beau lilas avec ses ombelles bleues brunit et se dessécha ; bientôt, le cytise n'agita plus au vent que ses cosses vertes au lieu de ses étendards d'or, le feuillage engloutit les fleurs d'aubépine, tandis que les cerisiers se chargeaient de petits coraux rouges si brillants qu'on les voyait de loin. Mais les oiseaux, naguère si appliqués à chanter, à présent gras et paresseux, ne piaillaient plus que pour se disputer au petit matin.

Et au lieu des milliers de fleurs du lilas, du cytise, de l'aubépine et de tous les buissons alentour, il ne restait plus que les innombrables petites boules jaunes au parfum de miel suspendues comme des gouttes aux branches des quatre larges rangées de tilleuls qui bordaient la route de part et d'autre de la maison. Et jusque tard dans la soirée, les abeilles bourdonnaient dans les frondaisons en produisant un bruit tel que Jettchen, qui maintenant passait beaucoup de temps assise en silence à sa fenêtre, avait toujours l'impression que l'on faisait bouillir au loin un grand chaudron d'eau.

Et aux beaux jours de printemps, dont chacun voulait surpasser le précédent, succédèrent des jours de vents violents qui ébouriffaient les arbres et de pluies battantes qui arrachaient les feuilles des branches et les piétinaient sur le sol comme l'aurait fait un gamin mal élevé.

Puis vinrent des journées d'une chaleur impitoyable, où toute la verdure pendait, molle et flétrie, et où l'on ne pouvait apporter assez d'eau pour étancher la soif du jardin. Des journées où Jettchen pouvait à peine sortir devant la porte avant le soir, tant il faisait chaud. Et chaque voiture apportait de nouveaux nuages de poussière, et chaque souffle de vent la soulevait en tourbillon, et

Jettchen la voyait se déposer dans le jardin de devant où elle formait une croûte grise sur le feuillage vert foncé des buissons.

Et même quand parfois, au soir de ces journées, une pluie chaude laissait tomber à contrecœur quelques grosses gouttes qui tambourinaient sur le feuillage, elle n'emportait pas cette croûte, elle ne faisait que marqueter les feuilles d'ocelles et de mouchetures colorées.

Mais derrière la maison, dans le verger, Jettchen remarquait peu de poussière, tout restait vert et brillant, même si les premières teintes claires du printemps avaient depuis longtemps disparu et si toute une végétation opulente et vigoureuse avait déjà remplacé les délicats branchages printaniers, de telle sorte que des bastions compacts, impénétrables, se dressaient autour de Jettchen.

Et sans cesse s'ouvraient de nouvelles fleurs d'été, douces comme l'herbe et colorées, en hauts bouquets serrés, tête contre tête : vulpins et giroflées, tagètes, lobélies et liserons, et déjà les premiers asters précoces se mêlaient au chœur. Et de nouveaux fruits mûrissaient sans cesse, de jour en jour, pendeloques de perles des groseilliers blancs, grosses gouttes de sang des plants de fraisiers, larmes rouges des framboisiers. Les coings verts et satinés pendaient aux branches, les poires brunissaient et rougissaient déjà, et seules les pommes, vertes et jaunes, attendaient encore leurs jours tardifs de l'automne ensoleillé. Et quand, dans la chaleur de midi, l'herbe lasse et amollie semblait vouloir se coucher, tous ces fruits, dans leur plénitude, se gorgeaient, d'autant plus à leur aise, de la lumière brûlante et impitoyable du soleil.

Mais en ville, cet été-là, la chaleur lourde et oppressante était insupportable, et une sorte de brume stagnait en permanence dans les rues. Les eaux de la Spree et des canaux exhalaient un souffle malsain ; on entendait déjà parler ici et là, comme chaque année quand il faisait chaud, de maladies, de fièvres nerveuses et de typhus, et les journaux faisaient état d'épidémies qui erraient comme des loups affamés, loin encore dans le monde, mais en décrivant des cercles de plus en plus étroits. On parlait beaucoup, également, de la mauvaise santé du roi. Certains pensaient qu'il pouvait mourir du jour au lendemain, d'autres chuchotaient que, l'année à venir portant le chiffre 1840, des évènements funestes se préparaient. Tout Berlin avait la fièvre. À présent, on exprimait ouvertement des vœux et des visions d'avenir que l'on aurait d'ordinaire à peine osé formuler en secret. Dans les cafés, dans les salles de l'université et même, discrètement, sous le voile, dans les journaux. Les uns attendaient tout, les autres n'attendaient rien. Oui, disaient-ils, le fait que Savigny relevât la tête et semblât l'emporter sur Gans était déjà mauvais signe. Et toutes sortes de plaisanteries et de couplets satiriques couraient Berlin : sur Hengstenberg et les piétistes, sur le prince héritier, sur la nouvelle cathédrale et sur le trottoir qui va jusqu'à Jérusalem[63]. Ce qu'un jour apportait, le lendemain le rejetait. Et plus on faisait état des propos libéraux qui étaient censés se tenir dans les cercles dirigeants, plus fermement la police et la censure serraient le bâillon.

Plus riche d'une broche en pierre de Karlsbad — grosse comme l'ongle du pouce — et propriétaire d'un gobelet de curiste en verre rubis, comme il a été dit précédemment, Jason avait de nouveau fait ses adieux pour un an aux gilets de soie multicolores, pris congé des cols à revers en soie et des châles en soie du magasin, et nageait à présent en plein dans le courant. Il était amplement occupé toute la journée à écouter ce qui se disait ici et là, à discuter avec des gens, à fourrager dans tous les journaux et à supputer les chances et les possibilités. Car même s'il était au fond de son cœur un républicain rouge, il était assez intelligent pour ne compter que sur les conditions réelles.

Cependant, tout cela ne parvenait à Jettchen, à Charlottenbourg, que comme un bruit de marée très lointain, dont on ne sait pas encore très bien s'il ne s'agirait pas plutôt d'une voiture roulant sur un chemin de madriers. Et quand Jettchen vint elle-même un jour à Berlin, elle ne remarqua pas grand-chose de ce qui se préparait, car les gens, dans les rues, allaient comme d'habitude à pas pressés, indifférents, uniquement occupés d'eux-mêmes. Et si l'oncle Jason n'était pas venu de temps à autre apporter un peu de combustible, Jettchen n'aurait guère entendu parler de quoi que ce fût par l'oncle Salomon, ni par l'oncle Ferdinand qui, Dieu sait pourquoi, avait maintenant si souvent à faire à Charlottenbourg en compagnie du nouveau cousin Julius. Tous deux discutaient parfois de ceci ou de cela, mais le nouveau cousin Julius déclarait d'un ton brusque que la politique était nuisible ; il disait qu'un homme convenable avait suffisamment à faire avec son négoce, et que ce genre de choses ne pouvaient mener qu'à négliger ses affaires. Même si l'on ne pouvait se fermer tout à fait à la vérité que contenait cette maxime, elle prenait un aspect un peu étrange dans la bouche du nouveau cousin Julius. Car l'état de ses propres affaires, justement, n'était pas du tout aussi clair qu'on aurait pu le supposer, et chaque fois qu'il disait avec une certitude apodictique que, maintenant, les toutes dernières difficultés étaient enfin écartées, il se trouvait toujours, la fois suivante, que toute une série d'obstacles imprévus avaient surgi, qu'il lui fallait à présent contourner habilement, tel le baleinier faisant voile parmi les redoutables icebergs qui s'accumulent devant lui.

Mais le nouveau cousin Julius n'en réfrénait pas pour autant sa jactance, et il ne se ressentait ni intérieurement ni extérieurement de ses insuccès. Il était toujours aussi frais et rougeaud, et il disait qu'il n'y perdait rien, que c'était peut-être mieux ainsi, puisque pour lui la saison ne commençait vraiment qu'avec l'hiver. Et sur ce point, l'avenir devait lui donner raison.

Oncle Ferdinand, en revanche, avait réellement toutes les raisons d'être d'excellente humeur, car ses affaires de printemps et ses ventes d'été, pour autant qu'on en pût juger, avaient dépassé toutes les espérances, et il voguait à présent toutes voiles dehors sur la crête des flots. Il avait loué pour sa famille une maison à Schöneberg, si petite, aux dires de Jason, qu'on pouvait en boucher la cheminée en posant la main dessus, si bien que tous ceux qui étaient à l'intérieur se mettaient à tousser et devaient vite ouvrir les fenêtres. La maison avait quand même un beau grand jardin, qui ouvrait directement sur les prés, on n'y étouffait pas comme à Charlottenbourg, disait la tante Hannchen. Et c'était tout à fait hors de prix, assurait l'oncle Ferdinand qui, du fait de ce sacrifice, se sentait à présent un époux et un père exemplaires, et se tenait pour quitte de toute obligation à l'égard des siens.

La vieille tante Minchen, quant à elle, raconta à Jettchen la mystérieuse histoire d'une créature, une vraie créature, qui trottinait comme une bergeronnette, qui était sortie d'une maison de la Klosterstrasse — elle ne dirait pas quelle maison — puis qui, du trottoir d'en face, était restée un moment à faire des signes de la main en direction d'une fenêtre du haut — elle ne dirait pas quelle fenêtre, mais une fenêtre de cette maison. Vraiment. Elle ne voulait pas en dire davantage. Mais *elle* ne trouvait pas cela correct, et si *elle* était tante Hannchen, la créature entendrait parler d'elle. Mais elle, tante Minchen, se gardait de s'attirer des désagréments en se montrant indiscrète.

Comme on l'a déjà noté, la bonne tante Minchen ne pensait jamais à mal, et elle serait restée bouche bée d'étonnement — la bonne tante Minchen — si elle avait fait part de son observation perspicace à sa nièce Hannchen, car elle aurait pu constater que ce n'aurait pas été une nouveauté pour celle-ci, qui savait même comment s'appelait la véritable créature et où elle habitait.

C'est ainsi que les actions « Ferdinand Gebert » se portaient au mieux, cet été-là.

Mais le cours de celles de Salomon Gebert n'allait pas mal non plus. Salomon, ainsi qu'on l'a raconté, était rentré satisfait au plus haut point de Karlsbad et de Leipzig, et sa bonne mine se conserva inaltérée jusque tard dans l'automne, jusqu'à ce que l'atmosphère du magasin berlinois fasse pâlir son hâle de fraîcheur et de santé. Et il se réjouissait, chaque mercredi et chaque dimanche, d'entendre tante Rikchen répéter qu'il ressemblait à s'y méprendre à un vrai lord anglais, tant il était élégant et souple. En effet, Salomon était toute la semaine au magasin et ne venait que la plupart des mercredis et tous les samedis et dimanches à Charlottenbourg, car il détestait les allées et venues. Et du fait que les époux ne se voyaient ainsi que rarement, leur cohabitation était beaucoup plus paisible et leurs divergences d'opinions beaucoup plus réduites qu'en hiver et au printemps. Mais quand la tante Minchen disait, ravie, qu'à présent Salomon et Rikchen étaient vraiment ensemble comme deux fiancés — tout au contraire de Ferdinand et Hannchen —, cela ne correspondait peut-être pas tout à fait à la réalité.

Elle-même, tante Minchen, n'était pas heureuse en ménage. Non pas — Dieu du ciel ! — que... comme Hannchen et Ferdinand ! Mais son Eli devenait de plus en plus bizarre. Tantôt il ne disait rien, et tantôt il n'entendait rien. Et comme cela ne se produisait jamais en même temps, comme, aux dires de tante Minchen, il parlait beaucoup les jours où il était sourd, et de ce fait entendait mal quand il était prolixe, tandis que les jours où il entendait bien, il parlait peu, il devenait impossible à vivre. Et puis l'excroissance qu'il avait à la tête ne cessait de grossir — là, en haut du front — et cela inquiétait Minchen. On ne savait jamais, disait-elle. Le médecin était bien d'avis que ce n'était rien de grave, mais qu'est-ce qu'ils savent, les docteurs ?

Il n'y aurait donc rien à ajouter : la vie de tous se déroulait dans la plus belle uniformité, dans la plus belle harmonie. Tout était aussi égal et lisse que le fil d'une bobine mécanique. Et quand tante Rikchen disait : « Mercredi en huit, quand Salomon viendra, je reprendrai de la langue aux petits pois », Salomon arrivait exactement à l'heure prévue, et peu après il y avait sur la table une langue, une belle grosse langue fumée, et un grand plat fumant de petits pois frais. On pouvait être sûr du dîner. Et il n'y avait pas un mot méchant, pas une querelle, pas la moindre friction comme il y en avait d'habitude, tous étaient aimables, tous étaient joyeux, et l'oncle rapportait à chaque fois de la ville une douzaine de plaisanteries inédites dont il faisait sans le vouloir une amusante mosaïque, en donnant à l'une la chute de l'autre, ou parfois même en en mélangeant trois différentes. Et l'on faisait des excursions, on allait aux concerts dans le parc, on donnait des fêtes et des soirées italiennes ; en bref, on n'aurait pu souhaiter davantage. Les étiquettes d'expédition des caisses pour l'étranger étaient depuis longtemps passées de S.G.C. 17 à S.G.C. 19 et au-delà, et quand les traites étaient vraiment à trop long terme, cela s'arrangeait en quelques jours, ou bien on les faisait adroitement escompter en Russie, et les pertes possibles se changeaient en gains assurés. En bref, chez les Gebert, vivre était, comme dit Hutten[64], un plaisir.

Oui, bien sûr, mais les choses ne se déroulent jamais tout à fait sans accrocs. Wolfgang n'allait pas trop bien, mais on se disait que cela tenait probablement à son âge, et que ça lui passerait. Pendant la semaine où il était resté à Charlottenbourg, il avait — sans le savoir — aidé Jettchen à surmonter de dures journées. Et Jettchen s'était mise à l'aimer davantage, parce qu'il était si tranquille et si reconnaissant pour toute parole ou tout regard aimables.

Et puis Jettchen elle-même. On ne parlait pas de cette histoire, et même on n'aimait guère y penser. Mais cela aussi s'arrangerait certainement avec le temps et, en personne raisonnable, elle finirait bien par s'en consoler. Le mieux était de faire comme si l'on n'était au courant de rien. Et tous traitaient Jettchen avec toute la gentillesse possible — tous, Hannchen aussi bien que Ferdinand, et Jason, et Minchen. L'oncle Salomon était presque tendre avec elle, et chaque fois qu'elle rendait service dans la maison, la tante se comportait comme si c'était là un cadeau pour lequel elle ne pourrait jamais montrer assez de reconnaissance. Dans toute cette affaire, d'ailleurs, c'est à peine si l'on avait laissé tomber une parole désagréable.

Et c'était justement cela qui avait brisé la résistance silencieuse de Jettchen ; car la pire des tyrannies règne justement où il n'y a ni paroles désagréables ni ordres donnés. Et il est toujours aussi *facile* de redresser la tête quand les autres sont désobligeants et durs qu'il est difficile de le faire quand ils sont doux et aimables ; et il est toujours aussi facile d'imposer sa propre volonté quand on se heurte à une résistance qu'il est difficile de le faire sous sa seule responsabilité, quand on n'est pas contredit. Car en s'opposant à nous, les autres semblent nous décharger sur eux-mêmes de notre responsabilité, qui sinon pèse entièrement et de tout son poids sur nos propres épaules.

Les premières semaines, Jettchen aurait sans cesse voulu aborder la question de Kössling. Elle avait la ferme intention de parler de lui à l'oncle Salomon la prochaine fois qu'il viendrait. Puis l'oncle arrivait, descendait de voiture, l'air ravi, lui donnait un baiser, embrassait sa femme, il leur apportait à toutes deux des fleurs ou des pralines, parlait pendant tout le déjeuner, inoffensif et candide, sans évoquer même par la plus lointaine allusion ce qui s'était passé, sans laisser à Jettchen, par une pause méditative, l'occasion de commencer. Si bien qu'elle se contentait de rester assise là à l'écouter en silence. Et quand il repartait en ville de très bonne heure, le lendemain ou le lundi, elle ne lui avait toujours pas parlé et se promettait que la prochaine fois — quoi qu'il arrive — elle le pousserait dans ses retranchements. Mais quand de nouveau le jour venait, le courage lui manquait de nouveau, et une fois qu'il était reparti elle était en fait heureuse d'avoir encore repoussé l'explication à la prochaine fois.

Et même si au début le sommeil fuyait les nuits de Jettchen, si les larmes coulaient en abondance dans sa solitude, la vie revenait pourtant chaque matin et exigeait ses droits ; elle venait avec cent personnes à qui elle devait répondre ; elle venait avec les soucis et les tâches du ménage, qui comme par le passé reposaient sans partage sur Jettchen ; elle venait avec les promenades et les concerts dans le parc, auxquels elle devait accompagner la tante ; elle venait avec les ouvrages de dame destinés aux anniversaires, avec les journaux, avec les nouvelles, avec les livres. Au début, Jettchen n'avait fait que parcourir les livres des yeux, elle restait une heure sur une page et, quand elle avait fini, elle ne savait plus ce qu'elle avait lu ; mais peu à peu, les livres reprirent leur ancienne place dans sa vie, et Jettchen fut heureuse de les avoir.

Et qu'aurait-elle donc voulu dire à son oncle ? Un homme était venu, ils s'étaient vus quelques fois, s'étaient dit qu'ils s'aimaient, puis il était reparti et elle n'avait plus entendu parler de lui. C'était comme un rêve, qui est passé quand nous ouvrons les yeux, au matin, et qui brille encore devant notre âme de toute sa clarté, peut-être plus plein de vie encore, tandis que ses détails s'estompent peu à peu, se suivent de façon versatile et semblent ne reposer sur rien. Le rêve lui-même, sa couleur fondamentale, sa lumière rayonnent sur nous et ne nous quittent pas, où que nous soyons, quoi que nous fassions. Voilà ce que ressentait Jettchen.

Les semaines succédaient aux semaines, Jettchen mettait à profit la moindre occasion pour se rendre en ville ; elle décidait elle-même de son itinéraire et de ses achats, qu'elle répartissait de telle façon qu'elle ne rapportait jamais beaucoup de choses à la fois, oubliait intentionnellement ceci ou cela pour être de nouveau forcée d'aller à Berlin — mais jamais elle ne rencontrait Kössling. Et quand elle le voyait de très loin venir à sa rencontre dans la Königstrasse brûlante sous le soleil, qu'elle tremblait tellement que ses genoux chancelaient, c'était toujours une déception : un parfait inconnu la croisait, indifférent, qui ne ressemblait en rien à Kössling, qui n'avait même pas sa démarche. Souvent, déjà, Jettchen avait voulu écrire à Kössling, mais chaque fois elle se rappelait qu'elle ne savait même pas exactement où il habitait, et cela la remplissait de confusion ; et puis son orgueil se cabrait : il pouvait lui écrire, lui, s'il attendait quelque chose d'elle ; mais sans doute ne voulait-il plus entendre parler d'elle. Et bien qu'elle n'eût presque jamais souffert d'être juive — car sa grâce fière et engageante avait valu à la belle jeune fille de ne jamais rencontrer autour d'elle, où qu'elle fût, que des visages aimables —, bien qu'elle n'en eût *jamais* souffert, une certaine méfiance s'était néanmoins fait jour en elle : peut-être était-ce cela qui écartait d'elle Kössling ? Et pendant des journées entières, elle trouvait sans cesse de nouvelles accusations à formuler contre Kössling, qui alternaient avec les pleurs et les protestations contre son sort, avec les tourments et les reproches qu'elle s'infligeait à elle-même. Et il y avait aussi des jours où Jettchen comprenait tout à fait Kössling, où elle se disait qu'il s'était heurté à un refus et qu'il s'était éloigné d'elle en silence pour ne pas leur rendre les choses plus difficiles encore, à elle et à lui. Et peut-être était-ce le mieux. Mais par un nouveau revirement, il semblait ensuite à Jettchen qu'elle devait aller trouver Kössling et lui dire qu'elle était sienne, qu'il ne lui prenait rien mais au contraire la faisait riche, et qu'elle serait mille fois heureuse de supporter à ses côtés toutes les privations ; pour peu qu'il le veuille, elle viendrait dès le lendemain vivre avec lui, peu importait ce qu'en dirait le monde ; s'il en avait le courage, elle l'aurait aussi. Puis elle se persuadait que Kössling était malade et seul, et qu'elle devait aller le soigner, et cette pensée, avec toutes les représentations sensibles si nettes qu'elle entraînait, la dominait des jours durant. Et de même lui revenait sans cesse le sentiment qu'elle était trop peu considérable et trop insignifiante pour Kössling, et que c'était pour cela qu'il avait poursuivi sa route sans s'arrêter à elle.

Et il ne se passait guère de jour, guère d'heure, sans que Jettchen dévide cet éternel enchaînement de pensées et de conclusions fausses et en enserre son esprit à demi égaré. Et de la seule personne dont elle aurait pu obtenir une réponse, de Jason, Jettchen ne pouvait rien tirer.

D'abord, après ce fameux dimanche, Jason était resté de longues semaines sans venir à Charlottenbourg. Ensuite, quand elle l'avait revu et qu'ils s'étaient trouvés un instant seuls sans personne pour les observer, elle l'avait interrogé au sujet de Kössling, mais il s'était contenté de sourire, de lui tapoter la joue, et de lui dire qu'il n'avait pas eu de nouvelles de Kössling depuis longtemps. Et il en était resté là. Et plus tard, ces dimanches où Jason venait avec les autres — tous, et en outre tel ou tel que l'oncle Salomon avait amené —, quand Jettchen avait de nouveau interrogé en secret Jason au sujet de Kössling, elle n'avait jamais obtenu de lui qu'un sourire affectueux et un regard compatissant, mais pas un mot qui éclairât sa situation.

Jason lui-même était fier intérieurement de l'intelligence de son comportement, parce qu'il ne suscitait ni ne détruisait d'espoirs en Jettchen.

Les semaines succédèrent aux semaines, et si Jettchen n'avait pas remarqué les changements dehors, dans le jardin — car elle ne se promenait plus dans le parc depuis ce dimanche avec Kössling, cela lui était trop douloureux — elle n'aurait rien su du temps qui passait, elle aurait ignoré si l'on était encore en juin ou déjà en août, voire en septembre, tant les jours et les nuits s'engrenaient sans bruit, sans qu'on le remarquât, tant la vie s'écoulait calme et uniforme, sans qu'aucun jour la rapprochât de quelque but que ce fût. Auparavant, elle se réjouissait au moins de chaque nouvelle journée à vivre, de chaque nouveau livre à lire, en espérant que son être et ses beautés en seraient changés ; mais à présent, elle entrait silencieuse et sans énergie dans la matinée nouvelle, elle prenait un nouveau livre sans rien en attendre et le reposait sans s'en être enrichie. Il la distrayait, il l'occupait, mais il glissait sur elle.

Comme, la nuit, Jettchen dormait peu et, quand elle était seule, continuait à pleurer beaucoup — sa douleur avait seulement perdu de sa subtance —, cela commença aussi à se marquer dans son apparence et sur son visage. Elle y perdit de sa fraîcheur luxuriante, de même qu'en furent affectées la rapidité sûre et ferme de ses mouvements et sa fière démarche. Ses yeux, qui d'ordinaire avaient toujours dans leur éclat profond et velouté quelque chose d'interrogateur et d'étonné tout en reflétant un beau calme intérieur, étaient souvent à présent, quand elle croyait qu'on ne l'observait pas, pareils à deux pierres noires et dures, immobiles dans son visage blême. Jettchen sentait ces transformations, car elle aimait sa beauté comme une amie chère, mais elle se sentait impuissante à lutter contre elles, et même quand un matin elle se trouva un cheveu gris qui traçait sa ligne du haut du front à l'arrière de sa tête, elle considéra que ce n'était pas la peine de l'arracher. Cela en vint même à ce point qu'alors qu'elle avait toujours pris plaisir aux jolies choses et aimé se vêtir soigneusement et avec goût, Jettchen se négligea, et qu'il fallut que la tante attirât son attention sur un bouton qui manquait et un galon décousu. Cela n'échappait pas à l'oncle Salomon, et un soir — à Charlottenbourg, les cloisons étaient minces —, elle l'entendit en parler avec sa femme. Et la tante répondit que c'était une chose courante, à cet âge-là, chez les filles qui étaient encore célibataires, et qu'elle ne comprenait pas pourquoi Jettchen n'était pas mariée depuis longtemps déjà. Mais l'oncle se mit en fureur et cria qu'elle lui faisait toujours des reproches, comme si c'était sa faute à lui ; il ne pouvait quand même pas prendre Jettchen sur son dos et aller la vendre de porte en porte, il n'avait pas besoin de ça. Et la tante le pria et le conjura de parler plus bas, car elle était sûre qu'on pouvait entendre tout ce qu'il disait jusque dans la rue.

Si Jettchen avait entendu cela quelques semaines plus tôt seulement, elle en aurait été préoccupée et émue pendant des jours ; à présent, ces propos la laissaient indifférente. Cela lui revint bien à l'esprit le lendemain matin, et s'aventura même ensuite dans son esprit à quelques moments où elle ne se surveillait pas, mais s'engloutit bientôt et disparut tout à fait dans l'uniformité silencieuse de ses journées, que même les changements *extérieurs* laissaient intactes, de même qu'il existe des lacs de montagne dont les eaux noires restent toujours lisses, quoique le vent souffle entre les troncs des arbres et mugisse au-dessus de leurs cimes.

Et les semaines succédèrent aux semaines. Les soirées se firent plus longues, la tante se remit à boire du thé avec trois ou quatre morceaux de sucre à l'orange — un sucre à l'orange comme, disait-elle, on n'en trouvait nulle part au monde de meilleur qu'ici, à Charlottenbourg, chez l'apothicaire Niemann. Dehors, dans le verger, tout le rouge avait disparu et seules les pommes, les poires tardives et les coings pendaient encore, verts et jaunes, parmi les branches qui déjà se dégarnissaient, où le regard pouvait pénétrer, et dont le vert estival pâlissait et se mouchetait même çà et là de légères taches d'or.

Après quelques jours de pluie fine et grise dont les gouttes recouvraient et éclaboussaient tout, les grands arbres du jardin eux-mêmes, qui jusque-là n'avaient pas voulu croire à l'automne, virent apparaître des branches entières d'un jaune radieux au milieu de leurs frondaisons estivales. Et même quand l'air était tout à fait calme, ils s'effritaient en perdant l'une ou l'autre de leurs feuilles mortes ou presque encore vertes, qui allaient se poser en planant sur le sol des chemins, dans les buissons, ou voltigeaient jusqu'au fond de la tonnelle de Jettchen quand elle y restait assise seule. Les journées étaient magnifiques et le soleil descendait, clair et doux, dans l'air bleu clair, sur les grands dahlias jaunes alignés en bordures et sur les plates-bandes où les amarantes rousses émergeaient d'une mosaïque luxuriante et bariolée de toutes sortes de fleurs opulentes. Plus loin, les hirondelles s'ébattaient au-dessus des prés fauchés, et des centaines de papillons blancs scintillaient, telles des étincelles d'argent — au-dessus des champs et des haies à l'extérieur du jardin comme au-dessus de ses massifs de fleurs et de ses buissons — en un perpétuel va-et-vient.

La tante voulait déjà rentrer à Berlin, car elle ne savait plus très bien que faire à Charlottenbourg ; mais l'oncle disait qu'elle ne perdait rien à n'être pas en ville, qu'elle ferait mieux de profiter le plus longtemps possible du bon air, qu'en outre on parlait beaucoup du typhus, et que de ce fait il préférait qu'elle ne rentre pas encore ; et puis finalement, la location de la maison n'avait-elle pas coûté assez cher pour qu'on ne l'abandonne pas avant le dernier jour ?

Et même si tout le reste était demeuré sans effet sur Rikchen, le *typhus* qui rôdait en ville constituait pour elle une raison suffisante. Car bien qu'elle n'eût jamais su jusque-là ce que c'était d'être malade, et qu'elle n'eût même jamais à souffrir des *douleurs* que connaissent la plupart des femmes dans leur vie, elle éprouvait une sainte terreur de toute maladie. Cela allait si loin qu'elle ne visitait jamais un malade, et qu'elle aurait même confié sans hésiter son mari aux soins d'étrangers pour ne pas exposer sa chère personne.

Puis il y eut encore quelques journées particulièrement belles et chaudes, comme il ne s'en trouve que quelques-unes en été, et si l'on n'avait pas vu les feuilles jaunies et immobiles des arbres et l'ultime opulence des fleurs alentour, si le crépuscule n'était pas tombé si curieusement tôt sur ces jours de chaleur, on n'aurait pu croire que l'on serait bientôt en octobre — et en ville aussi, on ne pouvait guère le remarquer.

La tante dit qu'elle aimerait bien voir encore une fois tout le monde réuni chez elle, car qui savait si ce beau temps allait durer — après quoi, bien sûr, ce serait fini pour cette année. Et l'oncle dépêcha partout le domestique Gustav — chez Eli et Minchen Hoher Steinweg, chez Ferdinand, dont la famille était déjà rentrée, chez Jason Klosterstrasse et chez Julius qui habitait à présent quelque part dans la Parochialstrasse ; et il l'envoya aussi inviter la vieille demoiselle aux boucles de caniche. L'oncle voulait même en parler à d'autres gens, mais la tante dit qu'elle préférait qu'il n'y ait pas d'étrangers, que la dernière fois qu'ils seraient ensemble ici ils restent tout à fait entre eux. Et il fallait qu'ils viennent dès le *lendemain*, le jeudi après-midi ; car qui pouvait savoir si le dimanche le temps serait encore aussi beau. Mais le lendemain, il se maintiendrait certainement, et si l'on ne pouvait plus profiter du beau jardin, Charlottenbourg était sans intérêt.

Ainsi donc, vers trois heures, deux voitures tirées chacune par deux chevaux passèrent devant la petite maison de l'octroi et arrivèrent l'une derrière l'autre, par un doux soleil ruisselant, entre les deux lignes jaunes des tilleuls qui éparpillaient très lentement leurs feuilles jaunes et dansantes sur la chaussée. Jettchen les vit approcher de très loin, car c'étaient les seuls véhicules sur la route déserte — puisque, l'été finissant, plus personne ne venait se divertir à Charlottenbourg. Et la tante, impatiente, tira sur ses vêtements et les lissa, puis, ce qu'elle ne faisait jamais, elle prit Jettchen par le bras et alla avec elle attendre ses invités devant la porte. Comme les chevaux, sentant proche la fin du voyage, prenaient leurs aises, il fallut aux voitures un bon moment pour arriver ; Jettchen et sa tante firent lentement les cent pas, bras dessus bras dessous dans le soleil blanc, le long de la clôture basse peinte en vert qui séparait de la rue le jardin de devant.

« Eh bien, Jettchen », demanda lentement la tante, pensive, en souriant, « tu ne te réjouis pas que nous ayons des invités ? Je crois que Julius vient aussi. »

Jettchen put bien reconnaître qu'elle se réjouissait de cette visite, car après l'uniformité des dernières semaines, toute interruption lui était agréable ; mais la tante crut que cette confirmation valait aussi pour son neveu Julius, qui en fait en était exclu.

« Oui, dit-elle, c'est vraiment un être qu'on ne peut qu'aimer. Je crois qu'il pourrait frapper à n'importe quelle porte, on lui donnerait tout de suite la fille de la maison. Son ancien chef de Posen a écrit récemment à Salomon — Salomon était en affaires avec lui —, il aurait fallu que tu lises ça ! Il ne sait *même pas* le bien qu'il pourrait dire de Julius. »

Jettchen prit cette nouvelle, comme tout le reste à présent, d'un air aimable, mais en n'éprouvant intérieurement qu'indifférence et froideur. Car tous ces derniers temps, Julius n'avait occupé dans ses pensées que la plus infime des places, et elle se souciait tout aussi peu qu'on dît de lui du bien ou du mal. Au cours des mois passés à Charlottenbourg, elle l'avait vu souvent, et peut-être cela avait-il transformé en indifférence l'aversion du début, car on s'habitue à tout, et plus facilement encore quand on a beaucoup à faire avec soi-même et que l'on ne peut vraiment prêter attention à la vie extérieure.

Et de tous les invités, ce fut lui, lui dont tante Rikchen chantait les louanges, que l'on vit le premier ; car le nouveau cousin Julius, petit et large, trônait sur le banc de la première voiture à côté du cocher, et agitait de loin déjà son haut-de-forme gris. Et il fut aussi le premier à sauter d'un bond, à pieds joints, du haut du banc, tandis que les autres prenaient leur temps. Seul manquait Max, qui était resté à la maison, puisqu'il fallait bien que quelqu'un surveille les affaires. Jason dit qu'il avait failli ne pas venir non plus car il n'était pas très bien depuis quelques jours, mais qu'aujourd'hui vers midi il s'était senti un peu mieux. Jettchen s'en inquiéta, car Jason était vraiment très pâle, et les rides creusaient son visage anguleux, plus profondes encore que d'habitude. Jason tendit la main à Jettchen, à qui elle parut très chaude et sèche quand elle la tint un instant dans les siennes.

« Mon oncle, tu n'es pas malade ? » demanda-t-elle, préoccupée.

Jason eut un petit rire.

« Rien de sérieux, dit-il. Cela passera.

— Vraiment, *moi*, à votre place, j'aurais peur, monsieur Gebert », lança Julius, très fort, de sa voix grasse. « Vous avez une vilaine mine, on dirait un Christ en croix. »

Jason sourit de nouveau, mais le cœur n'y était pas.

« Je vous remercie », dit-il d'un ton que Jettchen ne lui connaissait que trop bien et qui, sous une apparence de parfaite amabilité, contenait pourtant ce que Jason avait de plus consommé à sa disposition en fait de mécontentement et de supériorité.

« Mais, monsieur Gebert, vous m'avez mal compris. Vous devriez aller chez le docteur. Vraiment, je ne veux que votre bien.

— Cela s'arrangera de soi-même. Je n'aime guère avoir affaire aux médecins », répondit Jason d'un ton plus bas, las, comme s'il avait perdu son énergie spirituelle. « Nous verrons bien. Quelle importance ?

— Vraiment, Jason, si tu ne te sens pas bien, tu aurais mieux fait de rester chez toi, intervint Rikchen en reculant d'un pas. Je veux seulement dire, bien sûr, que tu y serais mieux pour te soigner.

— Eh oui, dit Eli, c'est bien ce que je lui ai dit, moi aussi. Je lui ai même proposé de rester avec lui et de faire une partie de piquet, mais tu t'imagines qu'il m'écoute, ce garçon ?

— Allons », dit Jason de mauvais gré, car il n'aimait pas que l'on se préoccupe de lui. « Je ne pouvais quand même pas faire défaut à une si *illustre* compagnie.

— Écoute, Jason, tout à l'heure, je t'indiquerai un remède », promit la petite tante Minchen, toute grise et aimable, en se glissant près de lui. « D'abord, tu fais ça, et si ça ne marche pas, tu vas chez le docteur. Dans ma vie, j'ai peut-être eu déjà plus de succès que beaucoup de docteurs, tu peux me croire. »

Jason se souvint que Minchen et Eli avaient perdu tous leurs enfants, et il ne se sentit pas particulièrement convaincu de l'efficacité immanquable des remèdes de bonne femme de Minchen. En vérité, il n'était pas en bon état, et ne se sentait pas du tout aussi bien qu'il l'assurait à tous avec un sourire las. Pendant tout le trajet, il s'était reproché d'être venu, car il avait l'impression de se consumer intérieurement, et des roues de feu couraient dans sa tête.

Jenny se précipita vers Jettchen en criant :

« Regarde ma robe ! »

Mais Wolfgang donna la main à Jettchen, calme et l'air indifférent, comme pour dire : En quoi ce qui *nous* occupe concerne-t-il les autres ? Pendant tout le trajet, le garçon avait rêvé d'elle les yeux ouverts. Hannchen s'impatientait fort parce qu'elle n'arrivait pas à refermer son ombrelle, dont quelque ressort s'était cassé, si bien que pour une vétille elle donna à Wolfgang une gifle preste et sonore de ses doigts courts et boudinés, chargés de bagues. Les bagues firent mal à Wolfgang ; la vieille petite demoiselle aux boucles de caniche embrassa son pauvre garçon et le couvrit de baisers pour le consoler, ce qui fut peut-être plus douloureux que la gifle, car en matière de caresses, Wolfgang était à présent gâté et difficile. Hannchen affichait clairement sa mauvaise humeur sur toute la largeur de son visage, tandis que Ferdinand, pétulant et le sourire au coin des yeux, tonitruait.

« Bienvenue au jaune ! » cria-t-il en montrant les arbres, car il aimait à nuancer ses plaisanteries selon les saisons.

L'humeur de Ferdinand et celle de Hannchen étaient en effet toujours comme les deux plateaux d'une balance : quand l'une s'élevait, l'autre descendait ; et comme Ferdinand planait à présent dans les hauteurs, léger et insouciant, Hannchen avait probablement les meilleures raisons d'être au plus bas.

Salomon entra le premier dans la maison, accompagné de Julius et suivi des deux sœurs, qui se parlaient tout doucement dans le creux de l'oreille. Puis vinrent les enfants, qui flanquaient la vieille demoiselle et se sentaient fiers d'être déjà plus grands qu'elle. Jettchen suivit avec Minchen et Eli, qui pour commencer soumettait les chevaux de Ferdinand — car il n'entendait rien en matière de voitures — à une critique impitoyable. Enfin, Jason entra très lentement, en boitant, seul — on abandonne toujours très vite un malade après quelques mots aimables.

Les invités étaient arrivés après le déjeuner, car la tante avait dit qu'à Charlottenbourg elle ne pouvait se procurer aussi vite tout le nécessaire, et que de ce fait ils ne viennent que pour l'après-midi — les invités n'étaient arrivés qu'après le déjeuner, mais la table dressée pour le café en était d'autant plus richement garnie ; elle trônait dans la salle à manger, baignée non plus d'une clarté verte, mais du reflet jaune doré des marronniers en tenue d'automne dans la cour. Et si l'on devait vraiment parler ici d'une table dressée pour le café, ce serait à la façon dont les Romains caractérisaient les choses, eux qui aimaient mettre une partie pour le tout, et ne parlaient que du fer pour signifier tout le pilum, avec sa hampe en frêne et sa lanière de jet. Car il y avait là du café, du thé, de l'eau minérale, du vin rouge et blanc, des mets salés et des gâteaux ; de grandes coupes de porcelaine, toutes blanches et tarabiscotées, regorgeaient de sucreries enveloppées une à une de papier de couleur soigneusement plié. Et, plutôt pour les hommes, il y avait même des pyramides de tranches de pain matelassées de viande fumée, de langue et de toutes sortes de filets de poisson. À côté des cigares et des petits tortillons de papier destinés à les allumer, les bouteilles pansues, rouges et blanches, avaient pour escorte de tout petits verres, grands comme des dés à coudre.

Selon sa vieille tactique, la tante avait en effet jeté d'emblée presque toutes ses troupes contre l'ennemi. Et quand bien même celui-ci eût été deux fois plus fort, elle l'aurait vaincu et serait restée maîtresse du terrain ; car une main invisible comblait aussitôt les brèches qu'ouvraient dans les rangs des gâteaux et dans les murs de tartines le noble courage des hommes et l'endurance prometteuse des enfants, alliés à l'esprit de sacrifice des femmes. Mais apparemment, nulle bouche bavarde — ce qui tenait ici du miracle — n'avait encore livré le secret des cafetières et des théières qui ne se vident jamais.

Eli dit que, pour sa part, il ne comprenait pas comment ils pouvaient tous manger de nouveau ; cela devait tenir à l'air de Charlottenbourg, qui faisait maigrir.

Jason, qui revivait un peu grâce au thé qu'il avait généreusement arrosé de rhum, proposa une devinette — politique, naturellement.

« Quelle est la différence entre Daguerre et Metternich ? » demanda-t-il.

Personne ne le savait. Les hommes hochèrent et secouèrent la tête, mais les femmes continuèrent à bavarder de mille riens dont les langues féminines sont habiles à parler.

« Daguerre tire des images de sa chambre noire, tandis que Metternich garde toute l'Allemagne enfermée dans la sienne.

— Excellent ! » cria Ferdinand, très fort, en accentuant la dernière syllabe.

« Ça ne me fait pas rire, je n'y ai rien compris », dit Hannchen d'un ton pointu et querelleur, en secouant si énergiquement la tête que sa coiffure haute en vacilla.

« Naturellement », repartit Ferdiand, indigné. « Quand est-ce que tu as jamais compris une plaisanterie ? »

Mais Salomon, qui ne voulait pas laisser s'enfler ces nuées hostiles, cria lui aussi :

« Cette histoire de La Fayette et de Metternich, il faut que je m'en souvienne !

— Excusez-moi, intervint Julius, mais M. Jason Gebert parlait de Daguerre.

— Bien, alors Daguerre. »

Julius eut un sourire engageant.

« Mais peut-être que vous me permettrez de vous soumettre une énigme ? dit-il. Ces dames aussi peuvent écouter.

— Oh oui, Julius ! » s'exclama Hannchen, heureuse de pouvoir jouer son neveu contre Jason.

Julius se prit le front d'une main et déclama lentement, réfléchissant à chaque vers :

> « *Cinq voyelles, une consonne,*
> *En français composent mon nom,*
> *Et je porte sur ma personne — euh... euh... —*
> *De quoi l'écrire sans crayon*[65]. »

Jettchen et Jason se regardèrent et hochèrent la tête en souriant.

« Et alors ? dit Salomon.

— Eh bien, peut-être que quelqu'un devinera ce que c'est !

— Allons, Jettchen, dit tante Rikchen d'un ton aimable et bienveillant, montre donc ce que tu as appris ! »

Jettchen feignit de réfléchir intensément, puis secoua la tête.

« Devine, Jason ! cria Hannchen.

— Excusez-moi, dit Eli. Vous pouvez répéter ? Ça m'a troublé les idées, et puis il faut dire que je n'ai pas très bien entendu. »

Enfin, Julius livra le mot de l'énigme : l'oiseau. Cinq voyelles, une consonne et des plumes. Pour écrire, les plumes.

« Grandiose ! Grandiose ! répéta Hannchen coup sur coup. C'est autrement spirituel que ton histoire sur La Fayette, Jason !

— Très joli, dit Jason. Très joli. Est-ce de vous ? »

Julius ne répondit pas. Mais dans son petit visage rond, les yeux de jais des Jacoby rayonnaient.

« Parce qu'ici vous pouvez *tranquillement* dire que c'est de vous ; à part Jettchen et moi, personne ne connaît Voltaire, et nous ne vous trahirons pas, monsieur Jacoby. »

Hannchen blêmit ; Julius était devenu écarlate, mais il se reprit vite.

« Oh, je pense qu'on avait tout de suite senti que c'était de quelqu'un qui avait appris », dit-il, encore embarrassé pourtant.

« Il faut que je marche un peu, cria Ferdinand en se levant pour mettre un terme au silence pénible. D'ailleurs, qu'est-ce que nous faisons à rester assis là ? Ça n'est quand même pas pour ça que nous venons à Charlottenbourg.

— Il a raison, en fait », approuva Eli.

Et Rikchen dit qu'ils pourraient de toute façon se faire apporter quelque chose au jardin. La petite compagnie se dispersa et on alla marcher dans le jardin, seul ou par deux ; mais comme les enfants n'étaient pas sûrs que la tante tiendrait parole et que dehors aussi on leur servirait de nouveau à manger, ils se munirent en secret de provisions de bouche empruntées aux coupes de sucreries et au plat de gâteaux secs auquel Eli s'était déjà attaqué sans avoir jusque-là remporté de succès notable. Les hommes prirent des cigares, sauf Jason, qui déclara qu'il n'en appréciait pas le goût en ce moment, et s'en tint au contenu des bouteilles pansues, vertes, jaunes, rouges, parce qu'il espérait que, dans son état, cela lui ferait du bien.

Le jardin était déjà bien moins touffu, et le doux soleil poudreux de l'automne pénétrait partout. On y marchait comme sur des tapis, car les allées, qui n'avaient pas été balayées depuis longtemps, étaient déjà recouvertes de feuilles d'orme brunes et racornies, qui, dans l'ombre, brillaient encore de rosée, et de feuilles d'érable dorées, joliment ciselées, posées bien à plat sur la terre noire. Et l'ensemble était semé de petites feuilles purpurines que le vent avait apportées de la vigne vierge. Parmi les branches, seul le jaune d'or luisait d'un éclat redoublé. Le pourpre et le vermillon et toutes les autres teintes profondes et flamboyantes de l'automne, dans les marronniers et les érables, les cerisiers et les aubépines, la bourdaine et les boules-de-neige, étaient en revanche adoucis par l'air bleu pâle presque palpable, tranquille et si bas par ce jour d'automne sans nuages dont la chaude beauté semblait malade et rendait triste. Partout dans les buissons alentour les araignées avaient fait leurs nids, auxquels l'humiditié restait prise toute la journée, rendant plus net encore le fin réseau rayonnant des toiles. Ces derniers jours, Jettchen les avait souvent regardées en admirant les ingénieuses transormations de ces petits soleils, qui paraissaient toujours d'une belle régularité quel que fût l'enchevêtrement de branches ou les araignées avaient accroché leurs fils.

Mais tante Hannchen n'était vraiment pas d'humeur à apprécier la fine architecture d'une toile d'araignée, et elle cria que si elle avait su, elle ne serait pas venue. Et Julius fit la preuve de son esprit chevaleresque en détruisant avec une mince baguette tous les nids d'araignées que les industrieux arthropodes avaient édifiés entre les lattes obliques de la tonnelle.

La compagnie se répartit bientôt en petits groupes. Secrètement rivaux, Wolfgang et Jenny se joignirent à Jettchen, et Julius considéra qu'il comptait lui aussi parmi les jeunes ; et c'est avec lui et les enfants que Jettchen arpenta lentement les étroites allées, entre le fond du verger et les massifs de fleurs. Les femmes s'étaient fait apporter un banc de jardin, au soleil, sur la pelouse vert clair, et s'y étaient installées en rang avec leurs ouvrages de dames ou leurs chaussettes à tricoter, la langue infatigable. Minchen et Hannchen, la vieille demoiselle aux boucles de caniche et Rikchen, côte à côte en robe grise, vieux-rose ou lilas, formaient comme une chaîne de montagnes bariolées, où toujours une vallée succède à un sommet. Minchen et la vieille demoiselle étaient les vallées.

Les hommes étaient dans leur tonnelle, que la servante avait le matin même nettoyée de ses feuilles mortes, et qui pourtant était de nouveau parsemée de pétioles, de bouts de branchages, de baies, de feuilles jaunes et rouges. Ferdinand avait proposé qu'on fasse une partie, mais Salomon dit qu'il fallait qu'on cause un peu, et Jason déclara qu'il ne pourrait pas être assez attentif. Car même si le thé lui avait fait momentanément du bien et lui avait permis de prendre un peu plus de part à ce qui l'entourait, Jason se sentait de nouveau tout à fait misérable, et il lui semblait se consumer intérieurement. Et puis ses pensées couraient de façon si bizarrement chaotique, sans interruption, sans points ni virgules, glissant toujours plus loin et tellement semées d'impossibilités et d'obscurités, qu'il s'en effrayait quand par instants il se ressaisissait ; mais aussitôt qu'il essayait de formuler pour lui-même ce qui se passait en lui, tout se remettait à dériver en l'entraînant. Il se leva et dit qu'il allait faire un peu les cent pas, car dans l'agitation intérieure à laquelle il était en proie, il surveillait anxieusement chacun de ses propos, craignant de dire des choses insensées dont il ne pourrait rendre compte. Mais c'est de façon claire et distincte qu'il déclara que, par ce beau temps, il préférait marcher plutôt que de rester assis.

Les autres le suivirent des yeux.

« Ça ne me plaît pas, comme il est, Salomon, dit Eli en têtant pensivement son cigare.

— Il devrait essayer de se poser des tranches de concombre sur le front, dit Ferdinand. Moi, ça me réussit toujours contre les migraines. Mais il n'est pas malade.

— Écoutez, dit Salomon, j'aurais bien aimé que nous parlions. C'est dommage que Jason soit parti. J'aimerais quand même bien savoir ce que vous en pensez, *vous*. Tiens, est-ce que tu veux voir les lettres, Ferdinand ? demanda-t-il en cherchant dans sa poche intérieure. Voilà. Ça, c'est son ancien chef à Posen qui m'écrit. Et là, j'ai fait prendre des renseignements auprès de deux autres personnes, et leurs appréciations sont plus élogieuses les unes que les autres.

— Pardon ? demanda Eli, qui ce jour-là n'avait pas l'oreille spécialement bonne et aimait bien qu'on lui répétât les choses deux fois. Qu'est-ce que tu racontes, Salomon ? De quoi est-ce que tu parles ?

— De Julius.

— Ah, bon ! Oui, le jeune homme. Est-ce que par hasard tu voudrais lui donner de l'argent ? Tu sais, Salomon, à ta place, je ne le ferais pas.

— Pourquoi ? demanda très calmement Salomon.

— Il ne me plaît pas. C'est un sournois. Je te l'ai déjà dit ; mais on ne sait jamais, peut-être que cette fois, je me trompe. Jusqu'à présent, je ne me suis jamais trompé. Qu'est-ce qu'il est exactement, ce jeune homme ?

— Il a une affaire de cuirs, ou du moins il va...

— Le cuir, l'interrompit Eli. Bon, c'est une bonne branche. Alors, tu peux tranquillement lui donner quelque chose, tu es sûr de rentrer dans tes frais, si pour le reste c'est quelqu'un de convenable...

— Oui, répondit Salomon, mais pour le moment, il ne s'agit pas du tout d'argent. C'est que Julius m'a dit qu'il s'intéresse à Jettchen, et je voulais vous demander ce que vous en pensez.

— Cher Salomon, déclara Eli d'une voix calme, je vais te dire une chose : on ne ravaude pas un vieux sac troué avec de la soie ; tu dois bien le savoir, avec ton commerce. »

Salomon ne répondit pas, et Ferdinand lui rendit les lettres en silence, comme s'il n'avait pas fait attention aux paroles d'Eli.

« Je n'hésiterais pas, dit-il.

— Eh bien, Eli, veux-tu lire ?

— Je n'ai pas besoin de lire. Le papier, il en supporte de rudes !

— Mais Eli, lis quand même, s'il te plaît, insista Salomon.

— Qu'est-ce que tu veux que je te dise, Salomon ? Fais comme tu veux. Vous voulez forcer la petite à être malheureuse. Bien, mais ne comptez pas sur moi. Si vous me demandez, je vous dis : Non, pas touche. Mais je crois que c'est mieux si vous ne me demandez pas.

— Cher Eli, il n'est pas question de forcer Jettchen à quoi que ce soit », dit Salomon, qui avait l'habitude de poursuivre l'entretien calmement, même quand son interlocuteur s'emportait. « Il n'en est pas question. Si Jettchen ne veut pas, on n'en parle plus. Je ne la contraindrai pas, tu me connais.

— Alors, grommela Eli, laisse donc Jettchen décider seule. En quoi est-ce que ça me concerne ? Si tu penses que ce jeune homme est quelqu'un de bien — tu as raison. »

Salomon prit cela comme un demi-consentement, tant il est vrai que, dans les paroles d'autrui, on n'entend jamais que ce qu'on a envie d'entendre.

« J'y serais même très favorable, Salomon, dit Ferdinand. Tu ne pourrais pas avoir de meilleurs renseignements. Qu'est-ce que ça donne, quand le garçon est cousu d'or, mais qu'après la famille ne vaut rien ?

— Oui, dit Salomon. Tu sais, Ferdinand, pour moi aussi, la famille, c'est le principal.

— Tiens, la prochaine fois, tu me mettras ça par écrit pour qu'on y croie comme à tes lettres, lança Eli.

— Comment ça ? demanda Salomon d'un ton brusque.

— Oh, juste comme ça », dit Eli avec un calme olympien, sans ôter son cigare de la bouche. « En tout cas, tu ne peux quand même pas faire beaucoup de parade avec cette famille-*là*. »

Oncle Eli avait ce défaut que, malgré ses années d'expérience, il n'avait toujours pas appris à parler autrement qu'il ne pensait et, au point où en étaient les choses, on devait supposer qu'il ne l'apprendrait jamais.

Ferdinand et Salomon dirent à Eli qu'il les offensait en tenant de tels propos, car il oubliait complètement que Rikchen et Hannchen, bien que devenues en tout point des Gebert, étaient elles aussi issues de cette famille Jacoby. Et Eli, qui était ainsi fait qu'il exprimait ses convictions en toute liberté mais n'était pas homme à les défendre en de longs discours contre les objections, déclara que, naturellement, il n'avait pas voulu dire cela, et que, finalement — en quoi cela le concernait-il ? ce n'était quand même pas lui qui était censé épouser le jeune homme —, il fallait laisser Jettchen décider seule. Mais, Dieu merci, elle saurait se défendre.

Pendant ce temps, Jettchen arpentait le verger avec le nouveau cousin Julius et les enfants, sur la large allée entre les plates-bandes, les murs ensoleillés et les haies.

Ils décrivaient des rectangles en marchant très lentement, accompagnés des rangées bariolées de phlox et d'asters, de dahlias et de jalaps, d'amarantes et de balsamines, qui les entouraient comme une large enceinte colorée. Et au milieu des plates-bandes, surplombant les framboisiers qui empiétaient eux-mêmes sur le verger, se dressaient quelques puissants hélianthes, les uns isolés, leur fleurs inclinées pareilles à des disques de cuivre, les autres rassemblés en groupes denses, qui ressemblaient à des pièces d'artifice au moment où elles éclatent. Et les haies de boules-de-neige, de sureau et d'églantine qui séparaient le jardin de celui des voisins étaient toutes richement parées de perles multicolores, blanches, noires et rouges.

L'air était tout à fait immobile ; pourtant, on entendait sans cesse le bruissement des feuilles fanées, et, parfois, plus rarement, le bruit d'une pomme précoce et véreuse tombant sur le sol. De longs fils de la Vierge voletaient çà et là, et seul un papillon attardé s'agitait en rond, dans son habit bariolé, sur un aster bleu.

De l'extérieur, dans la prairie, les cimes isolées des peupliers regardaient par-dessus les haies. La douce lumière du ciel d'automne bleu clair traversait de ses rayons leur feuillage déjà teinté de jaune dont les mailles s'élargissaient.

Les enfants ne lâchaient pas Jettchen, ils s'étaient accrochés à ses bras et se pressaient étroitement contre elle, d'autant plus étroitement qu'ils étaient jaloux l'un de l'autre et que ni l'un ni l'autre ne voulait avoir une moindre part à ses faveurs. Et même s'ils ne lui parlaient pas, car le nouveau cousin Julius monopolisait la parole, ils ne voulaient pas être privés de sa proximité physique, et ce jour-là ils ne s'alliaient pas en une croisade commune contre les dernières poires ou les premières pommes, mais marchaient tous deux en enfants sages aux côtés de Jettchen, sans dévier d'un pouce. D'ailleurs, ils avaient encore toutes leurs poches pleines et mangeaient et grignotaient tout en mettant lentement un pied devant l'autre et en contemplant en silence, les yeux écarquillés, cette douce journée d'automne toute bariolée.

Et si — dans la mesure où elle pouvait être heureuse ou malheureuse de quoi que ce fût — Jettchen se réjouissait que les enfants restassent auprès d'elle, car elle n'avait nulle envie d'être seule avec le nouveau cousin Julius, celui-ci trouvait la situation fort désagréable, car elle ne lui laissait nulle possibilité de placer le discours qu'il avait soigneusement préparé : il avait l'intention de dire qu'il lui était bien pénible de prendre congé d'elle parce qu'il devait se rendre aux confins de l'Allemagne pour y acheter de la marchandise, de donner de sa personne une image si lumineuse que Jettchen aurait dû être vraiment stupide au plus haut point pour ne pas saisir l'occasion des deux mains, et enfin de laisser entendre, avec modestie mais dignité, que malgré tous ses avantages — ou justement à cause d'eux — il n'avait jamais eu de souhait plus cher, depuis sa jeunesse, que de faire de sa cousine Jettchen Gebert sa digne épouse, et qu'il espérait qu'il lui serait permis d'espérer ne lui avoir pas fait trop mauvaise impression ; et que si peut-être elle n'éprouvait pas à son égard les mêmes tendres sentiments, il était fermement convaincu que... Le nouveau cousin Julius ne pouvait placer ce discours, car il ne voulait pas que Jenny et Wolfgang fussent témoins de sa prolixité, et ils ne s'écartaient pas un seul instant de Jettchen.

Comme il ne pouvait pas faire donner son artillerie lourde, il commença par un tir d'escarmouche. Il dit que depuis toujours il avait l'amour de la nature, et que ce jardin était si poétique, avec toutes ces petites roses et toutes ces autres fleurs, que simplement il n'avait pas eu le temps. Mais que quand il était en tournée — car il avait aussi voyagé — il ne faisait pas comme les autres, qui ne font qu'aller de magasin en magasin et passent tout leur temps libre à la taverne, non, il avait toujours ouvert grands les yeux et regardé tout ce que les villes où il passait pouvaient offrir — tout en vendant quand même deux fois plus que les autres. Il était tellement pour qu'on se cultive. Et il en ferait volontiers plus encore, et, Jettchen pouvait le croire, il était quelqu'un de sérieux, qui avait de bonnes dispositions. Même que, quand il était à l'école, le directeur, M. Diamant, était venu trouver ses parents pour leur dire que leur Julius apprenait tellement bien qu'ils devraient le mettre au collège classique ; mais lui, il avait dit qu'il n'en avait pas envie, parce que le latin était une langue trop morte pour lui.

Jettchen le crut volontiers ; elle n'avait d'ailleurs aucune raison de ne pas le faire, d'abord parce qu'elle n'entendait guère que la moitié de ce que disait Julius. Et, si elle était heureuse de ne pas devoir rester seule avec le cousin, c'est qu'il aurait fallu qu'elle ne fût pas femme pour ne pas sentir ce qui se tramait contre elle, sans même qu'un indice ferme et clair le lui révélât.

Mais tant il est vrai que deux personnes jugent très différemment de la même chose, ce que Jettchen trouvait agréable et charmant semblait au nouveau cousin Julius extrêmement désagréable et pénible. Et tant il est vrai que les choses sont en effet très différentes par leur sens le plus intime, qu'elles s'entendent étrangement à dissimuler leur vrai visage, et que nous savons bien peu ce qui nous est utile, c'est en réalité le cousin qui aurait dû trouver *agréable*, et Jettchen *désagréable*, le fait que les enfants ne les quittassent pas une seconde. Car Jettchen n'aurait pas manqué de répondre au cousin Julius. Seulement voilà...

Eli, derrière eux, descendait l'allée dans leur direction, avec ses bottes jaunes à haute tige et sa redingote aux boutons reluisants sur lesquels le soleil étincelait. Il ne marchait pas de l'allure lente du promeneur qui a l'intention de déambuler pour son plaisir, en souriant, parmi les parterres fleuris ; au contraire, on voyait bien qu'il était pressé et agité. Il secouait la tête, si fort que la poudre de sa perruque se soulevait en nuages qui, traversés par le soleil d'automne, faisaient autour de sa tête comme une auréole. Oui, il semblait vraiment très agité.

« Jettchen, cria-t-il, Jettchen, est-ce que tu as vu Jason ? »

Jettchen et les autres se retournèrent vers lui.

« Jason ? Non.

— C'est qu'il est parti de la tonnelle depuis un bon moment, et il n'est pas revenu.

— Oh, dit Jettchen, qu'est-ce qui pourrait lui arriver, ici ? » Et elle l'appela, très fort, de sa belle voix grave de contralto : « Oncle Jason ! »

Quand les cris se furent tus, tout fut de nouveau silencieux. Plus silencieux encore qu'auparavant.

Alors Jettchen s'inquiéta elle aussi ; elle se mit à courir vers la maison ; les enfants et Julius coururent avec elle, et le vieil Eli suivit aussi vite qu'il pouvait.

À mi-chemin, ils rencontrèrent la servante, qui apportait quelque chose à la tonnelle.

« Johanna, n'avez-vous pas vu M. Jason ?

— Oh, ben si », répondit Johanna, dont le point faible était qu'elle ne retenait pas les consignes qu'on lui donnait. « M. Gebert, il est parti. Il m'avait dit de dire de sa part qu'il voulait pas gêner plus longtemps, mais qu'il se sentait pas trop bien.

— Ça ne me plaît pas, ça, dit Eli.

— Mais, vous savez, ça arrive, qu'on ne se sente pas bien, dit Julius. Moi, il y a quinze jours...

— Est-ce que *vous* connaissez seulement mon neveu Jason, jeune homme ? rétorqua Eli d'un ton peu aimable. Alors, qu'est-ce que vous racontez ? Je le connais, et s'il s'était senti comme vous avez trouvé bon de vous sentir il y a quinze jours, il serait resté. Je le connais, *moi.* Je suis allé l'attendre, autrefois, là, à la maison d'arrêt, et il en est sorti tout pareil qu'il était entré. Tiens, tu aurais dû voir un peu les autres, Jettchen, à quoi ils ressemblaient. »

Le reste de la compagnie les rejoignit, les tantes ayant quitté leur banc, Salomon et Ferdinand leur tonnelle.

« Qu'est-ce qui se passe donc, avec Jason ? interrogea Rikchen.

— Il est rentré chez lui, si tu n'as pas entendu », dit Eli.

Salomon et Ferdinand se regardèrent.

« Tu crois que je devrais y aller, Ferdinand ? » demanda Salomon d'un ton inquiet.

Car même si, ces derniers temps, Jason et Salomon s'étaient un peu éloignés, étaient devenus un peu étrangers l'un à l'autre, Salomon n'en aimait pas moins son frère cadet, et rien d'essentiel n'avait changé entre eux depuis l'époque, vingt ans plus tôt, où il voulait l'amener à prendre la bonne voie. Il se souciait de lui de façon tout aussi paternelle, bien que les décennies eussent quelque peu estompé leur différence d'âge.

« Non, je m'en vais dans un moment, j'y passerai, dit Ferdinand. Nous voulons partir un peu plus tôt — à présent, il fait frais de bonne heure.

— Tu pourrais peut-être emmener du même coup le conseiller intime Stosch chez Jason.

— Oui, j'y pensais justement, dit Ferdinand.

— C'est bien les hommes, intervint Hannchen. Dès qu'ils ont quelque chose qui cloche... Si Jason s'était senti comme *moi* mercredi dernier, tu peux être sûr qu'il ne serait pas venu. Et est-ce que quelqu'un serait tout de suite allé chercher le conseiller intime Stosch pour *moi* ? »

Et Rikchen aussi déclara que si elle avait quelque chose, personne ne s'en soucierait. Mais elle s'en moquait, parce qu'elle n'était jamais malade.

Le départ de Jason avait provoqué une dissonance, une secrète inquiétude et un trouble auxquels nul ne pouvait se soustraire, au point que les yeux des enfants, qui n'exprimaient d'ordinaire qu'une belle absence d'égards, se faisaient étonnés et interrogateurs.

Les épaules inégales de la vieille tante Minchen tressaillirent, elle déclara qu'au jardin il faisait trop frais pour elle, et qu'elle voulait rentrer dans la maison. Et Ferdinand en convint à demi : le fond de l'air était certes agréable, mais le sol était déjà un peu humide. Et Hannchen dit que pour rester au jardin, au bout d'un moment, il faudrait mettre un châle. La moitié de la compagnie monta alors vers la maison. Que Jettchen et Julius restent donc encore tranquillement au jardin, car ils avaient le sang plus chaud que les vieux. Et les enfants pouvaient aussi continuer un peu à jouer au jardin. Sur ce, on se sépara.

Mais les enfants n'avaient pas envie de jouer, ils se suspendirent de nouveau aux bras de Jettchen, Jenny à gauche car elle considérait que ce côté — le plus proche du cœur de son adorée — lui revenait de droit. Et ils ménagèrent ainsi, de nouveau, un espace agréable entre Jettchen et le nouveau cousin Julius, qui reprit aussitôt la parole et assura à Jettchen qu'il compatissait profondément avec son oncle Jason. Mais il espérait quand même que celui-ci ne tomberait pas sérieusement malade, car il n'en donnait pas du tout l'apparence, et Jettchen ne devait pas se faire de souci pour lui.

Comme Jettchen ne répondait pas, le cousin Julius se tut bientôt lui aussi, car la plus belle des prolixités finit par s'épuiser quand elle reste sans écho. Et tous les quatre suivirent côte à côte, plutôt taciturnes, les longues allées du jardin, puis se remirent à faire le tour des parterres fleuris. Le soleil, clair à présent, était déjà bas dans le ciel, et l'on pouvait presque le regarder en face. Sa lumière était blanche et froide, claire et remarquablement brusque. Elle ne s'arrêtait nulle part, et dessinait pourtant toutes choses de façon claire et nette, comme si tout était découpé aux ciseaux — chaque feuille colorée, chaque fleur, chaque frondaison — sur le ciel froid, bleu pâle. Un vent froid se leva soudain, qui fit frissonner les gens et les arbres.

Et le cousin Julius voulut se remettre à parler, il prit son élan pour le coup décisif — peu importait que les enfants fussent là ou non. Car après tout, quel autre motif aurait-il eu de venir à Charlottenbourg en plein milieu de la semaine ? Et n'avait-il pas dit à Salomon et à tante Rikchen qu'il avait l'intention de parler à Jettchen cet après-midi ? Il se rendait vraiment ridicule. Il était sur le point de commencer, déjà il avait pris la pose. Il allongea le cou et se lança :

« Chère Jettchen, vous savez... »

Mais le hasard voulut qu'à ce moment précis la servante apparût sous les arbres et Jettchen, effrayée, craignant qu'il ne fût arrivé quelque chose à l'oncle Jason, planta là le cousin et courut vers elle. Encore loin de la servante, elle lui cria :

« Que se passe-t-il ? Que se passe-t-il, Johanna ?

— Ah, dit Johanna, c'est qu'il faudrait que vous remontiez. »

Jettchen, redoutant une mauvaise nouvelle, sentit son cœur cogner et le sang battre dans sa gorge.

« Pour le dîner, dit Johanna d'une voix lente et traînante comme une mouche s'extrayant du petit-lait où elle est tombée. C'est que ces messieurs-dames veulent repartir de très bonne heure. »

De fait, quand ils arrivèrent, la table était déjà mise et, bien qu'il fît encore assez clair, on avait déjà allumé, sur l'armoire, les bougies des chandeliers blancs en forme de colonnes. Les flammes tremblotaient, rougeâtres, étranges dans la luminosité jaune qui émanait des marronniers de la cour et du ciel qui se teignait des couleurs du soir, revêtait tout, les choses et les gens, les visages et les silhouettes, d'un or à l'éclat pâle.

« Ah, voilà nos retardataires ! cria Ferdinand d'un ton chargé de sous-entendus. Est-ce que c'était encore joli, dans le bas du jardin ?

— Oh oui, répondit Julius d'une voix un peu lente et oppressée.

— Dis-moi, Julius, demanda Rikchen en dissimulant mal ses intentions, dis-moi : est-ce que je t'ai déjà montré nos appartements ? »

Julius comprit.

« Non. Tu voulais le faire dès la première fois, mais jusqu'à présent...

— Eh bien, cria la tante, c'est là que loge Jettchen. Et là, dit-elle en montrant l'autre côté de l'entrée, tu vois... »

Si l'on avait voulu en juger par la durée de l'absence de tante Rikchen et du nouveau cousin, le logement aurait dû compter au moins vingt-huit pièces, et non trois plus la petite chambre attenante. Ou bien il aurait dû contenir une foule de trésors et de curiosités, ce qui notoirement n'était pas le cas. On aurait aussi pu croire que les lieux étaient déjà chauffés et surchauffés juqu'au moindre recoin, car lorsqu'ils revinrent tous les deux — tante Rikchen et le nouveau cousin Julius — ils avaient le visage écarlate. Et l'on aura beau dire : fin septembre, et par une journée comme celle-là, personne ne chauffe sa maison. Surtout pas à Charlottenbourg.

Le dîner fut plutôt calme et monotone. L'incertitude quant à l'état de Jason jetait comme une ombre sur ses frères et rendait tout à fait silencieux aussi bien Eli que Jettchen, laquelle, ces temps-ci, ne parlait guère, de toute façon, et restait toujours loin à l'écart, plongée dans ses pensées. Et même le nouveau cousin Julius, sous l'effet de sa demi-défaite, ouvrait moins la bouche que d'habitude. Pour parler, s'entend. Car, pour le reste, il veillait à garder la bouche pleine. La longue promenade autour des parterres fleuris et l'air de Charlottenbourg lui avaient creusé l'appétit, et il imitait à présent ce prétendant dont on raconte que la voix de son estomac l'emportait sur celle de sa belle. Oui, c'est ce qu'il faisait. Les femmes — Rikchen, Minchen et Hannchen — et les enfants — Jenny et Wolfgang — menaient ce soir-là la conversation. Et les enfants se montraient d'une cruauté puérile si raffinée à l'égard de la brave demoiselle aux boucles de caniche qu'il s'en fallut de peu que Ferdinand ne rétablît le calme à sa manière accoutumée. Mais il se contenta de veiller à ce qu'on pût partir tôt.

Et vraiment, pourquoi serait-on resté davantage ? D'un seul coup, tous les Gebert se trouvaient plongés dans une bizarre atmosphère d'accablement, comme après une bataille perdue. Aucun des hommes ne parlait, peut-être parce que Jason faisait défaut, qui d'ordinaire rassemblait les troupes et qui, même en simple auditeur, aurait apporté à toute conversation, à partir des choses les plus insignifiantes, un grain de folie, un arrière-plan, un tour amusant. Et, curieusement, les Jacoby se mirent aussitôt, de leur côté, à répandre sans retenue leurs platitudes bavardes, leurs cancans de petite ville à propos de rien, où alternent futilités et vilenies, et qui dévastent tout ce qu'ils ne calcinent pas.

Ferdinand donna le signal du départ et Jettchen courut dans sa chambre pour voir si les voitures étaient déjà là. Oui, elles attendaient devant la porte. Le premier à s'en aller fut Eli qui, cette fois, malgré l'obscurité qui tombait, descendit l'escalier d'un pas rapide et sûr. Salomon voulait partir aussitôt avec lui, mais Rikchen l'implora et le conjura bien haut de rester à Charlottenbourg ; pourquoi rentrerait-il à Berlin ? Le lendemain, Julius pourrait rapporter des nouvelles de Jason. Et Julius assura qu'il n'aurait rien de plus pressé que de revenir.

Jettchen suivit un long moment des yeux les voitures qui s'éloignaient, puis remonta lentement l'escalier, perplexe. Il ne faisait pas encore nuit, mais dans les maisons de l'autre côté de la rue, et au loin, et dans le bas de la Chaussée, s'allumaient des lumières rougeâtres. Le ciel brûlait, traversé de grandes flammes jaunes, les longues rangées d'arbres aux silhouettes d'automne se dressaient toutes noires dans le soleil couchant, comme si on les avait bâties avec du charbon. Mais vers le bas de la Chaussée, les cimes des tilleuls aux couleurs de l'automne étaient encore enveloppées d'un brillant voile doré. Et tout en bas, le large disque de la lune qui se levait, dans une lumière rouge pareille à du sang gelé, s'accrochait aux frondaisons clairsemées.

Quand Jettchen rentra, elle s'étonna de ne plus trouver l'oncle et la tante dans la salle à manger ; et la salle à manger tout abandonnée, avec ses chaises écartées de la table, ses serviettes froissées, ses verres et ses assiettes à moitié vides, dans la lumière des quelques bougies qui fumaient, suscita en elle une impression d'inquiétante étrangeté. Il était quand même bien trop tôt pour aller dormir, et Jettchen se dit que Salomon et Rikchen avaient dû redescendre au jardin, mais elle les entendit soudain parler à voix basse dans leur chambre, et elle en éprouva une telle peur qu'elle chancela et, le cœur battant, se cramponna au dossier d'une chaise. Ces derniers temps, il lui arrivait souvent de sentir la peur s'emparer d'elle, mais jamais encore cela n'avait été si fort.

Au bout d'un long moment, alors que son cœur cognait encore et que le sang lui battait dans la gorge, Jettchen appela la servante pour qu'elle desserve et range, et elle fut heureuse de pouvoir l'y aider, pour échapper au moins quelques instants à ses pensées.

Quand elle fut de nouveau dans sa chambre — elle n'avait pas envie d'y faire de la lumière — et qu'elle vit la lune qui s'élevait lentement derrière les arbres et montait vite, solitaire dans la voûte céleste, au-dessus des dernières branches, rien ne put la détourner de ses pensées. Au coin de la rue, la lune s'engagea très lentement parmi les petits nuages blancs qui papillonnaient et qui, plus fins qu'un voile, troublaient par instants son disque verdâtre. D'abord, sa douce lueur délavée ne baigna qu'un coin de la fenêtre et des rideaux, mais, bientôt, elle se recula dans le ciel, regarda Jettchen face à face, répandit sa lueur trompeuse dans tout le jardin jusque-là dissimulé dans l'ombre, dessina des losanges allongés sur le plancher derrière Jettchen et emplit toute la pièce d'une pénombre fade où l'on voyait tout sans rien distinguer nettement, où chaque objet était comme voilé, silhouette blanche et inquiétante.

Les pensées de Jettchen étaient pareilles aux chiens d'un village dans la nuit : l'endroit est parfaitement tranquille, tout semble dormir ; mais soudain, un chien se met à gronder tout bas, peut-être en rêvant à moitié, ou parce qu'un petit chat est passé en hâte sur le faîte d'un toit, ou parce que quelque errant silencieux s'avance à tâtons dans la rue du village plongée dans la nuit ; un autre chien répond au premier, puis un autre, un autre encore, puis tous les chiens s'éveillent et s'appellent les uns les autres, et chacun veut faire plus de bruit que l'autre, et ils poussent leurs hurlements sauvages et inquiets jusqu'au jour, alors que le petit chat dort depuis longtemps sur l'aire de battage ou que le vagabond est déjà qui sait où, bien loin, et ne songe plus du tout à ce village qu'il a traversé dans la nuit, et où un chien s'est mis à aboyer.

Pareilles étaient les pensées de Jettchen et elle ne savait absolument pas depuis combien de temps elle était assise devant sa fenêtre ; ses pensées couraient sans trêve et se répondaient comme les chiens du village dans la nuit alors que le vagabond qui les a réveillés est déjà loin, Dieu sait où, dans le monde. Jettchen ignorait si l'oncle et la tante parlaient encore et ce qu'ils disaient, elle ne l'entendait pas. Mais elle sentit soudain qu'il y avait quelqu'un dans la pièce, elle le sentit comme un souffle froid sur son dos, et elle se retourna brusquement pour faire face.

« Jettchen, tu n'es pas encore couchée ? » demanda la tante d'une voix très lente et épaisse.

Elle s'était déjà mise à son aise pour la nuit et flottait, forme blanche et large dans la clarté de la lune.

« Est-ce que je peux m'asseoir un moment ? J'aimerais parler un peu avec toi. »

Et elle s'assit au bord de la chaise longue.

« Alors, comment était-ce, cet après-midi ? Est-ce que vous avez bavardé gentiment ?

— J'étais inquiète pour l'oncle Jason, répondit Jettchen.

— Espérons que ce ne sera rien, Jettchen, dit la forme blanche de l'autre côté de la pièce. Mais il faut quand même s'attendre à tout. Tu vois, mon pauvre frère Nero : en pleine santé, et cinq jours après, il était mort. Comme une petite rose fragile, et, pourtant, il était solide comme un chêne, par rapport à ton oncle. Mais à *mon* avis, Jason n'a rien. »

Jettchen, toujours assise, très calme, ne répondit pas.

« Écoute, demain, tu apprendras qu'il est tout à fait remis. Mais passons à un autre sujet, Jettchen : Comment trouves-tu Julius ? Est-ce qu'il te plaît ? »

Jettchen ne répondit pas.

« Je sais bien qu'une jeune fille ne peut pas dire les choses ainsi. Mais est-ce qu'il n'est pas *vraiment* très gentil ? »

Jettchen se taisait toujours.

« Je crois qu'on n'a rien à lui reprocher de ce côté-là ; mais il n'est pas seulement *gentil* et *cultivé*, il est aussi très *capable*. Si tu veux, tu peux lire les renseignements que Salomon a reçus de son ancien chef à Posen, je n'ai jamais rien lu de pareil !

— Parce que mon oncle a l'intention de le prendre au magasin ? demanda Jettchen.

— Peut-être, mentit la tante sans y trouver de difficulté. Pourquoi pas, plus tard ? »

Toutes deux se turent un long moment. La tante ne savait pas très bien par où commencer.

« Jettchen, dit-elle enfin, combien y a-t-il de temps que tu es chez nous, exactement ? Je crois que le quatorze du mois prochain, ça fera vingt et un ans. De belles années ! Il est vrai que tu nous as toujours apporté beaucoup de joie, nous pourrions donner d'aussi bons renseignements sur toi que son chef, à Posen, sur Julius. »

Jettchen hocha très lentement la tête, et la tante le remarqua.

« Est-ce que tu ne voudrais pas nous quitter, Jettchen ? Je veux dire, avoir ton propre ménage ? Écoute, Jettchen, il faut que je te dise quelque chose, et j'espère que ça te fera plaisir. Si ton cousin Julius est venu aujourd'hui, c'était dans une certaine intention. Tu l'auras bien remarqué, d'ailleurs. C'est que — eh bien, je n'ai pas besoin de te l'expliquer longuement —, c'est qu'il voulait demander ta main à Salomon. »

Un instant, Jettchen eut la sensation qu'une main lui entrait dans la poitrine et lui serrait le cœur.

« Inutile de te dire, chère Jettchen, que c'est le vœu de ton oncle Salomon. Et tu sais tout ce que tu lui dois. Tu lui ferais une grande joie ; car il n'est plus tout jeune, tu sais, et il aimerait bien ne plus avoir à se faire de soucis pour toi. Tu vois, je ne veux pas dire que tu nous doives de la reconnaissance parce que tu étais mieux traitée chez nous qu'un enfant de la maison, je ne veux pas du tout dire ça, Jettchen ; mais qu'est-ce que tu veux de plus ? Il est gentil, et bel homme. À moins que tu ne le contestes, peut-être ? »

Jettchen ne voulait rien contester, absolument rien.

« Et quant à ses capacités, tu sais, Salomon en sera probablement meilleur juge que toi. Et crois-tu que Julius ne puisse pas trouver *plein* d'autres jeunes filles à épouser ? Il n'aurait eu qu'un mot à dire, et son chef, à Posen, lui aurait tout de suite donné sa fille unique. Et c'était un homme riche à millions. C'est aussi à cause de ça qu'il est parti de Posen, parce qu'il pensait depuis toujours à toi. »

On ne peut dire que cela témoignait d'un grand esprit d'invention ; mais quand même, tante Rikchen, qui un instant plus tôt n'en avait pas elle-même la moindre idée, proférait ses contes avec un calme et un naturel — qualités qui font le véritable art du mensonge — dignes de surprendre même quelqu'un qui la connaissait depuis de longues décennies. Mais Jettchen n'était pas en état de peser à présent le vrai et le faux ; elle avait seulement la sensation que l'eau lui montait jusqu'au cou et se sentait trop faible et privée de volonté pour lutter. Huit semaines plus tôt, peut-être, mais maintenant, elle n'était plus capable de nager.

La tante était trop fine mouche pour ne pas l'avoir perçu et elle avait délibérément attendu ce moment parce qu'elle savait qu'à présent Jettchen n'opposerait aucune résistance à ses plans pour peu qu'elle procédât avec intelligence sans tenter de rien forcer — car ainsi, avec ces Gebert, on n'arrivait jamais à rien.

« Eh bien, dit-elle en se levant, je vois que cela te surprend, mon enfant. Je ne veux pas du tout t'influencer, chère Jettchen. Il faut que tu saches toi-même exactement ce que tu as à faire à ce sujet ; tu as toujours été très raisonnable. Je veux juste te dire encore une chose : tu soulagerais ton oncle d'un grand souci — et tu lui dois bien des remerciements, à lui, n'est-ce pas ? C'est pour ainsi dire le plus cher de ses vœux que tu exaucerais ; mais, comme je le disais, je ne veux pas t'influencer, et tu es *complètement libre* de choisir. »

Sur ce, la large forme blanche flotta de nouveau dans la lumière fade, sortit de la pièce à pas clapotants, puis referma tout doucement la porte derrière elle et laissa Jettchen seule avec ses pensées.

La tante n'était certes pas bonne oratrice, elle n'était pas particulièrement spirituelle et étonnante — ce n'était pas sur ce terrain qu'elle brillait —, mais il y avait dans sa voix traînante et lourdaude, dans sa façon de parler opiniâtre et soporifique, dans son art de revenir toujours au sujet qui l'occupait, quelque chose qui pouvait exténuer les gens et les pousser au désespoir.

Jettchen, qui pendant cette visite était restée face à la chambre, se tourna de nouveau lentement vers la fenêtre et regarda la lune, qui maintenant était déjà haut dans le ciel, toute petite et brillante, avec son sourire malicieux. Jettchen ne se sentit pas plus malheureuse qu'auparavant, elle ne pleura pas, elle était seulement rompue et à bout de résistance. Elle avait pris tout cela beaucoup plus calmement qu'elle ne l'aurait cru, et il y avait en fait au plus profond de son cœur quelque chose qui n'y contredisait pas — une sorte d'aspiration au martyre, de défi enfantin qui lui suggérait de prendre à présent le premier venu, fût-il le pire. Il n'y avait rien là qui excitât sa résistance et qui l'aiguillonnât ; et qu'elle fût maintenant *pour* ou *contre*, elle était également désespérée.

Jettchen voulut y réfléchir calmement pour y voir clair, mais elle ne parvint pas à fixer ses pensées ; et, pour l'heure, ce n'était d'ailleurs pas son propre destin qui occupait le premier plan : sans cesse, les craintes qu'elle éprouvait pour l'oncle Jason se faisaient entendre plus fort que ses réflexions.

Et, de nouveau, Jettchen sentit que quelqu'un ouvrait la porte ; elle resta telle qu'elle était, calme et épuisée, sans se retourner. Quelqu'un s'approcha doucement, tout doucement, puis elle sentit une main se poser sur son épaule et, sans se retourner, elle sut que c'était son oncle.

« Jettchen, dit-il, ta tante vient de te parler.

— Oui », dit Jettchen, mais elle ne se retourna pas et, la tête rejetée loin en arrière, continua à regarder fixement la lune.

« Tu sais, Jettchen, je ne veux pas intervenir ; en ce moment, j'ai vraiment d'autres choses en tête, mon enfant. Je veux juste te dire ceci : tu n'as pas à te faire de soucis ; tu seras aussi bien, voire mieux, que tu l'as été chez nous ; j'y veillerai. Tu as été chez nous comme l'enfant de la maison, Jettchen, et je veux m'y tenir. Mais, comprends-moi bien, je ne veux pas t'influencer, tu es assez grande, Jettchen, et tu dois savoir ce que tu fais. Je veux juste te dire que *moi*, je n'ai *rien* contre, et que je n'ai vraiment eu que les *meilleurs* renseignements sur Julius. Et puis, Jettchen, tu dois toujours songer qu'en un certain sens tu dois des remerciements à ta tante ; et elle pense que vous allez très bien ensemble. Tu ferais à ta tante une très grande joie, car ces derniers temps elle s'est fait beaucoup de soucis pour toi — tu t'en es sans doute bien aperçue. C'est pour ainsi dire son vœu le plus cher, depuis longtemps déjà, et elle serait très heureuse s'il se réalisait. »

Jettchen regardait toujours la lune, et la seule impression que lui fit le discours de son oncle, qui aimait bien s'écouter parler, fut qu'il présentait une grande analogie avec les propos de la tante, et que certaines tournures s'y retrouvaient mot à mot — à ceci près qu'il était question de la tante et non plus de l'oncle.

« Réfléchis à tout cela, chère Jettchen, dit finalement l'oncle. Nous ne voulons bien sûr exercer aucune pression sur toi, mais tu dois déjà connaître suffisamment Julius pour t'être fait une opinion de lui. À présent, mon enfant, dors bien, nous en reparlerons demain. J'espère que, pour Jason, il n'y a pas de danger. »

Sur ce, l'oncle était revenu derrière Jettchen et lui avait caressé les joues doucement, gentiment ; mais comme elle s'était détournée, il était aussitôt sorti de la chambre, sans bruit, dans ses pantoufles de feutre.

Ce petit geste tendre de son oncle, qui comportait également, si toutefois Jettchen l'avait bien interprété, une certaine dose de compassion, renversa la dernière barrière, et les pensées débordèrent en elle : comme son oncle et sa tante étaient bons avec elle, et comme elle acceptait tout naturellement ce qu'ils faisaient pour elle, et comme c'était ingrat de sa part. Et suivit un de ces enchaînements d'accusations et de reproches que l'on s'adresse toujours à soi-même quand on est sur le point de consentir à quelque chose dont on ne saurait répondre.

Et la lune se rapprocha, elle projeta de nouveau sa lueur oblique sur le jardin et sur la longue route bordée de tilleuls, silencieuse dans la pénombre, et où l'on n'entendait qu'un bruit de sabots, très loin. En face, dans les maisons, il y avait longtemps déjà que la dernière lumière s'était éteinte, et le reflet vert de la lune se fragmentait dans les vitres. Dans le clair de lune, les quelques lampadaires oubliaient presque leur tâche, et toute la rue était morte et argentée — tantôt claire comme en plein jour, avec des ombres *noires*, tantôt plongée dans une pénombre *verte* uniforme, quand là-haut dans le ciel sombre un bouquet de nuages passait lentement devant la lune.

Et juste comme Jettchen allait se lever de sa chaise — car regarder ainsi une rue vide, la nuit, fatigue — entra de nouveau dans sa chambre, à pas clapotants, cette large forme blanche et vaporeuse qui, à en juger par la voix qui en sortait, ressemblait à s'y méprendre à la tante Rikchen.

« Eh bien », dit la voix, soucieuse, « tu n'es toujours pas au lit, mon enfant ? »

Non, Jettchen n'était pas au lit.

« Tu vois, ton oncle lui aussi t'a dit combien il y tenait, et j'ai toujours su que tu es raisonnable, que tu ne passeras pas à côté de ton bonheur. Et je veux te dire une chose, si tu penses que tu ne connais pas Julius. Regarde-moi : est-ce que je ne suis pas heureuse, avec Salomon ? Quand il y a quelque chose, il me dit son opinion, je lui dis mon opinion, et tout se raccommode. Et, à ton avis, combien de fois est-ce que j'ai vu Salomon avant notre mariage ? Combien de fois, Jettchen ? Cinq fois — pas une de plus ! Alors que Ferdinand et Hannchen, ils s'aimaient depuis quatre ans. Et qu'est-ce que ça a donné ? Il vaut mieux ne pas en parler. »

La forme blanche et vaporeuse marqua dans son lent discours, qui en comportait déjà tant, une pause particulièrement longue, peut-être pour attendre quelque réponse. Mais comme celle-ci ne venait pas, elle reprit :

« Et Jettchen, si vraiment tu t'es mis l'autre en tête, je veux juste te dire une chose : il ne pense plus du tout à toi ; il y a des mois qu'il n'est plus à Berlin. Qui sait où il est, à présent, et avec qui ! Je ne veux rien dire de mal sur son compte, mais tous les hommes sont comme ça. Je suis une femme d'expérience, tu peux me croire, Jettchen ! Tu sais que je n'ai rien dit de toute cette affaire, parce que je voyais que tu te plaisais avec cet homme, et je n'ai pas voulu te gêner. Pourquoi pas ? Tu es jeune, tu dois t'amuser. Mais quelle jeune fille épouse l'homme qu'elle aime ? Je peux bien te le dire, à présent, Jettchen : *moi aussi*, quand j'étais jeune, j'ai eu une histoire d'amour — avec le fils du chantre Reitzenstein, chez nous ; nous aimions beaucoup nous voir, vraiment beaucoup, et après, j'ai pourtant été très heureuse avec mon Salomon. Tu ne trouves pas, Jettchen ? »

Même si aucune des mauvaises graines que la forme blanche et vaporeuse tentait de semer en parlant ainsi de Kössling ne trouvait en Jettchen un terrain favorable, car celle-ci n'était pas prête à laisser un tiers dégrader l'image qu'elle avait de lui et qu'elle conservait en elle à l'abri, en des profondeurs auxquelles ne pouvaient atteindre ni paroles cruelles ni sous-entendus méchants, il n'était pas maladroit de la part de la large forme blanche et vaporeuse de prétendre avoir connu les mêmes souffrances que Jettchen, et la bonne tante Rikchen témoignait aussi d'un profond sens de la justice en faisant don rétrospectivement et à titre posthume au chantre Reitzenstein — abondamment pourvu en filles — du fils que toute sa vie, mais en vain, il avait ardemment espéré.

« Eh bien bonne nuit, Jettchen. À présent, je vais me coucher », dit dans la pénombre de la chambre la voix de la forme blanche posée sur la chaise longue, après un long moment où seule parla une pendule, dans la chambre voisine. « Et j'espère que demain, je pourrai donner à Julius une réponse favorable de ta part. Le pauvre garçon, il y a des nuits entières qu'il n'en dort plus, ça se voyait bien, aujourd'hui, rien qu'à le regarder. »

Jettchen s'était levée. Elle était à présent sans ressort, fatiguée au point de s'effondrer, terriblement usée après tous ces discours, toutes ces ruminations, tous ces reproches, avec les craintes qu'elle éprouvait pour Jason. En fait, elle ne voulait pas répondre ; on aurait dû lui laisser encore jusqu'au lendemain ; d'ici au lendemain, tout pouvait changer, il pouvait se produire Dieu sait quoi. Mais elle se dit ensuite que tout cela était stérile, que le lendemain elle serait soumise aux mêmes offensives, aux mêmes pressions, et que mieux valait aujourd'hui que demain. Mais elle ne pensait plus, elle ne songeait plus aux si et aux mais, elle ressentait seulement qu'il lui fallait mettre fin à cette situation.

« Si vous le jugez bon », dit-elle, et l'on aurait cru entendre un tesson de terre cuite qui vole en éclats.

« Salomon ! » cria la tante, très fort et d'une voix aiguë.

Elle traversa la chambre à pas tâtonnants et embrassa Jettchen qui se tenait droite et raide, presque sans bouger.

« Salomon !

— Qu'est-ce qu'il y a ? » répondit Salomon de la chambre voisine.

Et aussitôt l'oncle se trouva auprès d'elles, aussi blanc et vaporeux que la tante, mais moins large.

« Eh bien, Jettchen, dit-il non sans émotion, tu vois, tu me fais vraiment une grande joie. »

Et il embrassa Jettchen, et la tante embrassa Jettchen en riant, et en parlant, et en répétant sans cesse qu'elle le savait bien, depuis longtemps déjà, et que c'était juste que Jettchen n'avait pas voulu en convenir tout de suite.

Et l'oncle embrassa de nouveau Jettchen en disant qu'il prendrait soin d'elle. Et il dit que sa femme devrait quand même se calmer, qu'elle réveillait les gens de la maison, et qu'il souhaitait de tout cœur beaucoup de bonheur à Jettchen, et qu'il se réjouissait doublement parce qu'elle réalisait un vœu que sa tante caressait depuis des années. Mais de tout cela, on pourrait discuter demain, à présent, on allait se coucher ; Jettchen aussi était très fatiguée.

Et la tante embrassa Jettchen, et l'oncle embrassa Jettchen et la tante embrassa l'oncle, et l'oncle embrassa la tante. Et Jettchen restait immobile au milieu de ces embrassades, sans une pensée, lasse à tomber.

Et la tante voulut se remettre à parler de Julius, raconter ce qu'il disait toujours quand il était enfant, mais l'oncle la pria de sortir et de se taire enfin, pour que la pauvre Jettchen puisse elle aussi se reposer.

Et alors que depuis longtemps déjà, dans la pénombre de la chambre, Jettchen, allongée, pleurait et sanglotait et lançait des coups de pied au bois du lit, elle entendit encore l'oncle crier à la tante de venir enfin se coucher — qu'est-ce qu'elle avait encore à fabriquer au fond de la pièce ?

Mais la tante répondit qu'elle avait presque fini sa liste. Est-ce que Salomon pensait qu'il fallait aussi envoyer un faire-part aux Bentheim ?

Mais l'oncle cria qu'on pourrait y réfléchir le lendemain et qu'à présent, par tous les diables, elle veuille bien arriver et se mettre au lit.

Et tout advint comme cela devait advenir, tout, comme cela devait advenir : dehors, au jardin, jaillirent de nouvelles flammes ; l'érable se transforma en un extraordinaire brasier d'or ; la vigne vierge qui revêtait le mur et la tonnelle semblait taillée dans du porphyre ; le carmin lumineux, le brun roussi et le jaune très clair ceignirent les troncs et les branches des ormes, des marronniers et des peupliers avant de tomber en paquets sur le sol et de recouvrir allées et pelouses, avant enfin que la pluie décide de régler ses comptes avec le soleil en revenant sans cesse fouetter et battre les dernières feuilles jaunes et brunes jusqu'à ce que, malgré leurs esquives voletantes et leurs supplications, elle les ait arrachées des branches et jetées sans égards dans quelque coin du jardin ou des allées. Et il en alla de même de Jettchen : de nouvelles flammes jaillirent, dorées, carminées, d'un rouge de porphyre, puis retombèrent ; puis vint la pluie, qui fouetta les dernières feuilles, les déchira, les arracha des branches et les jeta sans égards dans quelque coin.

Tout advint comme cela devait advenir, tout, comme cela le devait. Le jour n'était pas plus tôt levé que, devenu depuis la veille heureux fiancé, tel un cerisier que ses fleurs recouvrent du jour au lendemain sans qu'il sache lui-même ce qui lui arrive, le nouveau cousin Julius était là. Blême et raide comme une statue, Jettchen vint à sa rencontre et lui demanda seulement quelles nouvelles de Jason il apportait. Mais la tante embrassa Julius et dit à quel point elle se réjouissait de voir qu'ils allaient si bien ensemble. Julius lui aussi parut troublé et heureux ; il dit à Jettchen qu'il ne lui demandait pas du tout de le payer tout de suite de retour dans ses sentiments — formule qui la fit rire intérieurement, car aucune personne de goût ne peut être si malheureuse qu'elle ne reste encore sensible à l'humour d'une situation. Mais il dit ensuite qu'il se flattait de l'espoir de conquérir son inclination et que même si, les premiers temps, ils ne se voyaient pas beaucoup — car il lui fallait à présent se hâter de partir en voyage pour faire ses achats s'il voulait encore faire sa saison — ils auraient bientôt l'occasion de se rapprocher aussi *intérieurement*.

Mais l'oncle survint alors, félicita Julius — de façon à vrai dire un peu formelle, froide et curieusement sans joie par rapport à la veille au soir — et lui demanda comment allait son frère. Et comme la réponse ne fut guère rassurante, car Julius dit que Jason n'avait plus ses esprits, et que le conseiller intime avait déclaré qu'il fallait attendre aujourd'hui pour se prononcer, mais qu'il croyait bien pouvoir affirmer déjà que c'était le typhus, Salomon gagna sa chambre sans un mot, en ressortit aussitôt avec ses bottes et ses éperons aux pieds et demanda à Julius s'il l'accompagnait : quant à lui, il rentrait immédiatement en ville. Et Julius, qui s'était peut-être représenté autrement les débuts de ses fiançailles, balança un instant. Mais la tante lui fit signe des yeux et il cria que, bien sûr, il se tiendrait toute la journée à la disposition de Salomon s'il pouvait être utile à quoi que ce soit.

Et avant même qu'elles aient tout à fait repris leurs esprits et surmonté le choc provoqué par les mauvaises nouvelles de Jason, les deux femmes se retrouvèrent seules.

Jettchen voulait se rendre immédiatement auprès de Jason, mais la tante la pria et l'implora de n'en rien faire : Quelle idée ! Une fiancée ne devait *jamais* aller voir un malade, c'était interdit, et si elle le faisait, cela tournait très très mal.

Il ne fallut pas longtemps pour que tante Hannchen arrivât de Berlin, riant, piaillant et caquetant ; elle sauta au cou de Jettchen en pleurant : Elle lui souhaitait tout le bien du monde, et d'être aussi heureuse en ménage qu'elle-même ; mais naturellement, Jettchen serait bien avec Julius, inutile d'en parler, c'était un homme si merveilleux.

La nouvelle des fiançailles de Jettchen se répandit dans la maison, Mme Könnecke vint apporter tous ses vœux de bonheur ; à vrai dire, ajouta-t-elle, il était bien temps. Et quand Jettchen se rendit à la cuisine, elle y trouva la servante les yeux tout pleins de larmes, et celle-ci lui tendit la main — les hommes n'ont rien de commun les uns avec les autres, mais les femmes, partageant le même sort, sont toutes sœurs. En la regardant, Jettchen se mit elle aussi à pleurer, et avant qu'elles sachent bien ce qui se passait, toutes deux, Johanna et Jettchen, appuyèrent leur tête l'une contre l'autre en sanglotant. Curieusement, nous croyons toujours que personne ne sait ce qui se passe en nous et ce que nous sommes seuls à porter, alors que nous ne sommes que des livres ouverts en permanence, où les autres peuvent lire à leur gré.

Et tout advint comme cela devait advenir. La poste apporta des piles de lettres à Charlottenbourg et chaque jour, à l'heure de midi, amis et connaissances vinrent avec leurs félicitations. Assise sur le divan dans sa robe de soie noire, tante Rikchen riait et disait ses fables, aimable, plus digne et plus large à proportion de l'importance sociale des visiteurs. Et les chars à bancs apportèrent aussi des parents éloignés de la mère de Jettchen, que celle-ci n'avait pas vus depuis vingt ans : des gens grands, très silencieux, d'une amabilité mesurée. L'oncle Eli était venu dès le lendemain, il avait embrassé Jettchen et dit à la tante : « Tu sais, Rikchen, d'habitude, pour ces affaires-là, je ne félicite les gens qu'au bout de dix ans. » Puis arrivèrent des lettres des sœurs de Julius — de Bentschen — et de l'oncle Naphtali, le doyen de tous les Jacoby. Mais on ne donna pas de fête de fiançailles : l'oncle ne voulait pas, puisque Jason allait si mal ; et puis avant qu'on ait vraiment repris ses esprits, l'heureux fiancé était parti pour sa tournée d'achats à Posen et en Haute Silésie. Ou bien il aurait fallu célébrer cela comme ces noces d'argent que la vieille femme avait fêtées seule parce que son mari était mort six mois plus tôt. Mais si, par exception, cela pouvait encore passer pour des noces d'argent, cela n'aurait pas convenu pour des fiançailles, on s'en serait vraiment étonné.

Que l'on n'aille pas penser cependant que Jettchen passait toutes ses journées à pleurer et à errer en présentant une mine effroyable : son existence était aussi calme que d'habitude. Car Jettchen était ainsi faite qu'elle aimait à considérer les choses du bon côté ; et si elle ne pouvait obtenir le bonheur, elle acceptait cette lueur de confort et de bien-être que l'on prend la plupart du temps pour lui.

Et tandis qu'à Charlottenbourg tout était assez calme, à Berlin on s'épuisait la langue à parler de ces fiançailles, et personne ne comprenait comment cette jeune fille intelligente et belle pouvait s'abaisser ainsi : ce garçon n'était rien, et il n'y avait rien à attendre de lui — comment Salomon Gebert pouvait-il seulement y consentir ? Il y eut même des gens qui le lui dirent ouvertement. D'autres chuchotaient qu'il y avait quelque chose là-dessous, et que si Jettchen prenait celui-là, c'était par pur défi, parce qu'elle ne pouvait pas avoir celui qu'elle voulait. Cela s'était déjà vu. Et les pires inventaient toutes sortes de fables et déclaraient que Salomon Gebert était probablement forcé de marier Jettchen et que, comme on sait, l'argent arrange tout. *Ici*, il n'aurait trouvé personne, *naturellement*, et il avait dû faire venir bien vite un cousin de Posen pour qu'il épouse Jettchen. Qu'on attende seulement un peu, et on verrait qu'ils avaient raison.

Et tout advint comme cela devait advenir. Oncle Jason avait vraiment le typhus et son cas était jugé désespéré — en fait, il n'avait guère repris conscience depuis le début — et il ne s'écoulait pas une heure sans que Jettchen s'angoissât pour lui. Ses premiers mots, quand elle voyait Salomon, étaient : « Que dit Stosch ? » Souvent aussi elle allait seule en ville, parce que Salomon restait jour et nuit presque tout son temps libre auprès de son frère et ne venait plus que très rarement à Charlottenbourg ; mais il ne lui était pas permis de rendre visite à Jason elle-même. L'oncle lui aussi disait qu'une fiancée ne doit pas faire cela, et pourtant, d'habitude, il n'était pas du tout superstitieux. Et même si l'oncle avait dit vrai, ce n'aurait pourtant pas été la *vraie raison.* S'il ne voulait pas que Jettchen voie Jason, c'était plutôt parce que celui-ci, dans son délire, ne parlait guère que de Jettchen et de Kössling ; il lui arrivait même, pendant des heures, de prendre le garde-malade pour Kössling et d'appeler sa vieille gouvernante Jettchen.

Et quand Jason en fut au point que la vieille demoiselle du nom de Hörtel, dans son extraordinaire robe à fleurs, dit que, si elle pouvait se permettre, elle aimerait bien avoir quelques-uns des meubles — et Ferdinand répondit qu'on penserait à elle ; et quand l'après-midi le vieux Stosch prit à part Salomon, lui donna à entendre qu'il ne rentrerait pas chez lui, car son frère ne passerait probablement pas la nuit — et ne quitta plus le chevet de Jason ; et quand jusqu'à minuit Salomon, Ferdinand et Eli restèrent assis ensemble, frissonnants et presque muets, dans la bibliothèque de Jason à l'arrière de l'appartement, écoutant par la fenêtre entrouverte le clocher sonner chaque quart d'heure — Jason, qui de toute sa vie n'avait jamais fait ce qu'on attendait de lui, Jason, cette fois encore, démentit tous les pronostics. D'abord, la fièvre tomba et il se remit à parler d'une voix claire et calme, si bien qu'effrayés ils entrèrent dans sa chambre pour écouter. « C'est toujours ainsi peu avant la fin, n'est-ce pas ? » demanda Ferdinand au conseiller intime. Mais le vieil homme laconique, dont la brutalité était aussi célèbre que ses capacités, haussa les épaules et rétorqua : « Votre frère vivra plus longtemps que vous avec vos calculs biliaires, cher monsieur Gebert. J'ai dit au garde-malade de lui donner un bain au cas où ce serait de nouveau nécessaire ; mais ce ne sera pas nécessaire, le pouls est de nouveau très fort et régulier. Venez-vous avec moi, Messieurs ?

Et les hommes firent ce que les hommes font rarement d'habitude, ils pleurèrent et s'embrassèrent ; Ferdinand voulut aussitôt se ruer sur Jason, mais Stosch le rabroua vertement ; Eli déclara qu'il n'avait jamais cru ce qu'on disait, que Jason était si mal, et qu'il n'avait jamais eu peur pour lui — sans songer qu'il était en pleine contradiction avec ce qu'il disait deux minutes plus tôt.

Mais même la joie de savoir Jason hors de danger ne suffit pas à rendre toute sa fraîcheur à Jettchen et à la faire participer de nouveau à la vie de son entourage, si bien que Salomon commença à s'adresser des reproches et se remit à discuter de l'affaire avec Ferdinand.

« Écoute, Ferdinand, avança-t-il très prudemment, je trouve quand même que Jettchen n'a pas du tout l'air d'aller bien.

— Et alors ? Est-ce que tu as jamais vu une fiancée qui ait l'air d'aller bien ? répondit Ferdinand qui, vis-à-vis de ce qu'éprouvaient les autres, défendait toujours avec brusquerie l'ignorance volontaire qui garantissait sa propre tranquillité intérieure.

— Oui, c'est bien possible, dit Salomon. Mais je trouve quand même que Jettchen ne fait vraiment aucun cas de Julius. Il faut toujours que ma femme lui rappelle d'écrire à son fiancé.

— C'est d'autant mieux, opina Ferdinand avec son optimisme indestructible. Tu sais, Salomon, ça donne toujours les femmes les plus amoureuses, après. C'est ce qui fait les mariages les plus heureux. J'en sais quelque chose ! »

Mais Salomon ne trouvait pas cela tout à fait évident.

« Et puis j'ai découvert diverses choses sur le compte de Julius — tu sais, on en apprend toujours davantage après qu'avant — des choses vraiment désagréables, en fait, qui ne me plaisent pas du tout. En affaires et — dans d'autres domaines. »

Et Salomon raconta. Mais Ferdinand ne trouva rien à redire. Au contraire. Et puis Salomon oubliait qu'eux-mêmes, quand ils avaient l'âge de Julius, n'étaient pas beaucoup plus rangés que lui.

Et mieux valait jeter sa gourme avant qu'après. Tout comprendre, c'est tout pardonner, déclara Ferdinand ; il était bien placé pour le dire, car il comprenait tout.

Salomon n'était pourtant pas complètement convaincu ; ses scrupules n'étaient en rien dissipés, car il y avait encore autre chose de plus fondamental qui ne lui convenait pas, et dont il n'avait pas parlé à son frère : à présent qu'il avait lu les lettres que sa femme et Jettchen avaient reçues de la famille de Julius, de ses sœurs et de ses cousins, de ses oncles et de ses tantes, il lui fallait bien donner raison au vieil Eli et reconnaître qu'il valait mieux ne pas faire parade de ces gens-là. Et son orgueil de Gebert en était profondément blessé. Salomon ne comprenait plus comment il avait seulement pu se laisser convaincre de se prononcer en faveur de cette alliance. Et puis il aimait bien trop Jettchen pour l'accorder à ce Julius. Et la remarque brutale de l'oncle Eli sur les vieux sacs qu'on ne ravaude pas avec de la soie lui revenait sans cesse à l'esprit, nuit et jour. Il ne voulait pas aborder lui-même cette question, car on ne saurait diriger pendant trente ans une affaire importante sans désapprendre à reconnaître ses erreurs. Mais, jour après jour, il attendait, il attendait en vain que Jettchen vienne le trouver et lui dise : Mon oncle, je ne veux pas. Et il aurait même été mille fois ravi de rédiger pour elle la lettre de refus.

Mais Jettchen ne proférait pas une syllabe en ce sens, ne faisait pas la moindre allusion d'où Salomon aurait pu juger que cette alliance lui répugnait. Non, Jettchen était aussi docile et aimable que toujours, elle ne se plaignait ni par son attitude ni moins encore en paroles. Car elle s'était à ce point habituée à ce martyre par lequel elle pensait acquitter une dette de gratitude, elle l'avait si bien intégré à sa vie, qu'elle en était presque venue à l'aimer et à ne plus vouloir s'en passer.

Et tandis que le nouveau cousin Julius voyageait de lieu en lieu dans la province de Posen et en Haute Silésie, résidant dans des trous impossibles aux noms plus impossibles encore, y achetait à des prix très avantageux de grosses quantités de cuirs russes bruts ou tannés qui avaient très certainement aperçu la frontière mais sans doute jamais un douanier, et tandis que tous les deux jours, ponctuellement, il écrivait à Jettchen : « C'est avec joie que je prends la plume pour te faire savoir que j'ai bien reçu ta gentille lettre. J'en déduis que tu vas bien et je peux t'assurer que c'est pareil pour moi. Ma petite colombe, quand tu seras mienne, je tresserai autour de ta vie des couronnes de roses, » — pendant ce temps, Jettchen menait à Charlottenbourg une existence tout à fait calme et sans soucis. Car Jettchen *était* ainsi faite qu'elle aimait prendre le bon côté des choses. Et si elle ne pouvait pas avoir le bonheur, elle se contentait de cette lueur de bien-être que nous prenons communément pour lui. Et comme maintenant elle tenait avant tout à *ne pas* penser à l'avenir — ses nuits étaient déjà assez mauvaises comme cela —, elle se cramponnait au peu de présent aimable qu'offrait Charlottenbourg, avec son calme, son jardin encore beau même en automne, les longues promenades dans le vaste parc qu'elle s'était soudain reprise à aimer du fait des souvenirs qui lui étaient liés.

Et la tante, qui trouvait naguère qu'on ne saurait rentrer assez vite à Berlin, disait à présent que c'était trop beau, à Charlottenbourg, qu'elle ne pouvait se résoudre à s'en priver, et qu'elle voulait y rester tant qu'il y aurait encore une feuille aux arbres. C'était seulement maintenant que l'on en profitait. Et ce n'était pas, en fait, la peur du typhus qui la faisait parler ainsi, car on n'entendait plus parler de nouveaux cas, c'était bien plutôt la peur de l'« autre ». Car l'« autre » avait refait son apparition à Berlin. Hannchen elle-même l'avait aperçu ; il s'était déjà rendu chez Jason, pensait-elle, et Ferdinand avait dit qu'il travaillait à présent, à la bibliothèque — c'est pourquoi Jettchen devait rester à Charlottenbourg le plus longtemps possible.

Et alors qu'auparavant il n'était absolument pas question de noces, on annonça soudain que Jettchen se marierait fin novembre, quand Julius rentrerait de sa tournée d'achats. Et la tante avait déjà un logement en vue pour le jeune couple, quatre belles pièces dans le haut de la Neue Friedrichstrasse, au bord de l'eau, pas loin du tout de la « Société des amis[66] ».

Et si ses achats de cuirs bruts et tannés qui sûrement avaient vu la frontière mais sans doute jamais un douanier retenaient si longtemps le cousin Julius dans des trous impossibles de la province de Posen et de la Haute Silésie, c'était *aussi* par la faute de la tante. Car la tante était trop intelligente pour ne pas interpréter comme il se devait la mauvaise humeur de l'oncle Salomon, qui ne pouvait avoir d'autre origine puisque Jason était depuis longtemps hors de danger. Et elle s'était dit à très juste titre que la prolongation de l'absence de Julius réduirait d'autant les risques de frictions entre son mari et lui. Et elle se fiait à elle-même pour entretenir dans tout son éclat l'image de Julius auprès de Jettchen. Il semblait exclu à la bonne tante Rikchen que Salomon pût ensuite soulever des objections, quand les meubles et le trousseau seraient prêts à être livrés. Car au fil de leur heureuse vie commune, elle avait trop bien appris à apprécier le sens pratique de son seigneur et maître.

Et afin de ne pas laisser à son Salomon le temps de se raviser, tante Rikchen commença à acheter et à commander, et mit au travail tailleur et menuisier comme si elle devait monter le ménage non pas d'une seule fiancée, mais de toute une douzaine.

Un jour, la tante montra à Jettchen l'appartement de la Neue Friedrichstrasse, non loin de la « Société des amis », puis elle envoya le contrat de location à Julius pour qu'il le signe, en lui signalant qu'elle avait couru partout, mais que dans tout Berlin elle n'avait pas vu de meilleur appartement, d'appartement qui présentât autant d'avantages. Et en toutes choses, Jettchen laissa la tante agir comme bon lui semblait. C'était très bien. Pourvu qu'on ne l'ennuyât pas avec ces questions.

Et pour les meubles, la tante alla trouver le menuisier Löwenstein, parce qu'on le connaissait et parce qu'il ne serait sans doute plus venu jouer au whist avec Salomon si l'on avait oublié de faire appel à lui en cette circonstance. Pour toutes les pièces, du salon au cagibi en passant par la salle à manger, la tante commanda *tout* en acajou massif ; et pour le salon, qui devait être tapissé en brun-rouge très profond, la tante descendit choisir elle-même au magagin le lourd satin bleu foncé des tentures et garnitures. Et tous les deux ou trois jours, la tante se rendait en ville et s'assurait de ses propres petits yeux noirs comme jais que le travail avançait bien et que tout serait livré dans les délais. L'oncle Salomon, de son côté, trouvait quand même émouvant tout ce que sa femme faisait pour Jettchen. Elle se mettait vraiment en quatre, disait-il, et maigrissait à vue d'œil.

Comme la tante était très pressée de marier Jettchen, elle ne fit pas venir les couturières à domicile ; elle se procura les dernières livraisons du *Modejournal* de chez Kossman, qui présentait toujours les dernières nouveautés de Paris, et se rendit ainsi équipée chez le couturier pour dames, Dunsing, puis chez Mahn, fit prendre les mesures de Jettchen et commanda sur-le-champ de quoi faire la joie des tailleurs : des peignoirs blancs, lilas et roses, pour le printemps, l'été, l'automne et l'hiver, pour tous les jours et pour les occasions exceptionnelles qui pouvaient aussi se présenter — ce qui n'était pas à exclure dans le cas d'une jeune femme. Il fallait toujours être particulièrement bien équipée en peignoirs. Et la tante commanda des tenues de ville en drap anglais vert, avec trois longues rangées de boutons sur le devant des robes et des manteaux, et des tenues de soirée en soie claire et en soie noire, et gris argent, et dans des tons pastel très délicats, avec lesquelles Jettchen porterait un châle de cachemire rouge. Et il y eut des disputes interminables — car à présent Jettchen avait trois mères : Rikchen, Hannchen et Minchen —, qui au fil des heures s'aiguisaient parfois en attaques personnelles : les extrémités de la ceinture devaient-elles s'orner d'un bord empesé et ondulé au fer ou de volants plus souples ? Et Minchen s'échauffait parce que Dunsing avait ajouté des soufflets à la robe rayée gris et blanc, et parce que le manteau ample rouge était censé avoir un col de fourrure, et non de velours. Elle n'avait jamais vu de manteau avec un col de fourrure. Et la robe de drap foncé ne devait pas avoir de manches gigot, car c'était le genre de robe qu'on pouvait porter dix ans, et qui savait si dans dix ans on verrait encore des manches comme ça. *Elle* n'avait jamais suivi ces modes idiotes. Mais Hannchen avait alors déclaré que pour se permettre des manches gigot, évidemment, il fallait avoir une silhouette comme la sienne ou comme celle de Jettchen, et Minchen avait répondu qu'elle n'avait jamais vu une dondon avec des manches gigot. Bref, ç'avait été une fameuse dispute. Et si le sujet n'avait pas été si excitant, elles ne se seraient probablement *jamais* réconciliées. Mais sur la question de la robe de la mariée — ottoman blanc ou damas blanc —, elles se trouvèrent alliées contre tante Rikchen en faveur du damas, et cela les réunit.

Et la seule qui ne participât en rien à tout cela était justement celle qui était concernée au premier chef. En d'autres circonstances, c'eût été pour Jettchen une joie de pouvoir s'habiller joliment, et elle aurait imposé son goût contre celui de sa tante au prix de longues joutes oratoires ; mais à présent, cela lui était indifférent, fastidieux, même ; il était tout juste possible de l'entraîner aux essayages, et elle n'avait pas exprimé le moindre vœu quant aux meubles.

Il en allait tout autrement de la tante. Elle courait de chez le menuisier Löwenberg chez Dunsing et de Dunsing chez Mahn — aucun des deux ne devait savoir que l'autre travaillait pour elle. Après s'être éraillé la voix à cause de cent modifications et avoir couvert la directrice d'invectives que l'on ne pardonne qu'à une aussi bonne cliente, elle ne marquait pas de pause, mais se rendait aussitôt chez Wolffenstein pour le linge de maison. Il fallait se fournir chez Wolffenstein, c'était une question d'amitié, et puis on était aussi un peu parents. Tante Rikchen commandait et achetait tout comme si elle devait équiper non pas un ménage, mais toute une hôtellerie. Les services de linge de table pour trente-six personnes, en damas à fleurs, étaient en tel nombre que Jettchen aurait pu tenir chaque jour *table d'hôte** en ne faisant la lessive que toutes les huit semaines. « Un de plus ne peut pas nuire, disait la tante, et les petits-enfants de Jettchen en profiteront encore. » Chez Mme Zierlein, Jettchen dut essayer tout le stock de chapeaux, des cabriolets aux charlottes, jusqu'à ce que la tête lui tourne.

Mais cela n'était que la partie visible des travaux auxquels tante Rikchen s'employait pour Jettchen, et la partie cachée était à peine moins importante : Jenny devait confectionner une boîte de boston recouverte d'une broderie de perles, ainsi qu'une petite corbeille pour les tasses, mais Hannchen voulait en outre faire elle-même un cordon de sonnette également en perles de verre. L'oncle Salomon devait offrir — surprise spéciale — un piano table, et la demoiselle aux boucles de caniche travaillait à trois coussins tous de taille différente. L'oncle Naphtali, de Bentschen, devait faire cadeau d'une lampe à deux bras, et Eli d'un huilier en argent et verre rubis. Mais il était d'avis que de sa part ce serait trop peu de chose pour Jettchen, et il ajouta de sa propre autorité une coupe à fruits, en cristal, à pied d'argent ; cependant, Ferdinand déclara que les tapis que tante Hannchen avait choisis afin qu'il les offrît étaient trop chers pour lui, qu'il ne pouvait pas se le permettre, qu'il avait trois enfants. Jason, enfin, devait offrir une paire de chandeliers pour la table de jeu, Hannchen se chargerait de les lui trouver. En effet, Jason n'était toujours pas rétabli au point de sortir et ne quittait son lit que pour quelques heures afin de s'asseoir vis-à-vis de sa collection de porcelaines ou de feuilleter ses albums de gravures, car il ne lui était pas encore permis de lire. Et puis — avant qu'on n'oublie — il fallait que Pinchen et Rosalie achètent ensemble un broc et une cuvette en opaline, à moins qu'elles ne préfèrent tricoter des coussins à roses bleues pour les embrasures des fenêtres du salon. Mais cela leur reviendrait sans doute aussi cher et représenterait une quantité de travail si monstrueuse qu'elles ne pourraient guère en avoir fini à temps.

Jettchen n'aurait que trop aimé faire une visite à Jason. Mais dès qu'elle en parlait, la tante se répandait en jérémiades anxieuses, et l'oncle lui aussi — quand il était là, car la saison battait son plein, au magasin, et il n'avait guère le loisir de se préoccuper d'autre chose —, l'oncle lui aussi disait que cela n'était pas permis à une fiancée. Et même quand Jettchen objectait que Jason n'était plus malade, elle était de toute façon en minorité.

Et puis la bataille s'engagea pour savoir qui il fallait inviter. Les trois femmes — Hannchen, Minchen et Rikchen — dressèrent des listes, et chacune combattit pour ses candidats comme une mère lionne pour ses petits. D'abord, on avait envisagé un mariage en grande pompe, avec Pierre et Paul, mais on dit ensuite que ce ne serait pas élégant, ni non plus indiqué, puisque Jettchen était orpheline. Et il ne subsista plus que soixante personnes à inviter. Puis, après une ultime concertation, vingt-cinq d'entre elles restèrent encore sur le champ de bataille. Qui sait ? S'il n'avait pas été grand temps d'envoyer les invitations, peut-être serait-on descendu jusqu'à trois et se serait-on dispensé d'y inclure le fiancé. La tante Rikchen espérait cependant qu'il y en aurait bien encore dix qui s'excuseraient. Elle était sûre que certains le feraient et trouvait dommage de lancer en l'air comme un feu d'artifice ces belles invitations — gravure sur cuivre imprimée sur papier satiné — où, en long et en large, Salomon Gebert et Madame avaient l'honneur etc. Même Salomon, qui tous ces temps-ci s'était contenté d'apposer en silence son sceau à tout ce qui se faisait, fut gagné par l'atmosphère guerrière de ces journées — et la seule qui n'exprimât aucun vœu et à qui tout convînt, de nouveau, était Jettchen. Elle frémissait seulement à l'idée que cette période de tranquillité à Charlottenbourg allait prendre fin.

Il y avait déjà deux semaines que Julius écrivait des lettres tendres de Mogilno quand la tante jugea enfin que, vu l'avancement du travail des menuisiers, il pouvait tranquillement revenir à Berlin. Et elle dit aussi qu'elle allait rentrer en ville. Elle avait vraiment assez de ce Charlottenbourg.

Et Jettchen alla une fois encore au parc pour prendre congé de ses souvenirs. Ce fut par un jour de pluie désolant, où tout le ciel était en mouvement et se précipitait vers elle en nuages pressés qui ici pendaient comme de lourds ballons, là s'effilochaient comme une gaze légère. Les nuages se traînaient, très bas, frôlant presque les cimes dénudées des arbres. D'une minute à l'autre, tout devenait gris, se voilait, s'alourdissait de rêverie tranquille. Mais bientôt, le vent se levait et courbait comme des feuilles de fougère les hauts peupliers qui gémissaient alentour, la pluie se mettait à tomber, à larges traits, et lavait branches et troncs, de haut en bas. Elle récurait de ses jets froids le moindre rameau, qui semblait se rétracter de peur. Seuls quelques buissons de lilas conservaient encore dans toute cette misère leurs feuilles vertes, et quelques platanes avec eux — et ils semblaient attendre impatiemment le premier jour de gel, qui leur apporterait à eux aussi le sommeil. Partout, on pouvait de nouveau voir loin à travers les bosquets, aussi loin qu'au tout début du printemps. Les allées étaient comme nettoyées, tandis que les eaux toutes noires de l'étang étaient recouvertes d'une couche flottante de feuilles mortes, que le vent avait apportées des chemins et des pelouses.

Jettchen ne rencontrait a peu près personne. Au loin seulement, sous la girouette jaune, devant le bâtiment jaune, une sentinelle faisait les cent pas, le fusil à l'épaule. Ailleurs, de vieilles femmes ramassaient dans des paniers les petites branches tombées des arbres. Jettchen reconnaissait à peine les beaux endroits du parc. Ceux qui étaient naguère resserrés et intimes étaient à présent vastes et vides. Là, ils s'étaient assis près de la petite cloche ; ce banc, d'ordinaire, apparaissait soudain, comme une vision, et à présent Jettchen se dirigeait vers lui en le voyant de bien loin. Et d'ordinaire, la petite maison dorée parmi les ifs noirs — la petite maison qu'ils n'avaient pas louée — paraissait à Jettchen un bout du monde tout à fait reculé, que l'on ne pouvait découvrir ou retrouver que rarement, en des heures propices ; à présent, elle lui semblait être, avec les murailles sombres de ses arbres, une forteresse dominant une vaste contrée.

Et Jettchen se dirigea vers la forteresse, penchée en avant, tandis que le vent s'agrippait à sa robe. Et comme elle marchait ainsi, le souvenir d'habitude si étrangement modifié et voilé ressurgit soudain en elle avec une telle violence et une telle clarté que les larmes ruisselèrent sur ses joues, se mêlant aux gouttes de pluie que le vent lui jetait au visage.

Jettchen était venue pour prendre congé, car ces derniers temps elle s'était mille fois prêché la raison, elle s'était représenté que l'oncle et la tante faisaient tout pour elle et ne voulaient que son bien, elle avait tenté de se réjouir à l'idée d'avoir son chez-soi — il y avait même eu des jours où elle éprouvait une sorte de considération pour Julius, qui voyagait au loin dans des régions peu sûres, par les grandes routes désertes et froides, endurant toutes les fatigues possibles, tandis qu'elle-même se laissait tranquillement vivre dans son nid douillet. Il aurait certainement beaucoup de qualités estimables et agréables, quand elle le connaîtrait mieux, car ce n'est jamais sans raison que les gens se répandent en louanges sur quelqu'un. Et Jettchen n'était venue une dernière fois au parc que pour prendre congé de son rêve. Et, au lieu de cela, la vérité qu'elle avait niée revenait la frapper en plein visage : c'était tout le reste qui était pour elle un vain rêve, sa vraie vie était ici. Et Jettchen eut soudain la sensation étrange qu'il ne s'agissait pas du tout ce jour-là d'un adieu, mais de la répétition d'un premier salut échangé de loin. Et tout lui revint : de nouveau ils marchaient l'un derrière l'autre sur l'étroit sentier bordé de saules, sous les branches pendantes ; ils s'arrêtaient près du petit temple rouge doré dans le soleil du soir, avec sa guirlande et ses putti ; et au bord de l'eau, plus loin, parmi les troncs nus des peupliers, elle sentit de nouveau, à travers les gouttes de pluie et les larmes qui lui mouillaient le visage, les baisers d'autrefois qu'elle avait cent fois depuis appelés de tous ses vœux.

Puis Jettchen entendit une horloge sonner dans le parc dénudé, et le tintement clair la fit sursauter, parce qu'elle s'était attardée toute une heure au-delà de midi. Mais quand elle arriva à la maison, la tante était déjà repartie en ville.

Le lendemain, elles rentrèrent à Berlin.

Jettchen retrouva sa chambre de jeune fille, claire et familière, où elle n'allait plus dormir que pendant deux semaines ; de la galerie, elle regarda les branches du noyer, où ne tremblaient plus que de très rares feuille vertes, et où étaient restées suspendues quelques très rares noix vertes, à demi noircies. Cette année, elle n'avait pas vraiment vu le noyer dans sa plus belle parure. Après l'espace dégagé de Charlottenbourg, l'étroitesse de la ville lui parut deux fois plus oppressante, et le bruit, dont elle n'avait jamais pris conscience auparavant, lui fit mal.

Mon Dieu, quelle cohue c'était, chez les Gebert ! Dunsing et Mahn livrèrent, et Wolffenstein ; dans la pièce du devant aux trois fenêtres, il y eut un peignoir suspendu à chacun des bras du lustre, et une robe étalée sur chacun des fauteuils, et du linge blanc empilé sur chacune des tables ; et même les pendules posées sur les colonnes, sous leur cloche de verre, se virent entourées de remparts de linge, et les chandeliers de la table de jeu se transformèrent en porte-chapeaux, où l'on accrocha aussi les coiffes d'intérieur en dentelle, noires et blanches, qui devaient accompagner les peignoirs. Sur le parquet s'alignaient des rangées entières de chaussures et de bottines, des fins souliers dorés à boucle et à rubans, délicats comme des scarabées, jusqu'aux simples chaussons de cuir pour le matin.

Jettchen ne pouvait vraiment pas prétendre que c'était comme chez Peitel Topfflechter[67], déclarait la tante, et elle le répétait à tous ceux qui venaient, que l'on faisait entrer, et qui étaient censés admirer — depuis la blanchisseuse et le portier jusqu'aux Liebmann et aux Mendelsohn.

Jettchen voyait à peine l'oncle, car la saison battait son plein et en bas, au magasin, il arrivait souvent que l'on travaillât jusque tard dans la nuit. Elle ne lui parlait en fait qu'à de courts moments, quand elle descendait les plats chargés de tartines pour lui et le personnel. Dès midi, il était toujours taciturne et fatigué.

Puis arrivèrent les réponses aux invitations ; et ceux justement dont on comptait bien qu'ils s'excuseraient acceptaient, et ceux dont on espérait tout particulièrement qu'ils accepteraient s'excusaient. Et ceux qu'on n'avait pas invités étaient offensés — « Nous aurions dû en être, non ? » —, et ceux qu'on avait invités disaient qu'ils ne comprenaient pas — « Quelle idée ont eue les Gebert ? Nous ne leur sommes pas liés à ce point, non ? » Et Jason lui aussi envoya un billet : il ne pouvait pas encore dire avec certitude s'il viendrait, car il se sentait encore très faible. Mais Salomon déclara que Jason ne manquerait pas d'assister au mariage de Jettchen, lui qui avait toujours été pour elle comme un maître et comme un deuxième père.

Puis arriva Julius, le teint cuivré par le soleil et tout empli de ses succès commerciaux. Et il alla avec Jettchen au tribunal de la Jüdenstrasse pour faire publier les bans et apporter les papiers, et il alla seul au tribunal de la Jüdenstrasse pour faire inscrire son affaire au registre du commerce. *Son* affaire — car au dernier moment il s'était brouillé avec son futur associé. À présent, Julius ne voyait vraiment plus pour quelle raison il devrait partager avec un autre le contenu de son écuelle. Et il y eut aussitôt des disputes au sujet du repas, car Julius dit qu'il fallait faire les choses selon la religion, ne serait-ce qu'à cause de l'oncle Naphtali, qu'il voulait ménager. Et après tout, il avait lui aussi son mot à dire, puisque c'était quand même de son mariage qu'il s'agissait. Mais la tante lui signifia que si la parole est d'argent, le silence est d'or, surtout dans le cas présent, qu'elle connaissait mieux son mari et, de ce fait, ne pouvait que conseiller à Julius de dire oui à tout, elle se débrouillerait ensuite pour que tous ceux qui le devaient puissent manger selon la religion. Et s'ils trouvaient que ce n'était pas encore assez conforme à leur piété, elle demanderait au grand rabbin en personne de faire lui-même la cuisine. Pour l'amour du ciel, que Julius se contente de se déclarer d'accord avec tout.

Puis arrivèrent de Bentschen — avec quelques jours d'avance, parce qu'elles voulaient découvrir Berlin — Pinchen et Rosalie, demoiselles provinciales d'une laideur surannée et d'une bonhomie onctueuse et retorse, qui se cramponnèrent à Jettchen comme des gratterons et essayèrent toutes ses robes, neuves ou vieilles, bien qu'elles fussent beaucoup trop grandes pour elles, à seule fin de pouvoir en copier le patron. Et Julius leur montra Berlin, il leur fit même visiter l'Opéra et donna un pourboire au concierge pour qu'elles puissent voir le grand lustre, car même à Posen il n'y en avait pas de pareil.

Et puis, alors qu'il ne restait plus que trois jours avant le mariage, arriva l'oncle Naphtali, autour de qui Julius, Rosalie et Pinchen avaient tressé toute une couronne de légendes.

C'était un tout petit vieillard en redingote de drap brun et coiffé d'un haut-de-forme au poil hérissé ; il était tout courbé et ratatiné ; il avait de petits yeux noirs brillants, à l'expression méfiante dans un visage qui n'était fait que de rides et où les mimiques se succédaient sans relâche. Il pouvait bien avoir le même âge que l'oncle Eli, mais il disait au petit bonheur la chance tantôt qu'il n'avait pas encore soixante-quinze ans, tantôt qu'il en avait plus de quatre-vingts. Et ce n'était pas dans l'intention de dire le faux, ni parce qu'il aurait un peu perdu la notion des chiffres comme c'est souvent le cas chez les personnes âgées, mais uniquement parce que lui-même ne le savait pas au juste. Il était tout aussi fondé à dire soixante-quinze ans que quatre-vingts. Seule sa mère, Täubchen, aurait encore pu trancher le débat, mais il y avait assez longtemps déjà qu'elle n'était plus en état de répondre aux questions. Ce qui était sûr, c'était que Täubchen était censée s'être mariée en 1760, de telle sorte qu'on pouvait supposer que le frère aîné, Joel, était né en 1761 et que le cadet avait vu le jour en 1762 — ce cadet étant précisément Naphtali. Mais d'autres, dans le pays, disaient qu'il y avait eu une sœur entre les deux, et qu'ensuite la ponctualité de la brave Täubchen avait laissé à désirer. Naphtali, cependant, niait farouchement avoir eu cette sœur morte en bas âge et proclamait en jurant ses grands dieux la parfaite ponctualité de sa mère. En revanche, il savait très exactement quand tombait son anniversaire, car cinq jours avant le Nouvel An, sa pauvre tante Hendelchen, la sœur de sa mère, celle qui boitait, sa pauvre tante Hendelchen lui cuisait toujours un œuf mollet pour son petit déjeuner. Seulement, il ne savait pas en quelle année on lui avait souhaité pour la première fois son anniversaire — cela variait.

Le soir, l'oncle Naphtali resta naturellement chez eux, sans doute les convenances l'exigeaient-elles. Petit et noir, il s'assit au coin du poêle et se mit à somnoler comme une mouche en hiver, en ronronnant. Il y avait là Jettchen et la tante, et Julius et ses sœurs d'une laideur surannée, qui depuis la veille se coiffaient comme Jettchen. L'oncle était encore en bas, au magasin, mais il allait monter, et on l'attendait pour passer à table.

Naphtali avait tout regardé en silence : Jettchen et le trousseau, l'appartement en haut et le magasin en bas, et il avait aussi demandé à Julius comment était le reste ; et à présent, il était assis depuis un bon moment au coin du poêle, parfaitement satisfait, somnolant comme une mouche en hiver et ronronnant, sans cesser d'enchaîner les mimiques.

« Eh ben, mon Joel, eh ben, dit-il enfin, tu l'as quand même gagné, hein, le gros lot de la loterie prussienne, que je te l'ai toujours souhaité quand t'étais gamin. »

En effet, Naphtali appelait toujours Julius Joel ; et je dois malheureusement confesser qu'en vérité celui-ci ne se nommait pas du tout Julius Jacoby, mais simplement Joel Jacoby. À Bentschen, jamais personne ne l'avait appelé autrement ; mais quand il arriva à Posen, son prénom lui sembla trop peu moderne, et il le changea en Julius. Naphtali, cependant, n'était *pas* moderne, et c'est pourquoi il continuait tranquillement à appeler Julius Joel ainsi qu'il l'avait toujours fait à Bentschen, et avec la même prononciation. Et à y bien réfléchir, Joel convenait mieux que Julius, car le jeune homme ressemblait fort peu au pape dont Raphael peignit le portrait, beaucoup moins sans doute qu'au prophète mineur, fils de Péthuel.

Puis Salomon remonta, et l'on passa à table. Julius raconta ses achats. Déjà les premières expéditions étaient arrivées, et il avait signé des traites à trois mois qui lui donnaient le temps de voir venir.

Salomon était très silencieux, mais on voyait bien au visage qu'il faisait que cela ne lui plaisait pas. Il ne payait pas par traites à trois mois, et il n'aimait pas les négociants qui les pratiquaient car l'escompte leur coûtait si cher qu'ils ne pouvaient espérer gagner quoi que ce soit. Mais Salomon oubliait que les cuirs de contrebande étaient vraiment très bon marché.

« Alors, Rikchen, dit Naphtali, comment tu l'as prévue, la noce ?

— Ici, à la « Société des amis ».

— Mon petit agneau, dit Naphtali, ça, c'est sur l'invitation. Mais qu'est-ce que tu vas nous donner à manger ? »

Salomon se redressa et s'agita sur sa chaise. Rikchen eut un petit rire embarrassé.

« Mais pourquoi veux-tu le savoir dès maintenant, mon oncle ?

— Ben je trouve que quand on le sait d'avance, on en profite deux fois.

— Alors, écoute : d'abord, il y a du bouillon, servi dans des tasses. »

Naphtali ronronna.

« Ah bon, de la soupe, dit-il.

— Et puis, tout de suite après, des truites.

— Qu'est-ce que c'est, des trites ?

— Ce sont des poissons très délicats, mon oncle, à peu près gros comme ça.

— Et pourquoi tu donnes des tout petits poissons comme ça ? Tu peux me dire ? Écoute : tu donnes plutôt un bon gros saumon, et les gens ils sont contents, ils ont de quoi manger. »

Salomon s'était dressé d'un bond.

« Dieu nous garde des petites villes », gronda-t-il à mi-voix. Mais Rikchen lui signifia d'un regard qu'il pouvait bien *pour cette fois* laisser le vieillard dire ce qui lui plaisait.

Naphtali ne fit que lever des yeux étonnés.

« Qu'est-ce qu'il y a ? demanda-t-il.

— Je dois redescendre au magasin, Monsieur Jacoby, dit Salomon. Excusez-moi. »

Et, sur le seuil, il se retourna :

« Encore une chose avant que j'oublie, Jettchen. Cet après-midi, je suis allé chez Jason pour discuter avec lui, et il m'a dit qu'il ne se sentait pas encore en état de venir. Va donc le voir, toi, et prie-le de venir quand même. Ne serait-ce que pour une heure. À toi aussi, il te manquerait, s'il n'était pas là pour ton mariage, n'est-ce pas ? »

Jettchen fut soudain prise d'une peur très étrange, de la crainte de mal faire si elle agissait ainsi. Et elle frémit, et les larmes lui vinrent aux yeux.

« Oui, intervint Julius, c'est décidé, nous irons dès demain chez l'oncle Jason.

— Je crois qu'il vaudrait mieux que Jettchen y aille seule », se hâta de lancer Rikchen, qui tenait à tout prix à éviter une scène, car elle voyait que Salomon devenait écarlate.

« Moi aussi, je considère qu'il vaudrait mieux », dit Salomon, et il sortit.

« Je trouve qu'il a tort, déclara Julius au bout d'un long moment. Il peut bien arriver qu'on ait des ennuis dans ses affaires — qui n'en a pas ? — mais à la maison, ça ne doit pas se remarquer. “Ma maison, c'est mon château”, comme disent les Anglais. »

Jettchen resta presque toute la nuit éveillée, et en proie à une grande agitation ; quand elle s'endormait quelques instants, elle se remettait sans cesse à rêver à de gigantesques araignées rouges qui descendaient très lentement du ciel de lit en agitant leurs innombrables pattes grouillantes, puis, d'un bond sauvage, se jetaient soudain sur sa poitrine, si bien qu'elle se dressait dans son lit, épouvantée, et regardait fixement la pièce obscure autour d'elle. Puis elle vit un jour gris et sale se lever lentement. D'abord, toutes les formes restèrent estompées, indécises ; seuls le globe du poisson rouge et quelques poupées blanches dans la vitrine absorbaient un peu de lumière ; puis les objets reprirent vie l'un après l'autre, s'éveillèrent et s'étirèrent en craquant : la table, les chaises, l'armoire, et les pots blancs aux masques dorés près de la fenêtre, et la délicate corbeille de carton doré et ajouré sur la petite encoignure — dans les premières lueurs grises du jour maussade, avec ses nuages bas et pressés qui traversaient en une chaîne ininterrompue le petit bout de ciel que Jettchen pouvait voir en haut de la fenêtre.

Jettchen passa toute la matinée dans une étrange excitation. Elle n'entendait rien de ce qu'on lui disait. Sous les auspices de la tante, on emporta le linge dans le nouvel appartement, et la tante revint toutes les demi-heures pour surveiller les transports successifs ; Jenny apporta des rubans de soie rouge pour la lingerie, sur lesquels elle avait brodé chiffres et monogrammes ; c'était aussi ce jour-là qu'on devait livrer les meubles, au moins en partie. Il fallait que Julius retourne au tribunal pour son commerce, mais il voulait attendre de pouvoir s'y rendre avec Jettchen ; l'après-midi, il avait l'intention d'aller voir des clients, et il était fermement convaincu qu'au prix où il avait acheté, il pourrait proposer de meilleures conditions que la concurrence — et puis il avait la qualité, la qualité ! Et il fit palper à Jettchen quelques échantillons de cuir qu'il avait tirés de sa poche intérieure, et dont la forte odeur de tan donna presque le vertige à la jeune fille.

Elle aurait voulu aller trouver l'oncle Salomon, qui était de nouveau au magasin depuis l'aube — il semblait qu'il ne voulait rien voir de tout cela ; elle aurait voulu lui dire qu'elle ne souhaitait pas aller chez Jason, qu'il lui serait pénible de le revoir ; ou bien elle aurait inventé quelque excuse, dit qu'elle avait trop à faire avec les préparatifs, par exemple, ou autre chose. Mais ensuite, elle avait honte de la peur qu'elle éprouvait ; elle se répétait qu'elle devait se réjouir de revoir enfin Jason, elle qui tout ce temps avait tremblé pour lui. Quelle mine pouvait-il bien avoir, après sa maladie ? Peut-être attendait-il sa visite depuis des jours ? Et elle voulait lui dire que rien ne devait changer entre eux, qu'il fallait qu'il reste son ami et son maître, sans quoi elle ne pourrait supporter tout cela. Et elle espérait pouvoir tout expliquer à l'oncle Jason, de bout en bout, calmement, sans animosité : comment les choses en étaient venues là et pourquoi elle avait cru devoir agir ainsi qu'elle le faisait. Mais plus elle se répétait tout cela pour mieux s'en convaincre, et plus s'exprimait distinctement en elle cette sombre angoisse imprécise, inexplicable, qui en fait était tout à fait indépendante de ses pensées et existait par elle-même.

Et alors qu'elle était déjà dans l'escalier, Jettchen dut se contraindre à ne pas rebrousser chemin, et si Julius n'avait pas été auprès d'elle, elle serait certainement allée trouver l'oncle Salomon au magasin et lui aurait dit qu'elle préférait écrire à Jason ; mais puisqu'il en était ainsi, elle passa sans s'arrêter devant la petite porte aux vitres colorées, malgré les griffes d'acier qui semblaient l'attirer vers elle. Et puis Julius voulait retourner au tribunal de la Jüdenstrasse, à cause de son commerce ; les choses traînaient en longueur, et de nouvelles difficultés avaient surgi. Mais Julius n'en était pas pour autant d'humeur chagrine ; il montra à Jettchen un beau frédéric d'or tout rond et tout brillant qu'il avait l'intention de glisser au greffier. Jettchen allait voir, cela aurait un effet miraculeux. Il aurait seulement dû le faire trois semaines plus tôt, à présent, tout serait déjà réglé. Tiens, il aimerait bien gagner chaque mois ce que le greffier se mettait dans la poche sur l'année, ni vu ni connu. Qu'en pensait Jettchen ? Cinq cents thalers par an, ça ne suffisait pas. Et s'il n'y arrivait pas, et s'il ne réussissait pas à se faire inscrire au registre du commerce — très bien, il n'aurait qu'à se dire commissionnaire, et ils n'y pourraient absolument rien !

Quand ils tournèrent au coin de la rue, ils se trouvèrent face au vent qui dévalait la Königstrasse en brèves rafale brutales, absorbant les dernières traces humides laissées par la pluie sur les corniches, les murs et le trottoir et faisant même s'agiter et se rebeller les larges flaques qui prenaient leurs aises sur la chaussée. Mais, non content de cela, il alla jusqu'à couper bel et bien la parole à Julius, de telle sorte que Jettchen resta malheureusement dans l'ignorance quant aux projets d'avenir ultimes, et les plus secrets, de son fiancé. Car le vent privilégia injustement quiconque aurait pu marcher derrière eux, et à qui les propos de Julius n'étaient pas du tout destinés, ne laissant à Jettchen que les mouvements du visage et des mains dont Julius accompagnait lesdits propos, qui en restituaient bien le rythme — ainsi que l'intensité des pensées et résolutions du Julius — mais en tenaient strictement dissimulé le sens même.

Et comme Jettchen baissait les yeux vers le petit personnage large, au visage rougeaud, qui s'ébrouait à côté d'elle en gestes ronds et importants, il lui revint à l'esprit qu'un jour elle avait marché dans cette rue avec quelqu'un d'autre, vers qui il lui fallait presque lever le regard pour rencontrer le sien, clair et vif.

Mais au coin de la Jüdenstrasse, Julius dit qu'ils ne se reverraient donc qu'à midi, car ces derniers temps Julius déjeunait en habitué chez les Gebert, et la tante se pâmait d'aise à ses louanges quand, à chaque repas, mangeant à grand bruit et riant de ses propres plaisanteries, il disait que chez elle, ce n'était pas seulement meilleur mais aussi moins cher que chez Franke, et qu'à partir de maintenant il allait se prendre un abonnement. Et Julius baisa la main de Jettchen et s'en fut en discourant toujours — on le voyait à ses mouvements ; il s'éloigna le long du grand bâtiment noir du tribunal, et l'étrange et inexplicable sensation de peur qui s'était tue quelques instants revint s'emparer de Jettchen, deux fois plus puissante.

Et le vent lui aussi semblait ne pas vouloir que Jettchen se rendît chez son oncle ; il faisait tout son possible pour l'en détourner et ne la laissait pas avancer. Il voulait en quelque sorte la repousser de vive force, mais Jettchen, prenant ses bonnes intentions pour une volonté mauvaise, releva le coin de sa mantille devant son visage et marcha contre lui.

Comme elle arrivait au coin de la Klosterstrasse, le vent fit une fois encore l'essai de toute sa tempêtueuse puissance de conviction, si bien que Jettchen dut s'arrêter un instant pour reprendre son souffle — juste un instant. Puis elle obliqua dans la Klosterstrasse et se retrouva aussitôt dans la vaste entrée vide et sonore de l'immeuble, avec son calme inquiétant. Quand elle sonna à la haute porte ajourée aux figures grimaçantes et aux têtes d'anges brunes, qui était fermée à clé, elle dut attendre un long moment — elle fit les cent pas en suivant la ligne sombre séparant deux madriers du plancher, agitée, pendant un temps qui lui parut infini —, elle dut attendre un long moment jusqu'à ce qu'enfin la vieille petite demoiselle Hörtel, traînant ses grosses pantoufles de feutre, descende l'escalier, ouvre la porte, et dise que M. Jason Gebert était déjà levé.

Tandis qu'elle montait les larges marches blanches, Jettchen aurait de nouveau voulu rebrousser chemin, tant le cœur lui battait fort, jusque dans la gorge ; mais elle ne pouvait pas faire cela, il était trop tard, et puis elle devait être heureuse de revoir l'oncle Jason. Mais quand elle fut en haut, un voile noir lui tomba devant les yeux, et elle dut se tenir à la rampe. Elle avait préparé tout ce qu'elle voulait dire tranquillement à Jason, et à présent tout lui était sorti de la mémoire, et l'excitation lui ôtait la faculté de penser, de parler.

Et puis, au milieu de la pièce vert clair aux meubles brun-rouge, elle ne vit plus que ceci : au milieu de tout cela, un homme blême, très maigre, aux yeux caves et aux cheveux clairsemés, qui peut-être pouvait passer pour un frère de Jason inconnu d'elle, et bien plus âgé que lui, pour un sosie malade de Jason ; un homme vêtu d'une robe de chambre de soie rouge, à brandebourgs, dont l'échancrure laissait voir un col blanc fatigué ; un homme qui, des coussins verts de la bergère, tendit vers elle des bras tremblants. Et tout ce que Jettchen s'était promis de dire à Jason fut comme emporté par une explosion, elle chancela, se précipita vers cet homme et le prit dans ses bras.

« Allons », dit Jason au bout d'un long moment, d'une petite voix oppressée. Allons, assieds-toi donc près de moi, à présent, ma bonne vieille Jettchen ; tu sais, maintenant, j'ai toujours l'impression d'être comme Dante, dont les Milanais croyaient qu'il avait vraiment été en Enfer. Cette fois, Jettchen, il s'en est fallu de peu, j'étais sur le point de quitter la douce habitude de l'existence — comme disait un jour quelqu'un qui sans doute ne la connaissait pas très bien —, de quitter, donc, cette douce habitude pour l'au-delà éternellement immobile de toutes choses. Mais on est ainsi fait, Jettchen, qu'au dernier moment j'ai quand même été pris de regrets. Pendant toutes ces semaines, d'ailleurs, je m'étais souvent demandé si peut-être, pourtant, partir ainsi ne serait pas un peu irréfléchi de ma part. Je me le suis de nouveau demandé, ces derniers temps. La première fois, c'était il y a quelques jours, quand l'oncle Eli m'a apporté les trois groupes des débuts de la manufacture de Ludwigsbourg — ceux-là, devant, au milieu — parce que je les admirais tellement chaque fois que je les voyais chez lui. La deuxième fois, c'est maintenant, grâce à ta visite. »

En parlant ainsi, Jason avait pris la main charnue, tendre, de Jettchen, aux doigts roses comme faits au tour, entre les siennes, qui étaient devenues tout effilées et osseuses, et il la flattait et la caressait, plein de gratitude.

« Mais, pour passer à autre chose, Jettchen, pendant ces mauvais jours, j'ai quand même vu ce que c'est que la famille. Salomon, et Ferdinand, et le vieil Eli étaient à toute heure auprès de moi, et quand on m'a prescrit de boire du vin, c'était toujours à celui des trois qui m'apporterait du meilleur. Il en reste tant que, quand je serai rétabli, je pourrai ouvrir un débit de vin. Et dès que je suis allé un peu mieux, j'ai reçu de Rikchen et de Minchen de pleins paniers de bocaux de gelées et de conserves. Je n'ai jamais été particulièrement enclin à parler de la famille, mais, à sa façon, elle veut le bien de chacun de nous. D'ailleurs, Jettchen, toi aussi, tu dois bien t'en rendre compte, à présent. Récemment, Rikchen m'a décrit tes meubles et ton trousseau — une princesse ne pourrait pas être mieux lotie. »

Jason soupira, puis se tut, et Jettchen le regarda pleine d'anxiété, en pensant que parler l'avait trop fatigué. Mais ce n'était pas le cas. Jason était seulement accablé de devoir parler d'une chose à laquelle il ne pouvait pas même penser sans être saisi d'une profonde compassion qui lui mettait les larmes aux yeux, de devoir en parler tout en conservant un jovialité tranquille s'il ne voulait pas plonger Jettchen dans le plus complet désarroi ; car il voyait bien de quel poids pesait déjà sur elle ce fardeau.

« Oui, oui », reprit-il tandis que Jettchen se taisait toujours, embarrassée. « Tous les deux, nous sommes à présent les enfants prodigues qui sont rentrés à la maison — et à bien y réfléchir, qu'aurions-nous fait ailleurs ? Nulle part il n'y a pour nous de lieu si bien chauffé et si douillet que *celui-là,* la famille. »

Jettchen avait de nouveau les larmes au bord des paupières, alors qu'elle venait de s'essuyer le coin des yeux.

« Il se peut que tu aies raison, mon oncle. »

Jason hocha la tête, comme pour dire : Que trop, que trop ! Mais il ne le dit pas ; il tapota gentiment les joues de Jettchen et déclara :

« À vrai dire, j'espérais que tu viendrais plus tôt. À présent que tu vas devenir une jeune femme, tu ne penses certainement plus à moi de la même façon, tu as bien d'autres choses en tête, et plus tard tu en auras bien d'autres encore — *c'est la vie* !*

— Cela ne tenait pas à moi, mon oncle : tante Rikchen ne voulait pas en entendre parler, se défendit Jettchen. Elle est si superstitieuse — tu sais bien —, qu'elle me serinait tous les jours dans les oreilles qu'il n'est pas permis à une fiancée de rendre visite à un malade. Sinon, je serais venue, j'aurais eu le temps : il n'y a que dix jours que Julius est de retour à Berlin. »

Jason regardait dans le vide, droit devant lui.

« Tiens ! » dit-il. Puis : « Il est vrai que certaines personnes sont curieusement superstitieuses. »

Mais Jettchen ne comprit pas le sens de cette remarque.

« Et tante Rikchen était encore contre le fait que je vienne te voir aujourd'hui, mais elle n'a quand même pas pu me retenir. S'il te plaît, viens à mon mariage, mon oncle, ne serait-ce qu'une heure. Écoute : la voiture viendra te chercher et te ramènera chez toi dès que tu voudras. Si je dois me dire que tu n'en seras pas, je ne pourrai pas me réjouir de cette journée. »

Jettchen avait dit cela assez bien, mais pas assez bien pour que Jason ne perçût pas ce qui pointait sous ces propos, qui lui fit mal.

« Tu sais, je ne suis guère sorti, jusqu'à présent. Trois fois une heure au soleil, vers midi, et c'était déjà trop fatigant pour moi.

— Oh, mon oncle, si tu peux déjà sortir, pourquoi ne viens-tu pas à mon mariage ? implora Jettchen.

— Eh bien, Jettchen, dit Jason en perdant toute sa calme jovialité contrainte, je pensais que tu *préférerais* vraiment que je n'en sois *pas*.

— Non, mon oncle ! se récria Jettchen en se reprenant à pleurer. Il faut que tu viennes, mon oncle, vois-tu ? Il faut que tu viennes ; fais-le pour moi ! Pour que je ne sois pas seule, si seule. »

Et ces mots percèrent le cœur de Jason, et il prit la tête de Jettchen entre ses mains amaigries pour l'attirer à lui.

« Si je peux te faire plaisir en venant, Jettchen, tu sais bien que je ne dirai pas non.

— C'est vrai, mon oncle, tu ne m'abandonneras pas ? »

Elle était toute rouge, et son visage était baigné de larmes.

Et Jason chercha à l'apaiser : à présent, elle voyait tout en noir, mais elle serait très heureuse en ménage. Elle n'aurait aucun souci, et puis les choses tournaient toujours mieux qu'on ne pensait. Mais si elle était si opposée à tout cela, pourquoi donc le faisait-elle ? Salomon ne l'y avait certainement pas contrainte.

« Non, dit Jettchen, je n'y ai pas du tout été contrainte, je l'ai fait volontairement. Tu sais, mon oncle, nous croyons toujours que l'on nous fait un cadeau ; mais on ne nous fait pas de cadeau ; tôt ou tard, on nous présente l'addition pour tout ce qui nous est donné dans cette vie. Jamais on ne mange gratuitement pendant vingt ans le pain d'autrui — et tout cela n'était que l'addition qu'on me présentait. Et comme je ne me voyais pas laisser des dettes chez mon oncle, je les ai payées.

— Non, répondit Jason. J'ai mes idées sur cette question. Vois-tu, Jettchen, tu apportes partout tant d'esprit et de beauté, et tu es au plus intime de ton être si équilibrée, et capable de participer à l'existence des autres avec une si pure cordialité, que tu trouveras toujours et partout ce qu'il y a de bon à y trouver, sans que rien de ce qu'il y a de mauvais dans les circonstances extérieures puisse jamais t'atteindre au fond de toi-même. De même que tu t'es tout à fait préservée depuis le moment où tu es arrivée chez Salomon et jusqu'à maintenant, tu te préserveras désormais dans ta propre maison. »

Jettchen secoua la tête, car elle-même était la mieux placée pour savoir qu'il n'en était rien. Et c'est justement ce qu'elle était sur le point de répondre quand elle entendit parler de l'autre côté de la porte, et la vieille peur ressurgit violemment en elle comme un feu, comme des flammes jaillissant d'une botte de paille. Et l'effroi se peignit aussi sur le visage de Jason. Il se leva d'un bond et resserra contre ses flancs sa robe de chambre rouge.

« Si tu le veux, je lui dis tout de suite de repartir, Jettchen !

— Je voudrais le revoir encore une fois, mon oncle ! Y a-t-il longtemps qu'il est de retour ? » demanda Jettchen, très calme et très ferme.

« Un bon moment. À présent, il travaille à la bibliothèque. »

Et Kössling se présenta à leurs yeux.

C'était le même hasard qui avait conduit autrefois Kössling, alors en compagnie de Jason, au-devant de Jettchen dans la Königstrasse, et ce hasard avait alors son bandeau fermement attaché sur les yeux. Et c'était le même hasard qui, quelques semaines plus tard, les avait conduits seuls tous les deux dans la Königstrasse et qui ensuite, à Charlottenbourg, avait continué son jeu, le même hasard qui, un après-midi, avait fait se rencontrer Kössling et Jason sur la Kurfürstenbrücke. Et alors, il avait déjà quelque peu desserré son bandeau et louchait tout en secret par en dessous. Mais à présent, ce hasard avait ôté son bandeau et montrait son vrai visage ; c'était un visage aux traits sévères et durs comme le fer, aux yeux comme d'acier bleui. Et il s'appelait à présent « destin ». Le destin qui saisit deux êtres et les bat sur son enclume pour n'en faire qu'un et les tire par leurs chaînes sur tous les sommets de la joie et dans tous les abîmes de la souffrance ; le destin qui les élève et les abaisse, qui les pousse et qui les asservit, qui les anime et qui les brise. C'était lui : non plus le hasard aveugle et bonhomme d'autrefois, qui avançait à tâtons ; non plus le bon garçon souriant qui, plus tard, suscitait des occasions en louchant sous son bandeau ; c'était le hasard qui, d'un geste bref et brusque, avait abaissé son masque et qui s'appelait à présent « destin » et exigeait sans un mot, d'un regard pareil à l'acier en fusion, son accomplissement.

Jettchen fut la première à parler. Elle paraissait tout à fait naturelle, il y avait seulement de la lassitude dans sa voix.

« Eh bien, Docteur, dit-elle en tendant la main à Kössling, il y a longtemps que nous ne nous sommes vus. »

Et elle faillit ajouter : Apparemment, nous ne sommes pas allés très bien entre-temps.

Kössling la regarda d'un air calme et triste.

« Je suis resté assez longtemps chez moi, à Brunswick ; vous savez que j'avais une sorte de nostalgie de mon pays, et des envies d'existence bourgeoise, et l'on voulait déjà que j'entre dans l'administration scolaire ; mais on m'a informé que je pouvais entrer ici à la Bibliothèque royale. J'y avais postulé, autrefois, mais je l'avais à demi oublié, et je suis revenu en hâte. Cela me convient davantage, j'ai toujours été à moitié un rat de bibliothèque, et je vais le devenir tout à fait. »

Jettchen le regarda.

« Oui, vous m'aviez dit un jour que vous ne pourriez vivre nulle part ailleurs que dans une grande ville.

— Oh non, mademoiselle Jettchen, je crois bien que ce n'est plus une question de grande ville ou non. »

Jason se hâta d'intervenir.

« Il se languissait de moi, dit Jason en souriant.

— Oui, Mademoiselle. Je n'avais aucune idée de ce qui s'était passé ici entre-temps. »

Jettchen regarda le sol.

« Aucune idée. J'arrive ici tout heureux pour apprendre la nouvelle à votre oncle, j'en suis tout empli. Dès mon arrivée, je viens le voir, et on me dit que personne ne peut entrer. Tout éberlué, je demande pourquoi, et on me dit que oui, il va déjà un peu mieux, mais que personne n'est encore autorisé à le voir. Et sur ce, on me claque la porte au nez. Et pendant une semaine, j'ai demandé chaque jour de ses nouvelles avant d'être enfin autorisé à le voir et à lui parler.

— Eh bien, mon ami », intervint Jason en riant, car il tenait à ce que Kössling n'en vienne pas, s'il continuait à parler, à ces mauvais jours où Jason avait déployé pendant des heures tout son art oratoire, calmement, pour garantir au moins Kössling des résolutions extrêmes. « Eh bien, quant à moi, je vais rattraper le temps perdu. Mais qu'en est-il de cette édition de *Gesellschaft und Einsamkeit*, de Christian Garve[68] ? Où a-t-elle paru, Docteur ? Vous deviez vous renseigner.

— Je l'ai fait, cher monsieur Gebert. Le livre a été publié à Breslau, et je suis sûr qu'on peut à présent l'avoir à très bon marché.

— Et pensez-vous que vous pourriez me le procurer ?

— Bien sûr. On le trouve assez couramment.

— Cela me ferait grand plaisir ! » s'exclama Jason, plus fort et avec plus d'excitation que le sujet ne l'aurait requis. Puis il se tourna vers Jettchen.

« Tu t'étonnes sans doute. Tu penses sans doute que je suis comme le vieux Cerf dont on raconte à Königstadt qu'il s'asseyait devant sa porte en tenant le journal à l'envers, pour que les gens croient qu'il savait lire ? »

Pendant tout ce temps, Jettchen n'avait pas quitté Kössling des yeux. Elle tressaillit, puis rit, bien qu'elle eût à peine entendu ce qu'avait dit Jason. Kössling était devenu tout à fait silencieux et observait chaque trait du visage de Jettchen, comme pour voir s'il y retrouvait quelque chose d'autrefois. Et Jason promenait un regard anxieux de l'un à l'autre ; soudain, il eut le sentiment vague d'avoir commis une grosse faute et de devoir en toute hâte sauver ce qui pouvait encore l'être.

« Ainsi, Jettchen, la prochaine fois que je te verrai, on t'appellera déjà Madame. Quel est donc le vers de Goethe ? “Et ne demande pas toujours à Papa et à Maman”. Eh bien Jettchen, puisque tu le veux, et pour cette seule raison, je viendrai, ne serait-ce que pour une heure ; mais je viendrai, c'est sûr, ma chérie ! Merci encore pour ta visite. Ne crois pas que j'ignore, Jettchen, que tu as certainement encore beaucoup de choses à trier et à emballer, ces jours-ci, et que tu as autre chose à faire que de rester assise auprès de vieux oncles malades comme moi. »

Jettchen s'était levée.

« Alors au revoir, oncle Jason, et tu sais pourquoi je me réjouis tant que tu viennes !

— Oui », dit Jason, presque solennel, car il croyait fermement, en cet instant, sentir dans sa main les destinées de deux êtres, deux fils qui s'étaient légèrement emmêlés et que, les doigts légers, sans tirer, sans les arracher, sans leur faire mal, sans couteau ni ciseaux, il pouvait séparer l'un de l'autre.

« Et à présent, donnez-vous la main, *tous les deux*, toi et le docteur Kössling, pour un adieu sans animosité ni chagrin, comme deux êtres qui ont aimé faire un bout de chemin ensemble et qui maintenant doivent poursuivre leur route chacun de son côté, l'un à droite, l'autre à gauche. »

Mais quand il vit que Kössling devenait écarlate et chancelait presque tandis que Jettchen se détournait, puis, sans un mot, se dirigeait vers la porte et passait devant Kössling, apparemment en l'évitant mais pourtant en le cherchant, Jason Gebert comprit que ce n'était pas lui, mais un autre, qui tenait ces fils dans sa main, et que cet autre n'avait nulle intention de les séparer, mais les liait et les mêlait de plus en plus étroitement. Et, épuisé par la tension et par le fait d'avoir parlé, Jason, blême et le souffle court, se laissa retomber dans ses coussins.

Jettchen referma tout doucement derrière elle la porte de l'appartement et s'arrêta un instant sur le palier ; elle regarda la cage d'escalier silencieuse et blanche qui se déployait en une vaste courbe vers le bas, puis elle descendit lentement les larges marches, comme si elle avait les pieds entravés, s'arrêta de nouveau pour regarder la cour à travers une vitre claire, descendit lentement une autre volée, comme si elle avait les pieds entravés, s'arrêta une fois encore et regarda la cour. Elle n'avait aucun sentiment de ce qui lui était arrivé, elle entendait seulement le bourdonnement sourd du sang qui bouillonnait dans ses oreilles ; elle ne savait plus qui elle était et ce qu'il advenait d'elle — qu'elle était fiancée et que cet après-midi, toutes ses affaires devaient être transportées dans le nouvel appartement, et qu'elle devait encore les empaqueter. Et de marche en marche elle s'arrêtait, la main sur la rampe, plongée dans des pensées profondes qui lui faisaient fixer un point des yeux, des pensées sans paroles et sur le contenu desquelles elle n'aurait pu donner aucune information, et qui pourtant la tourmentaient, parce qu'elle ne pouvait parvenir à aucune conclusion à leur sujet.

Et quand finalement la haute porte de bois sculpté qui séparait l'escalier de l'entrée de l'immeuble se referma derrière elle, Jettchen s'arrêta une fois encore et réfléchit, comme si elle ne savait pas où était à présent sa place et comme si elle avait laissé là-haut quelque chose qu'il lui fallait remonter chercher. Puis elle entendit un tambourinement contre les vitres de la fenêtre au fond de l'entrée, un martèlement sur l'auvent de tôle, et, quelque part, des murmures et des gazouillis dans un tuyau de descente des eaux ; et elle pensa que certainement il s'était remis à pleuvoir et que cela ne durerait pas. Et puis elle perçut un bruit de pas dans l'escalier, tout en haut de l'escalier, et elle voulut courir vers la porte et sortir de la maison, mais elle eut alors l'impression qu'on lui avait cloué les pieds au sol. Puis l'écho des pas, en haut, s'était tu, le tambourinement et les gargouillis s'étaient perdus, et Jettchen était totalement sous l'empire de ces pensées sans paroles et au sujet desquelles elle ne pouvait parvenir à aucune conclusion. Puis Kössling, l'air tout à fait épouvanté, se trouva pourtant face à elle.

« Vous êtes encore là, Mademoiselle Jettchen ? »

Jettchen eut un geste qui peut-être signifiait : qu'aurais-je dû faire d'autre ? Et elle regarda Kössling avec une tendresse implorante, de ses yeux qui avaient retrouvé toute leur profondeur de velours noir, pareils à de sombres pétales de pensée.

« Est-ce que vous m'attendiez, Mademoiselle Jettchen ? »

Jettchen secoua la tête.

« Je ne sais pas.

— Non, Mademoiselle Jettchen, dit Kössling en lui saisissant la main. Vous n'avez pas à vous justifier auprès de moi. Pas *vous.* »

De nouveau, Jettchen secoua la tête.

« *Qui* ai-je donc été pour *vous,* pour que vous ayez à *me* rendre des comptes ? Et que deviendrais-je si, en le faisant, vous entraîniez la perte ne serait-ce que d'un fragment de ce que vous avez représenté et représenterez toujours pour moi ? Dieu du ciel, Mademoiselle, qu'est-ce qui me tient encore debout, sinon cela ? »

Jettchen, immobile, était toujours plongée dans ses pensées et regardait fixement un endroit du plancher où se dressaient quelques éclats de bois arrachés à un des madriers. Ces quelques éclats de bois déchiquetés prirent soudain pour elle une étrange importance.

« Et même au début, je n'ai éprouvé aucun ressentiment, vraiment aucun ; cela m'a seulement fait mal, c'est exact ; mais en quoi cela *vous* concerne-t-il quand tant de bonheur... »

Kössling se tut, car il sentait que Jettchen ne l'entendait pas. Il le percevait nettement : telle une somnambule, Jettchen, immobile, ne faisait que fixer du regard les quelques éclats de bois arrachés, comme si elle était forcée de baisser les yeux vers eux. Puis, tout soudainement, elle parla, et sa voix venait de loin.

« Ce que vous avez été pour moi ? — Tu le demandes ? »

Kössling eut la même sensation qu'autrefois, quand la bille de plomb lancée par l'autre garçon l'avait atteint à la tête. Le mur, le mur blanc derrière lui recula et s'inclina lentement, et Kössling, écartant les bras, le chercha à tâtons, dans le vide derrière lui ; et le plafond se pencha vers lui, et le plancher monta vers lui.

« Jettchen ! »

Ce fut comme le cri d'un animal dans la nuit, comme un cri destiné à réveiller toute la maison endormie. Puis Jettchen vola vers Kössling et faillit tomber avec lui sur le sol ; puis ils se relevèrent tous deux, bouche contre bouche ; puis ils desserrèrent un peu leurs bras, s'écartèrent en quelque sorte l'un de l'autre pour se regarder dans les yeux ; puis ils s'effondrèrent de nouveau l'un contre l'autre comme s'ils voulaient ne jamais plus s'arracher à cette étreinte et se réveiller à la vie. Et Jettchen aspirait de ses lèvres celles de Kössling ; et elle abaissa vers elle la tête de Kössling, elle lui couvrit de baisers les yeux et le front ; et les larmes de Jettchen mouillèrent tout le visage de Kössling. Et tandis qu'il ne faisait que lui chuchoter sans cesse le mot qu'il s'était répété nuit et jour à lui-même, la caresser, la serrer dans ses bras et baiser sa bouche et ses tempes blanches, Jettchen, en pleine confusion, balbutiait en passant du rire aux larmes :

« Je l'ai toujours su ; tous ces jours, je le savais. »

Et l'amour montait en eux comme une marée de plus en plus violente, il enveloppait leurs embrassements comme un manteau brûlant, et dehors le vent secouait la porte, et au fond de l'entrée la pluie tambourinait contre les vitres, et chaque fois qu'ils se jetaient de nouveau dans les bras l'un de l'autre, il leur semblait qu'ils ne pourraient que se fondre l'un dans l'autre.

Mais enfin, Kössling ouvrit la porte d'une brusque secousse ; le vent s'engouffra et jeta sur leurs visages embrasés une averse froide. Dehors, la pluie rejaillissait sur le pavé, se déversait bruyamment dans le caniveau, frappait de cent gouttes à la fois les flaques de la chaussée et, de l'autre côté de la rue, traçait de larges bandes sur les façades des maisons.

Et soudain s'imposa à Jettchen l'idée que loin là-bas, loin derrière ces traînées de pluie, il y avait quelque chose qui faisait partie d'elle-même : une maison, et des gens, et un homme qu'il lui fallait suivre. Et de nouveau les mots jaillirent d'elle : on ne mange pas pour rien pendant vingt ans le pain d'autrui ; et elle les proféra, à nouveau comme à demi en rêve.

« Qu'as-tu ? » demanda Kössling d'une voix tendre et anxieuse, en se penchant vers elle.

Mais Jettchen ne répondit pas et lui prit le bras.

« Viens, Fritz ! »

Et, le visage souriant, ils remontèrent sous la pluie la Klosterstrasse.

« Tu vois, Fritz, reprit Jettchen au bout d'un moment, on m'a présenté l'addition. J'ai vécu vingt ans dans cette maison. Ou davantage, mon trésor ? Vingt ans pendant lesquels nous ne nous connaissions pas, et maintenant, tu sais, il faut que j'acquitte la dette. Et — je n'ai plus d'argent, puisqu'il faut que je te donne tout. »

Kössling s'arrêta et la regarda avec anxiété, car il ne comprenait pas ce qu'elle voulait dire.

« Mon adorée, ma douce, tu ne dois pas parler ainsi, dit-il.

— Mais que va-t-il se passer à présent, Fritz ? Tu vois, j'ai beau me creuser la tête, je n'en sais rien. Pourtant, il va bien arriver quelque chose. Il va arriver quelque chose, n'importe quoi, tu ne crois pas ? Mais je ne pouvais pas agir autrement. Comme j'avais vécu là pendant vingt ans, il fallait bien que je paye l'addition. »

Kössling se pencha vers elle, il l'embrassa, et les larmes qui lui ruisselaient sur le visage se mêlèrent aux gouttes de pluie. Puis ils marchèrent sans un mot côte à côte, respirant profondément, et traversèrent une cour où le vent tirait les branches des arbres, et où, derrière de hautes vitres, ils aperçurent, pareilles à des spectres, de grandes figures blanches — des groupes, des chevaux ; puis ils débouchèrent dans la Neue Friedrichstrasse, et Jettchen entendit distinctement, à travers la pluie, le carillon qui égrenait sa mélodie, et la pensée lui vint qu'il fallait pourtant qu'elle rentre.

Ils s'arrêtèrent sous le porche d'une maison, se tenant les mains, se reconnaissant à peine l'un l'autre à cause des larmes bien qu'ils ne se quittassent pas des yeux. Et Jettchen ne cessait de balbutier qu'il fallait pourtant bien qu'à présent elle paye l'addition. Et Kössling, maintenant, savait sans doute ce qu'elle entendait par là ; et il dit qu'ils devaient maintement en rester là, mais qu'il souhaitait qu'elle soit pourtant aussi heureuse qu'il l'était grâce à elle, et que peut-être la vie les réunirait de nouveau quand ils seraient sereins, apaisés. Et en lui-même, chacun de ces mots lui disait qu'il mentait. Puis ils se fondirent de nouveau l'un dans l'autre sans pouvoir se séparer, bénissant sans cesse les yeux, le front et les lèvres de l'autre de leurs baisers ; et, se conjurant l'un l'autre, ils se séparèrent, s'éloignèrent lentement d'un pas, puis se retrouvèrent ensemble, attirés, comme deux copeaux de fer par la force irrésistible d'un même aimant.

Et puis, d'un seul coup, Jettchen fut seule dans la Königstrasse, et elle remonta la rue, le dos droit, la tête dressée, ayant retrouvé la fière démarche de tous les Gebert, c'est-à-dire qu'*elle* ne marchait pas, qu'elle n'y était elle-même pour rien, que cette démarche était simplement sienne et qu'elle se voyait marcher, très étrangement, à peu près comme nous nous voyons toujours nous-mêmes en rêve. La pluie avait cessé depuis un moment déjà et le vent tentait de nouveau d'assécher l'humidité — jeu inutile, car avant qu'il en ait fini, il ferait lui-même en sorte que son ouvrage soit réduit à néant.

Et Jettchen fut devant la maison, et elle y entra ; elle regarda dans le magasin à travers la porte vitrée ; les comptables, derrière leurs hauts pupitres, se balançaient d'une jambe sur l'autre comme des chevaux devant leur mangeoire ; et, de nouveau pleine de pensées souriantes, elle salua d'un hochement de tête les deux reliefs de plâtre blanc : Amour et Psyché, Bacchus éduquant le jeune dieu. À l'étage, tous étaient assis autour de la table ronde et l'attendaient déjà : la tante, l'oncle, Julius ; et la pièce était telle qu'elle était toujours. Devant le divan bleu s'alignaient en rangs et en colonnes bocaux et pots de grès, en troupe peut-être encore plus serrée qu'au printemps précédent. Et les traversins pour la sieste étaient accrochés aux accoudoirs, le traversin au perroquet et le coussin à la belle inscription brodée dont la tante conservait tout l'après-midi, imprimé en miroir sur sa joue, le mot « doux ». Et le petit chien de soie du tabouret avec toujours ses yeux de perles noires, et les plaques de biscuit se balançaient doucement à leur chaîne en grinçant, au souffle du vent qui pénétrait dans la pièce.

Julius salua Jettchen, et la tante se réjouit de son retour, et l'oncle, coiffé de sa calotte ornée d'une guirlande de feuilles de chêne au point de chaîne, resta assis et demanda à Jettchen comment cela s'était passé chez Jason et comment elle l'avait trouvé.

Et Jettchen répondit, c'est-à-dire qu'*elle* ne répondit pas, mais que les réponses surgissaient d'elle, prolixes, très naturelles, calmes et aimables, mais qu'elle-même s'entendait avec étonnement et s'émerveillait du son de chaque mot à ses oreilles.

Puis la tante dit que, ce matin, elle avait déjà bien avancé dans le nouvel appartement ; et cette chose étrange en Jettchen qui rendait raison de tout tint sa partie dans la conversation et demanda comment on avait disposé les meubles, et elle écouta calmement la longue discussion entre Salomon et Julius au sujet de l'affaire de celui-ci, et même donna son avis. Pourtant Jettchen sentait que, pendant ce temps, elle restait assise là tout à fait immobile, raide et droite — qu'elle avait seulement les joues en feu. Et puis, quand on eut fini de manger, cette chose qui toujours parlait par sa voix, qui pensait et agissait pour elle, donna un baiser à l'oncle, un baiser à la tante, et même un baiser très rapide à Julius. Et l'oncle et la tante s'en étonnèrent, car ils n'étaient vraiment pas habitués à des marques de tendresse entre Jettchen et Julius. Mais ensuite, Jettchen dit très vite qu'elle devait à présent aller dans sa chambre pour faire ses paquets, et qu'il faudrait que la servante lui apporte deux corbeilles à linge — cela suffirait certainement.

Mais lorsque Jettchen se retrouva seule dans sa chambre, assise sur le sofa de cuir noir, piqué de rangées de boutons blancs, elle considéra le poisson rouge qui nageait, les yeux exorbités et en gargouillant, dans son globe au socle de terre cuite orné d'une bergère, et vit, posée sur le dessus de la vitrine, la petite corbeille de carton ajouré et doré, avec ses deux jeunes filles portant des roses, où étaient rangés tous ses chers souvenirs, tandis que le jour déclinant se teintait de gris, cette chose étrange en Jettchen qui parlait et marchait pour elle disparut, comme engloutie, et Jettchen fut de nouveau cet être oppressé, tourmenté et taraudé de pensées qui n'avaient pas de mots et au sujet desquelles il ne pouvait parvenir à aucune conclusion. Et la servante vint par la galerie apporter les corbeilles à linge, et Jettchen y rangea toutes ses poupées de porcelaine blanche, avec d'infinies précautions, afin qu'aucune ne se brise ; et de cent boîtes, petites et grandes, sortirent d'innombrables babioles et toutes sortes de vieux bijoux d'or ou d'argent, sertis de pierre de lune, et d'améthyste, et de malachite. Et des chaînes de cou, et des bracelets, et des cahiers de rédaction, et de vieux certificats scolaires, et ses quelques livres, qui tous portaient une dédicace de l'écriture élancée d'oncle Jason. Sur le dessus de la petite boîte de carton ajourée, il y avait les violettes, desséchées, près de tomber en poussière, entre le crayon et la miniature, entre la boîte à aiguilles en argent et la boucle de cheveux ; et Jettchen les rassembla du bout des doigts, avec mille précautions, prit une enveloppe du nouveau nécessaire de correspondance que l'oncle lui avait rapporté de Karlsbad — il s'était trompé dans sa prophétie, car elle n'en avait pas utilisé une seule feuille pour écrire — et elle y glissa les fleurs fanées qui retenaient encore dans leurs pétales un reflet de bleu, puis elle la posa sur le haut de la vitrine.

Et peu après, Gustav et le nouveau domestique montèrent et dirent que Mademoiselle n'avait pas besoin d'avoir peur, qu'ils allaient faire attention comme si c'étaient des œufs, et ils soulevèrent les corbeilles de leurs grosses mains pataudes de forgerons, si délicatement et avec tant de précautions que même la porcelaine n'osa pas émettre le moindre tintement.

Mais quand Jettchen se retrouva seule dans sa chambre plongée dans la pénombre, cette étrange chose qui constamment avait travaillé et parlé pour elle, donné ses instructions, disparut de nouveau, et Jettchen s'assit sur une des chaises blanches, les mains croisées, et regarda dans les vitres de la vitrine vidée les dernières lueurs du jour. Elle voulait penser à Kössling ; mais, d'étrange façon, elle ne savait pas du tout quelle était son apparence, ni si elle l'aimait, ni si c'était là une bonne ou une mauvaise chose. Elle était tout à fait dominée par ces pensées taraudantes, qui n'indiquaient aucune direction, et elle avait l'étrange impression de devoir observer une dernière fois l'espace qui l'entourait, parce qu'elle ne le reverrait plus jamais.

Était-ce encore sa chambre, d'ailleurs ? Tout était vide et nu. Armoires et coffres béaient. L'album même ne reposait plus sur le jeté de table en reps, et seuls lui appartenaient encore, dans la pièce plongée dans la pénombre, la petite enveloppe où elle avait glissé les violettes mortes et le poisson rouge qui glougloutait dans son globe de verre. Et le lendemain, le poisson rouge devait être transporté dans le nouvel appartement. Et tout ce qu'elle avait vécu ici se réduisait déjà à quelques souvenirs fondus ensemble. Mais sans cesse revenaient ces pensées sans mots, taraudantes, et Jettchen ne sentait même pas que l'obscurité tombait autour d'elle, l'obscurité que seul perçait un vague reflet dans la vitrine, en face d'elle. Soudain, elle entendit la sonnette tinter interminablement, et elle entendit la voix de Ferdinand, puis celle de Hannchen, et celle d'une troisième personne dont elle crut que c'était le vieux Naphtali, et Rosalie et Pinchen chuchotèrent et rirent dans le couloir. Alors Jettchen se leva et, passant par la galerie où les branches mouillées du noyer effleurèrent sa robe en murmurant, elle alla à la cuisine et regarda calmement si tout était en ordre, puis gagna le devant de l'appartement, parmi les gens qui bavardaient à grand bruit.

Toute la soirée, de nouveau, cette chose étrange parla par sa voix, cet être qu'elle s'étonnait d'entendre et de voir, car elle le voyait, vraiment, comme on se voit soi-même en rêve. Il posait des questions, expliquait, répondait, mangeait et buvait, trinquait avec Julius, avec l'oncle Naphtali et avec tous les autres, était à tu et à toi avec Pinchen et Rosalie et leur donnait des baisers, faisait même patiemment les frais de quelques plaisanteries de Ferdinand, qui ne voulait pas se laisser priver d'une occasion d'être équivoque — à la grande joie piaillante de Pinchen et de Rosalie. Il rit, même, quand pour finir Naphtali, comme Salomon demandait qu'on monte encore quelques bouteilles, se leva et dit : « Moi, je buverais du vin lourd comme ça tellement tard la nuit ? Plutôt je rentre à l'auberge... » Il rit de cette déclaration qui, c'était certain, avait pour elle la diététique bien plus que la grammaire.

Mais ensuite Jettchen fut de nouveau seule, et ses pensées revinrent tarauder, marteler, secouer son esprit ; allongée, les yeux ouverts, elle regardait fixement les plis sombres du ciel de lit dans lesquels, venue Dieu sait d'où, restait accrochée une dernière lueur. Et elle se disait qu'à présent, d'une minute à l'autre, quelque chose allait arriver, qu'il ne pouvait en être autrement : elle ne savait pas quoi, elle ne devinait pas quoi, mais elle y croyait fermement. Et le plus singulier était pour elle qu'elle ne pensait pas du tout à Kössling ; elle s'y forçait, elle cherchait à évoquer des images de lui devant son esprit, mais tout restait vide, sans substance ; il n'y avait en elle que ces pensées sans mots qui la taraudaient, qui la harcelaient, qui la ramenaient toujours au même point. Et quand Jettchen s'endormait vraiment un court moment, le même rêve revenait sans cesse, la grosse araignée rouge, agitant ses innombrables pattes, descendait d'un plafond haut comme le ciel, lentement d'abord, puis de plus en plus vite, de plus en plus grosse, puis, juste au-dessus de Jettchen, restait un instant suspendue, tout à fait tranquille, de telle sorte que Jettchen pouvait voir chaque segment des longues pattes mouvantes, chaque anneau du corps rouge sang, chaque pliure des palpes frémissants, avant que cette créature de cauchemar sauvage et avide se laisse tomber de toute la violence de son corps sur Jettchen, qui se dressait soudain dans son lit, épouvantée, et refermait sur le vide ses mains tendues.

Enfin un nouveau jour gris, avec ses nuages qu'effilochait le vent, se leva très lentement derrière l'entrelacs de branches nues du noyer. Mais dans la vitrine il n'y avait plus de porcelaines pour saisir la première lueur de l'aube, et ce vide qui lui rendait la chambre étrangère fit que Jettchen se sentit geler sous l'édredon de plumes. La tante vint de bonne heure frapper à la porte : Il y avait beaucoup à faire, dit-elle, et Jettchen devait l'accompagner tout de suite au nouvel appartement. Et ils burent leur café comme toujours, Jettchen, la tante Rikchen et l'oncle Salomon ; et là aussi, cette chose qui parlait pour Jettchen prit la parole ; mais Jettchen sentait à chaque instant qu'il y avait quelque chose de très singulier dans l'attitude de l'oncle Salomon vis-à-vis d'elle, et il lui semblait que s'il restait assis là, c'était qu'il ne faisait qu'attendre qu'*elle* lui parle. À la dernière seconde, même, quand elle revint dans la pièce vêtue de son manteau neuf à grand capuchon, Jettchen eut l'impression qu'il lui faisait signe des yeux, comme s'il la priait en quelque sorte de se déclarer ; mais avant que cela eût vraiment pénétré sa conscience, elle était déjà en bas dans la rue avec la tante, dans la pluie et dans le vent.

Elle dut déballer et ranger, placer la vaisselle dans le buffet — pour les grandes occasions, de la porcelaine royale à décor floral, chaque assiette ayant un bouquet différent, et pour tous les jours du grès du Rhin orné d'oiseaux et de sarments bleu foncé. Elle dut suspendre les vêtements, et quand, en tirant ou en poussant les verrous de la penderie, elle les faisait grincer, elle avait l'impression que tout son corps était transpercé de coups de couteau. Julius vint aussi. Mais la tante dit qu'on n'avait pas besoin de lui, qu'il ne ferait qu'encombrer ; mais s'il voulait aller chez le pâtissier Candoni et dire qu'il veuille bien faire livrer dès neuf heures la première pièce qu'on avait commandée chez lui, tandis qu'il suffirait que la seconde soit prête à deux heures, s'il faisait cela, donc, il prouverait au moins qu'il pouvait servir à quelque chose sur cette terre.

En rentrant, Jettchen chercha à se représenter son appartement, mais toute image en avait disparu de son esprit, comme effacée.

Midi vint, midi passa ; et l'autre Jettchen parla avec un parfait naturel de choses de tous les jours, tandis qu'elle-même restait assise là, muette, attendant ce qui devait nécessairement arriver d'une seconde à l'autre, et que se pressaient et luttaient en elle ces pensées confuses, indécises, sans mots.

L'après-midi, il se trouva que Jettchen resta toute seule. L'oncle était en bas au magasin, la tante rangeait la cuisine à l'appartement, Julius était allé chez Steheli avec Naphtali parce que celui-ci voulait voir ce côté de la vie berlinoise, et Pinchen et Rosalie passaient de toute façon plus de temps chez Hannchen que chez Rikchen.

Quand Jettchen fut seule, elle parcourut comme en rêve toutes les pièces, resta un bon moment à la salle à manger, assise sur une des chaises à haut dossier, et regarda les gravures au mur, les pièces d'argenterie étincelantes sur le dressoir, les coussins, les traversins, les couvertures brodées, dont elle connaissait chaque couture, chaque point, et les plaques de biscuit devant les fenêtres, qui de nouveau se balançaient doucement à leur chaîne — « Salut au matin » et « Prière du soir », « Le guerrier et son fils » et « Peine perdue », dont l'oncle disait toujours qu'elles se faisaient très bien pendant. Et Jettchen caressait toutes ces choses d'un regard humide, sans savoir pourquoi, car elle cherchait à se persuader qu'elle pourrait revenir dès le surlendemain.

Puis elle passa dans le salon vert, sur le devant, et elle dut, comme autrefois, relever les jalousies de bois, et l'après-midi gris anima soudain tous les candélabres étincelants posés sur les meubles blancs à col de cygne doré. Les murs tendus de soie verte paraissaient seulement un peu plus pâles qu'avant. Mais de tout le trousseau de Jettchen, des vêtements suspendus aux lustres, du linge posé sur les tables, des chaussures alignées sur le plancher poli, des charlottes et des cabriolets, des manteaux et des coiffes, il ne restait plus un morceau de papier d'emballage, plus un bout de ficelle. Seul un parfum de linge frais flottait encore dans la pièce qui, quant au reste, semblait avoir déjà tout à fait oublié Jettchen. Tout était comme auparavant. Le Turc moustachu avait repris sa place entre les hauts miroirs et surveillait la pendulette tictaquante ; en face de lui, l'Amour de bronze continuait à aiguiser sa flèche ; les chandelles du lustre se tenaient de nouveau de guingois comme des arbres après un ouragan, et dans les vitrines il ne manquait ni une tasse peinte ni une pince à sucre en argent. Chaque objet était fermement établi à sa place intangible : ici, la table où étaient posées les plantes — les caoutchoucs et les palmiers ; là, le piano table brun. Jettchen considérait tout cela avec une curiosité attristée ; et soudain, l'idée lui vint à l'esprit que c'était Kössling qui avait joué en dernier ici, que, depuis, personne n'avait même effleuré une touche du piano. Et elle se mit à pleurer, s'effondra devant le clavier et caressa longuement de son front et de ses lèvres brûlantes les barres noires et blanches, de telle sorte que les cordes, vibrant doucement et sans ordre, émirent dans la pièce silencieuse des sons cristallins et fantomatiques. Toute cette soirée revint à l'esprit de Jettchen. Elle revit tout : ici, Eli était assis avec les tantes ; là, les oncles jouaient aux cartes ; là-bas, près de cette niche blanche, elle était restée seule avec Kössling jusqu'à ce que la tante lui demande d'un regard sans équivoque ce que cela signifiait. Et tandis qu'elle pleurait, la rigidité qui la tenait paralysée disparut, elle vit devant elle toute la misère d'une existence sans amour et tressaillit jusqu'au plus profond de son cœur.

Mais les autres revinrent, et elle se trouva de nouveau au centre du combat. Elle se faisait l'impression d'être une marionnette, comme la poupée du conte de Hinkel, Gockel et Gackeleia, qui n'est pas une poupée, mais un bel automate qui marche, qui parle, et qui finalement tire sa révérence[69].

Le soir, la tante fit partir tout le monde très vite, car le lendemain serait une dure journée ; elle envoya toute la maisonnée au lit de bonne heure ; elle glissa aux oreilles de l'oncle qu'elle était inquiète, qu'il faudrait qu'il mange et qu'il boive avec prudence, car il savait bien ce qu'avait dit le conseiller intime. Et la tante embrassa Jettchen, et l'oncle embrassa Jettchen, et tous les deux dirent qu'ils espéraient que Jettchen ne vivrait pas moins bien à l'avenir qu'elle n'avait vécu jusque-là chez eux, et ils lui souhaitèrent même de tout cœur de vivre mieux encore. Tout ce qu'ils pouvaient faire pour qu'il en soit ainsi, ils pensaient vraiment l'avoir fait, à tous points de vue et jusqu'au bout.

Peut-être pourrait-on voir là quelque suffisance, mais que l'on me montre alors celui qui, en pareil cas, ne se louerait pas haut et fort de ce qu'il a fait et ne croirait pas incarner l'amour et la bonté mêmes. Car dans la mesure, qu'elle soit modeste ou imposante, où nous avons partagé avec autrui nos biens matériels, nous vivons dans la ferme conviction que nous nous sommes du même coup acquittés de tout le reste à son égard.

Ainsi vint la dernière nuit, à laquelle Jettchen pensait avec horreur. Même le poisson rouge, qui la veille encore faisait au moins entendre de temps à autre son clapotis dans son bocal, n'était plus auprès d'elle. Gustav, le vieux domestique, l'avait déjà emporté au nouvel appartement. Il avait dit qu'il en prendrait soin comme d'un petit enfant et, en prenant congé de lui — parce que, dans les premiers jours, personne ne penserait à lui —, il avait répandu à la surface de l'eau une telle poignée de daphnies que le malheureux animal avait failli en étouffer.

Jettchen s'allongea dans sa chambre où plus rien ne lui appartenait que la petite enveloppe où elle avait glissé les violettes fanées, et qui lui paraissait à présent étrangère et inquiétante comme seule peut l'être une chambre d'hôtel que l'on vient de voir pour la première fois et que l'on quittera à l'aube. De façon tout à fait vaine, Jettchen tenta de mettre de l'ordre dans ses pensées. Allongée, immobile, elle pensait intensément, sans mots. Elle avait le sentiment que quelque chose se préparait en elle, qu'il lui fallait à présent parvenir enfin à une conclusion. En songeant à ce qu'elle éprouvait, elle se sentait dans le même état d'esprit qu'un prisonnier qui, confusément et en silence, lutte de tous ses muscles contre les chaînes qui l'enserrent étroitement. Un jour, dans sa prime jeunesse, elle avait vu un homme qu'on emportait ainsi, chargé de chaînes. Et l'image de cet homme, que d'habitude elle ne revoyait que dans des rêves pénibles, réapparaissait à présent dans son esprit alors qu'elle était éveillée. Mais ensuite, elle s'endormit d'un sommeil profond et sans rêves, non pas clair et léger comme autrefois, mais lourd de fatigue, pesant et inerte comme une pierre.

Quand Jettchen se réveilla, elle regarda comme hébétée le matin gris et l'averse qui ployait les branches du noyer devant la fenêtre. Tout lui paraissait voilé de gaze. Un long moment s'écoula avant qu'elle se rappelle que c'était le jour de son mariage. Mais du même coup, l'idée que ce n'était pas possible, qu'il fallait que quelque chose arrive, se saisit à nouveau d'elle. Cela ne pouvait être vrai — il allait nécessairement se passer quelque chose.

Et alors qu'elle était encore couchée, le regard retenu par les plis du ciel de lit, tout là-haut, et déroulait en elle des pensées vides de contenu — comme, sans doute, un naufragé cherche des yeux, à l'horizon, le mât du navire espéré — elle entendit frapper à sa porte, frapper longuement. Mais elle n'y prêta pas attention. Et soudain Jenny fut devant le lit de Jettchen, en robe de mousseline blanche, une couronne de roses dans les cheveux, et demanda à Jettchen de venir, parce qu'il y avait une surprise pour elle.

Jettchen se leva et se frotta les yeux ; mais la vague d'hébétude qui créait une distance entre elle et tout ce qui l'entourait ne se dissipait pas, les pensées sans mots tenaient son esprit sous leur empire. Toute la journée, elle regarda le monde avec étonnement, et par moments il disparaissait même complètement à ses yeux. Puis il revenait vers elle soudainement, elle voyait chaque image avec une netteté surnaturelle, elle entendait chaque mot prononcé autour d'elle aussi distinctement que si on l'avait crié dans un tube acoustique.

Jettchen s'habilla vite, car on était déjà revenu frapper à sa porte ; puis elle s'approcha de la vitrine, ouvrit le petit médaillon d'or qu'elle portait toujours au cou suspendu à une chaîne, y mit quelques-unes des violettes fanées et le laissa retomber dans sa cachette, sur sa poitrine. Puis elle sortit dans la pluie, sur la galerie, se pencha par-dessus le garde-fou et, en les désagrégeant lentement entre ses doigts, répandit dans la cour le reste des violettes desséchées. Quand elle en eut fini, elle respira profondément ; et il lui sembla aussi qu'était à présent rompu le dernier lien qui la rattachait à cette maison.

La pièce verte du devant était déjà pleine de gens ; l'oncle s'était mis en frais, et la tante portait sa robe de satin gris argent. Julius avait une redingote neuve, bleue, aux boutons dorés étincelants, qui venait de chez le tailleur de Jason. Ferdinand était là, et Naphtali, et Eli. Wolfgang était assis dans un coin, l'air chagrin, et Jenny, dans sa robe de mousseline blanche, avec sa couronne de roses, se dandinait anxieusement d'un pied sur l'autre. Minchen et Hannchen tenaient à la main un mouchoir brodé dont elles s'essuyaient discrètement les yeux, et Julius, le visage solennel, avait sous son bras un étui de cuir qui ressemblait à une petite contrebasse. Jettchen se demanda ce que tous ces gens faisaient là — et elle sourit, car cela lui paraissait drôle. Mais Hannchen se précipita vers elle de toute sa largeur et lui dit en sanglotant qu'au matin de son mariage elle lui souhaitait d'être plus heureuse qu'elle-même ne l'avait été avec son Ferdinand. Jettchen songea soudain que le petit homme replet en redingote bleue serait à partir d'aujourd'hui son mari. Puis tout s'estompa de nouveau. Elle s'étonna, elle parla. Mais alors que les jours précédents elle entendait encore très distinctement ce que disait la voix qui parlait pour elle, à présent, cela ne parvenait qu'à peine à sa conscience. Puis elle se retrouva à côté de Julius et tous les autres en face d'eux — immobiles et raides. Et elle vit devant elle Jenny qui balançait entre ses deux mains un coussin blanc sur lequel, recouverte d'un mince voile de dentelle, était posée une couronne de verdure. Et Jenny, la mine anxieuse, dit :

« Le soleil aujourd'hui se lève plus doré
Que sans doute jamais il ne l'avait été. »

Jettchen songea que pourtant, dehors, il pleuvait. Puis tous embrassèrent Jenny et déclarèrent qu'elle s'était très bien acquittée de sa tâche, et Naphtali lui posa la main sur la tête et demanda : « Quel âge c'est que tu as, mon enfant ? » Jettchen en conclut que Jenny avait terminé, et elle la remercia. Cependant, Julius prit l'étui de cuir qui ressemblait à une petite contrebasse, le donna à Jettchen, et quand elle l'ouvrit, elle y vit des scintillements rouges et dorés. C'étaient des aigues-marines et des topazes, dit Julius, et il faudrait qu'elle porte ce bustier pour se marier. Ainsi, elle aurait l'air d'une reine, mais c'est qu'elle en était une, car elle était la reine de son cœur. Puis Salomon s'approcha, lui aussi avait un étui de cuir qu'il venait d'extraire de la poche de sa redingote, sous son grand mouchoir ; il dit à Julius qu'on n'avait pas besoin de porter cette montre pour tous les jours, qu'on risquait sinon de se la faire voler, et qu'elle était trop belle pour ça ; elle venait des ateliers de son père, c'était un prince qui l'avait commandée, mais comme il n'avait pas payé, on l'avait conservée par précaution.

Puis on passa à la salle à manger pour y prendre le petit déjeuner ; une longue table y était dressée, où l'on avait déjà disposé le vin. Avant même qu'on ait fini de manger, les magasiniers et les comptables, confiants qu'on les régalerait, montèrent présenter leurs félicitations. Puis d'autres gens arrivèrent sans cesse et Jettchen, debout à côté de Julius qui enserrait sa main blanche de ses doigts courts et robustes, se tenait immobile et songeait. Elle se rappelait l'histoire d'une reine d'Espagne qu'on avait assise sur son trône alors qu'elle n'était plus qu'un cadavre, et à qui les courtisans continuaient à témoigner leur respect. Elle se sentait pareille à cette reine. Comment s'appelait-elle donc ? Si seulement Jason venait, il pourrait le lui dire. Puis Jettchen parla, remercia, fit la révérence et rit, jusqu'à ce que de nouveau tout s'estompe à ses yeux et qu'il ne lui reste plus que cette idée confuse qui la harcelait et l'emplissait d'une angoisse sans mots : à présent, il allait nécessairement se produire quelque chose, mais quoi ?

Mais soudain, Julius avait disparu, et Naphtali demanda à Jettchen où il était. Elle ne le savait pas. Alors Ferdinand, qui était déjà d'humeur assez gaie — car il supportait mal de boire le matin —, rit, fit le geste de compter de l'argent et secoua la main, si fort que ses doigts craquèrent.

« À présent, c'est comme dans l'histoire de l'homme à tout faire de Fetschow[70] ! cria-t-il très fort. Jusqu'à maintenant, ils sont encore d'accord !

— Excusez-moi, demanda Naphtali, combien il donne exactement, Monsieur votre frère ? »

De nouveau, tout s'engloutit pour Jettchen dans un bourdonnement confus, et elle se retrouva dans sa chambre qui n'était plus sa chambre ; Rosalie et Pinchen s'affairaient autour d'elle, elles l'habillaient et caressaient sa robe de la main, avec des cris d'admiration, en tirant de l'ottoman des crissements que Jettchen percevait jusque dans la racine de ses cheveux. Elles brossèrent aussi le nouveau manteau de soirée à grand capuchon de Jettchen, qu'elle devait absolument jeter sur ses épaules pour ne pas prendre froid. Car le temps s'était éclairci, et il gèlerait certainement la nuit prochaine.

Puis Julius vint, très grave et solennel, en habit neuf, un petit bouquet de myrte à la boutonnière, et Jettchen demanda où étaient l'oncle et la tante ; car elle voulait leur dire que finalement elle ne voulait pas payer l'addition, qu'elle ne le pouvait pas. Mais la servante lui répondit que Monsieur et Madame étaient déjà partis depuis une demi-heure, et Julius déclara qu'il fallait bien que l'oncle et la tante soient là-bas les premiers, puisqu'ils organisaient la noce — cela ne se passait jamais autrement.

En franchissant la porte, Jettchen eut le sentiment qu'elle ne pourrait pas s'empêcher de se cramponner au chambranle blanc et de crier, de crier, de crier sans arrêt... Mais de nouveau, tout se déroba et, dans l'escalier plongé dans la pénombre, elle sentit Julius tout près d'elle. Elle descendit jusqu'à l'entrée sur un épais tapis rouge et, comme à moitié en rêve, vit une fois encore les deux reliefs de plâtre — Amour et Psyché, et Bacchus éduquant le jeune dieu de l'Amour. Puis il y eut deux rangées de têtes et elle entendit que quelqu'un disait : « Hé, regarde le petit fiancé ! » Et la servante, que les larmes empêchaient de parler, lui tendit son manteau dans la voiture, et Julius lui prit la main. Un instant, Jettchen aperçut, par-dessus les péniches, le haut du château qui se profilait, très sombre, sur le ciel bleu où passaient encore très vite quelques nuages chassés par le vent ; mais déjà elle marchait de nouveau sur un tapis rouge, et Julius lui portait son manteau — qu'il faudrait qu'elle jette sur ses épaules tout de suite après. Puis ils furent un instant seuls dans une petite pièce donnant sur l'escalier et Julius embrassa Jettchen, et s'exclama qu'il était si heureux, et que pour ses affaires aussi il était tout à fait confiant. Il rectifia la position de sa cravate devant un petit miroir, et Jettchen ne put s'empêcher de rire. Mais aussitôt après, elle se vit dans une salle, entourée d'une foule de gens qui se mêlaient et se bousculaient comme les petits grains de verre multicolores d'un kaléidoscope. Tous se glissaient jusqu'à elle, la saluaient, l'embrassaient, et le vieil Eli lui dit — cela, elle l'entendit nettement : « Allons, bonne chance ! » Mais quand Jettchen remercia, car le bijoutier avait déjà livré chez Salomon les cadeaux d'Eli, celui-ci ne comprit pas bien ce qu'elle disait, parce que c'était un de ses jours de surdité. Il finit pourtant pas saisir de quoi il s'agissait. « Ah, Jettchen », dit-il en secouant la tête d'un air maussade, faisant jaillir la poudre de sa perruque, « je suis bien content que ça te plaise, au moins. Je préfère toujours donner de la main du cœur, et avec toi, mon enfant, c'est bien le cas... Mais malheureusement, c'est tout ce que j'ai pu faire. »

Ferdinand, toujours d'humeur aussi gaie, tapota la nuque de Jettchen comme on flatte l'encolure d'un cheval et cria :

« Dresse bien la tête, ma petite, tu ressembles vraiment à la reine Esther. »

Et de nouveau, dans la tête de Jettchen, les grains de verre multicolores se mêlèrent et formèrent d'étranges figures. Mais elle-même était assise au milieu d'un des compartiments bariolés du kaléidoscope, et, au sommet de hautes silhouettes, les toques ornées de plumes de marabout, les petites coiffes de soie blondes garnies de lilas, les couronnes fleuries et les touffes de dentelle se balançaient autour d'elle de-ci, de-là, comme les tiges d'un champ de blé qu'agite le vent. Puis Julius vint vers elle, et elle se trouva seule avec lui entre quatre perches sous un dais ; et derrière elle on chuchotait, et devant elle il y avait un homme en robe noire à col blanc, qui soudain leva les bras vers le ciel et hurla d'une voix de lion affamé : « L'anneau est rrond, rrond est l'anneau — symbole de l'Éternel sans commencement ni fin. » Et Jettchen eut si peur qu'elle vacilla sur ses genoux. Puis tout disparut de nouveau, et ne réapparut que lentement, de façon indistincte ; et Jettchen eut confusément conscience de l'endroit où elle se trouvait. L'homme parlait toujours ; Jettchen tenta d'écouter, mais elle ne parvenait pas à saisir le sens de ce qu'il disait ; pourtant, elle entendait de nouveau très distinctement : « Non, ce n'est pas en vain que, par une intelligente préméditation, on lui a donné le nom de Salomon, lequel, nous dit l'Écriture, était le plus sage des mortels. »

Jettchen se creusa la tête pour savoir de qui il pouvait bien être question. Mais l'homme en était déjà plus loin dans son discours, et maintenant, c'était à elle qu'il parlait, car elle avait la sensation désagréable de son haleine sur son visage : « Et vous, chère épousée, quittez à présent la chère maison de votre famille bien-aimée pour la chère maison de votre époux bien-aimé ! » Elle fut sur le point de crier que ce n'était pas vrai, qu'elle ne le ferait pas ; mais quelque chose scintilla devant ses yeux, on lui posa une question à laquelle répondit la voix qui parlait pour elle, et elle sentit qu'on lui touchait la main, et derrière elle s'éleva un bruit pareil au grattement de sabots de cent chevaux, et cent lèvres cherchèrent les siennes, lèvres molles et lèvres dures, lèvres jeunes et lèvres charnues, lèvres âpres et lèvres sèches. Tante Hannchen fondait comme si elle était en cire, et la petite tante Minchen, qui, dans sa robe à traîne, ressemblait à une comète, ravalait ses sanglots, ce qui la faisait paraître plus petite encore, et criait de temps à autre que c'était trop émouvant. Le visage d'oncle Jason apparut dans ce tourbillon, et elle l'entendit lui crier par-dessus les têtes des autres : « Alors, tu as bien surmonté l'épreuve ? C'est que j'arrive juste, *Madame Jacoby* — tu sais que, par principe, je n'assiste jamais à ce genre de choses. »

Mais Jettchen sentit alors que Julius lui prenait le bras, et Philippi joua, et Jettchen se demanda quel était cet air[71]. Les portes s'ouvrirent à deux battants. Dans la grande salle aux murs recouverts de miroirs où la lumière se brisait cent fois, il y avait une longue table, et Julius la conduisit tout au fond, où se dressait la pièce montée qu'ornait un amour rose en sucre filé. Le vieux valet de louage Pieper, que Jettchen connaissait depuis qu'elle était enfant, lui souhaita beaucoup de bonheur et déposa devant elle une tasse de bouillon. Elle essaya d'en boire, mais le bouillon avait un goût de poison et sa gorge se ferma. Toute raide sur sa chaise, elle parcourut des yeux le tour de la table. Toutes les bouches remuaient ; elle se vit elle-même, derrière la pièce montée, dans le miroir à l'autre bout de la table, et le reflet de ses topazes et de ses aigues-marines lui blessa les yeux. Dans le miroir, elle vit la longueur de la table multipliée par dix, d'interminables rangées de gens en train de manger bruyamment, avant que ses pensées sans mots ne se remettent à la tarauder et à lui marteler l'esprit, et ne recouvrent de leur voile toutes ses impressions. Et Julius dit : « Mange donc, ma chérie », en lui jetant dans son assiette trois petits poissons arqués, qui la regardèrent de leurs yeux aveugles, inquiétants, pareils à des grêlons gris. Elle entendit le tintement suraigu d'un couteau frappant un verre à coups répétés, et vit la longue silhouette maigre de Jason, debout, légèrement penché en avant ; elle entendit sa chère voix élégante, douce et précise à la fois. Elle se dit qu'à présent il fallait qu'elle fasse attention, qu'elle écoute bien ; mais les oreilles lui bourdonnaient tant que c'est à peine si elle percevait un mot. Elle n'entendit vraiment que ceci : « Et si c'est lui qui y est resté c'est qu'il y a eu confusion sur la personne ; car sur la balle, c'est *mon* nom qui était écrit. » Et quand Jason se rassit, tous restèrent raides et silencieux, personne n'émit le moindre son. Puis Minchen lança à Jettchen : « Alors, Jettchen, tu as entendu quel homme c'était, ton père ? Vrai, on peut dire qu'il cause bien, Jason. » Mais déjà arrivaient Wolfgang et Jenny, qui posèrent devant Jettchen et Julius deux longs rubans de satin à franges dorées, où étaient imprimés des vers. Jettchen donna un baiser à Wolfgang, qui avait le visage tout vert et brouillé de larmes. Mais on avait commencé à jouer la musique de « Hé, que faut-il pour être heureux », en dix couplets.

On servait chapons et poulardes ; Ferdinand, qui rompait son petit pain, avait déjà le visage écarlate. Mais Eli, qui était dans un de ses jours de surdité, frappa son verre avec son couteau, et tous se turent instantanément. Eli, cependant, n'avait pas entendu le tintement de son verre, ni perçu que tous les bruits et toutes les discussions avaient cessé autour de lui — il avait seulement voulu attirer l'attention de son voisin.

« Hé, vous, là-bas ! cria-t-il d'un ton très fâché à Naphtali. Dites donc à Pieper de me rapporter de la sauce ! »

Seigneur, quels rires ce furent ! Les derniers échos des propos de Jason s'y engloutirent, et de toutes parts on s'amusa à grand bruit. Chaque nouveau rire déchirait le cerveau de Jettchen. Puis Ferdinand se leva pour parler — il avait le don de parler dans ce genre d'atmosphère. Et tous vinrent vers Jettchen, avec de petits rires étouffés, et trinquèrent avec elle. Elle eut droit à un nouveau ruban de satin imprimé — apporté par Jenny — avec cette fois une poésie de Pinchen et Rosalie. Et l'on chanta huit couplets sur la musique du « Philtre d'amour ». Mais Pinchen et Rosalie dirent à Jettchen qu'elles avaient écrit le poème elles-mêmes.

Puis Naphtali se leva, et Jettchen se mordit les lèvres pour écouter ce qu'il disait, mais tout ce qu'elle entendit, comme venant de très loin, fut ceci :

« Toujours j'ai entendu dire comme la mariée elle était belle et aimable, déclara Naphtali d'une voix lente en se tournant vers Jettchen, mais je n'y croyais pas. Et alors quand je suis arrivé, là, j'ai bien vu. L'honorable monsieur qui parlait avant moi, il a dit qu'il connaissait sa Jettchen déjà avant qu'elle était née. Mais moi, c'est encore plus longtemps que je connais notre Joel, parce que c'était moi qui le tenais sur mes genoux quand il est entré dans l'alliance d'Israël. Alors moi... »

Jettchen vit que Salomon, en colère, repoussait sa chaise comme s'il allait bondir, mais à l'instant tout s'engloutit de nouveau et ses pensées taraudantes lui revinrent. Julius lui versa du mousseux. Un jour comme aujourd'hui, dit-il, il fallait qu'elle boive du champagne. Et à travers la soie légère de sa robe, elle sentit sur ses genoux la main grasse, courte, lourde — une main dont les doigts semblaient amputés de leur dernière phalange —, et elle fut soudain prise d'une telle répugnance et d'un tel dégoût qu'elle faillit vomir.

Dès lors elle ne cessa d'observer à la dérobée, d'un œil anxieux, le petit homme large et comme comprimé à coups de marteau-pilon qui, assis sur sa chaise, s'étalait à côté d'elle, ouvrait une grande bouche pour se bourrer bruyamment de nourriture et lui jetait sans cesse dans son assiette des cuisses de volaille entières et d'autres morceaux de viande, additionnés de monceaux d'asperges et d'artichauts qu'il faisait glisser du plat en disant : « Prends, Jettchen, prends, mange donc ! »

Sans cesse, des gens venaient trinquer avec elle, et il semblait à Jettchen qu'elle n'avait jamais vu ces visages auparavant, et déjà détonaient çà et là les bonbons à pétard dont les gens tiraient la bande explosive en détournant la tête, craintivement. Chaque fois, Jettchen avait l'impression qu'une balle arrivait en bourdonnant et lui sifflait aux tempes. De minute en minute, on devenait plus bruyant. Tous mêlaient leurs cris, leurs bavardages et leurs rires, et Jettchen, au milieu de tout cela, restait assise, droite comme un cierge, immobile, comme un roc dans le déferlement de la houle ; à présent, elle était tout à fait paralysée. Elle ressentait seulement qu'il n'y avait désormais plus le moindre fil qui la rattachât à ces gens, et que depuis toujours c'était dans un autre livre que s'inscrivaient les comptes de sa vie. Sans cesse revenaient ces pensées taraudantes, cette tension de chaque muscle pressé contre les chaînes qui l'enserraient du cou au bout des pieds, si solidement qu'elle ne pouvait plus même bouger un membre. La glace arriva, et Jettchen en prit, mais elle lui coula dans la gorge comme de l'acier en fusion. Elle vit les enfants se glisser le long de la table et enfouir furtivement dans des sacs en papier de quoi grignoter après, et la tante lui donna un sac tout pareil : qu'elle l'emporte pour le soir, et elle aurait aussi ce qui restait de la pièce montée.

Mais Julius, le visage rouge, déclara :

« Eh bien, si nous n'avons pas le temps ce soir, nous le mangerons demain. Pas vrai, Jettchen ? »

En riant, la tante fit mine de le frapper avec son éventail. Mais tout se précipitait sur Jettchen et elle tressaillit jusqu'au fond de son cœur ; elle était comme un oiseau qui s'envole dans sa cage parce qu'une main se tend vers lui, prête à le saisir, et qui, en proie à une peur impuissante, donne de la tête et des ailes contre les barreaux.

Enfin, Salomon cria dans le tumulte :

« Mesdames et Messieurs, je vous souhaite un bon appétit : pour le café, veuillez passer dans la salle jaune ! »

On le regarda, et il fut fier de sa prouesse rhétorique.

De nouveau, il y eut un bruit pareil au grattement de sabots de cent chevaux, tous se mêlèrent, se serrèrent les mains, se félicitèrent et s'embrassèrent comme s'ils avaient accompli quelque chose d'extraordinaire.

En chantant et fredonnant sans arrêt, Julius conduisit Jettchen dans la salle jaune où déjà tout le monde se pressait autour du buffet pour assurer Mme Spiro, le visage aimable sous sa coiffe blanche, qu'une fois encore le repas avait été tout à fait grandiose.

Et Julius et Jettchen longèrent les banquettes tendues de jaune afin que chacun ait droit à quelques mots de leur part. La voix continuait à parler d'elle-même pour Jettchen, qui parfois se figeait d'étonnement en l'écoutant. Elle chercha Jason des yeux, mais il y avait déjà longtemps qu'il était reparti, et à présent elle était absolument seule face à tous ses ennemis.

Naphtali les arrêta au passage.

« Alors, Joel, cria-t-il, comment ça va ? »

Julius rit.

« C'est que tu es bien heureux, Joel, à présent. Tu sais, là, je m'ai dit : le voyage, ça coûte déjà assez comme ça, alors pourquoi je ferais un gros cadeau, en plus ? Mais ton vieil oncle, il te souhaite quand même quelque chose : que tu auras toujours un frédéric d'or de plus que ce que tu as besoin. »

Puis Ferdinand s'approcha, qui à vrai dire ne s'était pas dégrisé depuis le matin.

« Eh bien, mon petit vieux, cria-t-il alors qu'il était encore loin d'eux, comment te sens-tu, aujourd'hui ? Ça te plaît, ici, n'est-ce pas ? Ah, j'aimerais bien être aussi jeune que toi. »

Jettchen s'écarta de Julius. Elle se sentait comme l'oiseau que la main veut saisir, comme s'il lui fallait donner de la tête contre les murs, et, follement, aveuglément, chercher une issue.

Tout au fond de la salle était assise la demoiselle aux boucles de caniche et — oui — elle serrait contre elle un ouvrage de dame, elle tirait sur son fil et nouait ses points.

« Oh, Jettchen, cria-t-elle, viens donc là. C'est dommage que ce ne soit pas l'été, on aurait pu descendre encore un moment au jardin. »

Mais Jettchen vit que la porte donnant sur la petite pièce où était son manteau était entrouverte, le sang reflua vers son cœur si violemment qu'elle en eut cent soleils devant les yeux, puis elle se sentit glacée.

Puis elle franchit le seuil, vit son manteau, chancela, tomba sur une chaise, se releva, trébucha de nouveau, se releva encore, jeta son manteau sur ses épaules, glissa très lentement la tête par la porte entrebâillée qui donnait sur l'escalier. Personne ! Non, personne ! Puis elle avança les épaules, un pied, l'autre, elle avança tout doucement, sur la pointe des pieds ; puis elle s'élança dans l'escalier et, dans ses souliers de satin, descendit très vite, sans un bruit, à petits pas précipités, tout en percevant avec une étrange netteté tout ce qui l'entourait et qui était de nouveau tangible — les barreaux de fer de la cage d'escalier, le tapis sur les marches, tandis que le bruit d'en haut retentissait à ses oreilles à travers son capuchon.

Mais la porte ne veut pas s'ouvrir — elle ne veut pas s'ouvrir. Mon Dieu, comment fait-on ? Comment ? Ah, oui, voilà ! Et une vague de froid et de ténèbres vient battre le visage de Jettchen.

Elle s'arrête un instant, le souffle court. Personne. Personne ne l'a suivie, seule la nuit claire se dresse au-dessus d'elle, avec mille étoiles froides qui scintillent dans le ciel noir. Sur la chaussée, Jettchen saute au milieu des flaques d'eau dont la mince couche de glace se brise en crissant. Dans ses souliers blancs, elle s'y enfonce jusqu'aux chevilles. Elle saisit la traîne de sa robe et la relève autour de ses jambes, puis elle court, elle court vers les lumières, vers la Königstrasse, sans rencontrer personne. Elle s'arrête, écoute, se retourne ; il n'y a pas un bruit, pas un bruit de pas, pas un bruit de voix — tout est silencieux et noir. Jettchen ne se sent plus harcelée, elle n'a plus la tête lourde ; certes, elle est encore agitée, elle est brûlante, elle est fiévreuse, mais son esprit est de nouveau tout à fait clair, et ferme. Et elle sent distinctement le petit médaillon d'or qui repose sur sa poitrine.

Ici, lecteur et ami — car j'espère que tu comptes à présent parmi mes amis —, ici, donc, finit l'histoire de Jettchen, et c'est d'elle seule que d'emblée j'ai promis de parler. Mais l'autre histoire dont il me reste à parler, celle de la pauvre Henriette Jacoby, je veux me l'épargner jusqu'à ce que dans ma propre vie elle aussi pleine d'inquiétude et déchirée reviennent des jours de délivrance, aux heures tranquilles, où les ombres qui me sont devenues chères se présenteront de nouveau à mon âme.

Mais en attendant, rendons-leur le repos auquel ils étaient habitués depuis longtemps, à eux tous qui nous ont conduits dans leur ronde animée : Salomon et son épouse parée de nombreuses vertus ; Jason, qui fut enterré un peu à l'écart des autres, de même qu'il avait vécu un peu à l'écart des autres ; Ferdinand et le petit Wolfgang, qui s'esquiva timidement avant même que la compréhension du merveilleux mécanisme d'horlogerie qu'est la langue grecque n'ait éclos dans son esprit, et qui ne laissa aucun vide, nulle part, pas même dans sa classe, car aucun de ses condisciples n'eut à se décaler d'une place quand on apprit que, désormais, Wolfgang n'assisterait plus à aucun cours, pour l'éternité. Et à Eli et Minchen aussi, dont la vie fut bientôt accomplie et qu'on déharnacha presque en même temps, car la brave Minchen ne pouvait plus tirer seule la lourde voiture de la vie — à eux aussi rendons le repos auquel ils étaient habitués depuis longtemps. Si, comme je le suppose — mais en ce genre d'affaires on n'est jamais sûr de rien —, le vieux païen est arrivé au paradis des païens, sans doute se tient-il chaque jour à midi au coin de la rue, avec son haut-de-forme d'il y a belle lurette et sa canne de jonc, pour soumettre les coursiers du dieu du soleil à la même critique dévastatrice qu'autrefois les hongres de Nagler attelés à la voiture de Prenzlau. Et à elle aussi, qui a donné son nom à cette histoire, pourquoi ne voulons-nous pas lui donner le repos pour lequel elle s'est battue, qu'elle a cherché à acquérir encore au prix d'une dure année, la dernière de sa vie ? Car avec son mariage, les choses ne se sont pas vraiment remises d'aplomb, et sur la pierre que l'oncle fit tailler pour sa tombe, on rappelle le souvenir de la nièce, non de l'épouse. Mais même ce dernier signe d'attachement est déjà précaire et près de tomber en poussière ; et le vent et la pluie, la neige et le gel ont depuis longtemps lavé et frotté les dernières traces de dorure des caractères élancés, ils les ont effacés, rendus presque illisibles : l'inscripition disparaît, s'anéantit, comme s'est éteint le souvenir de Jettchen Gebert dans la mémoire des hommes.

Mais moi, je veux une fois encore, plus tard, aux heures tranquilles, rapporter une couche d'or sur les caractères contournés et élancés de sa vie, afin qu'ils brillent de nouveau et que chacun puisse les lire de loin. Et de lui aussi, qui fut entraîné dans le tourbillon, et pour qui on ne fit pas graver de pierre, et qui ne repose pas dans l'enclos d'un cimetière — de lui aussi je parlerai, et j'ornerai d'or les runes disparues, indéchiffrables de sa vie.

II

HENRIETTE JACOBY

Je ne sais si l'on se souvient de ce qui s'était passé. Qu'il suffise de se rappeler ici que l'oncle Jason était parti le tout premier à la fin du repas de noces de Jettchen Gebert. Il avait une bonne excuse, il était encore malade. Il avait même quitté la fête avant Jettchen. Avant même que, par cette nuit de novembre de l'année 1839 dont les étoiles éclairaient le ciel nettoyé par le vent — je ne sais si l'on s'en souvient — Jettchen ait tourné le dos à ses noces célébrées à la « Société des amis », dans le haut de la Neue Fiedrichstrasse, sans attendre que *Madame** Spiro serve le café, sans avoir non plus la patience, chose plus étrange encore, que sa belle *chaise** de mariage garnie de satin blanc, la plus belle des voitures que possédait l'oncle Ferdinand, la conduisît à son nouvel appartement, où la servante de tante Hannchen avait entre-temps chauffé les quatre pièces, afin que Jettchen n'y eût pas froid et ne s'y trouvât pas mal à son aise. Car la servante de Jettchen ne devait arriver que le surlendemain. (Je ne sais vraiment pas si l'on se souvient de tout cela.)

Jason Gebert n'avait donc pas fait attendre sa voiture une seule seconde. Jamais il n'avait été aussi ponctuel, même pour un de ses rendez-vous galants, et il est pourtant sûr que personne n'aurait pu lui reprocher d'y avoir jamais été en retard. La moitié du temps, il avait joué sous la table avec sa montre, maudissant les aiguilles qui tournaient si lentement, en se traînant, sur le cadran d'argent. Et il était resté assis là, droit et raide, regardant les lumières et glissant la main sous sa cravate blanche parce qu'il lui semblait qu'elle allait l'étrangler, et que quelqu'un, derrière lui, se remettait sans cesse à la tirer dès qu'il cessait de l'écarter de son cou. Jason Gebert ne comprenait pas son frère Salomon, assis là, digne et tout à son aise, ni Ferdinand, son frère Ferdinand, qui riait si fort de ses propres plaisanteries qu'on l'entendait dans toute la salle et criait sans cesse à Pieper, l'extra, de lui resservir à boire. Jason, quant à lui, n'arrivait pas à avaler la moindre bouchée. Il avait aussi une bonne excuse pour ne rien prendre : il était encore convalescent, disait-il, et le conseiller Stosch lui avait strictement interdit de trop manger. Mais la tante Rikchen, qui se sentait investie du rôle de mère de la mariée et devait payer chaque couvert, qu'on eût mangé ou non — sa belle-sœur Rikchen ne voulait pas en tenir compte. Et elle apportait elle-même un plat et servait à Jason du poisson — du poisson, il lui était quand même bien permis d'en prendre, il n'y avait rien de plus léger que le poisson. Et l'oncle Jacoby, se rappelant qu'en tant que doyen des Jacoby il était un personnage d'importance, disait :

« On dirait que le jeune homme, il ne veut pas du tout faire honneur à ce menu qui coûte si cher. »

Cependant, le vieil oncle Eli se contentait de cligner d'un œil à sa brave moitié, assise en face de lui en diagonale. Si, en réponse, elle n'agitait que de mauvais gré sa toque ornée de plumes de marabout, la petite tante Minchen comprenait fort bien ce que pensait son époux.

Mais quand finalement Salomon Gebert se leva et souhaita bon appétit pour la suite, son frère Jason avait déjà passé la porte. Et avant qu'aucun des autres convives eût tout à fait repoussé sa chaise, Jason avait déjà pris au vestiaire sa redingote grise et avait la main sur la poignée de la porte. Oui, avant même que là-haut dans la salle ils ne se fussent vraiment levés, car après de si riches agapes il y faut du temps, Jason s'était déjà laissé retomber sur le siège rembourré tendu de rouge, au fond de sa voiture, et les chevaux commençaient à tirer.

Il n'y avait personne à qui Jason Gebert pût dire ce qu'il éprouvait. Chaque craquement de la voiture, chaque claquement de sabot des chevaux pénétrait son cerveau et ajoutait d'insupportables douleurs physiques à la sensation de vacuité inconsolable, de raideur et d'engourdissement qui l'envahissait. Il avait lutté, lutté, et pour finir il avait perdu la bataille. Au cours des décennies, il avait bâti pierre à pierre et il avait espéré pouvoir bientôt poser la dernière pierre, et tout s'était effondré soudain, et jamais plus il ne reconstruirait ce qu'il avait édifié.

Jusqu'à ce jour, qu'avait donc été Jettchen pour lui ? Ses yeux s'humectaient quand il y songeait. Et à présent, elle était la femme de ce Julius Jacoby, de ce cousin de Bentschen ! Il la revoyait quand elle avait quinze ans, dans sa chambre donnant sur la cour, avec le noyer devant la galerie. Il l'avait accompagnée pas à pas, il l'avait amenée où *il* voulait qu'elle allât. Semaine après semaine, il s'était réjoui de la revoir. Et maintenant, tout cela était brisé. Car ce petit affairiste inculte allait le piétiner. Jason Gebert le savait. Et ce jour avait été son adieu. Un triste adieu, même pas une retraite, une fuite ; ç'avait été une fuite éperdue, une débâcle.

Et maintenant ? Eh bien, il serait *encore* plus solitaire, c'était fini, comme toute chose ici trouvait sa fin. Il se traînerait encore ainsi une dizaine d'années, peut-être plus, il commencerait ceci ou cela, à peu près comme on jette sans but des pierres dans une fontaine. Dieu du ciel, pourquoi n'avait-il pas déjà fait sa sortie, par la coulisse côté jardin ? Pourquoi ces vieux os engourdis s'étaient-ils redressés ? Allons, cela aussi aurait sa fin. Qu'avait-il à en faire ? En quoi cela le concernait-il ? À présent, il allait s'installer, tranquille et paisible, là-haut dans sa belle chambre bien chaude, sur sa bergère de damas vert, il étendrait ses jambes et célébrerait ces adieux à sa façon. Oui, il lui restait une bouteille de sillery, du sillery d'Ernst Theodor Amadeus Hoffmann que l'oncle Eli lui avait apporté... Il allait lui casser le cou. Et en accompagnement, il prendrait dans sa bibliothèque *La vie des dames galantes** de Brantôme afin, le verre à moitié vide dans une main et le livre dans l'autre, de sonder le sens de cette existence douloureuse et folle. Sans doute arriverait-il finalement à retrouver son lit. Qu'avait-il encore, lui, à demander à quiconque au monde ? Personne ne lui demandait rien non plus. Et sur ces pensées, en tirant sa jambe blessée, Jason Gebert descendit de voiture.

Mais à peine eut-il posé le pied sur le marchepied qu'il se produisit quelque chose de tout à fait étrange et singulier. Quelque chose que Jason Gebert, si fort qu'il y réfléchît ensuite, ne put s'expliquer. Ce fut un éclair en lui, une soudaine et vive lueur blanche comme nous croyons en voir lorsque nous rêvons d'explosions et de canonnades puis nous réveillons en sursaut, éblouis par le feu de la poudre, pour ne trouver autour de nous que ténèbres épouvantables et faibles crépitements dans le silence. Jason ne savait pas comment il en était arrivé là. De toute la journée, il n'avait pas eu une pensée pour cet homme, vraiment pas une seule. Et pourtant ce fut soudain comme une certitude tangible qui se dressait devant lui : le Dr Kössling, là-haut dans sa chambre solitaire, plus loin, dans la Neue Friedrichstrasse, tourne maintenant en rond, affamé et désespéré comme un animal en cage ; le Dr Kössling, maintenant, à cette heure même, va attenter à ses jours. Et dans l'instant où il proférait cela, hésitant, un pied sur le marchepied, Jason se dit déjà que ce n'était pas vrai, que ce n'était rien de plus qu'une idée inconsistante, une imagination, que l'autre n'y songeait aucunement. Mais à peine eut-il cherché à rejeter cette idée qu'il fut pris d'une telle angoisse oppressante, d'une telle agitation intérieure, qu'il se sentit la poitrine tellement à l'étroit qu'il eut l'impression qu'une corde lui serrait la gorge. Jason Gebert ne croyait pas à la télépathie et au mesmérisme. Il était beaucoup trop sceptique pour croire à quoi que ce fût. Mais il voulait y voir clair. Y voir clair — oui, voir clairement ce qu'il en était. Il cria donc au cocher de lui faire remonter la Königstrasse et de le mener jusqu'à la Neue Friedrichstrasse.

Le cocher tira lentement sur la bride, comme s'il voulait laisser à son passager le temps de se raviser ; il fit tourner lentement le timonier de main droite et obliqua pour s'engager dans la Königstrasse. Jason Gebert avait baissé la vitre de la portière ; penché très en avant, il regardait la nuit grise que ne trouait que de place en place, à intervalles irréguliers, la lumière trouble et vacillante des flammes de gaz qui sautillaient dans les réverbères largement espacés. En proie à une inquiétude inexplicable, il ne pouvait détacher son regard de l'extérieur et suivait des yeux chacun des passants qui surgissaient puis disparaissaient, se demandant si ce ne serait pas Kössling. Il ne savait pas ce qui le mettait dans un tel état. Épiant et écoutant, tous les muscles tendus par l'attente, il se sentait comme un chasseur à l'affût.

Il aperçut de très loin une ombre grise, il entendit un bruit de pas, il sentit au rythme du mouvement que c'était une démarche qu'il connaissait, qui n'était pas du tout celle de la personne qu'il cherchait là. Et soudain, tout ce qui venait de lui arriver parut si étrangement inquiétant à Jason Gebert qu'il s'effraya de lui-même. Et il cria au cocher : « Halte ! » Et, oubliant sa faiblesse et sa maladresse, il sauta des deux pieds hors de la voiture et, le chapeau sur la nuque, sa redingote ouverte, il claudiqua sur les flaques d'eau gelée qui craquèrent sous ses pas.

« Jettchen ! Mon Dieu, Jettchen, cria-t-il, que se passe-t-il ? »

Jettchen sursauta, s'arrêta. Quand il l'avait appelée, elle était en pensée bien loin de là.

« Oh, oncle Jason ! » dit-elle seulement, en souriant comme un enfant qu'on surprend en train de chaparder des friandises.

Elle était toute rouge du fait de la fraîcheur de l'air. Jason le vit. Et elle souriait — elle pouvait encore sourire.

« Tu voulais aller chez moi ?

— Peut-être, dit Jettchen. Je ne sais pas. En tout cas, je ne voulais pas rester là-bas.

— La fête ne t'a sans doute pas plu davantage qu'à moi », dit Jason sans pouvoir s'empêcher de sourire lui aussi.

Et il prit la main de Jettchen qui tenait son manteau fermé, et il la caressa doucement tandis que les larmes qu'il avait aux yeux brouillaient la silhouette de la jeune fille.

« Mais avec tes chaussures légères, tu vas prendre froid, enfant que tu es, dit-il au bout d'un moment. Ce n'est pas un temps à se promener. Tu pourras de nouveau t'habiller ainsi quand les oiseaux se seront remis à chanter dans le parc du château de Charlottenbourg. Viens, Jettchen, ma voiture attend là-bas. »

Jettchen secoua tristement la tête.

Jason lui reprit la main.

« Dis-moi, Jettchen, d'aussi loin que tu puisses te souvenir, n'ai-je pas toujours été de ton côté ? Et crois-tu qu'à présent je sois d'un seul coup contre toi ? Viens, nous parlerons dans la voiture. Songe seulement : si quelqu'un nous voyait ici ? »

Tranquillement, sans opposer de résistance, elle se laissa conduire par l'oncle Jason. Pour monter dans la voiture, elle s'appuya même lourdement sur son épaule tandis qu'il disait au cocher de tourner un peu dans le quartier avant de le ramener à son appartement.

À présent, Jason ne pouvait plus distinguer le visage de Jettchen, car elle s'était laissée aller contre le dossier de la banquette au fond de la voiture. Mais il sentait de tout son corps combien elle était proche et il prit soudain conscience de ce que cette jeune fille représentait pour lui — bien plus qu'il ne pouvait se l'avouer.

« Jettchen, dit-il enfin, ne pourrions-nous pas nous parler comme deux êtres raisonnables ? Te rends-tu compte, Jettchen, de ce que tu as fait en t'enfuyant ainsi *après* ton mariage ? »

Jettchen se contenta de hocher la tête. Puis elle parla, en s'arrachant chaque mot :

« Je ne peux pas, oncle Jason. Je ne peux pas. Tous ces jours, j'ai attendu, attendu ; je me disais : il faut qu'il se passe quelque chose. À chaque seconde, j'avais la fièvre et je tremblais. Je pensais toujours qu'oncle Salomon allait me regarder, qu'il ne pourrait pas faire autrement, et qu'il me parlerait. Alors, je lui aurais dit que je ne pouvais pas. Minute après minute, je croyais qu'il allait se produire quelque chose d'inattendu, quelque chose qu'on ne pouvait absolument pas s'imaginer. Mais soudain, je me suis retrouvée avec la corde au cou. Je voulais crier, je ne voulais pas croire que ce pût être vrai. Et alors, tu sais, mon oncle, je suis... »

Jettchen se pencha en avant, et Jason vit le visage de Jettchen, bordé d'une vive clarté par la lumière d'un réverbère, une larme pareille à un bijou brillant d'un éclat rouge au bord de la paupière. Jason eut le sentiment qu'il lui fallait sécher cette larme d'un baiser. Car dans la compassion sans limites qu'il éprouvait pour Jettchen, quelque chose d'autre s'enflammait soudain qu'il n'avait jamais voulu s'avouer auparavant et dont il n'avait même pas conscience. Mais, de ce fait justement, il se borna à prendre la main de Jettchen, et il la garda entre les siennes, cette belle main charnue aux doigts minces, avec la bague sertie d'un brillant et l'anneau d'or. Il sentait encore entre ses mains l'anneau d'or tout neuf quand il eut fini de parler et que la voiture, après s'être égarée et avoir tourné en rond dans un dédale de rues mortes et plongées dans la pénombre qui montaient et descendaient au-delà de l'Alexanderplatz, longea de nouveau en craquant et grinçant les candélabres flamboyants de la Königsbrücke.

Jason avait parlé longuement, calmement, intelligemment. D'abord des faits, puis des perspectives. Jettchen ne voulait pas aller retrouver son mari ? Non ? Bien, il fallait donc s'en accommoder. Personne ne pouvait l'y contraindre. Mais elle devait aussi savoir que cet homme était à présent son mari. Le tribunal y avait apposé son sceau, ce matin, et ce n'était pas une plaisanterie. Monsieur l'État était une personne qui ignorait les sentiments et ne souffrait pas qu'on se moque d'elle. Il pouvait en parler en connaissance de cause, ce serait aussi beau que *La Vaillante Lagienka*[72]. Pour autant qu'il sût, Jettchen n'avait aucun moyen d'existence, et tout ce qu'elle possédait avait été remis par Salomon entre les mains de son mari. Cela créerait des difficultés. Car même si finalement Julius Jacoby la laissait s'en aller — puisqu'il n'avait pas le pouvoir de la contraindre à rester —, Jason croyait connaître suffisamment le nouveau cousin pour affirmer que celui-ci ne lâcherait pas l'argent.

« L'affaire, chère Jettchen, je le vois d'avance, deviendra très sordide et fera beaucoup de bruit. Nous devons veiller à nous en tirer le mieux possible et en silence. Tu aimes le Dr Kössling ? »

Jettchen hocha la tête.

« Je ne veux pas te demander où tu en es avec lui. Tu es maîtresse de tes décisions et il y a longtemps que tu as l'âge de tout connaître de la vie.

— Non ! s'écria Jettchen en sursautant, et elle serra comme en un geste de supplication les mains de Jason. Ne crois pas cela de moi, mon oncle ! »

Jason sourit, car ce n'était pas sans intention qu'il avait fait ce pas de clerc, et reprit d'un ton plus libre :

« Tu ne peux pas retourner chez l'oncle Salomon, Jettchen ; et même si on te le permettait, dans cette maison, tu en viendrais tôt ou tard à faire justement ce que tu ne veux pas. Je ne connais que trop bien ma chère belle-sœur. Et tu te rends sans doute compte qu'à présent, d'un seul coup, tu as contre toi toute la famille, toute la brave famille. Tu n'as rien à espérer sur ce point. Personne ne sera de ton côté, personne ne te comprendra, même pas peut-être celui que cela concerne au premier chef.

— Mais si, mais si, s'écria Jettchen.

— Et c'est pourquoi, mon amie, poursuivit Jason en ignorant cette objection, pour commencer, tu habiteras chez moi. Je vais te prendre sous mon aile, mon pauvre petit poussin perdu. Je te défendrai comme une lionne le dernier de ses petits. Mais ne me fais pas de bêtises, mon enfant. Ne va pas te mettre dans ton tort. Tu as besoin de la sympathie des gens. Tu as engagé un combat, Jettchen. Un *combat*, comprends-tu ? Tu ne pouvais agir autrement. Je ne dirai pas un mot contre cela. Je veux t'aider. Mais pas de bêtises. À présent, tu n'es plus Jettchen Gebert, mais Mme Henriette Jacoby, que l'on peut partout déclarer infréquentable. Et puis, Jettchen, tu dois bien te dire que zéro et zéro ne font cent que si l'on a un un devant. Seuls, ils ne sont ensemble qu'un pitoyable rien, qui ne peut durer. Et maintenant, ma chère grande, parlons d'autre chose. Pour commencer, donc, tu habites chez moi. Pour tout le reste, nous nous arrangerons. Figure-toi comme nous serons bien, petite mère. En fait, je suis bien heureux de t'avoir attrapée au passage. Car j'avais justement une drôle de sensation, et qui sait ce que tu aurais fait, sinon. Rien de bon, en tout cas. Songe seulement à la peur que tu leur as faite, à eux tous, là-haut, qui ne savent pas où tu es ! »

Ainsi parla Jason, longuement, pensivement, de façon intelligente et pourtant sarcastique, comme c'était sa manière. Assise à côté de lui, Jettchen l'écouta sans dire un mot. Après toute la peur et toute l'inquiétude, tout le froid et tout l'engourdissement des derniers jours, elle retrouvait pour la première fois, dans la voiture obscure et moelleuse, une sensation de chaleur et de sécurité, et elle regardait, à demi étonnée, les réverbères scintillants qui défilaient en dansant derrière les vitres tandis que la voiture continuait à rouler lentement, en silence, en se dandinant. Pour l'instant, elle avait l'impression que tout ce qu'elle venait de vivre était très loin, et que ce n'était nullement elle qui l'avait fait, mais quelque étrangère. Mais bientôt, toute l'incertitude de sa situation s'imposa de nouveau à elle, elle se blottit contre Jason, l'entoura de ses bras et se mit à pleurer avec de profonds sanglots. Et entre ses larmes, elle lui dit combien il était bon pour elle, que lui, il ne l'abandonnait pas, alors que personne ne voulait entendre parler d'elle. Mais Jason lui répondit qu'elle était une sotte et qu'elle avait toujours été l'enfant chérie de tous et qu'elle le resterait. Elle verrait. Ils seraient si bien ensemble. Et ensuite, tout s'arrangerait au mieux pour elle. Il y veillerait, *lui* ; il le lui promettait.

Ainsi parla Jason. Mais en lui-même retentissaient de tout autres voix, annonciatrices de tristesses et d'ennuis.

« Et Kössling se doute-t-il de ce que tu as fait ?

— Je ne crois pas, mon oncle. Je ne crois pas.

— Bien, bien », dit Jason en balançant pensivement la tête, sans remarquer le moins du monde que la voiture s'arrêtait déjà.

Au bout d'un moment, pourtant, il descendit de la chaise, lentement, car il avait les jambes lasses, et aida Jettchen à descendre elle aussi. Jason la vit devant lui, claire silhouette dans l'obscurité de la nuit étoilée. Dans les ténèbres, il entendait le crissement de sa robe de satin, il sentait la fraîcheur de ses bras nus. À l'instant, cela rappela à son esprit les fois si chères et si nombreuses où, ici même, il avait aidé quelque belle à descendre de voiture ; et, à ce souvenir, il ne put s'empêcher de sourire de l'étrange rôle qu'il jouait aujourd'hui, qui lui montrait qu'il était vieux et usé ; et qui cependant faisait surgir dans son esprit l'histoire de cet homme qui, dans la Bible, part à la recherche de l'ânesse de son père et, au lieu de l'animal, trouve un royaume.

« Eh bien, à présent, je conduis donc ma jeune épouse chez nous », dit Jason, presque moqueur, sur ce ton qu'il aimait tant et dont il croyait qu'il dissimulait tout à fait ce qu'il pensait et éprouvait véritablement ; et, avec un mouvement étudié à l'ancienne mode, il baisa la main de Jettchen. Puis il ouvrit la lourde porte de la maison, fit entrer Jettchen et se hâta de retourner en claudiquant dire au cocher de l'attendre, qu'il aurait pour sa peine un bon pourboire.

Un instant, Jettchen fut donc seule dans l'obscurité du vestibule. Elle aimait cet endroit. Elle s'émerveilla du périple qui la ramenait là. Tout le reste, les trois derniers jours, n'était plus que couleurs passées et sons étouffés ; elle se reprit à songer au Dr Kössling, son bien-aimé, et avec cette pensée revinrent les larmes, au point qu'elle dut s'appuyer au mur et se mit à sangloter en silence.

C'est ainsi que la trouva Jason ; et, en plaisantant, comme s'il n'avait rien vu, il lui offrit son bras et lui fit gravir précautionneusement l'escalier chichement éclairé. Il semblait si vaste, étrange, inquiétant et fantomatique avec sa rampe aux sculptures contournées, les larges marches, les hautes portes blanches et le ciel noir de la nuit, qui les regardait de ses innombrables étoiles par les petites vitres qui découpaient les immenses fenêtres du palier. Et quand Jason ouvrit la porte de son appartement, la vieille demoiselle Hörtel, dans sa robe à fleurs, s'enfuit devant eux en voletant comme un petit hibou.

« Viens, Jettchen, mon enfant, je vais te conduire dans ton royaume, la chambre de devant. »

Sur ces mots, Jason ouvrit la porte de la chambre verte et se dirigea vers la table sur laquelle était posée la lampe à modérateur. Il alluma son briquet de poche ; la flamme tressaillit, comme inquiète, et projeta dans la pièce des ombres gigantesques et indistinctes. Mais avant même que l'oncle Jason ait soulevé le globe de la lampe, il eut l'impression que, derrière lui, un objet pesant tombait sur le sol avec un bruit mat. Sans se retourner, il appela Mlle Hörtel avec un cri perçant.

Puis il se retourna, et vit Jettchen allongée par terre, à côté d'une chaise. Peut-être avait-elle voulu s'asseoir, peut-être même s'était-elle assise, mais soudain sa volonté lui avait fait défaut, elle s'était effondrée, avait glissé de la chaise et était tombée de côté.

Mlle Hörtel, effrayée, passa son vieux visage dans l'entrebâillement de la porte.

« Mes sels anglais, dit Jason à mi-voix. Ils sont sur la petite toilette à miroir. »

Puis il s'agenouilla, ouvrit le lourd manteau doublé d'écarlate, et Jettchen, dans sa robe de satin blanc, parut allongée sur un tapis rouge. Il tint devant le visage de la jeune fille évanouie le flacon de cristal taillé. Mais Jettchen gisait comme morte, aussi blanche que sa robe de mariée, et, ne percevant aucun changement, Jason glissa précautionneusement un bras sous son dos et l'autre sous ses genoux, puis, très lentement et en tremblant, il se releva en soulevant son lourd fardeau blanc et, la traîne blanche balayant le sol, porta Jettchen sur son lit.

« Il faut que nous déboutonnions la robe, Mlle Hörtel », dit-il.

Et tandis que la vieille demoiselle, qui n'avait pas encore dit un mot pour exprimer son étonnement, s'affairait sur les vêtements de Jettchen, Jason sortit de la pièce pour chercher parmi les bouteilles de vin le sillery qu'il avait eu l'intention de boire ce même soir. Mais comme il n'arrivait pas à défaire aussi vite qu'il l'aurait voulu le fil qui enserrait le bouchon, il cassa le goulot, et le vin et la mousse lui jaillirent sur les mains. Puis il prit une cuiller en argent et revint en courant dans la chambre verte.

Mlle Hörtel avait un peu libéré Jettchen de ses vêtements, elle lui avait aussi dénoué les cheveux ; la poitrine de Jettchen respirait tout doucement sous les dentelles blanches, et le petit médaillon d'or bougeait tout doucement entre ses seins à chaque souffle. Mais elle avait toujours les yeux fermés et les mâchoires serrées. Et quand Jason lui souleva la tête d'une main pour glisser dans sa bouche, à la cuiller, le vin jaune et pétillant... et quand, lentement, dans son visage, ses yeux sombres se remirent à parler... et quand Jettchen, revenant de très loin, regarda d'abord Jason d'un regard si étranger et si timide avant de tout reconnaître autour d'elle, de commencer à sourire avec une expression d'étonnement et de gratitude et de se rappeler où elle était... alors, ce soir-là, alors, pour la première fois, Jason perçut combien elle était belle, d'une beauté rare et distinguée, délicate et insondable, lointaine et énigmatique comme la vie elle-même. Et un long moment, il resta assis auprès d'elle et la regarda avec un sourire pensif, sans parler. Il sentait ce qu'a d'attirant et d'étranger toute vie de femme, qui se déroule près de vous et reste pourtant si infiniment loin, pour la conquête de qui nous luttons toute notre existence sans jamais remporter la victoire, qui n'est pas même nôtre quand nous tenons dans nos bras celle qui la vit. Et en même temps, Jason se sentait empli de compassion pour cette beauté dont le destin était de souffrir, car le lot de la beauté est de souffrir.

Mais quand enfin les yeux de Jettchen eurent recouvré leur clarté habituelle, Jason lui dit une fois encore que tout irait bien, qu'il ne fallait pas qu'elle se fasse d'idées, et que pour commencer elle devait rester en paix chez lui. Il interviendrait pour elle et prendrait soin d'elle. À présent, il fallait seulement qu'elle se repose en paix, tout à fait en paix, sans s'agiter. Mlle Hörtel lui tiendrait compagnie. Il restait du vin, il y avait aussi des biscuits. Mais qu'elle veuille bien l'excuser, il allait se retirer, car il était très fatigué.

Jettchen n'avait rien à objecter. La tension et l'excitation des derniers jours, qui avaient augmenté ses forces, avaient soudain disparu, et leur avait succédé un épuisement et un effondrement de son âme et de son corps, qui n'étaient plus en mesure de prendre une nouvelle décision et ne connaissaient plus qu'une aspiration alanguie au repos et à la dissolution de soi. C'est pourquoi, en guise de réponse, Jettchen se contenta de regarder l'oncle Jason dans les yeux, d'un regard profond et reconnaissant, quand il se pencha doucement vers elle pour effleurer des lèvres son front froid et blanc.

Jason se retira sur la pointe des pieds et fit signe à la vieille demoiselle qu'elle devait ne pas quitter le chevet de Jettchen et lui donner encore du champagne de temps à autre ; mais d'abord, qu'elle referme derrière lui la porte d'entrée, afin que Jettchen ne remarque pas qu'il ressortait.

Avec mille précautions, Jason se glissa dans la pénombre de l'escalier ; en bas, il réveilla le cocher qui s'était assoupi sur son siège, afin qu'il le conduise à la noce. Soupçonnant derrière tout cela quelque aventure galante, le cocher dit :

« Vous pouvez compter sur moi, patron. Je serai muet comme une tombe. »

Quand Jason descendit de voiture devant la « Société des amis », il entendit à l'étage comme le bourdonnement d'un essaim d'abeilles. La première, tante Minchen s'était rendu compte que

Jettchen manquait, et peut-être bien depuis un bon moment déjà. Car dans les fêtes, chacun ne fête que soi-même, et nul ne se soucie de la personne que l'on est censé honorer.

« Où donc est Jettchen ? » demanda tante Minchen. Et elle promena çà et là dans la salle, puis dans les pièces adjacentes, la traîne de sa robe longue comme une queue de comète.

« Je lui ai parlé il y a un instant », dit la demoiselle aux boucles de caniche en renforçant un fil de son travail de couture.

Julius Jacoby était assis auprès de l'oncle Naphtali, à qui il exposait son point de vue sur la conduite des affaires.

Rikchen se montrait aimable à l'égard de tout un chacun des invités qui lui étaient indifférents, car c'est justement avec ces gens-là qu'il faut toujours être le plus aimable, parce qu'ils racontent tout « à l'extérieur ». De ce fait, Rikchen n'avait pas un instant à consacrer à la question de Minchen. Ferdinand, qui ne s'était guère dégrisé depuis midi, rit et cria très fort :

« Jettchen sera sortie. Une jeune mariée est aussi un être humain, pour ainsi dire. »

Et, modeste comme il l'était toujours quant aux choses de l'esprit, il jugea que c'était la meilleure plaisanterie qu'il eût faite de la journée.

Mais tante Minchen ne se tint pas pour satisfaite d'une telle réponse et poursuivit sa course en zigzag. Les gens levaient les yeux, puis échangeaient des regards interrogateurs. Wolfgang s'associa à la recherche et glissa la tête derrière tous les rideaux rouges. Et la petite tante Minchen suscita soudain dans la compagnie une agitation et un trouble singuliers, sans que quiconque sût bien pourquoi.

« Que cherches-tu, Minchen ? demanda Salomon.

— Je ne vois pas Jettchen. Où est-elle donc ? »

Salomon fut terrifié. Il fit signe à Ferdinand, et son geste eut pour effet de dégriser instantanément son frère.

« Psitt, Ferdinand ! dit Salomon en attrapant son frère par le bouton du haut de son gilet et en l'attirant dans un coin de la haute fenêtre. Psitt, Ferdinand ! »

Salomon renversa sa tête en arrière et le fixa de ses deux yeux, très grave.

« Jettchen... Hum ! Elle est partie. »

Salomon ne dit pas un mot de plus, mais les deux frères se comprirent.

« Je vais aller voir du côté de l'eau », dit Ferdinand, car le terrain de la Société des amis donnait aussi sur le cours large et paresseux de la Spree. « Et Max va demander au portier si quelqu'un est parti. »

Dans la salle, l'orchestre se mit à jouer le *Rêve d'amour*, mais on courut lui dire d'arrêter.

Hannchen survint.

« Où vas-tu, Ferdinand ? » demanda-t-elle.

Mais à la vue de sa petite épouse trapue, si à son aise et si satisfaite d'elle-même, Ferdinand, ce Ferdinand rude et mal dégrossi, sentit brusquement monter en lui une fureur sauvage. Dans sa cervelle où, d'ordinaire, il n'y avait jamais place pour des pensées qui allassent au-delà de l'instant et du jour présents, et des exigences les plus grossières de jouissance et de profit, la vérité et la possibilité des évènements et de leurs connexions se firent soudain jour, quoique de façon confuse et floue. Et il saisit d'un coup tout ce qui s'était passé ici, et en même temps toute sa vie déréglée et ratée ; il en sentit les racines sans pouvoir le formuler en mots. Seule l'habitait sa colère, une colère molle, inconsistante ; et sans réfléchir au lieu ni au moment, il cria d'une voix qui retentit dans toute la salle que Jettchen était partie et qu'il s'en lavait les mains. Ils l'avaient voulu, eh bien, à présent, ils voyaient le résultat.

Tous se rassemblèrent. Julius, soudain très grave et décontenancé, se joignit à l'attroupement.

« Allons, allons, dit-il, ne vous énervez pas, elle reviendra bien.

— Si on m'avait écouté », dit Eli, qui pourtant ne s'émouvait plus vraiment de grand-chose, « il ne s'aurait rien passé. Je ne sais pas, avant, on me demandait toujours ; mais depuis que je n'ai plus d'argent, les gens croient que je n'ai plus d'intelligence non plus. En tout cas, je m'en vais aller voir Monsieur le chef du poste de garde de la Königstrasse — il me connaît, et même très bien. »

Mais on dut expliquer à grand-peine à l'oncle Naphtali ce qui était arrivé. Quand il eut enfin compris, il dit simplement :

« Ah tiens ! Je le voyais venir, ça. Tout de suite, elle m'a pas plu. C'est pas comme ça qu'une fiancée elle doit être ! »

Assises dans un coin, Pinchen et Rosalie se tenaient embrassées, mêlaient leurs larmes et sanglotaient à tour de rôle :

« Le scandale ! Le scandale ! Notre pauvre Julius ! »

Même Hannchen, qui d'ordinaire mêlait toujours quelque rire à ses larmes, s'était aussitôt mise à pleurer comme une Madeleine et essuyait en long et en large son visage rebondi d'enfant avec son mouchoir de dentelle. Qu'une telle chose dût se passer dans sa famille ! Jusqu'à présent, tout allait bien. Mais elle savait où Jettchen s'était enfuie.

Rikchen, qui avait blêmi, dit qu'elle ne pouvait pas croire cela de Jettchen.

Mais la demoiselle aux boucles de caniche, enveloppée des pieds à la tête dans un vieux manteau de peluche très ample, se montra de nouveau à la porte.

« Je vais jeter un coup d'œil du côté des barques de fruits, Monsieur Gebert, dit-elle. Peut-être que quelqu'un l'y aura vue. »

Julius déclara que si, à Berlin, on ne pouvait pas envoyer les soldats à la recherche de Jettchen, chez eux, à Bentschen, c'était possible.

Mais Hannchen répétait d'un ton de plus en plus assuré qu'elle savait où on trouverait Jettchen, qu'elle avait bien remarqué quelque chose depuis longtemps déjà, mais qu'elle n'avait rien voulu dire. Et quand bien même on l'aurait soumise à la torture, elle ne serait pas revenue sur ses déclarations. Elle savait ce qu'elle savait ; elle le savait depuis longtemps et elle aurait pu le dire avant si, elle non plus, elle n'avait pas cru Jettchen incapable d'une telle vilenie et d'une telle dépravation.

Les invités formèrent de petits groupes, et courbèrent la tête les uns vers les autres comme des moutons sous l'orage.

Ferdinand revint et appela Salomon. Dieu merci, la porte donnant sur l'eau était fermée à clé. Le portier n'avait pas bougé de sa place, et il n'avait rien vu, absolument rien, dit Max. Mais ce qu'il ne dit pas, car il l'ignorait, c'est que le portier avait passé tout son temps avec les servantes, à l'étage, où il avait procuré de nouveaux aliments à son corps et à son cœur pleins de souci. Mais comment penser qu'on puisse acquérir un tel tour de taille grâce au seul salaire de son emploi de portier ?

Minchen suggéra que peut-être on devrait envoyer à la recherche de Jettchen toutes les servantes, celles de Rikchen, d'Hannchen, de Minchen, et la couturière, et les employées du magasin qui étaient attablées au fond de la salle.

« On lave son linge sale en famille, cria Ferdinand si fort que tous les étrangers à la famille l'entendirent. Tu crois peut-être qu'elles n'ont pas déjà assez à bavarder comme ça ? »

Julius Jacoby avait à présent le visage très rouge et trottait de droite et de gauche.

« Pourvu qu'il ne soit rien arrivé à Jettchen », disait-il maintenant.

Quelques-uns s'équipèrent pour partir, car ils ne comprenaient pas ce qu'ils avaient encore à faire là. Seules les retenaient l'incertitude et l'inquiétude. Ils discutaient de l'évènement tout haut, sans égards pour leurs hôtes.

La pauvre petite ! On aurait pu se dire que ça ne finirait pas bien. C'est d'ailleurs pourquoi ils ne voulaient pas venir ; s'ils ne s'étaient pas excusés, c'était uniquement pour ne pas l'offenser. Pourtant, tout en venant, on avait donné à entendre à Salomon

Gebert que... Dans son excitation, *Madame** Spiro tournait de-ci, de-là sa coiffe de dentelle toute de guingois sur la gauche, désemparée, perdue, comme si elle avait quelque part de responsabilité. Seul le brave oncle Naphtali, assis devant une petite table aux pieds minces, buvait tout tranquillement son café, mais sans lait, en bourdonnant comme une mouche dans le coin du poêle. Il n'était pas content. Pendant la cérémonie, d'abord, il s'était passé quelque chose : ce verset, ce n'était pas le rabbin qui aurait dû le dire, mais l'oncle Salomon. Chez lui, ce genre de choses n'arrivait jamais, on pouvait en être sûr. Ensuite, il s'était méfié du repas, car il était un homme vraiment pieux. Et pour finir, la jeune mariée n'était même plus là ! Rien que des désagréments !

Eli revint. Le chef du poste de garde n'était pas chez lui, mais il lui avait laissé un message. La demoiselle aux boucles de caniche revint elle aussi, tout à fait hors d'haleine. Un homme avait vu quelqu'un longer l'eau, mais la description ne pouvait guère correspondre à Jettchen. Et Max revint, et après lui Wolfgang, qui, sans rien dire à personne, était descendu en courant dans la rue tel qu'il était vêtu et qui, maintenant, gelé jusqu'aux os, tremblait comme un lévrier tondu. Hannchen dit que ce gamin voulait se rendre malade, qu'il allait prendre la mort et que ça n'en valait pas la peine. Et elle lui donna une claque derrière la tête. Mais *Madame** Spiro lui apporta une tasse de café brûlant ; il fallait qu'il se réchauffe. Les larmes empêchèrent le garçon d'avaler la moindre gorgée. Et Salomon dit qu'à présent il fallait quand même prévenir la garde municipale ; puis il s'assit dans l'encoignure d'une fenêtre et prit sa tête entre les mains. Ferdinand émit l'avis qu'on devait attendre encore un peu, car en prévenant la garde, on s'exposait tout simplement sur la place publique ; et puis, de toute façon, on ne pouvait plus rien faire avant le lendemain. Peut-être Jason aurait-il une idée. On devrait envoyer quelqu'un chez lui. Mais Salomon se contenta de secouer tristement la tête, le regard las.

« Mon cher Ferdinand, laissons Jason hors de cela, dit-il. À quoi bon ? Et il est encore malade. »

En vérité, Salomon appréhendait de revoir maintenant son frère Jason, car il savait que malgré tout ce qu'il avait fait pour Jettchen, malgré les milliers et les milliers de thalers qu'il avait dépensés pour elle, il avait fort mal pris soin d'elle, qu'il avait dilapidé et gâché un bien qui avait été remis entre ses mains. Il ne savait pas ce qu'il pourrait répondre quand Jason viendrait le trouver et, sans un mot, lui demanderait de rendre compte. Et chaque fois qu'il entendait la voix d'oncle Eli — or le vieil oncle Eli parlait aujourd'hui très fort, car il était dans un de ses jours de surdité et pensait de ce fait que tout le monde était dur d'oreille —, et chaque fois que le vieil oncle Eli secouait la tête, répandant autour de lui un nuage de poudre blanche, et assurait à quelque interlocuteur que dans « sa » famille, « chez les Gebert », tout le monde avait toujours « fait passer l'amour d'abord », et que *lui*, il avait dit tout de suite que dans une affaire comme celle-là on n'envoie ses félicitations qu'au bout de vingt-cinq ans, mais que, malheureusement, on ne l'avait pas écouté... chaque fois, donc, que Salomon entendait la voix d'Eli, il tressaillait comme si l'on allait lire un acte d'accusation dressé contre lui.

Rikchen et Hannchen cernaient Julius et s'efforçaient de le persuader. Rikchen disait qu'il ne devait pas s'inquiéter, que Jettchen reviendrait bien à la raison : elle le savait, elle connaissait Jettchen et elle la comprenait. Mais Hannchen ne parlait que de ce qu'elle soupçonnait. On verrait bien qu'elle avait raison. Naphtali dit aussi qu'il se souvenait parfaitement qu'autrefois il y avait eu « une histoire tout à fait comme ça avec la fille aux Reitzenstein ». Minchen, quant à elle, courait de toute part en répétant toujours la même chose : Jettchen allait bien revenir ; elle ne pouvait pas y croire. Ferdinand revint à pas pressés vers Salomon. Il *fallait* aller chercher Jason. Il *fallait* chercher à savoir où habitait l'autre. Salomon se hérissa. Jamais, au grand jamais, il n'y consentirait.

L'agitation allait croissant de minute en minute. Chacun proposait autre chose. Chacun voulait se faire entendre en parlant, en criant plus fort que les autres ; et chacun pensait que plus haut il exprimerait son opinion, plus vite se calmerait en lui la voix qui disait que tout était vain et que si Jettchen s'était dérobée à cette table, c'était pour ne plus jamais s'y asseoir en ce monde. Car l'être humain est ainsi fait que jamais il ne veut croire à ce qui est certain, ni ne peut en saisir d'emblée toute la signification. Nous nous refusons sans cesse à reconnaître combien nous sommes démunis devant les faits. Et nous cherchons à les réduire par la parole, comme un adversaire supérieur nous met au pied du mur en exposant ses raisons. Et c'est aussi pourquoi, ce soir-là, tous parlaient à la fois. Chaque groupe avait son porte-parole, chaque opinion son défenseur ; on pesait et discutait chaque proposition, et on n'en mettait aucune à exécution.

Au milieu de ce bruit et de cette agitation, de ces va-et-vient inquiets, des crissements des robes à traîne, Jason entra dans la salle en claudiquant, calme et grave. Après sa maladie et les émotions des dernières heures, ses traits durs paraissaient plus aigus encore que d'ordinaire. D'abord, personne ne fit attention à lui, bien qu'il eût gardé sa redingote grise et tînt à la main son haut-de-forme brun à bord droit. Car chacun était tout occupé de soi-même ; et ceux qui par hasard voyaient Jason pensaient simplement qu'on l'avait envoyé chercher, ou bien qu'il n'avait fait que s'absenter un instant et revenait à présent.

Jason se dirigea vers Salomon, qui était assis devant une petite table, la tête appuyée sur ses mains.

« Eh bien, Salomon, dit-il en effleurant de la main l'épaule de son frère, qu'y a-t-il ? »

Salomon Gebert leva les yeux et regarda Jason d'un air interrogateur.

« Tu sais, Jason, Jettchen est partie. »

Jason se contenta de hausser les épaules.

« On pouvait s'y attendre, dit-il.

— Je ne me doutais pas que cela en viendrait là », répondit Salomon, et deux grosses larmes coulèrent sur son visage.

« Veux-tu venir un moment avec moi dans le petit salon ? demanda Jason. S'il te plaît, j'aurais à te parler. »

Salomon se leva et l'accompagna dans la petite pièce qui donnait sur le palier.

Tout le monde les suivit des yeux.

« Jason sait quelque chose, dit Minchen.

— Laisse-le faire, il aura une idée », intervint Eli, qui faisait grand cas de son neveu Jason Gebert.

« Voilà Jason qui parle avec Salomon ! cria Hannchen.

— Psitt ! Jason Gebert lui parle ! murmura-t-on dans toute la salle.

— Euh, je crois que je devrais y aller aussi, cria Julius Jacoby.

— Reste en dehors de ça, c'est un bon conseil », dit Rikchen.

Et Jason parla. Il dit que Jettchen était partie. Sans doute s'était-on beaucoup inquiété pour elle, ici.

Où était-elle ? demanda Salomon. Chez lui, dit Jason. Comment cela ? Eh bien, elle avait dû s'enfuir peu après son départ — Dieu sait où elle avait l'intention d'aller. Par hasard, par chance, il était tombé sur elle. À grand-peine, il avait réussi à la convaincre et il l'avait emmenée à son appartement, mais arrivée là, elle s'était évanouie, et il l'avait portée sur son lit. Il faudrait que Ferdinand envoie chercher Stosch, peut-être celui-ci pourrait-il passer examiner Jettchen dès cette nuit.

Salomon allait et venait dans la pièce, la tête baissée, pressant ses tempes de ses mains.

« Maintenant, oui, maintenant, elle s'enfuit. Mais pourquoi est-ce qu'elle n'est pas venue m'en parler avant ? Est-ce que je suis un chien ? Est-ce que je mords ?... Et à présent ? Qu'est-ce qui va se passer, à présent ? Est-ce que tu peux me le dire, toi, Jason ?

— Le divorce », dit Jason, sec et laconique.

Salomon s'était vite repris ; il se mit aussitôt à traiter le problème comme une affaire qui exige qu'on ait la tête claire pour ne rien gâter.

« Oui, dit-il, cela pourrait peut-être se régler ainsi. Il faut voir. »

Mais en lui-même, il espérait que, pour le saint amour de la paix, on pourrait éviter cette extrémité.

« Mais on ne peut naturellement pas faire ça du jour au lendemain, Jason. Et surtout, il faut que Julius...

— En tout cas, dit Jason, elle est à présent en sécurité. Et pour l'instant, c'est le principal à mes yeux. Comme sans doute aux tiens.

— Oui, pourquoi ne pas le reconnaître, je me suis vraiment beaucoup inquiété pour Jettchen ; car, tu sais, je la considère tout à fait comme mon enfant. Et Rikchen — je ne l'ai jamais vue dans un tel état depuis que nous sommes mariés !

— Eh bien », l'interrompit, Jason, et ce « eh bien » était sans équivoque, « elle aurait pu se l'épargner, car si l'on faisait les comptes, l'addition de ta femme ne donnerait pas un très bon résultat. Toi et moi, entre nous, nous sommes probablement tout à fait d'accord sur ce point. En tout cas, promets-moi seulement une chose, Salomon : laissons les choses suivre tranquillement leur cours. Pour l'instant, Jettchen est chez moi et y reste ; dans quelques jours, nous en reparlerons.

— Elle peut revenir chez nous sans crainte, nous ne lui ferons pas de difficultés.

— Ce n'est pas si important pour l'instant, mon cher Salomon.

— Sans doute », dit Salomon, qui avait recouvré toute sa fermeté habituelle. « Et penses-tu que Jettchen et l'autre...

— Elle ne m'en a rien dit, je ne sais *rien* », l'interrompit Jason, mais sur un ton qui signifiait : Sans doute, mon cher, mais en quoi cela me concerne-t-il ?

Mais Salomon n'entendait que ce qu'il avait envie d'entendre.

« Eh bien, tant mieux, dit-il en soupirant profondément.

— Allons, retournons dans la salle. »

Dans la salle, devant la porte, les messieurs tendaient le cou et les dames en larges corselets de satin noir, en robes de taffetas gris, en robes argent et rouge clair, en robes cloches bleu foncé et vert pomme, en robes de crêpe rayées, formaient derrière eux une épaisse muraille. Peut-être était-ce discourtois, car la préséance revient aux dames, mais la courtoisie le cède d'ordinaire au sérieux de l'existence.

« Eh bien, quelles nouvelles apporte Jason ? » cria Ferdinand, impatient.

« Tout va bien », répondit Salomon, très digne.

« Qu'est-ce qu'il a dit ? » demanda Eli.

Et quand on eut crié dans les oreilles du vieil oncle Eli, particulièrement sourd ce jour-là, que tout allait bien, il hocha pensivement la tête et dit :

« Bon, bon ! Mais où est donc Jettchen ?

— Oui », dit Salomon, qui se sentait dans la peau d'un diplomate formé à l'école de Metternich. « En tout cas, il n'est rien arrivé de grave. Cependant, mon cher Ferdinand, tu devrais sans doute passer chez Stosch pour lui demander d'aller examiner Jettchen.

— Et où est-elle donc ? demanda la tante Rikchen, très vite et très fort.

— Elle est chez moi », dit Jason d'un ton très calme et presque galant, mais comme s'il jetait son gant à un adversaire.

« Elle est chez Jason ! Je le savais ! cria la tante Hannchen en fondant en larmes. Un tel scandale ! Jason, c'est toujours Jason !

— A-t-on jamais vu cela ? Elle pleure comme un veau ! » tonna Ferdinand, et, comme il ne voyait pas à proximité de table sur laquelle décharger son mécontentement, il frappa du poing le rebord de la fenêtre, si fort que les vitres bombées tremblèrent.

Julius Jacoby se sentait mal à l'aise, car il voyait que l'on ne prenait pas son parti.

« Jettchen est malade ? dit-il enfin. Alors, il faudrait que j'aille tout de suite la retrouver.

— Il est préférable pour Jettchen que vous n'en fassiez rien », dit Salomon d'un ton très solennel, et Rikchen entendit seulement que son mari en était revenu au « vous » pour s'adresser à Julius.

« Certainement, dit-elle en avançant sa masse imposante devant Julius. Aujourd'hui, laisse donc Jettchen faire tranquillement comme elle veut. Elle reviendra bien à la raison. »

Jusqu'alors, Naphtali s'était contenté d'écouter en bourdonnant dans son coin, comme c'était son habitude lorsqu'il réfléchissait.

« Tu sais, Joel, commença-t-il enfin en saisissant Julius par l'épingle de cravate, là, j'ai eu connu un cas tout à fait pareil, dans la famille Goldstein, chez nous à Posen. Et après, elle est quand même allée chez son mari, et même qu'ils ont très bien vécu ensemble. C'est des choses qu'elles arrivent, voilà.

— Cette méchante créature ne franchira plus ma porte, criailla Hannchen. Aussi vrai que je suis là, elle n'existe plus pour moi.

— Je ne comprends pas Jettchen, moi non plus », se risqua à proférer Jenny, qui jusque-là s'était réfugiée en silence dans un coin, tout effarouchée. « Julius est pourtant si gentil ! »

Pinchen et Rosalie, quant à elles, pleuraient toujours en répétant « Le scandale ! Le scandale ! » Elles se déclaraient solidaires de

Julius et disaient qu'en agissant ainsi Jettchen avait insulté et offensé toute leur famille.

« Eh bien, Dieu merci, nous y sommes enfin, dit Eli tout réjoui. Je rentre à la maison. »

Mais la petite tante Minchen, tirant son vieil époux par la manche et lui donnant un coup de coude, lui signifia que, par le ciel, il ne devait pas dire de telles choses. Mais elle fut bien reçue !

« Et pourquoi ça ? cria Eli, qui sentait que lui-même, les siens et son opinion avaient à présent le dessus. Et pourquoi ça ? Tu crois peut-être que je vais me gêner, ici ? Elle a raison. Elle a complètement raison. Elle aurait seulement dû le faire plus tôt. L'erreur, elle est là ! »

Sur ce, Eli sortit, mais il rentra aussitôt, son grand parapluie bleu au poing, pour bien montrer qu'il s'était irrévocablement résolu à lever le camp.

« Alors, Minchen, dit-il, pourquoi est-ce que c'est arrivé, d'après toi ? »

Salomon avait recouvré toute sa dignité d'hôte et assurait à chacun des invités qu'il regrettait de tout cœur cet incident, que sans doute, ces derniers temps, avec tous les préparatifs, Jettchen avait trop présumé de ses nerfs, que c'était là l'explication. Mais il n'y avait probablement là rien de grave... Et Rikchen soutenait son mari dans ses efforts tout en faisant discrètement signe aux domestiques de resservir à la ronde encore quelques tartines, et en priant les gens de rester encore un peu. Dès le matin, elle remettrait les choses en ordre. Mais personne ne voulait plus rien prendre ni rester plus longtemps. Les gens disaient que, de toute façon, ils seraient partis à cette heure-là. Seule la demoiselle aux boucles de caniche continuait à tourner dans la salle pour voir si elle ne pourrait pas glisser gâteaux et autres friandises dans son sac à ouvrage brodé de perles, vaste comme une petite chancelière. Car elle avait fermement promis aux enfants qui habitaient dans sa maison de leur rapporter quelque chose de la noce.

Cependant, Julius restait là, complètement désorienté, ne sachant que faire ni que dire, au milieu de ces adieux et de ces compliments, et personne ne se souciait vraiment de lui. Qu'aurait-on pu lui dire, d'ailleurs ? Car il n'y avait rien dans les livres qui correspondît au cas du bon cousin Julius Jacoby, de Bentschen, et la chose était survenue de façon si surprenante pour lui qu'il était encore tout à fait incapable de bien saisir ce qui s'était passé exactement. Jusqu'à présent, tout dans cette vie lui avait souri, tout s'était déroulé selon ses vœux et ses volontés, quand il se brouillait avec tel ou tel de ses chefs, il trouvait toujours une meilleure place. Et à présent, à peine arrivé à Berlin, il avait une affaire à lui, de l'argent, un nid douillet et une belle femme, une femme fameuse pour sa beauté, même. Il était fermement persuadé de ne devoir tout cela qu'à ses dons inhabituels d'homme et de commerçant, et cette conviction n'avait fait que renforcer et raffermir encore la foi en lui-même, inébranlable comme roc, du bon cousin Julius, si bien que cette « foi en lui-même » imprégnait à présent tout son être et, si l'on peut ainsi s'exprimer, resuait de lui par tous les pores. Elle s'exprimait dans le moindre mouvement de ses gros doigts courts ; elle faisait se hérisser ses cheveux, plus raides et joyeux que jamais ; elle donnait à son cou et à son visage la rougeur riante d'une insolente santé, et enfin, elle faisait briller et étinceler ses petits yeux noirs pareils à des boutons comme si on les avait astiqués chaque matin. Oui, cette fois... Elle donnait même au cousin Julius Jacoby la conviction que ses manières, qui auparavant ne lui paraissaient quand même pas tout à fait irréprochables, étaient empreintes d'une grâce séduisante, et elle enracinait en lui la conscience de la supériorité de sa culture et de son esprit.

Maintenant, il se jugeait assez aimable et plaisant pour être assuré de tous les succès auprès des femmes et en fait, au fond de lui-même, il rendait gloire à celle qui aurait le bonheur d'accorder durablement la faveur de son inclination à un homme tel que lui et deviendrait de ce fait la rivale jalousée de toutes celles qui devaient se contenter de le regarder de loin. Et tout ce qu'il avait à offrir ! N'était-il peut-être pas homme à rendre une femme heureuse ? Tout cela, on l'avait méprisé, on l'avait purement et simplement jeté aux chiens, on l'avait piétiné. Et cela s'était fait si soudainement, de façon si surprenante, sans le moindre signe avant-coureur, que le bon cousin Julius en avait presque eu le souffle coupé et qu'il lui fallait happer l'air comme une carpe que l'on a tirée de l'eau. Jusqu'à présent, il n'y avait qu'une seule chose qu'il vît tout à fait distinctement : il lui fallait pardonner. Et aux moments de calme, il se disait — en homme d'affaire roué, il avait de l'expérience en la matière — qu'il arrivait souvent qu'un acheteur ou un vendeur semble reculer au dernier moment, et que finalement l'affaire se fasse quand même.

Mais même ces pensées ne le libéraient pas de ses doutes et de ses sérieuses réserves ; en particulier, il avait le sentiment confus que davantage était en jeu pour lui quelque chose de plus important — son « affaire ». Et pour cela, il se battrait. Car... si finalement la chance l'avait hissé sur un cheval blanc, il resterait en selle et chevaucherait, l'animal dût-il en crever ensuite d'étisie.

Jason échangea encore quelques mots avec Salomon et sortit en boitant, car il était fatigué, déclara-t-il, et sa mission ici était terminée.

Aucun des invités n'avait vraiment adressé la parole à Jason ; car sa façon de se présenter faisait que l'on se sentait secrètement intimidé. Et à présent, l'un après l'autre, ils remerciaient Salomon et Rikchen et disaient que tout avait été très joli — ce à quoi on pouvait d'ailleurs s'attendre — à part ce *tout petit* incident. Cependant, Julius allait et venait dans la salle comme le grand lion du dompteur Martin, et Hannchen reprenait toujours le même discours, sans jamais laisser la parole à quiconque ; elle submergeait tout de ses bavardages : elle trouvait cela inouï ; cette créature n'existait plus pour elle, ni pour son mari, ni pour ses enfants. Elle savait bien ce qu'il y avait là-dessous mais préférait se taire parce que ses enfants étaient là, sinon elle en dirait davantage.

Rikchen était aussi de très mauvaise humeur, mais elle n'en laissait rien paraître ; elle se contentait de signifier à sa sœur, par ses mouvements de paupières, d'avoir à se taire : elle versait de l'huile sur le feu, on ne devait pas laver son linge sale devant des étrangers. Mais la brave Hannchen ne s'en inquiétait nullement, car il aurait fallu tout simplement qu'elle ne fût pas elle-même pour laisser passer sans la mettre à profit cette occasion de montrer ses meilleurs dons et de paraître comme entourée de feux de Bengale. Rikchen savait pourquoi elle se taisait : elle connaissait ces Gebert... Surtout, ne pas les exciter ! Le lendemain, tout aurait par soi-même changé d'aspect.

Minchen et l'oncle Eli étaient partis, et Eli avait encore jeté un châle par-dessus le lourd manteau gris de Minchen, car Minchen, expliqua-t-il, s'était échauffée et, sinon, elle aurait facilement pu prendre froid. Le vieil oncle Naphtali, quant à lui, ne voyait plus de raison de ne *pas* manger de petits pains fourrés et — comme en outre le délai prescrit par les convenances était écoulé et, à ce qu'il entendait, toute l'affaire résolue de façon parfaitement paisible — il s'en était assuré quelques-uns et s'était retiré avec eux à une modeste place près d'une fenêtre. Il ne voyait pas pourquoi on devrait ne pas le faire : après tout, les petits pains fourrés étaient certainement inclus dans le tarif par convive. Avant même d'avoir avalé la dernière bouchée, cependant, le vieil oncle Naphtali de Bentschen se leva dans sa redingote brune et, chancelant, se dirigea vers les rares invités qui se tenaient là, désœuvrés, incertains de ce qui les retenait encore. Seul le besoin de causer ensemble les réunissait.

« Tu sais, Joel », dit Naphtali, l'air pensif, « j'ai bien réfléchi à la chose. J'ai déjà payé très cher pour le voyage, et l'hôtel, ça coûte de l'or en barre... Mais à présent, tu as ce grand appartement pour toi, avec plein de place... Et tu vas te sentir seul... Tu sais quoi ? Je pourrais bien loger chez toi, le temps que je serai là. »

Salomon Gebert qui, fatigué, s'était assis un instant, se leva d'un bond.

« Je rentre à la maison, Rikchen », dit-il, laconique, en pinçant les lèvres. Puis il claqua derrière lui la porte du vestiaire, et ce fut comme un tir de mortier qui retentit dans la salle.

Tante Rikchen le suivit à pas pressés, aussi vite que le lui permettaient son embonpoint et sa lourde robe de moiré gorge-de-pigeon à longue traîne.

Un long moment, le vieil oncle Naphtali, doyen de tous les Jacoby, resta planté là bouche bée.

« Joel, est-ce que *toi*, tu comprends ce qu'il veut, cet homme ? dit-il finalement en secouant la tête. *Moi* non ! »

Hannchen dit aussi que l'on n'avait pas le droit de traiter ainsi des invités ; et il n'y eut personne pour la contredire sur ce point, car son époux lui aussi était déjà parti — qui sait où ? Et dès lors, les Jacoby étaient tout à fait entre eux. Pas un nez étranger, Pinchen et Rosalie s'affairaient autour de Julius, leur frère, qui était tout pour elles, et lui remontraient qu'il devrait, qu'il devait par nécessité morale et pratique absorber encore quelque chose, faute de quoi, Dieu l'en garde, il risquait de tomber malade, avec toutes les émotions qu'il avait eues.

Dans l'escalier, l'idée était soudain venue à Jason qu'il ne lui restait plus qu'une voie à suivre, mais il voulait d'abord s'épargner cela jusqu'au lendemain. Puis il se dit qu'il serait peut-être préférable qu'il s'en acquittât le jour même, tout de suite. Et de nouveau Jason se laissa aller contre le dossier de la voiture, ferma les yeux et suivit les motifs, les étoiles rouges, et bleu foncé, et jaune flamboyant et sulfureux, que son sang bouillonnant peignait sur le fond noir de sa nuit ; c'étaient comme des rideaux multicolores, changeants, tendus devant deux cavernes obscures. Certes, il avait imposé ce qu'il voulait, mais qu'il était fatigué, fatigué à tomber ! Et qu'il était sans espoir ! Que la cause qu'il avait faite sienne et qu'il défendait l'emportât ou perdît la partie, lui-même, *Jason Gebert*, perdrait de toute façon. Il le sentait, et c'était ce qui le rendait si triste. Trouverait-il Kössling ? Il n'était pas encore tard, à peine neuf heures. Il serait chez lui. Car c'était un jour où l'on restait chez soi, surtout quand on était un solitaire et un original comme lui — tout seul et maussade chez soi comme un hamster dans sa cage.

Pour le docteur Kössling, ils avaient été étranges, ces trois derniers jours. Les heures avaient perdu leur signification, journées et nuits s'étaient inversées, la veille était devenue sommeil, et le sommeil veille. Car il passait ses jours à rêver, et les rêves étaient clairs comme le jour. Kössling était allé à la bibliothèque sans savoir comment il y parvenait ; et il y avait fait son travail sans vraiment voir un livre. Il était rentré chez lui en errant par les places, avait longé l'eau, le regard fixé sur le château au-dessus duquel les nuages s'enfuyaient comme des fantômes, puis il s'était perdu dans les rues, suivant sans but leur réseau. Il se surprit, à la poste, parcourant le long labyrinthe gris des couloirs, sans pouvoir se dire ce qu'il cherchait là ; et, où qu'il eût dirigé ses pas, il se retrouvait sans cesse à la sortie de la Spandauerstrasse. Là, il restait un moment à reprendre son souffle, comme s'il lui fallait rassembler son courage avant de plonger dans le tourbillon de ces rues étroites, avant d'oser revoir les vieux ponts de pierre, les canaux étroits couverts de vapeur qui se perdaient soudain, énigmatiques, entre les rangées de maisons. Et il avait repris son errance. Il ne savait absolument pas quelle était cette église dont le clocher se dressait dans la brume, ni si cette musique d'orgue qu'il percevait venait à présent des branches des arbres que, dans quelque bout de jardin, le vent fouettait contre un mur, s'il jaillissait dans l'air du toit ouvert de la tannerie, là-haut, ou bien... si ce n'était que le bruit de son sang. Puis il s'arrêtait de nouveau devant quelque fenêtre jusqu'à ce que la vision qu'il y voyait éclore derrière les vitres s'estompe et se dissolve. Et il se disait alors que c'était impossible, qu'il devait rêver tout éveillé, puisque Jettchen n'était sûrement pas là, et n'habitait pas là. Pourtant, il venait de la reconnaître, très distinctement. Car ce qui naguère ne faisait plus que planer au-dessus de son être comme le vent du soir, au printemps, plane toujours au-dessus des eaux des lacs, à peine visible, si ce n'est que la surface brillante tremble doucement et que la clarté du ciel s'y reflète plus lumineuse, était à présent revenu avec toute sa force : ce qu'il avait vécu au printemps avec Jettchen Gebert, qui l'avait habité de sa lumière et de sa flamme, puis qui l'avait fait souffrir, puis de nouveau était sans cesse revenu le caresser avec les mains douces du souvenir, de telle sorte que la douleur même, qui allait diminuant, commençait à lui faire du bien... ce qu'il avait vécu au printemps avec Jettchen était à présent revenu, non plus comme un vent du soir, câlin, mais comme une tempête d'automne qui soulève les eaux, les fait gronder et tourbillonner, qui ne souffre pas sur leur dos l'esquif d'une pensée, d'une sensation claire, mais le recouvre aussitôt de vagues, le renverse, l'emplit d'eau et le fait sombrer. Il n'y a plus rien d'autre, plus d'image du ciel, plus de but, plus de rivage, seulement l'âme et la tempête.

Il voulait... Oh, que ne voulait-il pas ! Mais chacun de ses plans s'évanouissait aussitôt dans son esprit : il y gonflait, y devenait réalité, expérience vécue, et tournait à l'impossible. Kössling tremblait de chaleur et d'excitation alors pourtant que le vent se prenait dans son manteau et que le froid humide de novembre s'insinuait jusqu'à sa peau. Une fois, même, il s'était retrouvé devant la porte de la maison de Jettchen, il avait senti dans sa main la dure poignée de fer, mais alors il avait entendu un bruit de ferraille à l'intérieur, comme si l'on déplaçait une caisse, et il était reparti précipitamment, toujours plus loin, sans but, sans savoir où, comme les enfants courent quand ils ont tiré une sonnette en se cachant.

Et une nuit arriva en trombe, battant de ses ailes noires, et elle ne souleva que tard son ombre au-dessus des rues et des maisons ; et une brève journée suivit, si brève et si trouble que l'on aurait dit que les deux nuits qui l'entouraient se tendaient les bras et se cherchaient par-dessus elle. Mais ensuite vint s'abattre sur Kössling un tourbillon vertigineux ; il ne savait pas s'il courait ou s'il était immobile, s'il était debout ou couché ; il avait l'impression que le temps s'était arrêté d'être le temps, s'était immobilisé, comme gelé.

Kössling était allé à la bibliothèque et, sans s'excuser, il était reparti en hâte, laissant là son travail. Et quand il fut rentré chez lui, il avait été contraint de se relever de sa chaise, de faire les cent pas, en long, en large, sans cesse — il lui semblait qu'il y avait un mort étendu quelque part dans la pièce, et, de temps à autre, à la dérobée, il avait regardé vers son lit, vers ce vieux château fort hostile de lit qui se dressait là, si opiniâtre et inquiétant, avec ses rideaux verts, et qui, depuis des années, n'avait apparemment pas bougé d'une ligne. Jamais tout cela n'avait paru aussi inconfortable et buté à Kössling, et pourtant une angoisse intime le forçait sans cesse à rentrer dans sa chambre ; à chaque fois qu'il voulait s'en aller précipitamment, il avait l'impression que ce jour-là, ce jour-là justement, il fallait qu'il reste chez lui. Il forgeait des projets d'avenir, envisageait la façon dont il pourrait approcher Jettchen et décidait aussitôt après de ne jamais la revoir. Il avait le sentiment qu'une main de géant, lentement, très lentement, se tendait vers lui, et son cœur cognait comme celui d'un oiseau effrayé, qui sent déjà l'étreinte de fer à laquelle il ne peut plus échapper. La douceur de son rêve s'était changée en amertume, et alors qu'il avait d'abord été empli vis-à-vis de Jettchen d'une gratitude sans précédent, qui le réchauffait et lui faisait monter les larmes aux yeux pour peu qu'il prononçât tout bas son nom, cette gratitude, pendant qu'il errait ainsi sans trêve, se métamorphosa en colère, en injustice et en haine. Pourquoi donc aurait-il éprouvé de la gratitude pour Jettchen ? Jamais aucune femme n'avait encore joué un rôle dans sa vie, pas même sa mère ou sa sœur. Jamais une femme ne l'avait ni encouragé ni détourné de son but. Toutes les années qu'il avait vécues avaient été dures, masculines, et solitaires ; et il avait aimé cette dureté et cette solitude, malgré tous les tourments qu'elles lui causaient. À présent, haine et injustice tremblaient en lui contre celle qui mettait en péril ce genre de vie et le forçait à tourner vers elle ses pensées. Mais bientôt les larmes lui revenaient aux yeux, et les vagues chaudes de son inclination, de nouveau, recouvraient et enfouissaient ces dures pensées.

Et la journée se termina ; les cimes nues des ormes et des peupliers, là-bas au bord des fossés, jetaient leur plainte dans le crépuscule, jusqu'à Kössling, quand le vent les secouait. Discrètement, précautionneusement, la nuit tendait ses mains noires vers les toits et les cheminées, vers les statues de la colonnade, et en effaçait toutes les formes, l'une après l'autre. Et elle glissait aussi ses mains dans la pièce, étalait des voiles de gaze noire dans les coins, en drapait le lit et le fauteuil, les clouait par-dessus les quelques tableaux, la lithographie de la Sontag dans le rôle de la Selika *d'Obéron*[73], et par-dessus les quelques silhouettes découpées des camarades d'études dont Kössling n'avait plus de nouvelles depuis si longtemps — ces voiles d'une triste gaze noire, serrée. Et la nuit n'épargna plus que la petite surface du plancher que Kössling continuait à arpenter sans trêve, puis se mit à la recouvrir elle aussi, pouce par pouce, de son épais tapis. Et avec l'obscurité, bien qu'il fût pris de frissons dans la pièce glacée, s'imposèrent aussi à Kössling de brûlantes représentations charnelles, et la haine et le dégoût pour cet homme qu'il ne connaissait pas, ce petit homme replet qu'il n'avait croisé qu'une fois dans la rue et qui à présent possédait tout à fait ce qui lui semblait, à lui Kössling, le seul bien au monde, qui avait conquis cette possession que lui, Kössling, ne s'accordait pas même dans ses rêves. Et pour la première fois, comme une salve de boulets rouges, brûlants, dans l'obscurité, surgirent dans l'esprit de Kössling des idées d'autodestruction, l'aspiration avide à en finir : des idées qui ne devaient plus jamais le quitter tout à fait, que d'abord il détesta, puis avec lesquelles il se réconcilia, pour enfin presque les aimer. Elles étaient encore très lointaines, mais déjà elles brillaient d'un feu clair et effrayant, si vif que, pour s'en protéger, Kössling devait presser son visage contre la froide toile cirée noire du fauteuil.

Et les heures s'écoulèrent au goutte-à-goutte, lasses et inutiles dans l'obscurité glacée, balançant entre plaintes, nostalgie, assurances et reproches jusqu'à ce qu'enfin Kössling se levât brusquement de son siège parce qu'il entendait quelqu'un parler dehors. La voix de Jason Gebert ! L'effroi s'empara de Kössling, il ouvrit brusquement et demanda à Jason, en criant, ce qu'il y avait. Car Jason Gebert, le docteur Kössling le savait, n'était pas homme à venir chez les gens sans raison, surtout pas maintenant, après sa maladie et un jour comme celui-là.

Mais Jason Gebert ne fit pas attention à la question.

« Eh bien, dit-il, vous êtes dans l'obscurité, Docteur !

— Oui, répondit Kössling. Pourquoi pas ? Voulez-vous que je fasse de la lumière ?

— Comme vous voulez, Docteur. »

Cela signifiait : « Oui, s'il vous plaît. » Et Kössling contourna son lit à tâtons, puis alluma la bougie du haut chandelier d'étain lisse, qui crépita, lança des étincelles et fit danser çà et là dans la pièce des lumières inquiètes et de grandes ombres.

« La lampe arrive tout de suite, dit Kössling avec un soupir.

— Ce n'est pas nécessaire », dit Jason.

Il s'était avancé en claudiquant jusqu'à la table près de la fenêtre et, comme à son habitude, feuilleta un des volumes qui y étaient posés, mais sans pouvoir en déchiffrer le titre. Comme il faisait froid, ici, et comme la pièce était peu accueillante ! Y avait-il même un poêle, dans cette chambre ?

Un long moment, Jason Gebert garda les yeux fixés sur le livre ouvert.

« Ce sont sans doute les *Entretiens avec une sainte* ? dit Kössling.

— Oh, oui ! » dit Jason comme s'il se rappelait soudain où il était, et, par-dessus le bord du livre, il considéra Kössling du regard aigu de ses yeux gris, qui pouvaient être si durs et graves. « Oh oui !... Mais vous vouliez chercher pour moi le Christian Garve, vous savez, *Société et solitude*[74].

— C'est que, ces jours-ci, je n'ai vraiment pas pu m'en occuper, dit Kössling d'un ton las.

— Je comprends, dit Jason. Ma nièce Jettchen s'est mariée aujourd'hui. »

Kössling se mordit les lèvres, inclina la tête et la secoua à plusieurs reprises.

« Je sais », dit-il en luttant contre les larmes.

Jason s'était approché en boitant de Kössling, qui était assis là sur une des chaises aux pieds minces, contre le mur nu, dans la lumière vacillante, fortement penché en avant, les mains sur les genoux.

« Mon Dieu, Docteur ! cria-t-il en donnant à Kössling une tape sur l'épaule, si j'étais *vous* ! Si j'étais vous, cria-t-il en le secouant... je ne sais pas ce que je ferais ! »

Kössling le regarda sans comprendre.

« Moi, je le sais bien », dit-il.

Mais Jason ne lâcha pas prise.

« Mon Dieu, si j'étais vous ! cria-t-il de nouveau. Avoir ainsi tout devant soi... Mais vous ne le méritez pas ! Personne ne le mérite ! Qui êtes-vous donc, *vous*, pour que l'on fasse une telle chose à cause de vous ? Et même si ce n'est pas à cause de vous que c'est arrivé... Qui êtes-vous ? Rien d'autre qu'un très gentil jeune homme comme il y en a des centaines ! »

Kössling regarda Jason Gebert sans faire un geste. Qu'avait donc Jason Gebert pour tout oublier ainsi, jusqu'à sa supériorite moqueuse ?

« Et depuis des heures, je suis en proie à une telle agitation . Je joue avec les fils comme le marionnettiste Richter. Seigneur, que n'ai-je pas fait, et pour qui ? »

Une lueur interrogatrice parcourut le visage de Kössling.

« Que se passe-t-il ?

— Ma nièce s'est mariée. »

Kössling s'effondra de nouveau sur lui-même.

« Je le sais », dit-il.

Mais Jason Gebert le secoua, s'approcha tout près de lui.

« Vous savez, Docteur, vous savez ? Vous ne savez rien, rien du tout ! Savez-vous que ma nièce s'est enfuie de la noce ? Oui ? Savez-vous que c'est moi qui l'ai trouvée ? Savez-vous qu'à présent elle est chez moi, dans ma chambre ? Et qu'elle n'ira pas chez son mari, *jamais* ? Oui ? Vous le savez ? »

Kössling s'était levé d'un bond, il avait presque fait tomber à la renverse Jason Gebert. Il ne voulait pas y croire, dit-il, ce n'était pas vrai ! C'était impossible ! Il ne pouvait le concevoir. Jason ne se doutait pas le moins du monde de ce que cela signifiait pour lui ; il avait soudain le sentiment d'un espace immense, éclairé d'une lumière si vive qu'elle le faisait chanceler, si vive qu'il en était presque aveuglé. Il voulait se rendre auprès de Jettchen, il voulait lui parler sur-le-champ, lui dire tout.

« Vous vous trompez, Docteur », dit Jason Gebert en se raidissant. À présent, il était de nouveau tout à fait lui-même, et il ne put s'empêcher de sourire. « Vous vous trompez, Docteur. Ma nièce ne reçoit pas de visites pour l'instant. Je vous prie — pour parler le langage des diplomates — de vous montrer discret à l'égard de tout ce dont je vous ai fait part. Je voulais seulement, de façon tout à fait confidentielle, vous mettre au courant des évènements. Ce que vous voudrez en conclure, c'est votre affaire. Je ne représente pas *vos* intérêts, mais uniquement ceux de ma nièce, et d'une certaine façon — mais cela, vous ne pouvez pas le comprendre — ceux des Gebert. C'est pourquoi aussi je ne puis prendre votre parti, je ne prends que le parti de ma nièce. Et si finalement, ce faisant, je vous suis utile aussi, eh bien... soit, mon ami, je n'y peux rien. Mais, mais, Kössling, je puis d'ores et déjà vous dire une chose : ce sera difficile... difficile... très difficile ! »

Et Jason exposa ses doutes et ses scrupules, son intention de tout faire pour que Jettchen n'aille pas vivre avec son mari et pour que, puisqu'ils étaient mariés légalement, ils soient aussi séparés légalement ; aujourd'hui, tout cela semblait si simple et si clair, si certain et si riche de perspectives ; mais il croyait, lui, que dès le lendemain tout apparaîtrait sous un jour différent. Jettchen n'était pas de force à faire face à cette situation, et il craignait qu'elle ne connaisse encore des temps difficiles. À cela s'ajoutaient les problèmes matériels, dont il ne voulait pas parler pour le moment.

Cependant, Jason s'était rapproché de la table, près de la fenêtre et il parlait, il continuait à parler dans l'obscurité. Dans les rues, derrière la maison, les lumières vacillaient dans la nuit, indistinctes, entre les toits. Les cimes dénudées des arbres, là-bas, ne s'étaient pas encore tout à fait dissoutes dans la nuit ; elles se détachaient, noires, sur le fond du ciel noir. Quelques étoiles profondes scintillaient à travers le réseau de leurs menues branches, et au-dessus se dressait de toute sa hauteur la nuit constellée, froide, sans cœur, impitoyable. Jason pressa son front contre les vitres tout en continuant à parler et à donner cours, dans l'obscurité glacée, à tous ses soucis. Derrière lui, dans la pièce à demi éclairée, la lumière de la chandelle jaune crépitait et vacillait, tremblait sur les murs nus, et dans la pièce silencieuse, Jason percevait les pas lents de Kössling sur le plancher qui grinçait.

Dans son excitation, Kössling prenait à peine garde à ce que lui disait Jason Gebert. Il se répétait sans cesse cette seule et même chose : que rien n'était encore perdu, absolument rien, et que ses angoisses avaient été vaines, et qu'il devait à présent se rendre auprès de Jettchen pour effacer toutes les pensées injustes qu'il avait eues à son égard. Il était fier d'elle, mais en même temps la peur qu'elle ne soit à présent malade le torturait. Pourtant, que pesait cette peur au regard de la profonde joie de vivre qui l'enflammait soudain, si inouïe et enivrante qu'elle faisait tressaillir tous ses muscles, avide de se décharger, jusqu'au moment où il s'effondra de fatigue.

« Eh bien, peut-être vous reverrai-je chez Drucker, cher ami », dit Jason. Il se retourna et prit son chapeau — il n'avait pas ôté son ample manteau. « Ma voiture m'attend en bas. Peut-être vous reverrai-je bientôt chez Drucker, un de ces jours, ou plutôt nous rencontrerons-nous chez Stehely un de ces après-midi ? »

Kössling sursauta.

« Et le Christian Garve ?

— Je passerai le chercher à l'occasion, Docteur », dit Jason, et il salua Kössling en passant devant lui.

Kössling prit le chandelier pour éclairer le chemin de Jason, et descendit derrière lui l'étroit escalier. À la porte, il chargea Jason de transmettre ses salutations à Jettchen. Le lendemain matin, il viendrait lui-même.

« Cher Docteur, dit Jason alors qu'il avait déjà la main posée sur la portière de la voiture, je transmettrai volontiers vos salutations, je ne l'oublierai pas. Voyez-vous, Docteur, les deux mots les plus tendres que l'humanité ait jamais inventés sont, dis-je toujours, “salutation” et “nostalgie”. Mais — hum — puis-je vous prier de *ne pas* me rendre visite ? »

Kössling rougit jusqu'à la racine des cheveux et trembla tellement que la bougie faillit s'éteindre.

« Ce n'est pas, cher Docteur, que je ne vous verrais pas volontiers chez moi ; mais vous ne savez pas où en sont les choses. Il m'a été permis d'accueillir chez moi Mme Jacoby ; il ne m'est pas permis de recevoir l'homme qui l'aime, comprenez-vous ? Pas pour le moment, en tout cas. Mais puisque nous nous verrons... »

Et sur ces mots, Jason se laissa aller contre le dossier rembourré de sa banquette et, fatigué, ferma les yeux. Quelle journée ç'avait été ! Et, lentement, comme ensommeillés, les chevaux se mirent à tirer la voiture.

Un moment, Kössling se tint là comme anesthésié, puis il remonta chez lui en courant pour prendre son chapeau et son manteau. Il lui fallait prendre l'air, faire tomber son agitation, quand bien même il devrait pour cela courir par les rues jusqu'au petit matin.

... Et tandis que la voiture de Jason parcourait en se dandinant bien à son aise le court trajet qui le ramenait chez lui, une autre voiture roula avec un bruit de ferraille par les rues de Berlin, maison après maison. Elle monta la Königstrasse, descendit la Spandauerstrasse du Molkenmarkt à l'église de la Garnison, longea la rue de la Poste, la Burgstrasse, sans oublier même le Hoher Steinweg et le Marché Neuf. Elle contourna en se balançant la Marienkirche et atteignit la Münzstrasse ; elle avait même à faire dans la Neue Rossstrasse. Mais cette voiture ne venait pas des écuries de l'oncle Ferdinand, ce n'était ni un break ni une britschka, ni un *char-à-bancs** ni un tandem, mais une voiture tout à fait démodée aux ressorts à lame arqués, avec une banquette de cocher incroyablement élevée et un marchepied pour laquais à tresse, à tricorne et à perruque blanche. Quatre lourds chevaux richement harnachés la tiraient, et des piqueurs la précédaient, soufflant dans leur trompette ; sur le siège du cocher jouaient tubas et cors, et sur les marchepieds des piccolos et des flageolets, petits et méchants, lançaient leurs trilles. Et dans la voiture, corrompue et menteuse, enfoncée dans les vieux coussins de soie, c'était la Dame *Fama* en personne, la vieille garce. Et de maison en maison elle devenait plus grasse, plus large, plus ronde ; de mieux en mieux nourrie, elle riait de plus en plus. Ses petits yeux disparaissaient presque dans son visage gras ; elle prospérait et les jointures de son vieux carrosse craquaient sous son opulence. Et dans toutes les maisons, jusque dans les coins les plus reculés, jusque dans les lits à baldaquin tendus de mousseline, parvenait le son des tubas et des cors, des flûtes et des flageolets petits et méchants, qui sans cesse, grondant, chuchotant, soufflant, sifflant, modulaient de nouvelles mélodies, inédites et inouïes...

Et tout advint comme cela devait advenir. On se réjouissait à la perspective de journées froides et claires, mais le beau temps ne durait pas. Dès le lendemain, le ciel était de nouveau couvert ; et la gelée blanche sur les toits des remises, sur les clôtures de bois des jardins près de l'entrepôt, dans le coin, sous la Königsbrücke, où au printemps précédent fleurissaient quelques violettes et où, à présent, le vent avait accumulé les feuilles mortes... la gelée blanche, avec ses mille petites dentelures blanches, étincelantes, disparaissait comme si elle était justement trop élégante et trop fière pour se livrer à tous les regards.

Seuls quelques jeunes porteurs de lait, seuls quelques paysans qui se rendaient en carriole au marché aux oies, seul le barbier qui, les basques de son habit flottant au vent, courait de porte en porte dans les premières lueurs de l'aube, eux seuls étaient autorisés à la voir et à colporter de place en place la nouvelle que, dehors, l'hiver était vraiment arrivé. Mais c'est seulement chez les premiers clients que le barbier avait loisir de parler du temps ; car ensuite, il avait plus important à annoncer. Et aux jeunes porteurs de bidons de lait, il était même permis d'éprouver du talon de leurs bottes si la glace des flaques, qui était si belle et lisse d'aspect avec ses longues aiguilles brillantes de cristal, pouvait déjà servir de patinoire. Mais avant même qu'ils aient pu vraiment déplorer que ce ne fût pas le cas, avant qu'ils aient pu balayer de leurs bottes à revers les dernières traces de leurs vaines tentatives, nul ne songeait plus à la gelée blanche, à la glace et à l'hiver. Comme une fumée grise venue de l'extérieur de la ville et se répandant dans les rues, la brume changeait le jour en un crépuscule blanchâtre. Elle essuyait la gelée blanche des toits bas, des clôtures et des coins silencieux, et recouvrait tout d'une humidité glissante. Et elle ne souffrait plus le moindre bout de glace sur les flaques, elle veillait à ce qu'elles étalent leur fange opiniâtre jusqu'au trottoir, et que dalles et pavés, qui s'allongeaient en minces rubans, soient tout entiers baignés d'une humidité visqueuse. Et la brume se transformait en bruine et en crachin, et à la bruine et au crachin succédait peu à peu une pluie tenace et régulière, qui tombait de la fumée grise et recouvrait tout d'une humidité brillante, qui pénétrait jusque dans les maisons, dans les niches, sous les porches, et n'oubliait pas même les coins des vieilles cours où, protégées dans la mesure du possible, les caisses vides des commerçants s'empilaient en pyramides.

Ce jour-là, pourtant, malgré cette pluie et l'inclémence du temps, les rues n'étaient pas moins animées... Naturellement, il fallait bien que les voitures postales arrivent, avec leurs cuirs tout éclaboussés, et toutes grises de la boue des grandes routes ; et les chariots qui partaient pour Francfort sur l'Oder, chargés de marchandises entassées et tirés par de lourds chevaux au pelage fumant, qui faisaient tinter leurs harnais, pour eux non plus il n'y avait pas de mauvais temps qui vaille, quand bien même la neige aurait eu dix pouces d'épaisseur. Mais pourquoi tel ou tel, ou plus encore telle ou telle, qui selon toute apparence n'avaient aucune affaire à régler, qui n'avaient pas à craindre de manquer quelque occasion, et qui donc auraient pu attendre tranquillement des jours plus tranquilles et plus agréables, pourquoi fallait-il qu'ils soient dans les rues et fassent des visites dont le seul résultat était qu'on gâtait le parquet bien ciré des gens — oui, de cela, on avait de quoi s'étonner ! Le menuisier Löwenberg ne se rappelait pas avoir jamais eu autant de clients. Et la maison de la Poststrasse qu'habitait la vieille demoiselle aux boucles de caniche — et qui était presque aussi petite et de guingois qu'elle — était devenue une véritable chapelle de pèlerinage. Des dames âgées en grands châles molletonnés, qui depuis des années n'avaient plus franchi leur porte, se rendaient compte soudain qu'elles avaient longtemps été très impolies de ne pas avoir rendu visite une seule fois à Mme Minchen Gebert dans sa maison du Hoher Steinweg ; et elles disaient que le jour et l'heure leur semblaient particulièrement propices pour rattraper cela. De vieux messieurs qui se gardaient du moindre souffle d'air et de la moindre goutte de pluie à cause de leurs rhumatismes et qui, le matin, ne s'aventuraient jamais au-delà de la plus proche tabagie, manifestaient un intérêt soudain pour l'hippologie et, pensifs sous leur grand parapluie, arpentaient la Königstrasse et considéraient attentivement les vieux hongres de Prusse-Orientale qui tiraient la voiture de Prenzlau, comme si cela devait attirer le vieil Elias Gebert. Peut-être pourrait-on apprendre quelque chose de lui.

Mais soit que le vieil oncle Eli eût vraiment son rhumatisme à l'épaule, soit que par exception le temps lui parût trop mauvais, les vieilles rosses avaient beau monter et descendre la rue, oncle Eli ne se montrait pas. Et les dames âgées ne trouvaient pas davantage leur compte auprès de la tante Minchen, car bien que la Minna de

Minchen fût aussi un peu sourde, elle avait quand même compris que ses vieux maîtres ne souhaitaient justement recevoir aucune visite ce jour-là. Hannchen, en revanche, se sentait honorée par les gens qui venaient chez elle : s'ils songeaient à elle en ces jours difficiles, c'était quand même un signe de la sympathie qu'ils lui portaient. Et c'est pourquoi la tante Hannchen, comme pour un deuil, avait revêtu une robe de taffetas noir. À présent, elle occupait de sa masse le milieu du canapé, un tabouret sous ses pieds chaussés de mules et un coussin dans le dos. En une heure elle dit tant de choses, et de telles qu'elle n'aurait pu en répondre en toute une semaine si elle avait dû se justifier. Si Ferdinand avait été là, il ne l'aurait certainement pas toléré. Mais Ferdinand n'était pas là.

Et alors que d'habitude la tante Hannchen se taisait intelligemment sur les faits et gestes de son époux et disait toujours aux visiteurs qu'il était occupé à la remise ou à l'atelier de peinture, ce jour-là elle dit sans ambages où il était allé. De très bonne heure — elle n'était même pas encore levée — le valet de chambre du prince Charles était venu dire que son mari était attendu au palais à dix heures pour y présenter des échantillons. Et c'était une bonne chose que, cette semaine justement, son mari eût reçu les nouveautés de Paris : des voitures divines, d'une élégance et d'un poli que l'on était tout à fait incapable d'égaler ici.

Mais malgré la prolixité de la tante Hannchen, nul n'apprit rien de précis et de satisfaisant sur l'affaire. On n'entendait jamais, toujours répétées, que les deux ou trois choses que l'on savait déjà depuis longtemps. Impossible d'apprendre le moindre détail piquant. Qu'y avait-il au fond de cette histoire ? Comment les choses s'étaient-elles passées exactement ? Nul n'obtint là-dessus la moindre clarté. Auparavant, jamais on n'avait rien dit de Jettchen, pas un mot qui pût expliquer cela ; personne ne s'attendait à rien de tel, tout allait pour le mieux — et soudain on racontait que la jeune femme s'était enfuie ! Seigneur, cela faisait froid dans le dos ! Et même un nouveau-né aurait bien vu que Jason Gebert, le vieux célibataire auquel il valait mieux ne pas se fier de toute façon, était pour quelque chose dans cette histoire, et d'une tout autre façon qu'il ne le disait, lui.

Et ceux qui, fort hardis, vinrent au magasin pour voir Salomon Gebert afin de lui remettre en mémoire quelque livraison ou de l'informer que l'on pouvait se procurer le papier d'emballage en réclame avec une réduction de trois pfennigs, et qui espéraient ainsi, accessoirement et par quelque biais, entendre parler de quelque chose — ceux-là n'apprirent rien du tout. Car on leur dit que le patron n'était pas là ; et le vieux Demcke, s'il se réjouit de l'information relative au papier d'emballage, grogna que le reste ne le concernait aucunement et qu'il n'était au courant de rien.

De fait, Salomon Gebert n'était pas au magasin, il ne s'y montra pas de toute la journée, bien que Noël fût déjà tout proche et qu'on eût du retard dans les livraisons et dans les expéditions. Depuis que le magasin existait, jamais Salomon ne s'en était absenté sans raison, fût-ce pour une heure. Peu importait ce qui s'était passé la veille, peu importait quel jour on était. Toujours et en toutes circonstances, Salomon arrivait le premier au magasin et en partait le dernier. Il y était quand le domestique ouvrait la porte, et il lui prenait les clés quand il s'en allait. Il en avait disposé ainsi quand c'était nécessaire, et il continuait alors que ce n'était plus nécessaire depuis longtemps, comme par une habitude superstitieuse... comme si le destin de son affaire en dépendait. Et ce jour-là, pour la première fois depuis des décennies, il avait rompu cette habitude ; mais quand bien même il ne l'aurait pas fait, sans doute personne n'aurait-il obtenu de lui la moindre réponse et peut-être aussi aucun de ceux qui l'auraient vu n'aurait-il osé l'interroger.

Le besoin de nouvelles de tous les amis proches ou lointains des Gebert et de leurs chères connaissances — et soudain, qui n'en faisait pas partie ? — n'avait donc aucunement été satisfait. Et quand, une bonne heure plus tôt que d'habitude, le jour se mit à tomber, et quand, une bonne heure plus tôt que d'habitude, dans le comptoir de Salomon, le domestique Gustav eut allumé les hauts candélabres posés sur les hauts pupitres devant lesquels les comptables se balançaient d'un pied sur l'autre comme des chevaux devant la mangeoire, la nouvelle — oui, la nouvelle de l'évènement — avait sans doute bien volé six fois autour des murs de la ville, avait effleuré une fois, deux fois chaque endroit, puis l'avait atteint une fois, deux fois de plein fouet ; on avait échangé et tenu pour vraies les supputations les plus aventureuses ; mais personne, en fait, n'était plus avancé. Personne n'en savait plus que la veille au soir, quand les flageolets et les piccolos de Madame *Fama* s'étaient mis à faire leurs trilles et les tubas à souffler jusque dans les ciels de lit et les rideaux de mousseline, les agitant et les faisant voleter. À présent, on attendait les journaux, peut-être en diraient-ils quelque chose. Le *Beobachter* ne s'en priverait sûrement pas, ni le *Berlin* de Krause... Et Sommerfeld[75] ? ! En tout cas, on apprendrait bien quelque chose de sûr quelque part.

Et pendant que les évènements excitaient tout le monde et soulevaient sans cesse de nouvelles vagues, car chacun se rappelait d'un seul coup que les Gebert avaient été naguère fort en vue, on en était content pour eux et on se réjouissait en soi-même de déguster dans sa bouche leur nom et leur réputation... surtout parce que, disait-on, la chose ne manquait pas d'un petit arrière-goût plaisant... pendant ce temps, donc — oui, pendant ce temps, ceux qui en étaient le plus directement affectés étaient en fait assez calmes.

Certes, l'affaire avait quand même été pénible pour Julius, car il attendait autre chose. Mais comme la bonne conscience s'était unie en lui avec maints verres de bon vin — sans parler du champagne — et avec un bon lit tout neuf, il put dire de lui-même, le lendemain matin, que, sans se flatter, il n'avait pas précisément mal dormi. Et quand de bon matin il fit un peu le tour de son nouvel appartement — pourquoi n'y serait-il pas allé dormir même sans femme ? —, regarda autour de lui et vit comme tout y était disposé à profusion et préparé avec amour, comme un bon gâteau au beurre fait à la maison, il en eut chaud au cœur malgré tous les soucis qu'il se devait d'éprouver — même sans femme. Mais quand la servante de tante Hannchen lui apporta son café, qui se distinguait sensiblement de celui de sa logeuse précédente tant en qualité qu'en quantité — car elle l'avait préparé pour *deux* personnes —, et quand elle l'installa au beau milieu d'une armada de petits pains frais, de beurre, de miel, de confitures, de petits pots de crème en argent, de pots de sucre pansus et de pinces à sucre ajourées, c'est alors que le cousin Julius ne put se retenir de siffler le petit air dont on avait chanté tant de couplets la veille à ses noces : « Hé, que faut-il pour être heureux ? » Et c'est toujours sifflant qu'il franchit sa porte pour se rendre à son bureau. Car à présent, se dit-il, il lui fallait chercher l'oubli dans le sérieux du travail.

Tante Rikchen, en revanche, eut toute la journée les larmes aux yeux ; elle ne tenait pas en place et passait sans cesse d'une pièce à l'autre. Mais sans doute aurait-elle eu aussi les larmes aux yeux et aurait-elle aussi erré d'une pièce à l'autre si tout s'était déroulé au mieux, sans accroc. Car sans parler de ce que Jettchen lui avait fait, elle lui manquait, et son absence était douloureuse. Car à sa façon, la tante Rikchen s'était attachée à sa nièce Jettchen, qui avait été si longtemps comme l'enfant de la maison, et rien n'était plus éloigné de son sentiment que de lui en vouloir. À vrai dire, tante Rikchen était seulement triste que Jettchen eût à ce point méprisé tout le bien qu'on lui avait fait. Mais ce jour-là, tante Rikchen adressa à peine la parole à son mari, et elle n'eut pas un mot pour évoquer ce qui s'était passé. Lui non plus n'en dit rien. Ils tournaient chacun pour soi autour de l'autre comme deux roues d'un mécanisme d'horlogerie qui tournent tout près l'une de l'autre, mais sans jamais se toucher, sans se rencontrer. Salomon était épuisé, il avait les yeux rouges ; en pantoufles, il se traînait de place en place ; il se levait de la chaise longue pour s'asseoir dans le fauteuil de rotin, du fauteuil de rotin pour s'asseoir sur le sofa de cuir noir, et du sofa revenait à sa place près de la fenêtre, les coudes sur les genoux et la tête entre les mains. Comme l'appartement lui paraissait vide, désert ! C'était comme si Jettchen était morte. Et plus d'une fois, il fut sur le point d'aller chez Jason pour en ramener Jettchen. Sa présence, sa proximité silencieuse, l'attention subtile et discrète dont elle l'entourait lui manquaient tant. Pourquoi donc ne voulait-elle pas revenir ? C'est pourtant ici qu'était sa place ! Il n'insisterait certes pas pour qu'elle aille retrouver son mari. Où avait-il donc eu les yeux, tout ce temps ? Et comment avait-il jamais pu croire que *cela* tournerait bien ? Il repensait sans cesse aux gens de l'extérieur, au fait que sans aucun doute son nom, le nom respecté et honoré de sa famille était d'ores et déjà dans toutes les bouches, que l'on souriait, chuchotait, bavardait et répandait des mensonges sur eux tous. Alors il était pris d'une telle colère qu'il s'en fallait de peu qu'il n'arrache du buffet les verres rouges de cristal taillé et ne les jette sur le sol afin seulement de passer son énervement sur quelque objet. Et quand, après le repas qu'il avait avalé sans un mot, il n'alla pas s'installer sur son canapé à côté de tante Rikchen pour faire sa petite sieste dans son coin, avec le perroquet, sur le traversin, mais, le dernier morceau encore en bouche, se leva et gagna la chambre, tante Rikchen ne put rien faire d'autre que s'asseoir dans le fauteuil, enfoncer dans ses yeux ses deux mains grasses et pleurer. Si au moins il s'était querellé avec elle, si au moins il lui avait fait des reproches !

Ferdinand, quant à lui, une fois son excitation première retombée, n'avait pas pris trop à cœur le problème posé par Jettchen, et les maux de tête, la migraine avec lesquels il s'était éveillé n'étaient nullement d'origine spirituelle, mais avaient leur source et leur siège un peu plus bas — à droite, un peu en dessous du cœur. Mais quand le laquais du prince parut et transmit à Ferdinand son heureux message, ce fut comme si un coup de vent avait dissipé ce petit malaise. La douleur ne disparaissait pas si vite même quand Ferdinand se posait sur le front des tranches de concombre, remède dont il faisait le plus grand cas. Ils avaient cessé comme par enchantement, ces maux de tête, et à ce matin gris de gueule de bois avait succédé pour Ferdinand un ciel plein de violons. Donc, oui, il obtenait la commande : une voiture de chasse, une britschka et un tandem. Trois voitures d'un coup — et en modèles de grand luxe. Et pour la cour, en plus ! Ce ne seraient pas les seules, naturellement, et cela lui vaudrait en outre quelque décoration. Il y avait des années qu'il lançait et relançait sa ligne ! Et soudain, alors qu'il s'y attendait le moins, le poisson mordait ! Il avait eu de durs moments. Et quand cette folie des chemins de fer était arrivée, quelques années plus tôt, il avait bel et bien cru que personne, bientôt, n'achèterait ou ne louerait plus une voiture de voyage ou moins encore une chaise. Tous prophétisaient la même chose. Et à présent ? Tel ou tel avait bien pu faire la culbute. Mais lui, il était plus haut que jamais. Car la cour, la cour de Prusse — ce n'était pas rien, la cour de Prusse ! Les autres viendraient d'eux-mêmes. Et Ferdinand voyait devant lui des écuries entières, avec des rangées sans fin de voitures de parade laquées de rouge et de calèches bleu ciel, qui toutes venaient de ses ateliers. Si par un tel jour le problème posé par Jettchen ne l'occupait pas trop, on ne peut lui en vouloir. Et même lorsque ce problème, à un moment donné, venait un peu trop à l'avant de ses pensées, la cour, la petite voiture de chasse à grandes roues et le prince lui-même — un homme que Ferdinand avait trouvé *tout à fait* à son goût, et qui lui avait dit « Mon cher Gebert » — tout cela revenait et donnait à la pauvre Jettchen un tel coup que dans sa tête, dans ses pensées, elle volait loin à l'arrière-plan, où, bien rangée à sa place, elle ne pouvait se faire remarquer désagréablement.

Eli et Minchen, en revanche, parlèrent beaucoup de la situation, sur laquelle leurs opinions divergeaient. Les deux vieux n'en restèrent pas moins paisiblement assis côte à côte, comme deux oiseaux posés sur leur perchoir. Minchen n'était pas contente de Jettchen. Elle n'avait jamais entendu dire qu'une jeune femme eût osé agir de la sorte, et c'est pourquoi elle la désapprouvait. Mais à bien considérer la chose, intérieurement, elle ne la désapprouvait pas du tout. Simplement, elle ne savait pas encore quelle position prendraient les autres, et comment on devait se comporter vis-à-vis de Jettchen pour ne pas choquer. Eli, de son côté, disait qu'il y avait longtemps qu'il ne s'était pas réjoui autant. C'était maintenant, justement maintenant, le moment de montrer que l'on était du côté de Jettchen et ne la laissait pas tomber. Et même pour tous les « éventuels côtés accessoires » du problème — car à présent les proches eux aussi comptaient avec de telles eventualités — le vieil oncle Eli montrait une profonde compréhension, approbatrice et absolutoire. Il allait jusqu'à trouver cela tout à fait naturel. Mais la petite tante Minchen ne pouvait le suivre aussi loin. Son âme féminine, disait-elle, se cabrait devant toute immoralité. L'oncle Eli ne voulait pas en rester là et cherchait à lui expliquer qu'il était impossible de trouver des différences là où, dans la nature, il n'y en avait aucune. Et comme ses arguments ne convainquaient pas — car on peut être marié cinquante ans et plus avec une femme et la voir aussi incrédule et incapable de compréhension face aux subtilités et à l'exactitude de la logique masculine — il se mit à tempêter et à pester contre les femmes, y compris la sienne, alors que d'ordinaire il se plaisait à l'exempter de ses invectives. Et il cria plusieurs fois, le visage écarlate :

« Comment vous voulez faire entrer ça dans le crâne d'une bonne femme ? ! »

Naturellement, Minchen ne se taisait pas non plus, et il en résulta la plus belle des fâcheries réciproques, jusqu'à ce que finalement Minchen baisse le ton, de telle sorte que le ciel s'éclaircit.

Minchen avait bien fait. Car, comme souvent dans cette vie, Minchen et Eli ne se querellaient que pour des mots : au fond... au fond, en effet, ils étaient parfaitement d'accord sur tout ce qu'ils pensaient et disaient.

Ainsi donc, alors que tout le monde était en proie à l'excitation, ceux qui étaient le plus directement affectés restaient assez calmes.

Oh oui, j'oubliais de parler de Jettchen, de l'oncle Jason et du Dr Kössling.

Stosch était passé dès la veille au soir, mais comme Jettchen dormait, il avait dit que c'était ce qu'elle avait de mieux à faire et qu'il ne voulait pas la déranger. Quand il revint tôt le matin, il examina et ausculta Jettchen ; et quand Jason l'interrogea, il dit que la jeune femme ne souffrait de rien de précis, mais qu'il fallait faire attention à son cœur.

« Pour porter un tel diagnostic, dit Jason, je n'aurais pas eu besoin de vous, Monsieur le conseiller. »

Mais dans l'exercice de sa profession, le vieux monsieur n'entendait pas la plaisanterie et il se contenta de marmonner quelques conseils : la ménager, prendre soin d'elle, pas d'énervement, du repos. Elle ne devait pas pour autant garder le lit, elle devait faire comme si elle n'avait absolument rien. Le vieux Stosch jugea superflu de dire un seul mot du fait que Jettchen se trouvait chez Jason, ou de tout ce qui s'était passé d'autre.

Jettchen s'était éveillée de bonne heure, et il avait fallu un moment pour que tout ce qu'elle avait vécu lui revienne à l'esprit. À présent, cela lui apparaissait sous un tout autre jour. Non qu'elle se repentît de ce qu'elle avait fait, mais elle ne savait plus à quel saint se vouer et elle était tout à fait désespérée. À tout le reste s'ajoutait le fait ridicule qu'elle ne possédait plus rien d'autre que sa robe blanche de mariée : aucun de ses nombreux peignoirs de toutes les couleurs — un pour chaque mois —, aucune de ses robes d'intérieur ou de sortie, ni celle de drap anglais vert, ni celle, toute neuve, en soie lilas, ni même sa vieille robe de taffetas gris argent ou celle, semée d'épis dorés, qu'elle portait à présent tous les jours.

Et oncle Jason fit lui aussi une visite matinale à Jettchen, après avoir envoyé en parlementaire Mlle Hörtel pour qu'elle demande si Jettchen voulait bien le recevoir.

« Les dames du siècle dernier, dit Jason, avaient coutume de recevoir *avant* leur *lever** », et, *personnellement*, il trouvait que cette coutume méritait au plus haut point d'être imitée, il regrettait même sincèrement que, parmi les dames *honorables*, elle tombât de plus en plus en désuétude.

Jason avait tout à fait retrouvé son ton habituel, et il bavarda avec Jettchen de cent choses — mais ne parla ni de ce qui s'était passé la veille ni de ce que pourrait être le lendemain. Cela ne semblait pas exister pour lui. Il était tout feu tout flamme, en revanche, pour la prise de position des *Jahrbücher*[76] : c'était juste ; pour une fois, on montrait du courage. Qu'en dirait-on dans les sommets de l'État ? Ce n'était justement pas en ce moment qu'on s'y serait attendu. Et il y avait là les noms les plus considérables. Puis il demanda à Jettchen de l'accompagner le lendemain ; il avait une place chez un ami, dans la Breite Strasse — une fenêtre d'où ils pourraient voir la retraite aux flambeaux des étudiants. Il fallait qu'elle vienne avec lui pour au moins profiter un peu de la fête de la Réformation. Car tout Berlin y serait. Mais Jettchen dit que pour le moment elle ne sortirait pas. Jason s'insurgea. *Justement*, il fallait qu'elle sorte, qu'elle voie du monde ; qu'elle ne croie pas qu'elle devait s'enfermer dans un cocon : elle pouvait aller la tête haute aussi bien que les autres, cela lui était d'ailleurs toujours allé si bien ! Ils iraient ensemble au théâtre, et il lui ferait découvrir *peu à peu* les dix-sept pièces de Raupach sur les Hohenstaufen que l'on devait présenter au cours de l'hiver, ou le nouveau drame de M. Bart, de Neustrelitz, que le comité de lecture avait accepté. Connaissait-elle ce M. La Barbe de Neustrelitz ? Son nom et sa ville natale étaient déjà des garanties de génie[77].

Mais tandis que Jason était assis au pied du lit de Jettchen, qui la veille encore était le sien, — à distance respectueuse, à un bout de la bergère d'acajou aux grosses rosettes de bronze — et, de là, menait une conversation gracieuse bien qu'un peu contrainte, désuète et fleurie, comme s'il jouait le rôle d'un abbé galant... et tandis que Jettchen, malgré tous ses soucis, ne pouvait s'empêcher d'en sourire et, tout en souriant, considérait pour la première fois son nouveau cadre, qui lui paraissait maintenant tout à fait différent, où tout avait soudain un tout autre visage qu'auparavant, où chaque lithographie sur la soie vert foncé des murs, où chaque figurine de porcelaine dans les vitrines semblait avoir incorporé un peu de l'être de son possesseur... et tandis que Jettchen, donc, tout étonnée et rêveuse, regardait la lumière blanche qui, malgré le jour gris de l'extérieur, entrait à flots par les hautes fenêtres et donnait un air de propreté éclatante et méticuleuse à toute chose, à la table, aux fauteuils verts, aux vitrines brunes avec leurs colonnes à chapiteaux dorés et leurs nombreuses porcelaines blanches ou multicolores, à tout, à tout jusque dans les coins les plus reculés... peut-être avait-on frappé à la porte, et peut-être Jason avait-il dit : « Entrez », car soudain Jettchen vit la servante de tante Rikchen, *sa* servante, debout devant elle, le visage gonflé et les yeux rougis par les larmes. Et à côté d'elle, la petite Mlle Hörtel, les yeux pareils à ceux d'une chauve-souris. Et entre les deux, elle vit la grande corbeille à linge, pleine à ras bord de jupes et de peignoirs, rouges, verts, blancs, bleus, et dans les tons pastels les plus tendres.

La servante ravala ses larmes et ses sanglots et dit que *Madame** Gebert, avec tous ses compliments, envoyait ses affaires à la jeune *Madame** Jacoby, et que le reste des affaires allait arriver aussi.

Et Jettchen ravala ses larmes et ses sanglots et dit qu'elle remerciait infiniment. Jason lui-même dit que c'était là de la part de la tante un geste d'une gentillesse émouvante. Il ne se serait jamais attendu à ce qu'elle montrât tant de tact. Mais il oubliait que la tante n'avait pas fait cela de façon tout à fait désintéressée, qu'elle savait sans doute bien que l'on n'attrape pas les mouches avec du vinaigre.

Après une pause emplie d'une émotion générale, Jason dit qu'il allait à présent se retirer, puisque Jettchen avait largement de quoi s'occuper pour les cinq heures à venir. Il lui cédait en outre la moitié de son empire. Elle pouvait occuper toute la place disponible dans la grande armoire, là-bas. Les affaires de Jettchen et les siennes parviendraient bien à s'entendre. Pour le reste, elle n'aurait qu'à s'adresser à Mlle Hörtel.

Un moment après, Kössling sonna à la porte. Il fallait qu'il parle sur-le-champ à M. Gebert. Il était déjà passe tôt le matin, pour demander comment allait Jettchen. Mais tout le monde dormait. Et à présent, il revenait. Il *fallait* qu'il parle à M. Gebert.

Jason lui fit demander de venir sans aucun bruit dans son bureau, à l'arrière de l'appartement, bien qu'il eût intérieurement de fortes réserves contre cette visite.

Mais avant même que Jason n'ait le temps d'exprimer son mécontentement de quelque façon, Kössling lui tendit un in-octavo au large dos de cuir et aux belles dorures, tout à fait comme on jette un bout de pain d'épice à un cerbère, et dit qu'il avait trouvé le livre. Et qu'il l'avait eu à très bon marché, à peine pour la moitié de son prix ; il lui avait coûté dix-huit groschen d'argent et demi, alors que c'était une édition originale. Et c'était un pur hasard qui le lui avait mis entre les mains. Ce qu'il ne dit pas, c'est qu'il avait passé toute la matinée à courir d'un bouquiniste à l'autre, jusque dans les plus petites caves les plus reculées de la Neue Jägerstrasse, et que pour finir il l'avait payé non pas dix-huit groschen d'argent et demi, mais un thaler et cinq bons groschen [78]. Mais aujourd'hui, pour Kössling, le Christian Garve valait cela. Et puis c'était la meilleure édition, et comme neuve. Non, ce n'était pas trop cher, pas du tout.

« Eh bien, dit Jason, le hasard vous a fait tomber sur une excellente affaire. Entre frères, déjà, ce livre vaut un thaler. »

Mais Kössling, qui ne voulait pas se laisser priver de son prétexte, l'assura qu'il avait bien obtenu le livre à si bon marché, et qu'il espérait bien en trouver d'autres chez le même marchand. Et il parla de toutes sortes de livres et d'éditions rares, comme s'il avait l'intention d'éviter que fût abordé tout autre sujet de conversation.

Bien que Jason eût pénétré cette petite ruse et s'amusât intérieurement de voir que l'amour peut rendre ingénieux même un homme maladroit, la conversation lui fit bientôt oublier que ce n'était là qu'une feinte. Et bien que Kössling fût lui aussi fort loin de là par le cœur et par l'esprit, le sujet fit que lui aussi fut bientôt tellement pris par son propos qu'il en oublia presque le reste... Si bien que l'un et l'autre ne tardèrent pas à flâner dans leur royaume commun, où, Dieu soit loué, ne peuvent pénétrer le bruit, la confusion et les tourments que le méchant peuple des femmes cause aux hommes.

Jason allait et venait le long des rayonnages bruns, longeant les dos de cuir brillants aux petites étoiles dorées, aux étiquettes de maroquin rouge ou vert. Tantôt il se courbait, tantôt il levait haut le bras pour prendre un volume et le montrer à Kössling.

Et il était sur le point de présenter à Kössling son édition de Goethe de 1775, celle de Himburg, et d'attirer son attention sur les gravures en taille-douce, qu'il préférait de loin à celles de Ramberg dans l'édition définitive, quoique celles-ci, bien sûr, fussent beaucoup plus proches de ce qu'ils ressentaient, Kössling et lui — quand la porte s'ouvrit, et Jettchen entra sans bruit, sans un bruit, car elle avait aux pieds une paire de chaussons de cuir souple rouge, faits sur mesure. Elle portait un des peignoirs qu'on venait de lui apporter, tout neuf, gris argent. Il laissait le cou dégagé, ainsi que les bras jusqu'au-dessus du coude. Et les lourds cheveux de Jettchen étaient simplement relevés. Elle était venue à l'arrière de l'appartement pour se montrer à Jason, et surtout pour lui présenter un visage aimable et échanger avec lui quelques mots, afin qu'il voie qu'elle était redevenue la même qu'avant et qu'il n'aille pas se faire du souci pour elle. Elle ne se doutait pas que Kössling était auprès de lui. Et ce n'était pas pour Kössling qu'elle avait revêtu son peignoir neuf.

Elle s'effraya donc, et Kössling s'effraya tout autant. Kössling sentit qu'il devait dire quelque chose, qu'il devait la remercier de ce qu'elle avait fait pour eux deux. Mais il ne put proférer un mot. Et Jettchen se sentit soudain oppressée et intimidée, elle ne savait pas comment elle était censée se justifier. Là, dans la lumière du jour, la nuit passée était si loin que Jettchen ne comprenait plus guère sa hardiesse.

« Eh bien, dit Jason en replaçant précautionneusement le livre à sa place entre les autres, tu ne t'attendais sans doute pas à cette visite-là ?

— Elle ne m'en est que d'autant plus chère », déclara Jettchen en levant lentement la main et en la tendant à Kössling.

Celui-ci, tout désorienté, balbutia un remerciement en s'inclinant vers la main de Jettchen.

Jason remarqua soudain dans le classement de ses livres quelque chose de curieux, qui ne l'avait jamais frappé auparavant, et qu'il dut examiner avec la plus grande attention... pendant un bon moment.

Mais quand il se retourna vers eux, les deux autres étaient toujours à la même place ; Jason ne les avait pas non plus entendus se parler, et pourtant il eut l'impression de sentir distinctement dans sa main les fils de leurs deux destins, liés et noués ensemble, et il eut le sentiment que son devoir était de les lier et de les nouer ensemble plus fermement encore.

Mais — il en est ainsi des mains humaines — alors même qu'il croyait les tresser ensemble plus étroitement et plus intimement, il ne faisait qu'en relâcher les boucles et les mailles. Car lui-même sentit que, tandis qu'il parlait, Jettchen et Kössling s'éloignaient l'un de l'autre.

« Vous savez, Docteur, dit-il avec un sourire tout en feignant de menacer Jettchen de son doigt, elle me plaît. J'aime les êtres qui, comme elle, vont leur propre chemin. Et les autres ont beau crier casse-cou, écoutez-moi bien : qu'il s'agisse de ce monde ou de l'autre, les choses sont ainsi réglées que les bons chemins finissent mal, tandis que les mauvais finissent bien. »

Jettchen secoua la tête et Kössling eut un rire contraint.

« J'apportais simplement un livre à votre oncle », dit-il comme s'il lui fallait excuser sa présence.

Et Jason montra le livre en vantant le bon achat qu'avait fait Kössling, tandis que celui-ci, heureux de sa ruse, adressait à Jettchen un clin d'œil que Jason fit mine de ne pas remarquer.

« Oui, déclara-t-il. À présent, je vais faire comme Barbe Bleue, je vais te faire faire le tour de mon château. Tu auras la clé de toutes les pièces, Jettchen, tu pourras y accéder autant et aussi souvent que tu voudras. Mais — et il montra un rayon de sa bibliothèque

— cette pièce-là te restera interdite, ce sera la seule de mon château où tu ne pourras entrer. »

Kössling parcourut ce rayon du regard, et quand il vit *Le Voyage de Sophie de Memel en Saxe*[79], il sut pourquoi l'accès de cette pièce devait rester interdit à Jettchen.

Quant à elle, Jettchen rit.

« Eh bien, dit-elle, les autres pièces de ton château offrent assez d'espace, mon oncle. Mais en fait, je ne faisais que passer, je voulais juste te rendre ta visite de tout à l'heure. »

Et elle avait déjà la main sur la poignée de la porte.

« Moi aussi, je pars ; je dois aller à la bibliothèque », déclara Kössling en s'empressant de saisir son chapeau mou que, dans sa hâte, il avait posé sur une chaise.

« Avez-vous appris quelque chose de nouveau au sujet des *Jahrbücher* ? » lui demanda Jason en l'accompagnant dans le vestibule.

Kössling ne savait rien.

« Dommage, j'aurais bien aimé savoir ce qu'on en dit dans les milieux universitaires. Eh bien, revenez vite me voir un moment. Je me réjouirai toujours de votre visite. Et peut-être quelqu'un d'autre s'en réjouira-t-il tout autant. Mais excusez-moi — le Garve ! Merci encore, cher Docteur, vraiment —, le Garve, je ne lui ai pas encore donné sa place. »

Et sur ces mots, Jason se hâta de retourner en claudiquant dans son bureau, tira la porte derrière lui et laissa les deux autres seuls avec les quelques tabourets dorés et les quelques miroirs à cadre doré dans le corridor baigné d'une pénombre grise, qui ne prenait le jour que par quelques portes vitrées.

Un long moment ils restèrent face à face, intimidés et désorientés. Car ce qui avait été leur bien commun secret était soudain devenu une affaire publique, et du jour au lendemain nostalgie et passion s'étaient métamorphosées en défi et combat ; et ils ne s'y étaient pas encore faits, et cela se dressait entre eux comme quelque chose d'étranger, qui les séparait.

Kössling trouva enfin ses mots :

« Jettchen, chère petite Jettchen. Tout ce qu'il t'a fallu supporter pour nous !

— Oui, dit Jettchen. Véritablement. Et pour finir, ç'aura pourtant été en vain. Hier, tout était encore possible et clair ; mais aujourd'hui ? S'il n'y avait pas oncle Jason, je ne sais vraiment pas ce que je ferais. »

Kössling la consola. Tout irait selon ses vœux, nul ne pouvait la contraindre, la forcer. Et puis ils ne lui voulaient pas de mal. Quant à lui, Kössling, il ferait son chemin. Ils n'étaient pas si vieux, l'un et l'autre, qu'ils ne puissent pas attendre leur bonheur.

Puis ils prirent congé l'un de l'autre sur le seuil, échangèrent de longs baisers insatiables comme la flamme et qui portaient en eux une aspiration toujours renouvelée, surgie des profondeurs de leur être. À peine leurs bras étaient-ils retombés qu'ils s'enlaçaient de nouveau comme s'ils devaient tenir aussi fermement l'un à l'autre que deux maillons de fer forgé. C'est seulement lorsque, de son bureau, Jason cria pour appeler Mlle Hörtel, qu'ils s'écartèrent en hâte l'un de l'autre. Jettchen se pencha largement par-dessus la rampe, lança des baisers et écouta jusqu'à ce qu'en bas le bruit des derniers pas se soit tu. Puis elle se glissa dans l'appartement, épuisée, rompue. Ses jambes la portaient à peine.

Mais la vie poursuivit son cours ; ce fleuve inépuisable, dont les flots ne reviennent jamais en arrière, continua de s'écouler, et après quelques jours d'excitation revinrent le calme et la régularité, la succession lassante des heures, du soir au matin et du matin au soir. Et aucun des jours n'apportait rien dans ses mains, chacun faisait seulement que, sans le savoir, on était plus vieux et plus fatigué.

Si l'oncle Salomon avait seulement cherché à faire revenir Jettchen chez lui, elle y serait allée. Car elle le sentait : là était sa place, là était son lieu. Elle avait l'habitude de participer aux travaux du ménage et de prendre les dispositions nécessaires. Elle aimait ses petits soucis, et ici il n'y avait rien de tel pour elle. Toute la journée, elle avait la nostalgie de sa petite chambre toute simple aux meubles de bouleau et de ses livres qu'elle connaissait, de *L'Éternel Printemps des sentiments*[80] au livre des oiseaux, avec sa couverture de papier marbré et ses innombrables fautes d'orthographe. Ici, elle avait toute une bibliothèque, mais ce n'étaient pas *ses* livres. Elle n'était que leur invitée.

Si encore la tante Rikchen était venue et lui avait fait des reproches, elle aurait bien trouvé les mots pour se défendre. Et, pendant de longues heures, Jettchen se construisait un discours bien tourné où elle parlait des droits du cœur, de l'amour et de la gratitude, où elle assurait qu'elle reconnaissait parfaitement toutes les qualités humaines du cousin Julius et n'éprouvait nulle haine à son égard, mais qu'elle ne pouvait pas — c'était ainsi — qu'elle ne pouvait pas lui appartenir. Et Jettchen était fermement convaincue qu'elle réussirait à mettre tante Rikchen de son côté.

Mais tante Rikchen — certes, elle avait envoyé les affaires de Jettchen, et avec ses compliments —, tante Rikchen ne vint pas elle-même et, dans un premier temps, ne donna pas signe de vie et ne se manifesta pas autrement. En effet, elle n'aimait pas manger trop chaud, car l'expérience lui avait appris qu'il est préférable de laisser le temps de refroidir à tout ce qui est brûlant.

Tante Hannchen ne vint pas non plus, ni aucun des enfants. Ni Jenny, qui avait récité le poème au mariage, ni Wolfgang, qui avait passé des semaines auprès d'elle à Charlottenbourg. Personne ne se montra. Tous l'évitaient.

Pourtant non, cela ne correspondait pas tout à fait à la vérité. Dès le troisième ou le quatrième jour apparut tante Minchen, bien que la brume recouvrît jusqu'aux toits et que la pluie ne voulût pas cesser. Il est vrai qu'il n'y avait pas loin du Hoher Steinweg à la Klosterstrasse, mais elle ne venait pas du Hoher Steinweg : elle était d'abord allée chez *Madame** Fournier, Unter der Stechbahn, malgré le vent et l'eau. Là, elle avait acheté trois belles oranges jaune foncé, pour Jettchen, comme fortifiant. Et les oranges, maintenant, n'étaient pas bon marché. Elle avait longtemps balancé, se demandant si elle n'apporterait pas plutôt un bocal de ses conserves, peut-être de coings ou de cynorhodons. Mais cela aurait paru trop commun. Des oranges, en revanche, on n'en avait pas tous les jours. Et si, comme on dit, les fruits acides mettent de bonne humeur, avec ces oranges-là, Jettchen devrait être pendant toute une semaine la personne la plus joyeuse de tout Berlin.

Oui, la bonne petite tante Minchen, qui était ratatinée comme une poire cuite et dont la bouche ressemblait à une boutonnière déchirée, avait même revêtu spécialement pour cette visite une robe de soie noire, afin que Jettchen n'aille pas penser qu'elle n'avait pas de considération pour elle. Entreprendre cette visite ne lui avait certes pas été facile, car elle ne savait pas encore ce qu'en penseraient *les autres*, mais elle s'y était quand même résolue. Et ce n'était pas seulement là le souhait de son vieil époux — à qui elle aurait probablement opposé sa propre volonté — c'était aussi son souhait à elle. Seulement, elle ne savait pas très bien ce qu'elle dirait à Jettchen. Elle ne voulait pas la flatter, elle ne voulait pas la blâmer, et elle ne voulait pas non plus éluder l'affaire délicate.

« Eh bien, Jettchen, dit-elle avant même de s'être assise, je viens juste en passant. L'autre jour, au mariage, Jason a dit que tu n'étais pas bien, alors je voulais voir un peu comment tu te sens. »

Jettchen la remercia. Elle se sentait déjà mieux.

« Tiens », dit tante Minchen d'un ton solennel en ôtant avec ses petits doigts fripés le papier de soie qui emballait chacune des oranges et en les déposant soigneusement sur le plateau étincelant de la table. « Tiens, Jettchen, je t'ai apporté ces trois oranges, pour ta santé. Sois raisonnable pour les manger, qu'elles ne te pèsent pas sur l'estomac. Parce qu'elles viennent de chez Fournier, et elles coûtent quinze groschen d'argent. »

Jettchen dit qu'il n'était vraiment pas nécessaire de faire une telle dépense pour elle.

« Non, non, déclara Minchen. Je voulais justement te montrer que je pense qu'il n'y a rien d'assez cher ni d'assez bon pour toi. Maintenant comme avant. Même si on parle de toi dans les journaux. »

Jettchen s'effraya.

« Oh, Jason ne te l'a pas dit ? » reprit Minchen sur le ton du bavardage, sans mauvaise intention. « Toute l'histoire était dans le *Beobachter an der Spree*[81] — c'est-à-dire, pas avec les vrais noms, ils parlaient de Monsieur Nigaud, de Monsieur Finaud et de Mademoiselle Maligne. Mais c'était bien ton histoire, c'est clair. »

Jettchen ne s'attendait pas à cela, et elle fondit en larmes.

Minchen s'efforça de la calmer.

« Qu'est-ce que tu as besoin de t'en faire pour ça ? dit-elle. Tu sais ce qu'il a dit, Eli ? Que s'il était encore plus jeune que maintenant, il a dit, il serait tout simplement allé au journal, et sans rien dire, il aurait donné deux bonnes gifles à ce type... Si Ferdinand avait encore un tout petit peu le sens de la famille, c'est *lui* qui devrait le faire. » Et son Eli ne manquerait pas de le dire à Ferdinand.

Mais même cette promesse de vendetta ne suffit pas à tarir les larmes de Jettchen, et tante Minchen décida donc de diriger adroitement la conversation vers un autre sujet.

« C'est ridicule, dit-elle, tu vas te fâcher ! Les opinions sont pourtant bien différentes, là-dessus. C'est qu'en vérité il faut que je t'avoue que je ne suis pas de ton avis. Il faut chercher à s'habituer l'un à l'autre. Si c'était aussi facile de divorcer que de se marier, il n'y a pas un couple qui durerait plus d'un an. Et nous deux, Eli et moi, ça fera si Dieu le veut quarante-sept ans à l'automne qu'on sera mariés. Mais Eli, lui, il dit que tu as eu complètement raison. Et beaucoup d'autres — tu sais, on ne parle que de ça — beaucoup d'autres disent aussi qu'ils ne comprennent pas comment Salomon a pu te donner à Julius Jacoby. Mais vraiment, mon enfant, quand même, quand même, je ne te comprends pas. Qu'est-ce que tu crois qu'ils sont, les hommes ? Ils sont tous pareils ! Tu crois qu'*après* tu remarques une différence ?

— Dis-moi, ma chère tante, puis-je t'offrir quelque chose ? Un verre de vin, peut-être ? »

Mais Minchen ne se laissa pas détourner de son propos. Elle se contenta de secouer la tête et poursuivit. Et, pour rendre justice à son sujet, elle l'éclaira tantôt de droite, tantôt de gauche.

« À moi, dit-elle, il ne m'a pas tant déplu qu'à Eli, pour être franche. Eli, il l'appelle toujours le petit cheval de Lituanie. Mais il y a quand même une chose qu'Eli doit reconnaître, c'est que le cuir reste une branche prometteuse. Et il passe pour un bon homme d'affaires. Et l'autre ? Si il avait eu avant la place qu'il a maintenant, bon, on aurait pu en discuter. Mais à l'époque, il n'était rien du tout... Juste docteur. Mais bon, Jettchen, en quoi est-ce que ça me concerne ? C'est ton affaire, après tout. Agis comme *toi* tu l'entends. À *nous*, ça nous est égal. Notre maison te sera toujours ouverte, maintenant comme avant. Et Eli demande déjà tous les jours pourquoi tu ne viens pas nous voir même juste un petit quart d'heure. Ça lui fait toujours tellement plaisir ! »

Ainsi parla tante Minchen, en longs flots réguliers. Et pourtant il serait faux de lui supposer quelque mauvaise intention. Elle n'en avait que de bonnes, et éprouvait une vraie affection pour Jettchen. Mais cela n'empêchait nullement que ses paroles brisassent le cœur de Jettchen ; car, communément, nous faisons le plus souffrir ceux que nous aimons le plus.

Quand l'oncle Jason arriva, il vit au premier coup d'œil que Jettchen était triste et découragée, encore plus triste et découragée que d'habitude. Mais il feignit de ne pas le remarquer.

« Ah, Jettchen, dit-il, il m'est arrivé une drôle d'histoire, ce matin. Là au coin du Kölnischer Fischmarkt, il y a cette grosse femme qui vend des harengs saurs, tu sais. Et comme je passais, elle était justement en train de compter ses poissons. Un, deux, trois — pour une des douzaines, le total ne va pas. Elle recompte — de nouveau treize. La chose m'intéresse et je me poste près d'elle. Et d'un seul coup, la voilà qui s'écrie : "Eh mon Dieu, eh mon Dieu ! C'est bien ça, donc ! J'ai donné un hareng de moins à la vieille tante Minchen !" »

Jettchen ne put s'empêcher de rire. Et Jason lui prit la main.

« Ma petite fille, tu ne dois pas rester cloîtrée à la maison. C'est très mauvais pour la conversation. L'esprit et la beauté se renforcent en société. Car, comme on dit, qu'ont à gagner ensemble un ermite spirituel et une belle ermitesse ? Si tu devines qui a dit cela, je t'emmène demain à l'opéra. À moins qu'après-demain nous n'allions voir *La Faute*[82] !

"Là est le salut s'il est quelque part.
La hache du bourreau me réconciliera
Avec toi, avec Dieu peut-être."

« Veux-tu entendre cela, Jettchen ? »

Mais Jettchen préférait ne pas encore aller au spectacle, car tant de gens pourraient les y voir.

« Alors, Jettchen, nous allons au moins faire de la musique ensemble, un de ces soirs. Tu disais bien souvent : "Jason, je connais un lied." Mais maintenant, tu es tout à fait silencieuse. »

Jettchen voulait bien faire de la musique.

« Bien, déclara Jason. Alors, je vais inviter ton ami, et il nous jouera quelque chose sur le vieux piano carré. Qui sait depuis quand personne n'en a joué ? Car je ne peux pas appeler "jeu" mon pianotage épisodique. Et si vous êtes très sages, je vous montrerai aussi la Sibérie. »

La Sibérie ? Qu'était-ce ?

Il ne lui était pas permis de le révéler.

Jettchen l'implora, et il se réjouit de l'avoir tirée de sa réserve.

« Tu vois, la Sibérie, c'est cette petite commode », dit Jason en montrant un meuble très bas, bombé, muni de nombreux tiroirs, qui se tenait modestement dans son coin à côté de la fenêtre.

Il ne se mettait absolument pas en avant auprès des hautes vitrines emplies de porcelaines de couleur ou blanches. Mais quand on le regardait de plus près, on ne pouvait s'empêcher de rester un long moment à le considérer. Car il était tout incrusté d'ivoire, de buis, de merisier et de bois de rose. Et chacun de ses tiroirs montrait une scène différente de l'Ancien Testament, soigneusement inscrite dans l'espace séparant les deux poignées de bronze incurvées. Ici, la fière Léa à la fontaine ; là, Josué et Caleb, qui rapportent la grosse grappe de raisin ; et Absalon, dont les cheveux se sont pris aux branches de l'arbre et qui se débat misérablement. Il y avait aussi Josué en général de la cavalerie, signifiant au soleil comment il a à se comporter.

« Tu te demandes pourquoi ce petit meuble s'appelle "la Sibérie". C'est *ton* père qui l'a baptisé ainsi. Tu sais, il appartenait en fait au vieil oncle Simon. Quand il revenait de la foire de Leipzig il rapportait toujours du pain d'épice, des bonbons et toutes sortes de merveilles. Et, sous nos yeux, tout disparaissait dans ce petit meuble et jamais rien n'en ressortait. C'est pourquoi ton père l'a surnommé "la Sibérie". Après, comme personne n'en voulait, c'est moi qui l'ai pris ; et à présent, c'est moi qui y conserve mes saintes reliques. »

Et Jason, ouvrant un tiroir après l'autre, montra à Jettchen des lettres, des boucles de cheveux et des châtelaines d'or, des petits livres et des rubans, des fleurs en cheveux tressés, un lambeau de soie rouge frappée des lys des Bourbons, et provenant de la salle du trône jadis détruite, aux Tuileries, un petit buste en albâtre de la Sontag, une petite tasse avec le portrait de l'étudiant Sand[83], une figurine de papier mâché qui avait la tête laineuse de Saphir[84], accompagnée de quelques vers de lui, des montres et des médaillons provenant des ateliers paternels, des boîtes à parfum en forme d'escargots aux cornes mobiles ou de noix de muscade finement veinées. Pourtant, il n'y avait pas là le moindre désordre, chaque objet avait sa place, sa petite boîte, sa petite étiquette où était inscrite son histoire. Mais Jettchen vit aussi — Jason n'y avait peut-être pas pensé — un petit dé à coudre serti d'une plaquette de grenat, qui lui avait appartenu et qu'elle croyait avoir perdu. Sur l'étiquette, elle vit quelques vers de l'écriture abrupte et délicate de Jason. Et elle devint toute rouge.

Et la pluie cessa, et il y eut de nouveau des nuits claires, fraîches et constellées, et la gelée blanche le matin sur les toits bas, les remises, les canalisations de bois des eaux usées. Et il y eut des matinées d'hiver claires, bleu foncé, où le soleil était très bas et effleurait de ses rayons rouges les vitres bombées de la chambre de Jettchen.

Curieux couple ! Bientôt, pourtant, ils vécurent mieux ensemble qu'ils ne se l'avouaient à eux-mêmes. Jettchen apprenait à se faire aux petites singularités de l'oncle Jason, singularités qu'il ne manifestait jamais à l'extérieur. Qui savait, par exemple, qu'il prisait un peu, en secret ? Qui savait qu'il époussetait lui-même ses porcelaines et ses verres et les disposait selon un plan préétabli, en utilisant un mètre pliant ? Qui aurai cru qu'il se coiffait parfois de son vieux schako de chasseur et chantait les vieilles chansons d'un recueil fatigué, des chansons dont le contenu ne voulait plus s'accorder tout à fait avec ses conceptions actuelles ? Ou qu'il vouait un culte secret à une grande dame dont il collectionnait tous les portraits, gravures et médailles qu'il lui était possible de se procurer ?

Jettchen apprenait à passer en silence sur ces petites singularités, et il n'était pas nécessaire que Jason se défende sans cesse en invoquant l'aphorisme du petit physicien bossu [85] — « Chacun est entre ses quatre murs un original » — puis en ajoutant après une courte pause énigmatique : « Ce sont les épouses qui le savent le mieux. »

Non, Jettchen faisait peu à peu son cocon à la ressemblance de celui de Jason, un cocon où l'on aimait les caprices et où l'on donnait leur importance aux choses les plus simples de la vie — où l'on discutait de la coupe d'un nouveau vêtement comme si c'était une affaire de haute politique, et où l'on plaisantait d'une affaire de haute politique, par exemple l'amnistie, comme s'il ne s'agissait que de la coupe d'un nouveau vêtement.

Jason était beaucoup à la maison. Il allait bien tous les jours de quatre à cinq chez Stehely et tous les quinze jours, en secret, il allait explorer les ressources de la maison Therbasch. Il semblait avoir complètement renoncé à sa vieille habitude de disparaître pendant des jours et des jours aux yeux du monde entier, qui faisait qu'on soupçonnait quelque mystère. Quelque femme jouait-elle, figurante ou comparse, un rôle dans sa vie ? Y avait-il même plusieurs de ces grâces aux ailes légères qui tissaient leur voile voletant autour de ses heures secrètes ? Jettchen n'en remarquait rien. À tout moment, chez lui ou à l'extérieur, Jason paraissait ne vivre que pour Jettchen. Il lui rapportait quelque chose de toutes ses sorties, à tout le moins des nouvelles du dehors. Sans que Jettchen en ait rien dit, il s'était aperçu qu'on avait oublié de lui donner un manchon avec le reste de ses affaires, et il lui en avait acheté un chez Danneberg, très précieux, en velours vert garni d'une large bordure de vison, long et ample comme un accordéon. Il faudrait qu'elle le prenne quand, un de ces soirs, elle irait avec lui au théâtre.

Mais Jettchen ne franchissait guère la porte, et jamais le soir. Tout au plus, elle allait parfois faire quelques courses pour la maison avec Mlle Hörtel. Mais elle se hâtait toujours de rentrer, car elle craignait de rencontrer des gens de connaissance. Et quand de fait elle voyait quelqu'un avec qui il lui était peut-être arrivé d'échanger un jour quelques mots, elle pressait encore le pas et obliquait vite dans une rue transversale. Et quand ce n'était pas possible et qu'il lui fallait croiser cette personne, le cœur lui cognait jusque dans la gorge tandis qu'elle inclinait la tête en silence pour saluer, le visage impassible comme celui d'une statue.

Kössling ne venait pas très souvent. Il apportait des nouvelles ou un livre pour Jason, restait une heure dans l'après-midi et s'en allait. Et c'était toujours pareil. On parlait, on bavardait, Jason montrait des livres, des gravures, leur lisait parfois un passage en arpentant la pièce à longs pas sonores, passant en revue ses livre rangés comme des soldats prussiens. Et, soutenant sa mémoire de temps à autre seulement en jetant un coup d'œil au petit volume qu'il tenait dans sa main droite, il déclamait le chœur final de l'acte d'Hélène. Que c'était beau ! Comme des vers grecs. Il aurait donné pour cela toute la *Fiancée de Messine*, pour quelques mots, pour ces derniers mots d'Euphorion :

« *Au fond du ténébreux empire,*
Ma mère, ne me laisse pas seul[86]. »

C'étaient, disait-il, des vers sur lesquels on pouvait pleurer pendant des heures, toutes les horreurs de la nuit éternelle s'y trouvaient rassemblées en un seul cri, si simple qu'un enfant mourant pouvait le lancer, et si puissant que la plainte déchirante de Prométhée ne saurait retentir plus profondément dans nos oreilles. Les plus grandes douleurs des hommes y ont leur écho, et le besoin de se blottir entre deux bras tendres, et la joie de la lumière, deux fois plus vive quand elle est sur le point de s'éteindre. Schiller ! Mon

Dieu, Schiller... Tout le monde ne jurait plus que par Schiller. Mais qu'on lui montre chez Schiller un seul passage comparable. Kössling en connaissait-il un ? Kössling disait : « Richesse », il disait : « Plénitude. » Connaissait-il le festin de Trimalcion ? Connaissait-il Heinse[87] ? Cela, c'était la richesse, c'était la pourpre et l'or. Cela devait fermenter dans le tonneau, non dans les bouteilles.

Et pendant ces conversations, Jettchen sentait qu'elle et Kössling, lentement mais obstinément, s'éloignaient l'un de l'autre. C'est seulement aux heures du crépuscule, quand Kössling s'asseyait à l'épinette et que les mélodies des sonates de Mozart s'envolaient au-dessus des rangées de livres, s'enfuyaient vers les fenêtres à travers lesquelles on voyait le ciel rouge et farouche du soir, posé sur les toits gris bleu, c'est seulement alors qu'ils se tournaient l'un vers l'autre et se cherchaient. Alors leurs regards ne se croisaient pas sans se voir, mais échangeaient des paroles flatteuses.

C'était toujours le même jeu. L'idée venait soudain à Jason qu'il avait encore quelque chose à faire. Kössling se levait alors et disait qu'il ne voulait pas déranger plus longtemps. Jettchen et Jason raccompagnaient le visiteur jusque dans l'entrée. Mais Jason, à son grand regret, devait s'apercevoir qu'il avait oublié quelque chose et les laisser tous les deux seul à seule. S'ensuivaient des adieux sur le seuil, tumultueux, sans un mot ; ils se pressaient l'un contre l'autre dans la pénombre, comme s'il leur fallait conférer à cet instant la force et la profondeur d'heures entières. Puis ils s'arrachaient l'un à l'autre, douloureusement, se précipitaient de nouveau l'un contre l'autre, se séparaient les lèvres en feu... Toujours le même jeu déchirant et frustrant de la nostalgie.

De leur situation, ils ne parlaient pas, ni de leurs perspectives d'avenir. Ils prenaient simplement, sans y réfléchir, les secondes fugitives qu'il leur était donné de passer ensemble.

Qu'auraient-ils eu à en dire, d'ailleurs ? Ils en étaient au même point ; pendant toutes ces semaines, ils n'avaient pas avancé d'un pouce. Pas d'un pouce prussien, même si à l'extérieur Madame *Fama*, qui roulait toujours par la ville, tirée par quatre chevaux et précédée de deux piqueurs, trouvait chaque jour des choses nouvelles à raconter sur eux et leur situation.

Qu'y avait-il d'étonnant à cela ? L'intérêt de la multitude, une fois éveillé, ne pouvait s'apaiser. Et comme la réalité n'offrait nul point d'appui et n'évoluait que par trop lentement, bien des têtes et bien des esprits étaient occupés à donner plus de mouvement au fleuve calme des évènements et à proclamer chaque jour, selon leur parti pris, l'imminence du retour et de la réconciliation ou celle du divorce en bonne et due forme — ou bien à annoncer encore quelque autre évènement animé et joyeux.

Mais que restait-il, en fait, de tout cela ? Jettchen savait que l'oncle Jason faisait des démarches la concernant, qu'il consultait des avocats. Elle l'écoutait calmement et sans élever d'objections quand il lui lisait des articles de loi qu'elle ne comprenait pas et qui lui paraissaient se moquer du bon sens et des sentiments naturels. Jettchen apprenait aussi que Jason avait même conféré chez Stehely avec l'oncle Naphtali, doyen de tous les Jacoby — l'oncle Naphtali qui avait à présent quitté son auberge si coûteuse pour l'appartement si bon marché de son neveu abandonné par son épouse... que l'oncle Jason, par deux fois, avait cherché vainement à voir le cousin Julius en personne dans ses locaux... que l'oncle Jason avait passé des heures, au magasin, à discuter avec son frère Salomon, et que Ferdinand rencontrait pour elle des gens importants. De tout cela, Jettchen était fort bien informée. Mais de ce qui se déroulait en coulisse, du point où l'on en était effectivement, elle n'avait qu'une idée tout à fait vague.

Elle saisissait quand même qu'il ne s'agissait plus d'elle seule, que toute cette histoire de mariage s'était embrouillée et compliquée à un point extraordinaire, et que toutes les questions imaginables, affaires de famille ou d'argent, s'y trouvaient raccrochées.

Jettchen entendait parler de grosses sommes en jeu, que le brave cousin Julius était censé avoir investies avec une adresse et une promptitude qui auraient même fait honneur à l'art de la guerre d'un Napoléon. Et quand elles ne s'étaient pas changées en balles de cuir odorantes, elles s'employaient à présent dans toutes sortes d'entreprises auxquelles les hommes d'affaires à l'ancienne mode se gardaient bien de toucher... Jettchen entendait parler de grosses sommes en jeu sans se faire une idée claire de ce que cela signifiait. Car ce qu'était l'argent, jamais Jettchen n'en avait eu l'expérience chez l'oncle Salomon. On payait ce que l'on achetait, et l'on achetait ce dont on avait besoin. Et si c'était vraiment plus que chez d'autres gens, on ne se donnait pas la peine d'y songer : on y avait habitué le Bon Dieu, et la vie était ainsi faite.

Un matin, cependant, Jason revint tout trempé, car il faisait un temps détestable. Il apportait, dit-il, une importante nouvelle pour Jettchen. Était-elle déjà au courant ? Elle ne devinerait probablement pas. À ces mots, Jettchen eut une bouffée de chaleur, car elle crut que cela marquait un tournant de sa destinée.

Jason fit soudain tourner une crécelle derrière son dos et dit qu'il venait de longer le parc du château. Oui, on y dressait déjà les échoppes, et tout le long de la Breite Strasse aussi, on était déjà au travail ; et sur la Schlossbrücke, les gamins étaient revenus avec leurs moutons et criaient : « Six pfennigs le bouc, trois pfennigs l'agneau ! » Quant à ceux qui étaient déguisés en diables de la forêt, pas moyen de se débarrasser d'eux ! Quand tout serait en place, le lendemain, le surlendemain ou la semaine suivante, il faudrait qu'ils aillent tous deux, l'après-midi, au marché de Noël. Entre quatre et cinq, quand on allumait les lumières alors qu'on y voyait encore un peu clair. C'est à ce moment-là que c'était le plus beau : en bas, les longues rangées de baraques illuminées, et audessus le château et le ciel d'hiver multicolore. À moins qu'il n'y ait de la neige — alors c'est à ce moment-là qu'ils devraient y aller.

Et il y eut de la neige — dès le lendemain.

Le soir, Jettchen entendit encore le vent d'est hurler dans les rues comme un chien sans maître et, quand elle s'approcha de la fenêtre, elle vit passer là-haut, dans un ciel d'un noir profond, des nuages blancs, très clairs, pareils à de vastes draps blancs aux bords élimés. Et quand une étoile scintillait entre eux, dans un interstice noir, ce n'était que pour un instant, aussitôt elle disparaissait, estompée, voilée ; puis elle scintillait de nouveau, s'éteignait. Dans la nuit, cependant, le vent faiblit, se contentant de gémir au loin de temps à autre, puis s'endormit tout à fait. Toute trace de noir disparut du ciel et tout se tut, comme enveloppé d'une ouate grise.

Quand Jettchen se réveilla tôt le matin, elle trouva la pièce verte étrangement claire et calme. Aucun son ne parvenait de la rue. Jamais depuis qu'elle logeait là il n'en avait été ainsi. Et quand, s'en étonnant, Jettchen se retourna, elle vit par la fenêtre un bout de ciel d'un gris trouble où tombaient sans cesse des plaquettes ou de petites plumes blanches, lentement, en dansant, insouciantes. Quand elle se leva d'un bond et courut à la fenêtre, elle vit que, dehors, d'épais capitons de velours blanc recouvraient déjà tous les toits, que déjà chaque surplomb, chaque arête de pignon, chaque rebord de fenêtre était garni d'une large bande de fourrure blanche. Quelques statues de dieux à la nudité païenne, qui d'ordinaire se gelaient et frissonnaient là-bas sur les corniches, si bien que souvent Jettchen croyait presque les entendre claquer des dents, avaient vite revêtu d'épais manteaux de zibeline blanche et paraissaient à présent tout à fait heureux et contents. En bas, toute la rue était d'un blanc lumineux, pareille à une étoffe de lin ; seules quelques traces de pas toutes fraîches couraient sur la neige du trottoir ; seule une première voiture avait imprimé sur la chaussée la large trace de ses roues. Mais chaque piquet de la clôture, autour des entrepôts, avait déjà coiffé un bonnet de grand-mère ; et dans la nuit, on avait jeté sur le toit de la cabane une lourde nappe de damas blanc, comme neuve, plus immaculée, plus lumineuse qu'aucune lavandière n'aurait pu la rendre. La neige avait aussi revêtu de blanc les lourdes branches des arbres, au-delà du mur, et en soulignait chaque contour d'un toit d'argent. Et elle avait accroché de petites boules de ouate légère et floconneuse aux moindres petites ramures des arbustes et des buissons. Quant aux fontaines de bois garnies de paille, elles étaient à présent tout emmitouflées, comme des bonshommes de neige.

Mais quand un pan de neige se détachait et tombait en voletant d'une corniche ou d'un arbre, il se mariait avec le sol blanc et, un instant après, on ne distinguait déjà plus l'endroit où il s'était englouti. Et la neige descendait sans cesse du ciel ; elle glissait, planait, doucement, régulièrement, comme lasse, sans cesse. Il n'y avait pas un souffle de vent. Les lointains luisaient faiblement derrière les grands voiles blancs qui ruisselaient. Et ce silence... ce calme merveilleux qui se glissait par les rues comme un chat sur les coussinets de ses pattes ! Chaque son qui montait de la rue... le gazouillis d'un moineau, le grincement d'un essieu de voiture, le cri d'un cocher, se perdait aussitôt et ne faisait qu'accentuer la lassitude rêveuse dont était empreinte la solitude moelleuse de ce jour de neige.

Vers midi, cependant, la neige faiblit, la brume froide et la gelée âpre de la campagne pénétrèrent dans les rues, apportant les beautés de l'hiver jusque dans les coins les plus reculés et les mieux protégés. Ce que la neige avait oublié, la gelée le recouvrit de ses aiguilles de cristal toutes fines, scintillantes, qui se dressaient comme les poils d'une fourrure. Les motifs de la balustrade basse en fer forgé rouillé de la fenêtre de Jettchen se changèrent en lignes blanches parfaitement nettes ; et les vieux réseaux de fils d'araignées qui s'y balançaient et que Jettchen avait cent fois effleurés du regard sans leur prêter attention se transformèrent en une fine broderie de perles blanches. Alors qu'auparavant seules les lourdes branches des arbres, là-bas, s'étaient couvertes de blanc, la gelée revêtait à présent le moindre rameau, le bourgeon le plus discret, et les rendait visibles de loin, comme s'ils étaient faits de verre brillant et d'argent gris. Et autour des coiffes de grand-mère des piquets de la clôture comme autour des bonnets de fourrure blanche des statues de dieux, là-bas sur le toit, le gel accrochait d'une main infiniment légère de délicates garnitures de broderie et de fines dentelles blondes. Et quand en bas dans la rue passaient des voitures tirées par des chevaux fumants, la gelée recouvrait aussitôt les harnais.

Mais de même que tous les bruits de la ville s'engloutissaient dans ce silence blanc, le regard se perdait dans cette blancheur rêveuse, entre ces parois de brume moelleuses qui se pressaient de tous côtés et absorbaient tout à fait les toits, plus loin là-bas, et le haut du clocher.

À la fin de l'après-midi, cependant, peu avant que l'obscurité ne vienne, alors que seul le reflet de la neige éclairait encore la chambre, Jettchen attendait Kössling, qui lui avait promis de venir, et Jason, au fond de la pièce, mettait de l'ordre dans ses gravures, quand Gustav, le domestique, apporta un petit mot de tante Rikchen — il devait attendre la réponse. Jettchen, fort effrayée, se demanda de quoi il pouvait bien s'agir. Mais Rikchen, en termes brefs et tout à fait aimables, les invitait seulement à venir tous les deux, le soir même, chez Salomon Gebert.

« Jettchen, veux-tu y aller ? » demanda Jason.

Jettchen, qui craignait que la tante n'eût organisé les choses de telle sorte qu'elle trouvât là-bas quelqu'un qu'elle ne voulait rencontrer à aucun prix, et qui aurait préféré qu'une première conversation avec la tante Rikchen ou l'oncle Salomon eût lieu entre quatre yeux, dit qu'elle remerciait infiniment sa tante, mais qu'elle ne se sentait pas très bien et qu'elle lui rendrait donc visite dans les prochains jours.

Jason, quant à lui, répondit qu'il viendrait volontiers, et demanda si M. Elias Gebert ou M. Ferdinand Gebert y seraient aussi. Et il déclara à Jettchen qu'il souhaitait cette rencontre depuis longtemps et qu'il en attendait beaucoup pour l'avancement de leur affaire.

Et, dehors, la nuit s'avança, glacée et solitaire. Le ciel, bien qu'il parût noir, était pénétré d'une lueur singulière, inquiétante. Les maisons, qui d'ordinaire plongeaient dans l'obscurité, révélaient par des bandes blanches, fantastiques, les lignes et les rythmes de leur structure sous les toits pareils aux larges dos d'animaux endormis. En bas, la rue, ruban gris, se perdait dans la pénombre ; par places seulement, où les réverbères jetaient sur la neige leur lumière vacillante, elle était semée de carrés changeants, d'un blanc jaunâtre. Tout était très silencieux ; une ombre, parfois, pouvait apparaître à la lisière de la lumière, mais s'effaçait à l'instant. À peine pouvait-on supposer que c'était un homme, ou une femme. Toute la soirée, Jettchen se tint appuyée à l'encoignure de la fenêtre, regardant au-dehors, dans la pénombre. Elle ne toucha pas au dîner ; c'est à peine si elle but une gorgée de thé et mangea un peu de viande. Et quand elle tenta de lire quelque chose — c'étaient les *Lettres intimes sur la Lucinde de Schlegel*[88], livre que Jason lui avait remis avec maintes réserves, car c'était là, avait-il dit, un côté de la vie qui existait et qui avait sa valeur, mais sur lequel on s'était habitué à garder le silence — quand elle tenta de lire ce livre, donc, les lignes se mêlèrent et se confondirent sous ses yeux, tant elle était nerveuse et angoissée. Que n'aurait-elle pas donné pour pouvoir aller voir les autres avec Jason ! Bien sûr, il faisait bon dans cette pièce, presque trop chaud ; le vieux poêle de faïence Feilschner rayonnait véritablement de chaleur, et chaque coin de la chambre respirait le confort et le bien-être ; la lueur de la lampe de laiton reposait sur la table comme un cercle d'or... Mais cette pièce n'était pourtant pas chaude de présences humaines, de paroles, d'habitudes domestiques. Jamais elle n'avait rien connu du parfum des rôtis, de l'éclat de l'argent massif et du verre rouge. Jamais un rire d'enfant n'y avait retenti, ni le bavardage de femmes insouciantes. Et cette sensation oppressait la poitrine de Jettchen lorsqu'elle était seule. Mais à cela s'ajoutait ce jour-là la peur qu'elle éprouvait pour Kössling, qui aurait dû venir dans l'après-midi. À chaque minute, elle se penchait en hâte vers la fenêtre pour voir s'il arrivait ; elle croyait le reconnaître dans chaque silhouette qui apparaissait sous le réverbère, en bas, pour disparaître après quelques pas seulement, comme emportée par le vent et oubliée, dans la nuit d'hiver.

Ces derniers temps, il était arrivé assez souvent à Kössling d'être en retard. Il arrivait alors en courant, les joues rouges et les cheveux ébouriffés, encore tout fiévreux de l'excitation de l'échiquier. Il n'avait pu s'y arracher, disait-il. Il y avait là, au Royal, Bilgner et Löwenthal ; il y avait eu une partie intéressante, dominée par deux cavaliers. Il ne s'attendait vraiment pas à une telle conclusion, il avait noté les positions. Bilgner avait un léger avantage, mais il était douteux, pensait Kössling, que cela suffît à lui assurer la victoire. Jettchen était plus près des larmes que du rire. Elle aurait tant voulu parler une fois à Kössling de ce qui le concernait *lui*, de ses travaux et de ses projets ; elle croyait à l'écrivain qu'il avait en lui. Et toujours il arrivait les joues rouges et les yeux brillants, et racontait quelque fin de partie qui eût été digne d'un Stamma[89] : la reine noire s'était sacrifiée en H, puis le fou et le cavalier avaient obtenu le mat en quatre coups. Jettchen ne comprenait pas cette soudaine passion de Kössling ; elle n'était pas non plus en mesure de discerner ce que tel ou tel coup avait d'assez surprenant et d'assez nouveau pour tenir Kössling sous le charme le lendemain encore. Parfois seulement Jettchen avait le sentiment vague que cette soudaine inclination pour les échecs signifiait pour Kössling *plus* qu'un simple divertissement, que c'était une fuite et un étourdissement — alors elle pensait qu'il s'y adonnait parce qu'il ne l'aimait *plus* et était encore *plus* malheureux qu'auparavant. Aujourd'hui, il n'était pas venu du tout.

Certes, Jason l'avait excusé en déclarant que c'était à cause de la neige et du mauvais temps, ou que peut-être Kössling ne se sentait pas tout à fait bien. Mais Jettchen n'en croyait rien, et elle ne pouvait pas se familiariser avec l'idée qu'il ne viendrait pas. Sans cesse elle pressait son front contre les vitres et — tantôt à droite, tantôt à gauche — regardait en bas dans la rue, suivait d'un regard scrutateur chaque silhouette qui surgissait dans le cercle lumineux des réverbères puis disparaissait de nouveau dans les ténèbres. Mais ces formes solitaires se faisaient de plus en plus rares, et Jettchen était déjà sur le point, découragée, d'abandonner sa place près de la fenêtre, quand elle vit quelqu'un passer très vite, à grands pas, devant le réverbère en bas. À sa démarche, elle crut avoir reconnu Kössling ; elle courut à la porte du couloir, elle écouta au-dehors dans la large cage d'escalier à demi éclairée, où montait le froid vif d'en bas. C'est seulement au bout d'un bon moment qu'elle entendit un bruit de pas sur les marches et perçut une respiration précipitée. Et Kössling se tint devant elle... très nerveux, le visage rougi par l'air glacé, le manteau ouvert et la cravate desserrée. Et Jettchen se jeta contre lui. Mais Kössling répondit à peine à ses caresses, si bien que Jettchen, effrayée, s'écarta de ses bras.

Il venait si tard... Lui était-il arrivé quelque chose ?

« Non, non — rien, dit Kössling d'un ton qui démentait ses mots. Non, rien du tout. »

Mais si, mais si. Il devait le lui dire.

Non, vraiment, il avait seulement pris du retard. Son oncle Jason était peut-être là ?

Non, ce soir, il était chez l'oncle Salomon. Mais pourquoi restaient-ils là sur le palier ? Qu'il entre donc. Peut-être aimerait-il manger quelque chose ?

Non, non, il ne pouvait pas entrer, il fallait qu'il rentre chez lui. Simplement, il aurait bien aimé parler *ce soir même* à Jason Gebert.

Pourquoi ne voulait-il pas au moins entrer un instant ?

Kössling hésita, et Jettchen, chagrine et triste, regarda le sol à côté de lui.

« Ma chère Jettchen, commença enfin Kössling, crois-tu vraiment, grande enfant, que je ne préférerais pas rester ici avec toi, tout près de toi, et pour toujours ? Je ne pense plus qu'à toi, jour et nuit, et je compte les heures qui nous séparent. »

Et Jettchen rougit sous ses baisers.

« Mais j'ai dû donner ma parole à ton oncle de ne jamais entrer dans cet appartement en son absence. Et, Jettchen — vraiment, Jettchen, j'ai presque moi-même le sentiment que c'est mieux ainsi. »

Mais lui était-il arrivé quelque chose ? Il devait le lui dire.

Non, non, absolument rien. Mais il aurait quand même bien aimé parler à Jason Gebert.

Et de nouveau ils se jetèrent dans les bras l'un de l'autre. Sans un mot, fougueusement. Mais quand Jettchen entendit dans l'appartement Mlle Hörtel entrechoquer la vaisselle, elle eut le sentiment de faire quelque chose de mal, comme si elle abusait de la confiance qu'on lui montrait ; et en même temps, elle éprouva autre chose, qu'elle n'avait jamais connu auparavant : la peur d'elle-même et de ses sens. Elle ôta donc ses bras des épaules de Kössling, écarta ses lèvres des siennes et, sur la pointe des pieds, retourna vers la porte en lui indiquant de la main de ne pas faire le moindre bruit. En silence, tout doucement et en tremblant, elle referma la porte derrière elle.

Mais quand elle fut dans sa chambre, l'inquiétude la reprit : était-il arrivé à Kössling quelque chose qu'il lui avait tu ? Et elle ne voulut pas se déshabiller avant que Jason fût rentré.

À chaque instant, Jettchen se levait, abandonnant son livre, pour plonger son regard dans la nuit d'hiver ; elle regardait les bandes et les lignes blanches, fantastiques, des maisons d'en face ; elle regardait en bas le ruban de la rue plongée dans les ténèbres, dans la lumière tremblante des réverbères ; et elle regardait, là-haut, le ciel noir, pénétré pourtant d'une lueur inquiétante.

Et si à présent Jettchen avait encore pris garde aux silhouettes qui se mouvaient en bas dans la neige, elle aurait pu bien souvent voir la même forme, reconnaître la même démarche. Car sans cesse Kössling revenait tourner autour de la maison, cent fois il luttait contre lui-même, se demandant s'il ne se risquerait pas à remonter sous quelque prétexte, pour un court instant seulement, le temps d'un mot et d'un salut. Et sans cesse cela le poussait à revenir autour de la maison, levant la tête et épiant précautionneusement, comme dans la nuit d'hiver la martre autour du pigeonnier.

Quand Jason ôta ses couvre-chaussures sur le palier, chez tante Rikchen, le salon était déjà bondé. Le bruit des nombreuses voix, la chaleur des pièces bien chauffées et le fumet du rôti vinrent au-devant du nouvel arrivant avec la riche lumière qui éclairait l'appartement. En fait, tout le monde était déjà là. On n'attendait plus que lui pour passer à table. Toute la pièce était pleine ; au premier coup d'œil, il était tout à fait impossible de voir qui étaient tous ces gens.

Jason Gebert eut une impression de grande étrangeté. Car il y avait de longs mois qu'il n'était pas venu — depuis la fin de l'été et sa maladie. Pour converser avec son frère, les derniers temps, il était toujours resté en bas, au magasin. Dans les premiers instants, Jason trouva fort curieux que tout fût resté comme auparavant, que pas un meuble n'eût changé de place, que les plaques de biscuit, aux fenêtres, continuassent à trembler et à se balancer à leur petite chaîne au-dessus des coussins brodés de guirlandes de roses, d'un blanc candide ici et rouges là. Jason trouva en outre fort curieux que les lourdes serviettes de damas fussent de nouveau sur la table, et toute l'argenterie d'autrefois, et les deux coupes à fruits de verre bleu que supportaient les dauphins d'argent, et, à côté, les quatre hauts candélabres d'argent... pareils à des colonnes ioniques. Et de même, comme s'ils n'étaient jamais partis entre-temps, Minchen et Eli étaient de nouveau assis l'un à côté de l'autre, en bonne intelligence, sur les deux hautes chaises : la petite Minchen, de guingois, avec sa robe violette et sa coiffe de dentelle blonde, était comme la timide violette qui fleurit à l'ombre, comme une montagne miniature couleur lilas ; et Eli, avec la meilleure de ses perruques blanches et le meilleur de ses habits bleus, aux boutons d'or fraîchement astiqués ; et dans tout ce bruit, Eli faisait de nouveau son petit somme, sous la garde de sa fidèle épouse assise à côté de lui.

Bien sûr, il manquait Jettchen, qui avait toujours été ici comme la lumière dans une vieille peinture hollandaise, la lumière autour de laquelle s'ordonnent toutes les parties à demi éclairées — mais la lumière ne semblait manquer à personne. Et si *Jason* lui-même n'avait pas été là ? Eh bien, quoi ? Peut-être un autre se serait-il assis sur sa chaise, comme sur celle de Jettchen ; ou peut-être y aurait-il eu simplement une chaise de moins autour de la table. Mais il n'y aurait pas eu un candélabre d'argent de moins pour briller sur la table, pas un saladier de moins pour exposer à la vue son décor de bouquets peints ; son frère Salomon aurait joué les maîtres de maison avec la même amabilité solennelle, et l'on aurait eu les mêmes conversations, et la même atmosphère suave de calme bien-être satisfait — presque visible, comme un nuage — aurait enveloppé la pièce et l'assistance. Car lui et ses deux protégés, Jettchen et Kössling — Jason le sentit avec un serrement de cœur quand il entra dans cette vieille pièce qu'il connaissait si bien — tous trois ne faisaient que passer ; les autres, là, étaient ceux qui restaient.

« Ah, Jason ! » lança tante Rikchen à son beau-frère qui, étourdi par tout ce bruit, s'était arrêté sur le seuil. « Je suis heureuse que tu sois *quand même* venu. Nous allons pouvoir commencer tout de suite. Mais pourquoi n'as-tu pas amené Jettchen ?

— Elle passera te voir dans les prochains jours, chère belle-sœur.

— Ah, tu vois, dit lentement Rikchen d'un air satisfait. Elle a enfin une parole raisonnable.

— Bon sang, Jason, mon vieux ! » l'interrompit Ferdinand en donnant à Jason une tape dans le dos, du plat de la main. « Il faut que tu passes pour que je te montre les voitures du prince Charles. Un tilbury et un cabriolet. Tu auras beau dire, on ne trouverait pas leurs pareils à Paris.

— C'est vrai, ils sont divins », dit Hannchen, embarrassée, car rencontrer Jason ne lui était pas agréable.

Elle craignait en effet sérieusement que l'on n'eût rapporté à Jason quelque chose des bavardages agrémentés de si nombreuses variantes qu'elle avait semés aux quatre vents dans le monde.

Hannchen se tenait entre Pinchen et Rosalie, et son opulence, en proportion de leur maigreur, la faisait ressembler à Laocoon entre ses deux fils.

Jason fut assez étonné de voir que Pinchen et Rosalie étaient encore à Berlin, et leurs vêtements lui parurent aussi curieusement familiers. En effet, Jason était fermement convaincu qu'il y avait longtemps que Ferdinand et Hannchen avaient réexpédié Pinchen et Rosalie sous les cieux bienheureux de Bentschen, et il en était fort satisfait. Il fit part de sa surprise à son frère Ferdinand, qu'il avait tiré dans un coin et y retenait par un de ses boutons de gilet, tandis que celui-ci l'initiait aux secrets de ses voitures, de la caisse aux bagues d'arrêt en passant par la double épaisseur de laque de l'assemblage.

« Oh, déclara Ferdinand en haussant les épaules, tu sais, elles disent qu'elles ne veulent pas partir avant que tout soit parfaitement clair avec Julius. Elles disent que chez elles, à Bentschen, elles ne pourraient pas supporter de rester dans l'incertitude.

— Eh bien, l'interrompit sèchement Jason, elles auront le temps de connaître Berlin à fond.

— Connaître ? Dis plutôt piller, répondit Ferdinand. Ce que tu leur donnes, pfuit, elles l'empochent tout de suite. Disparu, tu n'en entends plus jamais parler. Mais tu peux leur montrer ce qu'il y a de plus beau et de meilleur, un instant après, il n'en reste pas une trace, c'est comme si tu avais craché dans la mer. Rien ne les impressionne ! »

Jason regarda les jeunes filles à travers son lorgnon.

« Pinchen a quand même l'air toute pimpante, Ferdinand », dit-il.

Ferdinand secoua la tête et déclara d'un ton docte :

« Mon cher Jason, il faudrait que tu la voies le matin sans son harnachement : tu ne dirais pas cela. »

Naphtali passait, vêtu de sa longue redingote brune au col d'une coupe antique. Et, même si l'on ne pouvait plus établir exactement ce qui avait figuré au menu des noces de Jettchen, on pouvait encore sans trop de mal s'en faire une idée à moitié claire en examinant cette redingote brune. Au ronronnement satisfait qu'émettait l'oncle Naphtali, Jason pensa d'abord qu'il s'était déjà servi à la table et mangeait un petit pain. Ensuite, pourtant, Jason se dit que le vieux Naphtali n'avait probablement pas la faculté de manger en même temps que de bourdonner comme une mouche en hiver au coin du poêle.

« Oh, monsieur Jason, dit Naphtali en interrompant sa pérégrination. Je vois que *vous aussi,* vous avez déjà les cheveux gris.

— Que fait Julius ? demanda Ferdinand. Viendra-t-il ?

— Qu'est-ce qu'il fait, Joel ? répondit Naphtali. Il travaille, bien sûr. Toujours il est au magasin. Avant-hier, jusqu'à minuit, il est resté. Moi je vous dis : si son père il s'était accroché comme lui, il aurait eu une autre situation ! »

Salomon les rejoignit ; il n'avait pas bonne mine. Le teint coloré de l'été à Karlsbad avait tout à fait blêmi.

« Ah, Jason ! dit-il, c'est bien que tu sois là, nous pourrons causer un peu, après.

— S'il vous plaît, à table ! » cria Rikchen, si fort qu'Eli sursauta sur sa chaise et que sa perruque faillit glisser de sa tête tremblante.

Tout en cherchant son chemin, Jason demanda à Ferdinand :

« Où sont donc Wolfgang et Jenny ?

— Oh, tu sais, j'ai préféré laisser les enfants à la maison, aujourd'hui. D'abord, il faut que nous discutions entre nous, et puis Wolfgang tousse un peu. Il est bientôt à l'âge où ça arrive facilement, mais je me suis dit qu'avec ce temps il valait mieux que le gamin reste à la maison, ce soir. Max, va venir, lui. Il se débrouille très bien au magasin, maintenant. »

On passa à table. Jason vint s'asseoir à côté de Rikchen, vis-à-vis de Ferdinand. Salomon était à la droite de Hannchen. Eli et Minchen, quant à eux, étaient inséparables, car Minchen considérait qu'elle devait veiller sur Eli. Mais afin qu'elle ne manquât pas de conversation, on avait mis à sa droite pour qu'il lui fasse sa cour l'oncle Naphtali, doyen de tous les Jacoby. Et derrière Pinchen et Rosalie surgit soudain de quelque recoin mystérieux la vieille demoiselle aux boucles de caniche. Max arriva lui aussi, au moment où les servantes commençaient à faire circuler les gros poissons, dont les morceaux étaient couchés dans un lit de légumes de toutes sortes et de boulettes de semoule. Ainsi, il ne manquait plus personne.

« Les poissons sont vraiment bons », dit Ferdinand, le nez au-dessus de son assiette. « À la maison, j'ai beau dire tout ce que je veux, *jamais* ils ne sont comme ça !

— Tu sais, Rikchen, dit Jason en goûtant pensivement, désormais, je reviendrai manger chez toi toutes les semaines.

— Je t'en prie, nous serons toujours ravis que tu viennes. N'est-ce pas, Rikchen ? intervint Salomon.

— Certainement, Jason. Viens donc. Chez Frank, tu ne trouveras pas de tels poissons.

— Et qu'est-ce que vous dites de ce temps ? » l'interrompit Hannchen.

Rosalie se mêla à la conversation.

« Ici, il fait bon chaud, oui. Mais chez nous, cet après-midi, j'ai tellement gelé que les bagues, presque elles me tombaient des doigts.

— Peut-être qu'il fait plus chaud à Bentschen », rétorqua Ferdinand, mais tout bas, comme s'il avait voulu confier un secret à la tête de poisson posée devant lui dans son assiette.

Sa femme, cependant, avait l'ouïe fine, et elle lui lança un regard suppliant.

« Oui », dit-elle pour détourner son mari de ce sujet, car avec lui on ne savait jamais si, d'un instant à l'autre, il n'allait pas élever la voix. « Oui, à présent Ferdinand connaît très bien le prince Charles.

— Tiens, tu crois peut-être qu'il m'aurait appelé Trucmuche ? Il savait très bien qui nous sommes, à cause de notre père. S'il n'y avait pas eu cette histoire avec toi, la maison d'arrêt, je serais devenu depuis longtemps fournisseur de la cour. Bon, je ne regrette rien ; et finalement, j'y suis arrivé. »

Jason devint écarlate, Salomon le vit, et, comme il voulait éviter les frictions, il dit :

« As-tu entendu dire que Krüger[90] avait peint un grand portrait équestre du tsar Nicolas ? Il paraît même que le tableau devrait être exposé ici.

— On prétend que le *cheval* est remarquablement réussi, lança Jason.

— Ne va pas dire ça à Ludwig Schneider, déclara Ferdinand[91].

— Je l'ai vu récemment dans le rôle du conseiller Heese, dit Salomon. Très bon, très bon. »

Et il rit, ravi, au souvenir du plaisir qu'il y avait pris.

« Je n'apprécie pas beaucoup Schneider, dit Jason. À mon goût, il joue trop pour le parterre.

— Tu sais, Rikchen », cria Eli par-dessus la table, aussi fort qu'il pouvait, car il était dans un de ses jours où il parlait fort, « ce que tu sers est toujours fameux ! Des poissons comme ceux-là, on n'en trouve plus, au jour d'aujourd'hui.

— Eh bien, s'il en reste, j'enverrai la servante t'en apporter demain matin.

— Mais n'oublie pas », répondit Eli en revenant à ses occupations.

Au mot « servante », Hannchen avait tressailli comme une cuisse de grenouille soumise à un courant galvanique.

« Ah, oui ! Je voulais vous raconter : Notre Anna s'est mariée. Dimanche dernier. Soit dit en passant, son mari est très bel homme. On dirait un artiste. Tu sais, Rikchen, ça fait trois ans qu'il est commis chez le coiffeur Baumbach, en face ; et il venait tous les matins pour faire la barbe à Ferdinand. Et c'est sans doute bien comme ça qu'ils ont fait connaissance et qu'ils sont tombés amoureux. Soit dit en passant, pour leur mariage, je leur ai offert deux grands crachoirs en porcelaine avec des guirlandes de roses peintes au fond. Mais ils ont dit que ça leur plaisait *tellement* qu'ils les utiliseraient plutôt comme plats à gâteaux. »

Jason rit.

Eli avait tendu la tête de côté par-dessus la table pour mieux entendre.

« Ah bon ! dit-il. Le jeune homme de chez Baumbach ! J'en ai entendu parler. Alors, le baptême ne se fera pas attendre longtemps.

— Sûrement pas ! » confirma Minchen.

Hannchen fit soudain une figure de six pieds de long.

« Oh, dit-elle d'une voix hésitante, chez *ces gens-là,* c'est toujours comme ça. »

Mais Ferdinand, qui tout ce temps-là s'était agité nerveusement sur sa chaise, explosa soudain :

« Hannchen, dit-il, je ne comprends pas pourquoi tu ennuies toujours les gens avec tes bavardages ! »

Au bout de la table, Max, Pinchen et Rosalie ricanèrent, leur serviette devant la bouche. Mais Hannchen parut prendre à cœur cette sommation car tout le reste de la soirée — tout à fait *contre* sa nature — elle fut parfaitement silencieuse.

Mais avant que la pause ne durât trop et ne se chargeât de trop de signification, Salomon reprit :

« J'ai entendu récemment quelque chose de très joli. Tu sais, Rikchen, sur Heine... Comment était-ce donc ?

— Oh, oui ! dit Rikchen, venant à la rescousse. C'était délicieux. De Paris, Heine écrit à son oncle, à Hambourg...

— Laisse-moi donc raconter ! Tu ne laisses jamais parler les gens. Écoute, Jason : Le poète Henri Heine écrit de Paris à son oncle le banquier Salomon Heine, à Hambourg, pour lui demander s'il verrait un inconvénient à ce qu'il joigne désormais à son nom celui de sa mère et s'appelle Heine van Geldern. Et l'oncle lui répond qu'il n'a absolument rien contre le fait qu'il s'appelle

Heine van Geldern : c'est parce qu'il s'appelle Heine que l'oncle doit lui envoyer tant d'argent ; "le 'van Gelder', il ne me coûte rien [92]." »

Tous rirent, à l'exception d'oncle Naphtali et de Jason.

« Excusez-moi, monsieur Gebert, dit Naphtali, pourquoi elle est drôle cette histoire ? »

Mais Jason frappa sur la table du plat de la main et, le visage écarlate, cria :

« Ce butor ? Est-ce que tu crois que quiconque se soucierait de lui et de ses misérables millions s'il n'était pas justement l'oncle du poète Henri Heine ? Henri Heine n'a pas besoin d'être anobli... Mais qui est-ce qui a anobli le nom de Heine ? Lui ou le banquier ?

— Quand même, dit Ferdinand, amasser vingt millions, ça n'est pas mal non plus. Et l'autre, à Hambourg, il les a largement !

— Ne t'énerve donc pas, Jason, l'apaisa Salomon. Rien ne dit que l'histoire soit vraie. Je crois bien qu'elle ne l'est pas, d'ailleurs. Premièrement, parce que Heine n'écrit pas ce genre de choses, et deuxièmement l'oncle n'aurait pas répondu ça. Mais l'ensemble est bien inventé, je trouve. »

Mais Jason se sentait étouffer. Il n'en aurait que trop volontiers dit davantage : que c'était avec de telles conceptions que, dans ce milieu, on détruisait les gens. Maintenant, il aurait voulu parler de Jettchen et de Kössling, livrer aux autres tout ce qui lui brûlait l'âme à ce sujet. Puis il songea qu'il semblait bien qu'on se fût donné le mot pour ne *rien* dire pour l'instant qui se rapportât à Jettchen, et qu'il pourrait toujours parler plus tard. Et il se contint. En fait, il lui aurait été difficile de garder la parole, car déjà Eli et Ferdinand s'étaient engagés dans une vive dispute. Ils s'étaient mis à parler chevaux avec l'ardeur opiniâtre de deux poissons tirant sur le même hameçon, et, dans ces cas-là, ils ne tardaient pas à s'échauffer et à hausser le ton.

« Vous vous imaginez ? criait Ferdinand. Il faut que je vous raconte. J'achète un hongre alezan cent vingt thalers. Peut-être un peu lourd des paturons, mais pour le reste, une bête magnifique. Et le lendemain, quand j'arrive à l'écurie et que je vais le voir, j'ai cru que j'allais avoir un coup de sang : il a le tic de l'ours ! Toute la sainte journée, il reste là à se balancer en secouant la tête devant la mangeoire.

— Oh, dit Eli, tu n'avais pas besoin de me le raconter ; ça n'arrive qu'à toi. Ils t'auront refilé une jolie rosse, une fois de plus !

— Comment voulais-tu que je m'en doute ? Personne n'aurait pu deviner ! tonna Ferdinand.

— Eh bien, si un jour tu rachètes un cheval, vas-y avec quelqu'un qui s'y connaisse. Moi, par exemple. Je vais te dire, mon fils, aujourd'hui encore, si je te prépare une vieille haridelle blanc moucheté qui a des éparvins, tu croiras qu'un prince serait heureux de la monter ! »

Mais Ferdinand répliqua qu'il connaissait suffisamment les chevaux, mieux que l'oncle Eli, et qu'il le remerciait du conseil.

« Eh bien, quand on ne veut rien entendre, on s'instruit à ses dépens », cria Eli, tout rouge, tandis que Minchen le tirait par sa redingote pour qu'il se calme et que Salomon apaisait Ferdinand.

« Tu sais, Ferdinand, quand on mange du poisson, il ne faut pas parler autant. Mais dis donc, Jason — quoi de neuf sous le soleil ?

— Oh, j'ai entendu dire que le roi de Hanovre allait en Angleterre pour le mariage de la reine Victoria. À Hanovre, tout le monde espère que là-bas ils l'assommeront une bonne fois pour toutes. »

Mais Ferdinand qui, ces derniers temps, s'était découvert des sentiments royalistes, dit que Jason devrait se garder de tenir de tels propos. Apparemment, une fois ne lui avait pas suffi. Il est vrai que les prisons étaient bondées, mais peut-être que *pour lui*, on y trouverait quand même une place. Et surtout, comme en ce moment on arrêtait partout des gens, chaque jour, à cause du complot, il fallait que Jason se montre deux fois plus prudent quant à ce genre de déclarations.

Salomon, quant à lui, demanda à Jason pourquoi il parlait ainsi. À son âge ! Il n'avait rien à y gagner.

« Oui, dit Jason en souriant. Tu as raison, Salomon, et c'est peut-être aussi plus intelligent ; on devrait tranquillement laisser les choses aller comme elles vont. Car en tant qu'individu, de fait, on n'a rien à y gagner.

— Excuse-moi un moment, Jason, intervint Eli. Qu'est-ce que ça a à voir avec ce que tu disais avant ? Moi, encore, que je parle comme ça, que je serai bientôt où les rois ils sont pareils que les mendiants... Mais toi ! Tu es encore un jeune homme, par rapport à moi !

— Chez nous, à Bentschen, s'immisça Naphtali, on a eu aussi un démagogue[93], une fois. Mais quand il a entendu qu'on voulait aller lui chercher le gendarme, vite il a repris la poste rapide pour continuer jusqu'à Posen. »

Les servantes emportèrent les assiettes et servirent le rôti brun, qui tenait à peine dans le plus grand des plats de la maison de Salomon Gebert et regardait encore en l'air par-dessus le bord aux deux bouts.

Pour Naphtali, on avait préparé des œufs afin de ne pas blesser ses sentiments religieux.

Jason allait répondre à Eli qu'il avait parlé de façon à demi ironique, mais Eli s'était servi une grosse tranche de rôti et n'était plus disponible pour la conversation.

Minchen ne voulait rien prendre, elle n'avait pas d'appétit.

« Pourquoi tu ne manges rien, Minchen ? » demanda Eli, les joues pleines, sans lever les yeux de son assiette. « Tu es de plus en plus bizarre. Un de ces jours, tu finiras par branler de la tête comme la vieille *Madame** Schrökh qui joue les jeunes premières.

— Dis-moi, Jason, reprit Ferdinand quand il se fut arrangé à sa façon de sa première tranche de rôti. Est-ce que tu te rappelles notre conversation sur les chemins de fer, ici, au printemps dernier ? Qui est-ce qui avait raison ? Toi, ou moi ? Est-ce qu'à présent tu voudrais avoir des actions de la ligne Cologne-Aix ou de la ligne Dresde-Leipzig ?

— Oui, le soutint Eli. J'ai tout de suite dit que cette histoire de chemins de fer, c'était la faillite assurée.

— Tu sais, Ferdinand, j'aimerais même en avoir beaucoup, dit Jason sans s'émouvoir.

— Je ne te comprends pas, intervint Salomon. Pour parler ainsi, il faut ne pas connaître les cours de la Bourse !

— Je crois, *moi*, se défendit Jason, que l'on n'a absolument pas besoin de connaître les cours de la Bourse pour voir que les chemins de fer ont de l'avenir, même si les actions ont un peu baissé.

— Un peu ! s'exclama Ferdinand. Tiens, j'aimerais bien avoir ce qui s'est perdu à la Bourse ces quatre dernières semaines. Là, tu sais, Jason, je me retirerais des affaires dès demain matin, à huit heures sonnantes.

— C'est ce que je dis aussi avec ce vieux noiraud de Steinthal, reprit Eli. À la Bourse, c'est toujours comme dans la chambre des enfants : les grands déshabillent les petits.

— Mais tu finiras quand même les voitures pour le prince Charles, non ? » lança Hannchen, privant ainsi Eli de tous les applaudissement qu'il était en droit d'espérer.

Car en raison de ses récents succès commerciaux et de la haute qualité de sa clientèle, Hannchen pardonnait à présent volontiers et même avec joie à son mari tous les péchés ; elle donnait même son absolution à tous ceux que le brave Ferdinand n'eût guère été capable de commettre.

Mais cela laissait Ferdinand assez indifférent.

« Tu sais, Hannchen, lui lança-t-il d'un ton brusque, tout ce que je te demande, c'est de ne pas tomber de la calèche avec ton prince Charles.

— Oui, dit Salomon, le Théâtre royal est de plus en plus mauvais, chez nous. Tout ce qu'il y a eu de bien, ces derniers temps, c'était la Schröder-Devrient. Elle a chanté à faire trembler le lustre !

— Pour les théâtres royaux, déclara Jason, on devrait faire appel à Immermann. Lui, il pourrait les réformer[94]. »

Mais jamais deux hommes ne réussiront à parler de théâtre quand les deux femmes assises auprès d'eux ont commencé à discuter des nouveaux chapeaux de l'hiver. Et jamais sans doute les appels « À moi les guelfes ! » ou « À moi les gibelins ! » n'ont retenti plus fort sur le champ de bataille que les cris de ralliement des deux tantes, « À moi Madame Quittel ! » pour Hannchen, « À moi Madame Zierlein ! » pour Rikchen. Et dès qu'Éris secoue ses boucles, les muses s'enfuient.

Tout ce temps, Max était resté très silencieux. Cependant, alors qu'au printemps les regards dont il suivait les servantes qui faisaient le tour de la table devaient encore s'interpréter comme les timides marques de dévotion d'une jeune âme pour qui « la Femme » n'était qu'une belle image lointaine et inconnue, ces mêmes regards semblaient à présent plus déterminés, plus chargés de substance et plus nourris d'expérience.

« Eh bien, Max, dit Jason lentement et d'un ton légèrement moqueur. Comment va la *toute jeune* Allemagne ? »

Max comprit.

« Mal, mon oncle », dit-il.

Car la connaissance sensible ayant ces derniers temps remplacé pour lui ce qu'auparavant il ne faisait que supposer ou ressentir intuitivement, il semblait ne plus avoir de raison de rechercher par l'écriture ce qu'il avait sous la main.

« Tu sais, Max, reprit Jason, si tu ne veux plus rien avoir à faire avec la poésie, tu peux te faire couper les cheveux : tu ressembles vraiment à une mauvaise copie de Beethoven.

— Je trouve que ça va très bien à Max, Jason », intervint Hannchen, interrompant son hymne à *Madame** Quittel.

« Non, Max, dit Ferdinand, Jason a tout à fait raison. On ne se promène pas comme ça. Je voulais te le dire depuis longtemps. De quoi est-ce que ça a l'air, au magasin ? »

Max, fâché, punit ses parents d'un mépris muet.

« Magnifique ! s'exclama Ferdinand en voyant la grande tarte aux pommes que les servantes apportaient toute chaude, encore fumante, et qui embaumait. On voit vraiment que *toi*, tu n'as pas d'actions des chemins de fer ! »

Eli, qui avec l'âge était devenu assez facile à satisfaire, trouva cela remarquable — la meilleure plaisanterie de toute la soirée. Mais il trouva la tarte plus remarquable encore, il n'avait pas assez de mots pour dire tout le bien qu'il en pensait et répétait sans cesse à l'hôtesse radieuse :

« Tu sais, Rikchen, le poisson était déjà bon ; mais avec la tarte, là, tu t'es vraiment *surpassée toi-même* !

— Eh bien, mon oncle, si tu en laisses, je te la ferai porter demain matin. »

Le vieil Eli se tint pour satisfait.

Mais Naphtali dit :

« Écoute donc, ma fille, la tarte, elle est vraiment très bien, mais elle n'est quand même pas si bonne qu'on les fait chez nous, à Bentschen ! »

Salomon repoussa sa chaise si fort qu'elle en grinça, et se leva d'un bond.

« Allons ! » dit-il d'un ton brusque, comme s'il lançait un commandement.

« Allons ! » dirent les autres en repoussant leur chaise avec bruit.

Ils s'essuyèrent la bouche avec leur serviette et se serrèrent la main.

Seul Eli s'étonna.

« Qu'est-ce qui se passe ? demanda-t-il. J'en aurais bien repris un petit morceau. »

Mais Ferdinand cria :

« Il est grand temps ! » car il avait hâte de passer à la table de whist.

Et Jason, que sa jambe blessée faisait de toute façon souffrir quand il restait trop longtemps assis, était lui aussi content qu'on se fût enfin levé ; et il était tout aussi content que l'on dût maintenant en venir bientôt à une discussion. Tout en arpentant la pièce de long en large pour remettre un peu d'aplomb ses vieux os, il songea à ce qu'il allait dire.

Les servantes en tablier blanc débarrassèrent très vite, entrechoquant assiettes et plats. Fourchettes, couteaux et porte-couteaux disparurent dans la corbeille à couverts ; l'argenterie réintégra le buffet en un clin d'œil ; les balais de table glissèrent sur l'étoffe, la grande nappe de damas partit s'aérer ; les rallonges d'acajou, comme d'elles-mêmes, descendirent vite et sans un bruit sous le plateau de la table et celle-ci, qui un instant plus tôt emplissait presque toute la pièce, redevint l'être modeste qu'elle était toute la journée. Les chaises retrouvèrent leur place le long des murs et près des fenêtres ; venu d'on ne sait où, un souffle d'air frais, qui avait un goût de neige et de gel, entra un très court moment, et quiconque serait alors entré dans la pièce n'aurait *jamais* cru que très peu de temps auparavant on y avait mangé des poissons de dimensions tout à fait antédiluviennes, qu'on y était venu à bout d'un rôti si énorme que même le plus grand des plats de la maison Salomon Gebert s'était avéré presque trop petit pour lui, et qu'en outre on y avait découpé une tarte aux pommes telle qu'on n'en pouvait trouver de meilleures et de plus dignes d'éloges qu'à Bentschen.

« Eh bien », dit Rikchen qui, digne pendant féminin du général Torstensson[95], avait conduit cette bataille de sa chaise, « peut-être que ces messieurs préféreront passer au salon pour jouer aux cartes ; là, personne ne les dérangera. »

Ferdinand ne se le fit pas dire deux fois. Eli le suivit.

« Alors, monsieur Gebert, comme vous m'y invitez si gentiment, je vais y aller un petit peu aussi », dit Naphtali en soufflant, l'haleine chargée de tout ce qu'il avait mangé.

Pinchen et Rosalie étaient déjà assises sur le canapé et se tenaient étroitement enlacées. Car bien qu'elles se querellassent sans cesse dès qu'elles étaient seules, en public, elles aimaient à former de tendres groupes.

Hannchen, cependant, assise à côté d'elles, avait un coussin sous les pieds et s'éventait avec un mouchoir de dentelle. Elle disait que la pièce était surchauffée, que pas un être humain ne pouvait supporter une telle chaleur.

La vieille tante Minchen, bannie sur une dure chaise de rotin, s'y tenait tout à fait retirée en elle-même, la tête de guingois, et laissait patiemment, avec un sourire aimable, la vieille demoiselle aux boucles de caniche déverser sur elle ses litanies.

Au salon, Jason trouva tout comme auparavant. Peut-être la soie vert clair des murs avait-elle encore pâli, mais il n'y avait pas la moindre poussière sur les meubles laqués de blanc, étincelants, avec leurs cols de cygne dorés, et leurs lignes blanches se reflétaient sur le plancher brun, encaustiqué, luisant comme un miroir. Les deux lustres de bronze doré se partageaient douze bougies, toutes allumées, et qui emplissaient des tons rouge doré de leurs flammes toute la vaste pièce, du sol au plafond, des niches des fenêtres et des hautes glaces cloisonnées jusqu'aux consoles, le long du mur, où s'alignaient les élégantes et fragiles tasses à thé. Cependant, les deux pendules, celle au Turc sentimental et celle où Amour aiguisait sa flèche, n'avaient plus leur tic-tac allègre et affairé, elles étaient tout à fait silencieuses et mortes ; et le couvercle brun du piano table était un peu plus morne que naguère. Cela seul rappela à Jason que Jettchen manquait. Mais la table de jeu se tenait comme toujours dans son coin, avec les bougies dans les chandeliers d'argent ; et la coupe d'argent dont les pampres étaient surmontés d'une fière pyramide de petits gâteaux secs ne faisait pas défaut, elle était bien là pour l'oncle Eli. Et, de fait, l'oncle Eli avait déjà entrepris de saper les fondements de l'édifice. Pourtant, il n'était pas satisfait comme d'habitude.

« Tu sais, Jason, dit-il, j'en mange juste pour qu'ils ne se perdent pas. Quand Jettchen était encore là, les petits gâteaux étaient quand même bien meilleurs. »

Le vieil Eli se trompait. Les petits gâteaux secs n'étaient certainement pas meilleurs avant, et même s'ils l'avaient été, Jettchen n'y aurait certainement été pour rien, car jamais elle ne les avait préparés. Et pourtant, l'oncle Eli ne faisait que dire la vérité, car il trouvait bel et bien que ces gâteaux n'étaient pas si bons que ceux que Jettchen lui offrait toujours quand il venait, naguère.

« Alors, les enfants, qu'est-ce qui se passe ? lança Ferdinand en donnant les cartes — patsch, patsch, patsch — bien qu'aucun des autres ne se fût encore assis à la table.

— Qui est-ce qui joue ? demanda Salomon.

— Eh bien, nous tous, déclara Ferdinand. Il faudra juste qu'il y en ait un qui attende son tour.

— J'aime autant regarder, dit Jason.

— Moi, je ferais bien une petite partie, dit Eli. C'est que je sais même plus à quoi ressemble une carte. »

Et il s'approcha de la table de jeu en mâchant, des petits gâteaux calés dans ses deux joues.

— Alors moi aussi, si je pourrais me permettre, déclara Naphtali en dodelinant de la tête.

— Bien, dit Salomon à Jason. Si tu veux bien attendre ton tour, je vais jouer avec Eli, et Ferdinand avec M. Jacoby. »

Ferdinand remporta les annonces et engagea le jeu, mais son partenaire lui donna peu de satisfaction et, après quelques plis seulement, il posa ses cartes, s'appuya des deux bras à la table et considéra le vieil oncle Naphtali d'un œil aussi étonné que s'il avait devant lui quelque monstre marin.

« Vous savez, Monsieur Naphtali, dit-il finalement, en Angleterre... — en Angleterre, comprenez-vous, pas sur le continent — un père déshérite son fils qui ne joue pas atout quand il en a six en main. Peut-être que vous voudriez d'abord une petite prise de tabac ? »

Et quand, tout abasourdi, le vieux joua un petit atout, Ferdinand cria :

« Et à présent, vous me sortez un sept de cœur ! ? Pour casser tout le jeu, sans doute ? Aussitôt après le premier pli, vous auriez dû leur aligner toute votre flotte du plus gros bâtiment au plus petit, jusqu'à ce qu'ils se retrouvent sur le sable. Vous croyez peut-être qu'ici on joue pour des queues de cerises ? »

Sur ce, Ferdinand se leva d'un bond, furieux, et jeta ses cartes sur la table.

« Allons, dit Salomon, nous ne sommes pas forcés de jouer au whist, nous pouvons très bien discuter. Puis-je vous offrir un cigare, monsieur Jacoby ? — Ah bon, aujourd'hui, vous ne fumez pas. Mais toi, Jason ?

— Où en sont les choses avec Jettchen ? s'enquit Ferdinand.

— C'est moi qui vous le demande, répondit Jason.

— Tu as vu que même dans le *Berlin* de Rellstab[96] on en parlait à mots couverts ? Bientôt, on en fera un roman en quatre volumes, comme sur Johanna la vendeuse d'oranges.

— Toutes les mouches se posent sur un cheval maigre ! s'exclama Eli, furieux. Je ne sais pas ce que vous lui voulez, à Jettchen. On raconte qu'elle aurait un faible pour un autre ? Et alors ? Tout le monde voit bien quand même tout de suite chez Jettchen la doublure de satin, et chez Julius Jacoby, dès qu'il ouvre la bouche, le gros drap à carreaux.

— Monsieur Elias Gebert, déclara Naphtali en dodelinant de la tête, je vous dis : le père de Joel, mon neveu Nero, une crème d'homme, c'était. Mais un homme d'affaires il n'était pas. Et quand il est parti avec son frère, et qu'on l'a renvoyé, plus jamais il en a parlé. Alors après, quand son frère il est venu le chercher, un matin, qui c'est qui n'était pas levé ? C'est Nero qui n'était pas levé ! Bon, on peut avoir une belle femme, et on peut avoir une affaire. En même temps une belle femme et une affaire, on peut avoir aussi. Mais *d'abord* l'affaire, et *après* la femme. Joel, vous comprenez, Joel, c'est pas du tout pareil. *Ça*, c'est un homme d'affaires ! »

Eli frappa la table du plat de la main.

« Qu'est-ce que ça a à voir ? dit-il.

— Vous savez, dit Jason, il serait vraiment très bon que cette affaire se termine ; sinon, la petite en sera détruite.

— Oh, dit Ferdinand en soufflant par les narines la fumée de son cigare, il y a plus de gens qui meurent d'un estomac délabré que d'un cœur brisé.

— Tu as encore trouvé ça dans les *Fleurs de la lecture* de Pappe[97] », lui lança Jason sans élever le ton, mais d'une voix qui tremblait.

— Dites-moi, monsieur Jacoby, demanda Salomon, je vous avais bien demandé de m'apporter votre réponse à mes propositions ?

— Quelles propositions ? s'enquit Jason, étonné.

— Eh bien », dit Salomon d'un ton très calme et assuré, en chef d'une maison de commerce habitué à jongler avec de grosses sommes et à conclure de gros contrats tout en restant froid et en calculant soigneusement chaque mot. « J'avais proposé à M. Julius Jacoby qu'un tiers de la somme lui reste dans le capital de son affaire moyennant le paiement à moi, c'est-à-dire à Jettchen, de deux pour cent d'intérêts, cependant qu'il restituerait le reste ; en échange de ce bon procédé, il prendrait sur lui tous les torts lors de la séparation légale. Comme tu le sais sans doute, cela ne devrait pas lui être difficile. Car tu comprends bien, Jason, que jamais, au grand jamais, je n'accepterai que notre nièce, qui a grandi ici, dans notre maison, comme ma propre enfant, passe aux yeux du monde pour la responsable. »

Jason eut un soupir de soulagement.

« Je suis heureux de t'entendre parler ainsi, Salomon », dit-il, et il eut presque honte, car il sentit en disant cela comme une brûlure au coin des yeux.

« Et qu'en dit Julius ? demanda Ferdinand.

— On peut bien s'imaginer que ça n'est pas agréable pour lui », lança Naphtali en balançant la tête de droite à gauche et en clignant de ses petits yeux noirs comme des boutons de jais, avec l'air de s'excuser. « Il aimerait mieux pas. Je lui ai dit la proposition. Mais Joel, il pense : ils peuvent bien dire ce qu'ils veulent, tous. Que Jettchen, elle finira bien par revenir avec lui. Il pense même qu'il peut avoir un jugement contre elle pour qu'elle revienne, le notaire il lui a dit, au tribunal. Mais il ne veut pas du tout faire ça. *Sa femme*, il dit, elle viendra bien chez lui !

— Voilà comme il pense, vous savez, dit Eli : si tu veux devenir un fromage, tu n'as qu'à puer !

— Mon Dieu, déclara Ferdinand, à vrai dire, on ne peut pas lui en vouloir pour ça. »

Salomon se taisait, mais Naphtali comprit ce silence.

« Naturellement, Joel a dit qu'il va *encore* réfléchir à tout ça. Mais pour l'instant, il dit, il a plein la tête avec son affaire, et avec les actions, que ça va très mal, alors il ne peut pas du tout se soucier de ça.

— Avec les actions ? s'écria Salomon en tapant sur la table. Avec quelles actions ? Je ne savais pas que les actions privilégiées à quatre pour cent de la ville de Stettin allaient mal.

— Oh, vous comprenez, dit Naphtali, c'est que Joel, il pensait qu'il démarrerait mieux si à la place il en prenait des autres, qui rapportent *plus.* Moi, je lui ai bien dit tout de suite qu'il ferait mieux de pas toucher à ça. »

Ce fut le tour de Ferdinand de se révolter.

« À présent, voilà cette crapule qui se met *vraiment* à la Bourse ! cria-t-il. Et il joue avec *ton* argent !

— Vous savez, monsieur Jacoby, je ne vous veux que du bien, mais votre neveu, c'est une andouille ! » dit Eli, qui n'en revenait pas de stupéfaction. « Un homme convenable, il ne va pas à la Bourse pour y perdre l'argent de sa femme, vous comprenez ! Quand nous étions gamins, nous jouions à ce jeu, là, contre le mur, avec des cailloux et des pièces en cuivre de trois pfennigs. Et ça finissait toujours comme ça que les grands, il empochaient les pièces, et que les petits, ils n'avaient plus que leurs yeux pour pleurer. À la Bourse, c'est tout pareil. J'ai tout de suite dit à Jettchen de faire attention. Ne t'embarque pas avec celui-là, je lui ai dit ; après, c'est toi qui paieras les pots cassés.

— Oui, oui, dit Jason en soufflant sa fumée. C'est quand même une belle découverte philosophique de la langue allemande que "somme d'argent" se dise *Betrag* et "tromperie" *Betrug.* Juste une voyelle de différence ! »

Se voyant attaqué de tant de côtés, le vieux Naphtali ne savait plus où chercher le salut.

« Ah, Messieurs, dit-il enfin, ça n'est pas précisément réjouissant, non, ce que j'ai à vous annoncer. Mais qu'est-ce qu'on y peut ? Si Joel se retire de l'affaire *aujourd'hui,* c'est bien possible que *Benjamin,* il ne lui laisse même pas sa chemise. Si il attend tranquillement quelques mois — et à présent, il a de quoi attendre — il peut *tout aussi bien* gagner une fortune.

— Benjamin ! cria Ferdinand. Votre neveu travaille avec Benjamin ! Tu entends, Salomon ? Les Benjamin qui font des cravates toutes petites. Tellement petites que tu ne les sens même pas quand on te les passe autour du cou. Mais un instant après, couic, tu te retrouves avec la *langue* qui pend devant la cravate !

— Oui, Salomon, dit Jason. À ta place, je réglerais la chose *immédiatement,* sans prendre de gants.

— Certainement, certainement, répliqua Salomon. Ce serait sans doute le mieux, mais il faut quand même que j'en parle d'abord avec ma femme...

— Il faut toujours que tu demandes leur avis aux bonnes femmes ! lança Eli.

— Car tu peux bien penser, Jason, poursuivit Salomon sans relever l'interruption d'Eli, qu'il ne me sera pas agréable de traîner notre neveu devant le tribunal.

— Mais ce n'est pas du tout nécessaire. Le divorce peut être prononcé à la demande d'une seule des parties quand — je crois que c'est le texte même de la loi — "il ne subsiste plus aucun espoir que soit atteint le but de l'état conjugal". Je crois que tel serait bien le cas pour Jettchen. Peut-être qu'*ensuite* vous pourrez débrouiller la question de l'argent. »

Mais Salomon ne voulut pas en entendre parler, et Ferdinand lui aussi estimait qu'il était préférable de laver son linge sale en famille.

Rikchen s'était approchée.

« Alors, comment va, ici ? demanda-t-elle. Voulez-vous que je vous fasse apporter quelque chose ? Pourquoi est-ce que vous ne jouez plus ?

— C'est que nous parlons de Jettchen, déclara Eli comme les autres se taisaient. Avec ton neveu Julius, c'est un joli monsieur que tu as introduit dans la famille !

— Je te raconterai plus tard, l'interrompit Salomon, qui avait retrouvé tout son calme.

— Oui, Salomon », dit Rikchen, et l'aimable douceur du ton indiqua à Jason que quelque chose menaçait. « Quand est-ce que Jettchen revient ? Est-ce que tu en as discuté avec Jason ?

— Pas encore », répondit Salomon, et l'on put remarquer combien s'engager dans cette conversation le mettait de mauvaise humeur.

« C'est que Jettchen ne peut pas rester chez toi plus longtemps, Jason. Tout le monde s'agite à ce sujet. Chaque jour, je m'entends dire que ça n'est pas convenable. Et en plus, Jason, tu ne te gênes même pas auprès des gens pour recevoir son *amoureux* chez toi !

— Là, c'est vrai, Rikchen a raison, intervint Ferdinand. Moi aussi, je m'en suis étonné. Quand Hannchen me l'a raconté, je n'ai d'abord pas voulu y croire. »

Jason s'était levé d'un bond et tirait sur sa cravate.

« Très bien ! cria-t-il. Vous savez aussi bien que moi *où* Jettchen serait à présent si *je* n'avais pas été là. Peut-être ne pourrez-vous jamais l'y conduire assez tôt. Mais tant que j'aurai quelque influence sur Jettchen, j'en userai pour qu'elle reste chez moi, je peux vous l'assurer ! Et si jusqu'à aujourd'hui j'ai reçu chez moi le Dr Kössling, je savais pourquoi je pouvais le faire. Peut-être devrais-je encore prendre à Jettchen la seule chose que vous lui ayez laissée ? Le peu d'espérance qu'elle a quant à son avenir ?

— Il faut aussi veiller aux apparences vis-à-vis des gens, mon cher Jason », dit Salomon non sans amabilité, mais du ton de supériorité que prend un frère aîné pour faire des remontrances à son cadet.

— Moi aussi, je trouve ça inouï ! » lança Naphtali, qui reprenait haleine en sentant que le vent tournait.

— S'ils sont vraiment ensemble en tout bien tout honneur, comme dit Jason — et Jason ne dit jamais ce qui n'est pas, je le connais — en quoi est-ce que ça vous regarde ? tonna Eli. Pour ce qui me concerne, elle peut bien le voir tous les jours.

— Oui, dit Rikchen, lançant son dernier atout. Mais ce serait peut-être aussi une bonne chose que Jettchen revienne chez nous, pour qu'on puisse faire un peu plus attention à ses sorties qu'on ne le fait à présent. »

Jason Gebert n'était pas armé contre tant de méchanceté, il était tout simplement sans défense. Il ne proféra pas un mot. Il aurait voulu pleurer de rage.

Non, ils n'étaient pas de la même étoffe, eux et lui. Pourquoi n'avait-il pas depuis longtemps rompu avec eux pour toujours ?

« Tu sais, Salomon, dit-il en se dirigeant vers la porte avec un calme feint qui n'empêcha pas cependant que sa voix se brisât, je vais continuer ce que j'ai entrepris. Il est sans doute préférable qu'à l'avenir nous nous entretenions de ce genre de choses au magasin, entre quatre yeux.

— Sans doute, Jason, répliqua Salomon d'un ton froid et poli. Moi aussi, je considère que cela vaudrait mieux. »

Tante Rikchen, quant à elle, jugeant qu'elle avait rempli sa mission, s'en retourna en hâte à la salle à manger. Elle y fut juste à temps pour avoir sa part des contes merveilleux de Rosalie, qui énumérait tous les brillants partis qu'elle aurait pu épouser si seulement elle avait voulu.

La servante reconduisit Jason jusqu'en bas de l'escalier, et après qu'elle eut refermé à clé derrière lui la lourde porte, il se retrouva seul dans la nuit d'hiver blanche et glacée. Il avait sans doute neigé de nouveau, car toute la rue était recouverte d'une couche d'argent lisse et délicate, et jusque sous les porches, jusque derrière les chasse-roues, même, ce blanc argenté s'était insinué, que nulle trace de pas, nulle trace de roue ne déchirait encore.

Jason hésita à s'écarter de la porte. Il éprouvait comme de la crainte à l'idée d'imprimer le premier la marque de ses pas sur la surface intacte ; et quand dans quelque rue adjacente, derrière lui, un veilleur cria l'heure, cela lui parut comme un sacrilège à l'égard de ce silence blanc qui l'entourait, si parfaitement moelleux et irréel, si clos sur lui-même et intime que Jason Gebert entendait son propre sang battre et bourdonner.

Du haut en bas de la rue, dans la pénombre de la nuit enneigée et dans la lueur pâle des réverbères, Jason Gebert ne voyait pas âme qui vive. Seul un chat solitaire se glissa sur la chaussée, et un bloc de neige tombé d'une corniche se blottit sans bruit dans le blanc de la rue. En face, à quelque distance, la large façade de la poste pendait comme un tapis sombre à bordure plus claire suspendu au ciel nocturne plus sombre encore et habité pourtant d'une étrange lueur. Elle pendait là, soudain, tel un immense rideau aux motifs troués encore de noir par les portes cochères et piétonnes.

Jason Gebert était mécontent de lui-même. Il s'était laissé aller comme un enfant. Pourquoi n'avait-il pas pu répondre calmement à sa belle-sœur ? Pourquoi s'était-il trahi dès les premiers mots ? Car au ton même de sa voix, n'importe qui aurait pu déceler pourquoi en fait il combattait. Il y avait à peine quelques mois que son âme avait trouvé le repos, à peine quelques mois qu'il ne passait pas ses soirées — la moitié de ses nuits — à errer par les rues comme un chien sans maître, avec toute sa fébrilité et toutes ses dissensions intérieures ; à peine quelque semaines qu'il n'était plus, chez lui, fustigé par ses pensées aux heures où sa solitude étouffante lui parlait à l'oreille et où tous ses univers se fermaient à lui, et où il se retrouvait plus seul encore et pitoyablement nu. Et on voulait le renvoyer à son ancienne misère. Non, Jettchen ne pouvait dire qu'il était trop présent auprès d'elle. Souvent, c'était à peine s'il la voyait deux heures dans la journée ; mais même quand il était dans sa bibliothèque, à l'autre bout de l'appartement, il sentait encore sa présence. Souvent même il avait l'impression qu'elle se tenait derrière lui. Quand elle sortait, il se précipitait dans sa chambre, et il s'asseyait auprès de ses porcelaines, et tout en les considérant, il sentait la proximité de Jettchen, il respirait le même air qu'elle. Livres et journaux gisaient là où Jettchen les avait abandonnés, et sur la garniture matelassée du rebord de la fenêtre, il voyait l'empreinte de ses bras nus. Aux heures du crépuscule, quand il revenait dans cette même pièce pour bavarder avec Jettchen, et quand dans l'obscurité qui s'épaississait la silhouette de la jeune femme s'estompait devant lui jusqu'à ce que seule fût encore visible la lueur blanche de ses yeux, il aimait à s'imaginer que l'être même de Jettchen se dissolvait dans l'atmosphère et l'enveloppait tout entier. Et voilà que les autres prétendaient lui arracher cela ! Le renvoyer à sa solitude et à sa misère d'autrefois !

Enfin, Jason se résolut à partir. Très lentement, en claudiquant, il quitta le porche et s'avança sur la neige, comme s'il craignait toujours d'y graver ses traces. La rangée de fenêtres de l'étage — il le vit — projetait à l'extérieur une large lueur qui cependant se noyait soudain dans la nuit et n'éclairait pas même la maison d'en face. Et Jason Gebert tendit ses poings serrés vers cette clarté dont il se sentait exclu ; et toute l'amertume de son cœur le fit presque sangloter.

Mais quelqu'un traversa alors la rue, son mackintosh flottant derrière lui ; la silhouette s'était soudain détachée du bâtiment de la poste, en face, quittant l'abri d'une porte.

« Monsieur Gebert ! cria l'homme.

— Oh, docteur Kössling ! C'est ici que vous m'attendez ? Ce n'est pourtant pas un temps à se promener, comme en avril. Qui vous a dit que j'étais là ?

— J'ai parlé à Jettchen sur le palier. Je suis passé tard, aujourd'hui ; je n'ai pas pu arriver plus tôt. Mais il faut encore que je vous parle. C'est pourquoi je vous ai attendu ici tout ce temps, sous le porche.

— Eh bien, allons quelque part. Chez Drucker, peut-être ? Ce sera encore ouvert, je pense. Sinon, nous frapperons jusqu'à ce que le gardien se montre. Contre un peu d'argent, nous entrerons *partout* où nous voudrons. »

Mais Kössling ne répondit pas et, à très grands pas qui tiraient son manteau sur ses hanches, marcha à côté de Jason qui claudiquait prudemment dans la neige en s'appuyant à chaque pas sur sa longue canne de jonc à pommeau d'argent. On enfonçait presque jusqu'aux chevilles dans cette couverture moelleuse, crémeuse, et à chaque fois qu'on y imprimait son pied, la neige plus dense faisait entendre un crissement. Tout était si silencieux, cependant, que Jason percevait même le délicat tintement argentin des breloques suspendues à sa châtelaine quand elles s'entrechoquaient.

« Eh bien, Docteur, qu'y a-t-il donc ? » demanda-t-il en s'arrêtant au coin de la Königstrasse, les deux mains croisées sur le pommeau de sa canne.

Kössling ne répondit pas.

« Allons, qu'y a-t-il ? » répéta Jason en promenant son regard de droite et de gauche, de bas en haut de la rue blanche et morte bordée de maisons aux contours blancs, et le long des deux rangées clairsemées de réverbères dispensant leur faible lueur de part et d'autre de la chaussée.

Le grand bâtiment, en face, était tout sombre et triste, seule une petite annexe était éclairée ; son toit était couvert de neige, sa façade couverte de gelée, et, dans la lumière vacillante des becs de gaz, il ressemblait à un merveilleux objet ciselé dans un albâtre scintillant.

« Eh bien, dit enfin Kössling, j'ai eu ce matin des expériences désagréables.

— À la bibliothèque ? s'inquiéta Jason.

— Je n'y suis plus employé depuis aujourd'hui, monsieur Gebert, dit Kössling en se passant la main sur le front.

— Dommage ! » dit Jason.

Il pinça les lèvres. Il était vraiment bouleversé, car tout ce qu'il pouvait faire valoir en faveur de Kössling, c'était justement cette situation, ou plutôt cet emploi, permettant d'espérer un poste de fonctionnaire de l'État, que Kössling avait depuis peu de mois.

« Et comment est-ce arrivé ? » demanda Jason après un moment de silence, en se tournant pour se remettre à marcher, en se tournant vers la place du château.

« Je préférerais ne pas en parler, monsieur Gebert.

— Vous êtes le mieux placé pour en juger. Il suffit d'ailleurs que je sois au courant de la chose même.

— Oh, c'est une vilenie ! cria Kössling dans la nuit d'hiver en s'arrêtant face à Jason Gebert et en lui saisissant les épaules. Si seulement elle n'atteignait que moi, je n'en dirais rien. On nous a dénoncés, de la façon la plus infâme ; on s'en prend à nous avec les calomnies les plus abjectes et les plus dépourvues de fondement ! »

Jason s'émut vivement de ces propos.

« Que voulez-vous dire, Docteur ?

— Eh bien, on m'a convoqué.

— Qui ?

— Le Pr Wilken. Mais il y avait avec lui un conseiller du ministère, un petit jeune homme pâle, un futur auditeur ou juge de l'Université, je crois. Je ne le connaissais pas. Il fallait que l'on m'adresse un avertissement, a-t-il dit. Ma conduite suscitait le mécontentement des autorités ; toute la ville savait que j'entretenais des relations illicites avec une femme mariée qui vivait séparée de son mari. Tant qu'il ne s'était agi que de rumeurs, cela ne constituait pas une raison suffisante pour qu'on intervînt ; mais à présent, on avait reçu une *dénonciation,* et il n'était plus possible de laisser continuer cela sans en tenir compte. Une telle relation affichée publiquement était inconciliable avec la dignité et le prestige d'un futur fonctionnaire et bibliothécaire royal ; pour cette fois, cependant, grâce à l'intercession du Pr Wilken, on s'en tiendrait à une remontrance, si je promettais de ne plus nourrir la rumeur par mon comportement. Je me souviens de chaque mot !

— Et vous, que lui avez-vous dit ?

— Eh bien, je n'ai pas conservé mon calme. Je lui ai dit que ma vie privée était telle qu'elle ne nécessitait aucune immixtion, et qu'il me fallait par conséquent repousser strictement toute intervention des autorités ; que s'il osait cependant me répéter à titre privé les offenses à la réputation d'une dame qu'il venait de formuler à mon intention dans ses fonctions officielles, il recevrait aussitôt de moi la réponse qui convenait. Vous auriez dû voir sa tête ! Wilken s'était levé d'un bond, épouvanté. “Mais, Docteur, a-t-il crié, revenez donc à la raison, je vous en prie.” Il a fallu un bon moment pour que le petit homme pâle se ressaisisse. “*À titre privé,* a-t-il dit, je n'ai pas l'honneur de vous connaître, et je m'abstiens de tout jugement. Mais dans l'exercice de mes fonctions, j'ai en outre à vous faire savoir que l'on considère comme inconciliable avec les opinions d'un futur fonctionnaire royal de fréquenter assidûment la maison d'un homme connu de la police depuis de longues années comme politiquement suspect et qui — ce que sans doute vous ignorez — a déjà été impliqué dans une enquête approfondie pour conjuration.”

— Les chiens ! Les chiens ! » cria Jason dans la nuit en pensant aux mois de tourmentes d'autrefois.

Il avait l'impression qu'on rouvrait en lui la cicatrice d'une plaie.

« Oh, dit Kössling, j'entends encore chaque mot. Je pourrais peindre toute cette scène. La pièce nue, quelques chaises le long du mur, quelques tableaux anciens — des portraits d'hommes à grande perruque grise —, une petite table de bouleau avec un très gros encrier, une rame de papier et le dossier posé à côté. C'était en bas, au rez-de-chaussée, et la pièce était éclairée d'une lumière très vive par le reflet de la neige, dehors. »

Kössling gratta du pied la couverture blanche.

« Wilken est assis là ; ici, le petit conseiller pâle, en longue redingote vert bouteille. Moi, je suis *debout* au milieu de la pièce. On ne m'a pas proposé de siège, à moi. Oh, monsieur Gebert, je ne me suis vraiment pas fait faute de leur répondre. Je ne me laisserai jamais prescrire ma conduite, ai-je dit, et je quitte à l'instant mon service, puisque je ne puis dépendre plus longtemps d'une autorité qui prétend ouvrir la voie à la liberté du savoir et qui s'adonne en fait à l'inquisition des consciences. À ces mots, le petit conseiller s'est levé d'un bond et a pris son dossier. “Je quitte cette pièce !” a-t-il glapi. Mais Wilken — peut-être me voulait-il du bien — m'a encore parlé un long moment en tentant d'arranger les choses. J'étais énervé, a-t-il dit, c'est pourquoi je ne pesais pas mes paroles. Quand j'aurais recouvré mon calme, il me faudrait bien reconnaître que l'on n'avait en vue que mon intérêt. S'il ne tenait pas à ma collaboration et ne fondait pas sur moi de grandes espérances pour la science, il aurait pu donner tout simplement son accord à mon renvoi, que l'on avait envisagé d'emblée sans indiquer la raison. À présent, je devrais retourner tranquillement à mon travail, il me rappellerait ultérieurement. À ce moment-là, je serais sans doute dans d'autres dispositions d'esprit. Seule ma jeunesse pouvait être invoquée pour excuser le comportement que je venais d'avoir, mais il arriverait bien à remettre les choses en ordre.

« Mais je lui ai répondu que c'était inutile et qu'une heure plus tard je ne pourrais pas parler autrement que je venais de le faire. On avait parlé comme s'il s'agissait de canailles d'une femme d'une rare noblesse et d'un homme à qui je suis infiniment redevable à tous égards, et on avait interprété mes relations avec cette femme, qui n'ont nullement à redouter la lumière, d'une façon qui, pour moi et pour tout homme d'honneur, ne permettait qu'une seule réponse. Mais comme je ne pouvais ni ne voulais lui donner cette réponse, qu'il veuille bien au moins me dire de quel voyou provenait cette calomnie, afin que je puisse le châtier. Naturellement, on n'a pas voulu me le dire. Mais je parviendrai bien à le découvrir, même si je dois y passer mes jours et mes nuits. »

Jason haussa les épaules.

« Docteur, dit-il, pourquoi pensez-vous que votre blessure saignera moins si vous rossez le chien qui vous a sournoisement mordu le mollet ? »

Kössling ne sut que répondre à cela et se contenta de mordre sa lèvre inférieure.

« Donc, dit Jason en s'arrêtant, si nous faisons le bilan : vous n'êtes plus à la bibliothèque.

— J'ai aussitôt présenté ma démission à la direction et demandé à être immédiatement dispensé de service jusqu'à ce qu'elle me soit accordée.

— Savez-vous bien que ce n'est pas très intelligent ? On ne se met pas à dos un gouvernement “moscovite”[98].

— Et vous, monsieur Gebert, qu'auriez-vous donc fait à ma place ?

— Moi ? Probablement la même chose. Mais qui vous a jamais dit que *moi*, je me comporte intelligemment ? »

À présent, les deux hommes étaient arrivés sur la Lange Brücke. Au-dessus de leurs têtes, le Grand Électeur[99] chevauchait dans la nuit d'hiver. Son hermine blanche flottait au vent derrière lui, et les corps d'esclaves enveloppés de neige se tordaient, emplis d'effroi, sous les coups des sabots de son cheval. Des chemins, sur les rives, émanait une vive clarté, et les flots inquiétants, noirs, d'un noir profond, se pressaient entre eux. L'eau chassait contre le pont des blocs et des plaques de glace, avec des crissements, des frottements, des craquements ininterrompus, qui montaient vers Jason et Kössling dans le silence de la nuit enneigée. Plus loin en aval, d'autres ponts étaient tendus d'une rive à l'autre, blancs, comme la chaîne d'un métier à tisser ; et de l'autre côté de la place, devant eux, surgissaient du sol *sombre* les puissants contours du château, bien haut, surmontés par les statues claires qui se détachaient, nettes sur le ciel nocturne brouillé. Mais en bas, sur la vaste place, contre le bâtiment, en longues rangées, les échoppes apparaissaient, baignées d'une faible lueur mystérieuse ; sous leur fardeau de neige, contre le bâtiment, elles apparaissaient, pareilles aux hautes vagues blanches d'une mer que seule une parole énergique a pu faire se figer avant qu'elles ne déchaînent leur fureur contre la muraille noire.

« Et maintenant, Docteur ? demanda Jason après un long silence méditatif, tandis que ses yeux reposaient toujours sur le tableau d'hiver qui s'étendait devant eux. Et maintenant, qu'allez-vous faire ?

— Je n'ai pas encore eu le temps d'y penser. Je sais seulement qu'il me fallait rejeter cela.

— Vous rappelez-vous, Docteur, ce que Börne disait un jour ?

lança Jason en se disposant à reprendre sa marche. Nous avons raison, ils imposent leurs raisons, dit-il. Il en ira de même pour vous. Il en va toujours ainsi pour les gens comme nous. Voulez-vous de nouveau ne faire qu'écrire ? Mon Dieu, quand vous gagnerez vingt ducats pour un acte, comme Raupach[100], il est certain que vous pourrez fort bien en vivre. »

Kössling saisit le parapet du pont, enfonçant profondément ses deux mains dans la neige.

« Je ne sais pas si j'écrirai jamais de nouveau, Monsieur Gebert. Depuis des mois, c'est à peine si j'ai pris la plume pour moi-même. Peut-être n'ai-je fait jusqu'à présent que me persuader à tort que j'avais quelque chose à dire. On s'imagine ce genre de choses. Écoutez-moi. Je ne peux plus rester chez moi. Je passe mes nuits à courir les rues. Depuis des semaines et des semaines, je passe tous les après-midi et toutes les soirées à jouer aux échecs. *Sinon*, je ne sais pas ce que je ferais. Vous n'allez pas me comprendre, mais quand dans mon cerveau les pièces noires et les pièces blanches glissent et se mêlent, *alors* je suis heureux, *alors* je n'ai plus d'autres pensées, plus d'autres sensations. Elles marchent, forment des figures, se disposent en rangs, en carrés, puis se séparent de nouveau pour se sacrifier de la façon la plus étrange, la plus impossible. Des heures encore après que j'ai quitté l'échiquier, jusque dans mes rêves les plus confus, cela continue. On dit que les enfants oublient de pleurer grâce à leurs jouets. Cher Monsieur Gebert, je crois que je pleurerais, que je passerais toute la soirée à pleurer de nostalgie et de misère si je ne pouvais m'étourdir avec les échecs. Je joue toujours avec un homme d'une quarantaine d'années, un veuf — sa femme est morte depuis peu ; nous sommes assis là tous les deux parfaitement silencieux, aucun de nous ne dit le moindre mot, et nous poussons nos pièces, le cavalier, le fou, la tour, la reine. Une partie suit l'autre, nous remarquons à peine lequel de nous a gagné. Nos coups sont de plus en plus désordonnés, de plus en plus irréfléchis, et pourtant nous n'osons pas quitter le jeu, car nous savons l'un et l'autre que là seulement nous sommes à l'abri de ce qui nous guette au-dehors, dès la porte franchie, peut-être. Nous ne nous le sommes jamais dit, seul le regard de l'autre le dit quand je suis sur le point de me lever. Vraiment, parfois, dans le silence de la nuit, je voudrais joindre les mains et prier !

— Kössling, Kössling ! cria Jason. Vous souvenez-vous de ce que je vous ai dit il y aura bientôt un an, comme nous étions tous les deux à cette même place, dans la nuit, sous la lune ? Oui ? Je vous ai dit que la vie est un fleuve, et que dans ce fleuve nous *devons* nager, nager jusqu'à ce que nous coulions. Qu'avez-vous fait entretemps ? Quelques brasses, et déjà vous êtes fatigué, déjà vous êtes désespéré. Moi, je nage depuis presque deux décennies de plus que vous dans le *même* fleuve, et j'y ai goûté plus de misères intellectuelles, physiques et spirituelles que vous ! Et même si mes mouvements deviennent plus faibles, je tiens bon, moi, je tiendrai bon jusqu'à ce que l'eau se referme par-dessus ma tête. Jamais je ne m'anesthésierai. Et même au dernier instant, je ne me cramponnerai jamais au fragile fétu de paille de la prière !

— Monsieur Gebert, que savez-vous donc de moi et de ma vie ? ! J'ai eu *faim*, et j'ai été *fier* de ma faim quand d'autres à côté de moi étaient rassasiés ; mais une telle vie, être exclu de tout, cela rend amer. Vous, vous trouviez votre joie dans la beauté. Vous aviez vos porcelaines, vos livres, vos gravures. Moi, j'ai toujours été comme un mendiant allant de porte en porte. Vous croyez que cela n'était rien, et que peut-être, en revanche, les arbres de la forêt, les fleurs, les nuages et les mots des poètes m'appartenaient ? Mais sais-je seulement, moi, à quoi ressemble un printemps ? Ai-je jamais fait autre chose que courir, talonné, chassé, dans le souci constant de trouver de quoi entretenir mon peu de vie ? Je ne puis me rappeler un temps où il me soit arrivé de m'allonger dans l'herbe, insouciant : toujours il me fallait continuer ma course. Quand j'étais tout jeune, oui, j'ai fait une fois un voyage dans le Harz, avec l'argent que j'avais gagné en donnant des cours particuliers et que j'avais économisé — et il a plu, il a plu, il a plu du matin au soir ; mais j'ai du moins vu une fois qu'il existait des arbres verts, et j'ai remarqué que la forêt embaume même sous la pluie. Mais le dernier jour, Monsieur Gebert, comme j'entamais mon dernier thaler, j'ai su que de nouveau j'allais devoir courir, chassé, matin après matin... Que dès lors je ne pourrais plus me reposer une heure au bord du chemin. Et à cet instant, il n'y a plus eu pour moi d'arbres verts, ni de parfum de la forêt. Et il en a toujours été ainsi, depuis bientôt vingt ans — aussi loin que je puisse me souvenir. Depuis l'heure où j'ai quitté l'école primaire pour le lycée jusqu'à cette nuit. Certes, j'ai connu moi aussi les mots des poètes et les rêves des poètes ; mais sans cesse la vie m'a chassé loin d'eux, à coups de knout. Et de ce qui est censé dorer notre destin, de ce qui devrait nous donner nos heures les plus profondes et les plus riches, qu'ai-je connu et rapporté chez moi, jusqu'à présent ? Je vais vous le dire, Monsieur Gebert : juste quelques pauvres souvenirs, si *misérables* et *grossiers* que j'en ai le frisson chaque fois qu'ils ressurgissent en moi. »

Cependant, sans savoir où leurs pas lents les dirigeaient dans la neige, les deux hommes avaient emprunté le chemin longeant la Spree et descendu la Burgstrasse, ils étaient passés devant les canots recouverts de neige, silencieux et morts dans la pénombre. De l'autre rive, par-dessus les eaux gargouillantes, le château, bâtiment fantastique avec ses étages sombres de hauteur inégale et les lignes froncées de ses toits, les regardait toujours.

Jason répondit, d'une voix douce et lente au début, mais forte et précipitée pour finir.

« Je vous comprends, Docteur, dit-il. Je vous comprends, et cependant je ne vous comprends pas. Il se peut que vous ayez raison : en compensation de ce que j'ai perdu, je me suis battu pour conquérir à grand-peine ces quelques petites joies que j'ai dans la vie ; et je n'ai jamais souffert de la faim proprement dite, ni été privé de ces heures dorées dont vous parlez. Et pourtant, Kössling, sachez-le, j'ai eu faim, toute ma vie, sans répit, cruellement, j'ai eu faim de ce que vous, vous avez trouvé, de ce qui vous est échu sans que vous l'ayez mérité, sans que vous vous soyez efforcé de l'obtenir, sans que vous ayez bougé un doigt. Oh, que vous êtes donc ingrat ! Et si l'on me disait qu'il me faut courir pieds nus dans la neige d'ici à Potsdam pour échanger ma position contre la vôtre, j'ôterais sur-le-champ mes bottes. Et je suis pourtant un vieil homme, déjà, qui vraiment aurait pu apprendre le renoncement. Vous m'enviez mes heures dorées, Docteur ! Je ne veux pas vous en garder rancune. Elles m'ont enseigné la puissance de la vie, aux victoires sans cesse renouvelées. Mais ce que cela signifie de vivre tout entier et éternellement dans les pensées et dans les sens d'une femme qui est aussi belle qu'intelligente, aussi adorable que pure, cela, je ne l'ai jamais connu. Et c'est cela que j'ai cherché et cherché, arpentant les rues, les pieds las et meurtris, jusqu'à me retrouver raide et gris comme vous me voyez aujourd'hui.

— Peut-être avez-vous raison, monsieur Gebert. Peut-être tout ce que je vous ai dit aujourd'hui serait-il ingrat et mauvais de ma part si je savais, si j'étais absolument sûr que vos paroles traduisent la vérité. Bien sûr, je cherche sans cesse à me persuader qu'elles le font, à les croire. Mais c'est justement parce que jour après jour je sens plus fortement qu'elles ne sont pas vraies, parce que je reconnais que ma bien-aimée échappe toujours à mes mains qui se referment dans le vide et à mon âme à laquelle elle se dérobe, parce que je sens que nous nous éloignons l'un de l'autre alors même que nous nous réfugions l'un auprès de l'autre — c'est justement parce que je sens tout cela que je suis à présent plongé dans un désespoir sans limites. Quelle part ai-je donc à la vie de Jettchen ? Toutes ces batailles, elle les a livrées en silence, et toute l'atmosphère qui entoure son existence, quand j'y pénètre, n'est rien d'autre pour moi qu'un souffle étranger. Jusqu'à présent, que savons-nous donc l'un de l'autre ? Dites-le-moi.

— Et ce qu'elle a fait pour vous ? Qui peut agir ainsi, Docteur ?

— Oh, cela, je me le suis répété cent fois, bien sûr. Mais finalement, ne s'agissait-il pas tout autant d'*elle* que de moi ? Ne s'agissait-il pas de vous, peut-être ? Ne s'agissait-il pas de tout l'univers qui est le seul où elle puisse vivre ?

— Dieu du ciel ! s'écria Jason, en total désaccord avec ses convictions, car les derniers mots de Kössling l'avaient étrangement touché et troublé. Dieu du ciel ! Que les amoureux sont donc des gens bizarres ! De toute ma vie, je n'ai jamais encore connu d'amoureux qui ne se compliquent réciproquement la vie par des ruminations dénuées de propos, au lieu de baiser les mains du destin et de remercier là-haut pour la chance qu'ils ont. Voilà que je crois pouvoir dire aujourd'hui à ce jeune homme quelque chose d'agréable, et il fait comme si tout était perdu pour lui ! Ce soir, j'étais chez mon frère, figurez-vous, et naturellement, nous avons parlé de Jettchen. Et il me semble que l'on commence à se résigner à la situation. On ne saurait encore songer à un accord, certes, mais le fait que l'on a chez nous la volonté de mettre à tout prix un point final à cette affaire et que plus personne ne songe à influencer Jettchen dans l'autre sens, c'est déjà une victoire suffisante pour aujourd'hui. Mais venez, Docteur, j'ai froid. Je vous raconterai. »

Et ils s'écartèrent de l'eau, obliquèrent dans la Neue Friedrichstrasse qui s'ouvrait devant eux, tout étroite entre les rangées sombres des maisons, mince ruban d'un blanc immaculé, parfaitement lisse dans la lumière des quelques réverbères qui tendaient leurs bras de fer au coin des rues adjacentes.

« Monsieur Gebert, commença Kössling, il faut que vous me pardonniez pour ce que j'ai dit. Il faut que vous me promettiez de n'y plus penser. Cette scène à la bibliothèque, toute cette pesante solitude des dernières semaines, cela avait eu raison de moi. J'ai été injuste, c'est certain, je le vois bien moi-même quand j'y réfléchis calmement.

— Oh, l'interrompit Jason, soyez assuré que je ne vous en voudrai pas. Par une nuit si tranquille, on dit bien des choses qui ne résistent pas à la lumière du jour. Mais à présent, c'est à mon tour de raconter. Écoutez-moi. »

Et Jason parla. Il raconta qu'il avait été très surpris de voir combien les choses se présentaient favorablement pour Kössling et Jettchen. Sans qu'il s'en fût douté, son frère avait déjà fait des propositions qu'il trouvait, quant à lui, très généreuses et où, pour la première fois depuis des années, il avait retrouvé la vraie nature de Salomon. Naturellement, la discussion devait encore avoir lieu, mais il voyait là un début, et cela avait déjà de quoi réjouir et encourager Kössling et Jettchen.

Jason, s'enflammant, peignit la situation bien plus rose qu'elle n'était. Il dit même qu'à présent il n'avait plus le moindre doute quant à une issue favorable. Mais de la façon dont cet entretien s'était terminé, il ne raconta rien à Kössling. Pourquoi, d'ailleurs, aurait-il confié cela au Dr Kössling ?

Et Jason en était à se duper lui-même en évoquant ces perspectives si favorables, à leur donner même un accompagnement musical, car, guidé par une singulière association d'idées, il s'était mis à siffler l'ouverture de *La Juive et le Templier*[101], lorsqu'il entendit près de lui une porte grincer, une clé tourner dans une serrure, lorsqu'il vit une porte s'ouvrir et, dans l'entrebâillement, surgir la tête découverte du brave cousin Julius, laquelle tête disparut aussitôt. Cela n'avait pas pris plus de temps qu'il n'en faut à la loutre pour dresser sa tête hors de l'eau afin de prendre une inspiration puis replonger sous l'eau, pfuit ! Mais cela avait suffi à Jason. Ensuite, il y eut des murmures et des chuchotements dans l'entrée sombre de l'immeuble et une jeune personne vêtue d'un ample manteau de chenille claire, coiffée d'un haut chapeau à plumes et les cheveux si roux qu'ils auraient pu mettre le feu à une charpente, sortit, tendit la tête de droite et de gauche et s'éloigna de Jason et de Kössling en trottinant dans la neige fraîche avec ses bottines pointues.

Diable, se demanda Jason, où l'as-tu déjà vue ? Et soudain Jason Gebert eut l'impression de sentir dans la nuit d'hiver le souffle d'une chaude soirée de printemps, et il vit passer devant lui en se balançant un coche de chez Rosenberg lourdement chargé et bondé de toutes sortes de gens, hommes et femmes, hurlant à tue-tête et piaillant. Et tout en haut à côté du cocher était assis le nouveau cousin Julius, brandissant une bouteille de vin vide enfilée au bout d'une canne et, à côté de lui, à moitié sur lui, vêtue d'une pauvre robe de coton claire, une grande femme rousse que retenait, passé autour de ses hanches, le bras viril du nouveau cousin Julius. Alors, elle ne portait pas encore un tel manteau en chenille ni de telles bottines italiennes très chères... Mais c'était bien elle.

« L'oncle Naphtali a tout à fait raison, cher Docteur », commença Jason au bout d'un bon moment, en souriant d'un air béat, tandis que la créature rousse disparaissait dans la pénombre au coin d'une rue. « Notre ami révéré, Julius Jacoby, semble vraiment se consacrer la plupart du temps avec zèle à ses affaires, jusque tard dans la nuit !

— Qu'est-ce qui vous fait dire cela ? demanda Kössling, étonné, car, comme à son habitude, il n'avait rien entendu ni rien vu.

— Oh, c'est une idée que je viens d'avoir. » Et il se mit à fredonner. Il en était à présent à la famille suisse : « Assieds-toi, ma chère Emmeline,/Assieds-toi là tout près de moi[102]. »

Le cousin Julius n'était pas si mauvais. Il avait quand même des côtés humains, après tout.

Les deux hommes longeaient les maisons, marchant à pas lourds dans la neige fraîche. Comme il arrive souvent, l'humeur pesante de Kössling s'était soudain dissipée, cédant à son contraire, et le vent de la joie de vivre gonflait ses voiles, poussait son navire. Désormais, tout irait bien, et il parviendrait toujours à se débrouiller. Ce poste à la bibliothèque n'était finalement qu'un refuge provisoire et, à bien considérer les choses, une erreur, car il le détournait de sa vocation véritable et intime. À présent, il allait mener quelque chose à bonne fin.

« Eh bien, Docteur, qu'allez-vous faire, à présent ? demanda Jason comme s'il devinait les pensées de Kössling.

— Travailler, monsieur Gebert !

— Je vais vous dire : éditez donc des magazines à deux sous »

Kössling rit.

« C'est peut-être une bonne idée, monsieur Gebert, car avec le mauvais goût, il y a toujours beaucoup d'argent à gagner ; mais je préfère m'en abstenir. Non, j'ai d'autres idées en tête. Je me réjouis de ne plus voir de livres, de ne plus en entendre parler. Je veux écrire quelque chose de tout à fait indépendant, qui parle d'aujourd'hui, du Berlin d'aujourd'hui ; ou bien j'écrirai une histoire d'artisans qui se passe dans mon pays. Cela, je le connais, je l'ai vécu.

— Oui, dit Jason, vous avez certainement raison. À moi aussi, il me semble que, par l'étude, nous nous sommes tous écartés de la vie, et que nous devons à présent nous y réaccoutumer. Si vos derniers travaux ne me plaisaient pas, c'est qu'ils avaient un style à la Jean Paul qui ne vous est pas propre, qui ne convient pas à ce que vous êtes ; vous feriez mieux de nous laisser cela, à *nous autres.* »

Kössling lança dans la nuit un rire sonore.

« Mais, Docteur, qu'allons-nous faire à présent ? demanda Jason Gebert en s'arrêtant. Allons-nous boire une bouteille de champagne ? Le vin attitré de Schleiermacher, Docteur ! Car il fait diablement froid, et j'aimerais bien me retrouver enfin à l'abri et au chaud. »

Mais Kössling pria Jason de l'excuser s'il n'en faisait rien. Tout ce qu'il avait vécu dans la journée l'avait éprouvé, et puis il était à présent si occupé de ses projets, qui affluaient en lui, et il ne voulait pas que ses pensées s'enfuient aussitôt à tire-d'aile dans les vapeurs de vin d'une taverne.

« Pensez donc à Hoffmann, dit Jason.

— Non, monsieur Gebert, je ne crois pas que Hoffmann soit allé à la taverne quand il voulait être seul avec ses fantômes. Je veux dire : c'est seulement quand il rentrait chez lui en chancelant, qu'il arrivait au vaste Gendarmenmarkt désert et s'asseyait aussitôt à sa table de travail, c'est seulement alors que ses personnages et ses spectres prenaient vie, s'accrochaient à sa redingote, lui tiraient les cheveux, le bousculaient et faisaient de lui ce qu'ils voulaient. Et ce n'est pas pour les évoquer, mais bien pour les fuir, qu'il retournait passer la moitié de ses nuits dans les tavernes, presque jusqu'à l'aube. En fait, il n'avait la tête claire que lorsqu'il buvait. »

Cependant, ils s'étaient de nouveau engagés dans la Königstrasse, large et claire dans la neige et dans la lumière des réverbères ; ils avaient marché à pas lourds dans les hauts amas de neige de la chaussée marquée de traces de roues et, secouant la neige de leurs chaussures, ils étaient de nouveau arrêtés au coin de la Königstrasse, sous la flamme vacillante d'un bec de gaz.

« Alors au revoir, Docteur. Je ne voudrais pas qu'à cause de moi Bacchus chasse loin de vous les Muses et les Charites. Si vous souhaitez quoi que ce soit, si vous voulez un conseil ou peut-être avez besoin d'autre chose, vous savez à quelle porte vous pouvez toujours venir frapper. »

Mais comme il disait cela, il vit surgir au bout de la rue, bavardant et occupant une bonne partie de la chaussée, tout un groupe de gens : Ferdinand, Max et Eli, Minchen et Hannchen — les siens. Et comme il ne souhaitait pas être vu d'eux, il enfonça en hâte son chapeau, tourna les talons et s'en fut chez lui en claudiquant tandis que Kössling restait immobile encore un instant et le suivait des yeux.

Arrivé à son appartement, Jason vit qu'il y avait encore de la lumière chez Jettchen et frappa, se demandant si elle dormait déjà.

Jettchen avait attendu Jason jusque-là, mais à présent, en l'entendant rentrer, elle n'avait pas trouvé le courage d'aller au-devant de lui, car il ne fallait pas donner l'impression que c'était à cause de lui qu'elle était restée éveillée si tard. Elle craignait en outre d'apprendre de mauvaises nouvelles. Elle apprécia donc d'autant plus que ce fût Jason qui frappât à sa porte et lui demandât s'il pouvait encore lui parler.

Jason était de bonne humeur, Jettchen s'en rendit compte tout de suite. Il raconta que pour la première fois, maintenant, il avait l'impression que leur affaire ne se présentait pas mal ; même, on s'était presque familiarisé avec l'idée d'un divorce. L'oncle Salomon, de façon très généreuse, avait fait des propositions qui, naturellement, n'avaient pas été acceptées — mais, quand même, il avait eu là des paroles raisonnables et, enfin, enfin, c'était un premier pas. Bien sûr, la tante Rikchen avait émis le souhait que Jettchen revienne immédiatement chez elle et Salomon, mais il s'y était opposé de toutes ses forces. Elle pourrait toujours le faire plus tard, une fois que la procédure de divorce serait engagée. Avec l'art consommé qu'avait la tante Rikchen de revenir sans cesse à ce qu'*elle* voulait et de chercher à imposer par tous les moyens ce qu'elle avait en tête, elle ne manquerait pas, à présent, de faire de la vie de Jettchen un enfer. Il serait donc mieux qu'elle restât encore quelque temps chez lui.

Jettchen fut très excitée de ces nouvelles. Tout le triste fardeau de soucis confus sous l'oppression duquel elle vivait depuis des semaines était soudain tombé de ses épaules, la joie et le courage de vivre la parcouraient comme une onde chaude. Et avant même que Jettchen sache vraiment comment cela arrivait, et avant même que Jason sache vraiment ce que cela signifiait, Jettchen avait jeté autour des épaules de Jason ses deux bras nus — car elle portait un peignoir bordeaux sans manches — et elle l'avait embrassé sur la bouche, puis sur les joues, à droite, à gauche, puis de nouveau, longuement, sur la bouche, mue par un soudain sentiment de gratitude. Puis Jettchen inclina la tête et se mit à sangloter ; mais ce n'était pas parce qu'elle était malheureuse, c'était l'effet de la joie qu'elle éprouvait de savoir que désormais tout irait bien.

Jason se détacha difficilement d'elle. Tout son sang lui était monté à la tête. D'aussi loin qu'il se souvînt, jamais Jettchen ne lui avait donné un baiser, et même il craignait timidement de lui toucher la main. Il voulait dire quelque chose, trouver un mot qui tournât la chose à la plaisanterie, afin d'échapper à la tension de l'instant, mais il resta planté là, muet, sans proférer un son.

« Le Dr Kössling — jamais Jettchen ne l'appelait par son prénom quand elle s'adressait à Jason — est passé ce soir. Il aurait aimé te parler, mon oncle. Je ne sais pas ce qu'il voulait te dire, mais il avait quelque chose d'inhabituel, je l'ai bien vu.

— Oui, oui, dit Jason, heureux de pouvoir changer de sujet de conversation. C'est exact. J'oubliais. Je l'ai rencontré, ensuite. Ce n'était rien d'important. Mais il y a une chose, Jettchen : tu dois essayer de le déshabituer du jeu d'échecs.

— Mais comment faire, mon oncle ? demanda Jettchen avec un soupir.

— Cela ne me regarde absolument pas, c'est ton affaire. Une femme a tout pouvoir sur l'homme ; un homme n'en a aucun sur la femme. Bonne nuit ! »

Sur ces mots, Jason s'en fut et laissa Jettchen seule.

Lentement, très lentement, Jason suivit le couloir jusqu'à sa chambre. Il était nerveux, heureux et triste à la fois. Le don que Jettchen lui avait fait brièvement de son amour avait suscité en lui un bonheur dont la puissance sensuelle l'avait tout à fait enivré ;

mais, en même temps, la peur que son rêve pût un jour devenir réalité lui broyait le cœur.

Longtemps, très longtemps après avoir éteint la lumière, Jason resta allongé dans son lit à rêver les yeux ouverts, regardant fixement sa chambre que paraissait inonder d'une lueur étrange et douce la nuit enneigée, de telle sorte qu'il n'avait pas de mal à distinguer les contours et la forme des meubles, les taches plus foncées des gravures aux murs. À présent, sans doute, Jettchen dormait-elle déjà...

La neige ne céda pas, elle ne se laissa pas chasser, elle resta de longs jours, des semaines. Elle formait de hautes murailles le long des trottoirs, et à peine avait-on dégagé le passage le long des maisons que le ciel, sans prendre le temps de beaucoup réfléchir, y répandait de nouveau ses grains et ses flocons. Tantôt elle lâchait des plumes larges et légères comme du duvet de cygne, tantôt de petits grains fins et serrés comme une pluie de sable. Et les gens avaient beau revenir sans cesse avec leurs moufles et leurs raclettes, leurs balais, leurs pioches et leur pelles pour repousser la neige et la jeter sur les montagnes grises accumulées au fil des jours, le ciel ne se laissait pas rebuter. Le matin, dès qu'on se frottait les yeux, tout était redevenu comme avant. Sur la chaussée, l'espace où pouvaient rouler les véhicules était devenu de plus en plus étroit, et quand deux voitures devaient se croiser, cela n'allait plus sans bruit, disputes et insultes, jusqu'à ce que l'un des cochers se résolve quand même à rouler sur les collines de neige ; mais alors, les chevaux devaient sauter en levant haut les jambes et tirer de toutes leurs forces sur leurs traits pour en arracher la voiture.

Et si la neige ne voulait pas cesser, le gel ne voulait pas lui abandonner le terrain. Jour après jour, c'était toujours le même temps bizarre, une brume froide et un ciel si bas que les clochers des églises alentour et la large coupole du château se perdaient presque en permanence dans les nuages de brouillard. Même dans la lumière de la mi-journée, le gel, ciseleur d'argent, continuait à travailler à ses chefs-d'œuvre gracieux et fragiles, et la nuit, il était encore à son ouvrage. Il ne s'accordait pas un instant de repos, comme s'il savait qu'il ne pouvait quand même lui rester beaucoup de temps. Et pour admirer le travail du gel, Jason sortait, il allait même au zoo ; là, il marchait entre les cloisons denses qu'avaient tissées en mailles blanches cent mille petites branches, par les chemins très étroits foulés aux pieds, au milieu d'une blancheur moelleuse, immaculée, qui recouvrait les buissons et sous laquelle toute vie était engloutie et noyée. C'était le fait même que la brume ne permît pas de voir bien loin, disait-il, qui rendait cela si beau : on avançait comme dans les salles d'un Alhambra de marbre blanc, et, au bord du chemin, les jeunes sapins dont les branches se courbaient très bas sous leur fardeau de neige ressemblaient à des princesses mauresques victimes de quelque charme, enveloppées de la tête aux pieds de voiles de dentelle.

On n'avait pu dissimuler à Jettchen que Kössling ne travaillait plus à la bibliothèque. D'une façon ou d'une autre, elle l'avait appris dès le lendemain, car même les plus épaisses murailles ne sauraient retenir un secret. Et en quelques heures, c'était devenu le grand sujet de conversation de toute la ville. Il est probablement inutile de mentionner que l'on racontait que Kössling avait été honteusement chassé à cause de ce scandale. Seuls les mieux intentionnés disaient qu'on l'avait aimablement prié de donner sa démission. Il n'aurait servi à rien de démentir cela, car personne n'y aurait cru, et en outre c'eût été inutile. En effet, que ce fût de sa propre volonté et par sa propre décision ou du fait de ses supérieurs et sur ordre, le résultat était inchangé, il restait le même pour le Dr Kössling : un trait épais avait été tiré sur ses espérances assurées quant à son avenir. Que c'eût été juste ou injuste ne changeait rien aux faits. Ruminer la chose et en parler encore n'eût été que vain bavardage.

Jettchen pleura beaucoup en apprenant la nouvelle. Non pour elle-même, mais pour Kössling. Elle avait le sentiment de porter une lourde responsabilité, comme si c'était elle qui avait fait perdre à Kössling son travail et son pain ; ce n'était pas le caractère injurieux du soupçon qui la faisait souffrir, car les derniers mois l'avaient habituée à n'en pas tressaillir et avaient cuirassé son cœur de fierté à l'égard des propos d'autrui ; mais toute la bassesse qu'il y avait dans cette dénonciation la faisait de nouveau sangloter chaque fois qu'elle y repensait. De qui émanait cette dénonciation, Kössling n'avait pu l'apprendre. Finalement, c'était si sale et répugnant que ni elle ni Jason ni Kössling ne se donnèrent la peine de savoir qui en était responsable. Si cela venait vraiment du côté qu'ils supposaient, c'étaient des armes dont ils ne voulaient pas et n'auraient pu faire usage : l'adversaire malhonnête a d'emblée l'avantage de sa malhonnêteté !

Jason se demanda bien, fugacement, s'il ne pourrait pas peut-être utiliser contre le cousin Julius les informations que lui avait livrées la nuit, mais cette pensée ne s'attarda pas dans son esprit, et jamais même il ne saisit l'occasion de seulement parler de ce qu'il avait découvert. Jettchen chercha consciencieusement à se bercer de l'illusion que c'était une bonne chose que Kössling eût abandonné son poste, et qu'il avait ainsi conquis l'espace nécessaire à son développement propre ; mais il aurait fallu qu'elle ne possédât pas le regard lucide des Gebert sur les hommes et les choses pour ne pas sentir aussitôt — en dépit de toute son inclination pour Kössling — qu'en perdant son travail, il avait de nouveau perdu de son aplomb et de sa fermeté, que la rêverie et l'absence d'objectifs avaient soudain repris le dessus en lui, la rêverie et l'absence d'objectifs qui étaient au fond de son être et qui, de bonne heure déjà, l'avaient écarté des chemins assurés et jeté dans les sphères incertaines de l'existence d'un homme de lettres.

En tout cas, la démission de Kössling et la dénonciation contre lui contribuèrent à ce que Jettchen repoussât sans cesse la visite prévue chez la tante Rikchen et l'oncle Salomon. Car si jusqu'alors son affection pour sa tante Rikchen avait à peine été troublée, et si jusqu'alors Jettchen n'avait eu le sentiment que d'un simple malentendu entre elles — puisque c'était après tout dans les meilleures intentions du monde qu'on l'avait mise dans une situation à laquelle il lui fallait maintenant échapper à tout prix —, elle ne pouvait plus, soudain, surmonter l'impression qu'il y avait là de l'hostilité, qu'une lutte était engagée. Si fort qu'elle essayât de se persuader qu'il était sûr qu'au moins l'oncle Salomon était innocent, Jettchen ne parvenait pas à se donner le cœur de rendre visite à son oncle et à sa tante, de les revoir tous les deux dans son ancienne maison.

Il semblait en outre qu'elle eût jugé par trop favorablement de la situation ; et le premier accès de joie de Jettchen, qui croyait être libérée dans les plus brefs délais de ce joug pesant, fit de nouveau place à l'ancien découragement, bien que son ombre ne descendit plus aussi bas sur elle. Jettchen ne voyait toujours pas d'issue au labyrinthe où elle s'était laissé prendre, mais elle avait du moins l'espoir que bientôt, au détour d'un nouveau corridor, elle apercevrait nécessairement la lumière de la porte, et ce faible espoir chancelant suffisait pour qu'elle prît plus de part à la vie et veillât davantage à elle-même et à son apparence. Ses vêtements neufs lui procurèrent un nouveau plaisir — ces vêtements qui depuis si longtemps déjà, depuis son mariage, étaient restés suspendus dans l'armoire sans qu'elle les eût presque touchés ; et Jettchen pouvait passer des demi-heures à essayer devant le miroir de sa table de toilette la coiffure qui conviendrait le mieux aux capotes ou aux cabriolets, ou à ajouter ou enlever un ruban à ses charlottes. Ce n'était là ni vanité ni coquetterie, mais cela lui convenait bien, et il appartenait à son être de mettre du soin à se faire belle, et d'apporter ainsi de la joie aux autres par son aspect. Pour qui le faisait-elle ? Pour l'oncle Jason, qui voyait cela d'un bon œil, et pour Kössling, qui parfois se rendait compte dans un éclair que Jettchen n'était pas comme la veille ou comme l'avant-veille, mais cherchait en vain à déceler en quoi elle était différente, plus belle, plus aimable. Jettchen ne voyait guère qu'eux.

... Et vinrent les jours, les jours blancs, d'avant Noël. Le matin, quand Jason avait quelque occupation à l'extérieur, Jettchen se rendait en secret au marché de Noël dans la brume blanche et glacée qui gelait son haleine sur ses lèvres. Dès le pont du château, elle entendait le tumulte de la foule ; et les enfants avec leurs moutons se pressaient contre elle et la tiraient par son vêtement jusqu'à ce qu'elle eût acquitté son péage ; et les gamins déguisés en diables des forêts, le *bachlyk* sur les oreilles et une écharpe de laine autour du cou, bourdonnaient en tournant autour d'elle et cherchaient à l'effrayer en faisant jaillir leur diable de sa boîte et en tendant soudain vers elle leurs longs ciseaux articulés sur lesquels des soldats de bois faisaient l'exercice. Dans les échoppes, hommes et femmes, le visage rouge comme une crête de coq, emmitouflés dans leurs manteaux et leurs écharpes, battaient la semelle, soufflaient dans leurs mains rouges ou les tendaient au-dessus des braseros sans cesser de compter leurs marchandises, d'appeler les passants pour qu'ils s'arrêtent, de pester contre les mauvaises affaires, de demander aux chalands ce qu'ils désiraient et de se quereller avec leurs voisins qui, trois échoppes plus loin, vendaient du pain d'épice. Et entre les échoppes se glissait à pas lourds dans la neige piétinée une foule bariolée, aux mille têtes : femmes flanquées d'enfants qui, à droite et à gauche, les tiraient par les franges de leur châle, comme des angelots agrippés au manteau de la Madone ; des pères, flanqués de leurs filles aux nattes blondes ; des étudiants et des couples d'amoureux badinant. Mais comme il faisait froid, personne n'avait grande envie de tirer son porte-monnaie ; et le Français coiffé d'un turban avait beau déployer toute son éloquence pour vanter son eau détachante, la foule s'amassait bien un instant devant sa tribune d'orateur, mais quand il croyait avoir persuadé les gens de l'efficacité immanquable de son produit et s'apprêtait à jeter ses flacons dans la foule, celle-ci s'éloignait lentement en riant, à grand bruit ; le malheureux porteur de turban se remettait alors à dévider son boniment cousu de mots français de toute la force intacte de ses poumons dans la brume grise et le froid de l'hiver.

À un revendeur de parfumerie d'Altona, Jettchen acheta un flacon d'*eau de lavande**, et à un marchand de pain d'épice ses spécialités de Thorn, de Liegnitz et de Nuremberg, ainsi que du massepain de Königsberg. Et pour finir, elle choisit chez le marchand de pyramides une belle pyramide, qui faisait bien trois pieds de haut ; elle était tout en papier huilé vert, ses branches étaient en outre décorées de perles laquées rouges et portaient une infinité de petites bougies jaunes. Jettchen l'acheta et la confia au petit coursier avec ses autres paquets pour qu'il livre le tout. Mais elle-même le précéda et rentra aussi vite qu'elle put chez Jason, car elle ne voulait pas que quiconque la vît avec ses achats. Chez l'oncle Salomon, on ne fêtait jamais Noël, non par manque de générosité, mais par égard pour la vieille tradition dont, quant au reste, on ne tenait plus compte en aucune façon. Quand Jettchen confectionnait un petit ouvrage de crochet ou de broderie destiné à l'oncle Jason pour Noël, une bourse ou un rond de serviette, elle le faisait tout à fait en secret, et l'oncle Salomon ne devait rien en voir.

Mais à présent, Jettchen ne voulait pas priver son existence d'un peu de cet éclat de fête, et elle savait que l'oncle Jason, malgré ses petites plaisanteries sur la foi chrétienne, aimait, par une légère sentimentalité, que les jours de Noël passent sans qu'il en fût bruit, sans qu'on le remarquât en rien chez lui. Enfin, Jettchen était d'avis qu'en agissant ainsi elle offrirait une joie secrète à Kössling, qui depuis dix ans déjà, voire davantage, était tout à fait seul au monde.

Le Dr Kössling vint en début d'après-midi, comme Jettchen allumait les premières bougies dans sa chambre et que déjà, dehors, un soir bleu se posait sur la couverture de neige. On passa à l'arrière de l'appartement, dans la bibliothèque de Jason, comme d'habitude. Et c'est seulement lorsqu'elle s'approcha de la fenêtre et plongea son regard, au-delà de la galerie, dans ces cours en longueur qui se succédaient, s'élargissaient, se rétrécissaient, alternant avec de pauvres petits jardins couverts de neige et des arbres blancs, c'est seulement alors qu'une lumière qui s'allumait soudain, très loin dans le bleu, dans une des maisons, et le premier écho de la trompette en fer-blanc d'un enfant, rappelèrent à Jettchen que c'était ce soir Noël. À voir Jason et Kössling, elle ne l'aurait pas remarqué.

La perte de son poste avait ébranlé Kössling plus fortement qu'il ne voulait se l'avouer, et il avait du mal à renouer avec son ancienne vie. Pendant qu'il travaillait à la bibliothèque, il avait aussi cessé de voir une partie de ses relations, et quand à présent il revenait frapper à certaines portes, d'autres avaient depuis longtemps pris sa place. Car la vie poursuit toujours son cours, et pour un qui abandonne la brèche, dix s'y précipitent. Les fonds de Kössling commençaient à s'épuiser. Malgré toutes les restrictions, il avait de moins en moins d'argent de jour en jour ; et lui qui d'ordinaire était fier et confiant commençait soudain à redouter le manque et la faim.

Jour après jour, il avait essayé de se remettre au travail, pendant presque quinze jours. Mais ses forces étaient comme paralysées. Sa montre de gousset tictaquait à côté de lui sur sa table, et la matinée ne voulait pas finir. Finalement, Kössling se levait de sa chaise. Mais il n'y avait sur sa feuille que quelques lignes d'écrites ; et quand il les lisait et les relisait, elles lui déplaisaient tant que, pris de fureur, il les anéantissait. Il en était au point de se réjouir quand il se réveillait tard. Car alors sa journée solitaire, grise et froide, n'était du moins pas tout à fait aussi longue. Mais, dès que l'après-midi venait avec son précoce crépuscule d'hiver, plus rien ne le retenait. Et bien qu'il se fût promis de ne plus aller s'asseoir devant l'échiquier, il lui fallait y retourner. Quand enfin il se levait et quittait le jeu, il restait toujours dans une sorte d'ivresse et ses pensées à demi confuses survolaient des séries de possibilités insoupçonnées. Aucune philosophie ne le libérait de l'oppression dont souffrait son âme, et les froids édifices de Kant et de Spinoza ou de Goethe, dans lesquels il voulait se réfugier, lui semblaient dépourvus de lumière et de vérité. Son âme cherchait quelque chose où elle pût se perdre tout entière, toute volonté abolie ; elle cherchait une eau qui la portât comme l'huile porte un bouchon. Et de même que son esprit s'était laissé prendre complètement aux infinis rythmes joueurs des échecs, son cœur se laissait peu à peu reprendre, imperceptiblement, aux douces séductions des croyances religieuses, aux ferventes profondeurs de la prière, auxquelles il pensait avoir échappé depuis des décennies, depuis ses dernières années de lycée.

Il en avait été de lui comme des autres à la maison : dans sa prime enfance, la foi et la piété n'avaient guère été autre chose pour lui que des raisons de prendre des coups : une obligation, étroite, sombre, triste. Mais plus tard, il avait eu pour maître le directeur de l'école Saint-Jean, le vieil Isemann, et le pasteur Renanus, de l'église Saint-Paul, voyait déjà en lui un futur prêtre. Avec l'ardeur et la ferveur de son jeune âge, le garçon s'était abandonné à ses nouvelles impressions, il avait passé des nuits à prier comme au combat, tout empli de sa mission : ramener l'humanité pécheresse à la vie en Christ. Ensuite, cependant, des doutes étaient venus à son âme ; il avait reconnu qu'au-delà du monde de la foi d'autres mondes s'ouvraient, forts et libres, et comme du jour au lendemain il s'était trouvé affranchi de toute foi. Un jour, il s'était levé, et ce qui la veille encore exerçait sa puissance en lui était à présent sans pouvoir ni substance. Il y eut des remords, des entretiens avec le directeur et avec le pasteur ; on s'abrita derrière ses parents, flattés dans leur vanité d'avoir pour fils un futur prêtre et homme de Dieu, et qui en fait avaient consenti uniquement dans ce but à ce qu'il fréquentât le lycée. Mais tout cela eut pour seul résultat que Kössling, intérieurement et extérieurement, se détacha de plus en plus de la foi de son enfance. Et ses études ultérieures ne furent en rien faites pour l'y ramener.

Soudain, après des décennies de silence, les scrupules depuis longtemps oubliés se remettaient à parler au fond de son cœur, et un profond besoin de se perdre sans volonté en une puissance supérieure, de se dissoudre dans la splendeur et la bonté du Dieu-Homme s'emparait de lui : non pas en plein jour, à la lumière, mais pendant ses nuits silencieuses et sans sommeil, dans la pénombre de sa chambre. Des questions habituellement tout à fait étrangères à ce qu'il était, comme la querelle engagée à Magdebourg sur la divinité du Christ, recommençaient à l'occuper et à l'agiter. Et lorsqu'il voyait Jason Gebert, l'après-midi ou dans la soirée, Kössling y revenait sans cesse, de telle sorte que ce changement n'échappa pas à Jason. Mais celui-ci ne voulait pas aborder ce sujet avec le Dr Kössling, car il sentait que chacune de ses paroles n'aurait fait qu'élargir le fossé entre eux. C'est pourquoi il s'était choisi un autre interlocuteur : la *Vie de Jésus*, de David Friedrich Strauss[103]. Quand il avait paru, ce livre avait été pour Jason une révélation. Mais ensuite, il était resté quatre ou cinq ans à sa place dans quelque recoin caché de la bibliothèque, sans que Jason éprouvât jamais le besoin d'y jeter un coup d'œil. Car ces questions de religion étaient si complètement sorties de sa vie que le pour et le contre à leur sujet étaient pour lui tout aussi éloignés. Mais à présent, il avait ressorti le livre de son rayonnage pour l'utiliser comme bélier contre Kössling. Car si déjà il était peiné de voir Kössling perdre sa liberté d'esprit, il voyait là en outre un danger qui menaçait aussi Jettchen, le danger que comporte toute foi, le danger de présomption et d'intolérance. Et lui qui jusqu'alors avait toujours considéré la religion des gens comme une pure contingence extérieure, qu'ils sont contraints d'assumer avec bienséance et qui ne concerne pas les voisins, lui, Jason Gebert, avait soudain le sentiment que la religion déterminait pourtant entre les êtres et entre leurs sentiments de grandes différences, que peut-être on pouvait voiler, mais qu'il était difficile de surmonter. Et sans vouloir se l'avouer, il se faisait du souci pour ses deux protégés. Cela l'écartait du Dr Kössling, dont les volontés, les désirs et les sentiments avaient toujours jusqu'alors rencontré sa sympathie, même quand ils s'opposaient aux siens. Vis-à-vis de ce nouvel avatar de Kössling, il restait froid et impassible.

Et ce soir, le soir de Noël, Kössling lui avait rendu le livre, presque sans un mot. Il ne l'avait pas lu jusqu'au bout. Il dit que cela lui avait fait du mal. Bien qu'il se fût attendu à autre chose, Jason avait remis le livre à sa place, calmement, mais pas assez calmement pour que Jettchen, qui se tenait près de la fenêtre, ne remarquât pas chez lui un certain mécontentement et la difficulté qu'il avait à engager une conversation sans contrainte. Jettchen s'était tant réjouie à l'idée de cette soirée ! Elle sentait la vie chanter en elle et dans son sang, elle aurait tant aimé répondre à cet appel, elle aurait tant aimé rendre les autres heureux et confiants en l'avenir ! Et au lieu de cela, il lui fallait voir de quel poids le destin pesait sur leurs épaules, à quel point ils ne faisaient que ruminer et se ronger, plongés dans leurs soucis et leurs nostalgies, l'un sensible et doux mais empli d'une secrète opiniâtreté, l'autre avec une attitude de renoncement empreinte d'une supériorité ironique et spirituelle.

Jettchen sortit de la pièce et demanda à Mlle Hörtel d'allumer les petites bougies de la pyramide, de disposer le pain d'épice sur un plat et de préparer du thé. Jason plaisantait sur le professeur Tholuk, qui s'était finalement résolu à aller au théâtre pour voir Seydelmann dans le rôle de Méphisto, et avait de ce fait provoqué l'horreur et la colère de tous les gens vraiment pieux du pays. Et, incidemment, Jason demandait où en était Hengstenberg de son livre sur l'ânesse de Balaam — Le Dr Kössling le savait peut-être, car Jason avait l'impression que le docteur s'intéressait à la question, à cause de Hengstenberg, naturellement [104]. Et Kössling rit, mais d'un rire contraint et sans joie.

Mlle Hörtel frappa tout doucement à la porte, ainsi qu'il avait été convenu. Jettchen s'écarta de la fenêtre et proposa aux deux hommes d'aller prendre une tasse de thé.

« Tu es bien solennelle, aujourd'hui, Jettchen, dit Jason en riant. Qu'as-tu donc ? »

Mais quand il sortit de la bibliothèque et se trouva dans l'entrée, toute claire et dorée déjà grâce à la lumière qui se répandait à flots par les vitres de la porte, l'émotion l'empêcha d'avancer aussi vite qu'il l'aurait voulu. Et Kössling devint écarlate, il aurait voulu courir après Jettchen pour la couvrir de baisers. Qu'il était donc mauvais ; qu'elle était donc délicieuse, et tendre, et bonne !

Dans l'entrée, déjà, flottait une légère odeur de bougies de cire et de papier huilé, et quand Jason ouvrit la porte de la pièce de devant, il vit la pyramide garnie d'une bonne vingtaine de bougies, tout enveloppée d'une lueur orangée, et qui laissait tomber ses larmes de cire dans les coupes de porcelaine de Meissen ajourée, emplies à ras bord de friandises au milieu desquelles se dressait une petite montagne artistement édifiée de noix et de noisettes.

« Oh, dit Jason en tirant les coupes hors de portée des larmes de la pyramide, tout cela pour moi ? Mais c'est presque trop pour une seule personne.

— Non, cria Jettchen, c'est écrit sur les paquets ! Celui-là est pour le Dr Kössling, celui-là pour toi et celui-là pour moi. Et pour toi, mon oncle, puisque tu aimes tellement te faire beau, il y a aussi un flacon d'*eau de lavande**. Et puisque tu notes toujours ce que tu as en tête, voilà une petite ardoise magique. Je ne crois pas que tu connaisses cela, c'est tout nouveau. On peut effacer ce qu'on a écrit et réécrire par-dessus, autant qu'on veut. Et pour toi, Fritz, comme j'ai vu que tu pourrais en avoir besoin, j'ai fait une petite bourse au crochet. »

Et en disant ces mots, Jettchen fit se balancer une petite bourse verte où le nom de Kössling s'inscrivait en rouge et que fermaient deux anneaux dorés.

« Je l'ai faite grande, et à mailles très serrées, afin que beaucoup d'argent puisse y entrer et qu'il n'en sorte pas facilement.

— Oui, dit Jason, et, à ce que je vois, tu y as mis d'emblée deux anneaux. C'est très pratique.

— Oh, comme c'est gentil de ta part ! s'exclama Kössling, profondément ému, car c'était là son premier Noël depuis de nombreuses années. Et moi, mauvais que je suis, j'arrive les mains vides. Mais je ne savais pas du tout qu'ici on fêtait Noël ainsi. »

Jettchen eut un rire embarrassé et dit :

« C'est assez pour moi que tu sois là auprès de moi, il est inutile que tu me fasses un cadeau. »

Mais tout au fond d'elle-même, elle était mécontente qu'il ne lui eût rien apporté, pas même une fleur, ou de la papeterie, ou une bonbonnière. Car depuis toujours Jettchen avait l'habitude qu'on lui offrît quelque chose, et ce n'était pas la *nature* du cadeau ou sa *valeur,* qui lui faisaient plaisir, mais la dévotion silencieuse qu'il recelait ; elle aimait le cadeau en lui-même. C'est pourquoi elle était mécontente que Kössling ne lui apportât jamais rien et ne sentît pas combien il lui eût été facile, moyennant quelques groschen, de lui faire plaisir en lui apportant une fleur, une friandise, un patron de broderie ou un nouvel almanach. Elle était mécontente que toute galanterie fût étrangère à la personnalité de Kössling, qu'il ne comprît pas quels hommages éternellement renouvelés représentaient pour les femmes les cadeaux, les souvenirs offerts et les petites attentions.

« J'ai aussi quelque chose pour vous, Docteur, dit Jason en tirant un mince volume de la poche de sa redingote. Voyez : Quatre-vingt-quinze maximes contre le jeu d'échecs. Dédié par un théologien de Leipzig à l'humanité séduite par le jeu d'échecs, en particulier à Monsieur le Docteur Kössling — mais cela, je l'ai rajouté de ma main. C'est un petit livre plein d'enseignements. Puis-je vous en lire quelques passages ? Tenez : Maxime vingt-trois : “Les échecs ne sont pas seulement un art difficile, mais aussi un art de peu de fruit. Il nourrit tout aussi peu son homme que la poésie. Les échecs ne donnent pas le pain, et qui n'a point de pain ne peut pas non plus prendre femme."

— Alors, je suis doublement mal loti, moi qui pratique à la fois deux arts de peu de fruit, dit Kössling avec un rire forcé.

— Non, dit Jason. Quant à la poésie, cet homme s'est trompé. Que peut comprendre un théologien à la poésie, d'ailleurs ? Mais quant aux échecs, il a raison. »

Kössling en convint.

« Peut-être pas tout à fait. Mais en tout cas, il n'a pas tort.

— Et à présent, Jettchen, approche, dit Jason en claudiquant jusqu'au milieu de la pièce. Viens là, juste devant moi, et ferme bien les yeux. Ça ne te fera pas mal. »

Et quand elle eut fait ce qu'il disait, Jason, d'un geste aussi rapide et adroit que s'il était une femme de chambre, lui ceignit les cheveux d'un bandeau, un mince ruban de velours noir au milieu duquel, tenue par un petit œillet, une unique perle, lourde, sertie d'or, pendait sur le front.

« Voilà, Jettchen. Si avec cela tu portes la robe de soie blanche à grecques d'argent, tu auras vraiment l'air d'une reine d'Orient. »

Vite, Jettchen courut se voir dans le miroir. Elle devint toute rouge de bonheur, revint en hâte vers l'oncle Jason, lui prit la main, la secoua, la porta à ses lèvres et la caressa, hors d'elle de joie.

Kössling se tenait à l'écart, l'amertume au cœur.

« Oui, Jettchen, oui », dit-il ensuite quand Jettchen, inclinant le front très près de ses yeux, lui présenta la perle afin qu'il pût l'admirer. « Te faire un tel cadeau ne serait pas en mon pouvoir.

— Oh, chacun fait ce qu'il peut », intervint Jason, un léger mécontentement dans la voix.

Kössling rougit.

« S'il vous plaît, lança Jettchen, le thé va être tout à fait froid. Ne voulez-vous pas que nous nous asseyions ? »

Et l'on s'assit autour de la table, et l'on bavarda. Et Jettchen voulait être de bonne humeur, et Jason Gebert voulait être de bonne humeur, mais la pièce était froide. Non que l'on fût mal chauffé, mais l'atmosphère était étrangement glaciale, et cela se faisait doublement remarquer du fait que chacun essayait de l'oublier. Jettchen s'était tant réjouie à l'idée de cet après-midi ! Et même si elle riait, riait fort, des plaisanteries et des anecdotes de Jason, elle ne pouvait, par son rire, écarter d'elle les ombres. Cependant, Kössling se traitait en secret de fou et d'âne et saisissait toute occasion pour lever son verre à la santé de Jason et faire signe à Jettchen. Mais cela n'effaçait pas les rides de son front.

Jason parlait du *Turnvater* Jahn [105], père de la gymnastique patriotique. Pour ce qui le concernait, les coiffeurs auraient bien pu mourir de faim. Ce grand échalas de Dr Wiebe lui avait récemment rendu visite à Halle, par une vieille fidélité, car il avait autrefois, sous la direction de Jahn, pratiqué avec ardeur et énergie le lancer de javelot allemand dans la Lande aux lièvres, et copieusement vilipendé tout ce qu'il y avait de français. Mais, disait Jason, le Dr Wiebe avait éprouvé une petite déception, car le vieux Jahn qui l'avait accueilli avait le nez rouge comme un haricot d'Espagne.

« Oh, mon garçon ! s'était écrié Jahn en lui serrant si fort la main que chacun aurait cru que jamais plus il ne pourrait l'employer à quelque usage humain. Oh, mon garçon ! ne te choque pas de mon maudit nez. C'est la seule partie de mon corps que j'aie soustraite au service de la patrie. Ce nez est perdu pour la liberté de l'Allemagne. Car écoute, ô esprit pusillanime, j'ai un rhume. Mais quant au reste, je suis toujours le même. »

Jettchen rit et, très discrètement, fit un signe à Jason.

« Pourvu que tu n'aies pas le même sort que le père Jahn, mon oncle », dit-elle en souriant.

Et Jason comprit.

Kössling parla de Hoffmann, qui avait eu à instruire un procès contre Jahn en tant que conseiller à la cour d'appel.

« L'affaire n'est pas si claire, dit Jason. Pour autant que je sache, Hoffmann a refusé. »

Et la conversation en vint ainsi à la politique et à la maison royale.

Au théâtre, Jason avait vu le prince héritier. Celui-ci était blême, gris et bouffi, et très agité. Au beau milieu de la pièce, il s'était levé d'un bond, s'était rassis, s'était relevé d'un bond, et aux entractes, il riait et parlait trop fort. Jason s'étonnait seulement que l'on pût à présent donner à Berlin *L'Enthousiasme à la mode*, de Blum, qui devait aller à l'encontre des penchants du prince héritier pour le piétisme, car on s'y moquait de la bigoterie. Kössling en avait-il déjà entendu parler ? Le personnage principal s'appelait M. de Gobit[106]. Il lui suffisait d'inverser les syllabes, et il en savait assez sur la pièce. On en parlait et on en riait déjà dans tout Berlin.

Mais malgré toutes les peines que Jason Gebert se donnait, on n'en venait pas à tenir une vraie conversation. Et soudain — les bougies de la pyramide n'étaient pas encore toutes consumées et quelques-unes d'entre elles, particulièrement durables, en haut, donnaient encore une flamme vacillante en crépitant —, soudain, Kössling se leva pour s'en aller.

Jettchen le pria de rester dîner avec elle et Jason. Mais, par une fausse modestie mal à propos, Kössling ne voulut pas accepter cette invitation, bien qu'en fait il n'eût que trop aimé le faire.

Pourquoi diable voulait-il s'en aller ? lui demanda Jason, tout étonné.

Kössling dit qu'on l'avait invité ce soir au Tunnel de la Spree. C'était un prétexte qui lui était brusquement venu à l'esprit. Mais dire cela n'était pas habile.

« Ah oui, déclara Jason d'un ton empreint d'une légère ironie, je sais. On célèbre ce soir Ludwig Schneider. Je crois qu'on fête la centième tabatière qu'il a reçue en cadeau du tsar Nicolas[107]. Eh bien moi non plus, cher Docteur, à *votre* place, je ne manquerais pas cela. »

À présent, il était tout à fait impossible à Kössling de rester s'il ne voulait pas se couvrir de ridicule. Intérieurement, il avait honte de sa maladresse. Mais en même temps, sa vieille opiniâtreté maussade se faisait jour ; et bien que Jettchen lui eût de nouveau proposé de rester, Kössling ne céda pas et s'en fut. Les adieux sur le seuil furent plus brefs et moins abondants que d'ordinaire, si bien que Jettchen s'en revint toute triste se glisser auprès de l'oncle Jason.

Mais, étrangement, quand Jettchen rentra dans la pièce, dans le chaud cercle de lumière des dernières flammes chancelantes des bougies, dans l'odeur de thé, de pain d'épice et de bien-être, dans le brillant de la soie verte des murs et dans la propreté étincelante des vitrines, des armoires, des porcelaines et des garnitures de bronze, avec derrière les fenêtres la nuit enneigée toute bleue qui rendait l'endroit deux fois plus intime, elle se sentit aussitôt replongée dans une atmosphère de familiarité et de confort propice au bavardage. Et à peine eut-elle pris place que tout trouble se détacha d'elle et qu'elle fut de nouveau elle-même.

L'oncle Jason lui aussi était dans une de ses bonnes journées. Il bavardait sur mille sujets. Il parlait de l'oncle Eli et de vieux parents que Jettchen n'avait pas connus, en particulier du cousin Nestor, personnage fort baroque et bouffon qui avait la plaisante singularité de siffler dans son sommeil.

Quand il était jeune, Jason avait fait un voyage avec lui, et comme ils s'étaient arrêtés un soir à Prenzlau, à l'auberge de l'Ours, le cousin Nestor avait sifflé dans son sommeil tout au long de la nuit. Tout le répertoire de l'Opéra y était passé, de *Jessonda* et *Tancrède* à la *Dame blanche*. À peine une aria terminée, il passait à la suivante, avec la régularité d'un carillon, si bien que lui, Jason, s'était tourné et retourné dans son lit de toute façon trop court pour lui et finalement n'avait pu fermer l'œil à la lumière de la lampe à huile. Mais soudain une idée libératrice lui était venue. « Eh ! cousin Nestor ! » avait-il hurlé le plus fort possible, et le cousin s'était levé d'un bond, croyant qu'il y avait dans la chambre des brigands, des assassins.

« Qu'y a-t-il ? Qu'est-ce qui se passe ? » avait-il crié en arrachant presque son bonnet de nuit. « Oh, cousin Nestor, avait dit Jason très calmement, je voulais juste vous demander si vous voudriez bien siffler aussi quelques airs de la *Norma.* » Mais avant que le cousin Nestor n'ait compris ce qu'il voulait et surtout trouvé la bonne mélodie, lui, Jason s'était tourné de l'autre côté et ronflait à faire s'incurver les chevrons du toit. Mais le lendemain matin, le cousin lui avait dit que plus jamais il ne voyagerait avec lui, car il n'avait pas pu fermer l'œil de la nuit.

On dîna, puis, avec des gestes solennels et une digne lenteur, Jason ouvrit ses vitrines, en sortit les porcelaines, disposa figurines, groupes et vaisselle dans la lumière dorée, sur le plateau d'acajou brun de la table, brillant comme un miroir, qui renvoyait mille rayons blancs et bariolés. Il fit admirer les figurines à Jettchen, lui expliqua comment elles avaient été peintes, avec quelle précision elles avaient été cuites, comme la pâte en était belle et bonne, puis il retourna précautionneusement chaque pièce, montra à Jettchen la marque de la manufacture et lui en indiqua la signification. Ici la couronne et là le sceptre. Ici les épées et le R, le N et le F, et les plus anciennes signatures de Meissen, et les plus récentes. Peu auparavant, Jason avait acheté chez un brocanteur deux groupes bavarois, des scènes de chasse. C'étaient un sanglier et un cerf luttant contre les chiens qui les cernaient, qui aboyaient, qui déjà les recouvraient à moitié, qui déjà les renversaient à moitié. Et, presque en prime, Jason avait eu un lévrier aux pattes si fines et délicates que la lumière les traversait. À présent, Jason Gebert était tout à fait épris de ces trois porcelaines ; il les posa avec un soin presque tendre sur le plateau brun étincelant de la table et en vanta, en célébra les beautés pour Jettchen. Kiss ne pourrait sûrement pas en faire autant[108]. C'était si plein de vie et de mouvement ! Et pourtant ce n'était après tout qu'une simple porcelaine, un petit chef-d'œuvre sans prétention que, soixante ou soixante-dix ans plus tôt, des messieurs élégants posaient sur la table où ils mangeaient.

L'une après l'autre, Jason arrangea les pièces de sa collection autour de la pyramide, car il en avait à profusion. Il y avait là des dames en robes à paniers et des carlins aux yeux proéminents, des oiseaux de fantaisie au long bec et des nymphes en fuite, des amours avec leur cage à oiseaux et des petits Savoyards avec leur marmotte et leur flûte, des cachets et des clochettes de table en forme de buste, et des pièces de jeu d'échecs pleines d'art. Et puis les femmes en costumes de paysannes, leur enfant au sein, sur le dos de grands boucs aux longs poils. Tout un carnaval d'êtres en miniature se pressa derrière les vitres brillantes, se promena sur la table brune, puis reprit position derrière les vitres brillantes. Et Jettchen, accoudée de l'autre côté de la table, les bras nus, regardait, intéressée et heureuse. Car, à présent, elle découvrait ceci : quand on peut prendre dans sa main une telle pièce, la tourner et la retourner pour arracher à ses plis mille éclats de lumière, quand on peut l'observer de face et de droite, de gauche et de profil, quand on en est tout près et que l'on sent comme dans ses doigts le mouvement des formes et la matière froide et noble, alors, alors seulement elle livre toutes ses beautés secrètes, que d'ordinaire, tant qu'elle reste parmi les autres dans la vitrine, elle conserve enfermée en elle avec un soin presque anxieux.

« Le Dr Kössling regarde-t-il parfois les porcelaines ? » demanda enfin Jason, comme incidemment.

Jettchen répondit que c'était possible, mais qu'elle ne l'avait jamais remarqué.

« C'est qu'un jour, il s'est intéressé à une figurine de Kändler. »

Sur ce, Jason Gebert, de ses doigts délicats, replaça les dernières pièces dans leur vitrine, qu'il referma, l'air pensif.

« Bonne nuit, Jettchen », dit-il, et se retournant, il se disposa à sortir.

« Tu ne restes pas encore un peu, mon oncle ? » demanda Jettchen, car elle sentait qu'aussitôt qu'elle se retrouverait seule, abandonnée à elle-même, elle serait forcée de songer à cette soirée de déchirement, et elle voulait repousser le moment où ses pensées s'empareraient d'elle.

« Non, dit Jason. Il est tard, et je voudrais encore lire quelque chose.

— Mais il n'est que neuf heures et demie, dit Jettchen en jetant un coup d'œil à la pendule qui tictaquait, affairée, entre les deux colonnes d'albâtre.

— Non, il est plus tard. Ta pendule retarde. Mais peu importe ; une pendule qui retarde donne toujours une bonne impression de sérieux bourgeois. »

Mais sur ce, Jason sortit de la pièce en saluant Jettchen. Il savait pourquoi il s'en allait. Peut-être aurait-il bien aimé rester encore un peu, mais il craignait de montrer son soudain mécontentement. Car les pensées qui avaient surgi en lui lui avaient d'un seul coup ravi son calme et sa joie. Bien qu'il se fût répété cent fois qu'il n'y avait là qu'un trouble passager entre Jettchen et Kössling, il ne pouvait finalement s'empêcher de se demander s'il n'existait pas entre eux des différences insurmontables. Quand il eut allumé sa lampe, il resta donc un long moment à aller et venir devant les rangées brunes des livres. Il arpenta ainsi sa bibliothèque jusqu'au moment où l'on frappa à la porte. Il s'arrêta.

Oh, c'était certainement Mlle Hörtel qui venait lui présenter ses comptes ou le remercier de son cadeau de Noël.

Mais la porte s'ouvrit alors très lentement, avec une lenteur fantasmagorique, et Jettchen apparut dans l'embrasure, grande et droite, la nuque raide, empreinte d'une solennité comique. Elle avait modifié la coiffure de ses lourds cheveux ; elle les avait lissés de part et d'autre d'une raie médiane, et rassemblés en deux nattes repliées, à droite et à gauche, pour former en arrière deux grosses rosettes. Au milieu de son front, la perle accrochée au ruban de velours noir reposait comme une larme d'argent ; et, pour accompagner cette perle, Jettchen avait revêtu la robe de soie blanche dont la taille était soulignée d'un croisillon de rubans d'argent et dont l'ample jupe cloche s'ornait d'un méandre d'argent large comme la main. Aux poignets, elle portait des bracelets d'argent.

Jettchen resta ainsi un long moment, immobile, souriante, heureuse. Et Jason s'inclina devant elle avec une dévotion cérémonieuse.

« Je ne reviens que pour te remercier encore une fois, mon oncle, dit-elle enfin. Et pour que tu aies aussi ta part, j'ai choisi ma toilette selon *tes* indications. »

Jason s'approcha de Jettchen pour lui baiser dévotement la main. Mais, toujours souriante et toujours dans le style souverain de sa mascarade, elle inclina la tête et tendit à Jason ses lèvres, qu'il effleura en hésitant. Puis Jettchen se retourna, aussi fière et inaccessible qu'elle était venue, et, aussi raide et imposante, retraversa l'entrée sur ses bottines à talons hauts, comme elle était venue, la tête haute, les deux rosettes noires de ses tresses posées sur sa nuque.

Et les aiguilles des pendules continuèrent à tourner.

Le lendemain, les rues blanches retentirent de nouveau du bruit des trompettes d'enfants, et des petites filles dans leurs habits tout neufs, manteau d'hiver brun et bonnet bleu, trottinèrent fièrement dans la neige sans regarder personne autour d'elles, tout éprises qu'elles étaient de leur poupée qu'elles tenaient précautionneusement sur leur bras et regardaient avec plus de tendresse qu'une mère considérant son enfant. Au milieu de la chaussée, les garçons se battaient pour les luges ; et le fils du fendeur de bois, à qui son père avait bricolé une luge avec des bouts de planches les plus variés qu'il avait rapportés à cette fin de ses derniers travaux, jugeait son véhicule, qu'il tirait avec une corde grossière, aussi beau que le traîneau de chez Söhlke, qui avait coûté cinq thalers et que poussaient lentement devant eux les enfants du conseiller aulique, enveloppés et emmitouflés comme des ratons laveurs. Et l'on voyait même quelques messieurs descendre d'un pas vif, en balançant au bout de leurs courroies leurs larges patins à glace hollandais, le spencer ouvert et flottant, comme s'ils voulaient ainsi signifier leur mépris au froid de l'hiver. On les voyait se hâter vers les Tentes, où ils avaient l'intention de jouer de leur art sur la glace de la Spree et sous les yeux admiratifs des dames à qui il était permis, du haut de la véranda où elles se tenaient, de se délecter à ce rafraîchissant spectacle.

Et aux toniques et bruyantes journées de Noël succédèrent, toujours par un froid glacial, quelques jours indistincts et bizarres, ni chair ni poisson, ni jours de semaine ni dimanches, ni ouvrés ni fériés, ces quelques jours qui sont comme coincés entre Noël et le Nouvel An et dont nul ne sait exactement quoi faire. Les rangées d'échoppes de la place du château s'affaissaient, et les marchands venus de l'extérieur repartaient vers d'autres foires, dans leurs voitures bâchées que tiraient des chevaux fatigués et d'où dépassaient les longues perches — et il en allait d'eux comme de toutes les belles choses quand elles disparaissent : on les oubliait en un instant ; et la place fut de nouveau vaste et vide, sous la garde du château couvert de neige et barré de bandes noires. Les quelques échoppes qui vendaient des cartes de Nouvel An dans la Breite Strasse n'étaient que les derniers satellites subsistants. Elles ne comptaient guère.

Un après-midi de ces jours-là, le Dr Kössling vint, apportant à Jettchen un petit volume, un *Almanach des bleuets pour l'an 1804*, dédié à l'amour et à l'amitié par Samuel Schlesinger. C'était un très joli petit livre à la couverture gravée en relief, imprimé sur un papier glacé d'un rose tendre, illustré et orné de gravures sur acier bien nettes. On y voyait pleurer l'inconsolable Kennedy tandis que Marie Stuart marchait vers l'échafaud, fière comme une reine — ce qui d'ailleurs avait été son métier. Sur une autre page, Kosinsky disait « quel était son nom ». Quant à Likate, gracieuse souveraine des Madécasses, elle cachait sa nudité noire derrière un plumet.

Jettchen en fut très heureuse, mais sa joie n'effaça pas tout à fait le mécontentement que lui avait inspiré la soirée de Noël. Jason, qui vint ensuite les rejoindre à l'heure où il sommeillait à la maison, trouva lui aussi que le petit volume était très joli et le feuilleta longuement.

« Oui, dit-il, je trouve cela tout à fait charmant et gentil. Selon ce que Ferdinand m'a raconté, ma chère Jettchen, le cousin Julius a lui aussi le goût des almanachs. Les *Almanachs des pensées* lui ont tellement plu qu'il s'est aussi acheté *Les Pommes de terre dans l'assiette.*

— Quand as-tu donc parlé avec oncle Ferdinand ? demanda Jettchen, étonnée.

— Ce matin, chez Salomon. Au magasin, dit Jason d'un ton hésitant. Notre conversation n'a pas été précisément réjouissante. »

Jettchen s'effraya. Pour l'amour du ciel, que se passait-il encore ?

« Mon Dieu, Wolfgang est vraiment souffrant. Salomon en a parlé hier avec Stosch.

— Le pauvre petit ! s'exclama Jettchen, les larmes aux yeux. Est-ce que c'est grave ?

— C'est selon ce qu'on entend par là », lança Jason sans cesser de sourire, de ce sourire toujours plein d'esprit, mais qui toujours aussi avait quelque chose de las et de douloureux. « Stosch considère même que c'est absolument sans espoir. Malheureusement, il ne donne au petit que quelques jours ou quelques semaines à vivre. À son avis, c'est de la consomption. Ferdinand joue au médecin et de son côté traite le garçon à sa façon. Il lui a donné une infusion de chez Liebert dont il espère des résultats ; mais je crains bien que cela non plus ne serve pas à grand-chose. »

Jettchen avait plongé son visage dans ses mains et sanglotait en silence. L'été précédent, à Charlottenburg, elle s'était mise à aimer Wolfgang, ce petit garçon timide que l'on battait, qui ne laissait jamais parler son cœur en présence des autres, et elle avait découvert la finesse intime de son caractère rêveur, une intelligence qui ne se dirigeait pas vers les livres, et une maturité qui se manifestait non par ce qu'il savait, mais par ce qu'il comprenait. À présent, la mort allait poser sa main sur cette pauvre petite âme égarée ; et *elle*, Jettchen, aurait beau se tordre les mains en gémissant, la vie reprendrait aussitôt son mouvement sans le petit Wolfgang Gebert, comme si ses étroits pieds d'enfant n'avaient jamais imprimé leur trace sur ses chemins.

Jason sembla comprendre les larmes de Jettchen.

« Mon Dieu, le pauvre petit, qui sait ce qu'il avait en lui ! L'école n'est pas une échelle de valeur. Max était toujours le premier de sa classe, et je crois que Wolfgang, qui était toujours dans les derniers, est le plus doué des deux. Il ne pourra plus en faire la preuve par l'exemple. Dommage... »

Kössling s'était approché de la fenêtre et regardait, muet, les toits couverts de neige dans l'atmosphère gris-bleu du soir. Sans doute, le sort du garçon lui faisait de la peine, comme nous fait souffrir toute jeune vie qui est brisée ; mais après tout, il n'avait vu Wolfgang qu'une fois et avait à peine prêté attention à lui. Et le sentiment d'être étranger à Jettchen et Jason ressurgit en pleine lumière à ses yeux, deux fois plus pénible.

« Crois-tu que je puisse aller le voir, mon oncle ? demanda Jettchen.

— Oh, c'est certain. J'ai déjà dit à Ferdinand que tu passerais.

Mais tu sais, j'y pense, Wolfgang a bientôt son anniversaire. Vas-y ce jour-là, car naturellement, Hannchen ne se doute absolument pas de l'état de son fils. Même si elle sait ce qu'il en est, elle ne veut pas se l'avouer. Elle fait comme l'autruche, qui plonge sa tête dans le sable en pensant que le danger va s'éloigner. Mais là-haut, on n'entend pas la plaisanterie. »

Kössling, s'écartant de la clarté de la fenêtre, revint dans la pénombre de la pièce et, en hésitant, prit place sur une chaise. Il avait une grande nostalgie de musique, mais n'osait pas s'asseoir au piano.

« Oui, reprit Jason, sous d'autres aspects également, notre rencontre d'aujourd'hui n'a pas été précisément réjouissante. Salomon s'est tellement énervé, ces derniers jours, qu'il n'était vraiment plus lui-même. Il est vrai que pour lui, ce n'est pas rien. Tu sais bien comme il est, Jettchen, et combien il est attentif en affaires. Et il faut qu'il lui arrive une chose pareille ! À vrai dire, je suis le seul qui ne prenne pas les choses au tragique. Je me dis que ce petit renard de Posen finira bien par se libérer de la corde qu'il a au cou. »

Jettchen était encore tout occupée du triste sort du petit Wolfgang, et c'est seulement aux derniers mots de Jason qu'elle écouta, effrayée.

« Tu sais, poursuivit Jason en réponse à la question muette de Jettchen, notre brave et estimé cousin Julius Jacoby s'est laissé embarquer dans de vastes opérations en Bourse par les Benjamin d'ici — oui, ces Benjamin-là, dit-il en feignant des deux mains de tordre le cou à quelque pauvre bête. Par ces Benjamin-là. Des opérations pour lesquelles il faut des capitaux plus importants que ceux dont il disposait, et pour lesquelles, sans doute, il faut connaître les choses mieux qu'il ne les connaît. Et voilà maintenant que tout d'un coup le commerce avec la Pologne s'ouvre. Et cette saison, il se retrouve avec la moitié de ses cuirs sur les bras. Bref : si on ne lui vient pas en aide, c'est tout ton argent qui est perdu en un tournemain. Et c'est justement ce que Salomon n'a pas le droit de permettre. Car sur qui cela retombera-t-il ? Sur lui, n'est-ce pas ? Sur lui ! C'est lui qui a monté l'affaire de Julius Jacoby ici ; et il a même poussé sa confiance en lui si loin qu'il lui a donné sa nièce pour épouse. Et voilà pourquoi ce ne serait pas un certain Julius Jacoby, de Bentschen, qui ferait banqueroute à Berlin, mais bien le neveu du riche Salomon Gebert. Salomon le sait fort bien, et c'est pourquoi il lui faut croire à cette menace, qu'il le veuille ou non. Tu sais, Salomon et Rikchen ne sont pas encore à plaindre pour autant. Le pire qui puisse leur arriver est que Salomon ait cinquante mille thalers de moins sur son compte chez Mendelssohn, et ce n'est pas pour cela que Rikchen cuira une seule tarte aux pommes de moins. Naturellement, Salomon est dans une fureur terrible et hurle contre Rikchen pour peu qu'elle prononce le nom de Julius. Car aujourd'hui, au magasin, j'ai aussi parlé à ta chère tante. Elle était toute doucette et souple comme un gant. Mais finalement, que tirera Salomon de tout cela ? Il faudra qu'il morde dans le fruit amer. Maintenant, bien sûr, il a complètement perdu la tête et déclare que tout est perdu. Mais je suis fermement convaincu qu'au bout du compte ils s'en tireront indemnes ; et tel que je connais Salomon, il aura retrouvé ses esprits dès demain. »

Ainsi parla Jason Gebert, bien que Jettchen, toujours bouleversée au plus profond d'elle-même par la maladie du petit Wolfgang, pût à peine prêter attention à ce qu'il disait. Jason le sentit.

« Tu sembles ne pas saisir tout à fait de quoi il s'agit, ma chère Jettchen, poursuivit-il d'un ton plus incisif. C'est *ta* fortune qui est en jeu. De quoi veux-tu vivre plus tard si cet argent n'est pas sauvé ? Il faut au moins que tu aies de quoi subsister jusqu'à ce que ton oncle Salomon et ta tante Rikchen aient fermé les yeux pour toujours. T'es-tu jamais posé la question ? »

Jettchen se contenta de secouer la tête. Jusqu'à présent, elle n'avait jamais possédé de fortune et ne s'était jamais demandé comment cela se faisait.

« Tout mal recèle aussi du bien, reprit Jason après une pause méditative. À présent, Salomon se rend compte de ce qu'il a fait. Lui-même ne négocie plus du tout avec Julius Jacoby, Ferdinand s'en charge pour lui. Et il est bien l'homme à qui on fait prendre des vessies pour des lanternes. Mais maintenant, Salomon doit bien se dire une chose : quelles que soient les erreurs que vous ayez pu commettre, vous, docteur Kössling, vous ne vous seriez pas risqué à la Bourse, et vous ne vous seriez pas retrouvé avec du cuir de contrebande sur les bras. Et pour finir, je suis sûr qu'avec vous Jettchen ne se serait pas enfuie dès le soir du mariage. Vous ne pouvez pas le comprendre, Kössling, mais plus les actions de la ligne Cologne-Aix tombent, et plus les vôtres montent. »

Kössling, qui était resté tout à fait étranger à la conversation, n'aima pas du tout s'y voir soudain entraîné. Mais que pouvait-il faire d'autre que rire et assurer qu'il n'était même pas capable de distinguer un cuir de bœuf russe de contrebande d'un honnête cuir de veau allemand, qu'il ne savait même pas où la Bourse se trouvait, et qu'en la matière il était donc pur et innocent comme un enfant. Tandis qu'il parlait ainsi, Jettchen le fixait de ses yeux qui brillaient dans la pénombre de la pièce.

Mais sur ce, Jason se leva. Le Dr Kössling voudrait-il l'accompagner ? Il allait retourner voir son frère au magasin au sujet de la même affaire, et il serait heureux que Kössling marche un peu avec lui.

Kössling comprit cet avertissement et, bien que tous ses nerfs et tous ses sens le poussassent vers Jettchen, et bien qu'il sentît comme Jettchen le laissait partir de mauvais gré, il répondit que ce serait volontiers.

Jettchen elle non plus n'osa rien objecter. Jason sentait bien qu'il se montrait dur, mais il craignait de ne pas pouvoir assumer la responsabilité d'un autre choix. Et afin que la blessure fût moins douloureuse, il dit en sortant à Kössling que le surlendemain, pour le Nouvel An, il ne devait pas leur faire de nouveau faux bond comme pour Noël. Qu'il ne manque pas de venir boire un verre de punch afin qu'ils puissent tous ensemble trinquer à un avenir meilleur pour cette année 1840, l'année du salut. Toute la soirée de Noël, Jettchen et lui avaient dû rester là tout seuls à bavarder — par sa seule faute à lui, Kössling.

Il était de tradition qu'à chaque Nouvel An, tous les Gebert se retrouvent chez Salomon et Rikchen afin de réaffirmer leurs liens pour un an, comme par un pacte signé et scellé en bonne et due forme. Pour cette heureuse occasion, Jason avait même coutume de célébrer en un chant de louange tous les Gebert, et l'on avait toujours friandises et surprises en réserve les uns pour les autres. Mais pour cette fin de l'année 1839, tout alla de travers. Après l'excitation des dernières semaines, Salomon et Rikchen n'avaient plus envie de voir chez eux des hôtes. Ferdinand et Hannchen ne voulaient pas s'éloigner de Wolfgang, qui n'avait pas quitté le lit depuis six jours. Et le vieil Eli ne pouvait plus guère mettre un pied devant l'autre. Il tournait dans sa chambre en clopinant, grommelait, houspillait Minchen et disait qu'il avait des rhumatismes. Jettchen se serait abstenue elle aussi. De telle sorte que, cette année, il n'avait pas été question de fêter le Nouvel An. Car pour jouer une pièce, il faut d'abord des acteurs. Pinchen et Rosalie, qui continuaient à tenir chaud aux chaises chez Ferdinand et Hannchen, étaient peu satisfaites du cours des choses, gravement offensées et fâchées. Elles s'étaient fait une telle joie à l'idée de cette soirée ! Et elles souhaitaient au moins avoir quelque part à la fête de la Saint-Sylvestre dans la Friedrichstrasse. Si Ferdinand ne voulait pas, Joel pourrait bien la leur montrer, car chez elles, à Bentschen, il n'y avait rien de tel. Mais Ferdinand sentit la bile lui monter dans la gorge et répliqua que sans doute, après la conversation qu'ils avaient eue ce jour-là, « Monsieur leur frère » n'aurait pas de raison de se trouver d'humeur particulièrement gaie pour la Saint-

Sylvestre et de la passer au milieu de la foule de la Friedrichstrasse. Quant à lui, il se l'interdisait, naturellement, car la santé de Wolfgang lui inspirait malheureusement craintes et soucis.

Et quand la belle année 1839 se disposa à prendre congé pour livrer au passé son printemps délicat comme une jeune fleur, son riche été, son automne brun et son hiver blanc, elle se retourna juste une dernière fois, alors qu'elle était déjà sur le seuil de la porte, comme s'il lui fallait réfléchir afin de s'assurer qu'elle n'avait rien oublié. Et elle fut fort étonnée de ne pas voir, comme tant d'autres années avant elle, tous les Gebert réunis, mais dispersés, l'un ici et l'autre là. Salomon et Rikchen s'étaient mis en grève et s'étaient abandonnés au repos plus tôt que d'ordinaire afin d'entrer tout doucement dans la nouvelle année en sommeillant, paisibles, chacun dans son lit. Eli et Minchen avaient vu ensemble tant d'années venir et s'en aller qu'ils ne se souciaient guère d'une de plus ou de moins et, tandis qu'après le thé Minchen s'était retirée dans ses appartements, Eli était resté dans la faible lumière du salon aux chaises dorées. Droit comme un *i* dans son fauteuil, une lampe à droite et une lampe à gauche de son livre posé au milieu de la table, il lisait un roman de Leibrock[109], une horrible et sinistre histoire de brigands. À minuit, par une nuit obscure, près du mur du cimetière, Rinaldo était en embuscade et en même temps — car ce garçon était toujours plein de multiples ressources —, entouré de poursuivants et de la lueur blême des éclairs, se reposait entre les doux bras amoureux de la comtesse Aurora Dulcinides, merveilleusement belle — oui, il se reposait des fatigues de son dernier double meurtre, accompagné d'un vol d'hostie et du viol d'une nonne, mais dont les nobles motifs étaient incontestables. Si le vieil oncle Eli se tenait si raide dans son fauteuil, ce n'était pas par un vain orgueil, mais à cause de sa presbytie ; et si, parmi tous les livres qu'il y avait à lire au monde, il s'était rabattu sur les aventures de Rinaldo, c'était parce que les bergeries de sa jeunesse n'avaient plus de goût pour lui et que son palais demandait des mets plus corsés, de même que Frédéric le Grand, devenu vieux, n'appréciait plus ses soupes que lorsqu'il les avait épicées à la mouche d'Espagne.

Hannchen, un coussin sous les pieds et un dans le dos, était installée dans la profonde chaise longue près du lit de bouleau de Wolfgang qui, brûlant, dormait d'un sommeil lourd et agité. Car, les poumons ne parvenant plus à exécuter convenablement leur tâche vitale, le petit cœur auquel était demandé un travail beaucoup trop dur palpitait et tremblait et suscitait chez le pauvre enfant une agitation intérieure qui, à peine avait-il fermé les paupières et incliné sa tête sur le côté, le faisait sursauter et se tourner à la recherche d'une autre position.

Pendant les longues heures nocturnes, l'idée était parfois près de se faire jour dans le petit cerveau de tante Hannchen que la maladie de Wolfgang était peut-être quand même plus grave que les angines et rubéoles que ses enfants avaient eues et qu'elle avait surmontées avec eux. Mais cette pensée lui était désagréable, lui inspirait de l'épouvante, et tante Hannchen se donnait toutes les peines pour la réprimer, pour ne pas la laisser devenir claire et tangible. Mais pas plus que l'on ne peut ordonner de cesser aux éclairs de chaleur qui, les nuits d'été, pendant des heures, restent au bord du ciel et jettent leurs lueurs sur le paysage silencieux, sur le paysage qui paraît pourtant sommeiller si paisiblement sous le ciel étoilé... pas plus que l'on ne peut ordonner aux éclairs de chaleur de ne plus gronder, de ne plus tressaillir, de ne plus jeter leurs lueurs... nous ne pouvons pas davantage, au pays de nos pensées, ordonner que les orages lointains ne traversent le ciel de leurs éclairs, jusqu'à nous, nous faisant sans cesse tressaillir d'effroi. Si bien que, sans qu'elle le veuille, de grosses larmes perlaient aux yeux de la brave tante Hannchen, à ses petits yeux de jais clignotants propres aux Jacoby, roulaient sur son visage et laissaient de longues traces sur ses larges joues rebondies. Hannchen redoutait de rester seule avec le jeune malade : si jamais — Dieu les en garde ! — quelque chose arrivait ! Mais Ferdinand Gebert ne venait pas. À présent, il passait des heures et des heures au bureau avec Max, content et à son aise ; il compulsait les mains courantes et les grands-livres, établissait les sommes restantes, alignait de longues rangées de chiffres, les inscrivait ici et là, additionnait et soustrayait, et, consultant les feuilles cachées de son livre de compte secret, portait au débit de son affaire, à titre de frais et dépenses diverses, maints frédérics d'or dont personne jusqu'alors n'aurait pu soupçonner qu'il les eût employés dans l'intérêt de son entreprise.

En cet an de grâce 1839, on n'aurait donc rien remarqué de la Saint-Sylvestre chez les Gebert, et cette nuit de neige, froide et brumeuse, serait passée tout comme celles qui l'avaient précédée, si dans l'appartement de la Klosterstrasse, chez Jason Gebert, le parfum doux-amer du vin d'oranges que Jason avait préparé avec la plus grande solennité n'avait pas flotté dans les pièces. En subtils nuages gris, il montait au-dessus de l'arrondi d'une vieille terrine de grès, enveloppait les colonnes d'acajou étincelantes des vitrines emplies de porcelaines, effleurait le petit nez des mignonnes grisettes de Gavarni accrochées au mur dans leurs cadres de bouleau bruns, si bien qu'en secret, sans qu'on les voie, elles dilataient leurs narines pour le flairer et coulaient des regards pleins de convoitise, dont on ne savait vraiment pas s'ils s'adressaient seulement au chaud breuvage sucré, ou bien aussi à la montagne de fausses grenades brunes qui faisaient briller dans le cercle lumineux de la lampe leur glaçage de sucre et dont chacune contenait une agréable surprise — compote de framboises ou gelée de pommes, confiture de prunes ou de cynorhodon.

Kössling n'était venu que tard le soir chez Jason Gebert et Jettchen ; peut-être venait-il de jouer aux échecs, maussade, comme est maussade un homme en conflit avec lui-même. Mais ensuite, sans qu'on l'en eût prié, il s'était assis au piano et avait oublié en jouant toutes ses contradictions intérieures. Sa musique calmait ses sens et faisait s'endormir peu à peu ses désirs et ses misères, qui ne se manifestaient plus que par un sanglot de temps à autre, comme un enfant qui s'est endormi en pleurant sanglote encore une fois dans son sommeil.

Et Jettchen avait consenti à chanter, pour la première fois depuis longtemps : des petits lieder simples de Weber, à moitié dits, à moitié chantés, où le chant ne semblait qu'accompagner les mots ; des lieder où l'art avait peu d'importance et où la simplicité du sentiment était tout. Jason Gebert, assis tout près, parfaitement silencieux, observait Jettchen, la façon dont les reflets changeants de ses chants de nostalgie et d'inquiétude, de persévérance et de renoncement, passaient fugitivement sur ses traits, spiritualisaient et éclairaient sa beauté. Il ne pouvait s'arracher à cette contemplation, se rassasier de cette dévotion muette, et il priait sans cesse Jettchen de continuer à chanter pour pouvoir encore voir ses yeux aux paupières à demi closes, les mains blanches qui se levaient et s'abaissaient sur les touches. Mais le Dr Kössling, qui ressentait la musique par chacun de ses nerfs et dont la perception du son était beaucoup trop subtile et forte pour se satisfaire du chant simple et sans ornement de Jettchen, semblait ne l'écouter que par politesse et, malgré toute la peine qu'il se donnait, ne réussissait pas à mettre dans ses louanges ou ses critiques toute la chaleur et toute la sincérité qu'il aurait voulu. À chanter en s'accompagnant à l'épinette, Jettchen ne gagnait rien à ses yeux, car il s'alarmait de chaque note insuffisamment tenue ou dont l'intonation tremblait ou manquait de sûreté. Il ne sentait pas que si Jettchen chantait, c'était uniquement pour lui, pour se rapprocher de lui ; il n'entendait que le chant hésitant, qui ne savait pas surmonter les difficultés, et la maladresse de la voix qui n'avait pas été travaillée. Et cela même en Jettchen qui, six mois plus tôt, chez Salomon Gebert, avait ravi Kössling et l'avait rapproché d'elle, cela même l'éloignait de lui, faisait que par instant elle lui était presque étrangère et indifférente. Jettchen le sentit et cessa de chanter. Et Kössling fut incapable de dire un seul mot, il était presque soulagé qu'elle s'arrêtât.

Mais Jason Gebert s'était alors empressé d'emplir les verres. Car, dit-il, il fallait commencer de bonne heure si l'on voulait seulement abaisser de façon notable le niveau du breuvage dans la vieille terrine de grès. Et la boisson forte et chaude eut tôt fait de les mettre tous les trois de bonne humeur et de les rendre prolixes. On avait trinqué à la santé les uns des autres, et Jason ne s'était pas laissé priver de l'occasion de se lever et, s'appuyant des deux mains à la table d'acajou, de délivrer ses paroles pensives à l'intention de ses deux étranges hôtes, des paroles que Jettchen et Kössling écoutèrent troublés et pleins de gratitude, car c'était la première fois que leurs noms se trouvaient liés et prononcés ensemble lors d'une fête et que Jason Gebert reconnaissait une réalité que d'ordinaire il paraissait ne pas voir et sur laquelle il gardait le silence.

Jason Gebert racontait que, dans la journée, il avait vu dans la Königstrasse deux dames, et qu'il les avait suivies un moment. Elles portaient de beaux manteaux de fourrure et, à première vue, on les aurait prises pour des bourgeoises aisées, peut-être pour la mère avec sa fille nouvellement mariée. Et sans doute tous les autres les avaient-ils considérées comme telles. Mais lui, il les avait tout de suite reconnues : elle n'étaient rien d'autre que l'année 1839 et l'année 1840.

La mère avait prodigué ses avertissements à la fille et lui avait dit ce qu'elle avait à faire. Lui, Jason, en avait entendu chaque mot, mais en trahir quoi que ce fût eût été indiscret. Il ne voulait en dire qu'une chose — mais c'était ce qui les concernait le plus : la plus âgée des dames avait insisté auprès de la plus jeune avec une vivacité particulière pour qu'elle n'oublie pas de réparer en faveur de Mme Henriette Jacoby et du Dr Friedrich Kössling le mal qui leur avait été fait. Et la jeune dame avait interrompu la plus âgée : elle n'avait pas besoin de le lui dire, il était inutile de perdre ne fût-ce que le temps d'une parole à ce sujet ; elle ne pouvait s'étonner assez de la dureté de cœur de sa mère, elle ne l'avait, à franchement parler, ni comprise ni approuvée. Mais la mère avait alors été terriblement fâchée et, faisant voleter ses bouclettes en secouant la tête de mécontentement, elle s'était récriée :

« Petite niaise ! Ignorante ! Quand tu auras mon âge, tu comprendras pourquoi j'ai agi ainsi et non autrement avec ces deux-là. C'était juste pour les forger, les endurcir et les affûter, les mettre à l'épreuve et les rendre forts, afin que les combats d'une courte année leur acquièrent de longues décennies d'un bonheur qu'ils auraient peut-être bientôt brisé de leurs mains s'il leur était échu de lui-même. »

La jeune dame avait répliqué en criant que le passé ne la regardait pas, que son affaire à elle, c'était l'avenir, et qu'elle veillerait à ce qu'il soit bon pour ses protégés.

Mais à peine la fille avait-elle dit cela qu'elles avaient disparu toutes les deux, comme effacées de la surface de la terre, comme si le pavé les avait englouties.

Et lui, Jason, levait à présent son verre en souhaitant que la jeune dame en manteau de fourrure, l'année 1840, tienne sa promesse.

Jettchen et Kössling étaient tout émus, et Jettchen, pleine de gratitude et de tendresse, regarda Jason dans les yeux quand ils levèrent leurs verres. Kössling vit ce regard et en jalousa Jason Gebert, car il y sentit une chaleur et une familiarité dont étaient dépourvus les regards rêveurs avec lesquels Jettchen avait coutume de le considérer, lui. Non pas qu'il n'y passât jamais un souhait ou un désir, non pas qu'ils ne trahissent jamais une douce inclination, mais il leur manquait justement cette tendre familiarité, cette reconnaissance d'une parenté, d'une affinité, qui n'avait pas besoin des mots. Et la boisson forte et chaude, par son effet engourdissant, fit que le Dr Kössling se fixa longuement sur cette pensée, qu'elle lui revenait sans cesse à l'esprit dès qu'il croyait l'avoir chassée loin de lui. Cela ombragea son front, le rendit gauche et étourdi, ses propos se firent épais et lents, étrangement pensifs. Car sur le sol de tout ce que disait Kössling flamboyait toujours cette seule et même phrase : Je ne signifie rien pour elle. Et Jason comme Jettchen furent pris à leur tour de la même humeur pensive. Et c'est ainsi que tous les trois passèrent ensemble les dernières heures mélancoliques de l'année 1839, çà et là autour de la table ronde d'acajou brune, étincelante. La montagne de fausses grenades sur le plat blanc se refusait absolument à diminuer, et le breuvage doré et fumant emplissait encore presque jusqu'en haut la terrine ronde. Et pourtant, chacun avait l'impression d'avoir bu plus que de raison, et chacun entendait son sang lui siffler et lui chanter aux tempes.

Même lorsque Jason révéla une grande nouvelle qu'il n'avait apprise que le jour même de son frère Ferdinand, aucun d'eux ne parvint à maîtriser son humeur pensive, ce sentiment fait pour moitié d'angoisse et pour moitié d'une impression d'inutilité, l'idée que maintenant, en cet instant justement, on pourrait saisir le sens de cette vie peu claire et déconcertante. Oui, dit Jason, à présent, on avait poussé le cousin Julius dans ses derniers retranchements, il n'avait plus rien pu dissimuler, et c'était encore bien pire qu'on ne s'y attendait. Mais on lui avait tout repris des mains, absolument tout, et il avait dû renoncer par écrit à mener de son chef toute opération en Bourse et à toute nouvelle extension de son stock. Ce matin, dans les bureaux de Salomon, on avait négocié avec lui pendant quatre heures pour le mener à ce point. Et il avait fallu qu'il se laisse convaincre par les discours de Ferdinand, dont on se serait bien passé en une autre occasion. Car sinon, Salomon l'aurait sans merci laissé aller à la faillite. Et les Benjamin lui auraient alors pris jusqu'à sa dernière chemise, on pouvait leur faire confiance sur ce point.

À vrai dire, ce cousin Julius à qui elle ne voulait aucun mal faisait secrètement de la peine à Jettchen. Et elle ne voyait pas en quoi cette nouvelle devait être particulièrement heureuse pour elle. Mais Jason lui expliqua pourquoi c'était une bonne chose que l'on tînt à présent le cousin Julius dans sa main comme un oiseau prisonnier : très bientôt, il sifflerait l'air que l'on voudrait.

Kössling, qui en vrai homme de lettres n'avait qu'une idée très vague et confuse de toutes les questions d'affaires, ne se sentit que désagréablement touché du fait que Jason lui rappelât de nouveau l'existence de ce cousin dont il se serait volontiers et avec joie passé en ce monde. Jason Gebert s'en rendit compte et dit soudain qu'il lui fallait ressortir et se rendre Unter den Linden, au Kranzler. Jettchen, craignant qu'il pût arriver quelque chose à son oncle Jason dans le tumulte et l'exubérance de la nuit du Nouvel An, suggéra qu'il reste plutôt à la maison ; et, en silence, elle espérait aussi que l'on pourrait alors rester plus longtemps ensemble. Mais Jason dit qu'il *fallait* vraiment qu'il s'en aille. Pourquoi, il ne le savait très bien, dit-il, mais il le faisait chaque année et il craignait de manquer quelque chose si, cette fois, il ne le faisait pas. Après tout, il n'en allait pas autrement que de la plupart des choses en cette vie : que l'on nomme cela fièrement « savoir » ou modestement « amour », on les fait seulement parce qu'on craint de manquer quelque chose si l'on s'en abstenait. Et Jason n'avait pas encore fini de parler qu'on entendit au-dehors, proches et lointains, des carillons, des voix d'enfants et des cris. Kössling et Jettchen coururent à la fenêtre couverte d'une buée épaisse et l'ouvrirent ; Jason remplit son verre jusqu'au bord et les rejoignit en veillant soigneusement à n'en rien renverser.

Contre leur habitude, Jettchen et Kössling s'étaient enlacés et pressaient leurs têtes l'une contre l'autre. Sans un mot, ils regardaient le ciel haut et noir, les arbres et les maisons qui se détachaient de l'obscurité comme des fantômes blancs, la couverture de neige argentée étendue sur le sol et les ornières durcies des rues et des chemins où se mouvaient les silhouettes noires aux contours nettement découpés d'une foule de gens qui s'y pressaient afin de hurler dans la nuit leur enthousiasme, exaltés par le punch, pour l'année nouvelle. Ils reprenaient sans cesse leurs cris tandis que, là-haut, les cloches sonnaient et qu'un chien, affolé par tout ce bruit, aboyait, aboyait à se casser la voix.

Et tous deux eurent pourtant la sensation étrange que quelque chose soufflait vers eux et leur effleurait le visage, quelque chose qui émanait du calme de la nuit d'hiver enneigée, un calme si fort et si tangible que tout le bruit dans la rue et tous les carillons dans le ciel ne parvenaient pas tout à fait à le troubler et à triompher de lui.

Jason, qui s'était lui aussi mis à la fenêtre, éprouva sans doute une sensation analogue.

« Oui, Jettchen, oui, dit-il en caressant l'épaule de Jettchen. En fait, c'est un jour comme tous les autres, et pourtant il nous donne de façon presque palpable deux choses que souvent nous ne percevons plus dans le bruit de l'existence : le sentiment du temps et celui de l'éternité. Ces étoiles dans la brume au-dessus de nous, la couverture blanche autour de nous, tout cet espace vaste et profond, solennel, impitoyable et inexorable, sans rien qui nous délivre un signe, c'est l'éternité. Et ces gens déchaînés qui ne se lassent pas de hurler en levant leur verre au Nouvel An, ce chien qui aboie, ces enfants qui soufflent dans leurs trompettes de Noël, les tendres regards de ton voisin, c'est le temps — le temps vivant, ivre et éphémère. Et, Kössling, docteur Kössling, si même maintenant il vous semble que le ciel là-haut est plus important qu'ici-bas, ce n'est pas vrai ! C'est seulement ici que nous sommes chez nous ; c'est seulement ici que sont notre bonheur et notre misère, qui finalement est elle aussi un bonheur, car elle est vie. »

Sur ces mots, Jason but solennellement un grand trait de son verre et, tout aussi solennellement, en vida le reste par la fenêtre, en décrivant un large arc de cercle, comme s'il offrait une libation à l'année nouvelle, à 1840. On entendit le liquide tomber et une voix de basse protester, furieuse : Qu'est-ce que c'était que ce scandale, il ne manquait plus que ça !

Jettchen et Kössling s'écartèrent précipitamment de la fenêtre en réprimant leurs rires ; Jason remplit les verres de ses hôtes et leur proposa des beignets. On trinqua et on se souhaita beaucoup de bonheur. Et le Dr Kössling se leva, son verre à punch à la main, et prononça un petit discours bien tourné où il louait les vertus du « meilleur des oncles ».

Mais le meilleur des oncles ne voulait absolument pas qu'on le louât. Il sortit de l'armoire son nouveau haut-de-forme brun, qu'il s'était fait envoyer de Paris, le lissa et le lustra à la perfection avec une brosse de velours, jeta son manteau garni de fourrure sur son épaule comme si c'était une cape espagnole, se convainquit qu'il avait l'air tout à fait entreprenant et dit qu'il était grand temps qu'il y aille. Il ne rentrerait pas tard. Et Kössling prit tendrement congé de Jettchen sous les yeux de Jason, car après les propos de celui-ci, il sentait qu'il y était sûrement autorisé.

Quand Jettchen revint dans la pièce vide, encore tout emplie du parfum doux-amer du vin d'oranges que même l'air nocturne froid et brumeux qui entrait à flots par la fenêtre n'avait pu dissiper, au bruit de la rue, en bas, se mêlaient encore les cloches claires et mates de toutes les églises alentour : Nikolaikirche, Marienkirche, Garnisonkirche. Et le carillon de l'église Paroissiale, s'adressant aussi à l'année nouvelle, lançait au-dessus des rues blanches de neige, avec leurs traces de roues et leurs ornières durcies, son exhortation si souvent négligée : « Sois toujours honnête et fidèle ».

Jettchen oublia de fermer la fenêtre, s'assit à la table, appuya sa tête dans ses mains et, dans les bruits de la rue et les tintements des cloches, rêva. Et elle se mit à bâtir un avenir riche et plus heureux, comme elle l'avait fait chaque année à la même heure. Mais aujourd'hui, ses rêves étaient plus clairs et plus vivants que jamais. Et finalement, quand dehors les dernières cloches se turent et quand les cris saluant le Nouvel An se firent de plus en plus rares, de moins en moins forts, et ne se répandirent plus que de manière étouffée, comme les appels nocturnes des soldats des postes de garde lointains, là-bas aux fossés des remparts, Jettchen frissonna, et elle ferma la fenêtre. À vrai dire, elle aurait bien aimé parler encore avec l'oncle Jason. Mais quand rentrerait-il ?

Et tout advint comme cela devait advenir en cette jeune année 1840.

Il n'y avait pas longtemps que Jettchen était allée se coucher quand Jason rentra. Il se glissa dans la maison tout doucement, très discrètement, et monta l'escalier en traînant la jambe. Il n'avait plus du tout l'air aussi entreprenant : il avait la tête couverte d'un mouchoir de batiste blanche noué aux quatre coins qui lui faisait comme quatre petites cornes, une pour chaque point cardinal. Car son beau haut-de-forme brun qu'il avait encore lustré si tendrement avant de sortir, il l'avait vu finalement rendre l'âme sous les roues d'une calèche Henoch[110] lourdement chargée qui l'avaient écrasé perpendiculairement au bord — c'était juste au croisement d'Unter den Linden et de la Friedrichstrasse. Mais, Dieu du ciel, comme on l'avait maltraité, auparavant ! Soudain, il s'était envolé de la tête de Jason. Il ne savait pas comment c'était arrivé. Il s'était précipité après lui. Quelqu'un s'en était saisi, l'avait très vite passé à un autre, comme on se passe les seaux quand il y a un incendie, et tout le monde s'était mis à le pincer, à le frapper, à le cabosser ;

celui-ci lui donnait un coup de pied, celui-là le lançait dans les airs, où il tourbillonnait. Il était tombé dans la neige au milieu de la chaussée, et, avant que la foule hurlant de joie puisse le ramasser, un cheval l'avait aplati sous son sabot, réduit à l'état d'une poêle à crêpes, puis — à croire que ce n'était pas suffisant — les roues l'avaient écrasé par le milieu, comme si elles voulaient mesurer son diamètre. Et avec un dernier regard au cadavre de son chapeau parisien tout neuf, Jason s'était réfugié au Kranzler, au magasin, afin de ne pas avoir en outre à supporter les moqueries. Sans doute, il était assez philosophe pour ne pas se fâcher, mais pas assez toutefois pour rire à ses propres dépens. Et Jason Gebert avait beau aimer l'exubérance populaire, il n'était pas rude au point de trouver amusant qu'une brute mît un chef-d'œuvre en lambeaux, et, à ses yeux, ce haut-de-forme parisien était un chef-d'œuvre.

Comme Jason Gebert, coiffé de son mouchoir — car il faisait un froid mordant qu'une brume âpre et pénétrante rendait pire encore —, comme Jason longeait les maisons en claudiquant pour rentrer, il vit soudain surgir devant lui, au milieu de la foule dense, juste sous la flamme de gaz d'un réverbère, le visage rouge du cousin Julius, la bouche largement ouverte et les petits yeux noirs des Jacoby presque clos, chantant à pleine gorge et de tout cœur. Mais il n'était pas en compagnie de la femme rousse, non, à l'un et l'autre de ses bras était suspendue une petite créature féminine, qu'il traînait presque. Et quand Jason y regarda de plus près, il reconnut sous les larges cabriolets bruns les visages jaunes et étonnés de Pinchen et de Rosalie, où l'on pouvait lire distinctement que ces demoiselles ne savaient pas très bien quoi dire de tout cela et que, pour cette raison, elles se cramponnaient anxieusement à leur homme fort de frère, Julius.

Et tout advint comme cela devait advenir en cette jeune année 1840.

Quand les cloches, à toute volée, annoncèrent qu'il était minuit, Ferdinand Gebert venait d'inscrire la dernière somme à son débit — même si ce ne serait pas la toute dernière pour l'année écoulée, il avait additionné amortissement sur amortissement, avait d'emblée compté du côté de ses débiteurs plus de défaillances qu'on n'en pouvait attendre, et, malgré toutes ces précautions, le bénéfice de l'année excédait de façon revigorante celui de l'année précédente. Quant aux commandes, il en avait à profusion, jusqu'au mois de mai largement inclus. Et tandis que Ferdinand Gebert se faisait une idée tout à fait claire de tout cela, son âme aspira à un bon verre de punch chaud. Le petit Wolfgang ? Oh, il se rétablirait !

Et Ferdinand Gebert éprouva un profond besoin de ne pas siroter seul ce modeste verre de punch, en contemplation face à lui-même, mais d'y associer tous les êtres qui lui étaient chers — même ses pensionnaires de Bentschen ne devaient pas y faire défaut. Il fallait quand même bien que l'on remarque d'une façon ou d'une autre qu'une nouvelle année avait commencé. Et comment elle avait commencé... sous quels heureux auspices elle avait commencé ! Ferdinand fit donc signe à Hannchen : qu'elle veuille bien sortir de la chambre de Wolfgang. Et elle pouvait le faire, car après minuit le pauvre petit était devenu plus calme et dormait d'un sommeil profond, bien qu'il eût le souffle court et embarrassé. Sur ce, Ferdinand Gebert, en se frottant les mains, l'air satisfait, informa son épouse Hannchen de ses projets et de ses vœux, et lui dit aussi qu'il avait l'intention d'aller chercher Pinchen et Rosalie. Hannchen déclara qu'elles dormaient déjà et qu'*elle* préférerait qu'ils restent ce soir-là tout à fait entre eux. Mais Ferdinand était habitué depuis toujours à faire exactement le contraire de ce que souhaitait sa femme ; et il ne voyait pas pourquoi en cette jeune année 1840 il devrait soudain rompre avec cette chère habitude. Il tenait même pour une plaisanterie particulièrement fine d'aller lui-même tirer du lit Pinchen et Rosalie. Il se dirigea donc vers la porte de leurs appartements et y frappa d'un poing énergique. Il retint son souffle, attendant le résultat de ses efforts. Elles allaient se mettre à glapir, se dit-il. Mais il ne perçut pas le moindre bruit. Il régnait un silence de mort, inquiétant, angoissant. Ce sommeil de jeunes filles amusa Ferdinand, et, sans un bruit, il abaissa le bec-de-cane et ouvrit la porte, pour éveiller lui-même en personne ses invitées par quelques tapes et pincements. Il faisait noir comme dans un four. Mais Ferdinand Gebert connaissait sa propre maison. Il trouva l'un des lits, tâtonna à la tête du lit, ne sentit que la couverture froide — au pied du lit : la couverture, l'édredon. Pas de jambe, pas de chair, pas d'être humain. Tout doucement, il tâtonna de nouveau des deux mains — personne ne pouvait être aussi maigre, pas même Rosalie. Mais peut-être dormaient-elles toutes deux dans l'autre lit ? Non. Là aussi, tout était froid, plat, lisse. Pas de bras, pas de chevelure. Ferdinand Gebert fut pris d'un sentiment très étrange. Il battit son briquet et fit de la lumière. Ici un lit, là un lit, auxquels on n'avait pas touché. Toute la pièce était silencieuse, belle, sans un pli de travers. Concluant de lui-même à autrui, Ferdinand Gebert, en un instant, avait reconstruit toute une histoire. Comment ne se l'était-il pas dit depuis longtemps ? Mais il s'en était douté. Douté, oui.

Et, en proie à la plus vive indignation, Ferdinand Gebert revint d'un pas énergique et viril vers son épouse, qui était justement en train de presser un citron dans le punch, serrant la peau jaune de toutes ses forces entre ses doigts roses et boudinés, et il lui apprit avec ménagement la terrible nouvelle.

« Pinchen et Rosalie ne sont pas là », dit-il d'un ton déterminé, mesuré et digne. « Je ne tolère pas une telle chose dans ma maison. »

« Oh, les pauvres petites ! » lança Hannchen, et son large visage enfantin s'ombragea d'une profonde compassion pour elles. « Ici, ça n'est pas drôle pour elles. Est-ce qu'on peut leur en vouloir si elles voulaient voir la foule de la Saint-Sylvestre avec leur frère ? »

« Ah ! » dit Ferdinand, allongeant ce « Ah » comme s'il voulait le faire durer jusqu'à l'année suivante. « Ah ! »

Oh, mon Dieu ! Si Hannchen avait dit que Pinchen et Rosalie fréquentaient toutes les nuits les chemins défendus de la luxure, *peut-être* eût-il été possible de rattraper les dégâts. Mais cette explication, cette sortie avec Julius, non. Pour Ferdinand, il n'y avait là plus rien à recoudre, à ravauder, à réparer. Ce « ah » en avait décidé. Hannchen ne se risqua même pas à dire un dernier mot en faveur de ses protégées.

Et tout advint comme cela devait advenir en cette jeune année 1840.

Quand Jettchen s'éveilla, un des matins suivants, la première chose qu'elle entendit fut un mélange de gloussements sourds et de gargouillis, de chants et de tintements, avec le doux clapotis permanent des gouttes qui tombaient sur le rebord des fenêtres. Et l'eau bruissait dans la gouttière comme si l'on y avait enfermé le bief du moulin. La brume pendait devant les fenêtres comme un rideau de laine grise ; et quand elle se leva peu à peu, Jettchen vit qu'en face, sur les toits, la neige avait presque disparu et ne formait plus que de minces amas épars, misérables et gris, sur les bardeaux ; des rangées de gouttes faisaient comme des pendentifs à toutes les corniches ; les statues des dieux sur leurs socles s'étaient débarrassées en s'ébrouant de leurs manteaux de fourrure et étiraient de nouveau librement leurs membres de païens. Dans la rue, les montagnes de neige grise s'étaient effondrées du jour au lendemain, et dans les ornières stagnait une eau claire que le vent faisait frissonner. La neige des trottoirs, qu'avait durcie le piétinement, était gravée et sculptée de mille motifs par les gouttes. Les arbres étaient de nouveau tout noirs, brillants et comme lavés ; et les tout derniers bonnets blancs des piquets de la clôture, là-bas près des entrepôts, étaient tout fripés et de guingois comme les coiffes de vieilles grand-mères un peu affaissées dans leur fauteuil.

Mais bientôt la pluie se mit de la partie, tombant d'un ciel anthracite. D'abord lentement, à grosses gouttes isolées, jusqu'à ce que le vent d'ouest se lève ; alors, l'eau fouetta l'air de tous côtés. La fumée des cheminées s'étira à l'horizontale, et les passants qui, sous leur parapluie, se cabraient contre les flots qui déferlaient du ciel, avançaient lentement, difficilement, leurs manteaux volant derrière eux, leurs robes se gonflant, comme des voiliers secoués par le roulis d'un vent de noroît. Dieu du ciel, la pluie faisait bien son travail ! Elle lavait les murs des maisons, et les toits, et les jardins, et le pavé des rues, et sans épargner l'eau. Elle coulait et moussait sur les façades, et de grosses bulles nageaient en rond sur toutes les flaques. Les montagnes de neige, sous ces averses, se firent toutes pitoyables et pusillanimes, et seul le mur du jardin, en face en diagonale, arbora pendant quelques heures sur ses pierres brutes, grâce au froid humide, une couverture de givre argenté que la pluie incessante finit pourtant par faire disparaître.

Et tout advint comme cela devait advenir en cette nouvelle année 1840.

Vers midi, comme la pluie faisait une petite pause trompeuse — oh, elle ne faisait que rassembler de nouvelles forces pour son assaut de l'après-midi —, une grande voiture de voyage à l'ancienne, qui était restée inemployée pendant de longues années dans la remise de l'oncle Ferdinand, s'engagea lentement dans la Königstrasse, chargée de tout un échafaudage de caisses et de corbeilles sur le toit et de trois sacs de voyage sous le garde-boue de cuir. Ses larges roues fendaient l'eau froncée des flaques, la faisaient jaillir de gauche et de droite, et chaque fois que les deux braves bais frappaient le sol de leurs sabots, la boue grise de la neige amollie s'élançait de tous côtés.

Tout en haut de ce vaisseau roulant trônait, droit comme un *i* dans son mackintosh gris, le cocher Johann. Et Ferdinand Gebert marchait à côté de la voiture, c'est-à-dire sur le trottoir, à distance respectueuse, hors d'atteinte des éclaboussures. Il rappelait à Johann la saine doctrine des cochers et lui recommandait tout particulièrement « ce chargement ». Qu'il le conduise à vive allure à Bentschen, mais qu'il n'aille pas le renverser.

Et au milieu de ces jeux d'eau en mouvement, derrière les vitres couvertes d'éclaboussures, étaient assises Pinchen et Rosalie, étroitement serrées l'une contre l'autre comme il convient à deux tendres sœurs. Elle étaient enveloppées dans des manteaux de voyage bruns et chacune tenait un petit corbillon dans son giron. Sur le conseil pressant de tante Hannchen, elles avaient soudain éprouvé une inextinguible nostalgie de Bentschen, et Ferdinand avait déclaré que cela lui faisait de la peine qu'elles veuillent *déjà* partir. Mais il ne voulait pas se mettre en travers de leur projet ; il allait même mettre une de ses voitures à leur disposition. Comme cependant elles ne pouvaient s'exposer seules aux dangers et aux tentations d'un voyage d'hiver long et incommode, on les avait placées sous la garde et la protection masculines du vieil oncle Naphtali à qui, ces derniers temps, les agréments de son existence à Bentschen manquaient aussi beaucoup. C'est pourquoi l'oncle Naphtali était à présent assis vis-à-vis des deux sœurs dans le vaisseau roulant — emmitouflé dans une peau de mouton aussi antique que lui, les pieds dans une chancelière, la tête dans un bonnet de fourrure. Et il bourdonnait comme en hiver une mouche dans le coin du poêle. En fait, il n'était pas mécontent.

« Eh, se disait-il, c'est que tout a une fin, voilà. On peut vivre dans une ville qu'elle est grande, et on peut dans une ville qu'elle est petite. Ici, personne il savait qui je suis. Chez nous, à Bentschen, tous les gamins ils me reconnaissent dans la rue. C'est juste que j'aurais bien attendu de voir comment ça va tourner pour Joel, cette affaire-là. »

Pinchen et Rosalie, elles, ne se contentaient pas de leur situation aussi facilement que leur compagnon de voyage ; se séparer de Berlin ne leur était nullement facile, elles ne s'y résolvaient pas d'un cœur calme et léger. Non pas que les attraits de la grande ville les eussent séduites, non : pour ce qui était de la beauté et des commodités de la vie, elles préféraient de loin Bentschen. Mais elles avaient espéré en secret qu'ici il se présenterait pour elles ou au moins pour l'une d'elles — et chacune pensait que ce serait elle — un parti convenable, un prétendant possible, de telle sorte que ce ne serait vraiment pas la peine qu'elles rentrent chez elles. Mais cet espoir avait maintenant fondu comme la neige dans les rues. Aucun parti, convenable ou non, n'était apparu au loin, aucun prétendant ne s'était montré, alors qu'avant tante Hannchen leur avait écrit qu'elle ne manquerait pas de leur chercher ce qu'il leur fallait. « Eh bien, on ne peut pas compter sur la famille, voilà. »

Et l'oncle Ferdinand en personne les accompagna jusqu'au théâtre de Königstadt, jusqu à l'Alexanderplatz ; il flatta une fois encore l'encolure des chevaux, frappa une fois encore aux vitres, fit un signe de la main aux passagers. Et Pinchen et Rosalie sortirent la tête pour le saluer, le visage aimable et doux, mais emplies de bile. L'oncle Naphtali ne se laissa pas déranger par Ferdinand Gebert et tourna à peine la tête vers lui. Cet homme ne l'intéressait absolument pas ; Après tout, il aurait très bien pu, lui Naphtali, s'offrir le voyage *en malle-poste* — s'il l'avait voulu.

Les deux chevaux bais, qui jusqu'alors allaient au pas, se mirent au trot, et la vieille voiture de voyage partit à grand fracas en cahotant sur l'Alexanderplatz, faisant danser pêle-mêle sur son toit caisses et corbeilles. Ferdinand la suivit encore un moment des yeux : elle devint de plus en plus petite, de plus en plus difficile à distinguer, et finalement disparut tout à fait à son regard. Alors Ferdinand Gebert tourna les talons, soulagé, et l'idée lui vint qu'il pourrait encore être retenu un moment à l'extérieur pour ses affaires — pour ces affaires qu'il avait coutume de n'inscrire dans ses livres de compte qu'à la fin de l'année, comme faux frais.

Et de même que cette voiture de voyage disparaît lentement à la vue de Ferdinand Gebert, de même disparaissent les deux sœurs Pinchen et Rosalie, et le troisième passager, le brave vieil oncle Naphtali ; et plus jamais il ne sera question d'eux ici. Ils retournent à Bentschen, d'où ils sont venus, ils replongent pour nous dans l'armée des anonymes, ils sont effacés de ce livre, et de leur destin ultérieur je ne saurais rien dire d'autre, en vers ou en prose, que ceci : Si l'oncle Naphtali ne savait pas lui-même quand il était né, la date de son décès bienheureux m'échappe ; je sais seulement que ce fut une grande déception. Car l'oncle Naphtali ne possédait pas le quart de ce qu'on croyait et espérait. Mais n'en va-t-il pas le plus souvent ainsi ?

Pinchen — à moins que ce ne soit Rosalie ? — se maria finalement *quand même* à Berlin. Elle épousa un veuf ou, pour être claire, elle épousa *le* veuf, car c'est toujours ce même veuf que l'on épouse : proche de la cinquantaine, qui ne paie pas plus de mine qu'une vieille râpe, qui a des enfants, des souvenirs et le besoin urgent de quelques milliers de thalers. Rosalie, en revanche — à moins que ce ne soit Pinchen ? — resta à Bentschen, et vingt ans plus tard elle se coiffait encore comme Jettchen autrefois, et prétendait que c'était ainsi qu'on se coiffait à Berlin.

Et tout advint comme cela devait advenir en cette jeune année 1840. La pluie cessa quand elle eut éliminé des rues les derniers restes de neige, sans toutefois s'obstiner à faire disparaître aussi les quelques toutes dernières taches grises qui survivaient péniblement dans un coin, sur les feuilles mortes, derrière les murs des jardins, ou en bas du talus du Königsgraben, à l'endroit où poussaient jadis des violettes. On eut en revanche un air plus doux, des soirs tempérés où le ciel tendu d'un voile léger enveloppait la lune de délicate soierie jaune. Et les jours, avec leur soleil fugitif, étaient si cléments que l'on pouvait déjà croire au printemps, qui pourtant était si loin. Mais c'est surtout vers le soir, à l'approche du crépuscule, alors qu'une lueur verte emplissait encore le ciel, tandis que plus bas les rangées de maisons plongeaient dans l'obscurité et que les toits avec leurs figures sculptées et les clochers semblaient, tant leurs contours étaient nets, avoir été découpés dans du papier glacé noir avec des ciseaux bien aiguisés... c'est alors surtout que Jettchen, accoudée à la fenêtre, sentait quelque chose comme le printemps, qui pourtant était si loin.

Un matin, Jason Gebert dit à Jettchen — qui s'en effraya — qu'elle devait se faire particulièrement belle : ils allaient ensemble voir l'oncle Salomon au magasin et parler avec lui. À présent, il fallait enfin se décider. Le cœur battant, Jettchen mit sa veste de velours garnie de fourrure et prit le grand manchon que lui avait offert son oncle Jason ; et celui-ci la contempla de la tête aux pieds et veilla à ce qu'elle mette *aussi* ses gants suédois. Il fallait qu'elle lui fasse honneur ; Jason voulait montrer et prouver que chez lui, Jettchen se trouvait bien. Il fallait qu'elle fasse bonne impression, ce jour-là surtout ; il voulait être fier d'elle.

Et Jason Gebert lui-même s'habilla comme un jeune marié ; il noua sa cravate avec un soin particulier et alla chercher dans la petite armoire — la « Sibérie » — une épingle acérée, que son père avait portée : une petite corbeille de fils d'or entrelacés sertie d'un bouquet de fleurs colorées — diamants, rubis et saphirs. Et il brossa et lissa son haut-de-forme avec une tendresse redoublée, comme nous reportons sur l'enfant qui nous est resté l'amour dont nous entourions ceux que nous avons perdus.

Pour la première fois depuis de longues semaines, depuis de longs mois, Jettchen et l'oncle Jason descendirent ensemble, en passant devant les portes blanches, l'escalier qu'ils avaient gravi lentement et sans un mot par cette nuit de novembre où l'obscurité semée d'étoiles froides les regardait à travers les nombreuses vitres des fenêtres du palier, ces mêmes fenêtres à travers lesquelles les regardait aujourd'hui un ciel bleu et blanc garni de très délicats petits nuages gris pareils à du duvet de héron, ces mêmes fenêtres par lesquelles pénétrait à flots une clarté blanche qui donnait à toutes choses un air de propreté et d'élégance — aux larges marches, aux vieux barreaux et à la vieille rampe ciselés et contournés, aux poignées de laiton des portes blanches et aux anges de stuc qui voletaient au plafond.

L'allure très digne, Jason sortit avec Jettchen dans la rue étincelante, dans le jour d'hiver clair et doux. Eux-mêmes marchèrent à l'ombre, mais les maisons, de l'autre côté de la rue, scintillaient de toutes leurs fenêtres dans le soleil blanc, et les arbres, plus bas, avec leurs fins rameaux, étaient tout emplis du bruit des moineaux. Dans toute la Königstrasse, qui descendait dans la lumière oblique et blanche du soleil hivernal, les gens se pressaient et Jason se glissait parmi eux en claudiquant, très fier, à côté de Jettchen. Il hésitait seulement à lui offrir son bras. Tel ou tel, qui connaissait Jason, saluait profondément ; telle ou telle, qui connaissait Jettchen, se hâtait d'incliner la tête le plus aimablement qu'elle pouvait, avec un sourire obligeant, comme pour dire : « Tu sais bien que j'ai toujours été de ton côté. » Car la nouvelle ayant naturellement filtré que Julius Jacoby avait eu à la Bourse de graves déboires — qu'est-ce qu'un marchand de cuirs allait faire à la Bourse —, des déboires si graves qu'on pouvait se demander s'il s'en relèverait jamais, même si Salomon Gebert venait à la rescousse et le tirait de là... la nouvelle ayant filtré, donc, ce Julius Jacoby était soudain devenu une créature tout à fait infâme et dépravée. Et Jettchen Gebert, qui, elle, le connaissait avant, avait eu de bonnes raisons de s'enfuir. Ce que, quelques semaines plus tôt encore, les gens racontaient de Jettchen et lui reprochaient dans leurs commérages, ils l'avaient tout aussi vite oublié. Sans qu'elle-même le sût, elle s'était regagné tous les cœurs, et il s'en fallait de peu qu'un admirateur sensible lui tressât de nouveau, dans le *Monde élégant*, une couronne de sonnets consacrés à sa personne et à son avenir.

Mais de l'autre côté de la rue, au coin du Hoher Steinweg, l'oncle Eli se tenait en plein soleil, bien campé sur ses deux jambes et s'appuyant des deux mains sur sa canne de jonc à pommeau d'or. Il faisait encore trop frais au goût de l'oncle Eli pour qu'il eût revêtu son habit bleu, et il portait donc une longue redingote couleur cannelle à deux rangées de boutons d'argent. Sa redingote était ouverte, afin que l'on voie ses breloques, les petits chevaux et les petites voitures, afin que l'on voie aussi l'épingle piquée en haut de son jabot plissé, une grosse cornaline mouchetée. Mais l'oncle Eli ne se serait jamais chaussé autrement que de belles bottes à revers jaunes, quand bien même il aurait plu des hallebardes. Immobile et attentif, l'oncle Eli se tenait donc au bord de la chaussée ; il ne regardait pas les gens autour de lui, mais observait les chevaux, et il suivait des yeux avec grand intérêt deux hongres de Prusse-Orientale qui tiraient la voiture de Prenzlau et qui auraient presque obtenu son approbation « si quand même ils n'avaient pas été un peu trop forts des paturons. »

Jettchen et Jason, apercevant l'oncle Eli, traversèrent la chaussée pour le saluer. Jettchen était embarrassée, car elle n'avait pas revu l'oncle Eli depuis cette nuit de novembre et elle songeait soudain — elle ne put s'empêcher de sourire — qu'elle ne l'avait pas remercié pour son cadeau, cadeau qu'elle n'avait même pas encore vu.

« Eh, Jason, cria Eli de loin, tu crois que c'est bien convenable, de te promener comme ça dans la Königstrasse avec une si jolie demoiselle ? !

— Oui, dit l'oncle Jason en riant. Tu vois, c'est si j'étais marié, comme toi, que je n'en aurais pas le droit.

— Et pourquoi ? rétorqua l'oncle Eli en secouant la tête, répandant un nuage de poudre. Les femmes, elles ne sont quand même pas toutes aussi bizarres que ma Minchen. Alors que justement, avec moi, est-ce qu'elle a des raisons d'être comme ça ?

— À présent, je serais censé dire : “Non”, lança Jason Gebert en se tournant vers Jettchen.

— Eh bien, ma fille, dit le vieil oncle Eli en tendant la main à Jettchen, ça fait longtemps qu'on ne s'était pas vus, tous les deux. C'est que tu as drôlement filé à l'anglaise, le soir de tes noces. Sans me dire adieu ! Allons, je comprends, tu étais pressée. Mais depuis, pourquoi tu n'es pas passée me voir ? J'habite toujours le Hoher Steinweg, tu sais. Avant, on n'y mettait pas tant de formes, tous les deux. Et combien de temps tu crois que tu pourras encore faire des visites à ton vieil oncle ? Un beau jour, l'autre, là-haut, il finira bien par tirer sur la ficelle.

— C'est que je ne savais pas... » dit Jettchen, embarrassée, « je ne savais pas exactement ce que vous pensiez, tante Minchen et toi, si...

— Bêtises ! » l'interrompit-il tout en frappant le sol de sa canne. « Est-ce que tu crois, peut-être, que je t'aie jamais donné tort à *toi* ? Si ma chère Mine était d'un avis différent, je n'y suis pour rien. Les bonnes femmes, c'est comme ça.

« Comment va tante Minchen ? demanda Jettchen.

— Elle est très bizarre, ta tante, répondit Eli en secouant la tête d'un air grave. Elle est même de plus en plus bizarre. Voilà qu'à présent elle perd tout, et elle met toute la maison en révolution en disant qu'on l'a volée.

— Et toi, mon oncle, comment vas-tu ? demanda Jason. Tu ne te sentais pas très bien, il y a quelques jours, à ce que m'a dit Ferdinand.

— Oh, ça va déjà mieux, mais c'est les jambes qui ne sont plus bien solides. Tu vois, il faudrait vraiment que je m'en offre une paire de neuves.

— Si tu connais une adresse, tu serais gentil de me la donner, dit Jason. Moi, je m'en achèterais bien *une* neuve.

— À ta place, je n'en ferais rien », rétorqua Eli, pince-sans-rire. « C'est justement ce qui te rend intéressant. Monsieur de La Vallière [111] aussi boitait un peu ; et le grand poète anglais Byron, à ce que je me suis laissé dire, il marchait même comme un cheval à bascule, et il avait pourtant toutes sortes de succès, à ne plus les compter. Est-ce que je n'ai pas raison, Jettchen ?

— Si, dit Jettchen en regardant son voisin. Je ne voudrais pas que l'oncle Jason soit autrement qu'il n'est. »

Jettchen, à l'instant, avait été presque étonnée en s'entendant rappeler que Jason avait la jambe raide et marchait mal. Car maintenant qu'elle vivait depuis des mois auprès de lui et avec lui seulement, elle avait tout à fait oublié cela. Et Jettchen aurait été plus étonnée encore si on lui avait dit par exemple que les cheveux de Jason n'étaient plus bruns, mais presque gris, et même, aux tempes, brillaient d'un reflet de pur argent. Pour elle, l'oncle Jason n'avait pas changé.

« Tu es vraiment bien payée de retour ! cria Eli. Pour trouver un autre oncle comme Jason, tu aurais beau chercher ! C'est autre chose que son frère Ferdinand !

— Qu'est-ce que tu as contre Ferdinand, d'un seul coup ? demanda Jason en riant.

— Je suis en colère depuis ce matin à cause de lui, grommela Eli en devenant écarlate.

— Mais pourquoi ? demanda Jettchen d'une voix douce et apaisante.

— Pourquoi ? Tu n'es pas au courant ? Ton oncle Ferdinand a été nommé conseiller fournisseur de la cour !

— Oh ! Ferdinand conseiller ? Tu entends, Jettchen ? Eh bien, c'est très bon pour lui. Je pense que très bientôt, poursuivit-il en clignant de l'œil, il aura aussi une décoration.

— On ne devient pas conseiller fournisseur de la cour ! cria Eli en frappant de nouveau le sol de sa canne. Ton père, Jason, c'était un autre homme que Ferdinand. Il ne rampait pas devant la cour, lui, et on ne lui a pas donné de titre. Tu connais l'histoire ? On le convoque à Charlottenbourg, il doit montrer à la reine Louise [112], des bagues et des tabatières. Elle est à table dans une petite pièce toute recouverte de miroirs, et lui, il doit attendre dehors. Alors le grand-maître de la cour a dit : “On va faire une petite plaisanterie au Juif Gebert. Je prends un petit bout de pain, là, je l'enveloppe dans un carré de papier et je le lui donne en disant : Voilà, monsieur Gebert, Sa Majesté vous envoie un bonbon de sa table royale.” Et la reine entre dans le jeu. Mais ton père, Jason, de dehors, il a tout vu dans les miroirs, et quand le grand-maître de la cour est arrivé avec son petit bout de papier, il l'a pris, il l'a ouvert sous ses yeux, il en a sorti le pain, et il a dit très fort au grand-maître de la cour : “Je vous remercie, monsieur von Teskow, c'est aussi la première fois que vous passez un bout de pain à un bourgeois.” Comme la reine était quand même une femme bonne et intelligente, elle a beaucoup ri. Mais — mais — après, ils ne lui ont plus acheté grand-chose, et il n'a pas eu de titre. Mais Ferdinand, naturellement, Ferdinand, il faut qu'il devienne conseiller fournisseur de la cour ! »

Jettchen et Jason ne purent s'empêcher de rire de la fureur du vieil oncle Eli, et Jason tenta de le convaincre qu'un conseiller fournisseur de la cour, quoi qu'on pût avoir contre lui, était quand même un être humain. Mais Eli ne voulait se laisser convaincre par aucun des joyeux arguments de Jason et se contentait de répéter en criant que « Vraiment, dans sa famille, jamais il ne *lui* était arrivé un tel scandale ».

Jason proposa à Eli de les accompagner un bout de chemin. Eli pourrait même revendiquer le privilège de marcher à la droite de Jettchen. Car Jason Gebert tenait à ce qu'on les vît tous les trois ensemble. Mais Eli dit qu'il allait rester là encore un moment, puis qu'il rentrerait chez lui clopin-clopant. Beaucoup marcher le fatiguait. Et comme Jettchen et Jason voulaient aller chez Salomon, ils prirent congé du vieil homme en riant et en le chargeant de saluer Minchen de leur part ; et quand ils furent loin de lui, ils se retournèrent une fois encore et lui firent signe de la main.

Mais le vieil oncle Eli avait déjà repris position, les deux mains réunies sur le pommeau d'or de sa canne, raide, droit comme un *i*, la bouche entrouverte et les yeux écarquillés, plongé dans la contemplation d'un étalon anglais, un trotteur, qui s'approchait en dansant, tirant un cabriolet, la tête en arrière, la queue haute. Ça, c'était un cheval ! Autre chose que ses hongres, à Nagler. Presque aussi beau que celui du prince Charles.

Jettchen se sentait pourtant curieusement oppressée à l'idée de revoir la maison de l'oncle Salomon et de la tante Rikchen et tout ce qu'elle contenait ; et à chaque pas qui la rapprochait de la Spandauer Strasse, elle avait le cœur plus lourd et plus serré.

Jason, quant à lui, semblait ou voulait ne rien remarquer de l'humeur de Jettchen ; à côté d'elle, il allait, très gai, dans la fraîcheur du clair jour d'hiver, et il lui parlait avec un parfait naturel.

Et elle fut de nouveau là, la maison grise avec les petites couronnes de fleurs sous les fenêtres ; et le soleil étincelait dans les deux miroirs espions — celui de la tante Rikchen et celui de l'oncle Salomon, car tant qu'il n'y avait eu qu'un miroir, ils se l'étaient toujours disputé, de telle sorte qu'un beau jour Salomon avait fait à sa femme la surprise d'un second espion. Le battant de la porte ne s'ouvrait pas plus facilement qu'avant, et sur les deux reliefs de plâtre de l'entrée, Amour et Psyché se tenaient toujours enlacés comme deux fiancés, et Bacchus prodiguait toujours ses conseils au jeune dieu.

Jettchen pensa à la dernière fois où elle était passée entre eux, anxieuse et désespérée, presque privée de son bon sens ; et, encore en proie à ces souvenirs, elle ouvrit la porte du magasin, revit les longs rayonnages chargés de coupons de soie, les longues tables où s'entassaient les tissus colorés, les comptables qui, la plume derrière l'oreille, se balançaient d'une jambe sur l'autre devant leur pupitre, près des fenêtres, comme des chevaux devant leur mangeoire.

Aucun d'eux ne la salua, aucun ne sembla la remarquer. C'est à peine si l'un deux leva la tête de son registre et la regarda. Pendant des années et des années, Jettchen leur avait si souvent descendu leur dîner, les soirs d'hiver ; si souvent elle s'était faite leur porte-parole auprès de l'oncle Salomon : celui-ci voulait une montre, celui-là un bon costume, cet autre une robe de soie noire pour sa femme. Et à présent, ils ne tournaient même pas la tête vers elle. Uniquement parce qu'ils ne savaient pas comment le patron allait l'accueillir.

« Tu vois, chuchota Jason à Jettchen en remarquant cela, tu vois Jettchen, l'homme est plus mauvais que les animaux. Quand la fille d'étable qu'on a chassée revient un jour, les vaches auxquelles elle donnait leur fourrage se retournent au moins pour la regarder. »

Jettchen hocha la tête.

Mais déjà l'oncle Salomon sortait du réduit vitré où il avait son bureau. Il semblait avoir attendu Jettchen, car il portait non pas, comme d'habitude à la maison et au magasin, sa vieille redingote où les taches dessinaient des cartes géographiques compliquées, mais une redingote de sortie neuve, brune, sur un gilet de soie tout neuf qui sortait juste de son entrepôt, si neuf que Jettchen n'en connaissait même pas le motif. Salomon avait son teint du magasin, il était très pâle, mais ses cheveux gris étaient soigneusement brossés en arrière sur les côtés, et autour de son visage lisse flottait encore le parfum de la poudre de riz qu'il y avait étalée après s'être rasé, et cela le faisait paraître plus jeune qu'il n'était.

Pourtant, le cœur de Jettchen battait très fort. Oh, elle s'était préparé un si beau discours, et à présent, on aurait dit que le vent l'avait emporté. Si l'oncle Salomon lui avait dit un mot méchant, elle n'aurait pas trouvé une syllabe pour lui répliquer.

« Eh bien, Jettchen, dit l'oncle Salomon d'une voix où s'exprimait sa joie de la revoir, tu as enfin retrouvé le chemin de notre maison, mon enfant ? Comment vas-tu, chez ton nouveau père nourricier ? »

Jettchen était toute rouge, et ses yeux la piquaient. Elle se sentait si ingrate et mauvaise ! La bonté grave de l'oncle Salomon lui fit l'effet d'un reproche et, d'émotion, c'est à peine si elle put lui répondre.

L'oncle Salomon proposa à Jettchen de prendre place dans le vieux fauteuil au rembourrage tout affaissé tandis que Jason restait debout, les mains dans le dos, s'appuyant au secrétaire ouvert.

« Nous n'aurions pas dû faire cela, mon enfant, dit Salomon. Bien des désagréments nous auraient été épargnés, à toi et à moi.

— Non, non, mon oncle. J'aurais dû venir t'en parler avant, n'est-ce pas ? Tu as toujours été si bon pour moi. Mais je ne savais plus ce que je devais faire. Je me disais toujours que tu allais me poser la question. Mais après... quand d'un seul coup je me suis rendu compte qu'il était trop tard, je ne pouvais plus rien faire d'autre, je me suis enfuie. »

L'oncle Salomon s'approcha de Jettchen et lui caressa les joues.

« Allons, allons, Jettchen », dit-il d'un ton apaisant, car il n'aimait pas les effusions excessives. « Il semble vraiment que tu n'as pas eu tort d'agir ainsi. Je crois bien que cette fois, c'est moi qui ai commis une erreur, Jettchen. Il est vrai que ce sont des choses qui arrivent. Avant, quand tu étais encore chez nous, tu sais bien que jamais je n'ai conclu une grosse affaire sans en avoir discuté avec toi. Pour une fois que je ne l'ai pas fait, nous y perdons vraiment notre argent. »

L'oncle Salomon ne disait certainement pas cela dans une mauvaise intention, mais, en vieil homme d'affaires, il avait l'habitude, dans toutes ses attitudes et dans tous ses propos, de considérer d'abord la vie comme un marché rentable ou non, et c'est pourquoi il avait choisi de s'exprimer de cette façon un peu surprenante.

« Finalement », dit Jason, toujours appuyé au secrétaire, « il y avait là autre chose en jeu que de l'argent, et à un cheveu près, nous aurions pu y perdre bien plus que de l'argent. Ce qui peut se rattraper avec de l'argent n'est pas le pire, cher Salomon.

— Je le sais, Jason, mais dans la mesure où mon expérience me permet de parler, j'ai toujours trouvé que l'argent est le fondement de tout le reste, et c'est pourquoi je m'efforce toujours, en toutes choses, d'avoir un compte rond ; ensuite, le reste va tout seul. »

À présent, Jettchen trouva ses mots. Elle dit combien elle remerciait son oncle Salomon, et qu'elle sentait parfaitement qu'il agissait dans son intérêt ; mais elle était si oppressée, et elle aimerait tant être enfin libérée de sa malheureuse situation.

Salomon l'interrompit.

« Tu n'as plus besoin de te défendre, Jettchen, tu as eu là » — il montra Jason — « un avocat si zélé que je suis maintenant tout à fait de ton côté, sans réserves. Mais vois-tu, nous ne pouvons pas encore engager les démarches nécessaires. Ce n'est pas possible. Il y a — tu ne le sais pas — cent questions financières à régler avant que nous puissions mener les choses comme *je* le voudrais.

— Mais pourquoi, Salomon ? La loi nous donnerait suffisamment de possibilités d'intervention, dit Jason.

— Tu ne comprends pas ces choses, Jettchen, poursuivit Salomon sans se laisser troubler. Peut-être n'as tu rien à craindre de l'opinion. Je l'espère, même — mais tu ne connais pas nos tribunaux. Si aujourd'hui quelqu'un prétendait que je lui ai volé des petites cuillers en argent et si je passais au tribunal, j'aurais le non-lieu non pas parce que je n'ai pas volé les petites cuillers en argent, mais uniquement parce qu'on ne peut pas prouver que je les ai volées. Et ce sera exactement pareil pour toi, Jettchen. Et tu ne me ferais pas ça, toi qui as vécu vingt ans dans ma maison. »

Jettchen avait les larmes aux yeux, et Jason, qui avait quitté sa place contre le secrétaire, arpentait nerveusement la pièce en claudiquant.

« Jettchen, regarde-moi », dit l'oncle Salomon en prenant la tête de sa nièce entre ses mains, de telle sorte qu'elle sentit contre sa tempe le large anneau d'or de sa chevalière. « Tu n'as pas besoin de pleurer : je te promets devant Jason que nous allons tout régler comme tu le veux. Mais il faut que tu patientes encore. Peut-être huit jours, peut-être deux mois, il est encore impossible de le prévoir et de le déterminer. Sois assurée, Jettchen, que je ne te ferai pas attendre un seul jour de plus que nécessaire. Je t'en donne ma parole, mon enfant. »

Jettchen entendait tout cela ; pourtant, les larmes continuaient à rouler sur ses joues. Elle voulait remercier l'oncle Salomon, mais ne le pouvait pas.

Jason interrompit son va-et-vient.

« Tu sais, Jettchen, en fait, Salomon a raison sur toute la ligne. À présent, je m'en rends compte. Et si nous avons attendu si longtemps, nous pouvons encore attendre quelques semaines de plus. Le principal est que tu aies entendu toi-même ce qu'en pense Salomon, et qu'il est de ton côté.

— Tu vois, Jettchen, te voilà de nouveau tout à fait parmi nous, maintenant », dit Salomon.

Il se pencha et déposa un baiser sur le front de Jettchen.

Et Jason Gebert saisit la main de Salomon et la secoua comme pour le congratuler.

« Dis-moi, Salomon, lança-t-il ensuite, nous n'avons pas du tout parlé de l'élévation de notre frère Ferdinand. Qu'en penses-tu, toi ?

— L'élévation de Ferdinand ? » demanda Salomon, étonné, tout en prenant un échantillon de soie qu'il tira de droite et de gauche, puis leva contre la lumière.

« Eh bien, il a été nommé conseiller fournisseur de la cour !

— Conseiller... fournisseur de la cour ? répéta Salomon en étirant les mots.

— Oui, dit Jason. Tu croyais peut-être que notre frère Ferdinand deviendrait conseiller intime ? »

Tante Rikchen entra alors précipitamment dans la pièce, aussi vite que la portaient ses pieds, aussi vite que le permettait sa corpulence que sa robe de chambre de cachemire violette rendait deux fois plus considérable encore.

« Tu es au courant, Salomon, au sujet de Ferdinand ? Tu es au courant ? » cria-t-elle presque avant même d'entrer, la main sur le bouton de la porte. « Hannchen envoie sa bonne annoncer la nouvelle partout ! Ton frère a eu un titre ! »

Jettchen s'était levée en entendant la voix de sa tante ; ses genoux tremblaient. Tante Rikchen, pour sa part, sursauta d'abord en la voyant. Mais aussitôt après, elle se jeta contre elle de toute son ampleur, comme une lutteuse, et l'embrassa à gauche, à droite et sur la bouche, sans se répandre en paroles. Car entre elles, les femmes ont un autre langage que les hommes.

Ce n'était nullement une comédie de la part de tante Rikchen, elle se réjouissait vraiment et de tout cœur de revoir Jettchen, car celle-ci, tous ces mois, lui avait beaucoup manqué. Et pendant ce temps, son inclination apparemment inaltérable pour le cousin Julius, fils unique de son défunt frère Nero, avait été sérieusement ébranlée. Car finalement, même au plus cher et au plus proche des parents, on ne pardonne pas les mauvais cours de la Bourse. Si bien que tout d'un coup, tante Rikchen n'avait plus rien à reprocher à Jettchen.

Jettchen aussi réagit bizarrement. À peine eut-elle dit quelques mots que tout son embarras se dissipa ; plus rien ne lui était étranger, elle respirait de nouveau son atmosphère, chaque objet lui était familier et, au cours de la conversation, elle essuya très discrètement avec un mouchoir la poussière de la carafe de verre rouge taillé posée sur la petite table brune. À présent, qui donc nettoyait, ici ?

On parla de Ferdinand — sans doute son titre lui serait-il utile — et de Wolfgang — l'hiver serait encore si long ; pourvu qu'il se rétablisse ; Dieu merci, il allait paraît-il un peu mieux. Mais Eli... c'est qu'il était bien vieux. Salomon, touchons du bois, n'avait pas à se plaindre, il commençait déjà à expédier les nouveautés du printemps.

Jason, d'un ton plus voilé et plus chargé d'allusions que jamais, dit qu'il voulait aller tout de suite voir Ferdinand pour le féliciter de l'honneur qui lui était fait. Et Jettchen déclara qu'elle allait l'accompagner, parce qu'elle voulait aussi rendre visite au petit malade.

Salomon et Rikchen reconduisirent leurs hôtes avec la plus grande solennité tout le long des vastes pièces du magasin, entre les rayonnages gris chargés de coupons de soie et les tables où s'amoncelaient les balles d'étoffes multicolores. Tante Rikchen embrassa encore Jettchen au moment de lui dire adieu, et oncle Salomon répéta qu'elle était de nouveau tout à fait parmi eux.

Et tous les comptables et magasiniers qui, debout devant leurs hauts pupitres près des fenêtres, se balançaient d'une jambe sur l'autre comme des chevaux devant leur mangeoire, s'interrompirent dans leur travail, posèrent leur plume d'oie, se tournèrent vers Jettchen et la saluèrent. Le vieux Demcke s'approcha même d'elle et lui tendit la main. Comment allait *Madame**? Gustav, le domestique qui préparait des caisses dans son réduit à la cave, en sortit comme un blaireau de son terrier et, embarrassé, essuya ses puissantes mains sur son tablier bleu avant de les tendre à Jettchen.

Et Jason, avec un sourire, chuchota à Jettchen tandis qu'ils sortaient :

« Tu vois mon enfant, l'être humain est ainsi fait ! »

Dehors, ils retrouvèrent le même jour d'hiver lumineux et transparent, avec son doux soleil blanc sur les maisons. Et Jettchen marchait à côté de son oncle Jason, et elle était heureuse que tout soit de nouveau sur les anciennes voies. Car l'éloignement d'oncle Salomon et de tante Rikchen et de tous les autres lui avait quand même fait mal, elle s'était sentie solitaire et rejetée. Les gens la regardaient de nouveau et ceux qu'elle connaissait s'empressaient de la saluer, même ceux qui ne le faisaient pas auparavant, ceux qui ne la connaissaient que de vue.

Le coin du Hoher Steinweg était vide. Le vieil oncle Eli était déjà rentré chez lui. Il fallait vraiment qu'il ne se sente pas bien car d'ordinaire, à cette heure, il était encore à son poste. Il ne rentrait que sept minutes après une heure moins le quart, parce qu'on déjeunait à une heure.

Et déjà ils étaient chez l'oncle Ferdinand, sous le large porche obscur qui donnait sur les longues cours aux remises grises. On voyait que des centaines et des centaines de voitures l'avaient franchi, car les dalles étaient creusées de profondes rainures, fissurées et écornées.

Au fond de la cour, des pigeons blancs couraient au soleil sur les pavés inégaux, roucoulant et picorant dans les interstices des grains d'avoine apportés par le vent. Et tout près de la maison se glissaient timidement le long du mur, en fronçant le nez, les oreilles pendantes, deux grands lièvres royaux, ces éternels et modestes compagnons d'étable du bétail et des chevaux. Un escalier de quelques marches, où même en plein jour il faisait noir comme dans un four, montait à l'appartement ; on ne remarquait la porte, en haut, qu'au moment où on la heurtait de la tête. Et si par exemple on cherchait à tâtons le ruban de la sonnette du mauvais côté, on se trahissait, on s'était vendu et jamais on n'était admis à entrer.

Mais Jason savait cela, il chercha à tâtons à droite de la porte, saisit le ruban garni de perles de verre, trouva la poignée ; la sonnette retentit, et les ténèbres s'ouvrirent aussitôt.

Jason demanda si Monsieur le Conseiller était chez lui.

Oui, répondit la bonne, Monsieur le Conseiller — et son ton disait combien elle se sentait élevée en dignité de pouvoir prononcer ces mots — Monsieur le Conseiller allait venir tout de suite ; que Monsieur Gebert veuille bien attendre Monsieur le Conseiller au salon. Et sur ce, la bonne ouvrit la porte, et, contre son habitude, fit un geste rond d'invitation, car elle avait à présent le sentiment d'être dans une maison distinguée.

Le salon de réception de Ferdinand Gebert n'était pas si beau que celui de son frère Salomon avec ses meubles laqués de blanc et ses murs tendus de soie vert pâle, ni que celui de Jason, tout brillant d'acajou lourd et de porcelaines claires ; il était tout à fait simple avec ses chaises sculptées en pommier clair, ses fauteuils à allonge, ses commodes de bouleau à filets de laque noire et son encoignure flamboyante où étaient exposées les tasses à décor doré : « Marche sur ces roses », « Par amitié », et « Aux bons parents ». Mais partout se dressaient dans leurs cadres dorés des paravents de tapisserie où le Rhin roulait ses flots bleus et verts, où un harpiste à la pose héroïque et une châtelaine mélancolique, dans une barque minuscule, s'assuraient de leur amour. Partout gisaient coussins et traversins brodés : sur les fauteuils et sur la banquette au rembourrage uni, par terre et sur les rebords des fenêtres. Et il y avait une telle profusion de garnitures au crochet qu'on aurait pu organiser une vente aux enchères. Sur le sofa, sur les fauteuils, sur les tabourets, sur les dossiers des chaises, elles étalaient leurs motifs, là minuscules comme un miroir de poche, ici larges comme une roue de charrette. Mais cela ne rendait pas la pièce désagréable et le soleil qui entrait par les fenêtres, allié aux craquements paisibles du grand poêle de faïence blanche, donnait au salon de Ferdinand Gebert, en dépit de tout son mauvais goût petit-bourgeois, quelque chose de chaud, de lumineux et d'aimable.

Encore sur le seuil de la pièce, Ferdinand Gebert allait enfiler sa redingote bleue, mais, étonné à la vue de Jettchen, il ne trouva pas l'emmanchure et la chercha en remuant la main et en la glissant çà et là.

« Seigneur ! s'exclama-t-il, c'est une visite d'État !

— Oui, dit Jettchen, je ne voulais pas manquer parmi ceux qui te féliciteraient.

— Eh bien ! de toute façon, ça me fait plaisir que tu sois venue », dit Ferdinand Gebert.

Il s'approcha d'elle, et bien qu'elle s'en défendît en riant, il l'embrassa résolument. Car ç'avait de tout temps été son privilège d'oncle, dont il ne se laisserait pas dépouiller et qu'il ne voulait pas laisser tomber en désuétude. Et, soit que Jettchen fût vraiment devenue plus belle encore, soit qu'il en eût seulement l'impression parce qu'il ne l'avait pas vue depuis si longtemps, elle lui plaisait à un point tout à fait exceptionnel ; en outre, son vieux cœur amoureux était si bien disposé, ce jour-là, qu'il aurait voulu embrasser tout le monde. Et au nom de quoi se serait-il imposé des contraintes ?

Finalement, Ferdinand Gebert se recula en se frottant les mains.

« En tout cas, dit-il, s'il y a une chose dont je suis content, c'est bien que tu aies été plus intelligente que nous tous réunis. Tu as tout de suite vu qu'il n'y avait rien de bon à attendre de M. le cousin de Bentschen ; nous avons été des idiots. Comme je le dis toujours : pour les mariages comme pour les achats de chevaux, on n'est jamais assez prudent — et pourtant, finalement, on se fait toujours rouler. »

Jason, qui jusqu'alors était resté muet, interrompit Ferdinand pour le faire changer de conversation.

« Eh bien, Monsieur le Conseiller, comment te sens-tu ?

— Et comment veux-tu que je me sente ? répondit Ferdinand, rayonnant de tout son visage. Est-ce que tu crois que je suis un autre homme qu'hier ? Ça ne me fait rien du tout. Personnellement, je n'attache aucune valeur à ce titre. Mais pour les affaires, c'est bon. Avant, les gens venaient me voir, ils me disaient "Monsieur Gebert", et ils avaient l'impression de me faire une grâce quand ils m'achetaient quelque chose. Maintenant, ils me diront "Monsieur le Conseiller" et ils auront l'impression que c'est moi qui leur ferai une grâce en leur vendant quelque chose. Et tu comprends, Jason, je ne ferai plus de rabais. »

Et en parlant ainsi, Ferdinand arpentait la pièce à grands pas, entre tous ses paravents, et se frottait les mains.

« Comment va Wolfgang ? » demanda Jettchen.

Elle avait eu du mal à poser sa question.

« Oh, Dieu merci, dit Ferdinand, il va mieux, à présent. À la fin, j'en ai eu assez, des médecins. Ils n'ont fait que l'épuiser davantage.

Maintenant, je ne donne plus au gamin que des infusions de chez Liebert, et vous devriez voir comme ça le remet sur pied. Et puis je vais le laisser se reposer tranquillement six, huit semaines à l'écurie avant de le renvoyer dehors. Et à l'école, je crois qu'après ça ira mieux pour lui. Car en tant que fils du conseiller fournisseur de la cour Gebert, il aura une tout autre position qu'en tant simplement que fils du fabricant Gebert.

— Il me semble que ça ne lui servira pas à grand-chose », dit Jason, sceptique.

« On ne peut pas savoir. Lui, en tout cas, il raconte toujours que tels ou tels gamins sont favorisés, qu'ils sachent quelque chose ou rien, juste parce que leur père a un titre. C'est ainsi partout dans le monde, alors pourquoi est-ce que ça ne serait pas pareil au Cloître gris ? »

Il était bien possible que Ferdinand Gebert n'eût pas tort sur le fond. Sa seule erreur était de surestimer la portée de l'autorité de *son* titre. Mais finalement, cela aussi était indifférent : la question ne fut pas réglée, car le petit Wolfgang ne fut plus jamais en état d'invoquer les mystérieux effets protecteurs du titre paternel.

Il y eut un claquement de pas dans la pièce voisine et Hannchen entra rapidement, sa lourde robe de moire battant comme un pavillon en berne, si emplie de joie et de contentement que les petits yeux de jais des Jacoby étaient presque complètement engloutis dans son large visage d'enfant. Mais quand ils aperçurent Jettchen, ils s'écarquillèrent soudain en signe de grand étonnement. Ce ne fut pourtant que l'ombre d'un instant. Aussitôt, ils se contractèrent de nouveau, étincelants de bonheur et luisants d'amabilité. Et Hannchen attira Jettchen contre elle et la serra tendrement sur son ample poitrine émue.

Car même si tante Hannchen n'était probablement pas tout à fait, au fond de son cœur, aussi bien disposée vis-à-vis de Jettchen qu'elle le montrait, elle s'inclinait cependant devant la force probante des faits, et sa nature la portait toujours à se ranger du côté du plus grand nombre. C'est pourquoi il ne lui avait pas été difficile de laisser choir son neveu, d'autant que l'on prétendait que Julius avait dilapidé beaucoup d'argent avec la « créature rousse ». Et pour tout ce qui touchait à la morale, tante Hannchen était d'une rigueur impitoyable.

Mais nous qui sommes authentiques, il nous faut sur ce point prendre Julius sous notre protection : nous pouvons assurer qu'il s'agissait là d'une rumeur dénuée de tout fondement. Au contraire, le cousin Julius ne dépensait pour la créature rousse pas un thaler de plus qu'il n'était absolument nécessaire pour entretenir son amitié et son inclination. Il n'était pas inconsidéré.

Jettchen félicita Hannchen, qui balança sa tête de contentement et raconta comment la lettre était arrivée : elle avait d'abord cru que cela venait du tribunal, à cause du sceau ; et Ferdinand l'avait appelée, en disant qu'il ne savait pas où il avait mis son lorgnon, et qu'il fallait donc qu'elle lui lise cette lettre. Mais ce n'était qu'une feinte de Ferdinand, naturellement, car il savait très bien d'avance ce qu'elle contenait.

Et Ferdinand dit qu'il avait justement dans sa remise un ravissant *char à bancs**, qu'il faudrait qu'il le montre à Jason si celui-ci voulait voir quelque chose d'élégant et de princier. Et Jason Gebert, qui avait lui aussi, comme héréditairement, l'amour des beaux véhicules et des beaux chevaux, se déclara aussitôt partant.

La bonne glissa la tête par l'entrebâillement de la porte et demanda, embarrassée, si « Madame la Conseillère » voudrait bien venir elle-même en personne à l'office pour goûter l'entremets au citron.

Jettchen s'enquit en hésitant de ce que faisait Wolfgang. Elle aurait bien aimé le voir.

Elle pouvait y aller tranquillement, dit Hannchen. Depuis quelques jours, il se levait de nouveau. Elle voulait seulement qu'il garde la chambre pour ne pas reprendre froid. Car il fallait quand même faire encore très attention à lui.

« Bien, dit Jason, alors je passerai te reprendre après.

— Est-ce que vous ne voulez pas déjeuner avec nous ? » demanda Ferdinand, dont son titre avait fait un homme nouveau et qui était, du coup, devenu hospitalier. Auparavant, il avait toujours trouvé plus confortable et meilleur marché de manger chez autrui que de voir chez lui des invités. « Je n'en suis pas à une assiette de soupe près.

— Oh non, dit Jason en s'inclinant légèrement. Nous avons des carpes au bleu qui nous attendent, et réchauffées, elles ne seraient pas bonnes. Mais nous viendrons très volontiers une autre fois, Monsieur le Conseiller.

— Je te prends au mot, Jason », dit Ferdinand d'un ton très digne, fermement convaincu qu'il n'en serait rien.

« Dis-moi », demanda Hannchen en précédant Jettchen dans le long corridor, une épaule en avant pour se glisser entre les armoires. « Dis-moi, Jettchen, comment te plais-tu chez Jason ? C'est un homme dont on peut s'éprendre. »

En entendant tante Hannchen, on aurait pu trouver cela tout à fait innocent et inoffensif, y voir les propos d'une parente fidèle et attentive, mais il aurait fallu que Jettchen ne connût pas sa chère tante pour ne pas sentir qu'au fond de cette question sommeillait une lourde défiance. Et cela mit Jettchen de mauvaise humeur.

« Oh, dit-elle en s'efforçant de prendre un ton dégagé, nous nous entendons très bien. »

Mais Wolfgang, de sa chambre, reconnut alors la voix de Jettchen et cria très fort :

« Jettchen ! Jettchen ! Entre vite me voir ! »

Et tante Hannchen se hâta, plus loin dans le couloir, vers la cuisine et son entremets au citron, tandis que Jettchen entrait dans la chambre de Wolfgang. Elle donnait sur la cour, en face des écuries ; elle n'était pas bien claire et petite, guère plus grande, en fait, qu'une boîte à gâteau, et sans doute ne recevait-elle jamais le soleil — tout au plus, quelques semaines dans l'année, très tôt le matin, un mince rai tombant de côté.

Wolfgang était assis dans une profonde chaise longue brune, enfoui, perdu, emmitouflé de la tête aux pieds dans un immense châle de cachemire multicolore. Il ne leva pas les yeux. Il était tout empli et occupé par sa tâche. Il avait devant lui un petit pot de colle, une quantité de morceaux de papier doré estampé, toutes sortes de morceaux de papier marbré et tacheté, et cent petites figures, des rosettes, des piédestaux, chacun portant une inscription. Et, puisant dans ce trésor de papier, Wolfgang collait les éléments d'un temple rutilant d'or, à colonnes de marbre, au milieu d'un paysage formé de délicates petites lignes discontinues, illuminé de nombreux rosiers. Et comme Wolfgang était justement en train de mettre soigneusement en place, de ses minces mains d'enfant, une des dernières colonnes de marbre, il ne lui était même pas permis de lever les yeux lorsque Jettchen entra. Mais en réalité, Wolfgang ne faisait que feindre cette application et ce zèle, afin que Jettchen ne remarquât pas combien il était ému de cette visite et comme son cœur battait.

« Wolfgang, dit Jettchen avec le sentiment que quelque chose se déchirait en elle, montre-toi un peu. Comment vas-tu ? »

Wolfgang détourna le regard de son travail et observa Jettchen en ouvrant de grands yeux. Un sourire supérieur passa sur son visage d'enfant émacié et fiévreux.

« Oh, dit-il, c'est très bien d'être un peu malade de temps en temps. Tu sais qu'avant tout le monde me traitait mal, ici. À présent, ils sont tous très gentils avec moi. Et puis je n'ai plus à aller à l'école ; maintenant, je peux faire ce que je veux et travailler comme je veux toute la journée. Et au premier beau jour, papa me l'a fermement promis, il fera atteler une voiture pour moi, et nous irons au zoo. »

Ainsi parla Wolfgang, non plus de sa petite voix de gamin de naguère, mais avec une gravité, une profondeur et une intelligence précoce qui ne s'accordaient en rien à son pauvre corps. Mais au fond de ses yeux — de tout le visage, Jettchen ne voyait qu'eux, car la maladie les agrandissait et les faisait ressortir — au fond de ses yeux se lisaient une lassitude abolissant tout désir, la supériorité spirituelle qu'a toujours le malade sur les gens en bonne santé. Dehors, là, disaient ces yeux, la lumière se répand sur la ville, la vie frémit ; les autres garçons jouent dans les rues et, à l'école, ils luttent pour gagner ou ne pas perdre une place. Et le monde des grands continue lui aussi à tourner, et chacun lutte pour une place au soleil. Tous veulent ou désirent quelque chose : l'honneur, cette richesse-ci, cet amour-là ; ils veulent être les premiers et non les derniers ; ils se consument en aspirations et voudraient toujours échanger demain contre aujourd'hui. Mais moi, je suis assis là, et je ne veux du monde rien d'autre que cette pièce grise, et nul autre travail que ce jeu auquel je m'adonne à loisir. Et s'il le faut vraiment, à cela aussi je renoncerai, et je descendrai tranquillement dans l'obscurité.

« N'es-tu pas fier de ton père, à présent ? demanda Jettchen.

— Oh, je m'en réjouis, bien sûr, déclara Wolfgang d'un ton qui suggérait qu'il parlait là de choses infiniment éloignées de lui. Mais, tu sais, Jettchen, à présent, je me dis toujours que papa aurait peut-être été tout à fait différent si maman l'avait compris. Peut-être comme oncle Jason. C'est seulement maintenant, comme il lui arrive assez souvent de passer une heure avec moi, que je sais qui il est. Avant, je ne le connaissais pas. »

Jettchen oublia complètement que Wolfgang était encore à moitié un enfant.

« Vois-tu, Wolfgang, dit-elle en lui caressant la joue, tu ne dois pas parler ainsi de tes parents et avoir ce genre de pensées à leur sujet. Tous deux t'aiment beaucoup. Et autant qu'ils vous aiment, Max, Jenny et toi, ils s'aiment aussi l'un l'autre.

— Mais pourquoi n'es-tu pas allée vivre avec Julius ? » demanda Wolfgang, de façon abrupte et impromptue, au lieu de lui répondre.

Et il tremblait d'émotion. Car dans sa petite tête, ces évènements se peignaient sous des couleurs tout à fait étranges ; et dans ses longues nuits de fièvre, Wolfgang avait sans cesse rêvé que c'était à cause de lui, seulement à cause de lui qu'ils s'étaient produits. Et avec toute la ferveur de sa petite âme immaculée, il s'était cramponné à cette pensée sans s'en ouvrir à quiconque, il l'avait conservée en lui comme un secret dont il était le seul possesseur.

« Tu ne le comprendrais pas, même si je te l'expliquais, dit Jettchen. Mais quand tu seras grand, tu sauras pourquoi je l'ai fait. »

Wolfgang se laissa aller contre le dossier de sa chaise longue et ferma à demi les yeux. Il était presque anesthésié de bonheur.

« Je sais, dit-il avec un sourire tranquille. Je ne suis plus si petit que ça, Jettchen. Et l'été prochain, quand tu séjourneras de nouveau à Charlottenbourg, je pourrai encore loger avec toi, tout le temps, n'est-ce pas ? Et, Jettchen, encore une chose : personne ici ne doit être au courant. Ils disent tous que si je suis tombé malade, c'est parce que je suis sorti pour te chercher sans chapeau ni manteau. Ce n'est pas vrai. Il ne faut pas que tu le croies. Tu sais bien que, même avant, je toussais toujours beaucoup. Jettchen, il faut que tu me promettes de ne pas le croire si quelqu'un te le dit. Et, vois-tu, je serai bientôt tout à fait rétabli, tu sais...

— Mais, Wolfgang, tu as déjà presque recouvré ta santé », dit Jettchen en riant tandis que son cœur se serrait de chagrin.

Elle se pencha sur le jeune garçon et lui donna un baiser ; il jeta ses bras maigres autour de son cou.

« Tout l'été prochain, poursuivit-elle, nous serons ensemble à Charlottenbourg. »

Dehors, dans le couloir, on entendit Jason et Ferdinand. Jason ouvrit la porte et lança :

« Eh bien, jeune seigneur, votre très humble serviteur peut-il se permettre de vous demander ce que votre grâce souhaiterait avoir pour son anniversaire ?

— Allons, Wolfgang, cria Ferdinand, demande un beau cadeau à ton oncle Jason. Demander trop peu serait manquer d'audace. »

Hannchen entra, et la petite pièce se trouva bondée de gens.

« Wolfgang, dit-elle, aurait bien besoin d'un joli col en castor. Mais ce sera sans doute trop pour toi, Jason. »

Wolfgang était assis là, tranquille, souriant.

« S'il te plaît, mon oncle, offre-moi le *Livre des chants* de Heine, dit-il enfin.

— Voyez-moi le gamin, s'écria Ferdinand en riant. Le *Livre des chants* de Heine ! Tu as entendu, Madame la Conseillère ? Il veut le *Livre des chants* de Heine. Lui ! Non, mon fils, il faudra que tu attendes encore quelques petites années. »

Et Ferdinand caressa les cheveux de Wolfgang.

« Je vais te dire, mon fils, reprit-il. Il y a aujourd'hui chez les Gebert un rôti de veau — n'est-ce pas, Madame la Conseillère ? — un rôti de veau qui est beaucoup plus beau et te fera beaucoup plus de bien que tous les poèmes que Heine a écrits et écrira jamais. »

Wolfgang regarda Jettchen comme s'il voulait excuser ses parents auprès d'elle : ce n'étaient que des gens simples et sans éducation.

« Bien sûr, lança Jason. Les poésies de Heine. Eh bien, chose dite, chose faite. »

Puis il prit sur la table le carton sur lequel Wolfgang avait collé le petit temple avec ses colonnes de marbre et ses frises dorées.

« Tu as fait cela tout seul ? Et le paysage aussi ? Vraiment ? Tu sais, Ferdinand, on voit tout de suite ce que peut devenir Wolfgang. Il faut qu'il soit graveur, comme l'était notre père à l'origine. Où en serais-je, d'après toi, si j'avais moi aussi suivi cette voie ?

— Dis-moi, Jettchen, veux-tu l'emporter ? demanda Wolfgang, l'air tout à fait content, car il était quand même flatté de voir tant de gens se préoccuper de lui et de se trouver ainsi au centre de la conversation. C'est pour toi que je l'ai fait, vraiment. »

Et sur ce, il rapprocha la feuille de carton et y inscrivit, en lettres nettes et acérées, en bas des degrés du temple : « En souvenir de Wolfgang Gebert. »

« Oui, emporte-le, Jettchen, dit Ferdinand, mais nous allons retourner sur le devant, parce que si le gamin parle tellement, il va encore tousser toute la nuit. Venez donc, Madame la Conseillère. »

Il offrit son bras à sa femme et la conduisit vers la porte. Jettchen prit le carton que Wolfgang lui avait offert, s'inclina de nouveau pour remercier le garçon et l'embrassa. Et l'oncle Jason tendit la main à Wolfgang, serra la sienne et la secoua vigoureusement. Il fallait, dit-il, que le garçon leur rendît bientôt visite.

Mais dans le couloir, Jason Gebert tira son mouchoir de batiste, et, faisant comme si son nez le grattait, il s'essuya les yeux à la dérobée.

Juste au moment où Jettchen et Jason allaient prendre congé, juste au moment où Hannchen leur disait qu'ils devaient tous les deux venir passer une « gentille » soirée, Jenny — il était déjà tard — apparut avec son cartable à bretelles. Elle allait à l'école chez la conseillère Dietrich, au bout du Krögel. Mais comme elle aimait être accompagnée, il lui fallait toujours une bonne demi-heure pour rentrer à la maison. Jenny avait l'air fraîche et saine comme la vie même. Et elle devint toute rouge et prit un air embarrassé en voyant Jettchen, car elle ne savait pas comment se comporter à son égard. Mais elle saisit vite qu'on ne lui en voudrait pas si, comme auparavant, elle se blottissait contre elle en pressant alternativement contre sa poitrine sa joue droite, sa joue gauche.

Dehors, le clair jour d'hiver s'étendait, inchangé, avec son ciel lumineux et transparent et son doux soleil blanc qui rayonnait sur les rues ; et, après toutes ces journées de grisaille, tout semblait deux fois plus éclatant, et propre, et joyeux. Les commerces étaient fermés pour la mi-journée, et la Königstrasse était tout emplie de jeunes gens qui, en cohortes serrées, rentraient chez eux, à pas pressés, et d'autres cohortes de jeunes gens qui déjà refluaient en sens inverse, à pas moins pressés, car on préfère arriver en retard au magasin plutôt qu'au repas.

Jettchen et Jason avançaient côte à côte au milieu de la foule, assez silencieux, car leurs pensées étaient auprès de Wolfgang, et ni l'un ni l'autre n'osait parler du garçon. Jettchen songeait aussi à Kössling, et elle se dit soudain qu'elle aurait dû parler de lui et en sa faveur à l'oncle Salomon, qu'elle voulait se défendre et gagner l'oncle à sa propre cause. Et elle n'avait pas eu une pensée pour Kössling. Elle avait revu tout cela, les êtres qui étaient *siens*, elle avait de nouveau respiré *son* atmosphère, et pendant ce temps Kössling était bien loin à l'extérieur, quelque part tout en bas, et elle n'avait pas éprouvé de nostalgie à son égard, et elle ne l'avait pas cherché.

« Ah, Jettchen, dit Jason Gebert, je suis quand même bien heureux que tout soit de nouveau comme avant et que tu sois de nouveau tout à fait des nôtres. Tu sais, Jettchen, on peut dire ce qu'on veut, c'est pourtant le seul soutien que nous ayons dans la vie. La famille, c'est comme un poêle : tant que dure l'été, nous ne voulons rien en savoir, et chaque fois que nous marchons dans la pièce, nous nous heurtons à lui, et quand nous le touchons, il est glacé. Mais dès que vient l'hiver, nous remarquons combien il est important pour nous, et ce que nous serions sans lui... »

Et à compter de ce jour, on renoua tous les fils brisés, et la vie de Jettchen s'écoula de nouveau en vagues tranquilles et modestes, comme si jamais elle n'avait connu ni écueils ni rapides, ni orages ni tempêtes. Peut-être se préparait-il quelque chose à l'arrière-plan. Jason et Salomon et Ferdinand se réunissaient pour discuter, mais c'est à peine si Jettchen en percevait un mot. Elle voyait tante Rikchen et tante Hannchen, et même tante Minchen monta la voir ; et telle ou telle de ses anciennes connaissances trouvait aussi le chemin de chez Jason. La vieille demoiselle aux boucles de caniche resta même trois grandes heures avec elle, sans qu'on puisse savoir ce qui allait le plus vite, de ses aiguilles à tricoter ou de sa bouche. Car il y avait à Berlin beaucoup de nouveau, des choses qu'elle n'avait pas encore racontées à Jettchen. Jettchen ne savait pas elle-même ce qui la retenait encore de retourner vivre chez l'oncle Salomon. Car la tante Rikchen le dit plus d'une fois : qu'elle veuille bien seulement être assez aimable pour prévenir dès le matin si elle arrivait dans l'après-midi, afin que l'on nettoie sa chambre à fond et que l'on prépare son lit. Mais de semaine en semaine, elle remettait la décision à plus tard ; elle n'osait même pas en parler avec l'oncle Jason et lui demander de la laisser partir, de crainte qu'il n'y consentît.

Et pourquoi ne serait-elle pas restée ? Elle ne causait plus de complications ni de frais à Jason Gebert. Car dès le lendemain de leur visite, l'oncle Salomon, qui, comme il le disait, s'efforçait toujours, en toutes choses, d'avoir un compte rond, avait ouvert à Jettchen, chez Mendelssohn, un crédit lui donnant chaque mois la libre disposition d'une telle somme d'argent qu'elle comprenait à peine comment elle pourrait en dépenser ne fût-ce que le tiers. Et malgré toutes les objections de Jason, Jettchen avait réussi à imposer sa volonté de contribuer pour moitié au budget de la maison. Ainsi, elle s'était en quelque sorte acquis à ses propres yeux le droit de rester chez l'oncle Jason. Jettchen se disait aussi — et elle se le répétait sans cesse — qu'il fallait qu'elle reste chez l'oncle Jason, car chez l'oncle Salomon, elle ne pourrait plus comme ici voir le Dr Kössling et lui parler. Et sans cesse Jettchen cherchait à se persuader que c'était là l'unique raison qui la faisait rester chez Jason. Elle insistait sur ce point dans ses pensées, y revenait toujours, comme si elle devait constamment se justifier à ses propres yeux.

Et la vie d'avant continua. Les beaux jours ne tinrent pas, un froid âpre survint, qui pénétra profondément dans le sol, le rendit cassant, sonore, et si dur qu'il fallut l'ouvrir à coups de hache quand on y porta le petit Wolfgang. Et à peine eut-on refermé la tombe qu'une large ceinture de neige se déposa sur la terre gelée et, se renouvelant toujours, y resta des jours et des semaines.

Avec ses infusions de chez Liebert, Ferdinand Gebert avait donc finalement eu tort, c'était le vieux conseiller intime Stosch qui avait raison. Il en était simplement allé de Ferdinand Gebert comme il en va toujours en ce monde de l'amateur confronté à un boxeur professionnel : l'amateur a beau très bien connaître quelques coups et quelques feintes, à quoi cela lui sert-il face à l'autre qui a l'expérience de cent adversaires, s'est exercé pendant des décennies, et doit finalement l'emporter ?

Wolfgang avait quitté la scène très simplement, impromptu, sans faire de bruit, sans causer aux autres, *auparavant*, ni trouble ni peur. Il avait collé les pièces d'un nouveau petit temple puis, avant même d'avoir mis en place la dernière colonne de marbre, il avait repoussé son ouvrage pour s'allonger un moment sur son lit et se reposer. Mais un frisson de Wolfgang avait soudain déconcerté sa mère, et à l'instant même — sans qu'elle sût comment — avait crié en elle la certitude d'être confrontée là à l'heure difficile où il lui faudrait se séparer de ce jeune être qui était son fils, à qui elle avait donné la vie sans l'avoir voulu, sans l'avoir aimé, et que, pendant ces quatorze longues années, elle n'avait à vrai dire jamais connu.

Jason, quant à lui, ne put offrir à Wolfgang le *Livre des chants* de Heine pour son anniversaire, car on enterra justement le garçon, dans le froid de février, le jour même où, quinze ans plus tôt, tel un petit chat piaillant, il avait pour la première fois cligné des yeux à la lumière du jour. Et Jason se fit d'amers reproches : pourquoi n'était-il pas aussitôt allé acheter ce livre ? Il aurait quand même bien dû se dire qu'ici chaque heure était précieuse.

Ce fut pour tous une dure période, des jours de larmes, des semaines de douleur. Car lorsqu'un jeune être s'en va ainsi, au moment où il aurait dû entrer dans la vie, lorsqu'une telle page blanche est ainsi arrachée du livre de l'existence, cette cruauté est bien plus incompréhensible et impardonnable que lorsque c'est un compte important qui est effacé, une feuille couverte en tous sens de signes, de chiffres et de runes qui est déchirée quand on aurait du mal à y trouver encore la place d'inscrire une misérable ligne. Et finalement, il n'existait aucune consolation, aucune conciliation vis-à-vis de cette dureté contre nature qui contraignait un enfant à précéder ses parents dans le néant, à retourner avant eux dans ces éternités de l'au-delà.

La mort de Wolfgang avait soudain beaucoup rapproché les uns des autres tous les Gebert, les avait de nouveau soudés en une seule grande famille. Les femmes devaient beaucoup s'occuper de tante Hannchen, que cette perte avait touchée plus profondément que ne l'aurait laissé prévoir son caractère égoïste et superficiel. Et il faut dire que, de toute la maisonnée, c'était la pauvre tante Hannchen qui avait le plus le temps d'être malheureuse. Ferdinand avait aussitôt repris ses affaires, qui l'absorbaient ; Max devait lui aussi passer la journée à examiner les livres de compte ou à surveiller les ateliers ; Jenny avait mille secrets à partager avec ses amies de cœur. Mais Madame la Conseillère Hannchen Gebert, la malheureuse, clignant de ses petits yeux de jais, les yeux des Jacoby, elle n'avait dans le vaste monde rien qui pût la détourner de sa peine. C'est pourquoi jour et nuit ses pensées étaient auprès de Wolfgang, qui les avait pourtant si peu occupées de son vivant. Et comme la conseillère, cette pauvre femme qui clignait de ses petits yeux de jais, ne connaissait pas la forme silencieuse de la pensée, elle ne cessait pas de parler de Wolfgang du matin au soir, et, d'un seul coup, paraissait ce bon fils de cent vertus, finesses et perfections que — Dieu sait ! — jamais il n'avait possédées. Et encore longtemps après que la violente douleur du début se fut atténuée en un doux souvenir, Wolfgang permettait à cette bonne Madame la Conseillère de n'être jamais dans l'embarras pour trouver un sujet de conversation.

Mais aucun des autres non plus ne surmonta aisément son chagrin, bien qu'auparavant ni Salomon, ni Jason, ni Rikchen, ni Jettchen ne se fussent fait d'illusions, bien que tous se fussent depuis longtemps familiarisés avec l'idée que ce jeune être ne tarderait pas à les quitter. Pour finir, la réalité les avait pourtant pris à l'improviste et désarçonnés. Et lorsque à présent, au crépuscule, Jettchen et Jason se trouvaient ensemble, leur conversation se tarissait soudain, peu importait de quoi ils avaient parlé auparavant : leurs yeux se mouillaient de larmes. Et jamais Jettchen ne pouvait refréner un sanglot quand elle voyait le petit temple doré auquel on avait donné une place d'honneur sur la petite armoire de la « Sibérie ».

Seuls les deux plus vieux, Eli et Minchen, n'avaient été que peu affectés par ce décès. Car lorsque l'on n'est plus soi-même séparé du but ultime que de quelques pas, on devient assez indifférent au fait que d'autres, fussent-ils même ceux qui semblaient y avoir le moindre droit, nous précèdent. Et l'on s'empresse d'écarter de soi cette réalité comme une chose qui, Dieu merci, ne nous concerne en rien personnellement et que de ce fait aussi nous ne souhaitons guère nous voir rappeler.

Vers le soir, Kössling venait souvent voir Jason et Jettchen, mais avec moins de naturel qu'auparavant, craignant toujours de rencontrer un tiers. Et, de façon étrange, Jettchen et Kössling avaient beau se chercher anxieusement, ils semblaient de nouveau s'éloigner l'un de l'autre au fur et à mesure que la famille de Jettchen la regagnait. Kössling était et restait le même : fougueux, rêveur, maussade, il se consumait à son propre feu, n'oubliait pas un instant qu'il avait quelque chose à accomplir, et le sentiment d'inutilité qui fermentait au fond de son âme — ce sentiment d'inutilité qui jamais ne s'apaise tout à fait au fond de l'âme de ceux qui se sont tournés vers l'existence douteuse d'écrivain et de littérateur — remontait sans cesse à la surface, effervescent. Et tant que Jettchen s'était sentie une orpheline sans moyens qui avait trouvé asile et refuge auprès d'oncle Jason, tant qu'elle avait eu l'impression d'être seule face à un monde hostile, il lui avait paru exister une affinité entre elle et ce que Kössling avait d'instable et de déraciné. Mais à présent qu'elle avait repris pied, à présent qu'elle n'était plus une orpheline sans moyens mais, pupille d'un homme riche, avait retrouvé une existence parfaitement assurée, cela lui semblait soudain étrange, inquiétant et incompréhensible.

Et après tout, son être avait bien quelque pôle, son pied un sol où se poser, sa pensée un espace familier, tandis que Kössling errait toujours en quête de nouveaux royaumes et, dans sa solitude et son insatisfaction, luttait sans cesse, à la recherche d'une délivrance.

Au crépuscule, il restait donc silencieux auprès de Jason et de Jettchen, et le fait même qu'une appréhension l'empêchait de s'ouvrir à eux tourmentait Jettchen. Kössling ne comprenait pas que les deux autres ne parvinssent pas à surmonter la mort du jeune Wolfgang. Là-bas, à Brunswick, il avait lui aussi des neveux et des nièces, enfants de ses sœurs et de ses frères ; et, ainsi que l'exigeait la vie, il arrivait que meure un des garçons ou une des filles, et un autre enfant les remplaçait bientôt. Il se rappelait aussi avoir perdu lui-même des frères et des sœurs, car un maître dinandier a beaucoup d'enfants, et tous ne vivent pas vieux, mais on avait toujours pris cela simplement et pieusement comme un arrêt de la providence ; on était allé quelques fois de plus à l'église, puis le fleuve de l'existence avait continué à couler pour tout le monde comme si rien ne s'était passé, et aujourd'hui, c'est à peine s'il connaissait encore le nom des défunts. C'est pourquoi Kössling ne comprenait pas que Jettchen souffrît tant. Les raisons de ce deuil lui étant tout à fait étrangères, il ne pouvait pas non plus manifester de compassion. Que pouvait-il donc faire d'autre que de rester auprès d'eux en silence ? Et le sentiment d'étrangeté qu'il éprouvait ne faisait que l'inciter davantage encore à se fermer quant à tout ce qui le concernait lui-même. À présent, il lui fallait parfois lésiner, se montrer parcimonieux ; il se nourrissait de pain sec, le soir, pour pouvoir maintenir ses vêtements dans un état présentable et payer son loyer — le loyer de cette chambre à laquelle il ne pouvait s'habituer. Et ensuite, il devait voir Jason Gebert sacrifier pour une petite poupée de porcelaine ou pour une poignée de minuscules estampes de Beham ou d'Aldegrever [113] plus d'argent que lui-même n'en demandait pour vivre un mois. Et Kössling ne comprenait pas le plaisir qu'y prenait Jason Gebert, sa propension à posséder ces choses, à les avoir toujours autour de soi et à dépenser pour elles des pièces d'or. Si au moins ç'avaient été des livres ! Mais ces petits bibelots absurdes et vains !

Peut-être tout serait-il allé mieux si Kössling avait entrevu des succès. Mais une chose entraînait l'autre. Rien ne lui réussissait parce que son existence ne le satisfaisait pas ; et comme il ne trouvait pas le calme en lui-même, il ne saisissait rien avec la fermeté qui eût été nécessaire pour le mener à bonne fin. Il ne s'y retrouvait plus. Chaque fois qu'il croyait avoir repris pied, il se rendait compte qu'il était sur des sables mouvants. Il aurait volontiers travaillé comme rédacteur pour quelque journal. Et s'il avait eu l'argent nécessaire pour prendre ici ou là une participation, il aurait bien trouvé quelque chose. Ou bien il voulait entrer comme conseiller chez un grand éditeur. Mais il ne fallait pas y songer. De tous les travaux qu'il commençait dans ses longues heures de solitude, c'est à peine s'il en terminait un — celui justement qui lui paraissait le plus insignifiant. Le démon des échecs qui s'était emparé de lui n'avait toujours pas desserré ses griffes, bien que Kössling lui-même ne reconnût que trop, à l'attitude de ses adversaires, que sa force au jeu déclinait de semaine en semaine, et bien qu'il eût lui-même clairement perçu que les échecs ne menaient à rien. Le jeu ne l'anesthésiait plus ; il n'absorbait plus ses pensées. Et pourtant Kössling se sentait souvent incapable de faire autre chose que de pousser les pièces sur l'échiquier et de s'y perdre en imaginant les solutions les plus étranges pour débrouiller leurs relations.

Ainsi donc, les choses avaient changé de face, tous deux, Jettchen et Kössling, pouvaient vivre à présent dans une sécurité plus grande et celle-ci les faisait de nouveau croire en l'avenir ; mais ce changement dont Jason avait tant espéré avait été sans pouvoir sur Kössling, et n'avait fait que rendre étrangers l'un à l'autre Jettchen et Kössling au lieu de les rapprocher. Kössling était jaloux de tout ce qui entourait Jettchen et la tenait sous son charme : de ses vêtements, de son aisance matérielle, de sa famille, de l'oncle Jason, à qui elle tenait tant. Pour elle, c'était tout son univers ; pour lui, cela ne signifiait rien. Il aurait tant aimé représenter pour elle tout cela en une seule personne. Et pourtant il se répétait cent fois qu'il n'avait rien à offrir en échange, rien d'autre que de l'incertitude et de vagues espoirs. Kössling n'en était que plus insatisfait et fermé en présence de Jettchen. En outre, les lettres qu'il avait reçues de chez lui l'avaient décontenancé. Car d'une façon ou d'une autre, les commérages dont il était l'objet s'étaient insinués jusque-là. Ces lettres lui reprochaient d'avoir perdu sa place, de vivre avec une juive, comme un païen, comme un homme perdu, et d'être tombé si bas alors qu'il venait d'une famille chrétienne si pieuse, alors aussi qu'on avait tout fait pour lui et pour son éducation. Kössling n'avait pas répondu, il avait déchiré les lettres, n'avait pas voulu en tenir compte, car il ne sentait que trop clairement que c'était de nouveau le pasteur qui était là-derrière et qui, comme si souvent déjà, avait monté ses parents contre lui. Mais bien que Kössling s'efforçât d'oublier, ces lettres avaient pourtant laissé un aiguillon dans son âme.

Et il y eut de nouveau des soirées étranges où, longtemps après que le soleil se fut englouti, les vitres bombées des rangées de maisons se mettaient soudain à scintiller comme des vers luisants au crépuscule. Il y eut de nouveau des nuits claires où le croissant de la lune flottait, blanc, dans un ciel d'un délicat vert marin et où une brume gris-bleu restait suspendue au-dessus des toits et des cheminées, que ne bordait plus qu'un soupçon de neige, qui fondait encore de jour en jour. Le printemps venait si lentement, si doucement, qu'on s'en apercevait à peine. Il y avait simplement de jour en jour de moins en moins de neige, de moins en moins épaisse sur les toits et sur les chemins, sur les corniches et sur les arbres, sur les statues et sur les balustrades. Aucune pluie ne venait plus la laver d'un coup ; mais le soleil qui vers midi perçait l'air voilé la faisait se désagréger et s'effondrer sur elle-même.

Puis, peu avant le début du printemps, vinrent soudain une atmosphère claire et une douce fraîcheur qui laissait confusément pressentir la vie, et qui éveillait la vie. Et le premier beau jour, Jason déclara qu'il avait envie de sortir de la ville. Pourquoi n'iraient-ils pas se promener dans le parc du château de Charlottenbourg ? Ils pourraient prendre l'omnibus, ou bien ils trouveraient une calèche. Qu'ils se retouvent à midi à la porte de Brandebourg. Kössling pouvait les accompagner.

Et ils se retrouvèrent de l'autre côté de la Porte. Car Jettchen et Kössling ne devaient pas encore être vus ensemble en ville. Et Jason avait acheté pour sa partenaire un gros bouquet de violettes. Kössling, en revanche, arriva les mains vides. Il en fut lui-même mécontent, s'excusa auprès de Jettchen et dit qu'il était un mauvais homme. Mais Jettchen répondit qu'elle portait encore dans son médaillon une des violettes d'autrefois, et que cela suffisait à le racheter pour toujours. Jason ne voulut pour rien au monde prendre place dans une voiture Kremser, bien que le cocher lui eût presque arraché la manche de sa redingote : il ne monterait pas dans un tel véhicule ! Il loua pour un thaler une grande et élégante calèche Henoch tirée par deux chevaux, où ils s'installèrent confortablement — ils auraient encore pu prendre avec eux un autre passager tant elle était vaste [114].

Hors de la ville, les troncs des arbres bordant la large allée défilèrent, vert émeraude sous le soleil dans leur mousse humide. L'air bleu soufflait autour des buissons et les derniers vestiges de neige fondaient sur la couche de feuilles brune qui recouvrait le sol. Partout, la couleur était soudain revenue. Un bouleau, comme ciselé dans l'argent, se dressait au bord du chemin ; les branches des boules-de-neige et des saules, au bord de l'étang, étaient rouges comme du sang qui coule ; et en avant d'eux, les roseaux jaunis brillaient comme une chaîne d'or et se reflétaient, raides, dans le miroir sombre de l'eau que ne troublaient plus, çà et là, que quelques derniers éclats de glace amincis. Et le soleil luisait, clair, et semblait pressé de s'insinuer partout ; au cœur même des broussailles les plus denses, il dessinait sur le sol l'ombre de la moindre petite branche. Mais pour l'heure, aucune vie nouvelle ne se montrait encore aux arbres, et seuls les chatons des aulnes et des noisetiers pendillaient au vent en laissant tomber leurs gouttes d'eau.

« Regardez, Docteur, dit Jason Gebert avec un clin d'œil. Regardez cela. Voilà vraiment la Prusse : un peu de soleil blanc, et pourtant tout est encore plongé dans le sommeil de l'hiver. Pas une feuille ne bouge. Quand est-ce qu'une feuille pourra bouger, chez nous ? Voyez-vous, en Saxe, ils ont au moins une nouvelle loi sur la censure, maintenant. Chez nous, même la fête des imprimeurs est interdite.

Bientôt, ils interdiront jusqu'à l'imprimerie. Et chez nous, on décore de l'ordre de l'Aigle noir une créature comme le ministre de la Justice Kamptz ! Quand on y songe, Docteur, c'est épouvantable ! »

Jason Gebert était dans un de ses jours politiques, mais le Dr Kössling n'était nullement d'humeur à le suivre sur ce terrain ; maintenant, il s'occupait fort peu de politique, car il avait trop à lutter pour lui-même et contre lui-même pour apporter le zèle nécessaire à la chose publique.

« Oui, dit Kössling d'un ton contraint et peu intéressé, je crois que les Prussiens n'auront plus à attendre bien longtemps ; car lorsque le prince héritier sera aux affaires, ce qui ne saurait tarder, il est sûr que le printemps viendra même ici.

— Kössling, Kössling ! s'écria Jason. Pas de prophéties ! Il pourrait vous arriver la même chose qu'à cet homme qu'ils ont jeté en prison pour avoir prédit que le roi mourra le 27 mai. Maintenant, le pauvre diable restera enfermé jusqu'à ce que le roi soit vraiment mort. Même si cela prend cent ans. Car c'est la peine qu'il a méritée. »

Kössling rit.

« Et, Kössling, poursuivit Jason, comme il faut que vous soyez innocent en politique pour croire encore aux princes héritiers ! Il en va des princes héritiers comme des jolis petits enfants : quand on les voit, on se demande d'où peuvent bien venir tous ces adultes laids.

— Oui, intervint Jettchen, mais Mlle Hörtel m'a raconté hier qu'au château, on a revu la Dame blanche [115]. Elle l'a entendu dire elle-même par un cocher de la cour. »

Jason se contenta de secouer la tête avec un sourire sarcastique.

« Tu sais, Jettchen, j'ai mes raisons très déterminées de n'en rien croire. Car au château... Mais mieux vaut que je me taise à ce sujet, puisque mon frère est conseiller fournisseur de la cour. »

Et la petite maison de Mme Könnecke passa, avec son jardin de devant dénudé, où seuls n'avaient changé ni la clôture basse en bois verdi ni la boule en fragments de miroirs. Car on avait du mal à croire que ces buissons nus qui flanquaient l'escalier de bois et ces petits arbres raides qui se pressaient contre le mur fussent les mêmes que ceux qui, au printemps, inclinaient leurs inflorescences bleues et brandissaient leurs bannières dorées. À présent, seuls quelques moineaux perchés sur les branches, pareils à des pelotes de laine brune, gonflaient leurs plumes et se chauffaient au soleil. Ici, la fenêtre à laquelle Jettchen s'était si souvent assise, regardant le feuillage opulent des tilleuls en fleurs, triste et nostalgique, sans savoir elle-même pourquoi. Là, celle où était apparu le visage ensommeillé de la tante quand l'oncle était rentré de Karlsbad. Et ici commençait le royaume de la brave Mme Könnecke et de sa fille Emilie, qui, en dépit de son jeune âge, s'efforçait déjà de découvrir elle-même et par la pratique le mot de l'énigme.

Comme tout cela était loin de Jettchen. Fané, comme les buissons de cytise et la haie de lilas. Jettchen eut l'impression de se comprendre à peine elle-même...

Ils étaient déjà loin de la maison de Mme Könnecke quand Kössling sursauta.

« Où est-ce que tu habitais, l'été dernier, Jettchen ? Est-ce qu'on n'y arrive pas bientôt ?

— Non », dit Jettchen, et seul Jason remarqua que les larmes lui venaient aux yeux. « Il y a longtemps que nous sommes passés devant la maison.

— Il faut absolument que je la voie en revenant », dit Kössling.

Puis ils furent dans le parc du château. Tout le vaste jardin était encore presque mort. Seul un pinson qui venait d'arriver espérait y trouver le printemps et, perché au bout d'une branche de tilleul, chantait avec tant d'ardeur que l'on voyait fort bien comment sa gorge travaillait. Comme il était seul et comme tout le reste était silencieux, l'écho de son chant résonnait loin. Mais il y avait déjà une petite tache de vert au milieu de toutes les feuilles mortes ; et une première anémone courbait sa petite tête d'un blanc argenté. Au-dessus des pelouses jaunies, dans l'air bleu clair, un papillon voletait sans jamais s'arrêter, comme une feuille portée par le vent ; un autre, un morio, effrayé par les trois visiteurs, agita ses ailes sombres bordées de clair, pareilles à une cape de deuil, pour s'élever au-dessus du sable du chemin, puis tourna en cercles hésitants autour des branches rouges d'un bouleau solitaire. Dans le parc, il n'y avait pas âme qui vive. Seule la sentinelle, au fond, devant le bâtiment jaune du château, faisait les cent pas, son fusil calé contre l'épaule.

Jettchen et le Dr Kössling marchaient côte à côte, bras dessus, bras dessous. Jettchen s'efforçait de tout reconnaître, mais elle ne reconnaissait ni ne trouvait rien. Ce qu'elle retrouvait n'était que des formes vides de tout contenu pour elle. Là était le petit pont ; ici, le chemin s'engageait sous les arbres. Là surgissaient les écuries, avec leurs putti qui portaient la lourde couronne tressée ; ici les grands peupliers se dressaient au bord des larges eaux paresseuses de la Spree. Hors du parc, dans les champs, la neige traçait encore des bandes blanches au creux des sillons ; et quand pour la première fois apparurent les lointains, ils révélèrent la lisière de la forêt, non plus d'un gris hivernal mais de nouveau d'un bleu clair, presque aussi bleu, presque aussi clair que le ciel là-haut, où un vent joyeux faisait voleter quelques petits nuages légers comme du duvet.

Au fond du parc, le long du fossé, au bord du petit chemin sous les saules qu'ils suivaient à présent, un buisson de cassissiers avait les pieds dans l'eau. Lui seul, le tout premier, avait déjà ouvert quelques-uns de ses bourgeons, et montrait de petites feuilles plissées qui répandaient dans la lumière un parfum vif et sain.

Tout en marchant, Jason en arracha une branche.

« Tu vois, Jettchen, dit Jason d'une voix soudain voilée, à présent tout revient, tout pousse de nouveau. Tu vois : il y aura bientôt des fleurs. Mais un pauvre petit buisson comme lui sera vite arraché, et la vie l'oubliera.

Jettchen saisit la main d'oncle Jason et considéra la branche avec émotion.

« Ne ferions-nous pas mieux de parler d'une fleur qu'on plante ? déclara Kössling.

— *Vous* pouvez le faire, Docteur, dit Jason Gebert. Pour ma part, j'ai pris l'habitude de considérer les choses sans illusions. »

Jettchen les regarda alternativement avec inquiétude.

« Oncle Jason, as-tu des nouvelles d'oncle Eli ? s'empressa-t-elle de demander pour détourner les deux hommes de cette conversation. Comment va-t-il ?

— J'ai parlé de lui hier avec Salomon. Il n'est pas du tout content de l'état du vieil Eli.

— Oh, pourvu qu'il se rétablisse bientôt, dit Jettchen.

— Je m'étonne toujours de voir comme vous êtes liés. Qu'est-ce que la famille, pour moi ? commença Kössling en songeant aux lettres qu'il avait dernièrement reçues de chez lui. Rien d'autre qu'un tas de gens mesquins et méchants qui nous mettent mille bâtons dans les roues et se persuadent ensuite qu'ils voulaient seulement continuer à nous aider. »

Mais Jason et Jettchen ne savaient rien de ces lettres et trouvèrent ce que Kössling disait des siens dur et injuste.

« Ce n'est peut-être pas du tout cela, la famille, dit Jason. Mais le vieil oncle Eli a pour moi une importance particulière. Avec lui, c'est toute une époque qui s'engloutit, une époque que déjà nous ne connaissons plus vraiment. Mon père était plus cultivé, c'est certain. Car les pierres, l'or et l'argent, c'est plus élégant, plus distingué que les chevaux. Mais il était pourtant taillé du même bois, exactement. Et c'est pourquoi le vieil Eli est si important pour moi et pour nous.

— C'est possible », dit Kössling, qui était ce jour-là plein d'esprit de contradiction, en lâchant le bras de Jettchen. « Mais après tout c'est une époque qui est *derrière* nous ; et nous devrions nous réjouir qu'elle soit derrière nous.

— Voyez-vous, Docteur, quand j'avais votre âge, rétorqua Jason d'une voix très lente, j'ai dit cela, moi aussi. Mais d'année en année, je suis de plus en plus convaincu du contraire. »

Quand Kössling l'avait lâchée, Jettchen était restée un instant irrésolue. À présent, elle était soudain du côté de l'oncle Jason, et elle lui avait pris le bras.

« Allons, Jettchen, viens, dit Jason. Nous ne pouvons vraiment pas laisser la voiture attendre si longtemps. »

Et Kössling marcha à côté d'eux, amer, aigre, sans rien voir du ciel bleu au-dessus de lui, ni de toute la lumière qui l'entourait et qui dessinait sur le chemin l'ombre des branches.

Mais Jettchen lui reprit le bras et, dans son ample robe bleue, marcha entre lui et Jason. Elle aurait tant aimé pouvoir toujours écarter ce qui les séparait. Mais à peine avait-elle dissipé un malentendu, à peine avait-elle surmonté quelque aspérité, que de nouvelles incompréhensions s'accumulaient, que de nouvelles difficultés surgissaient. Et, sans qu'elle le sût, les moyens auxquels elle recourait ne convenaient pas.

C'est ainsi qu'à présent elle fredonnait et ne réussissait par là qu'à rendre plus maussade et plus buté Kössling, que le jour clair et frais et la beauté de la nature retrouvée auraient certainement fini par apaiser et rasséréner : ce n'est pas en l'exhortant à être joyeux avec ceux qui le sont que l'on égayera jamais quelqu'un qui est de mauvaise humeur.

Devant le parc, le cocher impatient faisait déjà claquer son fouet ; toute la vaste place résonnait de ce bruit, et la cour du château où il se trouvait piégé en répercutait l'écho de toutes parts. Mais comme le prix avait été fixé d'emblée, le cocher se hâta de rentrer ; maisons et arbres défilèrent très vite — les petites maisons à escalier de bois derrière leur jardin, et les troncs vert et noir des tilleuls qui se détachaient sur le ciel, pareil à un interminable ruban bleu clair tendu au-dessus d'eux.

Jason dit que le tout premier jour du printemps causait toujours une curieuse fatigue parce qu'il n'était encore rien en lui-même, il n'était que promesse et espérance, tout différent en cela d'un jour d'été, qui avait son existence propre et sa propre substance.

Mais ensuite, plus personne ne parla vraiment, et Jason lui aussi resta silencieux.

Peu avant les bureaux de l'octroi, Kössling sursauta.

« Est-ce que nous n'arrivons pas très bientôt à la petite maison, Jettchen ?

— Non », dit Jettchen, et cette fois, ses yeux brillants s'emplirent vraiment de larmes bien visibles. « Il y a un bon moment que nous l'avons dépassée.

— Oh, vraiment ? s'exclama Kössling, qui sourit, très embarrassé de sa maladresse répétée. Il faudra donc que je revienne un de ces prochains jours et que je la cherche. »

Mais Jettchen secoua la tête et dit que c'était une maisonnette très quelconque, où il n'y avait rien à voir de particulier.

Kössling fut sur le point de répondre que si cette maison lui était chère, c'était uniquement parce que Jettchen y avait séjourné, mais comme il ne voulait pas dire cela en présence de Jason Gebert, il se tut, et le silence, maintenant menaçant et oppressant comme un large cercle de fer, se referma sur eux.

Sur le ruban bleu du ciel, à côté de la calèche, glissaient les troncs et les branches des arbres ; les chênes retenaient, crispés, leurs vieilles feuilles brunes. Le soleil pénétrait encore très profondément au cœur des buissons denses et faisait luire au loin, comme des tendons clairs, les chemins qui donnaient de part et d'autre dans la Chaussée. Et plus tôt qu'on ne l'aurait cru apparut droit devant, entre les rangées d'arbres se rajeunissant, la porte de Brandebourg avec ses colonnes grises et, au-dessus d'elles, les contours noirs du quadrige [116] ; elle grandit vite, se détachant sur la clarté du ciel.

Kössling allait dire quelque chose pour rattraper ses bévues, mais la calèche s'arrêtait déjà devant la porte. Jason descendit péniblement et offrit sa main à Jettchen. Et Kössling comprit que ni Jettchen ni Jason ne souhaitaient qu'il continuât à les accompagner, car tant que Jettchen était encore « Mme Jacoby », il ne lui était pas permis de se montrer en public avec elle pour qu'elle ne soit pas la victime de nouveaux commérages.

Et Jettchen proposa à Kössling de passer les voir un moment en fin d'après-midi, et Jason répéta cette invitation. Et Jettchen sourit, et Kössling s'inclina sur sa main. Jason le salua une dernière fois en agitant son haut-de-forme et, franchissant la porte à côté de Jettchen, descendit l'allée sous les tilleuls.

Par ce beau jour ensoleillé, elle était pleine de gens qui se réjouissaient de flâner ainsi sans but dans l'air doux pour la première fois depuis longtemps, et qui étaient heureux, aussi, de se rencontrer de nouveau en cette nouvelle année.

Jason connaissait beaucoup de monde et pouvait en outre nommer à Jettchen des gens si haut placés qu'il ne les connaissait que de vue.

« Vois-tu cette petite femme en robe noire avec son sac à la Pompadour qui marche devant nous à pas vifs — je trouve toujours qu'elle a un visage de musaraigne, aussi... Eh bien, sais-tu que cette dame vieillissante n'est rien de moins que "l'Enfant" en personne [117] ? »

Jettchen ouvrit de grands yeux. Elle était tout excitée. Elle aurait aimé aborder Bettina et lui parler, ne fût-ce qu'en balbutiant quelques mots.

Mais un vieil homme mince au visage impassible de conseiller intime — un visage comme découpé à la cisaille de ferblantier et encadré d'un col dur qui remontait jusqu'aux oreilles — s'approcha de la petite dame. Il était vêtu d'un habit bleu et portait le cordon d'une décoration. Il s'inclina et ôta son haut-de-forme avec l'ample geste du bras d'un homme de cour.

Jason sourit.

« Je préférais sa femme. Je l'ai encore connue.

— Qui est-ce ? chuchota Jettchen en prenant le bras de son oncle pour n'avoir pas à parler fort.

— Tu ne le connais pas ? Tous les enfants de Berlin le connaissent, pourtant », dit Jason à voix basse, presque sans ouvrir la bouche. « C'est Varnhagen[118]. »

Chez Petitpierre, Jason regarda le baromètre. Il était sur beau fixe.

« D'après oncle Eli, il devrait se mettre à pleuvoir. Mais peut-être que le mercure a raison et que le temps ne changera pas. »

Devant l'horloge de l'Académie, comme ils allaient toujours bras dessus, bras dessous, ils prirent conscience qu'il était déjà trois heures moins le quart et que leur déjeuner devait être prêt à deux heures et demie. Soigneusement, précautionneusement, Jason prit encore le temps de régler sa délicate montre en or, puis ils pressèrent le pas, tournèrent à droite vers la place du château, passèrent devant la statue du *Grand Électeur* tout ensoleillée et couverte de moineaux, obliquèrent dans la Königstrasse et se retrouvèrent très vite chez eux, dans l'appartement de la Klosterstrasse.

Ils n'avaient pas dit un mot de plus de Charlottenbourg et de Kössling.

Vers le soir, cependant, l'obscurité ne vint que de mauvais gré. Le ciel rayonnait comme s'il se réjouissait d'avance du lendemain. De l'autre côté de la rue, les dieux, sur leur balustrade, se dressaient, noirs et mobiles comme les figures d'un jeu d'ombres chinoises, sur le fond lumineux et doré. Et des rues déjà plongées dans la pénombre, en bas, où se mouvaient des colonnes de gens, de voitures et de chevaux, montait comme une chaude exhalaison. Car le soir n'avait pas dépeuplé les rues comme il le faisait encore quelques jours plus tôt ; il semblait au contraire avoir attiré tout le monde dehors, et personne n'était pressé de rentrer chez soi. Alors que pendant les jours de froid chacun poursuivait en hâte son propre chemin et semblait n'être qu'un individu isolé, nul à présent n'allait plus seul. Tous étaient accompagnés. Les petites filles allaient par deux et par trois, et les lycéens les suivaient à peu de distance. Des parents tenaient leurs enfants par la main, et l'artisan était allé chercher à la sortie de son travail son amoureuse en cheveux, un grand châle bariolé sur les épaules. La grande interdépendance de tous les êtres vivants se voyait de nouveau proclamée.

Jettchen était assise à la fenêtre, là-haut dans la chambre verte de Jason encore tout emplie de l'or du soir et regardait par-dessus les toits les rues déjà à moitié plongées dans la pénombre avec leur pêle-mêle vivant et confus de gens et de voitures. Elle n'avait pas encore envie d'allumer la lumière, et il ne faisait pourtant plus assez clair pour lire ou pour travailler à quelque ouvrage de dame. Dans l'après-midi, Jettchen avait tenté l'un et l'autre. Mais bien que le livre qu'elle avait pris dans la bibliothèque de Jason la captivât — il parlait de Charlotte Stieglitz [119] —, elle ne put s'y tenir, et elle l'échangea pour les motifs d'une tapisserie au petit point qui devait fournir la couverture d'un calepin.

Mais avant d'y avoir réfléchi vraiment, elle mit des pétales rouges aux myosotis et bleus aux roses, car en pensée, elle était fort loin. Et elle revint de mauvais gré à son livre pour le reposer aussitôt de côté et regarder le ciel blanc, qui se colora lentement de rouge, puis d'or.

Kössling n'était pas venu bien que Jettchen l'eût attendu, bien que Jettchen sentît qu'il fallait qu'elle lui parle le jour même. Il y avait toujours tant de choses non dites entre eux, et il s'était de nouveau montré si étrange, si insensible à tout ce qui était son monde à elle. Elle l'aurait volontiers suivi s'il avait pris la direction des évènements, mais il vivait sa vie pour lui-même, et tous ces mois écoulés les avaient à peine rapprochés l'un de l'autre. Bien souvent, elle avait voulu lui en parler, et elle l'aurait certainement fait ce jour-là, elle aspirait à entendre un mot gentil de lui et à lui voir un visage aimable. Elle aurait tant aimé croire en lui, et il lui rendait la chose terriblement difficile. Chaque jour, il y avait des heures entières où les pensées de Jettchen étaient très loin de lui, et elle ne se rappelait plus depuis quand il ne leur était pas arrivé de passer ensemble l'après-midi sans avoir de différend, et de se séparer plus gais et plus heureux qu'ils ne s'étaient retrouvés. Elle avait bien sûr conscience du sérieux de la vie et des mille limitations qu'elle imposait ; elle n'était plus jeune et naïve au point de vivre au jour le jour et de tout prendre à la légère. En outre, sa vie d'antan chez l'oncle Salomon avait été assez solitaire et sans joie ; auprès de ces deux parents vieillissants qui ne comprenaient pas sa jeunesse, elle n'avait jamais vu la vie riante de l'extérieur que comme derrière un voile de nuages ; et à présent que pour la première fois elle avait pris son existence en main et, d'un coup, s'était libérée, elle ne pouvait pas se forcer à rire. Et le bonheur qu'elle voulait se créer comportait plus de doutes et de larmes secrètes que sa nonchalance rêveuse d'autrefois. Où en serait-elle, à présent, comment aurait-elle été ballottée par les évènements si elle n'avait pas trouvé un soutien en l'oncle Jason ? Il disposait un tapis sous chacun de ses pas, il veillait à ce qu'elle ne se heurtât pas aux choses, il était le seul être auprès de qui elle trouvât toujours le calme : lointain et pourtant familier avec elle ; froid et sceptique, et pourtant plein de foi vis-à-vis d'elle ; orgueilleux et narquois, réservé et fermé, et pourtant lisible, pour elle, comme un livre ouvert, aux beaux caractères bien nets.

Les pensées de Jettchen couraient donc de-ci, de-là, allaient et venaient sans cesse de Jason Gebert à Kössling, pareilles à la navette du tisserand qui file sans cesse au-dessus de la chaîne, de droite à gauche, de gauche à droite, de droite à gauche. Et comme le crépuscule avançait, l'impatience de Jettchen et son insatisfaction s'accrurent, et c'est seulement en sentant des larmes couler sur sa main qu'elle se rendit compte qu'elle pleurait.

Le hasard voulut alors que Jason, qui avait longuement classé ses estampes dans sa bibliothèque, au fond de l'appartement, et, à cette heure, n'y voyait plus grand-chose lui non plus, vînt trouver Jettchen dans sa chambre, et elle ne remarqua pas sa présence avant qu'il se fût approché derrière elle.

« Regarde-moi, Jettchen. Je croyais que tu avais de la compagnie ? »

Jettchen leva vers l'oncle Jason des yeux humides, dont le blanc, reflétant le ciel, paraissait tout doré. Elle tenta de sourire, mais n'y réussit pas, et ses larmes n'en coulèrent que plus fort.

« Allons », dit Jason, étonné et compatissant, en lui caressant les cheveux. « Joyeuse et malheureuse ? Vous avez passé toute la matinée ensemble : ce n'est quand même pas si grave si, pour une fois, il ne vient pas dans l'après-midi.

— Non, ce n'est pas si grave. Si seulement nous avions vraiment été ensemble, ce matin ! Mais nous nous sommes seulement *vus*, et nous nous sommes *parlé*, mais nous ne nous sommes rien *dit*. Quand nous disons-nous quoi que ce soit, d'ailleurs ?

— Tu es peut-être injuste, Jettchen, dit l'oncle Jason en s'approchant une chaise. Sais-tu ce qui se passe dans la tête des gens ? Il est très difficile d'être quelqu'un quand on lutte de toutes ses forces pour devenir quelque chose.

— Oh non, oncle Jason », s'écria soudain Jettchen, précipitamment, comme si un barrage se levait. « Pourquoi es-tu quelqu'un, *toi* ? Pourquoi puis-je vraiment parler avec toi ? Pourquoi, à chaque mot que tu prononces, sais-je quel sens tu lui donnes ? Pourquoi me suffit-il de te regarder pour savoir ce que tu penses de ceci ou de cela, mon oncle ? Pourquoi est-ce que je connais le repos pourvu que tu sois près de moi ? Tout cela ne me manquerait pas si tu n'avais pas été là pour me le faire connaître. Mais tu m'as toujours protégée et traitée comme si j'étais un joyau, mon oncle. Et si je prends et veux prendre soin de moi, c'est à toi que je le dois. Si je ne savais pas tout cela, si je n'en connaissais rien, peut-être croirais-je que c'est ainsi que les choses doivent être entre lui et moi. Mais grâce à toi, je sais que deux êtres peuvent être plus proches l'un de l'autre. »

Jason Gebert était profondément effrayé. Tout ce que Jettchen dit d'autre, vidant son âme en longues phrases brûlantes emportées par ses larmes, il ne l'entendit absolument pas. Elle doutait, elle doutait sans cesse, dit-elle, que Kössling et elle fussent faits l'un pour l'autre ; souvent, déjà, elle se sentait si étrangère à lui et si éloignée de lui ; et elle craignait qu'ils ne marchent toute une vie côte à côte en restant au fond de leur être des étrangers. Bien sûr, elle l'aimait, quand même, et elle se réjouissait du simple fait de le voir. Mais lui, Jason, lui avait donné une idée si haute de la communion qui pouvait exister entre deux êtres, que cette petite satisfaction que l'on trouvait l'un à l'autre ne pouvait lui suffire pour toute une vie...

Jason Gebert était profondément effrayé. Et il n'écoutait plus du tout ce que disait Jettchen. Il sentait seulement dans tous ses nerfs l'étrange frisson de Pygmalion, l'heureux effroi et la douloureuse terreur que suscitait, en recevant soudain le don inattendu de la vie, en se mettant à parler et en s'inclinant vers lui, faite comme lui de chair et de sang, pleine comme lui de désirs et d'aspirations, cette belle statue, à laquelle il avait appliqué le travail de toute sa vie et qu'il avait implorée mille fois en secret pour qu'elle s'anime et l'écoute. Il sentait qu'il n'avait qu'un mot à dire pour qu'elle lui abandonne tout ce qu'elle possédait ; il sentait qu'il n'avait qu'un mot à dire pour qu'elle efface l'autre de son âme. Et les chimères douloureuses inaccomplies au fil des ans, toutes ses pensées les plus secrètes s'emparèrent de lui. Qu'avait-il à faire de tous les autres, pourquoi devrait-il se soucier de leur avis ? Pourquoi n'accepterait-il pas le cadeau dont le bonheur lui faisait brièvement la grâce sans examiner d'où il venait, sans se demander s'il le méritait — avec ses cheveux qui grisonnaient et ses traits qui s'aiguisaient, et son cœur si las et usé par des décennies de déceptions mortelles ?

En un instant, tout cela déferla sur Jason Gebert. Mais il leva les yeux vers ce jeune être plein de vie qui venait à lui et s'exaltait des désirs sans limites et des aspirations violentes que seule connaît la jeunesse ; il songea qu'elle s'élevait vers les hauteurs sur le chemin de l'existence et que lui le descendait péniblement vers l'abîme. Et il sentit s'enfuir son courage et son espoir. Il fut pris de honte comme s'il abusait de la confiance qu'on lui avait faite ; il eut l'impression d'être un malfaiteur à l'idée qu'il voulait arracher la jeunesse à la jeunesse. Et pourtant, cette aspiration était si impétueuse en lui qu'il ne put l'anéantir et qu'elle transparaissait en tremblant à travers les mots qui s'efforçaient de ne pas la trahir.

Jason Gebert dit que comme ils se connaissaient tous deux depuis si longtemps, et s'étaient si longuement habitués l'un à l'autre en vivant ensemble, ils se devinaient l'un l'autre, et que mille fils couraient entre eux ; mais que cela, justement, était impossible sans le temps, sans les années. Jettchen devait y songer vis-à-vis de Kössling, si elle l'aimait. Les êtres humains étaient des choses cassantes, pleines d'angles et d'aspérités, et l'on s'y blessait les mains quand on voulait les saisir. Jettchen devait tenir compte du fait que Kössling, en ce moment, allait à la dérive, sans gouvernail, écarté de tous les objectifs qu'il se donnait, incertain de son avenir. Il avait perdu sa place, aucune nouvelle sphère d'activité ne s'était ouverte à lui, sans doute était-il aussi plein de craintes et de doutes du fait de Jettchen, et il est bien plus difficile de reconnaître un homme quand il est ainsi soumis à des vents contraires. Il ne pourrait se déployer que lorsque la chance gonflerait ses voiles. Il en allait toujours ainsi. Jason ne connaissait aucune exception.

Mais Jettchen lui coupa la parole et dit qu'elle en connaissait pourtant une, que lui n'était pas ainsi, qu'il se donnait toujours clairement pour ce qu'il était, sans jamais le nier. L'oncle Eli lui avait bien raconté cent fois que les longs mois de détention préventive n'avaient eu aucun effet sur lui. Et à présent, alors qu'il venait juste de surmonter sa grave maladie, comme il s'était engagé en sa faveur, comme il avait été présent pour elle ! Elle avait constamment cela sous les yeux, et cela suscitait sans cesse la comparaison. Oui, si elle ne savait pas quelle communion il peut exister entre deux être, eh bien, par lui, elle l'avait appris !

Ainsi parla Jettchen, avec une excitation contenue, une exaltation qui soudain avait séché ses larmes et rendu son regard radieux, donné des couleurs à son visage et une nouvelle vie à son corps, et dans tout son être s'exprimaient, curieusement unies, opiniâtreté et nostalgie.

Jason sentit que si à présent il lui parlait, s'il lui parlait de toutes ces années où il avait en secret accompagné du regard sa beauté, où il avait sans cesse réfléchi à ce qu'il pourrait bien lui apporter afin seulement de la revoir, où cent fois il aurait voulu lui parler pour savoir si ne vivait pas en elle autre chose qu'un peu d'affection pour lui — Jason sentit que si à présent il lui parlait de tout cela, elle s'inclinerait vers lui, et que, ce jour même, elle arracherait l'autre de son cœur.

Dehors, le crépuscule avait déjà effacé les lointains et s'était rapproché, de plus en plus près ; l'or du ciel avait pâli, s'était lentement écaillé, et le fond lumineux était réapparu, d'un bleu-vert clair, sur lequel s'élevait, comme rougi de vin, le demi-disque de la lune. Tout en bas dans les rues, une nuit brune se répandait, et déjà la pièce elle aussi commençait à disparaître dans l'obscurité ; les vitrines, avec leurs porcelaines blanches, plongeaient elles-mêmes lentement dans les ténèbres, et seul un reflet mat traversé d'éclats fugitifs flottait encore sur leurs vitres.

Et tout ce que Jason voulait dire ne parvenait pas à prendre la forme de mots, et il se contraignit à l'enfermer à double tour tout au fond de son âme, il se contraignit à l'engloutir dans sa mer intérieure comme les mauvais esprits dans leur pot de fer. Mais ceux-ci étaient plus forts que lui, ils firent sauter le couvercle et parlèrent par les baisers dont il couvrit soudain les mains de Jettchen, ces belles mains pleines et charnues, aux doigts roses et minces, qu'il sentait si chaudes entre les siennes. Jettchen comprit ce que disaient ces dévotions muettes, ces longues et tendres caresses ; elle comprit qu'en elles brûlait la flamme d'une inclination sans mots, refoulée pendant des années. Et elle aussi fut prise de la même nostalgie. Elle entoura de son bras le cou de l'oncle Jason, approcha sa joue tout près de la sienne et caressa de ses lourdes tresses sombres ses cheveux gris et raides. Et elle aussi se contraignit à ne pas prononcer un mot, à ne rien exprimer de ce qu'il y avait en elle, comme si son esprit ne savait rien de tout cela tant que sa bouche ne le disait pas, et comme si toute parole devait nécessairement déchirer le voile que l'obscurité de leurs aspirations ferventes tissait autour d'eux.

Puis, afin que sa bouche ne laissât pas échapper de mot inconsidéré, elle l'abaissa vers celle d'oncle Jason, et elle ne sut pas combien de temps ils restèrent ainsi, étroitement blottis l'un contre l'autre dans la pénombre chaude.

Ils s'efforcèrent de ne pas se donner d'explications, ils ne voulaient pas se chercher de raisons, leur bouche ne devait rien livrer en paroles de ce que pensait leur cœur.

C'est seulement quand la cloche, à la porte, sonna violemment, qu'ils s'arrachèrent en sursaut l'un à l'autre, effrayés, et se dressèrent d'un bond dans l'obscurité que seule atténuait la lueur verte de la lune qui s'élevait dans le ciel. Jettchen fit de la lumière, les mains tremblantes, tandis que Jason sortait de la pièce en claudiquant pour aller ouvrir. Car Mlle Hörtel était sortie faire des achats. Mais quand elle eut soulevé le globe de la lampe et que la première lueur jaune lui frappa le visage, Jettchen assembla les mots par lesquels elle voulait accueillir Kössling et lui dire que ses pensées seraient toujours auprès de l'oncle Jason et qu'elle venait seulement de se trouver elle-même.

Et tout advint comme cela devait advenir, exactement comme cela devait advenir.

Oncle Salomon entra dans la pièce, en spencer, le chapeau sur la tête, très grave, à grands pas. Et Jettchen fut prise d'effroi ; car tout au long de ces mois, jamais Salomon n'était venu, et elle craignit qu'il n'apportât des nouvelle désagréables de Julius ou de son divorce. Mais Salomon dit qu'il ne voulait pas se débarrasser de ses habits, il fallait qu'ils l'accompagnent chez l'oncle Eli, qui n'allait pas bien. Peut-être avait-il fait une crise d'apoplexie, on ne savait pas exactement, et la brave tante Minchen était toute perdue, car depuis tant de décennies jamais son mari n'était resté une journée au lit. On n'osait pas prendre de garde-malade, parce qu'oncle Eli le mettrait à la porte. Et à présent, ils ne savaient absolument pas que faire. Il ne voulait pas ennuyer Ferdinand avec ce problème, car il venait déjà de connaître une triste épreuve, c'est pourquoi il était venu les trouver.

Tandis que Salomon parlait, Jason avait déjà pris ses affaires dans l'armoire et, comme toujours avant de sortir, lustrait soigneusement son chapeau. Jamais il n'aurait oublié de le faire, quand bien même on lui aurait annoncé qu'on le menait à l'échafaud.

Jettchen dit qu'on pouvait disposer d'elle sans réserve. Mais tandis qu'elle aussi allait prendre dans l'armoire son manteau et son cabriolet, Salomon rit et demanda s'ils vivaient tous deux en toutes choses en si parfaite harmonie et s'entendaient aussi bien qu'ils se partageaient l'armoire.

Dans l'escalier, Salomon raconta que Stosch avait dit de l'oncle Eli qu'il pouvait encore vivre des années, car tous ses organes étaient sains. Mais qu'il était très âgé et qu'on ne pouvait savoir ce que serait le lendemain. Puis Stosch s'était entretenu un long moment avec tante Minchen, et, pour finir, avait pris à part Salomon et dit en secouant la tête qu'en fait il s'inquiétait bien plus pour tante Minchen que pour son mari.

Au coin du Hoher Steinweg, Salomon les pria de l'excuser : ce soir, il avait à dîner un acheteur d'Amsterdam. Et, les laissant seuls, il s'en fut à grands pas vers la Spandauerstrasse. Et, avant qu'ils eussent échangé un mot, ils se trouvèrent devant la petite maison aux quelques hautes fenêtres — elle était à peine plus large qu'un grenadier prussien —, dont la petite porte de chêne sculpté, avec sa poignée et ses plaques de laiton, étincelait dans la lumière vacillante du réverbère planté de l'autre côté de la rue et qui tendait son bras vers la façade comme pour lui faire signe.

Jason sonna et, avant d'ouvrir tout grand, Minchen glissa dans l'entrebâillement de la porte sa vieille tête qu'ornait sa coiffe.

« Bonjour, Jason, bonjour, Jettchen. C'est gentil, de venir. Mais vous savez, le sol est un peu mouillé, dehors ; n'entrez pas tout de suite au salon. »

La brave Minchen aurait pu tout aussi bien prétendre qu'il neigeait. Le sol n'était pas humide ; tous les chemins étaient même secs comme un vieil os. Mais Jason et Jettchen n'eurent pas un mot pour la contredire.

« Ne t'en fais pas, ma tante, dit Jason. Nous voulions juste voir comment va ton mari.

— Mais il est couché ! répondit Minchen. On ne te l'a pas dit ? Il faut justement qu'il se mette au lit, *lui*, alors que je voulais faire commencer le grand nettoyage après-demain. Mais je crois bien que tout ça vient seulement de cette boule qu'il a à la tête.

— Tu crois ? dit Jason. Eh bien, nous allons quand même voir comment il se porte. »

La chambre d'Eli était au premier étage, juste au-dessus de la pièce aux nombreuses chaises dorées où les deux vieux avaient coutume de monter la garde, chacun à sa fenêtre. L'oncle Eli était couché dans un beau lit brun dont le chevet et le pied étaient abondamment sculptés de lourds reliefs, et dont la couleur profonde brillait d'étranges reflets dans la lumière des hautes bougies blanches fichées dans leurs chandeliers d'étain tourné, sur la table, et qui emplissaient toute la pièce d'un or mat.

Et qui se serait attendu à voir au vieil Eli une expression de souffrance particulière eût été dans l'erreur. Non, il était à demi couché, à demi assis, encore tout à fait imposant, avec son large torse, entre une pile d'oreillers blancs et un édredon blanc, tous gonflés de duvet, coiffé d'un bonnet de nuit blanc et vêtu d'une chemise garnie de fronces et de riches broderies. Il avait le visage rouge, comme s'il avait bu du vin, et ses yeux à l'iris marron clair que l'âge avait entouré d'un curieux cercle gris brillaient d'un éclat tout à fait vif.

« Eh bien, vous voilà enfin ! » dit-il. Il avait un peu de mal, juste un peu de mal à parler. « Plus il est tard, plus les hôtes sont de qualité. Est-ce qu'il t'est jamais arrivé une chose pareille, Jason ? Ce matin, je veux me lever — ça fait quatre-vingts ans que je me lève tous les matins — et d'un seul coup, je ne peux plus.

— Demain, je suis sûre que tu seras de nouveau debout, dit Jettchen en tendant sa main au vieil homme. »

Eli secoua la tête, l'air très pensif.

« Je vais te dire une chose, ma fille : on ne sait jamais. La mort, c'est comme les malles postales. Tout le monde a son billet ; mais quand on ne prend pas la poste à grande vitesse, ni la poste rapide, on prend la poste ordinaire. Qui peut savoir ? Peut-être que pour moi, la voiture est déjà devant la porte.

— Ne dis pas de bêtises, mon oncle, dit Jason en se forçant à rire. Nous arrivons juste, et je peux t'assurer qu'elle n'y était pas.

— C'est ce que vous dites, vous, répliqua l'oncle Eli. Mais qui sait ce qu'il en pense, l'autre là-haut. Mais, excusez-moi, comment est-ce qu'on dit, déjà ? Oui : Il ne faut pas parler de corde dans la maison d'un pendu. Apporte-moi donc les petits gâteaux, Jettchen ! »

Et de fait, entre les chandeliers était posée une assiette en porcelaine de Meissen, pleine de gâteaux secs. Jettchen ne l'avait pas encore remarquée.

« Bravo ! s'exclama Jason en riant cette fois de tout cœur. Les petits gâteaux montrent bien que tu n'es pas malade, mon oncle.

— C'est que Stosch m'a recommandé de ne manger que des choses légères. Est-ce que c'est lourd à digérer, peut-être, les petits gâteaux ? »

La vieille tante Minchen monta à son tour et se mit à moucher les bougies. Jettchen l'attira dans un coin et lui dit qu'il fallait que quelqu'un soit auprès de l'oncle pour la nuit, au cas où il aurait besoin de quelque chose, que ce serait moins de fatigue pour elle que pour la tante Minchen, et qu'elle resterait très volontiers.

Tante Minchen accepta comme si elle faisait une grâce à Jettchen en lui permettant de rester. Mais Eli, qui avait suivi la négociation de son lit, bien qu'elle eût été menée à voix très basse, cria qu'il serait enchanté que Jettchen prêtât un peu la main à sa Minchen adorée. Car on avait beau dire, sa petite Mine d'or n'était plus une toute jeune pouliche.

Jason dit qu'il était aussi de cet avis. Et que même, quand il observait bien tante Minchen, il doutait qu'elle eût jamais été une jeune pouliche.

Et Minchen fit la moue et protesta à grands cris que Stosch avait dit qu'Eli ne devait pas parler. Mais Eli ne voulut rien entendre. Il ne se laisserait pas bâillonner par les docteurs. Tant qu'on pouvait encore causer, on causait.

Et Eli se flatta d'avoir eu raison. Il avait toujours dit que le cuir, c'était une bonne branche. Bien sûr, il n'avait jamais pu voir en peinture ce petit cheval de Lituanie ; mais celui-ci avait quand même fini par décrocher le marché des fournitures militaires. Ferdinand le lui avait appris le jour même.

Et la Minna de Minchen prépara pour Jettchen une petite chambre qui donnait non pas sur la rue, mais sur la cour, qui était tout étriquée et encombrée de meubles sombres à l'ancienne mode, et au milieu de laquelle trônait un lit jadis doré, noirci et marqué de coups en maints endroits, muni de patins et d'ornements galbés comme un traîneau princier.

L'oncle Jason prit congé de Jettchen en la regardant droit dans les yeux, et dit qu'il espérait qu'elle reviendrait bientôt. Cependant, Minchen courait en tous sens comme une musaraigne dans un champ d'avoine, entreprenait mille choses sans en terminer aucune, posait le nécessaire de toilette sur la table au lieu de le mettre sur la commode et, un instant après, tonnait contre cette pauvre sourde de Minna : où est-ce qu'elle avait vu qu'on posait un nécessaire de toilette sur une belle table d'acajou qui venait d'être repolie ? Peut-être en Pologne russe, mais ici, à Berlin, ça ne se faisait pas. Et Minchen, en fulminant ainsi, se montrait très injuste avec la pauvre Minna, car premièrement ce n'était pas elle qui avait posé le nécessaire de toilette sur la table, et deuxièmement la Minna de Minchen venait de Zehdenick, qui, même aux pires moments qu'eût connus la Prusse, n'avait jamais appartenu à la Pologne russe [120]...

Et la vie, ce fleuve intarissable, poursuivit son cours, ses ondes continuèrent à s'écouler, calmes et égales, si calmes et si égales dans la maison d'oncle Eli que Jettchen percevait à peine la succession des jours, savait à peine si l'on était un dimanche ou en semaine.

Car oncle Eli avait également eu raison en disant que la petite tante Minchen, toute ratatinée, devenait de plus en plus bizarre de jour en jour. De fait, elle ne réussissait déjà plus vraiment à coordonner ses cinq sens et oubliait toujours deux choses sur trois. Elle restait des heures sans ouvrir la bouche, et son vieux mari avait beau l'interroger, il n'obtenait d'elle aucune réponse. Mais quand soudain elle se mettait à parler, elle bavardait à perte de vue, sans points ni virgules, enchevêtrait précipitamment ses phrases en véritables nœuds gordiens, et se perdait dans les détails au point qu'il devenait impossible de s'y retrouver. Non qu'elle racontât des inepties, chacun de ses propos était en lui-même tout à fait sensé, seule la façon dont elle passait soudain du coq à l'âne échappait à toute compréhension et à toute conjecture. Mais bien des choses qui nous paraissent parfaitement transparentes ne se situent-elles pas en fait, elles aussi, dans ces zones obscures ?

Tout s'était donc mis soudain sens dessus dessous dans la vieille organisation domestique de Minchen, qui pendant de longues décennies avait fonctionné avec la merveilleuse régularité d'un mouvement d'horlogerie à complication qui, pour peu qu'on le remonte, ne se contente pas de sonner les heures et les quarts, mais indique les phases de la lune, fait sortir les apôtres pour qu'ils franchissent le pont à midi juste, et fait chanter le coq à six heures. Et, bon gré mal gré, pour que les deux vieux ne soient pas tout à fait perdus, Jettchen avait dû rester. Pour quelques jours, au début, puis pour quelques semaines, et finalement pour un temps indéterminé.

Si ce n'avait été que pour l'oncle Eli, on n'aurait pas eu vraiment besoin de Jettchen chez les deux vieilles gens. Car au bout de trois jours, vers midi, Eli apparut impromptu en bas, dans la pièce aux chaises dorées. Alors que personne n'était auprès de lui, il s'était levé, s'était habillé tout seul, avait même repoudré sa perruque en l'honneur de Jettchen, avait descendu l'escalier à pas lourds, et à présent il se comportait comme s'il ne s'était rien passé. Aussitôt descendu, il s'était assis dans son fauteuil posé, tel un trône doré, sur son estrade devant la fenêtre, avait sorti ses lunettes de corne, et grogné abondamment parce qu'on ne lui avait pas mis de côté les derniers numéros de son *Beobachter an der Spree*[121] : à présent, il ne pouvait rien savoir de ce qui se passait dans le monde. On s'imaginait peut-être qu'il avait son télégraphe particulier, comme le roi ?

Minchen avait jeté les hauts cris, Stosch avait d'abord voulu le remettre au lit, mais Eli avait déclaré que ce qui comptait, c'était de savoir comment il se sentait, lui, et non comment un docteur, là, pensait « d'après sa science » qu'il devait se sentir.

Le vieil Eli n'était pourtant plus tout à fait comme avant. Il ne voulait plus vraiment sortir devant la porte, cela le fatiguait. Et il avait tout à fait déserté son poste au coin du Hoher Steinweg et de la Neue Königstrasse, que jamais il n'avait abandonné pendant de si longues années, infatigable, insensible à la pluie et au soleil : les plus grands évènements auraient pu se produire là, il n'en aurait rien appris, et même si l'on avait attelé à la voiture de Francfort des alezans hollandais, il n'en aurait rien su. Tout au plus faisait-il très brièvement quelques pas devant la maison, quand le soleil luisait très clair, et il tournait un regard nostalgique vers la Königstrasse, là-haut, où calèches et chaises, charrettes et chariots passaient vite, en cahotant, comme les images bariolées d'une lanterne magique. Mais cela aussi lui pesait. Lire le fatiguait, et raconter le fatiguait, et il lui arrivait de s'endormir au milieu d'une phrase, de ronfler quelques minutes, puis, en se réveillant, de reprendre aussitôt son propos aux mots mêmes où il l'avait interrompu.

Jettchen devait à présent lui lire chaque jour son *Observateur*, de la première à la dernière ligne. Et le vieil Eli enchaînait ensuite de longues discussions sur ce qu'il avait entendu : Est-ce que c'était bien vrai, cette histoire, là, qu'un simple fermier du Texas imitait le chant du coq à s'y méprendre, tellement bien, même, que le soleil se levait plus tôt ? Mais au milieu de ses arguments pour et contre, il inclinait de nouveau sa vieille tête poudrée de blanc et sommeillait un petit moment. Il se réveillait bientôt en sursautant et s'excusait auprès de Jettchen d'être pour elle un bien mauvais hôte. Le vieil Eli se montrait d'ailleurs d'une grande prévenance à l'égard de Jettchen, et il se serait laissé fusiller, par exemple, plutôt que d'oser franchir une porte devant elle ou, au moment du déjeuner, à une heure exactement, de prendre sa cuiller à soupe avant elle, qui servait. Il ne se montrait même pas en pantoufles devant elle : du matin au soir, pour elle, il ne quittait ni ses bottes ni ses éperons. Et tandis que d'ordinaire, les jours de semaine, il portait à la maison une vieille perruque rousse, il veillait maintenant à toujours porter sa belle perruque blanche bien poudrée.

Mais la vieille Minchen, au lieu de s'en réjouir, se plaignait en secret auprès de l'oncle Salomon que Jettchen éloignât d'elle son Eli, avec qui pourtant elle vivait si bien et si heureuse depuis plus de quarante-sept ans.

Car entre Eli et Minchen, il faut bien le dire, il y avait toujours des tiraillements. Minchen s'y entendait en matière de fleurs comme un jardinier, et elle était fière de ses vieux camélias, qu'elle arrosait ou non, engraissait de potasse, lavait avec une infusion de tabac, taillait, enveloppait de ouate, mettait à la chaleur puis au frais, dans l'obscurité puis à la lumière, et qui à présent, en ce tout début de printemps, la récompensaient de ses soins par une floraison surabondante. Et la bonne Minchen avait entrepris de placer les pots de porcelaine blanche décorés de masques dorés sur le large rebord de chacune des fenêtres, à droite et à gauche, au milieu des hauts arceaux de lierre sombre dont la guirlande de longues branches entourait les baies. Et la bonne Minchen tourna le côté le plus beau, le plus fleuri, vers l'extérieur, vers la rue. Moins, peut-être, pour que fleurs et boutons reçoivent le soleil que pour que les voisins les voient et pour que les gens qui passaient dans la rue s'arrêtent à ce spectacle. Mais Eli n'était pas d'accord.

« Qu'est-ce que ça veut dire ? protesta-t-il. C'est *moi* qui dois profiter de mes fleurs, pas les gens. Qu'est-ce que tu as à secouer la tête, Minchen ? Est-ce que je suis l'orangerie royale ? »

Sur ce, il se leva et tourna tous les pots de porcelaine de façon qu'ils présentassent leurs fleurs à la pièce.

Et quand le vieil Eli restait un moment assis, occupé à quelque chose, Minchen, dans sa robe de chambre violette, se levait sans un bruit de sa chaise dorée et, de ses vieilles petites mains, retournait les fleurs vers la rue. Mais quand ensuite Minchen avait repris sa broderie, le vieil Eli se levait et, en grognant, replaçait les pots face à la pièce. De toute sa vie, jamais il n'avait vu une bonne femme pareille.

Cela se répétait peut-être six fois dans la matinée. Eli grognait et Minchen poussait les hauts cris. Mais l'après-midi, ils étaient de nouveau très bons amis et ne formaient plus qu'un seul cœur et une seule âme. Et ils disposaient ensemble les cartes sur le plateau brun de la table pour faire des patiences, infatigablement, jusqu'à ce qu'ils en aient réussi une, ce qui pouvait durer trois heures.

Mais il y avait un autre sujet de conflit permanent entre les deux vieux : Chéri, le canari de Minchen, qui était aussi petit et jaunâtre qu'elle et qui en outre, comme sa maîtresse, portait une petite coiffe blanche. Eli n'était guère de ses amis. Et qui s'en prend au chien s'en prend au maître.

Tant que Chéri sautillait dans sa cage, Eli n'avait rien à lui reprocher et même, quand il était de bonne humeur, il lui sifflait le menuet de *Don Juan* — jamais rien d'autre que le menuet de *Don Juan*. Et quand Chéri grimpait au lierre, tirait sur une feuille ou croquait les graines d'une tige de navette, le vieil Eli restait encore tout à fait paisible. Mais aussitôt que Chéri se dirigeait vers la commode et, comme il aimait à le faire, se perchait au milieu du museau de la vache en porcelaine, les hostilités étaient déclarées et en dépit de toutes les jérémiades de Minchen, le vieil Eli, armé d'un plumeau, se lançait dans une poursuite toujours couronnée de succès : après avoir cherché refuge sur le cercle de bronze du lustre puis nettement exprimé sa réprobation quant à un tel traitement en volant en direction de la table d'acajou, Chéri rentrait dans sa cage avec des piaillements furieux et, pendant un bon moment encore, protestait en crachant, en grinçant et en couinant qu'il n'avait pas mérité cela. Finalement, ne pouvant plus supporter ce spectacle, la vieille Minchen, afin d'adoucir l'humeur de Chéri, prenait entre les lèvres minces de sa bouche édentée un petit morceau de sucre, ouvrait la cage, et Chéri venait sur la poitrine de Minchen et se délectait de cette douce offrande. Et Jettchen ne savait ce qu'elle devait le plus admirer de la façon dont le petit volatile était apprivoisé ou de la façon dont, sautillant d'une patte sur l'autre, il parvenait toujours à retrouver son équilibre sur la poitrine de tante Minchen au lieu de glisser dans un abîme sans fond.

Mais au bout d'une demi-heure, Chéri était de nouveau perché au milieu du museau de la vache en porcelaine ; et si Eli n'était pas justement en train de dormir — ce qui arrivait aussi —, la folle poursuite reprenait, et de nouveau Minchen ne devait que trop vite consoler Chéri en lui offrant entre ses lèvres un petit morceau de sucre...

Peut-être Jettchen aurait-elle quand même pu retourner chez oncle Jason. Elle souhaitait d'ailleurs beaucoup le faire, elle aspirait à quitter la petite chambre sur cour étriquée pour retrouver la pièce verte aux jolies gravures et aux meubles brillants. Et elle avait la nostalgie des causeries spirituelles d'oncle Jason et des mille choses charmantes dont il s'entourait, qui faisaient comme une barrière autour de sa personne et de son existence. Rien de pareil n'avait trouvé refuge ici, dans la maison de ces vieilles gens ; toutes les pensées, toutes les paroles collaient au quotidien et en de rares occasions seulement, quand le vieil Eli était dans un de ses bons jours, apparaissait une vague lueur de grâce et d'esprit. Mais Eli n'avait plus beaucoup de bons jours.

Et pourtant une crainte imprécise retenait Jettchen de seulement formuler le vœu de retourner chez l'oncle Jason. L'idée même de le revoir l'effrayait. Elle ne savait pas comment se présenter à lui. Car elle sentait qu'elle avait perdu le naturel qu'elle avait auparavant avec lui. Cent fois elle s'était répété que dans tout ce que Jason avait dit, il n'avait rien exprimé d'autre qu'une tendre compassion, nourrie par l'affection, non par l'amour. Mais au fond de son âme remontait sans cesse une sorte d'angoisse ; elle fléchissait, elle reculait, oppressée, en ayant le sentiment lointain et indistinct que l'oncle Jason n'aurait eu qu'un mot à dire pour qu'elle lui abandonnât tout ce pour quoi elle combattait péniblement, pas à pas, depuis des mois. C'est pourquoi elle redoutait de le revoir. Et pourtant, pendant ses premières nuits sans sommeil dans sa chambre étroite, Jettchen se disait qu'il *fallait* qu'elle retourne chez Jason, car c'était seulement là qu'elle pouvait rencontrer Kössling. Car dès lors qu'elle était éloignée et coupée de lui, toutes les ombres s'étaient dissipées, toutes les aspérités s'étaient aplanies d'un seul coup, plus rien ne subsistait de ce qui les séparait. À présent, c'est avec une pure nostalgie qu'elle songeait à Kössling, à sa silhouette, à son visage, à ses mains, à ses baisers, au son de sa voix, claire et très légèrement argentine. Ce n'étaient pas son esprit, ni ses sens, mais son cœur, qui semblait avoir tout oublié, qui semblait ne plus se souvenir des mille piquants et des mille épines qui l'écorchaient à chacune de leurs rencontres, ni des doutes pesants qui l'oppressaient quand elle pensait à leur avenir commun.

Pourtant, elle ne parvenait jamais à se décider à seulement suggérer qu'elle voudrait retourner chez l'oncle Jason. Et puis l'oncle Salomon était venu spécialement la voir pour lui demander de rester chez les deux vieux — le peu de temps qu'elle pourrait encore y être. Et pour la première fois, Salomon avait parlé très calmement avec Jettchen de son divorce : sur un point au moins, les choses étaient maintenant claires, et il fallait simplement qu'elle lui fasse confiance : avant la fin de l'été, tout serait réglé comme elle le souhaitait, et elle pourrait alors agir à son gré.

Et tante Rikchen et tante Hannchen étaient passées dès les premiers jours, elles aussi, pour voir Eli et Minchen, et elles avaient félicité Jettchen d'être venue s'installer chez eux. Hannchen avait tenté de parler de son neveu Julius, qui avait eu la chance d'obtenir cette commande de l'armée ; mais Rikchen l'avait interrompue et, en levant les yeux au ciel d'un air apitoyé, avait dit que certainement cela n'intéressait pas Jettchen le moins du monde. Même Monsieur le Conseiller fournisseur de la cour fit une apparition, le cheveu un peu plus gris, mais égal à lui-même : jovial, distribuant bourrades et baisers et fanfaronnant comme toujours. Par instants seulement, l'ombre fugace d'un chagrin amer et secret passait sur son visage aigu. Car, à la différence d'une mère, un père — fût-il taillé dans un bois aussi grossier que Ferdinand Gebert — n'enterre pas seulement un fils, mais avec lui — ce qui cause un chagrin plus dur et plus profond — son orgueil et ses espérances. Mais Ferdinand Gebert avait assez d'intelligence pour se dire à juste titre que dans la vie et dans les affaires, le chagrin est une marchandise que personne n'achète volontiers, et que ce que nous pouvons en faire de mieux, c'est de l'entreposer dans un coin reculé où l'on ne puisse pas l'apercevoir trop facilement...

Puis la vieille demoiselle Hörtel et la bonne de tante Rikchen étaient venues, hors d'haleine, apportant des corbeilles pleines de linge et de vêtements ; et Jettchen avait rangé le tout dans une énorme armoire de chêne brun-noir, dont les portes étaient aussi lourdes que celles de la ville et grinçaient comme elles, dont la clé ressemblait à une masse d'armes, et qui, avec ses lourdes frises et son imposante corniche, était large et haute comme un château fort. Mais à peine eut-elle fait disparaître toutes ses affaires dans ce château que l'oncle Jason lui-même survint, vêtu d'une tenue de printemps toute neuve, et s'inclina profondément devant elle avec son sourire sarcastique, avec son habituelle courtoisie, et Jettchen n'eut pas de mal à retrouver son naturel. Jason n'évoqua pas la dernière soirée qu'ils avaient passée ensemble, et Jettchen se garda d'y revenir. Jason approcha une chaise, s'assit, et se mit à bavarder comme il le faisait d'ordinaire : il raconta ce qui se passait dans les rues, ce que les gens disaient, ce que rapportaient les journaux ; il parla du roi, qui semblait aller vraiment mal ; il avait de la fièvre, toussait, ne dormait pas, s'agitait, craignant la mort et souffrant des misères de l'âge. Partout dans les rues, il n'était question que de cela : tout le monde se demandait combien de temps il vivrait encore, ce qui arriverait ensuite, s'il allait mieux ou plus mal. *Unter den Linden*, les conseillers intimes allaient comme sur des échasses, avec le visage guindé de médecins revenant d'une consultation, qui savent tout mais ne disent rien. Beaucoup de gens, aussi, allaient se poster devant le château et interrogeaient les laquais qui en sortaient.

Et Jettchen parla des deux vieux ; elle raconta combien Minchen, du matin au soir, se montrait bizarre, et que l'oncle Eli s'endormait toujours quand elle lui lisait *L'Observateur*. Mais Jason déclara qu'on ne pouvait rien en conclure à coup sûr : il n'avait certes pas quatre-vingts ans, mais lui aussi s'endormirait si Jettchen avait l'amabilité de lui lire *L'Observateur*.

Puis Jason parla du nouveau livre que Heine venait de publier, sur Ludwig Börne. Il fallait que Jettchen le lise, il le lui apporterait. La première fois qu'il l'avait lu, il avait été sur le point de désespérer de Heine. Comment celui-ci pouvait-il se détourner de ce qu'il avait été le premier à défendre pendant des décennies, comment pouvait-il l'attaquer ? Il n'avait pas voulu comprendre pourquoi cet homme se créait tant de nouveaux ennemis qu'il se trouverait bientôt tout à fait isolé. Mais ensuite — maintenant, il avait le temps de lire — il avait repris le livre et il avait été tout à fait captivé par la merveilleuse image finale de cette déesse en deuil lançant ses plaintes en s'enfuyant, glacée, dans la forêt hivernale. Il avait soudain saisi que Heine n'aurait pas *pu* écrire ce livre autrement, que c'était comme une défense de lui-même contre les forces brutales de la vie publique où il se trouvait chaque jour entraîné et qui lui étaient pourtant si étrangères et si indifférentes, dont il était si éloigné. Au fond, qu'avait à faire Heine des rois et des peuples, des Polonais, des Prussiens et des Français ? Börne était un agent de change à la Bourse de la liberté, et connaître le cours de ses actions à Berlin ou à Hanovre, à Paris ou à Varsovie était pour lui la vie même. Mais pour Heine, il fallait qu'il existât d'autres valeurs, supérieures, et finalement, pour lui, pour son être, le son d'une rime, le pas d'une grisette et une heure au *Bois** recelaient une vérité plus profonde, constituaient une expérience plus intime. C'est ce dont on devait sans cesse se rendre compte à la lecture de ce livre. Heine n'était pas pour autant un renégat, et son cœur serait toujours du côté de la liberté, même s'il aimait davantage la beauté et la vie. C'était justement là ce qui le séparait de Börne, qui avait été un esprit vipérin, un grand guerrier de la plume, un Napoléon sans troupes, mais qui jamais n'avait, comme Heine, ivre d'émotion, baisé le bord du manteau de la beauté : il était toujours passé devant elle sans lui prêter attention, où qu'il la rencontrât. Seul le théâtre lui avait plu : protagoniste et antagoniste, échange de répliques, le jeu d'échecs de la scène, la politique littéraire. Mais Jettchen allait lire ce livre. Auparavant, pourtant, elle terminerait celui sur Charlotte Stieglitz qu'il avait trouvé sur sa table — après son départ [122].

« Oh oui, mon oncle, s'exclama Jettchen. Je voulais te demander de me l'apporter. »

Et, en se levant de sa chaise, Jason pria Jettchen de bien vouloir l'accepter en cadeau, de bien vouloir l'accepter afin d'avoir plus tard un souvenir tangible des mois qu'ils avaient passés ensemble.

Jason Gebert s'était promis de dire cela d'un ton très calme et légèrement moqueur, mais il parla pourtant en détournant à demi la tête, les lèvres crispées, et d'une voix voilée, un peu aiguë.

Jettchen, qui s'était levée, saisit le livre à couverture grise, elle aussi détourna la tête pour que l'oncle Jason ne voie pas qu'elle avait les yeux humides, et, reprenant les termes de Jason, elle dit que ce n'était vraiment pas nécessaire pour qu'elle garde le souvenir des mois qu'ils avaient passés ensemble.

Mais avant d'avoir tout à fait repris ses esprits, Jettchen entendit dehors dans l'escalier le pas lourd et claudiquant de l'oncle Jason, puis elle l'entendit, en bas, prendre congé de tante Minchen. Et Jettchen se laissa retomber sur une chaise, enfouit son visage dans ses mains et pleura amèrement.

Plus tard, pourtant — le jour était clair, dehors, et le soleil blanc de ce début de printemps teintait d'argent les toits de tuile pentus des maisons de la cour ; et les hirondelles qui faisaient leurs ablutions, en bas, dans le tonneau où l'on recueillait l'eau de pluie, se disputaient à grand bruit le privilège de la meilleure place, tandis que se mêlaient, montant de la cuisine, le chant peu harmonieux de la sourde Minna et le cliquetis de la vaisselle qu'elle entrechoquait farouchement en la lavant — plus tard, donc, une onde de vie pénétra par la fenêtre ouverte, avec un souffle d'air frais, dans la chambre de Jettchen, et fit que celle-ci cessa de sangloter et prit le livre dans ses mains. Mais quand elle l'ouvrit pour chercher le passage où elle s'était interrompue, elle vit qu'oncle Jason avait écrit quelque chose sur la page de titre, dans un mince cadre de feuilles de lierre vertes. Et Jettchen se pencha sur le livre et lut lentement, à mi-voix, ce qu'avait écrit Jason, puis le relut sans s'arrêter :

« *C'est la fin de l'été, regarde*
Comme jouent ces deux papillons :
Leurs douces ailes bariolées
Effleurent rosiers et buissons,
Puis ils s'élèvent dans le ciel,
Ensemble y flottent un instant ;
Ils s'évitent, puis se choisissent ;
Ils se séparent, puis se perdent.
Regarde, et songe que nos âmes
Flottent au-dessus d'un abîme
D'incertitude et de ténèbres
Comme font ces deux papillons :
S'évitant, puis se choisissant,
Se séparant, puis se perdant. »

Jettchen lut et relut ces lignes à la calligraphie baroque, ces vers de Jason, jusqu'à ce que les larmes lui brouillent la vue, cependant que sa bouche et son cœur continuaient à les répéter...

Et dans l'après-midi, une lettre arriva — c'est la sourde Minna qui l'apporta à Jettchen comme elle était en bas avec les deux vieux. Jettchen ne fit que jeter un regard à l'adresse, rougit et mit la lettre de côté.

Tante Minchen était toute courbée sur son ouvrage ; Eli, le vieil Eli, avait la tête inclinée sur le côté et la bouche entrouverte ; tous les camélias resplendissaient sous les arcades de lierre, tournés vers la rue ; Chéri, perché sur le museau de la vache en porcelaine, lançait des regards méfiants à son ennemi, comme s'il se demandait si ce sommeil n'était pas quelque ruse de guerre de sa part. Tout était parfaitement tranquille dans la pièce quand la sourde Minna en ressortit en traînant les pieds. Et Minchen, petite, ratatinée, de guingois, la coiffe inclinée sur une oreille, enchaînait imperturbablement ses points de broderie.

Mais une femme peut très bien avoir soixante-quinze ans et la tête déjà un peu dérangée, et donner le sentiment que ses quelques pauvres idées sont tout à fait ailleurs... elle n'a même pas besoin d'avoir rien vu ou entendu — elle saura toujours ce qui se passe. Et ses nerfs d'ordinaire un peu engourdis déjà, et son esprit d'ordinaire un peu usé sentiront et devineront toujours ce devant quoi l'homme passe sans y prendre garde, sans le remarquer. La vieille tante Minchen lança donc impromptu, sans aucune raison apparente :

« Jettchen, ma fille, il faut quand même que je te dise une chose : il ne faut pas qu'il vienne te voir ici. Si c'était de moi, il pourrait. Moi, je n'ai rien contre, bien sûr. Mais à cause de ton oncle Salomon, je n'aimerais pas te le permettre. »

Jettchen rougit.

« Allons, poursuivit Minchen, tu n'as pas besoin de rougir. Ça n'est pas si grave. Je vais te faire une proposition pour être gentille : dis-lui donc de passer dehors, le soir, et de rester un moment à la fenêtre. Parce que tu sais, Jettchen, il ne faut pas qu'on te voie avec lui. Mais si ça t'ennuie, eh bien, nous sortirons un peu toutes les deux, un de ces soirs, et nous pourrons bien faire en sorte de rencontrer ce jeune homme par hasard. »

Mais Eli, effondré sur son trône, se réveilla juste à temps pour saisir au moins les derniers mots.

« Qu'est-ce que ça signifie, Minchen ? s'écria-t-il. Chez moi, on ne sort pas le soir. Une femme convenable, elle est au lit à neuf heures ! »

Mais à ce moment précis, le vieil Eli repéra le canari — toujours paisiblement posé sur le nez de la vache en porcelaine — et il se remit aussitôt à lui donner la chasse.

Et tard le soir, alors que les deux vieux s'étaient depuis longtemps abandonnés au repos, comme Jettchen, près de la fenêtre ouverte par laquelle entrait l'air frais qui faisait vaciller les flammes de la lampe, lisait pour la cinquième fois la lettre de Kössling — car celle-ci était pleine de mots d'amour, de nostalgie et d'espoir, parlait de perspectives d'avenir et de petits succès —, elle entendit soudain du bruit dans la pièce voisine, puis la tante Minchen qui criait. De peur, elle s'arrêta de respirer, puis se précipita vers la porte. Mais tout était de nouveau silencieux. Jettchen, qui s'appuyait au panneau de la porte, entendit très nettement le vieil Eli qui ronflait paisiblement, tandis que la brave Minchen, qui avait depuis longtemps repris sa place dans le lit conjugal à côté de son époux, continuait à pester à mi-voix, mais de façon bien audible.

Mais le lendemain matin — le jour ne se levait pas si tôt —, Minchen, ayant vêtu du strict nécessaire son petit corps réduit au strict nécessaire, vint trouver Jettchen dans sa chambre pour lui raconter ce qui s'était passé.

« Dire qu'il faut supporter un homme pareil ! s'écria-t-elle avant même d'avoir franchi la porte. La nuit dernière — j'ai cru que je n'avais plus toute ma tête — le voilà qui tâte le lit de mon côté. J'ai crié : “Mon Dieu, Eli, qu'est-ce qui t'arrive ?” et qu'est-ce qu'il répond ? “Eh bien, dit-il tout tranquillement, tu vois, Minchen, tu disais tout à l'heure que tu voulais t'en aller, alors je voulais juste vérifier si tu étais toujours là. Parce qu'avec toi, il faut dire...” Et là-dessus, il se retourne de l'autre côté et se remet à ronfler. Je suis restée toute une heure sans pouvoir me rendormir — j'avais le cœur qui battait si fort. Est-ce que tu as jamais entendu une telle histoire ? On pourrait mourir de peur, avec ça ! Et il faut supporter un homme pareil. Il est de plus en plus bizarre ! »

Et la vie, ce fleuve intarissable, poursuivit son cours, ses ondes continuèrent à s'écouler, calmes et égales, si calmes et si égales dans la maison d'oncle Eli que Jettchen percevait à peine la succession des jours, savait à peine si l'on était un dimanche ou en semaine, remarquait à peine que dehors, jour après jour, sous le soleil comme dans la douceur des nuits, qu'il pleuve ou qu'il vente, le printemps se préparait à tresser sa guirlande de nouvelles fleurs et de nouvelles merveilles de verdure. Dans la ville même, il y avait si peu de choses qu'il pût décorer ! Seuls les ciels rose et gris du soir, le léger tremblement de l'air humide au-dessus des toits de bardeaux bas et gris, quelques étoiles isolées comme des piqûres d'épingle dans un bleu pâle et doux — seul cela disait à Jettchen qu'à présent, à l'extérieur, les bouleaux se couvraient d'or vert, les tilleuls pour la première fois tendaient vers la lumière leurs feuilles languissantes, les marronniers déployaient leurs éventails et dressaient leurs hampes florales comme des bougies brunes. Quand il arrivait à Jettchen de descendre un peu la Königstrasse, non loin de la maison, elle devait de nouveau marcher tout au bord du trottoir, car les crocus et les tulipes de toutes les couleurs s'étalaient, dans leurs pots blancs cerclés d'or, devant les magasins des fleuristes. Et plus loin, en bas du talus du Königsgraben, au pied des ormes, un parfum de violettes s'exhalait de nouveau du petit parterre de feuilles vertes où, invisibles à l'œil mais perceptibles à l'odorat, se cachaient les modestes fleurs bleues.

Et lorsqu'un jour, comme Jettchen passait par la Königsbrücke, ce souffle vint l'effleurer, elle songea que ses violettes de l'année précédente, dont la dernière reposait encore dans son médaillon d'or, étaient depuis longtemps fanées — sèches, brunes et sans parfum. Mais on parlait de nouveau dans les journaux de la splendeur des champs de jacinthes de la Fruchtstrasse et des arbres fruitiers en fleurs à Charlottenbourg et à Potsdam. Pourtant, seule la branche délicate d'un poirier dont l'ornement s'écaillerait vite, regardant par-dessus le mur d'un jardin, rappela à Jettchen ces îles de marbre bleu et blanc et de porphyre qui, encloses dans la jeune verdure des grands arbres, dressaient à présent leurs récifs déchiquetés dans l'air humide gris argent, à Charlottenbourg, au fond du verger de Mme Könnecke.

Un an plus tôt, à Charlottenbourg, il y avait tant d'oiseaux ! Leurs ailes battantes les portaient d'une branche à l'autre dans les frondaisons ; ils échangeaient leurs saluts entre les tilleuls devant la maison et les grands marronniers de la cour ; ils pénétraient du chœur coloré de leurs voix jusqu'aux rêves éveillés de Jettchen au petit matin ; dans la tonnelle, ils cherchaient sans crainte des miettes à ses pieds et, dans les buissons, ils voletaient autour d'elle. Cette année, elle n'avait plus qu'un pauvre petit couple de moineaux amoureux nichés sous la gouttière et le chant très lointain d'un rossignol rêveur qu'elle avait entendu, venant d'un petit bout de jardin tranquille entre les vieilles maisonnettes et les cours, un soir qu'elle était à sa fenêtre et regardait le mince croissant blanc de la lune suspendu au-dessus des toits gris.

Il ne faudrait cependant pas croire que Jettchen fût entièrement prisonnière de la maison, comme sous l'effet d'un charme, et ne vît personne. Simplement, elle ne pouvait s'absenter longtemps parce que les deux vieux avaient besoin d'elle, et finalement aussi parce que, ces derniers mois, Eli avait quand même beaucoup vieilli et était devenu très fragile, de telle sorte qu'on n'avait pas besoin de grandes connaissances médicales pour se dire que ses jours étaient comptés. Jettchen aurait peut-être pu voir Kössling, mais il lui répugnait de se cacher avec lui sous un porche, comme la bonne avec son soldat, ou de faire parler d'eux en se montrant aux gens avec lui. À présent qu'elle habitait chez les vieux Gebert, qu'elle voyait tous les quelques jours Salomon et Ferdinand, Hannchen et Rikchen et parlait avec eux, elle sentait de nouveau quelle relation d'appartenance existait entre elle et eux tous, et se sentait le devoir de veiller à leur réputation. Bien des soirs de ce printemps, cependant, elle s'assit à la petite table haut perchée, à garnitures de bronze, pour écrire à la lueur vacillante de la bougie, page après page, à Kössling, confiant à sa plume qui grinçait tout ce que sa bouche, trop timide et trop pudique, n'aurait pu dire : ses espoirs, ses doutes, les petits évènements de sa journée et les pensées les plus secrètes de son cœur, jusqu'à ce que même la mouchette ne puisse plus obtenir de la bougie épuisée qu'elle donnât assez de lumière. Et Jettchen, aux derniers tremblements de la flamme, écrivait les derniers mots avant d'aller se coucher dans l'obscurité.

À présent, l'oncle Jason voyait Jettchen plus rarement ; et quand il venait, il était presque encore plus froid et moqueur qu'auparavant, de telle sorte que Jettchen osa à peine le remercier de ses vers. Il lui annonça un jour que l'on avait dit que le roi était mort, mais qu'il était encore en vie, bien que la fin risquât de survenir d'un jour à l'autre ; un autre jour, que l'on allait vraiment ramener à Paris les cendres de Napoléon — cette fois, Thiers avait réussi un coup de grand joueur d'échecs —, et lui, Jason Gebert, se rendrait peut-être de ce fait à Paris, en automne, afin de s'incliner sur la tombe de cet homme qu'il avait combattu de son vivant.

Un jour, Jason invita même Jettchen à l'accompagner au théâtre, on donnait le *Richard sauvage* de Gutzkow[123], il fallait absolument que Jettchen voie cette pièce. Mais Jettchen n'osa pas laisser les deux vieux seuls le soir, et puis elle craignait encore de se retrouver avec Jason, il lui arrivait de se montrer presque butée et désagréable vis-à-vis de lui, de l'accueillir d'un air indifférent et de prendre congé de lui d'un air tout aussi indifférent. Auparavant, Jason lui racontait toujours ce qu'il faisait, s'il avait acheté de nouvelles porcelaines ou de nouvelles gravures, qui il avait vu, où ses pas l'avaient conduit. À présent, il n'en parlait plus du tout. Qu'aurait-il bien pu dire à Jettchen, d'ailleurs ? Que pouvait comprendre un jeune être comme elle de la vie d'un homme vieillissant qui tournait en rond dans son appartement, tourmenté par sa nostalgie ? Qu'avait-elle besoin de savoir qu'il avait toujours les larmes aux yeux quand il entrait dans la pièce verte où rien n'avait changé ni bougé depuis que Jettchen l'avait quittée ? Qu'avait-elle besoin de savoir qu'il pressait sa tête contre le coussin de l'appui de la fenêtre, à l'endroit où elle appuyait toujours ses bras, et que pendant des nuits entières il n'osait pas rentrer chez lui par peur de lui-même, qu'il se perdait dans les rues et dans leurs abîmes, amant brusque, maussade ou trop bruyant ? Qu'avait-elle besoin de savoir tout cela, et comment l'aurait-elle interprété ?

Et pourtant, Jettchen en eut vent, car le cœur de Ferdinand n'avait pas l'habitude de rester muet comme un tombeau. Et comme un jour Jettchen lui demandait des nouvelles de l'oncle Jason, qu'elle n'avait pas vu depuis plus d'une semaine, l'oncle Ferdinand s'était contenté d'afficher un sourire béat, de cligner de l'œil et de déclamer avec des intonations riches et pleines de sous-entendus :

« Ne le cherchez pas à l'étude
Cherchez-le chez Madame Meier. »

Il n'y avait cependant pas là de quoi tenir l'oncle Ferdinand pour une nature très poétique. De façon générale, l'oncle Ferdinand connaissait assez peu de vers, mais il était tout à fait féru de *ce genre* de vers, et il avait toujours aussitôt à sa disposition ceux qui convenaient à la situation. Et c'est en fait ce que notre littérature a de beau : elle a quelque chose à offrir à chacun, et chacun peut y prendre ce qui lui plaît.

Jettchen fut sur le point de rire, elle voulait au moins garder les apparences devant l'oncle Ferdinand et feindre de s'en amuser, mais son rire lui resta dans la gorge. Elle sentit le sang lui refluer vers le cœur, et il s'en fallut de peu que les larmes lui viennent aux yeux. Jamais elle n'avait eu à ce point conscience de son inclination pour l'oncle Jason. Et quand à présent, le soir, elle était seule dans sa chambre — les deux vieux allaient se coucher avec les poules — elle avait le sentiment qu'elle devrait se glisser dehors en secret et aller trouver l'oncle Jason, afin qu'il n'aille pas de nouveau courir après ces mauvaises femmes qui pourtant ne signifiaient rien pour son cœur. Alors que jusque-là elle avait écrit à Kössling presque chaque soir, il lui arrivait souvent, maintenant, de repousser ses lettres de jour en jour et elle commençait chacune d'elles en s'excusant : elle avait tant à faire qu'elle ne trouvait plus le temps d'écrire.

Hors de la ville, dans les parcs et dans les jardins, dans les champs et autour des villages, le printemps tressait de nouveau ses guirlandes. Tout venait, se développait et disparaissait, mais le printemps n'envoya à Jettchen, pour la prévenir, que quelques misérables messages fourbus du long chemin, et ceux-ci durent chercher longtemps avant de la trouver.

Mais ils la trouvèrent. Car au matin d'un des premiers jours vraiment chauds, qui s'annonçait tout bleu et sans un nuage, comme Jettchen descendait la rue pour aller acheter à la pharmacie du lichen d'Islande afin de combattre la toux qui la tourmentait, ces messagers se présentèrent à elle. Elle les vit qui l'attendaient dans un pauvre jardin, ces émissaires du printemps : le lilas, avec ses quelques ombelles pâles, montait la garde près de la clôture, et le cytise, contre la maison, brandissait quelques fanions jaunes. Et Jettchen perçut le message dont ils étaient chargés, et elle ne put que se rappeler Charlottenbourg, songer aux lilas qui maintenant appuyaient leur masse contre le mur de la maison, aux flots de fleurs qui venaient battre sa fenêtre, et aux perles d'écume bleue qui déjà retombaient et bordaient les marches de bois de l'escalier et les allées étroites du jardin, tandis que les flots de fleurs eux-mêmes, encore loin de décroître, lançaient chaque jour plus haut leurs vagues lumineuses et leurs embruns. Et cette année, tout cela allait venir, se développer et disparaître sans qu'elle en ait rien vu !

Mais quand Jettchen revint, l'oncle Eli était déjà levé, il arborait avec son plus bel habit bleu sa plus belle humeur bleue.

« Eh bien, Jettchen, d'où reviens-tu donc de si bon matin ?

— De la pharmacie de l'Éléphant, mon oncle.

— Tu sais, ma fille — naturellement, il ne faut pas que Minchen entende —, mais je veux te dire une chose : *moi*, je n'aurais rien contre si tu revenais... d'*ailleurs*.

— Non, mon oncle, je le regrette bien, mais ce n'est pas le cas », dit Jettchen en riant, très naturelle.

« Oh, je te crois. Mais après tout, ça ne regarderait que toi et, pour moi, tu peux agir comme tu l'entends. Mais qu'est-ce que tu as acheté, à la pharmacie de l'Éléphant ?

— Du lichen d'Islande, mon oncle, pour ma toux.

— Qu'est-ce que tu racontes ? tonna Eli. Qu'est-ce qu'une jeunesse comme toi a besoin de tousser ? Tousser, c'est bon pour les vieilles femmes de l'hospice. Et si tu tousses, qu'est-ce que tu as besoin d'aller à la pharmacie ? Moi, je me fais tous mes remèdes moi-même. Tu vois, Jettchen, *ce matin*, par exemple, je vais m'asseoir devant la porte, au soleil, et j'ai pris quelques douzaines d'aiguilles dans la table de couture de Minchen. Et quand les gamins passeront en criant "Hannetons, hannetons, trois aiguilles chaque !" Je verrai si je peux les avoir pour deux aiguilles, et je les leur achèterai. Et *cet après-midi*, je m'en ferai un sirop avec de l'esprit-de-vin, parce que tu sais, l'hiver dernier, j'ai eu le rhumatisme dans l'épaule. Reste à voir si j'en aurai, des hannetons, parce qu'il paraît que cette année on n'en trouve pas trop. Je me suis déjà renseigné auprès des gamins, mais ils se plaignent tous que ça ne va pas rapporter grand-chose. »

Et de fait, vers midi, le vieil Eli demanda à la sourde Minna de lui porter une petite chaise dehors devant la maison, sur les marches de pierre qui descendaient vers le Hoher Steinweg, bien au milieu, au soleil, au chaud, et il s'assit là, à côté de la porte. Mais, soit que ce fût *vraiment* une mauvaise année pour la chasse aux hannetons, soit que les gamins eussent trouvé mieux à faire ailleurs ce jour-là justement et oublié leur commerce, ils se montrèrent à peine, et les quelques-uns qui passèrent en courant au trot et en sifflant poursuivirent leur route sans s'arrêter : ils étaient très pressés, ce jour-là ; ils avaient, ce jour-là, des choses importantes à faire chez eux ; et ils ne se soucièrent pas le moins du monde du vieil oncle Eli assis sur sa petite chaise devant la porte, sa canne de jonc entre ses genoux et les deux mains posées sur le pommeau d'or, la bouche entrouverte, et qui pourtant aurait dû attirer leur attention et les séduire, avec toutes les aiguilles dont il avait garni en rangs serrés les pattes de son habit bleu.

Et Minchen sortit dans le soleil blanc, sa coiffe de dentelle blonde inclinée sur une oreille, et elle dit qu'elle avait passé toute la matinée à chercher ses aiguilles de couture. C'était encore cette engeance de Minna qui les lui avait volées, certainement. En entendant cela, Eli étouffa un petit ricanement, puis il dit :

« Tu sais, aujourd'hui, les affaires ne vont pas fort, avec les hannetons, alors je vais te rendre tes aiguilles.

— Est-ce que tu as jamais entendu une chose pareille, Jettchen ? s'exclama Minchen en riant, contre son habitude. Décidément, mon mari devient de plus en plus bizarre de jour en jour ! »

Et, parce que peut-être le soleil était chaud et ce jour de printemps bleu, parce que peut-être une hirondelle survola la rue en chantant, ou peut-être au souvenir des jours d'autrefois, la vieille tante Minchen se pencha soudain et donna à son époux un vrai baiser. Et quand Eli se leva péniblement de sa chaise, car ses vieilles jambes n'en pouvaient plus, il laissa son bras posé sur l'épaule de Minchen un peu plus longtemps qu'il n'eût été absolument nécessaire.

Eli s'arrêta sur le seuil et montra de sa canne un endroit du jambage qui se délitait.

« Tu vois, ma Mine d'or, dit-il, il y a un morceau du mur qui tombe. La maison se défait. C'est là que nous avons habité le plus longtemps. Notre maison se défait déjà, elle aussi, ma Mine d'or. »

Mais pendant le déjeuner, ils recommencèrent à se chamailler.

Eli ne voulait pas manger de brochet, et cela blessait Minchen dans sa dignité.

« Je ne mange pas de poisson, dit Eli.

— Et-ce qu'on a jamais vu un être pareil ? se récria Minchen. Il ne mange pas de poisson ! »

Et elle secoua si fort sa coiffe de tulle bouffante qu'elle la fit basculer d'une oreille à l'autre.

Mais comme ils allaient se lever de table, l'oncle Jason arriva, fort bien mis dans son habit de printemps tout neuf de couleur fauve, tenant son haut-de-forme entre le pouce et l'index. Il voulait leur enlever Jettchen pour quelques heures, car en ville tout le monde était dans la rue, et il fallait absolument que Jettchen voie cela. À présent, on faisait à Berlin autant de bruit autour de Frédéric II qu'à Paris autour des restes de Napoléon. C'est Thiers qui avait tout déclenché. On allait édifier *Unter den Linden* un monument au Vieux Fritz[124], et les sapeurs creusaient déjà à l'endroit où il serait construit. L'avenue était pavoisée et, ce soir, on devait aussi l'illuminer. Tout Berlin était comme ivre, comme si on lui avait octroyé non pas seulement un *monument*, mais bel et bien la *Constitution*. Le tsar de Russie était déjà en route.

« Tu sais, Jason, déclara Eli, ces potentats-là, ils me font toujours penser à nos deux Cohn, les Cohn de la toile de chemises. Quand ils se rencontrent, ils font comme s'ils n'étaient qu'un seul cœur et qu'une seule âme — et pourtant, ils sont *concurrents*. Mais le Vieux Fritz était un homme intelligent. Je le connaissais, je l'ai même vu assez souvent. Je le revois encore. Un petit bonhomme, il n'était pas grand. Mais c'était une tête. On lui a fourni de bien beaux chevaux, pour la guerre. Je me rappelle très bien, comme si c'était d'aujourd'hui.

— Oui, mon oncle, dit Jason. Ça doit pourtant faire un bon bout de temps.

— Tu as sans doute bien raison, mon fils. Tu sais, Jason, tu connais ton *Figaro*. Est-ce que tu te rappelles, quand la Suzanne chante “Enfin l'heure approche” ? Tu sais, à ce moment-là, je me dis toujours : une fois qu'elle a chanté ça, le billet ne vaut même plus un demi-groschen d'argent. C'est pareil pour moi, maintenant : le billet ne vaut même plus un demi-groschen d'argent.

— Allons, mon oncle », dit Jason Gebert d'une voix empreinte d'une ironie très étrange et douloureuse, qui avait quelque chose de sec et de métallique, et qui venait du plus profond de son être. « Allons, mon oncle, veux-tu que nous échangions nos billets ? Je le ferais très volontiers, vraiment.

— Oh, dit Eli en posant sa main sur l'épaule de Jason, tu as toujours été leur tête de Turc à tous, mon fils. Je sais que tu as toujours été un brave homme. Ne parle pas d'échange, n'en parle pas. Il faut que les vieux s'en aillent pour que les jeunes aient leur place sur la terre. »

Jettchen redescendit alors de sa chambre. Elle portait une robe de mousseline claire à fleurs, avec de gros bouquets de violettes brodés autour de la jupe cloche, comme le voulait la dernière mode, et un châle de shantoung aux pointes nouées dans le dos.

Mais comme la chaleur de midi inondait les rues, cette première chaleur précoce et inattendue de l'été, cette première chaleur de l'année qui fatigue les gens, ralentit leurs gestes et les rend taciturnes, Jettchen trouva à peine étonnant que, ce jour-là, l'oncle Jason, descendant en claudiquant à ses côtés la Königstrasse, restât tout à fait silencieux. Et comme la lumière du soleil au zénith tombait du sud juste en face d'eux, emplissant la large rue de ses vagues blanches, découpant les façades des maisons, de part et d'autre, en zones sombres et brillantes, arrachant mille éclats aux fenêtres, aux corniches, aux vitrines et aux portes, Jettchen ne trouva pas plus étonnant que l'oncle Jason, en marchant, fermât presque les yeux comme si cette clarté nouvelle l'éblouissait, et que de temps à autre, d'un geste très discret, il s'essuyât les yeux de son mouchoir de batiste.

Et pourtant, la chaleur inattendue n'avait aucunement dépeuplé les rues comme peut le faire, d'ordinaire, un jour de chaleur, à midi, où personne ne franchit sa porte à moins que ses affaires ne l'exigent — non, les promeneurs se pressaient, tout le long de la Königstrasse, comme un dimanche après-midi : hommes en pantalon de nankin, déjà ; dames qui protégeaient leur visage de l'ardeur du soleil en adjoignant à leur cabriolet d'été une ombrelle verte ; lycéens coiffés de leur casquette colorée ; petites filles en robe de mousseline claire à rubans roses ; enfants, en si grand nombre qu'on aurait cru qu'ils avaient été semés là. Et tout homme portant une décoration militaire faisait sonner ses pas comme s'il marchait au pas de parade contre les bataillons de Napoléon pour les piétiner sur place. Et tout greffier qui s'était acquis quelque distinction par vingt ans de service cherchait à se donner la prestance d'un diplomate au fait des destinées des peuples et à qui rien ne pouvait faire perdre son calme. On voyait beaucoup d'uniformes, et de vieux adjudants et gardes royaux aux moustaches grises comme des buvards poussaient leur ventre blanc à travers la foule, la main sur le sabre, embrochant un Français de chaque regard.

La foule, sur mille rangs, affluait par les rues latérales et se mêlait au gros du courant, elle venait de bien au-delà de l'Alexanderplatz ; tout le monde allait dans la même direction et dans les rues étroites de l'autre côté de la Kurfürstenbrücke, où le soleil se glissait comme par une porte, le flot humain submergeait les trottoirs et la chaussée. Les voitures, qui avançaient au pas, fendaient comme des coins les vagues mouvantes de toutes ces têtes au-dessus desquelles les cochers sur leur siège — car on ne voyait ni les véhicules ni les chevaux — flottaient, tels des cardinaux sur leur trône qui se balance, porté par une procession. Et ceux, rares, qui nageaient contre le courant dans cette passe étroite, étaient ballottés de-ci, de-là, pressés contre les murs, rejetés dans les entrées des maisons ou dans les escaliers des caves avant même de s'apercevoir de ce qui leur arrivait.

Jettchen marchait tout contre l'oncle Jason afin de ne pas se trouver séparée de lui, surtout sur la Kurfürstenbrücke, où la foule se massait et piétinait avant de se déverser en amples vagues sur la place du château. Le soleil, très clair, illuminait l'eau ; les chemins de halage étaient noirs de monde, et sur les ponts étroits, les têtes pressées les unes contre les autres se détachaient sur le fond blanc de l'atmosphère. Seul le vieux château aux bâtiments inégaux, plongé dans l'ombre du côté de l'eau, se dressait, obscur et gris, au milieu des flots qui déferlaient autour de lui.

Sur la vaste place du château, Jason et Jettchen s'arrêtèrent un moment, car ici la foule s'étalait, se formait en groupes et en colonne, et l'on avait de nouveau assez d'espace pour respirer. Autour de l'entrée du château, les gens faisaient comme une muraille ; ils voulaient avoir des nouvelles de la santé du roi. De toutes parts, on entendait son nom. Les uns disaient qu'il n'avait pas quitté son lit, d'autres assuraient l'avoir vu. Et sans cesse la rumeur ressurgissait, volait de bouche en bouche, couvait de groupe en groupe : le roi était déjà mort, seulement on ne l'annonçait pas afin de ne pas perturber les festivités données pour l'érection du monument.

Quelqu'un que Jason connaissait l'arrêta et lui murmura à l'oreille que les conseillers municipaux — il le savait de source sûre — préparaient déjà une pétition par laquelle ils entendaient demander au « nouveau » roi l'octroi immédiat d'une Constitution.

Mais Jason Gebert, qui en matière de politique avait déjà mal aux cheveux avant même que les autres n'eussent bu leur premier vin, se mit en colère et cria très fort que ces importants personnages feraient mieux d'occuper leur temps à des choses plus utiles : comme si le prince héritier ne leur avait pas *déjà* donné sa réponse ! Ce matin, à la fête, le prince héritier aurait dû parler — d'ordinaire, il ne trouvait jamais assez d'occasions de se faire entendre. Mais au moment justement où il aurait dû dire quelque chose qui fût digne du philosophe de Sans-Souci, où l'on attendait cela de lui, il restait muet comme une carpe.

Et les gens, autour de Jason Gebert, tendirent l'oreille : un ouvrier repoussa sa casquette en arrière, lui posa la main sur l'épaule et dit qu'il avait raison, que c'était bien vrai. D'autres s'en mêlèrent. Un monsieur décoré parla de la populace, du vulgaire, de la canaille, et un maître menuisier — on voyait que ses mains étaient habituées au rabot — dit que si c'était par hasard de lui qu'on parlait, il allait transformer en bouquet de violettes le nez de ce *Monsieur**.

Jettchen se suspendit au bras de l'oncle Jason, qui avait le souffle court et tirait sur sa cravate noire, et l'entraîna plus loin.

Mais quand ils eurent tourné sans encombre au coin de la place, et se furent mêlés à la foule qui se pressait le long des maisons étroites bordant la Spree, elle entreprit de le raisonner. Pourquoi faisait-il cela, pourquoi lui causait-il de telles frayeurs ? Est-ce qu'il ne pensait pas à elle ? Que deviendrait-elle s'ils le jetaient de nouveau en prison ? Tout en parlant ainsi, Jettchen se blottit tout contre Jason Gebert et, à l'idée d'une telle éventualité, les larmes lui coulèrent sur le visage. Quand il s'en aperçut, Jason Gebert fut tout penaud et, en marchant, il se contenta de tapoter et de caresser sans un mot la main de Jettchen, comme pour s'excuser de lui avoir causé du souci.

Et plus ils s'approchaient des tilleuls, plus la foule se faisait dense, plus les groupes qui s'étaient rassemblés sur la vaste place semblaient innombrables : ils avançaient sous les arbres revêtus d'une jeune verdure, débordaient des trottoirs, entouraient les colonnes de voitures, les longues colonnes de véhicules qui ne pouvaient plus descendre qu'au pas la large avenue. La garde avait l'arme à l'épaule, sans cesse retentissaient roulements de tambour et commandements ; et de part et d'autre de l'avenue, au-dessus des flots humains qui s'étendaient à perte de vue, se dressaient, tels de vrais chefs de guerre, les statues de marbre blanc aux couronnes de laurier vertes, illuminées par le soleil brillant, avec leurs poses victorieuses et autoritaires, seules immobiles dans le va-et-vient de cette multitude. Il y avait des gens perchés partout, jusque dans les grands arbres, et plus loin la coupole aplatie de l'église Sainte-Hedwige était elle aussi toute couverte de silhouettes noires, qui paraissaient très grandes sur le fond clair du ciel et dont on distinguait très nettement chaque mouvement.

Ce n'est qu'à grand-peine, et après avoir attendu un long moment, enserrés entre les murailles humaines, que Jason et Jettchen purent continuer à se frayer un chemin et à traverser la place de l'Opéra. Et là, ils virent un instant, au fond d'un trou, des dos courbés et des pelles luisantes qui étincelaient quand elles se levaient dans le soleil, ils entendirent le bruit des mottes de terre qui retombaient sur les tas bruns qui entouraient le trou, les apostrophes retentissantes des sapeurs, les conversations et les plaisanteries qui s'échangeaient autour d'eux. Jason et Jettchen furent gagnés par l'allégresse générale, et Jason demanda aux soldats, en criant, s'ils avaient chaud et si peut-être une bouteille leur ferait plaisir. Mais de leur réponse, Jettchen ne saisit que le mot *Mamsell* ; elle en déduisit le reste de leur pensée et tira Jason par la manche, mais celui-ci se contenta de rire.

Et quand Jettchen releva les yeux, elle vit de l'autre côté de la rue, par-delà le trou, Kössling qui, ébloui par le soleil, se protégeait les yeux de la main. Jettchen sentit son cœur battre jusque dans sa gorge, elle lui fit signe de la main, le salua de la tête et l'appela par son prénom sans se soucier des gens alentour. Kössling l'aperçut et souleva son chapeau et, par-dessus le trou, Jettchen put voir distinctement qu'il rougissait jusqu'à la racine des cheveux — de cette curieuse rougeur juvénile qui lui était propre. À son tour, Jason aperçut Kössling et lui fit signe de la main. Mais il y avait trop de monde entre eux pour qu'ils puissent se rejoindre, et ils échangèrent des gestes que peut-être ils interprétèrent mal, car soudain ils se perdirent de vue, et Jettchen entraîna l'oncle Jason de côté et d'autre, en regardant partout autour d'elle à la recherche de Kössling, toujours plus loin de l'emplacement du futur monument. Mais quand ensuite ils refluèrent très lentement dans le gros du courant, il y avait longtemps qu'un parfait inconnu avait pris position à l'endroit où Kössling se tenait auparavant.

Jettchen était plus près de pleurer que de rire.

Mais Jason dit qu'ils allaient bientôt rentrer, car ce n'était peut-être pas une bonne chose que Jettchen laisse les deux vieux si longtemps seuls. Et Jettchen s'en fut à côté de lui, sans un mot, cherchant toujours Kössling du regard. Elle avait mal aux yeux à force de chercher à distinguer dans la foule qui venait en sens inverse un visage qui aurait pu être le sien.

Elle sursautait quand elle croyait l'avoir découvert, et chaque fois c'était une nouvelle déception. Et finalement, ses yeux fatigués firent surgir partout la vision des traits de Kössling, ils crurent le reconnaître, au premier instant, jusque dans des femmes ou des enfants qui venaient en face d'eux...

Quand Jettchen rentra, elle trouva Minchen assise seule à sa fenêtre dans la grande pièce aux chaises dorées. Et quand Jettchen lui demanda où était l'oncle Eli, elle répondit qu'elle n'en savait rien, qu'elle ne l'avait pas vu depuis une bonne demi-heure. Jettchen monta vite à l'étage. Par ce bel après-midi où le soleil illuminait toute la chambre, oui, en plein après-midi, l'oncle Eli était déjà dans son lit, avec sa chemise garnie de dentelle, et sommeillait.

Jettchen eut beau se retirer tout doucement, sur la pointe des pieds, elle réveilla pourtant le vieil Eli. Et il fallut qu'elle vienne s'asseoir au bord de son lit et lui raconte tout ce qui se passait en ville, ce qu'elle avait vu et entendu, ce qu'on disait du roi, si le Russe était déjà là et si elle avait vu tirer le canon au Lustgarten. Il aurait bien aimé y aller lui aussi, mais il s'était contenu. Et puis il était assez fatigué depuis le matin, c'est pourquoi il s'était allongé. Mais s'il faisait aussi beau le lendemain, il irait *Unter den Linden*.

Le soir, cependant, alors que Minchen avait depuis longtemps déjà suivi l'exemple d'Eli, Jettchen ne put trouver le repos et, quand elle eut terminé sa lettre à Kössling, elle arpenta la pièce, en proie à une étrange angoisse, marchant tout doucement parmi les vieux meubles bruns, veillant à ne rien heurter, à ce que même sa robe ne crissât pas, afin de ne pas tirer ses voisins de leur sommeil. Et le souffle de la nuit de printemps qui pénétrait par la fenêtre et faisait voleter les rideaux de mousseline presque jusqu'à la bougie qui éclairait le petit bureau de sa flamme vacillante — même ce souffle faisait frissonner Jettchen.

Puis, sans qu'elle sût elle-même comment, elle avait dû se dévêtir à demi, s'allonger sur son lit, et s'endormir d'un sommeil lourd et sans rêves. Soudain elle s'éveilla parce que quelqu'un lui touchait l'épaule. Elle se dressa dans son lit et vit que toute la chambre était baignée d'une clarté égale et que le ciel regardait par la fenêtre, un ciel qui semblait tout blanc et que barraient pourtant de longues bandes rouges. Quelque part, un coq chanta. Le soleil n'était pas encore levé, mais répandait déjà sa lumière sur le monde. Et avant de comprendre ce qui était arrivé, Jettchen regarda un long moment tante Minchen, qui se tenait devant elle, tremblante, dans sa vieille robe de chambre violette, sa coiffe sur la tête.

Mon Dieu ! La petite tante Minchen s'était réveillée sans savoir pourquoi. Le meunier se réveille, lui aussi, quand le moulin interrompt son tic-tac. Et la petite tante Minchen s'était réveillée parce que son vieil époux avait cessé de ronfler. Car le vieil Eli n'était pas de ces gens qui ont le sommeil silencieux, mais de ceux qui l'ont sonore. Il avait toujours ronflé, non de façon particulièrement bruyante, mais avec une belle régularité, toutes les nuits, bon an mal an, d'aussi loin que Minchen pût se souvenir. Et Minchen s'était si bien habituée à cette paisible musique qu'elle la percevait jusque dans son sommeil et y prêtait attention sans le savoir.

Et ce matin-là, Minchen s'était soudain réveillée, comme le jour commençait juste à se lever, parce qu'elle avait trouvé très singulier le silence qui régnait autour d'elle. Couchée dans son lit, elle avait tendu l'oreille, mais rien ne bougeait dans la pièce, seule l'armoire avait émis un craquement, comme elle aimait à le faire. Mais pas le moindre ronflement, pas le moindre souffle ne parvenait du côté de l'oncle Eli à Minchen qui tendait l'oreille. Et elle avait attendu qu'il fasse plus clair, assez clair pour qu'elle puisse distinguer quelque chose ; elle s'était assise dans le lit et avait regardé en direction de son mari, comme à la dérobée, en clignant des yeux. Il était là, son vieux visage paisible, apparemment endormi, tout à fait immobile, la bouche entrouverte. Et quand Minchen l'appela, il ne répondit pas, il ne changea même pas de position, comme on le fait pourtant quand on est gêné dans son sommeil.

Alors, Minchen s'était levée, sur la pointe des pieds, tout doucement, sans un bruit, comme si elle craignait de réveiller son mari ; elle avait passé sa robe de chambre presque sans un mouvement, comme si elle voulait éviter de faire le moindre bruit afin de ne pas interrompre le sommeil léger d'Eli. Elle s'était glissée hors de la pièce sans se retourner, puis était entrée dans la chambre de Jettchen. Eli ne bougeait pas, dit-elle à celle-ci, et il ne ronflait plus du tout, comme il le faisait d'habitude, et elle avait peur qu'il lui soit arrivé quelque chose.

Et Jettchen prit dans ses bras, pour la conduire jusqu'à un lourd et vieux fauteuil de grand-père, près de la fenêtre, la vieille petite tante Minchen qui, sous sa coiffe de guingois, avait le regard anxieux et désemparé d'un oiseau qui s'est égaré dans son vol. Et quand elle sut Minchen en sécurité dans son fauteuil, elle se rendit elle-même auprès de l'oncle qui, dans la claire lumière blanche du matin, était toujours allongé là, large et imposant dans sa chemise garnie de dentelle, exactement comme la veille dans l'après-midi. La couverture tirée sur lui était bien lisse, presque sans un pli.

Mais cette fois, quand Jettchen s'approcha sur la pointe des pieds, le vieil Eli ne se réveilla pas, ses traits restèrent rigides et glacés. Et Jettchen se glissa hors de la pièce comme elle y était entrée, et dit à tante Minchen :

« Tu sais, ma tante, ce serait mieux si nous descendions, pour ne pas déranger l'oncle. »

Et Minchen, la pauvre Minchen effarouchée, dans le cerveau usé de qui prenait lentement forme la conscience de ce qui était arrivé, se laissa escorter en bas par Jettchen, lasse, tremblante, sans volonté — hier encore petite personne tassée, desséchée, affairée ; aujourd'hui infiniment vieille et fanée. Hier encore bateau voguant dans sa propre passe ; aujourd'hui chaloupe au gouvernail brisé, au mât rompu.

Jettchen réveilla la sourde Minna, qui dormait en bas dans une sombre et triste alcôve près de la cuisine, et comme elle ne voulait pas hurler pour lui annoncer ce qui s'était passé, car alors Minchen aussi l'aurait entendue, elle mit son doigt sur sa bouche pour signifier à Minna de ne pas dire un mot. Et la sourde Minna, qui partageait avec beaucoup de sourds cette particularité que c'étaient seulement ses oreilles qui entendaient mal, se frotta les yeux avec le bord de son tablier tout en fourgonnant à grand bruit dans le poêle avec le pique-feu. Et Jettchen lui dit d'aller d'abord chez le vieux conseiller intime Stosch, puis chez M. Jason Gebert, pour leur apprendre ce qui était arrivé.

Et avant de sortir, la sourde Minna — dont le prénom était en réalité Auguste, mais que Minchen appelait Minna parce que cela lui semblait plus pratique — posa sur la table la machine à café étincelante, sans un mot, sans un bruit, tout à fait contre son habitude, et mit dans la belle corbeille en argent les petits pains encore tout chauds et odorants qu'on venait juste d'apporter de la boulangerie.

La vieille Minchen, qui pendant ce temps était restée assise sur sa chaise près de la fenêtre, recroquevillée comme un oiseau sur son perchoir, répondit à l'invite de Jettchen, vint s'asseoir à la table et se laissa servir du café. Jettchen veilla aussi à ce qu'elle prenne un peu de pain blanc, et Minchen fit tout ce qu'on demandait d'elle, sans émettre la moindre objection.

Un jour magnifique se levait. Le soleil, clair et pur comme du cristal, montait à présent dans le ciel au-dessus des maisons basses, de l'autre côté de la rue ; ses flots d'or blanc inondaient la pièce par les deux arceaux de lierre des fenêtres, baignaient le trône orphelin d'oncle Eli, et faisaient étinceler toutes les gouttes de cristal accrochées aux cercles de bronze du lustre, qui semaient les murs et le plafond d'une multitude de petits arcs-en-ciel. Sur les larges commodes, il rendait aux fleurs séchées sous leurs globes, d'habitude plongées dans l'ombre, les vives couleurs de jeunes fleurs, dehors, par un matin de juin, sous l'arrosoir du jardinier. Et entre les porcelaines posées sur les commodes, entre la dame en robe à paniers avec son carlin et les adieux de Calas, entre les oiseaux et la vache, entre les dieux et le petit Savoyard, la lumière s'insinuait en dessinant comme les mailles d'un filet, et les grains de poussière qui dansaient, montaient et descendaient dans ses rayons ressemblaient à des étincelles d'argent. Toutes les chaises qui montaient la garde autour de la pièce, le long des murs, dans leur dorure pâlie, commençaient à briller, sous ce jeune soleil, non comme si elles étaient là depuis cinq décennies déjà, mais comme si elles sortaient juste de l'atelier. Quant à Chéri, le canari, il grimpa sur le plus haut barreau de son perchoir et, la tête inclinée sur le côté et la coiffe ébouriffée, jeta dans toute cette lumière ses trilles les plus clairs, comme s'il voulait montrer une fois encore que la vie ne sait rien de la mort et l'oublie toujours.

Et bientôt on entendit le vieux Stosch monter d'un pas lourd à l'étage ; ensuite il resta encore un long moment en bas avec Minchen avant de ressortir dans le clair matin. Car à présent, c'était *elle* qui avait besoin de lui, et non plus le vieil Eli, là-haut, pour qui il ne pouvait plus rien, à qui il ne pouvait plus être d'aucun secours. Et le médecin, sur le pas de la porte, donna encore à Jettchen des instructions précises sur la façon de s'occuper de Minchen et de la soigner.

Mais avant même que Stosch ne parte, Jason Gebert arriva, marchant vite en claudiquant, très blême, frissonnant dans le clair matin de juin, très grave et très laconique. Et avant qu'une heure se fût écoulée, ils furent tous là : Ferdinand et Salomon, Rikchen et Hannchen ; même la vieille demoiselle aux boucles de caniche était de nouveau présente, assise sur une des chaises dorées, son sac à tricot à côté d'elle. On ne disait pas un mot à voix haute, on ne faisait entendre ni pleurs ni plaintes, et chacun s'efforçait de témoigner amour et tendresse à la vieille tante Minchen. Mais la vieille tante Minchen répondait tantôt oui, tantôt non, et le reste du temps ne disait rien, ne pleurait pas. Car son pauvre esprit usé n'avait pas encore tout à fait compris ce qui était arrivé. Certes, par instants, Minchen avait bien conscience que son vieux compagnon s'était séparé d'elle pour toujours, mais son cerveau ne pouvait plus saisir et retenir complètement ce que cela signifiait — il est déjà assez difficile à un esprit parfaitement sain d'assimiler une telle idée.

Quelques jours plus tard, en fin d'après-midi, ils enterrèrent le vieil oncle Elias Gebert ; et tandis que toutes les femmes, assises dans la longue pièce basse aux chaises dorées autour de la vieille tante Minchen, tremblante, tentaient de la consoler, cependant que les hommes étaient restés encore un moment au cimetière, comme le crépuscule tombait et répandait dans les rues et sur les arbres son étrange lumière atténuée, comme le ciel, là-haut, prenait une bizarre teinte rouge et comme les places bruissaient d'une rumeur confuse, toutes les cloches se mirent soudain à sonner alentour, les cloches de la Marienkirche et de l'église Saint-Nicolas, de l'église Saint-Pierre, et de l'église de la Garnison, et de l'église Paroissiale et, plus loin, celles de la cathédrale, et celles de l'île, et du marché des Gendarmes, toutes unirent leurs voix de bronze et lancèrent soudain leurs accents mélancoliques au-dessus de la ville sur laquelle s'étendait l'obscurité, se mêlèrent en un long chant funèbre dont les notes claires dominaient tout ce que disaient les femmes. Et, montant de la rue, de lourds chocs rythmiques, réguliers, se joignirent à la longue plainte des cloches, comme si au loin toute une foule silencieuse défilait au pas. Et un lent battement de tambours voilés s'y ajouta, comme si l'on jouait à des milles de là une musique funèbre.

« Oh, dit Minchen, ils n'avaient pas besoin de sonner les cloches. Eli n'a jamais pu les supporter. Tu sais, Jettchen, il n'y a que le carillon de la pendule qui lui plaisait. »

Mais c'est à peine si l'on écouta ce que disait Minchen, toutes les femmes furent prises d'une émotion et d'une inquiétude étranges en entendant ces sons inusités qui, se mêlant à la pénombre rouge, paraissaient annoncer quelque évènement funeste — catastrophe naturelle, guerre ou peste.

Les hommes revinrent, l'air très grave.

« Est-ce que vous connaissez déjà la nouvelle ? lança Salomon Gebert sur le seuil. Le roi est mort cet après-midi. *Unter den Linden*, toute l'avenue est noire de monde, et les troupes apportent déjà leurs drapeaux au château. »

Hannchen, qui en tant qu'épouse de conseiller fournisseur de la cour se sentait étroitement liée au Château, éclata aussitôt en larmes. Mais Rikchen interrogea aussitôt Salomon sur les conséquences que la mort du roi pourrait avoir pour ses affaires.

Jason était encore plus pensif qu'auparavant.

« Oui, dit-il, avec ce vieil homme, c'est toute une époque qui s'en va », et l'on ne sut pas s'il parlait du roi ou de son vieil oncle Elias Gebert.

Mais Minchen s'écria :

« Ça fait vraiment assez longtemps qu'elles sonnent, ces cloches. À mon avis, ils pourraient s'arrêter. D'ailleurs, Eli n'a jamais supporté les cloches... »

Et les jours dont le cours était déjà tranquille du vivant de l'oncle Eli devinrent encore plus calmes et uniformes pour Jettchen, restée auprès de la tante Minchen. Car dans la vieille petite maison du Hoher Steinweg, qui n'était pas beaucoup plus large qu'un grenadier prussien, rien ne pénétrait des rumeurs et des bruits de la ville, des vagues humaines qui emplissaient toutes les rues, des mille conjectures et discussions où se reflétaient espoirs et mécontentements, et qui voyaient des évènements importants dans les misères de la vie politique. C'est tout au plus si Jason vint une fois voir Jettchen, mécontent de l'éternelle absence de perspectives de la vie publique, mais exultant pourtant parce que *lui*, il avait vu venir tout cela. Naturellement, les conseillers municipaux n'avaient pas envoyé de pétition au nouveau roi pour demander l'octroi d'une Constitution ; une sage prudence avait même amené le conseil à en étouffer l'idée dans l'œuf. Ces pleutres n'avaient même pas le courage de s'exposer à un refus, et ils s'étonnaient encore après cela qu'on leur piétine la tête. Oh, ç'aurait pu être une farce si ce n'avait pas été une tragédie !

Mais de telles visites de Jason ou de Ferdinand — lequel, avec le printemps florissant, avait redécouvert son cœur d'autrefois — ne se comptaient jamais qu'en minutes. Et même si les femmes restaient à bavarder plus longuement, surtout tante Hannchen qui, ayant maintenant inscrit provisoirement à son programme l'oncle Eli en plus du pauvre Wolfgang, pouvait battre des records de durée... même si, donc, les femmes restaient plus longtemps, car les femmes ont toujours moins de choses à dire en beaucoup plus de mots — Jettchen restait, tout le reste de ses jours et de ses nuits, complètement seule avec Minchen, qui était la plupart du temps si faible et pitoyable que Jettchen pouvait à peine la quitter quelques minutes. Et, comme il arrive aux gens très âgés, la vieille Minchen n'avait plus toute sa tête, et de ce fait aussi Jettchen ne pouvait l'abandonner à elle-même.

Car la brave vieille Minchen ne cessait d'oublier l'ultime évènement qui avait soudain introduit dans sa vie une vérité nouvelle, inhabituelle, qui s'opposait à l'expérience d'un demi-siècle. Et le destin se montra même bienveillant à l'égard de la vieille tante Minchen en ceci qu'il ne toléra pas que pendant le bref délai où il lui fut encore accordé d'errer de pièce en pièce dans sa robe de chambre d'un violet passé, que pendant ces quelques semaines Minchen s'habituât à cette vérité nouvelle et impitoyable.

Que l'on n'aille pas croire que son époux défunt manquât à Minchen et qu'elle se plaignît, pleine de nostalgie. Non, au contraire, la vieille petite femme pestait toute la journée, vigoureusement, du matin de bonne heure à la nuit tombée, contre le vieil Eli qui pourtant gisait depuis longtemps six pieds sous terre et devait désormais, au paradis des païens, se tenir au coin de la rue, chaussé de ses bottes jaunes à revers, vêtu de son plus bel habit bleu à boutons d'or massif, et soumettre les chevaux de M. von Hélios, dieu du soleil, à une critique aussi dévastatrice que celle que, naguère, il n'épargnait jamais aux deux hongres de Prusse-Orientale de M. von Nagler qui tiraient la voiture de Prenzlau.

Mais, comme nous le disions, Minchen n'avait pas pris note, ni même simplement connaissance, de ce changement de domicile du vieil Eli. C'est pourquoi il lui arrivait d'être très mécontente d'Eli, et comme en outre celui-ci, de façon inexplicable, restait silencieux à tous ses reproches, elle manifestait de plus en plus rageusement la mauvaise humeur que lui inspirait son vieil époux dont pourtant, auparavant, elle n'avait vraiment pas eu lieu de se plaindre.

Cela commençait dès le matin, au moment du café.

« Jettchen, est-ce que tu comprends, toi, où cet homme a bien pu passer, aujourd'hui ? » demandait Minchen en secouant la tête, faisant basculer sa coiffe de tulle, puis elle repoussait sa tasse, indignée. « Qu'est-ce que ça signifie de ne pas venir boire son café ? Vraiment, il devient de plus en plus bizarre de jour en jour. »

Quand alors Jettchen ne pouvait retenir ses larmes, la vieille Minchen portait les mains à ses cheveux et, de ses doigts minces et desséchés, redressait sa coiffe bouffante.

« Oui, oui, Jettchen, c'est vrai, j'avais encore oublié ! »

Mais, dix minutes plus tard, la vieille Minchen était néanmoins assise sur sa chaise dorée, sur son estrade devant la fenêtre encadrée de lierre, elle avait tiré de la lingerie une vieille chemise de lin d'oncle Eli, la ravaudait à coups d'aiguille pressés, et déclarait :

« Je te dirai juste une chose, Jettchen : Ne te marie jamais. Je t'assure, ce que les hommes peuvent déchirer comme chemises, c'est incroyable. »

Et malgré la peine qu'elle éprouvait à voir cela, Jettchen n'eut bientôt plus le cœur de cacher à Minchen les chemises déchirées d'Eli. Le vieux Stosch dit aussi qu'il fallait la laisser faire sans intervenir jusqu'à ce qu'elle cesse d'elle-même, car c'était à vrai dire, pour la vieille femme, la meilleure façon, la plus satisfaisante, de faire son deuil...

Mais par un bel après-midi — les frondaisons des arbres étaient déjà moins lumineuses et d'un vert moins clair, et seul le calendrier prétendait que ce n'était pas encore l'été — Salomon et Rikchen vinrent tous les deux, tous les deux ensemble, ce que d'ordinaire ils ne faisaient jamais, et on voyait à leur comportement qu'ils avaient tout leur temps, que même ils se sentaient déjà comme en vacances. Quand ils entrèrent dans la pièce, dignes, bras dessus, bras dessous, souriants, l'air content, ils avaient quelque chose d'un jeune couple, ils ne ressemblaient plus comme d'habitude à deux chevaux attelés ensemble et trottant côte à côte depuis plus de vingt-cinq ans en tirant à hue et à dia. Non, tout leur être était empreint d'une sorte de solennité digne et satisfaite.

Salomon était rasé de frais et de très près, il avait une redingote fauve toute neuve, à la taille si élégamment prise que l'on voyait aussitôt que son frère Jason en avait été le parrain, et son gilet de soie noire portait un motif de tulipes et d'œillets d'un noir encore plus profond. C'était la dernière nouveauté pour le deuil national. Oui, cette année, les entrepôts de Salomon Gebert & Co. étaient mieux approvisionnés que l'année précédente en noir à motifs noirs, et l'on n'avait pas à faire attendre un seul jour leur commande aux clients. Caisses et colis sortaient du magasin en rangs serrés. Les affaires tournaient toutes seules comme une bonne horloge. Et cela entourait toute la personne de l'oncle Salomon d'une aura de satisfaction. Même les chevalières à ses doigts et la cornaline à son épingle à cravate semblaient en avoir pris plus d'éclat.

Une lueur de bien-être s'était également répandue sur la silhouette large et courte de la tante Rikchen, et ses chairs toujours fermes et élastiques regardaient de cent yeux guillerets par les mailles et les motifs ajourés du châle de dentelle noire jeté sur ses épaules. Sa robe de taffetas bleu semé de petites roses jaunes la faisait paraître plus jeune et plus mince, et allait bien à son visage et à ses cheveux.

« Eh bien, ma tante, comme vous vous êtes faits beaux ! Presque comme des mariés !

— Oui, dit Salomon, nous sommes déjà en voyage de noces ; nous partons demain pour Karlsbad.

— Et figure-toi, dit Rikchen en posant sa main replète sur l'épaule de son mari, que cette fois, j'y vais aussi. Et après, si la cure a bien réussi à Salomon — parce que tu sais, cette année, il a eu vraiment beaucoup d'émotions —, si la cure lui a bien réussi, nous ferons un grand voyage en Suisse. Depuis toujours Salomon voulait prospecter pour ses affaires quelques endroits comme Zurich et Lucerne, et il pourra faire d'une pierre deux coups. Mais pour nous, le principal, ce seront les montagnes suisses et tout ce qu'il y a d'autre à voir. »

Salomon sourit et se mit à réciter un poème en marquant la cadence de son index bagué, car il avait appris ces vers pendant ses grises années d'école :

« Mère Nature, elle est si belle,
La splendeur de tes inventions
Dont tu parsèmes prés et champs !
Plus beau est un visage heureux
Méditant sur la grande idée
Qui préside à tes créations. »

Mais Rikchen avait son propre sens de la poésie.

« Dois-je saluer de ta part la Jungfrau et le *Ridji* ? » demanda-t-elle en levant vers le plafond des yeux ravis. Car comme le Rigi était pour elle quelque chose de tout à fait étranger, elle ne voyait pas pourquoi elle ne prononcerait pas ce nom de la façon la plus étrangère possible.

« Tu vois, dit Salomon, si tu ne restais pas ici auprès de tante

Minchen, nous aurions vraiment beaucoup aimé que tu viennes avec nous. Allons, ce sera pour l'an prochain, Jettchen.

— Mais, tu sais, déclara Rikchen, Potsdam aussi, c'est très beau. »

Jettchen rit. Bien sûr, *Potsdam*, ce n'était pas Lucerne, dit-elle, mais après tout, ce n'était nullement à dédaigner pour autant.

« Il faut que tu voies, reprit Salomon, comment vous vous installerez là-bas. Vous serez à trois pas du parc de Sans-Souci.

— Oui, parce qu'hier nous avons loué deux pièces pour vous chez les Sommerguth », l'interrompit Rikchen, et l'on sentait combien elle était heureuse de pouvoir annoncer cette nouvelle. « Sommerguth venait à Berlin pour faire les comptes, et l'occasion s'est trouvée.

— Oh, comme c'est gentil ! Chez les Sommerguth ! » s'exclama Jettchen, sincèrement heureuse, car elle connaissait les vieux Sommerguth — le mari était depuis vingt-cinq ans contremaître à la manufacture de tissus de l'oncle Salomon, à Potsdam. Elle les connaissait même bien, et cette maison simple et propre, aux petites pièces claires donnant sur le jardin, l'avait toujours ravie.

« Dès que Stosch le permettra à Minchen, reprit Salomon en affectant la mine d'un grincheux des pièces d'Iffland qui dissimule son cœur tendre sous le masque d'un misanthrope [125], organise-toi pour que vous y alliez. J'en ai parlé aujourd'hui même avec Stosch. Il a dit que pour l'instant, c'était naturellement hors de question, mais qu'il espérait bien que Minchen serait sous peu en état de le faire, qu'il en était même sûr.

— Oui, déclara Rikchen, c'est certain. Stosch dit même que, pour Minchen, un nouveau cadre pourrait faire des miracles. »

Cependant, la vieille tante Minchen, petite et déjetée, assise devant la fenêtre encadrée de lierre, semblait ne guère s'intéresser à la conversation et n'y prêter que peu d'attention. La vieille chemise déchirée de l'oncle Eli, qu'elle tenait sur ses genoux, était beaucoup plus importante pour elle. Mais à présent, Minchen écoutait, et elle dit soudain quelque chose à quoi on ne se serait jamais attendu de la part de cette petite femme rabougrie et desséchée, et qui mit les larmes aux yeux de tous ceux qui purent l'entendre.

« Je te remercie, Salomon », dit-elle doucement, calmement, de la voix claire et lasse d'un grillon à la fin de l'hiver. « Je te remercie, c'est très gentil et très aimable de ta part, mais mon Eli et moi, nous avons déjà loué un logement pour l'été, cette année — de l'autre côté de la porte de Schönhausen. Eli y est déjà, et moi, il faut juste que je mette encore un peu d'ordre dans ses affaires ici, et puis j'irai aussi. »

Salomon fut le premier à se ressaisir et s'exclama :

« Allons, Minchen, allons, on ne dit pas de telles bêtises. »

Et Jettchen, qui s'était précipitée vers Minchen et l'avait prise dans ses bras, l'adjura elle aussi de ne pas parler ainsi.

Mais la petite Minchen parut aussitôt se désintéresser de ce qui l'entourait et se remit à ravauder la chemise déchirée, comme si elle tenait beaucoup à en terminer très vite avec ce travail.

« Donc », dit Salomon d'une voix de nouveau forte et déterminée, comme si, en tant qu'actuel doyen de tous les Gebert, il ne souffrait ni ne prévoyait aucune contradiction, « donc, dès que ce sera possible, vous irez à Potsdam. Et à présent, Jettchen » — Salomon prit soudain la pose et se frotta les mains avec de grands gestes, et Rikchen elle aussi changea nettement d'attitude et sourit, satisfaite et radieuse — « et à présent, ma *chère* Jettchen, venons-en à toi. Tu peux t'imaginer, mon enfant, que je ne quitterais pas Berlin si je n'avais pas auparavant mis bon ordre à tes affaires — ou assez bon ordre pour qu'il ne subsiste pas d'incertitudes. Depuis la semaine dernière, nous sommes parvenus à un accord avec les Benjamin sans avoir à subir trop de pertes — vu la situation actuelle, car avec le nouveau roi, les actions des chemins de fer ont beaucoup monté. Si bien qu'à présent nous n'avons plus à régler que les formalités juridiques. J'accepte que la transaction avec Julius me coûte un peu d'argent pour que les choses se concluent comme *nous* le voulons ; j'accepte même que ça me coûte beaucoup d'argent, Jettchen, plus qu'on ne croirait. Mais pour ton bonheur, rien ne nous a jamais paru trop cher. Et, tu sais, je me dis toujours que l'*argent*, je pourrai en regagner autant, ce n'est pas un drame. Mais si j'avais perdu ma réputation ici, à Berlin, je ne l'aurais jamais retrouvée... et nos petits-enfants non plus. »

Ainsi parla Salomon Gebert, et l'on pouvait percevoir à ce discours qu'il aimait bien un peu s'écouter parler. Rikchen, immobile sur sa chaise, considérait son mari d'un œil admiratif, et jugeait qu'il y avait en elle et dans tout son comportement une bonté si belle et si émouvante que la perfection de son cœur lui fit venir les larmes aux yeux et qu'elle ne put plus parler que d'une voix faible et étouffée.

« Vois-tu, Jettchen, dit-elle, nous avons toujours voulu ton bien, et si peut-être il nous est arrivé de commettre une faute, nous sommes tout prêts à la réparer. Et nous ne nous sommes jamais mis en travers... »

Tante Rikchen ne parvint pas à terminer sa phrase. Elle se détourna en sanglotant et chercha son mouchoir dans son sac pompadour brodé de perles.

Jettchen embrassa l'oncle Salomon et remercia la tante Rikchen ; elle dit qu'elle était très heureuse de voir combien son oncle se montrait bon et généreux vis-à-vis d'elle. Elle dit cela alors qu'elle n'était intérieurement qu'angoisse et incertitude. Comme elle avait attendu cet instant ! Et maintenant qu'il était arrivé, elle ne voyait plus rien dont elle dût se réjouir.

Et l'oncle Salomon arpenta la pièce avec une mine solennelle, et il énonça ses directives. Son frère Jason s'occuperait de la suite ; ils avaient même pris pour avocat conseil Bielefeld, qui était très habile et accélérerait les choses. On était aussi convenu qu'il l'ennuierait le moins possible avec la procédure et la tentative de conciliation. Jason le remplacerait aussi au magasin, et Jettchen ne devait rien faire sans lui, et ne donner à aucun prix une *signature* sans l'avoir consulté.

Mais Rikchen considéra que l'on avait suffisamment parlé de choses sérieuses, et elle se mit à noyer Jettchen sous les détails de ses préparatifs de voyage. Pour la promenade des curistes, elle prenait une robe de moiré lilas, et puis elle avait acheté chez Behrens, *Unter den Linden,* des couverts de voyage anglais, pliants, et chez Ackermann un coffret à mouchoirs en maroquin de Russie et un carton à chapeaux tout nouveau, pas encombrant du tout, et où il y avait pourtant place pour trois chapeaux. Et pour la Suisse, Salomon lui avait acheté exprès une édition de poche du *Guillaume Tell* de Schiller, et dès la veille au soir elle avait commencé à le lire avec beaucoup de plaisir ; elle était tout à fait enthousiasmée : comment pouvait-on écrire de si belles choses ?

Et Salomon dit qu'à présent ils devaient y aller, car ils avaient encore beaucoup de choses à régler, mais qu'il pouvait partir en voyage le cœur léger parce qu'il savait qu'ici tout allait bien. Que Jettchen continue seulement à se montrer aussi gentille et serviable avec tante Minchen qu'elle l'avait été jusqu'à présent, et il espérait les retrouver tous en bonne santé et alertes. Elle avait toujours son crédit ouvert chez Mendelssohn. Et si à Potsdam elle avait besoin de quoi que ce soit, elle pouvait se le procurer par le magasin ; il avait laissé ses instructions à Demcke.

Rikchen interrompit son mari. Jettchen était-elle déjà au courant ? Cette année, Hannchen allait avec Jenny à Charlottenbourg, chez Mme Könnecke. En tant que Conseiller fournisseur de la cour, Ferdinand avait dit qu'il ne pouvait plus louer à Schöneberg, que l'on ne pouvait plus envisager que Pankow et Charlottenbourg. Du coup, Hannchen n'avait plus trouvé que dans le jardin de Mme Könnecke l'air était trop lourd, et les moustiques ne la gênaient plus. Elle avait seulement posé comme condition de disposer d'un joli petit endroit dans le jardin de devant, parce qu'elle aimait bien voir des gens.

Jettchen sourit. Et Rikchen, qui avec le temps avait quand même pris quelque chose des Gebert, comprit ce sourire.

« La pauvre femme, dit-elle, il ne faut pas lui en vouloir, Jettchen, elle tire tellement peu d'agréments de la vie. »

Mais Salomon était pressé, il répétait qu'il *fallait* à présent qu'ils partent ; il avait à discuter de beaucoup de choses avec Jason pour le magasin, deux fois déjà dans la journée il avait envoyé quelqu'un le chercher, mais seuls les dieux savaient où il était encore passé.

« Ou les déesses », dit Rikchen avec un sourire en coin.

Et Salomon, le digne Salomon Gebert, rit bien fort et dit à Jettchen que ces derniers temps il découvrait toujours à sa femme de nouveaux aspects. À présent, elle se mettait même à avoir de l'humour.

Jettchen était devenue toute rouge.

Et tout advint comme cela devait advenir, tout, comme cela devait advenir.

Par un bel après-midi clair et chaud de juillet, Salomon Gebert et tante Rikchen partirent pour Karlsbad dans une belle voiture vitrée, un beau landau bien large dont les sièges de cuir clair pouvaient se rabattre complètement pour former un lit de repos. Peut-être auraient-ils pu faire un bout de la route en chemin de fer et envoyer le landau en avant, et Salomon en avait d'ailleurs eu l'intention. Mais quand tante Rikchen en eut vent, elle se mit à corner aux oreilles de son mari pour qu'il abandonne ce projet funeste auquel *jamais* elle ne consentirait — car elle aurait une peur mortelle et dix chevaux ne suffiraient pas à l'y traîner — tant et si bien qu'il finit par y renoncer pour lui-même aussi. Entre nous soit dit, tante Rikchen se serait peut-être laissé convaincre de prendre le train, car il eût été possible de conjurer la peur que lui inspirait ce monstre crachant le feu, mais elle ne voulait à aucun prix se laisser dépouiller de l'avantage de raconter partout qu'ils voyageaient dans leur *propre* voiture. Ce n'était pas tout à fait vrai, car le landau n'appartenait pas à *Salomon* Gebert, mais au conseiller fournisseur de la cour *Ferdinand* Gebert — mais peu importe, n'est-ce pas, cela restait dans la famille. Et cela ne gênait aucunement tante Rikchen, au contraire ; elle en parlait comme si de tout temps, depuis son enfance à Bentschen, elle avait eu pour habitude de voyager dans sa propre voiture. Elle ne lançait pas cela à la tête des gens, elle le glissait incidemment dans la conversation, l'air modeste, comme si elle venait juste d'y songer soudain et bien que cela ne méritât guère d'être mentionné — car elle savait bien que c'était ainsi que les autres, en secret, en seraient le plus irrités. Il ne faut pas en vouloir à la bonne tante Rikchen, car la bonne tante Rikchen était ainsi faite que ses joies se trouvaient redoublées quand elle pouvait les épicer et les assaisonner du dépit d'autrui... Et il faut prendre les gens tels qu'ils sont.

Autant que je le dise tout de suite, Karlsbad, cette fois, réussit magnifiquement à Salomon Gebert, mieux peut-être que jamais auparavant. Les chevaux bais eux aussi, qui avaient servi si longtemps, avaient pris un peu de graisse à Karlsbad, ils avaient le poil lisse et quelques réserves pour le voyage. Et comme en son temps Son Excellence von Goethe était parti du même endroit pour le pays de son cœur, par un clair matin d'août, dans sa propre voiture, de même tante Rikchen, elle aussi par un clair matin d'août — mais quelques semaines plus tôt —, elle aussi dans sa propre voiture — c'était du moins presque la sienne —, partit vers le sud, vers le pays désiré, vers le *Ridji* et la Jungfrau, bien préparée grâce à l'édition de poche du *Guillaume Tell* qui continuait à la ravir, surtout le début, où le lac riant invite à la baignade. Seul un passage déplaisait vivement à tante Rikchen, celui où il est dit : « Voyez donc, mes enfants, comment meurt un tyran. » Comment cette femme pouvait-elle montrer cela à ses enfants ? On ne montre pas de telles choses à des enfants, quand même !

Oui, autant que je le dise tout de suite, car on va me poser la question, comme tout se passe selon les vœux de l'homme bon, Salomon Gebert était lui aussi très satisfait des résultats du voyage. Il avait noué des relations à Bâle, à Zurich et à Lucerne, et par chaque courrier il envoyait vers le nord quantité d'échantillons, de ravissantes nouveautés pour l'automne, dont il était certain que ses concurrents ne les offriraient pas. C'était cette fois ou jamais qu'il serait l'homme de la saison.

Dans chacune de ses lettres à Jettchen, tante Rikchen écrivait qu'elle n'aurait quand même pas imaginé que les montagnes de la libre Suisse — car depuis Guillaume Tell, la Suisse était libre — que les montagnes de la libre Suisse puissent être *si* majestueuses. Mais partout elle avait acheté des gravures coloriées, très fidèles, et elle les montrerait à Jettchen.

Oui, autant que je le dise tout de suite, le Conseiller fournisseur de la cour Ferdinand Gebert ne vint pas loger à Charlottenbourg chez Mme Könnecke, car il avait à faire en ville. Il ne vint que de temps à autre le dimanche après-midi, montant un cheval gris pommelé doux comme un agneau ; car il avait à présent reconnu la nécessité de se montrer au peuple. Après tout, un monsieur qui monte à cheval produisait une tout autre impression que celui qui va en voiture ou, pire encore, marche à pied. Et si la bonne tante Minchen avait encore franchi sa porte, elle aurait de nouveau pu voir une vraie *créature* qui trottinait comme une bergeronnette sortir de la maison de tante Hannchen et se retourner plus d'une fois vers une des fenêtres. Était-ce la même créature que l'été précédent ? C'est une question à laquelle nous ne saurions répondre, et sur laquelle nous devons nous déclarer incompétent.

À Charlottenbourg, cependant, tante Hannchen dormait dans la chambre rouge et, comme pour lui faire honte et se moquer d'elle, les bacchantes jouaient avec les panthères au-dessus de sa couche solitaire. Jenny, quant à elle, avait la chambre de Jettchen et en était très heureuse, elle se sentait déjà une dame et songeait à se marier. *Elle,* elle ne s'enfuirait pas le soir de ses noces, laissant là son mari... Et toutes ses amies avaient dit qu'elles non plus ne le feraient pas.

Et les deux vœux de tante Hannchen furent satisfaits. D'abord, l'endroit du jardin, devant la maison, dont elle avait la jouissance, était ainsi situé que tout le monde pouvait voir tante Hannchen, et elle y passait des après-midi entiers, tenait sa cour, saluait des gens qu'elle ne connaissait même que fort peu, depuis Dieu sait quand, rencontrés ici ou là, et peu importait qu'auparavant ils aient eu l'habitude de se saluer.

Hannchen souhaitait aussi qu'Emilie, la fille de Mme Könnecke, restât autant que possible à l'arrière-plan afin que l'âme d'enfant de Jenny ne fût pas empoisonnée, et ce second vœu fut lui aussi exaucé. Car Emilie, la brave fille de Mme Könnecke — mon Dieu, il m'est pénible d'évoquer ce sujet, mais il faut bien après tout que la chose soit dite — Emilie Könnecke n'avait pas tenu compte des avertissements de sa mère qui lui répétait : « Ne va pas t'embarquer avec les hommes... À peine tu les regardes, que te voilà déjà avec un gamin. » Certes, le futur père était laquais à Charlottenbourg et, déclarait Mme Könnecke, « il allait sans doute bien épouser l'Emilie », mais on pouvait néanmoins se demander s'il le ferait dès le *premier* enfant.

Enfin, il faut aussi mentionner que la pauvre petite Emilie n'avait pas besoin de rester à ce point à l'arrière-plan à cause de Jenny, car dès leur première rencontre, dès la location du logement pour l'été, un seul regard avait suffi pour ne laisser à Jenny aucun doute sur la position intéressante de la fille de la maison, et il s'en était fallu de peu qu'elle ne se mît à crier de joie. Car dans nos heureuses jeunes années, nous avons coutume de trouver d'une immense drôlerie bien des choses qui sont très sérieuses, de rire de bien des choses dont jamais en toute notre vie nous ne pourrions comprendre tout à fait combien elles sont mystérieuses et puissantes.

Oui, autant que je le dise tout de suite, car cette question-là aussi, on va me la poser : l'oncle Jason était de nouveau aux prises avec Demcke. Mais cette fois, le vieux Demcke n'osait pourtant s'opposer à Jason que tout à fait à la dérobée, car il avait eu soudain le sentiment que Jason n'était pas seulement le plus fort, mais aussi celui qui, au magasin, faisait preuve de la plus grande valeur et de la plus grande prévoyance. C'est pourquoi il n'ergotait plus que très discrètement contre ses instructions. Cette année, en effet, il y avait vraiment beaucoup à faire au magasin, si bien que Jason Gebert avait du travail à foison, du matin au soir, et pour la première fois depuis longtemps, il en était heureux, car c'était une occupation qui le détournait de ses pensées, ce dont il avait justement bien besoin.

Au cours des semaines et des mois précédents, Jason Gebert n'avait pu trouver le repos au milieu de tous ses livres, il lui avait fallu toujours se précipiter dehors, que la soirée fût tiède ou fraîche, pour après quelques heures — dégoûté de la gaieté bruyante qui régnait chez Louis Drucker, et le vin qu'il avait bu, loin de l'étourdir, n'ayant fait que rendre son esprit plus clair et plus amer —, pour après quelques heures, donc, chercher refuge de nouveau en ces lieux où nous nous imaginons que, sur terre, notre nostalgie pourrait connaître un terme.

Mais à présent, ses journées uniformément occupées, les cent affaires qui se présentaient à lui, les lettres à dicter, les commandes de réassortiment à expédier d'urgence, toute l'activité de la maison, les livraisons des tissandiers, les relations avec les représentants et les voyageurs de commerce, l'émission et la circulation des traites, ces rouages du magasin où rien d'important ne pouvait se faire sans *son* ordre, sans *sa* signature, sans qu'*il* en endossât la responsabilité... tout cela, en lui prouvant qu'il existait quelque chose de supérieur aux petites souffrances personnelles, qu'hors de lui vivait une puissance que l'on devait servir, créée par les hommes et régnant sur eux, tout cela avait aidé Jason Gebert à trouver le repos. Comme il se moquait, auparavant, des gens à œillères pour qui le monde se réduisait au but vers lequel ils marchaient, dont ils croyaient qu'il se dressait, en lettres de feu, au bout de leur chemin. À présent, un tel mot magique, inconnu et innommé, s'était emparé de lui, et tant que ses rythmes résonnaient en lui et autour de lui, son démon et sa nostalgie restaient endormis. Le soir, quand ils se réveillaient, alors que Jason Gebert, tenant à la main le coffret qui contenait les clés, rentrait chez lui de la Spandauerstrasse en passant par la Königstrasse où les flammes des réverbères commençaient juste à tressauter, pataudes, et, à contrecœur, à répandre leur première lumière dans l'air chaud, bleu et chargé de poussières, ses vieux spectres, bien sûr, glissaient encore leurs pas dans les siens, mais ils n'avaient plus tout pouvoir sur lui.

Oui. Mais quelle période Jason Gebert n'avait-il pas traversée ! De ces jours et de ces nuits dont on dit que l'on ne les souhaiterait pas à ses pires ennemis. Il avait si souvent erré toute la nuit de pièce en pièce sans trouver le repos, puis, comme le matin s'annonçait par ses premières lueurs à travers les hautes fenêtres, s'était jeté sur la bergère verte, les bras devant le visage, et s'était endormi d'un sommeil sans rêves, comme évanoui, pour se réveiller en sursaut au bout de quelque courtes heures avec la ferme, l'irrévocable résolution de courir trouver Jettchen et de lui parler : non, cela ne pouvait continuer ainsi, et elle devait bien voir combien il souffrait sans elle. Dans ses pensées, c'était déjà chose faite ; il voyait les hauts sourcils de Jettchen à demi baissés, il sentait le regard de ses yeux se tourner vers lui, rêveur, et il l'entendait dire qu'elle lui avait toujours appartenu, que seulement elle n'en avait pas eu conscience auparavant. Ces paroles apaisaient son cœur et l'emplissaient de joie. Pendant qu'il se changeait, Jason Gebert sifflait un air dans la clarté du jour, puis il ne pouvait descendre l'escalier assez vite à son gré. Mais aussitôt la porte franchie, il était pris d'un étrange embarras, sa démarche claudiquante se ralentissait — il avançait si lentement dans le matin ; l'angoisse faisait palpiter son cœur, et c'est à peine s'il trouvait son chemin. Il respirait de soulagement quand il songeait soudain qu'il avait oublié quelque chose ou trouvait quelque autre prétexte pour faire demi-tour. Alors, alors, son pas claudiquant était beaucoup moins lent. Il arrivait même à Jason Gebert de rebrousser chemin alors qu'il avait déjà la main sur la poignée de la porte du Hoher Steinweg. Et même lorsqu'il avait trouvé le courage d'entrer, il demandait des nouvelles des deux vieux, s'efforçait de paraître naturel et restait pourtant bizarrement maussade et taciturne afin de ne rien laisser échapper de ce qui lui brûlait l'âme. Et quand, détournant presque le visage, il avait tendu la main à Jettchen pour prendre congé, puis refermé la porte derrière lui, un nouveau jour commençait pour Jason Gebert, empli de nouveaux tourments.

Mais maintenant, son activité constante et régulière au magasin était devenue pour lui un repos. Comme de la cendre retombée sur une coulée de lave, elle l'avait entièrement recouvert de sa grisaille quotidienne, de telle sorte que la matière incandescente ne paraissait plus au jour et ne faisait plus que brûler en elle-même d'un feu caché. Afin qu'elle ne se remît pas à jeter ses flammes, Jason Gebert restait au bureau du matin au soir, il s'y rendait même le dimanche pour examiner le courrier et vérifier les livres de compte.

Et autant que je le dise tout de suite, car cette question-là aussi, on va me la poser : on ne voyait plus Kössling jouer quotidiennement aux échecs au Royal, et il arrivait même qu'on ne l'y trouvât pas de toute une semaine. Quelques petits succès, des propositions de collaboration à divers journaux, des commandes de contributions à des almanachs et même l'offre d'une sorte de poste de censeur chez un grand éditeur, tout cela était arrivé à la fois, sans que lui-même sût bien comment. Et ce léger aiguillon avait suffi à réveiller ses forces. Lui-même était peu satisfait de ces choses ; il n'y avait là rien de ce qu'il voulait ; mais c'était au moins du travail payé, et l'on demandait ce genre de marchandise. Ce dont il croyait que lui seul et nul autre avait à le dire, il pourrait toujours, après tout, le dire plus tard. En tout cas, il s'asseyait de nouveau à sa table devant la fenêtre ; il regardait de nouveau, par-delà le petit jardin en friche, abandonné, à l'étroit dans sa grille de fer rouillée, le tussilage qui poussait d'abord ses touffes vertes, puis recouvrait de ses larges feuilles le sol nu des allées et la pelouse sèche ; il voyait les cimes dénudées des ormes, plus loin, se couvrir d'une végétation d'abord très délicate, puis peu à peu plus épaisse, plus ferme, et ne plus former finalement qu'une seule masse ; il voyait les premières soirées de chaleur étendre au-dessus leur voile gris et entendait le murmure confus du vent dans les lourdes et denses frondaisons estivales. Cependant, jour après jour, il couvrait page après page de l'histoire romantique d'un chevalier du temps d'Henri le Lion [126] qui a été captif en Orient et revient incognito dans sa patrie, mendiant inconnu, ou bien rédigeait une histoire à faire peur, pleine de châteaux en ruines, de fantômes et de voyageurs égarés, de telle sorte qu'elle se résolve de façon aimable et amusante, comme une charade. Bien sûr, Kössling écrivait cela en n'y mettant que la moitié de son âme et de son esprit, mais cela l'occupait quand même, il éprouvait sans se l'avouer de la joie à bâtir ces histoires, et il y mettait toujours au moins un peu de lui-même — une évocation de Brunswick ou une allusion à l'horreur de ses nuits sans sommeil dans cette chambre qui lui demeurait étrangère —, si bien que ces travaux d'écriture ne restaient pas tout à fait inutiles pour lui.

Et ce tout petit, tout modeste bout de terre ferme que Kössling sentait sous ses pieds lui avait apporté le repos, et ses pensées, qui pendant ces longues semaines avaient voleté comme des oiseaux égarés aux confins du terrestre, se heurtant sans cesse à des murs invisibles et repartant en chancelant, avaient retrouvé leur calme et s'étaient posées chez elles, les ailes repliées. Oh, mon Dieu... l'homme est finalement une si pauvre créature, et il échange si volontiers le ciel entier, aussitôt, contre le moindre coin de terre où il peut poser le pied.

Et c'est peut-être justement parce qu'il ne voyait pas Jettchen et parce qu'il était brouillé avec la parole mais trouvait dans l'écriture l'interprète de ses sentiments, et parce que leur séparation physique avait atténué toutes les oppositions entre Jettchen et lui, que tout semblait aller mieux qu'auparavant. À présent, il se répétait cent fois que tous les obstacles entre eux n'étaient qu'illusion, qu'ils étaient faits l'un pour l'autre. Il s'était habitué — difficilement, mais enfin il s'y était fait — à ne plus voir Jettchen. Maintenant, il la considérait comme une bien-aimée lointaine. Et dans ses rêves, qui toujours le ramenaient auprès d'elle, elle lui paraissait presque plus séduisante qu'auparavant dans la réalité. Car pour nos rêves, il n'existe ni inhibition ni éloignement ; et qu'ils jouent de pensées amoureuses ou nous présentent dans l'air doré du soir de lointains buts d'excursions, ils prennent leur essor avec une si heureuse aisance qu'ils ignorent les tristesses qui d'ordinaire ceignent d'une haie d'épines jusqu'à nos meilleurs moments.

Et après tout, pourquoi la figure prémonitoire de l'espérance n'aurait-elle pas orné la proue de son navire ? Ne faisait-on pas tout pour que Jettchen et lui puissent se rejoindre ? Toutes les incertitudes n'avaient-elles pas cédé la place à une calme et heureuse attente ? Bien sûr, ils ne se voyaient plus ; mais ne pouvait-il pas la voir à chaque instant, où qu'elle se trouvât ? Bien sûr, ils ne se parlaient plus ; mais ne pouvait-il pas lui parler à chaque instant et tout lui confier, dès lors qu'il prenait la plume ? Et ses baisers... il lui suffisait de fermer les paupières pour les sentir sur ses lèvres et ses yeux.

Ç'avait tout d'abord été un coup, et il ne savait pas comment il avait réussi à redescendre l'escalier, quand la vieille demoiselle Hörtel, presque sans ouvrir la porte, lui avait crié que M. Jason Gebert n'était pas chez lui et que Mlle Jettchen n'habitait plus ici, qu'elle avait déménagé chez ses vieux parents du Hoher Steinweg. Et jusqu'à la nuit, Kössling avait arpenté la rue en espérant rencontrer Jason Gebert. Le lendemain, il était remonté à l'appartement, mais il avait dû attendre un long moment avant de pouvoir parler à Jason Gebert. Ensuite, Kössling était revenu souvent, mais la plupart du temps il n'avait pas trouvé Jason chez lui — plusieurs fois, il lui avait même semblé que cette absence n'était que feinte. Si bien que ses visites s'étaient faites de plus en plus rares, puis avaient complètement cessé. Non que l'attitude de Jason Gebert à son égard eût exprimé quoi que ce fût que l'on aurait pu même interpréter comme de la mauvaise grâce — Jason était toujours aussi plein de tact et prévenant, peut-être un peu moins chaleureux... mais la cordialité n'avait jamais été son fort. Ce n'était que ceci : lorsque Kössling se mettait à parler de Jettchen, Jason Gebert trouvait toujours très vite un moyen de changer de conversation en passant à un sujet qui leur fût familier à tous deux, en lançant quelque appât qui suscitât la contradiction de Kössling — et déjà celui-ci était entraîné loin de sa première question. À présent, Jason Gebert était de nouveau complètement le même, pour Kössling, que longtemps auparavant : scintillant, subtil, intéressant et acerbe ; plein de grâce, avec une prédilection pour la fioriture dans toute sa façon de parler et de penser ; disert, capable d'évoquer des livres pendant des heures avec Kössling ; moqueur et amusant en matière de politique — et, quand ils se quittaient, il tendait la main à Kössling avec la même froideur et la même obligeance qu'au début de leurs relations, sans que Kössling ait pénétré ne fût-ce que d'un pas dans son univers. De nouveau, on aurait dit que jamais ils n'avaient eu d'autres rencontres que sur le terrain neutre de leurs sujets intellectuels favoris. Comment Jason Gebert vivait-il maintenant sans Jettchen, que faisait-il, comment se sentait-il ? De tout cela, qui touchait à ce qu'il avait de plus intime, Jason ne disait pas un mot quand il leur arrivait de se rencontrer chez Stehely, ou quand ils traversaient la place du château puis montaient et redescendaient *Unter den Linden* en se frayant leur chemin parmi la foule. Jason Gebert n'avait même pas mentionné la mort du vieil Eli, bien que Kössling eût appris par Jettchen qu'il en avait été très affecté. Et ils ne pouvaient plus se retrouver pour ces promenades nocturnes au cours desquelles, sous l'influence de l'heure et sous le charme du calme alentour, comme si le monde diurne n'était plus là pour l'observer, Jason Gebert était tout à fait lui-même pour de brèves minutes. Kössling lui avait bien demandé s'il pourrait passer le chercher à la sortie du magasin ; il était aussi monté frapper à sa porte, le soir, pour lui proposer de l'accompagner. Mais Jason Gebert trouvait toujours un faux-fuyant. Et pourtant, Kössling, lui, souhaitait maintenant, spécialement maintenant, se rapprocher de Jason Gebert. Il y avait des moments où il éprouvait pour lui une affection presque enfantine. Car à présent, peut-être parce que dans quelques semaines seulement le bonheur allait entrer dans sa maison, Kössling pour la première fois sentait ce qu'il devait de gratitude à Jason, et que celui-ci était le seul homme qui, de toute sa vie, lui eût fait du bien. Toute sa dureté, tout son acharnement, toute cette haine native que le pauvre qui doit lutter pour s'élever ne peut qu'éprouver contre le riche qui se repose dans son confort — car les amertumes de la vie nous rendent terriblement injustes —, tout cela s'était complètement dissipé. Mais maintenant qu'il tendait sans cesse les mains en attendant qu'on les saisisse, l'autre marchait à côté de lui les bras croisés.

Oui, autant que je dise enfin ceci, car cette question aussi, on va me la poser : dans la querelle qui avait éclaté entre le conseiller intime Stosch et tante Minchen, c'est tante Minchen qui l'emporta. Elle voulait rejoindre *son* logement retenu pour l'été, et elle le rejoignit ; elle ne se laissa pas dissuader par un docteur. On dit des gens si âgés — et tante Minchen allait sur ses soixante-dix-huit ans — qu'ils finissent comme la lumière d'une bougie : ils deviennent de plus en plus faibles, puis ils s'éteignent lentement ; mais j'ai toujours constaté qu'avant de rendre l'âme une telle bougie tressaute, inquiète et angoissée, comme si elle avait le pressentiment de sa mort prochaine, et qu'elle jette finalement une haute flamme claire et spasmodique avant de sombrer dans l'obscurité. Mais la vie de tante Minchen sombra tout doucement dans la nuit. Ce fut comme une source qui s'écoule en un filet de plus en plus mince et silencieux, puis, opiniâtre et ensommeillée, ne donne plus que des gouttes, et se tarit enfin pour toujours — on ne sait plus quand la dernière goutte s'est écoulée, on sait seulement que la source est tarie. C'est ainsi que tante Minchen s'en alla par un des derniers jours du mois d'août 1840 ; elle glissa sans plus de bruit qu'une feuille qui, en automne, tombe de l'arbre et glisse sur le sol dans l'air las et transparent. Elle partit avec le soleil couchant, avec la dernière lueur du jour, comme si le soleil l'avait choisie au dernier moment pour l'emporter avec lui.

Quant à moi, je suis d'avis que la petite tante Minchen, qui était si habituée au vieil Eli et, sans lui, ne pouvait plus trouver son chemin dans ce monde extravagant, ne supporta pas longtemps la vie d'ici-bas et s'en fut bientôt chercher son vieux compagnon au paradis des païens. Et quand plus tard les lunettes d'approche seront plus nettes et plus puissantes, je pense que l'on trouvera certainement aussi, dans quelque coin du ciel, la petite maison où l'oncle Eli et la tante Minchen sont assis, chacun à sa fenêtre encadrée d'un arceau de lierre, chacun sur son trône doré. Il est certes fort probable que là-haut non plus ils ne s'entendront pas le mieux du monde. Mais puisque sur terre ils vivaient déjà ensemble comme au paradis, pourquoi ne continueraient-ils pas à vivre au paradis comme ils vivaient sur terre ?

Dès dix heures du matin, le vieux Stosch savait que tante Minchen ne vivrait pas jusqu'à la nuit. Jettchen avait envoyé la bonne chercher l'oncle Jason, et celui-ci vint en toute hâte, très taciturne. Ferdinand arriva bientôt, puis, vers midi, tante Hannchen, qui avait justement des courses à faire en ville, puis Max, puis, ayant flairé on ne sait quel vent, la vieille demoiselle aux boucles de caniche. Ils s'assirent tous, très silencieux, dans la pièce du bas abandonnée ; aucun n'osa occuper l'une des chaises des fenêtres. Le canari, auquel personne n'avait pensé, criait anxieusement pour qu'on lui donne à manger, et tout dans la pièce paraissait ne rien faire d'autre qu'attendre les deux vieux : les chaises rangées le long des murs, les commodes sombres placées entre elles, avec leurs bouquets de fleurs sous globe, toutes les bergères qui faisaient de la main un signe nostalgique, et les petits Savoyards qui se tenaient là tout embarrassés, et la grande vache de porcelaine au regard à présent profond et mélancolique.

Les hommes, assis vis-à-vis, graves, parlaient très peu, et de temps à autre seulement il arrivait qu'un d'eux se levât, marchât de long en large, se frottât les mains à longs gestes, puis se rassît.

Quand Jettchen descendait, on ne l'interrogeait pas par des mots, mais seulement du regard. Et elle ne répondait jamais que par un haussement d'épaules. Ici, il n'y avait plus rien à dire — ni oui ni non. Ils restèrent ainsi, quart d'heure après quart d'heure, heure après heure ; le temps semblait s'être figé ; et la vie — il faisait une si belle journée d'août, dehors — la vie semblait avoir déjà tout à fait oublié cette maison. Tout au plus tante Hannchen allait-elle de-ci, de-là ; elle s'éventait, et observait tout sans paraître s'y intéresser. Mais quand personne ne regardait, sans se faire remarquer, elle écrivait, avec un petit crayon, son nom au dos d'une gravure ou ses initiales sur le fond d'une boîte. Pourquoi les autres devraient-ils prendre toutes ces choses ? Et en regardant l'argenterie disposée sur la table — car Minna avait préparé à manger, mais ni Jason ni Ferdinand n'avaient rien pris —, en regardant l'argenterie, elle y voyait beaucoup de pièces qui lui semblaient de valeur. La corbeille à pain, par exemple, lui serait bien utile.

Dans l'après-midi, la bonne tante Hannchen se mit à s'agiter.

« Dis-moi, demanda-t-elle à Jettchen, combien de temps est-ce que ça peut encore durer, à ton avis ? Parce qu'il va falloir que je reparte pour Charlottenbourg. »

Mais Ferdinand, qui arpentait la pièce à grands pas, s'arrêta devant la tante Hannchen, petite et ronde, et se contenta de la regarder en ouvrant de grands yeux — d'un regard qui n'était pas méchant, qui n'était plus méchant, mais d'une gravité amère et d'une pesante tristesse. Et il hocha tout doucement la tête. Mais ce seul regard et ce seul geste disaient clairement : voilà vingt ans, plus de vingt ans que je dois supporter cela... et si l'on t'asseyait au milieu d'une mer d'or, et si tous les anges descendaient du ciel, et si nous tous ici crevions sous tes yeux — rien au monde n'aurait le pouvoir d'effacer cette souillure de ton âme.

Mais quand ensuite la petite tante Minchen eut trouvé avec le soleil couchant le chemin de l'autre monde, tante Hannchen s'était répandue en larmes, semblant fondre comme un bonhomme de neige. Elle se pendit au cou de Jettchen et, d'une voix noyée de larmes, dit que naturellement ce n'était pas le moment de penser à de telles choses, mais qu'elle aimerait bien quand même, en souvenir de la pauvre tante Minchen, avoir ses bijoux en malachite et son châle de dentelle — elle aimait tant le lui voir porter. Jettchen aurait-elle la gentillesse d'aller lui chercher cela tout de suite ?

Jettchen, qui était très calme car elle avait reconnu depuis longtemps qu'il n'y avait ici pas d'autre solution que la mort, et qui ne pouvait pleurer à présent que cette unique heureuse solution était intervenue — Jettchen dit très simplement et sans que l'on remarque son émotion que bien sûr elle le ferait très volontiers, mais qu'elle croyait qu'elle n'en avait pas le droit.

« Ce que tu viens de déclarer ne me semble pas tout à fait exact, ma chère Jettchen », lança soudain Jason Gebert d'une voix très grave, très tranchante et très ferme. « Pour autant que je connaisse les dernières dispositions de l'oncle Eli et de la tante Minchen, *personne* ici n'hérite ne serait-ce que d'un bon groschen, à part toi, Jettchen. »

Mais avant même que Jason ait fini de parler, Hannchen avait bondi de sa chaise.

« Je ne comprends pas ce que nous avons encore à faire ici, Ferdinand », dit-elle en s'efforçant de garder un ton calme, mais sa voix fit presque un couac. « Je repars tout de suite pour Charlottenbourg. »

À présent, la brave tante Hannchen n'avait plus la moindre larme à l'œil. Elle prit son cabriolet posé sur la commode et sortit en hâte, petite, large, en secouant la tête sur son cou gras, suivie de son fils Max. Ferdinand la regarda partir de ses grands yeux gris, d'un regard qui n'était pas méchant, qui n'était plus méchant, mais d'une gravité amère et d'une pesante tristesse ; et il hocha la tête, et il hocha la tête, tout doucement.

Jason ne comprit que trop bien ce regard et ce geste.

« Tu sais, Ferdinand, à présent, l'ancien temps est mort ; à présent, c'est nous qui sommes l'ancien temps. Je crois que ce qui viendra après nous n'aura plus beaucoup d'intérêt.

— Mon Dieu, Jason, il se pourrait bien que tu aies raison », dit Ferdinand.

Il se laissa tomber sur une chaise et soudain, ce que personne n'aurait attendu de lui, il plongea son visage dans ses mains et se mit à sangloter bruyamment, douloureusement.

Et Jettchen courut vers lui, le prit dans ses bras et chercha à le consoler, car il n'est rien de pire que de voir ainsi pleurer un homme...

Ce qu'il me reste à raconter — car on m'interrogera également à ce sujet — est très sérieux, et je veux le raconter très calmement, très brièvement et sans la moindre fioriture. Je n'aime pas les histoires tristes. Autrefois, quand j'étais plus jeune et plus gai qu'aujourd'hui, je croyais que l'on se montrait juste et fort en dépeignant la vie impitoyablement, en arrachant son masque à cette belle bête fauve qui nous déchire et en montrant sa gueule dégouttante de sang. Aujourd'hui que je suis moins gai et connais vraiment cette bête fauve, je ne lui remets que trop volontiers son masque, que je m'efforce même de maquiller de rose et de teintes délicates, à seule fin d'oublier la gueule dégouttante de sang.

Mais ne prenons pas les choses avec trop de gravité, prenons-les, passées et présentes, telles qu'elles sont : douloureuses ou belles, graves ou gaies, elles ne sont jamais qu'un jeu dont nous ne connaissons pas le sens.

Oui, les belles commodes de tante Minchen, avec leurs garnitures de bronze et leurs bouquets de fleurs en marqueterie, les lourds lits dorés et les chaises dorées, les porcelaines anciennes — celles du moins dont Jason ne voulut pas —, toutes ces vieilles belles choses allèrent à la brocante pour peu d'argent. Car cette époque était dure et sans pitié pour les vieilles choses. Mais qui aurait voulu les prendre ? Car chacun avait sa propre maison, pleine de ses propres affaires. Et Jettchen, qui peut-être aurait aimé garder quelque pièce en souvenir, rentra bientôt elle aussi en possession de ses propres meubles. Car entre-temps, sa procédure de divorce avait tranquillement suivi son cours, et devait arriver à sa conclusion aussitôt après les vacances judiciaires. Jettchen avait même rencontré une fois, chez le notaire, en présence de Jason, son mari qui à proprement parler n'avait jamais été son mari. Elle avait redouté cette rencontre, car elle croyait que cela provoquerait en elle une grande agitation. Et elle s'était retrouvée vis-à-vis d'un parfait étranger, qui s'efforçait de montrer plus de savoir-vivre qu'auparavant et sur qui, extérieurement, cette année à Berlin n'était vraiment pas passée sans laisser de traces. Jettchen crut d'abord qu'elle allait de nouveau éprouver quelque chose de cette répulsion invétérée qui la faisait naguère trembler en présence de ce petit homme, mais elle ne ressentit qu'une profonde et vague indifférence, aussi éloignée de tout agrément que de tout désagrément.

Pour la première fois de sa vie, Jettchen saisit que nos sentiments n'ont rien d'éternel, combien la haine et l'amour changent de forme et s'affaiblissent en un an ; elle sentit comme tout ce qui est humain est éphémère et comme ce par quoi nous croyons être retournés jusqu'au tréfonds de notre être ne fait que tracer à sa surface un mince sillon qu'en un an le vent, la pluie et la neige balaient, érodent, aplanissent au point que c'est à peine si on le distingue encore. Un seul sillon profond traversait sa vie, et celui-ci résisterait à tous les caprices du temps.

Et comme le logement d'été loué pour elle à Potsdam l'attendait toujours, comme tous ces évènements l'avaient beaucoup fatiguée, l'avaient laissée physiquement et moralement épuisée, comme enfin elle craignait de ne rencontrer auprès de tante Hannchen, à Charlottenbourg, que de nouvelles causes d'irritation, Jettchen partit pour Potsdam par un beau jour d'août, qui cependant, au petit matin, s'accompagnait des premiers signes avant-coureurs de l'automne. Elle aspirait au repos, et à Potsdam elle le trouva.

Les deux pièces que Jettchen avait toutes pour elle étaient d'une propreté méticuleuse, avec leurs rideaux de mousseline blanche avec le trumeau flanqué de lourdes colonnes, avec le secrétaire en bouleau et avec le vieux sofa de cuir au-dessus duquel un miroir ovale, dans son cadre doré, pendait à un cordon garni de pompons. Mais pour le protéger des mouches, on l'avait recouvert d'un voile de mousseline. Car à Potsdam, il y avait des mouches, petites et grosses, à voix de basse, d'alto ou de ténor, et elles volaient sans cesse autour du lustre de verre bleu, elles y revenaient toujours, comme si elles lui étaient attachées par d'invisibles fils élastiques. Mais même si elles avaient fait du lustre de verre leur quartier général, elles n'étaient nullement réduites à se contenter, pour leurs expéditions, du miroir garni de mousseline ; car celui-ci était entouré de toute une troupe de chromolithographies et de gravures qui ne bénéficiaient, elles, d'aucune protection. Là, le vieil invalide à la jambe de bois Koch, portraituré dans sa centième année, la pipe au bec, et vendu à son profit exclusif huit groschen d'argent ; à côté, lui faisant pendant, un portrait de la reine Louise d'après Kannegiesser [127], sur lequel, sans aucun doute, seul le collier de perles était ressemblant. Ici, une vue de Sans-Souci, et là une redoute de la place en avant de la porte de Brandebourg. Mais le plus beau était quand même une grande silhouette que Sommerguth avait autrefois découpée d'une main experte, quand sa femme aux formes opulentes était plus jeune, plus mince, et n'était pas encore sa femme. Sur un fond de papier glacé bleu, on y voyait, découpés dans du carton noir avec les ciseaux les plus fins, une table chargée de fleurs sous laquelle était assis un petit chien. Et sur le plateau de la table, à droite et à gauche, deux oiseaux lançaient leurs trilles. La table portait en outre un grand vase avec l'inscription « En souvenir » et, très finement ciselé en épargne, le portrait de cette même Mme Sommerguth, alors si gracieuse et maintenant si plantureuse. Et pour couronner le tout, comme si cela n'était pas suffisant, un gros bouquet jaillissait du vase : des roses, des tulipes, des œillets, toutes fleurs qui, comme on sait, se fanent plus vite que l'affection.

C'était le chef-d'œuvre de Sommerguth, l'orgueil de la maison et la fierté de la famille. Quand on voyait les grosses mains de Sommerguth, on ne pouvait croire qu'elles eussent jamais exécuté un ouvrage si délicat.

Les Sommerguth étaient certes des gens très simples, mais il y avait dans toute leur attitude une réserve modeste qui confinait presque à la distinction. Bien qu'ils connussent Jettchen depuis son enfance, ils ne lui pesaient jamais, ne s'imposaient jamais à elle, et se contentaient de lui parler quand elle cherchait leur compagnie. Le mari, grand, sec et maigre, avait les cheveux gris, et tous ses mouvements se faisaient sur le côté, comme cela peut sans doute arriver quand un homme a passé toute sa vie debout devant le métier à tisser, lançant des centaines de milliers de fois la navette de droite à gauche, de gauche à droite. Mme Sommerguth, au contraire, sous sa coiffe de dentelles mêlées noires et blanches, était toujours la plus jolie de ses filles, bien qu'elle donnât déjà l'impression, à présent, d'un bon vieux canapé d'angle, d'un meuble utile et moelleux, qui ne se met jamais en travers du chemin et s'offre, agréable, à l'âme lasse, un peu usée déjà, lorsqu'elle veut prendre son repos.

Naturellement, il n'y avait pas chez les Sommerguth tout un univers de jardins comparable à celui de Charlottenbourg, chez Mme Könnecke. Mais bien qu'ici Jettchen habitât en ville — dans le haut de la Schockstrasse — elle voyait pourtant de sa fenêtre un petit bout de jardin devant la maison. Et à présent, en automne, il était empli de boutons d'or, de digitales, de menthe poivrée. Leurs épaisses touffes multicolores se pressaient autour des deux ifs taillés en boule qui, sans cesse retaillés, lançaient sans cesse à leur sommet de nouvelles branches, et qui maintenant — on ne les avait plus raccourcis depuis longtemps —, ressemblaient à deux têtes crépues aux cheveux sombres, hirsutes et rebelles. Mais de tout le peuple d'oiseaux qui, à Charlottenbourg, mêlaient leurs voix bariolées jusque dans les rêves de Jettchen, il ne restait ici qu'une tribu de moineaux pépiants qui, chaque soir et chaque matin, perchés sur les barreaux de la clôture devant la fenêtre de Jettchen, s'entretenaient des dernières nouvelles en tournant toujours la tête l'un à droite, l'autre à gauche.

Et même si le jardin de devant n'était pas aussi beau que celui de Charlottenbourg, que les rues étaient donc belles, ici à Potsdam ! Toute la mythologie, le monde d'Hellade et de Rome, du paganisme et de la chrétienté, défilaient en ordre dispersé, entourés et guidés par une troupe infinie de putti qui voletaient, comme semés par une main gracieuse, au-dessus de ces maisons et de ces pignons, au-dessus de ces fenêtres et de ces niches, au-dessus de ces portes et de ces pilastres. Ici, Samson brisait les colonnes, et Thésée déchirait un tronc d'arbre. Le dieu de l'hiver soufflait sur ses doigts de glace, et le visage de Vénus, entouré d'amours, avait un sourire suave, du haut d'un relief en stuc. Partout, la pierre vivait, et une joyeuse tranquillité émanait de toutes les formes. Et il semblait en outre que personne ne dût troubler le repos de ces rues enchantées. Depuis qu'elle était à Potsdam, Jettchen ne pouvait se rappeler avoir vu quiconque marcher à pas pressés. Même les officiers qui, matin après matin, passaient à cheval devant les fenêtres de Jettchen, n'allaient — tant qu'ils étaient en vue — qu'au pas, calmes, à leur aise et élégants.

Et puis, après tout, pourquoi parler de la ville ? Car, à deux pas, il y avait les jardins, ces grands beaux jardins bien entretenus, et toute la ville semblait se fondre en eux, ne former avec eux qu'un tout. Tout cela, jour après jour, était encore d'un vert velouté, et rêvait tranquillement dans le calme automnal et sans désirs d'un soleil blanc. Même le dimanche, on ne voyait pas affluer les foules de Berlinois bruyants qui, à Charlottenbourg, passaient en une chaîne sans fin, du matin au soir, devant la maison de Jettchen. Mais peut-être n'en était-il ainsi qu'en cette saison, car il était déjà bien tard dans l'année. Dans les jardins, pourtant, dans les jardins, bien sûr, on ne remarquait rien de l'automne — de même qu'une femme qui prend soin d'elle-même reste plus longtemps jeune et belle qu'une autre qui doit travailler durement. L'automne ne se voyait qu'alentour, dans les forêts, sur les voies d'eau, dans les champs et dans les vastes terres basses. C'est seulement lorsqu'elle arrivait au bord de la Havel ou en un lieu d'où l'on avait vue sur la campagne que Jettchen découvrait les chaumes et, au loin, les derniers champs de blé jaunis qui luisaient au soleil comme s'ils étaient faits de vieil or de récupération. Et Jettchen regardait aussi les hirondelles qui s'attroupaient dans les prairies basses, et exerçaient leurs jeunes ailes à voler entre les bosquets et dans les allées bordées de saules. À tout cela, elle percevait que la saison rude et froide s'annonçait de nouveau.

Mais dans le parc, on ne sentait encore rien de l'automne, et souvent on voyait le ciel bleu faire signe à travers les arbres, aussi profond et lumineux que celui des vieux vitraux. Il y avait encore des journées chaudes et ensoleillées, de ces journées où l'on n'aurait pas envie de prendre congé du monde, de ces journées où l'on ne saurait concevoir que des hommes qui ont vécu sur la terre ne peuvent plus la voir à présent, pas plus qu'on ne saurait comprendre qu'il y aura de nouveau de telles journées quand *nous* aurons fermé nos yeux.

Par de telles journées, Jettchen parcourait les vastes jardins, tout amoureuse de leurs architectures factices, de leurs portiques et de leurs colonnades, de leurs temples ouverts qui protégeaient à peine du soleil, de leurs gloriettes et de leurs pagodes, de toutes leurs petites tonnelles de fer forgé à la coupole surmontée d'un soleil doré et aux grilles parsemées de masques et d'instruments de musique. Par de telles journées surtout, toutes ces mille inventions susceptibles de rendre un jardin plus beau et plus charmant captivaient Jettchen. Elle aimait aussi les arbustes taillés bordant les chemins, qui se mêlaient au-dessus d'elle en un véritable toit de verdure, et dans les niches et les fenêtres desquels, vis-à-vis des petits bancs, des putti de pierre formaient leurs coquets petits groupes : le printemps, l'été, l'automne et l'hiver, la musique, la poésie et la peinture ; elle était ravie de ces maisonnettes de jardin, de ces villas et de ces petits temples dont les murs blanc et or brillaient çà et là le long des allées, entre les tilleuls — des tilleuls que n'avaient plus touché depuis des décennies les cisailles du jardinier. Leur tronc était tout noueux, et leurs larges frondaisons pleines de pousses et de jeunes branches parmi lesquelles les pinsons s'ébattaient en jetant leurs trilles. Mais plus que tout cela, Jettchen adorait les quatre orangers qui, chacun dans sa caisse, entouraient une petite fontaine, un bassin dont la surface noire s'animait des reflets dorés du dos des poissons rouges. Par de telles journées, dans la chaleur de midi, elle jouissait du spectacle qui s'offrait à elle dans la perspective d'une haute charmille pareille à un cadre en demi-cercle quand le soleil, haut dans le ciel au sud-ouest, déversait par-dessus la paroi bleu-vert des arbres sa lumière d'argent et d'acier et en emplissait le bassin. Ensuite, Jettchen passait lentement en revue les buis taillés en boule, elle observait les délicats fuchsias dentelés et respirait le parfum des vieux héliotropes qui bordaient l'allée. Un court moment, elle allait et venait, rêveuse, dans la pénombre des charmilles au sol tissé de vert et d'or... Puis elle ressortait dans le plein soleil, dans le soleil blanc, automnal.

Mais finalement, c'est au groupe sculpté d'une fontaine que son cœur appartenait tout entier : Neptune et Galatée tirés par des chevaux marins, précédés et escortés de tritons. Le groupe se dressait dans un petit étang allongé, à présent, en automne, tout recouvert de lentilles d'eau, tout semé d'épis bruns de renouées, tout hérissé d'osiers pointus. Plantain d'eau, butome et roseaux dissimulaient à demi le haut groupe de grès moussu, cette vie verte grimpait entre les tritons et les chevaux marins, elle ne cédait pas même devant le maître des flots, qui semblait incapable de lancer son vieux cri de « *Quos ego*[128] ». Mais elle, la belle néréide, trônait toujours sur son char, tranquille et raide dans sa beauté souriante et froide, et abandonnait au doux soleil d'automne les formes de pierre de sa nudité sauvage et insouciante — souveraine qu'aurait laissée de glace même le soleil le plus brûlant...

Jettchen avait parfois le sentiment qu'elle devrait envier cette nymphe froide, là-haut, qui avait le monde entier à ses pieds, à qui chacun présentait quelque offrande et qui pourtant n'avait pour tous que le même sourire indifférent. À présent, Jettchen était lasse. Le combat avait cessé, pour elle, et dans ce beau calme, ses désirs et sa volonté s'étaient éteints. Par moments, elle ne se comprenait plus elle-même. Elle sentait que ses lettres à Kössling devenaient pauvres et prosaïques, toutes différentes de ce qu'elles étaient auparavant. Et lorsqu'il parlait, lui, de nouveaux petits succès ou évoquait leur avenir — car dès lors que, lentement, tranquillement, tout reprenait son cours espéré, il était bien permis à Kössling de songer à un avenir commun —, naguère, cela emplissait Jettchen d'une chaude et heureuse émotion. À présent, elle lisait ces passages sans s'y arrêter, repliait la lettre, la rangeait avec les autres dans son secrétaire et ressortait pour ses longues promenades solitaires à travers les jardins ou aux abords de la ville, ou bien restait lire les livres que Jason lui avait donnés. Et le soir, quand elle s'asseyait à sa table pour répondre à Kössling, il fallait qu'elle reprenne d'abord sa lettre, car c'est à peine si elle savait encore ce qu'il y disait. Elle se sentait aimée de Kössling, et cette sensation lui faisait du bien. Car il n'est pas de femme, qu'elle accepte ou refuse ces hommages, qui ne se plaise à s'entendre dire qu'on l'aime et qu'on vénère sa beauté. Mais elle-même n'avait nulle part à cela, et en ces heures calmes, jamais elle ne se représentait un avenir commun ni ne songeait que chacun d'eux pût faire le bonheur de l'autre. Elle se répétait que ce n'était peut-être dû qu'aux dures épreuves qu'elle avait maintenant surmontées, à toutes les émotions d'une longue année, qui l'avaient rendue si apathique. Sans cesse, elle voulait se persuader qu'à l'avenir toutes les sources qu'en ses heures de désespoir elle croyait définitivement taries se remettraient à jaillir en elle.

Après tout, un peu de vie chaude était encore là qui frappait à la porte ; et après tout, comme elle désirait ardemment les baisers de Kössling, avant ! Bien sûr, maintenant encore, elle éprouvait par moments une brûlante nostalgie en songeant à lui, sous l'effet des images que faisaient naître en elle certains vers qu'elle lisait dans l'*Almanach des muses*[129] de Jason, comme ceux-ci :

> « *Viens, je veux te désaltérer,*
> *Toi qui as soif de mes baisers,*
> *Et t'offrir pour que tu en joues*
> *Mes longs cheveux noirs dénoués.* »

Mais des jours et des jours passaient sans qu'elle pensât à Kössling.

Et quand en se promenant elle conversait en secret dans son esprit — car nous parlons toujours à des gens qui sont loin de nous —, c'était toujours avec un autre, c'était toujours à l'oncle Jason qu'elle confiait ses pensées les plus intimes. Ce qu'elle éprouvait pour lui, elle l'ignorait elle-même, elle savait seulement qu'elle était plus proche de lui que de quiconque dans sa vie. Et cent fois, elle se replongeait dans le livre sur Charlotte Stieglitz, et jamais elle ne le prenait en main sans s'imprégner des vers que Jason y avait écrits pour elle et sans s'interroger sur leur sens : pourquoi l'avait-il écartée de lui ?

Les semaines se succédaient ainsi, paisibles, sans autre évènement que peut-être l'arrivée, un dimanche matin, de Ferdinand, à cheval, qui s'était arrêté pour lui parler un moment, juste le temps nécessaire pour que le cheval se reposât.

Maintenant, les soirs de septembre, il arrivait déjà que la brume des nombreuses étendues d'eau alentour s'insinue dans les rues de la ville, et toute la verdure, chaque arbre, chaque plante, étalait son ultime opulence avant que les premières feuilles ne se teintent de jaune. Partout dans les jardins se dressaient les fleurs d'automne, larges, grandes, et elles brillaient de leurs couleurs vives, avec une somptuosité farouche, dans le crépuscule qui déjà renaît tôt...

Salomon et Rikchen étaient encore en voyage, et Jettchen attendait maintenant leur retour de jour en jour, afin d'avoir de nouveau un endroit où se glisser. Car même si elle n'était plus comme autrefois une pauvre orpheline, mais — grâce à l'héritage de l'oncle Eli et de la tante Minchen — pouvait dire siens des biens assez importants pour qu'elle n'eût pas une idée bien claire de la somme et de la puissance qu'ils représentaient, elle n'avait pourtant aucun foyer, aucun endroit, aucun bout de terre où elle eût sa place. Et après cette année où elle avait été ballottée de-ci, de là, elle avait de nouveau la nostalgie de son ancienne chambre chez l'oncle Salomon, cette chambre où au moins elle était chez elle.

Et tout advint comme cela devait advenir.

Dans l'après-midi du 1er octobre, comme Jettchen, qui s'était équipée pour sa promenade, était allée regarder à la fenêtre ce que disait le temps — car le soleil venait de se voiler et le ciel bleu clair s'était assombri — afin de décider si elle se risquerait à travers le parc, elle aperçut un homme qui se tenait dehors, devant la grille du jardin, indécis et échauffé par le long chemin qu'il venait de faire. Et elle tressaillit, heureuse, comme par cet après-midi de printemps, à Charlottenbourg, où, assise à la fenêtre, elle brodait sur le devant du petit sac à main la bergère en robe jaune et le berger bleu qui se penchait vers elle.

Quand Kössling vit Jettchen, la joie éclaira son visage comme un rayon de soleil. Et Jettchen elle aussi trembla de tout son corps d'une heureuse excitation. Car après tout la jeunesse attire la jeunesse avec une force magnétique. Et Jettchen fut près de lui, et elle se suspendit à son bras, et elle lui dit à l'oreille combien elle était heureuse qu'il fût enfin venu, qu'ils allaient se promener ensemble et qu'elle lui montrerait tout ce qu'il y avait à voir à Potsdam. Il ne put que rire, sans trouver un mot à dire, et, en riant, il lui baisa les mains, plein de gratitude. Tout l'après-midi, ils marchèrent côte à côte par les chemins silencieux et déserts de l'automne, pendant des heures, à travers les jardins sans fin. Le ciel s'était de nouveau dégarni de ses nuages, il était d'un bleu très clair ; le soleil oblique leur parvenait, haut par-dessus les arbres, à travers une brume délicate et scintillante.

Ils traversèrent ensemble le vaste ovale entre les communs et le Nouveau Palais. Et par-dessus les pelouses vertes, les plates-bandes rondes de fleurs d'automne colorées, leur parvint le parfum de l'héliotrope. L'horloge d'une tour leur lança son carillon argentin, et la relève de la garde fit retentir son cliquetis au-dessus des passages pavés de brique. Et les centaines d'hermès de grès de la clôture, qui rêvaient, tout verdis, dans la pénombre du feuillage, arboraient fugitivement une sorte de sourire ; les figures sculptées des toits, de part et d'autre, souriaient elles aussi et tendaient le cou. Oui, même les grosses têtes d'anges joufflues au-dessus des fenêtres semblaient soudain sourire de cet exercice de discipline prussienne.

Jettchen et Kössling restèrent un long moment près de la dernière petite aile du château, et Kössling expliqua à Jettchen les statues de grès qui, là-haut, agitaient leurs membres, dans des positions comiques. Peut-être étaient-ce le printemps, l'été, l'automne et l'hiver ; ou la chasse, la pêche, la géographie, le dessin ou l'astronomie. Il lui montra toutes ces allégories, allusions et relations dont on ceignait autrefois l'existence. Il lui montra Apollon qui s'approchait en dansant, suivi de muses et de charites — les muses et les charites de la marche de Brandebourg. Il lui montra Thésée, et

Samson, et Hercule. Et il montra aussi à Jettchen Vertumne et Pomone.

Qui étaient-ce, Vertumne et Pomone ? demanda Jettchen.

Et Kössling se mit à lui raconter l'histoire de Vertumne et de Pomone : un beau jeune homme, dit-il, avait fait sa cour à Pomone, mais celle-ci n'avait pas voulu l'écouter. Alors, il s'était métamorphosé en une vieille femme et, sous cette forme, avait gagné son amour. En tout cas, déclara Kössling, c'était une légende très étrange et ambiguë que cette allégorie de la vieillesse qui cherche à conquérir la jeunesse.

Tandis qu'il disait cela, Jettchen avait soudain lâché le bras de Kössling et elle marchait à présent à quelques pas de lui, la tête penchée et le visage écarlate. Et sous tout ce qu'elle disait tremblait le souvenir de cette étrange légende de Vertumne et Pomone, qui l'avait brusquement effrayée jusqu'au fond de son être.

Et ils continuèrent à marcher, à marcher ensemble, et Jettchen leva à peine les yeux lorsque Kössling, en souriant, lui montra Vénus et Amour, et Vénus et Hymen, qui portaient les grandes lanternes, dont le vent et la pluie avaient adouci les formes, et dont les longues années avaient rendu la surface rugueuse. Jettchen marchait à côté de Kössling, très silencieuse ; mais il ne comprenait pas son silence et interprétait comme du bonheur ce qui n'était que de l'angoisse. Ils se retournèrent pour regarder encore, du haut du Drachenberg, le château et les communs dont les coupoles et les toits émergeaient du manteau de verdure ininterrompu ; et ils observèrent les fenêtres rondes de l'étage qui brillaient dans le soleil couchant, comme si un gigantesque foyer était allumé derrière elles. Puis la vieille petite plantation de mûriers que coupaient des allées toutes bordées de vignes palissées et de courges les accueillit. Ils arpentèrent les chemins étroits qui quadrillaient le terrain boisé, ils traversèrent l'immense plate-bande de fleurs parcourue d'allées et de chemins. Du haut en bas du jardin, à côté d'eux, les tournesols en foule innombrable faisaient éclater leurs feux d'artifice ; et toutes les couleurs des fleurs d'automne se combinaient en motifs sans cesse renouvelés : dahlias et asters et phlox. L'amarante balayait le sol de ses panaches rouges pendants et les jalaps rouge et blanc, qui semblaient incliner leurs fleurs devant le soleil, s'étaient ouverts et, avant que l'obscurité ne se mette à tomber, répandaient dans le soir d'automne leur parfum vif et pénétrant. Et de gros essaims arrivaient comme d'une distance infinie en bourdonnant pour ne s'arrêter qu'un instant, inquiètes ombres grises, au-dessus des fleurs, puis repartir, comme poussés par une brûlante nostalgie, si rapidement qu'on aurait dit qu'ils pouvaient franchir l'espace à la vitesse de la pensée.

Ils ne rencontraient plus personne, et s'ils n'avaient pas vu que les chemins étaient ratissés, ils auraient pu croire que jamais un être humain ne venait dans ce royaume enchanté des fleurs. Ils auraient cru que tout appartenait aux oiseaux des frondaisons qui voletaient de-ci, de-là, d'un arbre à l'autre, turbulents, avant d'aller se coucher, ou à la grive qui tirait sur un pampre.

Et au milieu de toute cette floraison fiévreuse de ce premier soir d'automne, Kössling attira Jettchen à lui ; et ils s'étreignirent avec une violence presque sauvage ; et dans ses bras, sous les lèvres de Kössling, Jettchen crut qu'elle ne pourrait s'empêcher de s'évanouir. Mais ensuite, alors que le ciel s'assombrissait déjà, coupé de bandes enflammées, ils regardèrent la vallée du haut de la terrasse de Sans-Souci. Les collines en face, de l'autre côté de la Havel, se voilaient déjà dans l'obscurité croissante du soir. En bas, autour de la fontaine, les contours d'arbres isolés, agités par la brise, se dressaient comme les coulisses d'un immense théâtre. Et dans la dernière lumière chancelante du jour, ils virent que le rond noir de la fontaine, à côté des sculptures de marbre blanc, était constellé de taches d'or et de cuivre par les poissons rouges qui le traversaient.

Mais en bas, dans une niche de verdure au-dessus d'un banc de marbre que parsemaient déjà les premières feuilles mortes et les premières baies rouges tombées des buissons, ils restèrent encore un moment cœur contre cœur, jusqu'à ce que Jettchen insistât qu'il lui fallait rentrer. Et ils quittèrent la lumière du jour déclinant qui tombait encore entre les arbres pour s'engager dans l'obscurité des rues étroites.

De la clôture de son petit jardin devant la maison, Jettchen tendit sans un mot la main à Kössling, puis elle entra vite, de cette belle démarche fière de tous les Gebert, très droite, la tête haute.

Le châle de soie jeté sur ses épaules, tandis qu'elle s'éloignait ainsi, se gonfla dans son dos comme une voile au vent.

Et peut-être, si ce châle de soie ne s'était pas gonflé, et si ses pans flottants n'avaient pas été si beaux et séduisants, peut-être Kössling serait-il rentré chez lui, silencieux et triste, en longeant les murs. Mais il se précipita derrière Jettchen et lui reprit la main.

Et puis tout advint comme cela devait advenir.

Mais le lendemain, où le jour se leva aussi lumineux et bleu clair et se coucha aussi sauvage et enflammé, alors que Jettchen n'aurait pu dire ce que lui avaient apporté ces heures, si elle éprouvait de la joie ou de la nostalgie, des remords ou des tourments, alors qu'elle n'avait conscience que de ce sentiment inexplicable qui nous révèle que le moindre ruisseau est en relation avec l'océan, l'oncle Jason vint. Et Jettchen fut prise d'un grand effroi quand elle le vit remonter la rue, et elle ne courut pas à sa rencontre. Elle passa dans la deuxième pièce, le fit attendre longtemps et dut faire un grand effort sur elle-même pour se ressaisir et pouvoir se présenter à lui. Mais Jason Gebert parut n'en rien remarquer, ou ne rien vouloir en remarquer.

« Eh bien, Jettchen dit-il, je viens en qualité d'ambassadeur de la famille pour te ramener à tes pénates. Salomon est rentré avant-hier, et l'on aimerait bien t'avoir à la maison — pour le peu de temps que "Mme Jacoby" devra encore y passer. Mais ne va pas t'imaginer, Jettchen, que je viens seulement pour toi. Car il faut aussi que je parle un peu affaires avec Sommerguth. Il se pourrait en effet que nous agrandissions la manufacture, ici. Mais pas de façon importante. Donc, si cela te convient, Jettchen, nous t'enverrons la voiture demain matin, et demain après-midi, Berlin te saluera par des arcs de triomphe. Car toute la ville est déjà sur pied de guerre en ton honneur, et les charpentiers travaillent nuit et jour pour te préparer un accueil digne de toi.

— Est-ce seulement pour moi que l'on fait tout cela ? demanda Jettchen en riant.

— Pour qui d'autre ? dit Jason. Si l'on sort les grands équipages pour une simple Henriette Sontag[130], on peut bien te construire des arcs de triomphe. »

Et Jettchen répondit — elle avait l'impression de parler en rêve — qu'elle viendrait volontiers et qu'elle se réjouissait de pouvoir enfin dormir de nouveau dans son propre lit.

Pendant un moment, Jason la considéra de ses yeux gris, l'air assez grave, puis il lui demanda impromptu quelles nouvelles elle avait de Kössling.

« Guère », dit Jettchen, et elle s'étonna que le son de sa voix fût si naturel. « Nous nous écrivons souvent, certes, mais il y a longtemps que nous ne nous sommes pas vus.

— J'espère qu'à présent cela va changer », déclara Jason.

Jettchen faillit secouer la tête et dire qu'elle souhaitait ne jamais le revoir, qu'il n'existait qu'un homme à qui elle appartînt, que depuis sa prime jeunesse elle ne pouvait penser qu'à cet homme, et que depuis toujours c'était à peine si elle pouvait se contenir de joie ou d'angoisse quand seulement elle entendait son pas.

Mais elle se contenta de rire et dit :

« Oui, je l'espère aussi, mon oncle. »

Et Jason lui proposa, si elle en avait envie, de faire plus tard une petite promenade. Il aimait tant Potsdam ! Et il enviait Jettchen d'y avoir séjourné. Elle devait y vivre comme Heine l'avait dit un jour. S'il ne se trompait pas, Heine avait dit qu'ici, à Potsdam, il n'avait de contacts avec personne et que ses seules relations se bornaient au statues qui se trouvent dans le parc de Sans-Souci.

« C'est ainsi que tu as dû passer tes journées, ici. »

Jettchen hocha de nouveau la tête et dit que c'était très beau, à Potsdam, en ce moment — en automne —, qu'elle connaissait le moindre recoin et qu'elle se promènerait volontiers une heure après que Jason aurait discuté avec Sommerguth des affaires qu'ils avaient à régler ensemble.

Au bout d'un moment, ils sortirent donc et s'en furent ensemble dans les jardins. Et Jettchen évita délibérément les chemins et les endroits où elle était passée la veille. Mais il y a là, dans les jardins royaux de Sans-Souci, tant de chemins et tant de beaux endroits, et il y avait tant de mots qui n'avaient pas été dits la veille et qu'elle pouvait dire maintenant, tandis qu'elle marchait au bras de l'oncle Jason ! Et par instants, Jettchen oubliait complètement la veille, et toute sa vie, avec toutes ses erreurs.

Mais en marchant ainsi en mesure, à pas réguliers, à côté de Jettchen, Jason Gebert lui aussi oublia tout ce qui s'était passé, il oublia ses jours brûlants, ses nuits folles et l'agitation continuelle qui l'avait fouaillé, au point qu'il put se croire maître à présent de sa passion. Comme deux êtres qui se sont beaucoup aimés autrefois, ils marchaient côte à côte et parlaient ensemble — comme deux êtres qui auraient à présent allumé des feux plus calmes.

Jason Gebert raconta l'entrée du roi. Il n'y était pas allé, car il n'aimait pas ce genre de choses. Mais les gens s'étaient comportés comme des possédés, et le roi avait été comme abasourdi par toute cette liesse et tout ce tumulte. Trop sceptique pour persister dans une même humeur et trop sceptique pour croire en lui-même, il avait aussitôt reconnu que ce n'était là qu'une sorte de caprice d'un enfant imprévisible. C'est pourquoi, en montant l'escalier du château, il avait dit au bourgmestre, qui l'escortait, que ce n'était qu'une pure ivresse, que cela ne pourrait pas durer, et qu'il craignait que ses chers Berlinois ne se retrouvent que trop tôt avec la gueule de bois.

« C'est la première fois que je suis du même avis que le roi, Jettchen, déclara Jason Gebert. Jusqu'à présent, je n'avais jamais entendu rapporter qu'il eût rien dit à quoi j'aurais pu souscrire. »

Jettchen ne l'avait-elle jamais vu ? En ce moment il était à Potsdam, au Charlottenhof.

Mais Jettchen ne l'avait pas vu.

Et Jason raconta ensuite qu'à Berlin ils ne savaient désormais pas quoi faire pour le nouveau roi, il raconta que, pour les festivités, on construisait une grande halle sur la place de l'Opéra, et que les charpentiers y travaillaient même la nuit, à la lueur des torches. Il l'avait vu et c'était un spectacle tout à fait fantastique. Il raconta que pour la fête d'hommage des États, qui se déroulerait devant le château, on avait déjà commencé à édifier de gigantesques tribunes ; et Krüger, le peintre des chevaux [131], devait en faire un grand tableau avec les portraits de nombreuses personnalités ; il recevrait pour ça quinze mille thalers. Là, on voyait vraiment que l'art pouvait encore nourrir son homme.

Jettchen dit que, pour sa part, elle n'avait naturellement pas d'évènements aussi considérables et qui ébranlaient le monde entier à rapporter. Et elle parla à Jason de Potsdam, de la belle nymphe, cette Galatée, qu'elle aimait tant, et des cloches de l'église de la Garnison, qui lui faisaient toujours penser à l'oncle Eli, lequel était toujours si content d'entendre le carillon de l'église Paroissiale.

En bas, ils étaient passés devant le long bâtiment bas de la salle des fêtes, puis ils avaient gravi un petit escalier et longé la tonnelle aux elfes dorés. Un instant, ils purent voir par-dessus le feuillage et découvrirent au loin des eaux miroitantes qui, au milieu du vert sombre, regardaient le ciel de leurs yeux rougeâtres, plus brûlants de seconde en seconde. Tandis qu'ils redescendaient lentement, le ciel s'était tout entier teinté de rouge, et les silhouettes noires des arbres, aux contours nets, paraissaient collées sur ce fond. Les sculptures de marbre paraissaient deux fois plus blanches devant leurs murs vert foncé, et dehors, devant le portail noir du jardin, la colonne de Cléopâtre se dressait, gigantesque, comme le doigt de Dieu.

Dans ce crépuscule flamboyant, ils marchèrent côte à côte, très silencieux, comme deux êtres qui savent au moins qu'ils auraient pu être heureux ensemble, si justement ils n'avaient pas été l'un et l'autre plus forts que leur volonté...

Devant la maison, pourtant — Jason voulait rentrer par le chemin de fer et il ne lui restait guère de temps pour attraper son train, de telle sorte que les adieux devaient être brefs —, devant la maison, donc, Jettchen s'inclina soudain vers la main d'oncle Jason et la baisa. Et si Jason ne se trompait pas — mais il ne s'en souvint que plus tard — il avait eu aussi l'impression que des larmes tombaient sur cette main.

Jason Gebert sursauta, retira brusquement sa main et dit :

« Non, Jettchen, s'il te plaît. Je ne suis pas de ces hommes à qui on baise la main. Pas moi. »

Mais ensuite, il redressa la tête et, de ses grands yeux gris, regarda Jettchen qui, ainsi repoussée, avait reculé d'un pas, et se tenait devant lui comme un enfant effrayé.

« Et à présent, Jettchen, dit-il lentement et d'un ton important, je vais te faire une autre joie. Demain soir, il y aura chez l'oncle Salomon quelques personnes. Rien que nous — Ferdinand, Hannchen et moi, et puis quelqu'un que tu ne seras peut-être pas mécontente d'y rencontrer. »

Et si Jettchen avait encore eu l'ouïe assez fine et subtile pour saisir ce que révélait le ton de Jason, dont naguère elle savait si bien interpréter les inflexions, elle aurait entendu combien il était difficile à Jason de dire cela, combien sa voix, en le disant, était lasse, douloureuse et tourmentée — et elle aurait jeté ses bras autour de son cou, et elle lui aurait dit qu'elle ne connaissait que lui au monde et que tous deux — lui et elle — devaient oublier tout ce qui était arrivé pour être heureux tous les deux. Mais Jettchen n'avait *plus* l'ouïe fine et subtile, et elle ne saisit *pas* ce que révélait le ton de Jason...

Et ainsi, tout advint comme cela devait advenir.

Mais le même soir, Jason Gebert, ne trouvant pas le repos, arpentait en errant la Königstrasse — car, bien qu'il ait cru, maintenant qu'il avait dit le dernier mot, s'être libéré de tout, il se trouvait toujours pris dans le même filet et, palpitant, ne savait que faire ni vers où se tourner. Et comme Jason Gebert errait dans les rues, le hasard voulut que quelqu'un vint à sa rencontre, battant l'air des furieux moulinets de sa très fine badine, comme par cette nuit de printemps à demi oubliée, par cette nuit ou Julius Jacoby s'était fait remettre par Karl, le portier du Daim d'or, la liste imprimée de tous les endroits de Berlin auxquels il faut rendre visite pour pouvoir en parler à Posen.

« Tiens, le docteur Kössling ! vous semblez d'excellente humeur, ce soir. »

Kössling s'arrêta devant Jason Gebert et lui flatta l'épaule de la main.

« Oui, Monsieur Gebert, c'est vraiment le cas.

— Sans doute avez-vous trouvé aujourd'hui quelques lignes au courrier ? »

Kössling se troubla.

« Non, ce n'est pas cela.

— Eh bien, dit Jason, c'est probablement à crédit que vous êtes de bonne humeur. Car lorsque vous rentrerez chez vous, peut-être y trouverez-vous un petit billet, quelques mots d'une belle écriture élancée de négociant, avec des *s* très élégants. Et ce petit billet vous dira que l'on espère pouvoir saluer M. le Docteur Kössling, demain soir, chez Salomon Gebert, à l'occasion d'une modeste collation.

Eh oui, ainsi va la vie... les choses tournent mieux qu'on ne le croit. »

Kössling avait saisi la main de Jason.

« Comment vous remercier ? dit-il d'une voix qui trahissait son attendrissement.

— En n'en parlant pas », dit Jason d'un ton brusque, en retirant sa main d'une secousse.

Mais aussitôt, Jason Gebert reprit son attitude ordinaire et eut honte de s'être laissé aller ainsi.

« Venez, Docteur, nous allons flâner un peu. Il y a si longtemps que nous ne nous sommes pas promenés ensemble le soir. Je crois que cela fera bientôt un an — depuis cette dernière nuit de neige. Venez, nous allons marcher ensemble une dernière fois. Qui sait si ensuite je me promènerai jamais avec vous !

— Mais, Monsieur Gebert !

— Oui, vous aurez quelqu'un d'autre avec qui vous promener, et moi, je serai seul.

— Oh non ! Je solliciterai une permission, et j'espère bien qu'on me l'accordera.

— Kössling ! s'exclama soudain Jason dans la nuit. Kössling, je n'en peux plus ! Je vous ai escorté jusqu'à ce point, et, ce faisant, j'ai supporté des choses terribles. Personne ne peut dire ce que j'ai souffert ! À présent, je veux être tranquille — je ne veux plus rien voir, ni rien entendre. Je ne peux plus en parler sans que les larmes me viennent aux yeux. Je suis maintenant un vieil homme. Vous savez que je vous aime bien, sinon je n'aurais pas fait cela pour vous, et je confie à présent entre vos mains ce que j'ai de plus cher au monde, ce qui est si beau et si fier que cela ne pouvait pas être mien. Vous le recevez de moi pur comme l'or, et maintenant c'est à vous de veiller que nulle tache ne s'y dépose. Ces mots peuvent vous paraître excessifs, Docteur, mais quand on a été condamné pendant des décennies aux sarcasmes et au silence, on peut bien quand même dire la vérité une fois, une seule fois. Car il n'est personne au monde à qui je puisse confier cela, sauf vous. Kössling, je vous connais. Vous êtes souvent dur, brusque et maussade, et quand on est ainsi, on ne prête pas attention aux autres. Quand j'étais jeune, je n'étais pas différent. Mais maintenant, il faut que vous changiez, parce que vous avez entre vos mains quelque chose de plus précieux que vous-même. Avez-vous jamais senti cela ?

— Oh oui, dit Kössling, que les propos de Jason avaient certes ému jusqu'au plus intime de son être, mais non surpris. Oh oui. Et si nos chemins devaient se séparer ici, M. Gebert, je veux vous promettre que je veillerai toujours plus attentivement sur ce que vous — vous et nul autre, M. Gebert — m'avez offert que sur ma vie même.

— Alors, tout est bien », dit Jason Gebert.

Un long moment, ils marchèrent côte à côte, sans s'adresser la parole.

Sur la Kurfürstenbrücke, ils s'arrêtèrent un instant et regardèrent l'étrange tableau des immenses tribunes qu'on avait édifiées là, qui se dressaient, crépusculaires, comme des récifs déchiquetés, haut dans le ciel nocturne, et sur lesquelles les grandes torches de résine fichées dans de gros anneaux de fer, lançant leur lumière jusqu'à la statue de bronze du Grand Électeur[132] qui, ombre effrayante, chevauchait dans la nuit lourde, faisaient passer une lueur fugace et vacillante. Les charpentiers grimpaient et sautaient comme des écureuils de poutre en poutre ; on entendait leurs appels, et l'on entendait les coups de marteaux sonores, au rythme régulier, dont l'écho clair retentissait au-dessus de la place silencieuse et obscure.

« Dites-moi, Kössling, où serez-vous, pour la cérémonie ? » demanda Jason, qui avait complètement retrouvé son ton habituel. Vous serez probablement avec les fabricants de passoires à l'hôpital Saint-Nicolas ? À moins qu'on ne vous recrute parmi les demoiselles d'honneur. Pour moi, j'apprends déjà mon petit poème :

« Ô notre Seigneur et Roi, cette porte,
La main de l'amour l'édifia pour toi ;
Pour toi la garnit de fleurs, de guirlandes,
De ces jeunes filles en troupe allègre. »

Vous savez, Docteur, que deviendrait l'homme s'il n'y avait pas la poésie ? »

Kössling ne put s'empêcher de rire, bien qu'il ne fût guère d'humeur à cela. Car sous le sentiment de bonheur qui s'était emparé de lui, s'agitait une profonde angoisse qu'il ne pouvait s'expliquer à lui-même.

« Venez, dit-il. Ce soir, j'aimerais rentrer tôt. »

Et de nouveau, Jason marcha à côté de lui. À présent, Jason avait engagé la conversation sur les eaux de la politique, et il disait sa colère de voir qu'à peine l'amnistie décrétée les prisons s'emplissaient de nouveau, et que rien n'avait changé. Pour l'instant, ce n'avaient été que promesses creuses, et la seule chose certaine était qu'elles ne seraient pas tenues. On donnait justement au Schauspielhaus *Les Brigands*[133], pièce que la censure, jusque-là, avait interdite — c'était là le seul succès du nouveau régime.

« On nous permet quand même au moins de nous sentir libres en pensée, maintenant. Mais pour compenser, on nous soumet aux

Rheder, aux Voss et autres Schanze, et ils veulent même faire venir de Hesse Hassenpflug, comme si nous n'avions pas assez de tels réactionnaires en Prusse. »

Au coin de la Klosterstrasse, Kössling et Jason prirent congé l'un de l'autre.

« Eh bien, Kössling, dit Jason, j'espère donc vous revoir demain soir, pour la dernière fois peut-être avant longtemps. Demain matin, Ferdinand envoie une voiture chercher Jettchen à Potsdam. Et dans huit jours peut-être — c'est ce que m'a dit Salomon aujourd'hui —, Madame Henriette Jacoby s'appellera de nouveau Jettchen Gebert, et tout ce que nous avons dû surmonter ensemble appartiendra au passé. Ce n'était pas facile, Kössling, ce n'était pas facile. Mais à présent... Bonne nuit. J'étais à Potsdam, cet après-midi, et je suis très fatigué. »

Kössling et Jason se serrèrent la main en silence ; l'un partit vers la droite et l'autre vers la gauche, l'un comme l'autre pris, palpitant, dans le filet de ses pensées et de ses souvenirs...

Le lendemain matin, Jason Gebert fut réveillé par quelqu'un qui lui secouait l'épaule. Il vit Mlle Hörtel, et celle-ci lui dit que M. Sommerguth, de Potsdam, était là et voulait lui parler immédiatement.

Jason enfila vite sa robe de chambre et se hâta de passer au salon, pièce où il ne pénétrait qu'à regret depuis que Jettchen l'avait quittée. Et — c'était un jour gris et la lumière était encore trouble, le soleil n'avait pas encore percé et restait suspendu au-dessus des toits dans une floraison de nuages jaunes très minces — il vit le vieux Sommerguth debout devant la fenêtre, sa tête grise inclinée bas, tournant et retournant sa casquette dans ses mains agitées de tisserand.

« Dieu du ciel, M. Sommerguth, s'exclama Jason Gebert, qu'est-ce qui vous amène de si bonne heure ? » Car Jason Gebert croyait que Sommerguth venait à Berlin à la suite de leur conversation de la veille, afin d'y ajouter quelque chose, et il crut comprendre aussitôt pourquoi Sommerguth venait si tôt : dans la journée, il était indispensable à la manufacture.

Mais Sommerguth restait toujours là, immobile, la tête penchée, tournant sa casquette entre ses doigts.

« Monsieur Gebert, dit-il enfin, il est arrivé quelque chose, il est arrivé quelque chose de terrible. Il est arrivé quelque chose à Mlle Jettchen. Je ne sais pas ce que je dois faire. Je suis venu vous voir directement ; je n'ai rien dit à personne, juste à ma femme — elle est avec Mlle Jettchen. »

Jason Gebert, vis-à-vis de Sommerguth, le regardait fixement en ouvrant de grands yeux — après tout, il était encore possible qu'il rêvât. Mais l'homme restait immobile, debout dans l'encoignure de la fenêtre, la tête penchée, tournant sa casquette entre ses doigts.

« Elle ne s'est pas couchée de la nuit. On a juste pensé qu'elle empaquetait ses affaires. Et vers le matin, elle est encore ressortie. Et après, comme ma femme est allée la réveiller, parce que la voiture devait venir la chercher, elle n'a pas répondu. Bon, j'ai dit, laisse-la donc dormir encore un peu. Et une demi-heure après, ma femme y retourne, et elle frappe encore à la porte. Et comme elle n'entend toujours rien, elle ouvre la porte tout doucement ; et comme Mlle Jettchen ne se réveille toujours pas, ma femme s'approche du lit, et Mlle Jettchen était couchée sur le côté, toute recroquevillée, et il y avait une grande tache de sang sur le lit, grande comme une main. Et par terre, à côté du lit, il y avait cette chose, comme une grande épingle en argent, longue, pointue... Elle a dû la prendre pour faire ça... Mon Dieu, si seulement on avait entendu quelque chose... Bien sûr, on se serait levés. Mais on n'a rien entendu, rien du tout. Et pourtant, ça avait dû arriver un bon moment avant, parce qu'elle était froide, déjà, quand ma femme est entrée. »

Le vieux Sommerguth dit tout cela d'une voix basse et atone, tout en continuant à tourner et retourner sa casquette entre ses mains agitées de tisserand, sans oser regarder Jason Gebert.

« Vous-même, vous êtes venu hier, M. Gebert, et elle était vraiment contente. Et tout ce temps, jamais je ne l'ai vue pleurer. Et si j'avais seulement pu soupçonner la moindre chose, on aurait fait attention. C'est que nous la connaissons depuis qu'elle était toute petite, Mlle Jettchen ! Et avec ma femme, elle était vraiment comme sa fille, pas comme une demoiselle riche. »

Jason Gebert était tout à fait pétrifié ; debout, l'air très calme, il serrait seulement entre ses deux mains le dossier de la chaise, comme s'il devait le briser pour ne pas être brisé lui-même. Il n'avait pas de larmes aux yeux, et c'est d'une voix remarquablement ferme qu'il dit :

« Monsieur Sommerguth, il y a trente ans que vous êtes chez nous. Vous nous connaissez. Vous savez ce que nous sommes, à Berlin.

— Je le sais, M. Gebert, dit Sommerguth. Il n'y en a pas beaucoup comme vous, dans cette ville.

— Et j'espère que, dans cette affaire, nous pouvons compter sur votre silence. Venez, dit Jason, il faut que nous allions chez mon frère Salomon. »

Tandis qu'il s'habillait en hâte, Jason Gebert eut l'impression qu'il allait s'effondrer. Mais cela passa. Et avant de partir, il écrivit encore quelques lignes à Ferdinand, afin que celui-ci envoie chez Salomon une voiture attelée de ses chevaux les plus rapides : ils devaient se rendre à Potsdam, car il s'était produit là-bas quelque chose de terrible.

Mais quand Jason Gebert se trouva devant Salomon, qu'il avait fait appeler dans la pièce tendue de vert, ses forces l'abandonnèrent, et avant d'avoir pu dire un mot, il s'effondra dans un fauteuil en sanglotant, la tête dans un coussin.

Après avoir quitté Jason Gebert, Kössling n'était pas rentré aussitôt chez lui, mais, énervé par tout ce qui s'était abattu sur lui en tempête au cours des derniers jours, il avait continué à errer dans les rues jusque dans des quartiers très reculés qui lui étaient tout à fait étrangers, et à sa nostalgie de Jettchen et à l'agitation qu'avaient suscitée en lui les propos de Jason, qui révélaient des sentiments plus brûlants qu'on n'aurait pu le croire de sa part, s'était mêlée une peur de plus en plus forte, une peur qui lui paraissait stupide, car il ne savait pas sur quoi elle portait, et qui pourtant le faisait trembler de tout son corps. Il se répétait sans cesse que ce n'était qu'un contrecoup de la période trouble qu'il avait traversée, que c'était peut-être à cause de ce qu'il avait vécu qu'il ne pouvait croire à son bonheur, tant il lui semblait invraisemblable et injustifié. Et il se promettait de montrer sa gratitude pour ce bonheur par tous les succès et par tout ce qui peut rendre la vie auprès d'un homme belle pour une femme.

Mais rien de tout cela ne calmait sa profonde agitation, et même la nostalgie de sa bien-aimée ne suffisait à expliquer cette angoisse vague qui augmentait de quart d'heure en quart d'heure. Rentré chez lui, il s'était assis dans son fauteuil noir pour dormir un peu. Et il s'était réveillé aux premières lueurs du jour, en proie à cette angoisse indescriptible et fermement résolu à aller voir Jettchen sur-le-champ.

Mais quand vint le matin et que la lumière se fit plus forte, Kössling tint tout cela pour une lubie de sa part, une lubie à laquelle il céda pour se procurer une heureuse matinée. Il sortit donc, traversa des places, longea la Leipzigerstrasse déserte, où l'herbe poussait entre les pavés. Il dut attendre une heure le prochain train, et il arpenta le hall ouvert de la gare, tantôt de bonne humeur, tantôt fouaillé d'une peur telle qu'il tenait à peine encore debout. Et la dernière partie du chemin, à Potsdam, il la parcourut en courant comme s'il avait volé quelque chose.

Mais il ne put entrer pour voir Jettchen ; la fille aînée de

Mme Sommerguth lui dit que personne ne pouvait entrer chez Mme Jacoby.

Kössling répondit qu'il ne repartirait pas sans l'avoir vue.

Mme Sommerguth, qui avait entendu les paroles bruyantes de Kössling, sortit de la chambre de Jettchen ; elle avait le visage tout rouge et tout gonflé de larmes.

Kössling l'implora, la supplia qu'elle lui dise ce que s'était passé : toute la nuit, il avait eu le sentiment qu'il était arrivé quelque chose à Jettchen.

Et Mme Sommerguth, qui avait de la compassion pour Kössling — qu'elle ne connaissait pas de visu, il est vrai, mais dont elle avait entendu parler —, le prit par la main et le fit entrer d'un pas dans la pièce. Kössling vit le même lit et les mêmes meubles dont il n'avait fait la connaissance que la veille. Il vit Jettchen, la poitrine découverte, crispée, la tête rejetée en arrière, son beau corps recroquevillé. Il vit la tache de sang sur le drap blanc, une seule tache de sang, grande comme une main.

Mais ensuite, tout passa devant Kössling comme dans une brume. Quand il reprit ses esprits, il gisait dehors, la tête dans la mousse, et deux fougères croisaient leurs feuilles vertes et dentelées au-dessus de son front. Quand il bougea la main, une branche se rompit. Les arbres, au-dessus de lui, semblaient enracinés dans le ciel. Entre les troncs, il y avait une lueur, comme si l'on y avait étendu de grands draps blancs. Et des heures après, il se retrouva de nouveau sur le sol. Autour de lui se pressaient des buissons bas, des sapins et des pins. Son habit était tout recouvert de mousse, de bourres et d'aiguilles, et deux champignons rouges flanquaient ses pieds. Plus tard, il vit des étoiles, beaucoup d'étoiles qui étalaient leurs motifs entre les cimes des pins. Et de nouveau, il fit clair ; un vent venait de loin par-delà une vaste étendue d'eau. Il entendit dans les roseaux un cri étrange, inquiétant. Des nuages s'approchèrent et la pluie se mit à tomber, lui fouettant le visage...

Au bout de quatre jours, comme Kössling n'était toujours pas rentré chez lui, Jason Gebert prit la lettre destinée au docteur et qui l'attendait là, il la prit et l'emporta afin qu'elle ne tombât pas en des mains étrangères. Car Jason Gebert connaissait fort bien la main qui l'avait écrite.

Une fois qu'il fut rentré chez lui en claudiquant, avec la lettre, il ne voulut pas faire de lumière bien que le crépuscule arrivât déjà — et c'était un jour pluvieux d'octobre. Il s'approcha de la fenêtre et se mit à lire. Jason Gebert ne craignait pas, en le faisant, de mal agir, car il n'y avait plus rien au monde qu'il craignît. Mon Dieu, il ne savait que trop bien que l'autre ne reviendrait plus lui réclamer cette lettre... Jason Gebert lut avec peine, dans la lumière faiblissante du crépuscule :

« Cher Fritz,

Tu auras peut-être du mal à comprendre ces lignes, et il faudra pourtant que tu les croies, pauvre garçon. Et c'est à peine si je les comprends moi-même alors que je les écris, mais je les entends à mon oreille et je crois que derrière moi se tient une silhouette obscure vers laquelle je n'ose pas me retourner, et qui me les chuchote, et je dois les écrire. Nous mourons tous la bouche fermée, mais je veux parler jusqu'à ce que la main me serre la gorge. Car je sais que dans une heure peut-être, je ne parlerai plus. Les gens m'ont souvent dit que j'étais très belle, si souvent que je le croyais moi-même, mais personne ne m'a jamais dit que j'étais heureuse, et peut-être les choses sont-elles ainsi faites que la beauté et le bonheur ne vont pas ensemble. Ce matin, quand tu m'as eu quittée, j'ai rêvé que je suivais un long chemin étroit bordé de saules, et de part et d'autre, à perte de vue, il y avait de l'eau, de l'eau noire et profonde. Mais soudain, le chemin s'arrêtait devant moi, et les vagues me mouillaient les chaussures. Et quand je me retournais, effrayée, pour trouver refuge sur la terre ferme, je voyais que derrière moi aussi le chemin s'interrompait, que les arbres tombaient de droite et de gauche comme des herbes fauchées et frappaient les flots de leurs branches, se retournaient lourdement, puis étaient emportés par un courant invisible. Une folle angoisse s'emparait de moi, j'écartais largement les bras et criais tandis que l'eau montait en bouillonnant autour de moi — j'ai crié si fort que je me suis réveillée.

« Et quand je me suis assise dans mon lit, j'ai su d'un seul coup que *jamais* je ne serais tienne bien que j'aie déjà été à toi. Nous aurions dû nous prendre quand peut-être nous étions l'un et l'autre assez jeunes pour nous trouver. Mais à présent, un autre est le plus fort. C'est à lui que j'appartiens, sans l'avoir su, d'aussi loin que je puisse penser, et je lui appartiendrai, maintenant que je le sais, pour l'éternité. Pardonne-moi le mal que je te fais, mais pour chacun de nous il vient une heure où il ne peut plus se demander s'il est *forcé* de faire du mal à l'autre, dont pourtant, au plus profond de son être, il veut le bien. Oui, je t'aimais parce que tu étais jeune, et cependant, je le sais à présent, toute notre vie nous nous serions fait souffrir et aurions parlé un langage différent. Car j'appartiens à un autre, et il n'est plus jeune et peut-être était-ce seulement son univers que j'aimais en toi. Je crois qu'il a les cheveux tout gris. On me l'a dit ; je n'en sais rien. Pour moi, il est resté le même, d'aussi loin que je puisse penser. On dit qu'il a le pas lourd et lent ; mais jamais je n'ai eu envie de marcher plus vite. On peut penser qu'il est aujourd'hui vieux et las, et que c'étaient nous qui étions faits pour aller ensemble. Mais l'amour ne se soucie pas des années. Et à présent, j'irais à lui, à l'autre, si je pouvais aller à lui avec des souvenirs immaculés — et même ainsi ces lignes seraient notre adieu, comme elles sont maintenant mon adieu à la vie. Auparavant, je ne savais pas si je lui appartiendrais jamais — que savons-nous de nous-mêmes ? Mais je savais une chose : si je lui appartenais, jamais je ne pouvais avoir appartenu à un autre avant lui. Et à présent, c'est à *lui* que je veux appartenir. Tu ne comprendrais pas cela, et tu m'adjurerais de t'oublier, et tu me rendrais ma liberté comme, le cœur lourd, on la rend à un bel oiseau qu'on a pris quand il ne veut pas s'habituer à la cage. Mais que m'importe encore la liberté, à présent ? Je sais que tout cela, tu ne le comprendras pas ; mais quant à ce genre de choses, les femmes pensent autrement que les hommes.

« Il ne faut pas que tu croies que j'écris ces lignes dans un état de grande excitation. Jamais je n'ai été plus calme qu'en ce moment, où je sais ce que j'ai à faire. Mais avant, pendant tout ce temps, j'ai terriblement souffert. Je ne croyais pas qu'on puisse souffrir autant. Je voulais toujours suivre d'autres voies que les autres, et je me suis égarée. Enfant, quand je faisais des bulles de savon, je pleurais toujours parce que les plus joliment bariolées éclataient le plus vite tandis que celles qui étaient incolores montaient dans le soleil, bien au-dessus du toit. Et maintenant, je me mets encore à pleurer parce que mes bulles de savon les plus bariolées devaient éclater le plus vite.

« Pauvre garçon ! Maintenant, je veux penser à toi. Qu'ai-je fait de ta vie ? Nous croyions que le hasard nous voulait du bien, qu'il souhaitait notre bonheur en nous réunissant, nous qui étions des étrangers l'un pour l'autre, qui venions d'univers différents, et il voulait notre misère. Je crains de te causer beaucoup de souci ; mais tu ne dois pas m'en vouloir. Songe aussi que dans mes mains, que tu trouvais toujours si belles et que tu aimais tant, je t'ai aussi apporté du bonheur. Ne l'oublie pas, pauvre garçon, car j'aimerais bien, alors que je vais causer de la douleur à tant de personnes, qu'une d'elles au moins se souvienne que je lui ai aussi causé de la joie.

« Ne montre cette lettre à personne et n'en parle pas non plus à Jason, promets-le-moi, car toute ma vie il m'a tant aimée, et je ne voudrais pas que, morte, il doive me mépriser.

« Adieu, Fritz — le jour commence à se lever — adieu.

Henriette. »

Quand Jason Gebert eut déchiffré les derniers mots, à grand-peine, les dernières lueurs du jour s'étaient éteintes.

Jason Gebert, debout, restait seul dans une profonde obscurité.

Notes du traducteur

JETTCHEN GEBERT

1. *Die Elegante Welt* (*Le Monde élégant*), revue, v. n. 6.

2. *Groschen.* « Les pièces d'argent et de cuivre de ces peuples lointains, thalers, gros, pfennigs, sont les choses les plus fantastiques et les plus inintelligibles du monde », écrivait Victor Hugo. Il est vrai que, dans l'Allemagne émiettée du temps, leur valeur relative changeait considérablement d'un État à l'autre, le rapport du pfennig au thaler variant du simple au double selon qu'il s'agissait du thaler de Hambourg ou du thaler de Hanovre.

En Prusse, les choses se présentaient ainsi : Le pfennig était la plus petite monnaie divisionnaire (cuivre). Douze pfennigs faisaient un groschen ou groschen d'argent (*Silbergroschen*). Trente groschen (d'argent) ou huit bons groschen (monnaie de compte) faisaient un thaler (pièce d'argent de 22,27 grammes au titre de 750/1000). Le frédéric ou frédéric d'or (*Friedrichsdor*) était une pièce d'or de cinq thalers. Après la constitution du Reich en 1871, l'unification monétaire se fit sur la base de trois marks pour un thaler.

En négligeant les difficultés supplémentaires liées au bimétallisme, le lecteur peut considérer qu'en 1840 la valeur d'un thaler correspondait à quatre francs-or, ce qui mettait grosso modo le frédéric à parité avec le louis, le pfennig à un centime, le groschen (d'argent) à trois sous, le bon groschen à dix sous. Ce n'est là qu'une approximation grossière mais commode.

Toute comparaison avec le pouvoir d'achat actuel est des plus aventureuses, mais cela mettrait le brochet aux alentours de 150 de nos francs. Quinze groschen, c'était aussi la moitié du salaire hebdomadaire d'un adolescent berlinois travaillant treize heures par jour dans le textile, et un millième de la pension mensuelle d'un haut fonctionnaire de classe exceptionnelle.

3. *Démagogue.* Nom que l'on donnait aux opposant démocrates ou simplement libéraux. Dans la France de la Restauration, on donnait à peu près le même sens à « Jacobin ».

4. Grossbeeren v. n. 26.

Ernst Moritz Arndt (1769-1860). Un des plus célèbres écrivains et poètes de l'unité allemande. D'humble origine paysanne, il renonce au pastorat, étudie l'histoire, devient secrétaire privé du baron vom Stein et, en 1813, appelle à la lutte contre Napoléon. Déçu par le Congrès de Vienne et ses suites, il enseigne l'histoire à la nouvelle université prussienne de Bonn. En 1820, il est privé de sa chaire en raison de ses positions politiques. Il ne la retrouve qu'en 1840. En 1848-1849, membre de l'Assemblée de Francfort. Son lyrisme patriotique, habile plutôt qu'inspiré et simpliste parfois jusqu'à la niaiserie, lui valut une immense popularité.

Les vers de Karl Theodor Körner (1791-1813) ne valent guère mieux. Fils d'un ami de Schiller, étudiant nonchalant, il écrit en dilettante comédies et drames. En 1813, gagné par l'ardeur patriotique, il s'engage dans le corps franc du général von Lützow, où Jahn (v. n. 105) est capitaine, et compose ses premiers poèmes nationaux, qui seront recueillis en volume après sa mort dans une escarmouche (*Leyer und Schwert, La Lyre et l'Épée,* 1814). Malgré son aisance, sa maîtrise formelle, le charme ou l'élan de quelques pièces, c'est plus à son destin romantique qu'à son œuvre qu'il doit sa survie littéraire. « Vers atroces », disait Heine, mais l'appel passionné de Körner à la liberté et à l'unité de l'Allemagne eut un écho retentissant et durable.

5. Le Vieux Fritz. Frédéric II, le Grand (1712-1786), « le philosophe de Sans-Soucis ». Roi de Prusse. Fils de Frédéric-Guillaume Ier (le Roi-Sergent). Il poursuit avec un génie qui n'a d'égale que l'absence de scrupules l'œuvre intérieure et extérieure de son père, et élève l'État prussien au rang de grande puissance européenne ; imprégné de culture française, féru de philosophie, flûtiste admiré et compositeur de talent, ce personnage de légende est une des figures les plus originales et les plus éminentes du XVIIIe siècle et de l'histoire allemande. Il est intéressant de noter que, profondément cosmopolite, il ne manifestait aucun intérêt pour l'unité de l'Allemagne.

6. *Der Gesellschafter* (*L'Homme de bonne compagnie*), revue de la vie culturelle et sociale éditée à Berlin, comme *Le Monde élégant* (v. n. 1). Ces deux périodiques étaient principalement lus dans la bourgeoisie cultivée.

7. Börne, Pückler, Menzel. Ludwig Börne (1786-1837), prosateur, critique, publiciste, styliste égal dans la polémique à son jumeau ennemi Heine, fut avec lui l'inspirateur de la Jeune Allemagne d'après 1830. Issu d'une famille juive aisée, il fréquente les cercles romantiques berlinois. Admirateur de Jean Paul (v. n. 18) et de Lessing (v. n. 23), il voue à Goethe une haine féroce. Épris de sincérité et de vérité, il est souvent injuste et spécieux. Fonctionnaire de police à Francfort après 1811, monarchiste, baptisé en 1818, il évolue vers le libéralisme et, en France, où il vit après 1830, l'imposture de la monarchie de Juillet le fait républicain. Pétri de contradictions, déiste rigoureux et progressiste rationaliste, libéral et misogyne, il fustige la corruption de l'aristocratie, la sottise de la bourgeoisie, et apparaît à certains égards comme un précurseur du socialisme. Il désespère des Allemands, inférieurs à son idéal d'une Allemagne libre et juste. Sa plume est avant tout pour lui une arme : la littérature devant se faire la servante de la politique, l'esthétique passe à l'arrière-plan.

Hermann von Pückler-Muskau (1785-1871), s'il ne fut pas un écrivain de premier plan, fascina ses cadets de la Jeune Allemagne. Ses récits de voyage, à commencer par les *Lettres d'un défunt* (*Briefe eines Verstorbenen,* 1830-1832) qui le firent d'abord connaître, furent parmi les plus lus de son temps. Ce personnage original et attachant mériterait davantage qu'une simple notice. Issu d'une vieille famille aristocratique de Haute-Lusace, il est d'abord lieutenant, puis capitaine aux Gardes du corps (1803-1804) ; il reprend les armes en 1813, au service de la Russie ; dans la guerre contre l'Autriche, en 1866, il est officier d'état-major ; en 1870, il se porte encore volontaire contre la France, mais on n'accepte pas les services de l'octogénaire. C'est ensuite un grand voyageur, qui parcourt, parfois à pied, à peu près toute l'Europe. Élevé au rang de prince par le roi de Prusse en 1822, il est reçu dans les cercles les plus fermés et fréquente les personnalités les plus éminentes. Il s'aventure aussi en Asie et en Afrique, jouit en Égypte de l'hospitalité de Mehemet Ali, et en 1840 ramène d'Éthiopie une jeune esclave avec laquelle il vit. C'est un dandy et un don Juan qui, curieux de tout, partage son temps, quand il est en Allemagne, entre Berlin, où il a fréquenté après 1813 les cercles romantiques, diverses villes et, jusqu'en 1845, ses terres de Muskau. Là, puis ailleurs, il se livre à ce qui est la principale passion de sa vie, et en quoi il excelle tant en théorie qu'en pratique : la création de parcs et de jardins — où il engloutit l'essentiel de sa fortune. Observateur subtil, fin psychologue, ce grand seigneur excentrique manifeste, souvent avec humour, une belle indépendance d'esprit. Auteur d'un projet de Constitution, il critique la bureaucratie, prône la liberté de la presse, la séparation de l'Église et de l'État, se réclame du saint-simonisme et mène campagne contre l'esclavage.

Auprès de lui, Wolfgang Menzel (1798-1873) fait assez pâle figure. Historien de la littérature et critique influent, il serait probablement tout à fait oublié si Börne, malgré l'aversion pour Goethe et la conception de la littérature comme arme qui leur sont communes, ne l'avait attaqué, en 1837, en fustigeant sa francophobie.

8. La Taglioni, la Sontag et Fanny Elssler. Dambach.

Maria Taglioni (1804-1884), la plus brillante étoile d'une dynastie de danseurs d'origine italienne. Élève à Paris de Coulon, initiateur du style romantique qu'elle portera à sa perfection, elle fait ses débuts à Vienne en 1822 et conquiert le public et la critique. Engagée à l'Opéra de Paris en 1828, elle y crée notamment le ballet dit des « nonnes damnées » de *Robert le Diable* (Meyerbeer). Ses tournées en Europe sont triomphales. Après 1858, se consacre à l'enseignement.

Henriette Sontag (1806-1854), cantatrice allemande (soprano) fameuse pour l'étendue de sa voix et ses coloratures. Rivale de la Malibran. Débute à 15 ans, à Vienne. Chante ensuite à Berlin, à Paris, à Londres, où elle se fait acclamer dans le répertoire italien. Elle épouse en 1828 un diplomate italien, le comte Carlo Rossi, et quitte la scène pour vingt ans.

Fanny Elssler (1810-1884), danseuse autrichienne, une des plus célèbres ballerines romantiques. Débuts à Vienne à 15 ans, Milan, Naples, puis engagement à Berlin, où elle devient l'artiste chérie du public. En 1834, engagée par l'Opéra de Paris, où règne la Taglioni. En 1839-1840, tournée triomphale aux États-Unis — c'est là que ses admirateurs dételłent sa voiture pour la tirer eux-mêmes.

Dambach, directeur de la maison d'arrêt de Berlin, de très fâcheuse réputation.

9. Lesser. Non identifié. Jeu de mots sur le nom *Liber* et le comparatif *lieber* « plus cher » (*Lieber wärst du uns geblieben...*).

10. Johann Christian Siede (1765-1806), conseiller intime et chargé d'affaires de Saxe-Anhalt à Berlin. Écrits pédagogiques et littérature de divertissement — de bonne qualité et dans la tradition de la « philosophie populaire » des Lumières.

Friedrich Eberhard Rambach (1767-1826). Publiciste, auteur de théâtre, surtout connu pour ses romans « gothiques », dont *Die eiserne Maske* (*Le Masque de fer*, histoire écossaise).

Sternberg. Probablement le baron Alexander von Sternberg (1806-1858), écrivain prolifique (nouvelles, récits, romans, biographies). Ses œuvres, d'un style vif et élégant, relèvent de la littérature de divertissement de bonne qualité.

Quant à « *les Schopenhauer* », on imagine mal que la tante Rikchen, même par accident, ait pu lire un livre de Schopenhauer glissé entre un Walter Scott et un Dickens. La confusion de sa part est un peu étrange, car il faudrait au moins qu'elle ait entendu le nom de ce philosophe, dont l'œuvre n'était guère connue avant 1850.

11. *Lampe sinombre*, en allemand *Sinumbra*. « La lampe qui ne fait pas d'ombre » a été commercialisée en France pendant près d'un siècle. « Sinombre », apparemment, n'était pas une marque déposée.

12. Jean Paul. Pseudonyme que Johann Paul Friedrich Richter (1763-1825) prit par admiration pour Jean-Jacques Rousseau. Fils d'un pasteur de village, étudie la théologie, devient précepteur, directeur d'une école privée, puis le succès de ses livres lui permet de se consacrer à la littérature en échappant à la gêne (*La Vie du joyeux maître d'école Marie Wuz à Auenthal*, 1793). Lecteur de Sterne et Fielding, il introduit dans la littérature allemande une forme narrative nouvelle et élève le roman au rang de grand genre. Auteur le plus apprécié de son temps, il unit, dans ses récits et ses idylles nourris de ses souvenirs personnels, de l'expérience de sa jeunesse pauvre et de la déception provoquée par le cours des évènements historiques, la sentimentalité rêveuse héritée de Rousseau à une ironie très originale.

13. Moritz Gottlieb Saphir (1795-1858), chroniqueur, critique littéraire et théâtral. Son humour caustique lui vaut maintes difficultés avec les autorités, qui le contraignent à changer souvent de domicile et d'activités. Après l'échec de plusieurs feuilles satiriques qu'il a créées successivement à Berlin et à Munich, il s'établit à Vienne où, de 1837 à sa mort, il édite *Der Humorist.*

Adolf Glassbrenner (1810-1876), écrivain et publiciste libéral. Un des fondateurs de la littérature satirique spécifiquement berlinoise ; il connaît une grande popularité. Il a rédigé seul le *Berliner Montagszeitung* (*Journal berlinois du lundi*) et, sous le pseudonyme de Brennglass, des recueils humoristiques sur la vie et la société berlinoises, dont *Berlin wie es ist und — trinkt* (*Berlin tel qu'il est — et boit*) — 30 cahiers, 1832-1850. Banni de Prusse de 1850 à 1858.

Angeli, non identifié.

Les Wolff. Probablement Pius Alexander Wolff (1784-1828) et son épouse Amalia, née Malcolmi (1780-1851). Wolff, d'abord acteur à Weimar, y fut le protégé de Goethe et de Schiller. Remarquable dans les rôles de jeune héros tragique, joue ensuite avec le même succès les rôles comiques. Membre du théâtre royal de Berlin à partir de 1816, il compose des comédies et des drames qui restent longtemps au répertoire. *Preciosa* fournit à Weber le livret d'un de ses opéras les plus célèbres. Son épouse, excellente actrice, avait débuté comme lui à Weimar et l'avait suivi à Berlin, où elle joua encore au début des années 1840.

Ludwig Rellstab (1799-1860). Écrivain, journaliste et critique musical. Collaborateur de la *Vossische Zeitung* (*Gazette de Voss*) d'inspiration démocrate, quotidienne depuis 1824. De 1830 à 1840, édite la revue musicale *Iris.*

Liber, v. n. 9.

14. Alexandre-Jean Boucher (1770-1861) était surnommé l'*Alexandre des violons,* bien qu'il ressemblât plutôt, de façon étonnante, à Napoléon. Virtuose controversé, taxé parfois de charlatanisme, il passa la plus grande partie de son existence en tournées dans toute l'Europe.

15. Sigismund Thalberg (1812-1871). Pianiste et compositeur autrichien, rival de Liszt.

16. Heinrich Blum(e) (1788-1856), chanteur au théâtre de la cour de Berlin.

17. *Gockel, Hinkel et Gackeleia.* Célèbre conte de Clemens Brentano, publié en 1816. Clemens Brentano (1778-1842) était le fils d'un négociant d'origine italienne et de Maximiliane La Roche, amour de jeunesse de Goethe, et le frère de Bettina (Bettina von Arnim, v. n. 117) Auteur essentiellement de poèmes, de contes et de nouvelles, il est un des principaux représentants de la jeune génération romantique. Impulsif, fougueux, hypersensible, il est aussi incertain et faible ; malgré ses dons éclatants, sa fantaisie, la richesse de son imagination, l'aisance de sa langue, il ne parvient guère à l'accomplissement, ni même à l'achèvement : ses projets d'une certaine ampleur restent à l'état de fragments. Il est de ceux à qui Goethe reprochait de se gaspiller en négligeant le travail de la forme : « *Es ist keine Kunst* », disait-il, ce qui peut se comprendre comme : « Ce n'est pas de l'art » ou : « Ce n'est pas difficile ».

Pendant ses études, il se lie à Achim d'Arnim à Halle, à un des premiers cénacles romantiques à Iéna. En 1803, il se marie avec une femme de lettres plus âgée ; ils ont trois enfants en trois ans, tous meurent, le dernier avec la mère.

Au cours des mois d'errance qui suivent, il retrouve à Heidelberg Arnim, avec qui il publie *Des Knaben Wunderhorn* (*Le Cor merveilleux de l'enfant*), recueil de poèmes populaires qui aura une influence considérable sur l'évolution du romantisme.

Nouveau mariage, nouvelles épreuves ; il cherche refuge auprès de la famille et des amis. À Berlin après 1810, il est avec Arnim et Kleist une des têtes de la *Christilich Deutsche Tischgesellschaft* contre-révolutionnaire et antisémite, qui inspirera jusque dans les années 1830 la lutte contre les démocrates et les libéraux. Après 1813, il appelle également à la lutte contre Napoléon. C'est à Berlin aussi qu'il écrit ses plus belles nouvelles et légendes.

Revenu à la foi catholique en 1817, il passe six ans auprès de la religieuse stigmatisée Catherine Emmerich, recueillant le récit de ses visions et ses méditations. À la mort de celle-ci, il reprend une vie errante et n'écrit plus que des cantiques.

18. Jean Paul, v. n. 12.

19. *Der Beobachter an der Spree. L'Observateur de la Spree*, quotidien populaire berlinois.

20. Eduard Gans (1798-1839). Élève et ami de Hegel, dont il publiera les *Principes de la philosophie du droit*. Juriste, professeur à l'université de Berlin en 1825, crée l'école philosophique du droit, en opposition à l'école historique allemande de Savigny (v. n. 61).

21. *On dirait une girouette*. Jeu de mots intraduisible sur *Kreuz*, qui signifie à la fois « croix », et « reins ». *Eli, wackel nicht immer so mit 'n Stuhl, du megst hinfallen, und du weisst, dein Kreuz ist noch schwach.* Littéralement : Eli, ne te balance pas sans arrêt sur ta chaise, tu pourrais tomber, et tu sais que ta croix est (tes reins sont) encore faible(s).

22. Le comte Pückler. Probablement le prince Hermann von Pückler-Muskau, v. n. 7.

23. *Nathan le sage*, célèbre pièce de Gotthold Ephraïm Lessing.

Lessing (1729-1781), écrivain et publiciste, critique et philosophe, un des représentants majeurs de l'*Aufklärung*. Issu d'une famille de pasteurs protestants, il étudie à Leipzig la théologie, puis la philologie, la médecine et les sciences naturelles. Ses premiers essais dramatiques le montrent déjà, à 27 ans, résolument hostile à l'intolérance et à tous les préjugés de classe, de nationalité ou de religion. Renonçant à une carrière universitaire pour se consacrer librement à son œuvre, il exerce une influence décisive sur l'évolution du théâtre, de la culture et de la société en Allemagne. L'homme privé est aussi admirable que l'écrivain, qui se signale par la clarté de son style, son ironie pleine d'humanité et sa recherche opiniâtre de la vérité.

Ludwig Schneider (1805-1878). Acteur, auteur dramatique et littérateur. Bien qu'il ait paru sur scène dès l'âge de 8 ans, puis en 1820, puis dans de petits rôles de 1824 à 1827, c'est seulement après 1834 qu'il se consacre vraiment à l'art dramatique. Il devient très vite un des favoris du public allemand, une des gloires du théâtre de la cour, et conquiert également les Parisiens, avec un égal succès dans tous les genres, du drame à l'opéra-comique et même au ballet. Il écrit ou remanie ses rôles, traduit et adapte un grand nombre de pièces françaises, anglaises, italiennes, russes. Comme auteur, il pratique également les genres les plus divers. Familier du roi, conseiller aulique, directeur de l'Opéra, il est détesté des libéraux, et son attitude pendant la révolution de 1848 le rend si impopulaire qu'il renonce définitivement à la scène. Passionné par les questions militaires, il leur consacre de nombreux ouvrages, parmi lesquels *L'Interprète militaire en dix langues* et un *Manuel d'instruction* pour les différentes armes. À partir de 1833, il publie *L'Ami du soldat, journal pour l'instruction et la récréation du soldat prussien.*

Le prolifique compositeur italien Gaspare Spontini (1774-1851) avait été imposé par le roi à la direction de l'Opéra de Berlin et comme directeur général de la musique (1820-1842). Le public berlinois lui préférait son grand rival Weber.

24. Mendelssohn. Moses (Moïse) Mendelssohn (1729-1786). Un des principaux représentants de la « philosophie populaire » des Lumières. Ami de Lessing (v. n. 22), qui l'encourage à publier, il est le premier à appliquer à l'interprétation de la religion juive les notions philosophiques de l'époque. Il propage parmi les Juifs les idées des Lumières et devient un des pionniers de l'émancipation. Il reste un des grands penseurs du judaïsme.

25. Lessing, v. n. 23.
La Taglioni, v. n. 8.
Lorenz Stark, non identifié.
Thomas Kellerwurm, non identifié.
Saul Ascher (1767-1822). Écrivain. Issu d'une famille juive berlinoise aisée, libraire jusqu'en 1811, puis écrivain indépendant ; se consacre principalement à la critique religieuse, à la politique, à l'histoire et à la philosophie. Propagandiste des idées d'émancipation et d'intégration, il se fait connaître en 1788 par ses *Remarques sur l'amélioration civique des Juifs* (*Bemerkungen über die bürgerliche Verbesserung der Juden*). Favorable à la Révolution française, puis à Napoléon. Polémique contre l'antisémitisme et le nationalisme des romantiques de la « *Christlich-Deutsche Tischgesellschaft* » (son livre, *Die Germanomanie,* sera brûlé à la Wartburg en 1817). A fondé plusieurs périodiques éphémères. Heine jugeait ses poèmes et romans empreints d'un « matérialisme de la plus belle eau ».
26. Discordance entre les éditions. Il s'agirait plutôt de Siethen, près d'un lac au sud de Berlin, que de Ziethen, en Poméranie occidentale, au nord d'Anklam. Précédemment (v. p. 27), c'est à Grossbeeren que Jason était censé avoir reçu sa blessure (les Français d'Oudinest durent battre en retraite après ce combat livré le 23 août 1813, au sud de Berlin, près de Zossen).
27. Ligny. En Belgique, près de Namur, sur la Ligne. C'est le 16 juin 1815, au début des opérations de Waterloo, donc deux jours avant sa défaite définitive, que Napoléon y battit les Prussiens de Blücher.
28. Dambach, v. n. 8.
Démagogue, v. n. 3.
29. *Lessing... à Wolfenbüttel.* En 1770, Lessing est nommé bibliothécaire du duc de Brunswick, à Wolfenbüttel (v. n. 23).
30. Wilhelm Heinrich Wackenroder (1773-1798), écrivain, précurseur du romantisme : poésie de la nature, redécouverte de la poésie populaire du Moyen Âge. Il tend, à partir d'une méditation sur l'esthétique, à une fusion de l'art et de la religion.
31. La bonne tante Hannchen semble annexée à la tribu de Lévi Lavinia, fille du roi du Latium Latinus, héros éponyme des romains. Dans *L'Énéide,* Virgile raconta comment Latinus donna la main de Lavinia à Énée.
32. Karl Gutzkow (1811-1878). Écrivain et publiciste. Animateur de la Jeune Allemagne, il exerça une grande influence sur le mouvement libéral. Son œuvre romanesque et théâtrale abondante, qui marque une étape dans l'évolution du romantisme au réalisme, est consacrée à la lutte contre la réaction politique, sociale et religieuse. Son roman *Wally la sceptique* (1835), jugé immoral et impie, fut interdit et lui valut trois mois de prison. Publie en 1840 une biographie de Börne (v. n. 7).
Josef von Eichendorff (1788-1857). Un des plus grands poètes romantiques allemands. Le premier recueil de ses poésies ne parut qu'en 1837. Ses *Scènes de la vie d'un propre à rien* (1826) sont un des classiques les plus connus de la littérature allemande.
Maximilian Langenschwarz (1801-1867 ?). Auteur de récits, de poèmes, de pièces de théâtre, déclamateur et improvisateur. Tournées en Autriche, Russie, Suisse à partir de 1830. En 1832, édite « *Der Nachtwächter* » (*Le Veilleur de nuit*),

périodique politico-satirique. En 1842, s'établit à Paris comme naturopathe. Disparaît en 1867, serait mort à New York, où il aurait émigré.

Ferdinand Freiligrath (1810-1876). Introducteur de l'exotisme dans la poésie allemande, se consacre bientôt à la poésie politique et sociale. Militant de la démocratie, vit en Belgique, en Suisse, en Angleterre. Rentré en Allemagne en 1848, est emprisonné, puis édite avec Marx la *Nouvelle Gazette rhénane.* Nouvel exil en Angleterre (1851-1868). Se rallie à Bismarck et compose en 1870 des chants de guerre. Traducteur de Hugo et de poètes anglais.

Wilhelm Meister, roman de Goethe. *Henri d'Ofterdingen,* roman de Novalis, inachevé (v. n. 34).

33. *C'est aujourd'hui la pleine lune.* La providence fournissant la lumière, la parcimonie prussienne commande que l'éclairage public au gaz, installé en 1826, et qui ne fonctionne que de septembre à avril, ne soit pas allumé les nuits de pleine lune.

34. Novalis. Pseudonyme du baron Friedrich von Hardenberg (1772-1801). Sans doute le plus grand poète des débuts du romantisme allemand. Son existence météorique et son œuvre éblouissante ont laissé une trace ineffaçable.

35. *Reisebilder* (*Images de voyage*), de Heine, qui crée avec ce livre un genre littéraire particulièrement apprécié en Allemagne.

Titan, roman de Jean Paul (1800-1803), un de ses chefs-d'œuvre (v. n. 12).

36. Georg Gottfried Gervinus (1805-1871). Historien, historien de la littérature et homme politique. Professeur à Göttingen, révoqué en 1837 ; réintégré en 1844 ; membre de l'Assemblée de Francfort en 1848 ; de nouveau révoqué en 1853 en raison de ses idées démocratiques. A le premier étudié la littérature en relation avec l'évolution historique.

Franz Bopp (1791-1867). Linguiste, un des fondateurs de la grammaire comparée. Établit l'origine commune du sanscrit et des autres langues indo-européennes.

Gans, v. n. 20.

37. *Athenäum.* Revue littéraire, organe de l'école romantique à ses débuts, publiée à Berlin (1798-4800) par les frères Schlegel (v. n. 88).

38. Jahn, v. n. 105.

39. *Judas Macchabée,* oratorio de Haendel.

August Eduard Grell (188-1886). Après une formation d'organiste, se consacre à la composition : musique de chambre, piano, œuvres orchestrales, puis, exclusivement, musique vocale a capella dans le style de Palestrina. Sa principale œuvre est une *Missa Solemnis* à 16 voix, créée en 1861 à la *Singakademie* de Berlin

40. Gutzkow, v. n. 32.

Heinrich Laube (1806-1884). Écrivain : écrits politiques et historiques, drames. Engagé en faveur de la Jeune Allemagne, expulsé de Saxe, emprisonné en Prusse dans les années 1830. Député à l'Assemblée de Francfort en 1848. Dirige le théâtre de la Hofburg, à Vienne, de 1849 à 1867.

Halm. Probablement Friedrich Halm, de son vrai nom Eligius von Münch-Bellinghausen (1806-1871), auteur de drames et de tragédies, intendant général du théâtre de la Hofburg après Laube. Sa première pièce, *Griseldis,* fut un grand succès (1837).

Pückler, v. n. 7.

41. Glassbrenner, v. n. 13.
42. La Taglioni, v. n. 8.
43. Langenschwarz, v. n. 32.
44. *Almanach des muses rhénan* (*Rheinischer Musenalmanach*). Ces almanachs étaient au début du XIXe siècle les publications poétiques les plus appréciées, et connaissaient une large diffusion dans le public cultivé.

Eichendorff, v. n. 32.

Robert Prutz (1816-1872), écrivain et historien de la littérature. Poursuivi pour ses écrits libéraux à partir de 1840, réside à Dresde, Iéna, Halle, Hambourg. En 1848, à Berlin, exerce une grande influence sur le parti démocratique. Outre des poèmes et des pièces, il produisit des romans sociaux qui connurent un succès notable. Son œuvre est aujourd'hui tout à fait oubliée.

Freiligrath, v. n. 30.

45. Franz Gaudy (1800-1840), poète et auteur de nouvelles.

Das Schloss Dürande (1837), un des récits les plus connus d'Eichendorff.

46. Les lectures de Julius relèvent de la littérature de colportage.

Leibrock, Ritter, non identifiés. L'oncle Eli étant lui aussi lecteur des romans de Leibrock, on aura plus tard (v. p. 434) une idée de sa production.

August Heinrich Julius Lafontaine (1758-1831), pasteur, professeur à l'université de Halle, publia près de 300 romans sentimentaux et bien-pensants, dont une cinquantaine furent traduits en français.

47. *Armide*, opéra de Gluck (1777).

48. Johann Friedrich August Borsig (1804-1854), entrepreneur. D'abord charpentier à Breslau comme son père, vient étudier à Berlin grâce à une bourse de l'État. En 1827, contremaître chez le fabricant de machines F. A. Egell. En 1837, crée sa propre entreprise de fonderie et de construction mécanique. En 1841, il produit les première locomotives allemandes (jusque-là, elles étaient importées d'Angleterre et des États-Unis). Il ne fut pas seulement « le roi de la locomotive », selon l'expression d'Alexandre von Humbolt : il appliqua aussi son génie, en pionnier, à d'autres domaines où il multiplia les prouesses techniques, notamment à l'achitecture en fer. Il eut enfin un rôle important et novateur dans l'organisation du travail et la politique sociale.

49. August Kiss (1802-1865), sculpteur fameux pour ses groupes monumentaux. Son *Amazone attaquée par un tigre*, colossale, reste son œuvre la plus célèbre. Le modèle en plâtre fut terminé en 1839. C'est une souscription publique qui finança la fonte.

50. *Bolkerstrasse. Bölken*, ou (dialectal) *bolken* ; signifiant « meugler », « bêler », et se disant figurément des hommes, la Bolkerstrasse serait la « rue des Beugleurs ».

51. Blume, v. n. 16.

Sontag, v. n. 8. Discordance entre les éditions : La Sontag est représentée parfois dans le rôle de Rezia dans *L'Africaine* (non identifié), mais plus souvent dans celui de Selika (v. ci-après p. 351).

Obéron, opéra de Weber (1826) d'après un poème de Wieland.

52. Hengstenberg. Non identifié.

Albrecht Eichhorn (1811-1851). Peint d'abord en autodidacte dans la nature. Études à l'Académie de Berlin. Après un voyage en Italie et en Grèce

(1840), peint surtout des architectures classiques et des ruines. Nombreuses commandes de Frédéric-Guillaume IV.

53. Joel Jakobi. Non identifié. Un lapsus possible de l'auteur.

54. *Les « pitistes »... Hengstenberg.* Eli peste contre les piétistes et leur dirigeant Ernst Wilhelm Hengstenberg (1802-1869), théologien protestant. À Bâle, en 1823, il est en contact avec les animateurs du réveil religieux. En 1827, fonde la *Gazette évangélique*, vouée à la polémique contre le rationalisme et le libéralisme. Devient rapidement le chef reconnu de la droite protestante. Pendant quarante-cinq ans, enseigne à l'université de Berlin la théologie la plus rigoureuse et publie des travaux d'exégèse dirigés contre la critique moderne.

55. Glassbrenner, Bemglas, v. n. 13.

56. *Tels les Bourguignons autour de Jeanne d'Arc.* L'auteur mêle ici deux éléments de la *Jeanne d'arc* de Schiller (*Die Jungfrau von Orleans*). À l'acte I, sc. IX, le chevalier Raoul raconte comment Jeanne, l'étendard brandi, prend la tête d'une troupe de Français prêts à déposer les armes face aux Anglais. À l'acte III, elle rallie le duc de Bourgogne à Charles VII.

57. *Blücher à Rossbach.* Sans doute une des plaisanteries de Ferdinand. Blücher arrive à Waterloo quand Napoléon attendait Grouchy. Il ne pouvait guère jouer un rôle décisif à Rossbach, victoire de Frédéric II sur les Français en 1757.

58. *L'abeille missionnaire* (*Die Biene auf dem Missionsfeld*), association protestante vouée à la conversion des Juifs ; l'organe de cette association.

59. Karl Friedrich Lessing (1808-1880), petit-neveu de Gotthold Ephraim Lessing (v. n. 23), peintre consciencieux qui emprunte ses sujets de prédilection à l'histoire de la Bohême.

Franz Krüger (1797-1857), peintre de la cour de Prusse depuis 1827. Professeur, puis membre de l'Académie des beaux-arts de Prusse.

Steinrück. Non identifié.

Adolf Menzel (1815-1905). En renom dès 1833 pour sa série de lithographies *Les Pérégrinations d'un artiste.* Après 1840, ses toiles annoncent l'impressionnisme par leur fraîcheur et leur liberté. Expose beaucoup à Paris, où il paraît aux expositions universelles de 1878, 1889 et 1900. Anobli en 1898.

Bertel Thorvaldsen (1770 ?-1844). Le plus célèbre des sculpteurs danois. Vit la plupart du temps à Rome de 1797 à 1838. Un des champions du néoclassicisme, il jouit dès le début du siècle d'une immense renommée. Remarquable par sa présentation, le musée Thorvaldsen, où l'on voit les modèles originaux et les œuvres en marbre, suffirait à justifier un séjour à Copenhague.

60. Wilhelm Heinse (1746-1803). Romancier du « *Sturm und Drang* », défend les droits illimités de la beauté, de la sensualité et de la passion contre les contraintes sociales. Le héros de son œuvre principale, *Ardinghello und die Glückseligen Inseln* (*Ardinghello et les îles Fortunées*), est un homme de la Renaissance paré de tous les dons, qui fonde sur les îles de Paros et Naxos un État idéal où il entend faire renaître la Grèce antique.

Johann Georg Hamann (1730-1788), écrivain et philosophe, dit « le Mage de Königsberg ». Adversaire des Lumières, agitateur d'idées au style obscur et prophétique, précurseur du « *Sturm und Drang* », il oppose au rationalisme et au classicisme une mystique poético-religieuse qui exercera une profonde influence en Allemagne à la fin du XVIIIe siècle, et marquera le jeune Goethe, Herder... Il est peu flatteur pour la raison humaine qu'un Hamann ait vécu presque toute son existence à Königsberg, où enseignait Kant, sans en tirer le moindre profit.

E. T. A. Hoffmann. Ernst Theodor Wilhelm Hoffmann (1776-1822) remplaça son troisième prénom par celui d'Amadeus en l'honneur de Mozart. Écrivain au génie d'une extrême originalité. Son romantisme fantastique, opérant la fusion des rêves les plus étranges et de la réalité, se fonde sur la précision des détails finement observés. Critique musical, il soutient Beethoven. Il compose lui-même de nombreuses œuvres (piano, musique de chambre, lieder, chœurs, musique religieuse et des opéras, dont *Ondine*, qui influencera Weber). Offenbach et Tchaïkovsky (*Casse-Noisette*) ont puisé leur matière dans ses contes. Dans ses *Fantaisies à la manière de Callot* (1813) et dans son roman *Le Chat Murr* (1820-1822), il crée le personnage du chef d'orchestre Kreisler, qui inspira Schumann. Il fut en outre un dessinateur et caricaturiste de talent. Après des études de droit à Königsberg, il devient assesseur et conseiller du gouvernement en Pologne allemande ; à Posen, ses caricatures font scandale et lui valent quelques ennuis. De 1808 à 1813, il vit à Bamberg : directeur de la musique, metteur en scène, décorateur. Brièvement maître de chapelle à Leipzig, puis à Dresde (1813-1814), il réintègre le service public à Berlin, où il devient conseiller à la cour d'appel. Il se lie à la seconde école romantique. Cette dernière période, où il mène une triple vie de fonctionnaire, d'artiste et d'habitué des tavernes, est la plus productive et la plus pathétique à la fois.

61. Daniel Chodowiecki (1726-1801). Graveur, illustrateur, peintre. Membre (1764) puis directeur de l'Académie de Berlin. Parmi ses quelque 3 000 gravures, très recherchées, une place particulière revient aux tableaux de mœurs de ses séries de vignettes où il joint un goût parfait à un métier accompli ; elles offrent un précieux panorama de l'existence bourgeoise dans l'Allemagne du XVIIIe siècle. Une de ses œuvres les plus célèbres à l'époque était *Les Adieux de Calas à sa famille.*

62. Charlotte Stieglitz. Les lettres et impressions de voyage de Charlotte Stieglitz avaient été réunies dans un volume de souvenirs par Theodor Mundt en 1835 : *Charlotte Stieglitz. Ein Denkmal* (*Un monument*). La jeune femme, qui tenait un petit salon littéraire fréquenté par des romantiques de la deuxième génération, avait épousé en 1828 le poète Heinrich Stieglitz (1803-1849). Après des études de philologie à Göttingen — qu'il doit quitter en raison des ennuis que lui valent ses relations avec les « démagogues » (v. n. 3) —, à Leipzig et à Berlin, Stieglitz est d'abord bibliothécaire, puis professeur de gymnase. Il est issu d'une famille de Juifs de Hesse, convertis, dont quatre membres se sont illustrés, dans la génération précédente : un cousin de son père comme premier médecin du roi de Prusse, trois de ses oncles dans les affaires, en Russie (où le tsar leur confère d'importantes distinctions ; l'oncle Ludwig devient un des plus puissants banquiers de l'Empire, crée la ligne de paquebots à vapeur Lubeck-Saint-Pétersbourg, est fait baron en 1825 ; il soutient financièrement le jeune ménage). Insatisfait de sa position sociale comme d'un travail qui l'empêche de se consacrer exclusivement à la littérature et lui semble étouffer son génie poétique, Heinrich souffre de voir que ses œuvres, malgré un certain succès, ne lui valent pas la gloire dont il rêve, et sombre

dans la mélancolie. En 1833, il abandonne l'enseignement, voyage en Russie, sans que son état s'améliore, puis rentre à Berlin. Le 29 décembre 1824, Charlotte, vêtue de blanc, s'étend sur son lit et se perce le cœur avec le poignard qu'elle avait offert à Heinrich comme arme de voyage lors de leurs fiançailles : elle s'imagine que la violence du choc guérira son mari de sa mélancolie, qu'en se tuant, elle l'arrachera au prosaïsme de leur existence, et qu'il réalisera l'œuvre à laquelle elle le croit voué. Cette exaltation du sacrifice semble avoir été le résultat d'un état de grande confusion émotionnelle et intellectuelle, et d'une insatisfaction vague quant à sa vie conjugale. Le rôle joué par Mundt n'est pas très clair. Toujours est-il que son livre raviva l'émotion que ce suicide avait provoquée, au-delà même des frontières de l'Allemagne, et gagna à Charlotte l'admiration attendrie d'un vaste public. Plusieurs écrivains s'inspirèrent de cette affaire. La flamme poétique de Heinrich, cependant, en fut encore affaiblie plutôt que ranimée. Il ne produisit plus que quelques ouvrages, principalement des récits de voyages. Sa vie d'errance en Allemagne et en Italie finit à Venise, où il mourut du choléra.

63. Friedrich Carl von Savigny (1779-1861). Juriste. Beau-frère de Clemens et Bettina Brentano (v. n. 17) et d'Achim d'Arnim. Professeur de droit, il est appelé par Wilhelm von Humboldt à l'université de Berlin, où il enseigne de 1810 à 1842. Fondateur de l'école du droit historique à laquelle s'oppose Gans (v. n. 20). Influencé par le romantisme, il élabore une théorie de l'origine du droit qui fait découler celui-ci de l'esprit du peuple. En 1842, Frédéric-Guillaume IV, qui a été son élève, le nomme ministre chargé de la législation.

Hengstenberg et les piétistes, v. n. 54.

Le trottoir qui va jusqu'à Jérusalem. C'est en 1828 que les premiers trottoirs sont aménagés à Berlin. En 1840, il en existe environ quarante kilomètres. En 1839, la Jerusalemer Strasse vient d'en être équipée. À la différence de nombreuses autres rues qui portent le nom de villes situées dans leur prolongement, la « rue de Jérusalem », partait du centre, droit vers le sud, et ne menait qu'à l'« église de Jérusalem ». Avant la réunification, elle s'arrêtait au mur.

64. Ulrich von Hutten (1488-1523), humaniste, chevalier et aventurier. Étudiant errant d'université en université, en Allemagne et en Italie, il prend parti dans les luttes pour la réforme de l'Église après sa rencontre avec Érasme (vers 1515), par la plume et par l'épée. Polémiste et poète enflammé, il appelle les Allemands à se libérer du joug de Rome et à réformer l'empire. Il offre à Luther le soutien des chevaliers. Après la défaite de ceux-ci et leur soumission à Charles Quint, il s'exile, fait appel en vain à l'aide de son ami Érasme et, malade, meurt dans la misère. Redécouvertes grâce à Herder, ses œuvres sont rééditées en 1785 ; ce personnage fascinant devient un modèle pour les étudiants du mouvement national et, dans les années qui précèdent 1848, un symbole de l'intransigeance et du courage dans la lutte pour la liberté.

65. *Cinq voyelles, une consonne...* J'ai dû renoncer à donner dans le texte l'énigme que propose le nouveau cousin, qui est de Schleiermacher, et que voici, telle que la dit Julius, avec sa traduction approximative :

Wir sind's gewiss in vielen Dingen,
Im Tode je-doch nimmermehr.

Die sind's, die wir zu Grabe Bringen,
Und eben diese doch nicht mehr.
Und — äh, äh — weil wir's leben,
Sind wir's eben von Herzen und Gesicht,
Und weil wir's leben,
Sind wir's eben bis heut noch nicht.

En bien des choses nous le sommes,
Mais dans la mort jamais plus.
Ceux que nous portons à la tombe,
Le sont et ne le sont plus
Et puisque ainsi nous vivons,
Nos cœurs et nos faces le sont,
Et puisque ainsi nous vivons,
Nous ne le sommes pas encore.

La clé de l'énigme est le mot *verschieden,* qui signifie à la fois « différent » et « défunt ».

Friedrich Schleiermacher (1768-1834). Théologien et philosophe. Pasteur, prédicateur, professeur d'université. Se lie aux milieux romantiques de Berlin, principalement aux frères Schlegel (v. n. 88). Installé à Berlin à partir de 1807, membre de l'Académie des sciences, il collabore avec Wilhelm von Humboldt à la création de l'université, où il enseigne bientôt. Il soutient le projet royal d'union des Églises évangéliques. Ses premières œuvres avaient eu un écho considérable : *Discours sur la religion* (1799), plaidoyer pour l'expérience religieuse qui constitue une sorte de troisième ordre à côté de celui de la pensée et de celui de l'action ; *Monologues* (1800), où il souligne l'importance éthique de la personnalité ; *Lettres intimes sur la Lucinde,* où il prend la défense de Schlegel (v. n. 88). Dans les deux volumes (1821-1822) de sa grande œuvre dogmatique *Der Christliche Glaube* (*Exposition de la foi chrétienne*), il offre la version achevée de son système en opposant au rationalisme et au supranaturalisme une conception subjective de la religion, qui pose à son principe le sentiment qu'a l'individu de l'infini et de sa dépendance à l'égard de la divinité.

66. *La « Société des amis », Gesellschaft der Freunde,* fondée par un cercle de notables juifs éclairés (parmi lesquels les deux fils de Moses Mendelssohn, v. n. 24), réunit les partisans les plus radicaux des Lumières et de l'assimilation (de la *Haskalah*) parmi les intellectuels.

67. Peitel Topfflechter. Personnage populaire de pauvre potier malchanceux.

68. *Gesellschaft und Einsamkeit* (*Société et solitude*). Christian Garve (1742-1798), philosophe, psychologue, logicien, historien de la philosophie, moraliste « populaire », fut un des introducteurs de la philosophie éclectique en Allemagne. Il était fort apprécié tant de Kant que de Frédéric II.

69. Dans le conte de Clemens Brentano (v. n. 17), le chevalier Gockel, sa femme Hinkel et leur petite fille Gackeleia sont les descendants ruinés d'une ancienne lignée dont le château a été détruit pendant la guerre de Trente ans : ils ne possèdent plus qu'un poulailler, une poule et le coq Alektreyo, symbole issu de leur blason et génie tutélaire. Celui-ci se sacrifie pour eux et,

grâce à une pierre magique trouvée dans son gésier, ils se réveillent un beau matin dans un palais merveilleux. Mais Gackeleia se laisse dérober la pierre en échange d'une poupée, et la famille retombe dans la misère. Heureusement, la poupée est en réalité une souris ensorcelée, sauvée jadis par Gockel, protecteur des souris sans défense. La souris reconnaissante retrouve la pierre magique.

70. *L'homme à tout faire de Fetschow.* Allusion non éclaircie.

71. *Quel était cet air.* L'auteur souhaitait visiblement souligner combien le mariage de Jettchen s'écarte des rites traditionnels. Dans la première édition, il écrivait : « et Philippi joua, du-du-dè- di di-dou-dè-dèè, et Jettchen se demanda ce que pouvait bien être ce morceau, comme si jamais auparavant elle n'avait entendu la Marche nuptiale de Mendelssohn. » Se rendant compte ensuite de sa bévue, il supprima cette précision ; la Marche, tirée du *Songe d'une nuit d'été,* est de 1842. C'est seulement vers la fin des années 1840 qu'elle se répandit comme une épidémie, puis devint endémique.

HENRIETTE JACOBY

72. *La Vaillante Lagienka* (*Die Wackere Lagienka*), chanson populaire. Jeu de mots sur *er könne davon ein Lied singen,* littéralement : « il pouvait faire une chanson à ce sujet » et : « il pouvait en parler en connaissance de cause. »

73. La Sontag, v. n. 8 et 51.

74. *Société et solitude,* v. n. 68.

75. *Der Beobachter,* v. n. 19.

Le *Berlin* de Krause. Non identifié. Une confusion est possible, l'auteur parlant p. 396 du *Berlin* de Rellstab (v. n. 13).

76. *Jahrbücher.* Allusion non éclaircie. Il existait de nombreuses publications intitulées ainsi (*Annales*).

77. *Les dix-sept pièces de Raupach sur les Hohenstaufen.* Ernst Raupach (1784-1852) fut entre 1825 et 1840 un des dramaturges les plus joués en Allemagne. Outre sa série de drames *Die Hohenstaufen* (1837), on lui doit le mélodrame *Le Meunier et son enfant — Der Müller und sein Kind* (1835).

Le nouveau drame de M. Bart, de Neustrelitz. L'auteur joue à la fois sur le nom de *Bart* (« Barbe ») et la réputation provinciale de Neustrelitz.

78. Thalers et groschen, v. n. 2.

79. *Le Voyage de Sophie de Memel en Saxe,* roman philosophique et libertin.

80. *L'Éternel Printemps des sentiments,* de Jean Paul, v. n. 12.

81. Le *Beobachter an der Spree,* v. n. 19.

82. *La Faute* (ou *La Dette*) — *Die Schuld,* pièce non identifiée.

83. La Sontag, v. n. 8.

L'étudiant Sand. Karl Ludwig Sand (1795-1820), étudiant en théologie à Iéna, appartenait au courant le plus radical de la *Burschenschaft.* Il assassina le 23 mars 1819 le dramaturge et agent du tsar Kotzebue, qu'il considérait comme un des principaux représentants de la réaction contre le mouvement national et libéral. Il fut exécuté à Mannheim. L'assassinat de Kotzebue fut le prétexte des « résolutions de Karlsbad » qui, à l'initiative de Metternich et de la Prusse, renforçaient la répression contre les « démagogues » (v. n. 3).

84. Saphir, v. n. 13.

85. *Le petit physicien bossu.* Georg Christoph Lichtenberg (1742-1799). Écrivain et physicien. Dès 1769, enseigne à l'université de Göttingen, où il a fait ses études. Professeur en 1775. Outre ses travaux scientifiques (il découvrit les figures électriques qui portent son nom), il publia d'intéressantes *Lettres d'Angleterre* (1776-1778) après deux voyages effectués en 1769 et 1774, puis une *Explication détaillée des gravures de Hogarth*, son essai *Sur le roman allemand* et de nombreux écrits satiriques et humoristiques où il se montre aussi grand styliste que partisan intransigeant des Lumières et adversaire résolu des nébulosités sentimentales ou mystiques du *Sturm und Drang*. Il est principalement connu pour ses *Aphorismes*, insérés d'abord dans ses *Écrits divers* publiés de 1800 à 1806, puis édités séparément, qui sont un délice pour l'intelligence. Hypocondriaque de génie, il y définit cette disposition d'esprit comme le pouvoir particulier de puiser dans chaque évènement la plus grande quantité de poison pour son usage personnel ; Schopenhauer disait probablement à peu près la même chose quand il voyait en Lichtenberg le penseur par excellence, qui pense pour lui-même et non pour les autres.

86. *La Fiancée de Messine*, drame de Schiller.

Le chœur final de l'acte d'Hélène... ces derniers mots d'Euphorion : fin de l'acte III du *Second Faust* de Goethe.

87. *Le festin de Trimalcion*, épisode du *Satiricon* de Pétrone.

Heinse, v. n. 60.

88. *Lettres intimes sur la Lucinde de Schlegel*, de Schleiermacher (v. n. 65). Schleiermacher, qui a servi de modèle à un des personnages de ce roman, prend la défense de son ami contre les critiques indignés qui y ont vu une apologie de l'amour libre.

Friedrich Schlegel (1772-1829), écrivain, étudie d'abord le droit, puis la philologie classique, à laquelle il consacre ses premiers ouvrages. Critique et théoricien, il est un des fondateurs de la vision du monde et de la conception de l'art des romantiques. Édite avec son frère August Wilhelm l'*Athenäum* (v. n. 36), puis, seul, les revues *Europa* (1803-1805), *Deutsches Museum* (1812-1813) et *Concordia* (1820-1823, confessionnelle et réactionnaire). En 1802, quitte Berlin pour Paris, où il enseigne la philosophie et étudie le sanscrit. En 1808, publie *Über die Sprache und Weisheit der Indier* (*Sur la langue et la sagesse des Indiens*), un des fondements des études indiennes et de la linguistique comparée des langues indo-européennes. Converti du protestantisme au catholicisme en 1808, il entre au service de l'Autriche. Il participe notamment au Congrès de Vienne. Les leçons publiques tenues à Vienne, principalement sur l'histoire littéraire, marquent le sommet de son influence. Il y présente les littératures nationales comme le développement organique d'ensembles individualisés. Il avait épousé en 1804 la fille aînée de Moses Mendelssohn (v. n. 23), Dorothea (1763-1839), femme de lettres, qui en 1798 avait quitté son mari, le banquier Simon Veit pour vivre avec lui ; elle s'était convertie au protestantisme en 1804, au catholicisme en 1808.

August-Wilhelm Schlegel (1767-1845), bien qu'il fût l'aîné, joua les seconds rôles auprès de son frère. Professeur à Berlin et à Vienne, théoricien, auteur d'ouvrages savants sur la littérature et l'art ainsi que sur la philologie. À partir de 1804, secrétaire de Mme de Staël qu'il accompagne dans ses voyages jusqu'à sa mort (1817). Nombreuses traductions, dont celles des dix-sept pièces de Shakespeare.

89. Bilgner, Löwenthal, Stamma, fameux joueurs d'échecs. Le Syrien Philippe Stamma, joueur éminent du XVIIIe siècle et auteur d'un traité fameux, ne fut dominé que par Philidor, qu'il rencontra en Angleterre. Löwenthal fut le premier en Allemagne à surpasser l'école française.

90. Krüger, v. n. 59.

91. Schneider, v. n. 23 et n. 107.

92. L'oncle banquier faisait chèrement payer à Heine les subsides qu'il lui accordait. L'auteur joue sur le mot *Geld*. Le banquier n'a rien contre *Heine van Geldern* « puisque de toute façon c'est quand même de lui, Salomon, que le poète reçoit *die Gelder* (les sous) ».

93. *Démagogue*, v. n. 3.

94. Wilhelmine Schröder-Devrient (1804-1860), cantatrice (soprano) à l'opéra de Dresde de 1823 à 1847.

Karl Immermann (1796-1840). Dramaturge et romancier. Magistrat à Düsseldorf, il y dirige le théâtre de 1832 à 1837. Il reste connu pour son *Münchhausen*, où la satire de son temps s'accompagne d'une certaine idéalisation des paysans dans le genre de George Sand.

95. Le général Lennart Torstens(s)on (1603-1651), créateur de l'artillerie légère suédoise, commandant en chef des armées suédoises de 1641 à 1645, fameux pour sa victoire contre les impériaux de Piccolomini à Breitenfeld, en 1642.

96. Rellstab, v. n. 13. Voir aussi n. 75.

Johanna la vendeuse d'oranges. Non identifié.

97. Les *Fleurs de la lecture* de Pappe. Non identifié.

98. *Un gouvernement « moscovite »*, c'est-à-dire autocratique, comme celui du tsar.

99. La statue de bronze, par Schlüter (1703) du Grand Électeur Frédéric-Guillaume Ier (1620-1688).

100. Raupach, v. n. 77.

101. *La Juive et le Templier.* Non identifié.

102. *La famille suisse.* Non identifié.

103. David Friedrich Strauss (1808-1874), théologien protestant, dut quitter son poste de répétiteur à la célèbre école de théolo-gie de Tübingen (le *Stift*) après la publication en 1835 de sa *Vie de Jésus* (*Das Leben Jesu*). Influencé par Hegel, il y définit le christianisme comme la vraie religion de l'humanité, à élaborer à partir des récits mythiques de l'Évangile, qui doivent être soumis à la critique historique. Professeur de lycée à Ludwigsburg, il approfondit ensuite sa critique des dogmes, polémique contre Schleiermacher (v. n. 65), puis, dans *L'Ancienne et la nouvelle foi* (*Der alte und der neue Glaube*), publié en 1872, ébauche une doctrine philosophico-scientifique qui s'écarte du christianisme. Député libéral du Wurtemberg en 1848, il se rallie ensuite à la politique de Bismarck.

104. Friedrich August Tholuk (1798-1877). Théologien protestant, piétiste, pourfendeur des Lumières et défenseur du supranaturalisme.

Karl Seydelmann (1795-1843). Volontaire en 1813. Après des débuts difficiles, commence à imposer à Prague sa réputation d'acteur, qui s'étend bientôt à toute l'Allemagne. En 1838, quitte Vienne pour Berlin, où il est engagé à vie. Il était particulièrement remarquable dans les rôles de roué de la comédie.

Hengstenberg, v. n. 54.

105. *Turnvater* (« père de la gymnastique ») Friedrich Ludwig Jahn (1778-1852). Fondateur du mouvement des gymnastes allemand. Créa en 1811 le premier « terrain de gymnastique » équipé de divers agrès au sud de Berlin, à la « lande aux lièvres ». Jahn, professeur au lycée du Cloître gris rencontre aussitôt un grand succès auprès surtout de la jeunesse lycéenne et estudiantine. Par la pratique de l'exercice physique, de l'escrime, de la natation, de la course, il cherche à préparer ses « gymnastes » au combat pour la liberté et pour l'unité de l'Allemagne, contre les Français, et à contribuer, plus largement, à l'éducation morale et patriotique du peuple. En 1813, capitaine dans le corps franc du général von Lützow. Jahn est devenu une des grandes figures du nationalisme allemand.

Sur E. T. A. Hoffmann, v. n. 60.

106. *L'Enthousiasme à la mode* (*Schwärmerei aus Mode*), de Blum. Le personnage principal s'appelle *von Reckum, Mucker* signifiant « bigot ».

107. Schneider, v. n. 23.

Le Tunnel de la Spree était une association littéraire exclusivement masculine, qui se réunissait dans un café abominablement enfumé (il était interdit de fumer dans la rue). Theodor Fontane fut un de ses premiers membres.

108. Kiss, v. n. 49.

109. Le cousin Julius est lui aussi lecteur de Leibrock, v. n. 46.

110. Calèche Henoch, v. n. 114.

111. Le duc Louis-César de La Vallière (1708-1780), petit-neveu de la favorite de Louis XIV, érudit et bibliophile, célèbre aussi pour le nombre de ses maîtresses.

112. La reine Louise. Louise de Mecklembourg-Strelitz (1776-1810), reine de Prusse. Épouse de Frédéric-Guillaume III, mère de Frédéric-Guillaume IV et de Guillaume Ier. Poussée par le tsar, elle inspire les partisans de la guerre contre la France. Après la défaite de 1806, fuit avec ses enfants à Königsberg et Memel. En 1807, à Tilsit, elle implore personnellement Napoléon, en vain, pour qu'il accorde à la Prusse des conditions de paix plus clémentes. Favorable aux réformateurs, soutenant les patriotes, elle était adulée du peuple, également pour sa beauté.

113. Hans Sebald Beham (1500-1550), peintre et graveur, d'abord influencé par Dürer, connu surtout pour ses très nombreuses gravures sur bois ou sur cuivre.

Heinrich Aldegrever (1502-1558 ?), peintre, graveur et orfèvre. Auteur de nombreuses gravures au burin ou à l'eau-forte, d'un style original et plein d'aisance.

114. *Une voiture Kremser* (*Kremserwagen*). Simon Kremser (1775-1851), juif silésien d'origines modestes, devint entrepreneur et homme d'affaires. Commissaire aux guerres au service de Blücher, reçoit la Croix de fer en 1806. Après la guerre de libération, il organise le retour de Paris du quadrige de la porte de Brandebourg (v. n. 116). En 1825, il fonde une entreprise de trans-

ports à Berlin. Partant de toutes les portes de la ville, les voitures Kremser assurent la desserte des alentours ; elles gardent son nom quand il vend son entreprise, dès 1827, et émigre en Russie, où il est chargé des transports de fonds de la Couronne jusqu'à son retour en Silésie (1849).

Les *Calèches Henoch* sont le résultat de l'association en 1816 du maquignon Mortgen (qui prendra le nom huguenot de Mortier), détenteur depuis 1814 d'une concession lui permettant de faire circuler dans la ville et aux environs des calèches fabriquées à Varsovie, et du banquier Israel Henochson. En 1840, les calèches Henoch représentent environ le tiers des quelque six à sept cents fiacres de Berlin.

115. *La Dame blanche.* Spectre dont l'apparition était censée annoncer la mort imminente d'un membre de la famille régnante.

116. *Le quadrige de la porte de Brandebourg.* Le quadrige de la Victoire, en cuivre repoussé, qui couronnait la porte, pris par les Français en 1807, remis en place en 1814 (v. n. 114), était l'œuvre de Johann Gottfried Schadow (1764-1850) sculpteur et graphiste, directeur des ateliers de sculpture de la cour (1788), directeur de l'Académie (1815). L'original, très endommagé en 1945, a été remplacé par une copie.

117. *L'Enfant.* Bettina von Arnim (1785-1859), sœur de Clemens Brentano, épouse d'Achim von Arnim (v. n. 17). À partir de son abondante correspondance, elle romance à sa fantaisie ses relations avec ses proches, et principalement avec Goethe : *Goethes Briefwechsel mit einem Kinde — Correspondance de Goethe avec une enfant* (1835). Se consacre ensuite à des œuvres sociales et à la cause des femmes. Elle ressemblait, de fait, à une musaraigne.

118. Karl August Varnhagen von Ense (1785-1858). Officier au service de l'Autriche, puis de la Russie. Prend part à la guerre de libération. Diplomate, accompagne Hardenberg au Congrès de Vienne et à Paris, puis représente la Prusse à Karlsruhe. Soupçonné de sentiments démocratiques, il est rappelé à Berlin en 1819. Il est surtout connu pour avoir épousé en 1814 Rahel, née Levin (1771-1833), fille d'un négociant juif, convertie au christianisme, dont le salon fut longtemps le centre de la vie littéraire berlinoise. Sa correspondance et ses souvenirs comptent parmi les principaux documents sur le romantisme allemand et la « Jeune Allemagne ».

119. Charlotte Stieglitz, v. n. 62.

120. *Zehdenick* est une petite ville de la Marche, à une cinquantaine de kilomètres au nord de Berlin. Malgré les vicissitudes de l'histoire et les glissements sur la carte de l'entité étatique prussienne, elle n'a, de fait, jamais été autre chose que brandebourgeoise.

121. *L'Observateur de la Spree*, v. n. 19.

122. C'est quelques mois après la mort de Börne (v. n. 7) que Heine décida de tirer pour le public le bilan de leurs relations, en les replaçant dans les luttes de l'époque et en tentant de remonter aux principes de leurs divergences. Börne ne l'avait jamais épargné, n'hésitant pas à l'attaquer de façon haineuse sur sa vie intime. Heine ne sut pas toujours élever le débat comme il l'aurait dû, n'évita pas l'outrance. Le livre, publié chez Campe en 1840, suscita de très violentes critiques.

Charlotte Stieglitz, v. n. 62.

123. Gutzkow, v. n. 32.

124. Le Vieux Fritz, Frédéric II, v. n. 5.

125. Un grincheux des pièces d'Iffland... August Wilhelm Iffland (1759-1814). Acteur, directeur de théâtre et dramaturge. Figure de proue du théâtre allemand de l'époque de Goethe. En 1779, crée le rôle de Franz Moor des *Brigands* de Schiller au théâtre national de Mannheim. Directeur (1796) puis directeur général (1811) du Théâtre national de Berlin. Auteur de plus de soixante pièces d'inspiration morale conventionnelle, mais habilement menées. L'anneau d'Iffland (*Ifflandring*) est une bague prétendument commandée par Iffland pour être transmise après lui, de génération en génération, au plus grand acteur de langue allemande.

126. Henri le Lion (1129-1195), duc de Saxe et de Bavière. Rebâtit Lubeck et ouvrit aux Allemands la voie du commerce en Baltique. Banni, exilé en Angleterre de 1181 à 1194 après un conflit avec l'empereur Frédéric Ier.

127. La reine Louise, v. n. 112.

Kannegiesser : non identifié.

128. *Quos ego.* Apostrophe menaçante de Neptune aux vents insolents qui soulèvent les flots en tempête, violant ainsi son empire, au livre I de l'*Énéide* (vers 135) : *Quos ego... Sed motos praestat componere fluctus* (Je devrais vous... Mais il faut avant tout calmer les flots émus).

129. *Almanach des muses*, v. n. 44.

130. Henriette Sontag, v. n. 8.

131. Krüger, v. n. 59. Parmi ses œuvres : *L'Empereur Nicolas à cheval avec sa suite* et *Le Roi de Prusse à cheval avec sa suite.*

132. *La statue... du Grand Électeur*, v. n. 99.

133. *Les Brigands*, de Schiller.

Table

« LES GRANDES TRADUCTIONS »
(dernières parutions)

ALESSANDRO BARICCO
Châteaux de la colère
(Prix Médicis Étrangers, 1995)
Soie
Océan mer
City
traduits de l'italien par Françoise Brun

ERICO VERISSIMO
Le Temps et le Vent
Le Portrait de Rodrigo Cambará
traduits du portugais (Brésil) par André Rougon

JOÃO GUIMARÃES ROSA
Sagarana
Mon oncle le jaguar
traduits du portugais (Brésil) par Jacques Thiériot

WALTER MOSLEY
La Musique du diable
traduit de l'américain par Bernard Cohen

JAMAICA KINCAID
Autobiographie de ma mère
Lucy
traduits de l'anglais (États-Unis) par Dominique Peters

CHRISTOPH RANSMAYR
Le Syndrome de Kitahara
traduit de l'allemand par Bernard Kreiss

DAVID MALOUF
Dernière Conversation dans la nuit
traduit de l'anglais par Robert Pépin

MOACYR SCLIAR
Sa Majesté des Indiens
traduit du portugais (Brésil) par Séverine Rosset

ANDREW MILLER
L'Homme sans douleur
Casanova amoureux
traduits de l'anglais par Hugues Leroy

ROD JONES
Images de la nuit
traduit de l'anglais par Hugues Leroy

ANTONIO SOLER
Les Héros de la frontière
Les Danseuses mortes
traduits de l'espagnol par Françoise Rosset

BESNIK MUSTAFAJ
Le Vide
traduit de l'albanais par Élisabeth Chabuel

DERMOT BOLGER
La Musique du père
traduit de l'anglais (Irlande) par Marie-Lise Marlière

ABDELKADER BENALI
Noces à la mer
traduit du néerlandais par Caroline Auchard

MORDECAI RICHLER
Le Monde de Barney
traduit de l'anglais (Canada) par Bernard Cohen

FRANCESCA SANVITALE
Séparations
traduit de l'italien par Françoise Brun

STEVEN MILLHAUSER
Martin Dressler. Le roman d'un rêveur américain
(Prix Pulitzer, 1997)
Nuit enchantée
traduits de l'anglais (États-Unis) par Françoise Cartano
La vie trop brève d'Edwin Mulhouse, écrivain américain, 1943-1954, racontée par Jeffrey Cartwright
Prix Médicis Etranger, 1975
Prix Halpérine-Kaminsky, 1976
traduit de l'anglais (États-Unis) par Didier Coste

MIA COUTO
La Véranda au frangipanier
traduit du portugais (Mozambique)
par Maryvonne Lapouge-Pettorelli

GOFFREDO PARISE
L'Odeur du sang
traduit de l'italien par Philippe Di Meo

MOSES ISEGAWA
Chroniques abyssiniennes
traduit du néerlandais par Anita Concas

YASUNARI KAWABATA/YUKIO MISHIMA
Correspondance
traduit du japonais par Dominique Palmé

JUDITH HERMANN
Maison d'été, plus tard
traduit de l'allemand par Dominique Autrand

JOHN VON DUFFEL
De l'eau
traduit de l'allemand par Nicole Casanova

PEDRO JUAN GUTIERREZ
Trilogie sale de La Havane
traduit de l'espagnol (Cuba) par Bernard Cohen

TOM FRANKLIN
Braconniers
traduit de l'anglais (États-Unis) par François Lasquin

SANDOR MARAI
Les Braises
traduit du hongrois par Marcelle et Georges Régnier
L'Héritage d'Esther
traduit du hongrois par Georges Kassai et Zéno Bianu

V.S. NAIPAUL
Guérilleros
Dans un État libre
traduits de l'anglais par Annie Saumont
À la courbe du fleuve
traduit de l'anglais par Gérard Clarence

JENNY ERPENBECK
L'Enfant sans âge
traduit de l'allemand par Bernard Kreiss

ANDREW SOLOMON
Le Vaisseau de pierre
traduit de l'anglais (États-Unis) par Françoise du Sorbier

La composition de cet ouvrage
a été réalisée par Nord Compo,
l'impression et le brochage ont été effectués
sur presse Cameron dans les ateliers
de ***Bussière Camedan Imprimeries***
à Saint-Amand-Montrond (Cher),
pour le compte des Éditions Albin Michel.

Achevé d'imprimer en avril 2002.
N° d'édition : 20550. N° d'impression : 021827/4.
Dépôt légal : mai 2002.